NEW TERRITORIES

Lion Rock Country Park
TZS WAN SHAN
CHUK UN
SAN PO KONG
KOWLOON CITY
Prince Edward Rd. W.
Argyle St.
KAI TAK
NGAU TAU KOK
ehemaliger Flughafen Kai Tak
SAU MAU PING
TSEUNG KWAN O
TO KWA WAN
KWUN TONG
LAM TIN
Hung Hom
KOWLOON BAY
YAU TONG
North Point
King's Rd.
Quarry Bay Park
JUNK BAY
HAPPY VALLEY
CHAI WAN
Chai Wan Rd.
HONG KONG ISLAND
SIU SAI WAN
TAI TAM
Shek O Country Park

Chan Ho-kei

Das Auge von Hongkong

Die sechs Fälle
des Inspector Kwan

Kriminalroman

Aus dem Englischen
von Sabine Längsfeld

Atrium Verlag · Zürich

INHALT

I Die Wahrheit zwischen
Schwarz und Weiß
(2013)   9

II Gefangenenehre
(2003)   95

III Langer Tag
(1997)   195

IV Die Waage der Themis
(1989)   299

V Geborgter Ort
(1977)   401

VI Geborgte Zeit
(1967)   490

Nachwort   567

»Ich werde Ihrer Majestät, ihren Thronerben und Nachfolgern nach bestem Wissen und Gewissen und getreu dem Gesetz als Polizeibeamter dienen. Ich werde die Gesetze der Kronkolonie Hongkong befolgen, wahren und hüten, ich werde die Befugnisse und Pflichten meiner Dienststelle ehrlich, treu und redlich ausüben, furchtlos und ohne Ansehen der Person, und ich werde gewissenhaft alle rechtmäßigen Befehle jener befolgen, die im Range über mir stehen.«

Diensteid der Polizei Hongkong
(in der bis 1980 verwendeten Version)

DIE WAHRHEIT ZWISCHEN SCHWARZ UND WEISS 2013

1

Inspector Lok war der Geruch von Krankenhäusern schon immer verhasst gewesen. Dieser penetrante antiseptische Gestank, der auch jetzt wieder in der Luft lag. Nicht, dass der Inspector schlechte Erinnerungen an Orte wie diesen hatte; der Geruch erinnerte ihn einfach zu sehr ans Leichenschauhaus. Lok war seit siebenundzwanzig Jahren bei der Polizei und hatte zahllose Leichen gesehen, doch an den Geruch würde er sich nie gewöhnen – aber wer, abgesehen von Nekrophilen, findet schon etwas an toten Körpern?

Lok seufzte. Sein Herz war ihm schwerer als bei jeder Autopsie.

In seinem ordentlichen blauen Anzug stand er neben dem Krankenbett und blickte niedergeschlagen auf den Patienten hinunter: einen weißhaarigen Mann, die Augen geschlossen, das faltige Gesicht unter der Atemmaske gespenstisch bleich. Feine Nadeln durchbohrten die altersfleckige Haut der Hände und verbanden den Mann mit mehreren Überwachungsgeräten. Ein Siebzehn-Zoll-Monitor über dem Bett zeigte seine Vitalparameter an. Die Linien, die sich gemächlich von links nach rechts durchs Bild bewegten, waren das einzige Anzeichen dafür, dass der Patient noch am Leben und kein wohlpräparierter Leichnam war.

Dieser Mann war jahrzehntelang Inspector Loks Mentor gewesen, derjenige, der ihm alles beigebracht hatte, was er über die Aufklärung von Verbrechen wusste.

»Lass dir eines gesagt sein, Sonny. Man löst keine Fälle, indem man sich stur an die Regeln hält. Natürlich ist das Befolgen von Befehlen in der Truppe ehernes Gesetz, doch für uns als Polizisten ist der Schutz der Zivilbevölkerung die oberste Pflicht. Falls die Regeln dazu führen, dass ein unschuldiger Mitbürger zu Schaden kommt, oder falls der Gerechtigkeit nicht Genüge getan wird, ist die Missachtung dieser Regeln ein Gebot der Vernunft.«

Mit einem traurigen Lächeln erinnerte Lok sich an die Worte, die dem alten Mann in allen möglichen Variationen so oft über die Lippen gekommen waren. Seit seiner Beförderung vor vierzehn Jahren nannten ihn alle Inspector Lok, nur sein Mentor benutzte weiter diesen albernen Spitznamen, Sonny. In seinen Augen war Lok immer noch ein Kind. Vor seiner Pensionierung war Superintendent Kwan Chun-dok Leiter der Abteilung B des Central Intelligence Bureau gewesen, des internen Informationsdiensts der Polizei von Hongkong. Das CIB war für die Sammlung und Analyse der Polizeiberichte aus den sechs Regionalkommissariaten zuständig. War das CIB das Gehirn des Polizeiapparats, so war die Abteilung B der Frontallappen, jener Teil, der für die Auswertung zuständig war, dafür, die Informationen zu sieben und zu sortieren, um aus allen verfügbaren Hinweisen Erkenntnisse zu gewinnen, die womöglich selbst Augenzeugen verborgen geblieben waren. Kwan hatte 1989 die Leitung dieser Kerngruppe übernommen und war schnell zum Spiritus Rector des CIB geworden. Constable Sonny Lok war 1997 in die Abteilung B versetzt und bald Kwans »Schüler« geworden. Kwan war nur ein halbes Jahr lang Loks Vorgesetzter gewesen, setzte aber auch nach seiner Pensionierung die Arbeit bei der Polizei als Sonderberater fort, was ihm immer wieder die Möglichkeit verschaffte, den zweiundzwanzig Jahre jüngeren Sonny Lok unter seine Fittiche zu nehmen. Für den kinderlosen Kwan war Sonny wie ein Sohn.

»Sonny, die psychologische Kriegsführung gegen einen Verdächtigen gleicht dem Pokerspiel – man muss den Gegner täuschen. Sagen wir, du hättest zwei Asse auf der Hand; in dem Fall musst du deinen Gegner glauben lassen, du hättest nur Ramschkarten; ist die Lage jedoch aussichtslos, musst du bluffen wie ein Weltmeister. Du lässt ihn glauben, dein Sieg sei greifbar nahe. Damit bringst du ihn dazu, sich zu verraten.« Wie ein Vater, der seinen Sohn das Leben lehrt, gab Kwan alle seine Tricks an Sonny weiter.

Nach vielen gemeinsamen Jahren behandelte auch Lok Kwan wie seinen Vater, und er kannte seinen Mentor in- und auswendig. Während alle anderen Kwan nur mit »Sir« ansprachen, nannte Lok ihn »Shifu«, was im Kantonesischen »väterlicher Meister« heißt. Seine Kollegen bei der Truppe hatten für Kwan alle möglichen Spitznamen: »Aufklärungsmaschine«, »Das Auge von Hongkong«, »Superermittler«, »Das Genie«. In Loks Augen traf das, was Kwans verstorbene Frau einst über ihn gesagt hatte, am ehesten auf ihn zu: »Im Grunde ist er ein fürchterlicher Erbsenzähler. Wie wäre es, ihn Onkel Dok zu nennen?«
Im Kantonesischen ist »Onkel Dok« die Bezeichnung für den geizigsten aller Geizkragen. Außerdem stimmte »Onkel Dok« zufällig mit dem zweiten Teil von Kwans Rufnamen überein. Dass er ausgerechnet jetzt an dieses alte Wortspiel denken musste, entlockte Lok ein stilles Lächeln.

Erschreckend kompetent, erbittert autark, obsessiv detailversessen – all das kennzeichnete den schrulligen Charakter, der die Arbeiteraufstände Ende der Sechziger überstanden hatte, die Korruption bei der Polizei in den Siebzigern, die brutalen Verbrechen der Achtziger, den Übergang der Staatshoheit in den Neunzigern, die gesellschaftlichen Umwälzungen zur Jahrtausendwende. Über viele Jahrzehnte hinweg hatte er still und leise Hunderte von Kriminalfällen gelöst und sich ebenso leise in der Geschichte der Polizei von Hongkong verewigt.

Doch nun stand diese Legende mit einem Fuß im Grab. Das Hochglanzimage des von ihm wesentlich geprägten Polizeiapparats von Hongkong hatte längst begonnen zu verblassen, und jetzt, im Jahr 2013, litt der Ruf seiner Profession sichtlich.

Nachdem es der Polizei von Hongkong Ende der Siebziger gelungen war, sich von der Korruption zu befreien, hatte sie sich den Ruf einer uneigennützigen, zuverlässigen Behörde erworben. Es mag auch danach noch das ein oder andere schwarze Schaf gegeben haben, doch der überwiegende Teil der Bevölkerung sah in diesen eine Ausnahme. Den großen Wandel brachte die Politik. 1997, nach der Übergabe der Kronkolonie von England an China, wurde eine Gesellschaft, die zuvor stets in der Lage gewesen war, die verschiedensten Wertesysteme friedlich in sich zu vereinen, allmählich in einzelne politische Lager zerrissen. Die Demonstrationen und Proteste wurden zunehmend hitziger, und der harte Kurs gegen Demonstranten warf die Frage auf, auf wessen Seite die Polizei in Wirklichkeit stand. Von der Polizei wurde Neutralität erwartet, doch als bei den Zusammenstößen auch Regierungseinrichtungen angegriffen wurden, schien die Polizei sich zurückzuhalten, anstatt mit der gewohnten Effizienz zu agieren. Erste Stimmen wurden laut, in Hongkong würden die Mächtigen die Gerechtigkeit mit Füßen treten und die Polizei sei deren Handlanger, die immer dann ein Auge zudrückten, wenn es um regierungsnahe Gruppierungen ging, und die nur noch den Politikfunktionären dienten.

Früher hatte Inspector Lok solche Kritik stets zurückgewiesen. Inzwischen fing er allerdings selbst an zu argwöhnen, an den Vorwürfen könnte etwas dran sein. Es gab immer mehr Kollegen, die ihre Position nur noch als Job betrachteten und nicht mehr als höhere Berufung. Sie hielten sich stur an die Regularien wie jeder andere Lohnempfänger auch.

Immer wieder vernahm Lok den Satz: »Je mehr du tust, desto mehr Fehler machst du, also halt lieber die Füße still.« Als er 1985 der Truppe beitrat, war das *Ansehen* eines Polizeibeamten für ihn die wesentliche Motivation gewesen – ein Polizist war jemand, der sich dazu verpflichtet hatte, den Frieden zu bewahren und für Gerechtigkeit zu sorgen. Für die Beamten der neuen Generation waren Vorstellungen wie Gerechtigkeit offensichtlich nur noch theoretische Größen. Ihre Ziele bestanden darin, sich ein einwandfreies disziplinarisches Führungszeugnis zu bewahren, möglichst schnell die Leiter hinaufzuklettern, trockenen Fußes die Pensionierung zu erreichen und sich dann auf ihrer üppigen Pension auszuruhen. Weil die Öffentlichkeit allmählich Wind von dieser immer weiter um sich greifenden Haltung bekam, sank das Ansehen der Polizei in den Augen der Bevölkerung immer weiter.

»Sonny, selbst ... selbst wenn die Öffentlichkeit uns hasst, wenn unsere Vorgesetzten uns zwingen, gegen unser Gewissen zu handeln, und wir von allen Seiten unter Beschuss stehen ... vergiss nie, was unsere Pflicht ist, unsere Mission ... triff die richtige Entscheidung ...«, hatte der Superintendent erst neulich nach Atem ringend gekeucht, ehe er wieder einmal das Bewusstsein verlor, und sich dabei an Loks Hand gekrallt.

Lok wusste sehr wohl, was mit »Pflicht« und »Mission« gemeint war. Als Leiter des Regionalkommissariats Ost-Kowloon hatte er nur einen einzigen Auftrag: die Bevölkerung zu beschützen, indem er Verbrecher fing. Wenn die Wahrheit verborgen war, bestand seine Aufgabe darin, Ordnung ins Chaos zu bringen, Ordnung als letzten Verteidigungswall der Gerechtigkeit.

Heute würde er seinen Mentor darum bitten, den letzten Funken Leben, der noch in ihm steckte, darauf zu verwenden, ihm bei der Lösung eines Falls zu helfen.

Weit unten funkelte das Licht der Nachmittagssonne auf der azurblauen Bucht und fiel blendend durch die raumhohen Fenster. Außer den gleichmäßigen Geräuschen der Apparate, die besagten, dass der Patient noch lebte, war im Zimmer nur das Klappern einer Tastatur zu hören. Es kam von der jungen Frau, die konzentriert in einer Ecke saß.

»Sind Sie so weit, Apple? Sie werden bald hier sein«, sagte Inspector Lok.

»Bin gleich fertig. Hätten Sie mir früher gesagt, dass Sie noch Änderungen an dem Programm wünschen, gäbe es jetzt nicht ein solches Durcheinander. Es ist zwar nicht schwer, die Schnittstelle zu verändern, aber die Programmierung ist zeitaufwendig.«

»Ich verlasse mich auf Sie.« Inspector Lok hatte wenig Ahnung von Computern und viel Vertrauen in Apples Fähigkeiten.

Apple sprach mit ihm, ohne dabei den Blick zu heben. Sie war ganz auf ihre Tastatur konzentriert. Sie trug eine alte schwarze Baseballkappe, unter der braune Locken und ein ungeschminktes Gesicht zu sehen waren. Auf ihrer Nase thronte eine dicke, schwarz gerahmte Brille, sie trug ein schwarzes T-Shirt unter einer uralten Latzhose und außerdem Flip-Flops, die schwarz lackierte Zehennägel sehen ließen.

Dann klopfte es.

»Ich komme«, rief Inspector Lok. Augenblicklich nahm sein Gesicht den gewohnten Ausdruck an, die Wachsamkeit eines Falken, der seine Beute erspäht hat – der Gesichtsausdruck eines hochprofessionellen Kriminalkommissars.

2

»Sir, sie sind da«, sagte Ah Sing, Inspector Loks Assistent, und öffnete die Tür. Hinter ihm betrat im Gänsemarsch und mit zweifelnden Gesichtern eine ganze Horde Menschen das Krankenzimmer.

»Mr Yue, ich bin sehr dankbar, dass Sie Zeit gefunden haben herzukommen.« Der Inspector verließ seinen Posten an Kwans Krankenbett und durchquerte das Zimmer. »Wie gut, dass Sie alle fünf kommen konnten. Wäre nur einer verhindert gewesen, hätten sich die Ermittlungen wieder ein paar Tage länger hingezogen. Ich danke Ihnen.«

Seine höflichen Worte waren, wie die Anwesenden nur zu gut wussten, nur freundliche Fassade. Schließlich ermittelte er in einem Mordfall.

»Es tut mir leid, Inspector Lok, aber ich verstehe wirklich nicht, was wir hier sollen.« Yue Wing-yee ergriff als Erster das Wort. In einem Mordfall wurden Augenzeugen oder Verdächtige üblicherweise auf dem Kommissariat verhört oder aber am Tatort selbst, aber in einem Privatzimmer im fünften Stock des Wo Yan Hospital in Tseung Kwan O? Es war purer Zufall, dass sich diese Privatklinik im Besitz der Familie Yue befand, und hatte, soweit Wing-yee das beurteilen konnte, nichts mit dem Fall zu tun. Er konnte sich beim besten Willen nicht erklären, weshalb man sie ausgerechnet hierher gebeten hatte.

»Bitte beachten Sie die Verbindungen dieser Einrichtung zu Ihrer Familie gar nicht, das ist purer Zufall. Das Wo Yan ist nun einmal das bestausgestattete Krankenhaus in Hongkong – und so ist es kein Zufall, dass unser hochgeschätzter Polizeiberater vor einiger Zeit hierher verlegt wurde«, erklärte Inspector Lok gelassen.

»Ach so. Verstehe.« Yue Wing-yee wirkte immer noch nicht überzeugt, stellte aber keine weiteren Fragen. Der zweiunddreißig Jahre alte Mann mit dem grauen Anzug und der rahmenlosen Brille hatte etwas Jungenhaftes an sich, auch wenn er inzwischen zum Kopf des Familienimperiums aufgestiegen war. Wing-yee hatte zwar immer vermutet, dass er die Geschäfte des Fung-Hoi-Konsortiums eines Tages übernehmen würde, doch er hatte nicht damit gerechnet, dass diese Last so plötzlich auf seinen Schultern landen würde. Nach dem Tod seiner Mutter vor einigen Monaten und dem soeben erfolgten Mord an seinem Vater war ihm jedoch keine andere Wahl geblieben, als seine Rolle zu akzeptieren und in den Gesprächen mit der Polizei die Führung zu übernehmen.

Seit er in der vergangenen Woche die blutüberströmte Leiche seines Vaters gefunden hatte, ging ihm der Unfalltod seines älteren Bruders Wing-lai vor über zwanzig Jahren auch nicht mehr aus dem Kopf. Ständig hatte er sein Gesicht vor Augen, und jedes Mal schnürte es ihm die Kehle zu. Er hatte Jahre gebraucht, um dem Sargtuch zu entfliehen, das dieser frühe Tod über seine eigene Jugend geworfen hatte, und um sich an die Welle der Übelkeit zu gewöhnen, die ihn jedes Mal überkam, wenn er sich daran erinnerte.

Das Aufflackern des alten Grauens brachte Wing-yee zu der Überzeugung, dass er Wing-lais Tod wohl nie verwinden würde. Ihm blieb nichts anderes übrig, als sich stumm in seine Verantwortung zu fügen. *Wäre Wing-lai noch am Leben,* dachte Wing-yee, *er wäre definitiv in der Lage, mit dieser Situation entschieden gelassener umzugehen als ich.*

Obwohl es ihn nervös machte, mit Inspector Lok sprechen zu müssen, fühlte Wing-yee sich in der vertrauten Umgebung von Wo Yan entschieden wohler als auf dem nüchternen Kommissariat. Er war kein Arzt, trotzdem war die Klinik ihm bestens vertraut – nicht wegen des Vorstandspostens im Konsortium, sondern weil er seine Mutter, als sie im Sterben lag, alle paar Tage hier besucht hatte.

Davor hatte er das Haus höchstens ein Mal im Jahr betreten. Das Fung-Hoi-Konsortium besaß viele weitere Immobilien und Unternehmen, um die man sich kümmern musste; genauer gesagt, bildeten diese das Rückgrat des Geschäfts. Das Wo Yan

Hospital war keine besonders lukrative Geldanlage, aber es verlieh dem Konsortium ein gewisses Prestige und war führend, was den Import innovativer Medizintechnik aus dem Ausland betraf – minimalinvasive Chirurgie, DNA-Bestimmungen für Erbkrankheiten, Bestrahlungsbehandlung bei Krebs.

Trotzdem hatte Wing-yee wie in einer drittklassigen Fernseh-Soap feststellen müssen, dass der Besitz dieser Klinik mitsamt ihrer fortschrittlichen Ausstattung und dem tadellosen Personal seiner Mutter rein gar nichts nutzte, als sie mit neunundfünfzig Jahren ihrem Krebsleiden erlag.

»Inspector Lok, Sie und Ihre Kollegen behelligen uns nun schon seit einigen Tagen. Ich vermute, Sie müssen diesen Wirbel veranstalten, wenn Sie in einem Fall nicht weiterkommen, um Ihren Vorgesetzten zu beweisen, dass Sie sich Mühe geben?« Dieser Vorwurf kam von dem jungen Mann direkt hinter Wing-yee – seinem acht Jahre jüngeren Bruder Yue Wing-lim. Im Gegensatz zu seinem weltgewandten Bruder gab Wing-lim sich leichtfertig, trug auffällige, teure Kleidung und hatte grellrot gefärbte Haare. Selbst wenn er mit einem Polizeibeamten sprach, tat er es furchtlos – er wirkte, als könnte ihm rein gar nichts Angst machen.

Wing-yee drehte sich um und starrte seinen jüngeren Bruder an, obwohl er, ehrlich gesagt, das Gleiche gedacht hatte, genau übrigens wie die drei anderen Anwesenden – Wing-yees Ehefrau Choi Ting, die Haushälterin der Familie Nanny Wu und der Privatsekretär Wong Kwan-tong, besser bekannt als Old Tong. Sie alle waren bereits vor ein paar Tagen auf dem Kommissariat gewesen, um eine detaillierte Aussage zu machen, und niemand konnte sich vorstellen, wie die Beantwortung weiterer Fragen die Ermittlungen voranbringen sollte.

»Die Familie Yue ist sehr bekannt und Fung Hoi für Hongkongs Wirtschaft von überragender Bedeutung, daher nehmen die Medien jedes noch so kleine Detail dieser Tat unter die Lupe«, sagte Inspector Lok gelassen. Offensichtlich nahm er Wing-lims Bemerkung nicht persönlich. »Dieser Fall wird auf allerhöchster Ebene als außerordentlich wichtig eingestuft, und wir hoffen, den Mord an Ihrem Vater so schnell wie möglich aufklären zu können, um einen wirtschaftlichen Skandal zu verhindern. Aus diesem Grund sehe ich mich gezwungen, auf die Hilfe meines Mentors zurückzugreifen, und deshalb habe ich Sie darum gebeten, ein wenig Zeit zu investieren, um den Fall noch einmal gemeinsam durchzugehen.«

»Über welche Superkräfte verfügt er denn, Ihr Mentor?«, fragte Wing-lim bissig.

»Ich spreche von unserem Superintendent Kwan Chun-dok, einstiger Direktor des Regionalkommissariats Hong Kong Island. Er ist inzwischen als Sonderberater tätig. Wo er involviert ist, gibt es keine unlösbaren Fälle. Seine Erfolgsquote in über dreißig Dienstjahren liegt bei einhundert Prozent.«

»Einhundert Prozent?«, stieß Wing-yee erstaunt aus.

»Richtig. Einhundert Prozent.«

»Sie … Sie übertreiben doch. Wer hat schon eine perfekte Bilanz?« Wing-lims Selbstgefälligkeit bekam erste Risse.

»Dürfte ich erfahren, wo sich dieser Superintendent Kwan befindet?«, fragte Old Tong, der weißhaarige Sekretär. Er warf Apple einen Blick zu, die still in ihrer Ecke saß und vor sich hin tippte. Bei diesem Mädchen von Mitte zwanzig handelte es sich jedenfalls ganz offensichtlich nicht um die genannte Person.

Inspector Lok drehte sich um und blickte zum Bett hinüber. Die Anwesenden brauchten ein paar Sekunden, um zu begreifen, dass dieser Blick die Antwort war.

»Dieser alte Mann ist Superintendent Kwan?«, japste Yue Wing-yee.

»Ja.«

»Was … was fehlt ihm denn?« Wing-yee bereute seine Worte, sowie er sie ausgesprochen hatte. Krankheit wurde als Privatangelegenheit betrachtet, und eine derart direkte Frage könnte diesen Polizisten, den er dringend auf seine Seite ziehen wollte, ernstlich verärgern.

»Leberkrebs. Im Endstadium.«

»Und dieses … dieser alte Sack da soll den Mord an meinem Vater aufklären?« So respektlos Wing-lims Frage auch war, in

Wirklichkeit hatte er sich Mühe gegeben, denn er hatte sich die Worte »abgehaltertes Wack« verkniffen.

»Wing-lim, ein wenig mehr Respekt, bitte!« Die Worte kamen nicht von seinem großen Bruder, sondern von Old Tong. Wing-yee schürzte missbilligend die Lippen, sagte jedoch nichts.

»Inspector Lok, haben Sie uns herzitiert, damit wir unsere Aussagen für diesen … für Superintendent Kwan wiederholen?«, fragte Choi Ting. Sie war die Rolle als Herrin des Hauses offenbar noch nicht gewohnt, und ihre Stimme verriet die Angst, etwas Falsches zu sagen.

»Exakt.« Inspector Lok nickte. »Mein Mentor ist nicht in der Lage, sich zur Villa Fung Ying oder aufs Kommissariat zu begeben, also musste ich Sie herbemühen.«

»Aber … kann er denn sprechen?« Choi Ting starrte den Patienten zweifelnd an. Sie war Ärztin gewesen, ehe sie in die Familie Yue eingeheiratet hatte, und der Anblick der Schläuche in Mund und Nase des Patienten, ganz zu schweigen von dem Beatmungsgerät, sagten ihr, dass das unmöglich war.

»Nein, er kann nicht sprechen, und er kann sich auch nicht bewegen. Er liegt im Koma«, sagte Inspector Lok ungerührt.

»Dann kommen wir zu spät!«, stieß Wing-yee aus.

»Welches Stadium?«, fragte Choi Ting.

»Drei.« Das hieß kaum Augenbewegung, keine Sprache, keinerlei gezielte physische Aktivität.

»Wenn Superintendent Kwan weder sprechen noch sich bewegen kann, wie soll er Ihnen dann helfen?«, fragte Old Tong.

»Das soll wohl ein Witz sein, Inspector Lok.«

»Er kann immer noch hören«, sagte Lok düster.

»Na und?«, entgegnete Choi Ting. »Wie soll er uns mitteilen, was er denkt? Der Mann liegt im Koma!«

»Solange er uns hören kann, erledigt sie« – Inspector Lok deutete auf die junge Frau in der Ecke – »den Rest.«

Apple reagierte nicht. Sie hackte weiter auf ihre Tastatur ein und ignorierte die fassungslosen Blicke der fünf Besucher.

»Ihr Name ist Apple. Sie ist Computerexpertin.«

»Ach was!« Die Erklärung war in Wing-yees Augen gänzlich überflüssig, denn Apple saß in einem Gewirr bunter Kabel, ein mit Comicstickern übersätes Laptop auf dem Schoß und drei Bildschirme unterschiedlicher Größe vor sich.

»Was will eine Computerexpertin denn hier ausrichten? Soll sie etwa dem Typen das Gehirn anzapfen und es an ihren Prozessor anschließen?«, spottete Wing-lim.

»Ja, so in etwa.«

Diese Antwort hatte niemand erwartet, und schon gar nicht, dass Inspector Lok sie mit derart ungerührtem Gesicht von sich gab.

»Es ist ein bisschen kompliziert zu erklären – am besten, Sie versuchen es selbst. Wir haben das Programm modifiziert, um Ihnen diese Erfahrung zu ermöglichen.« Der Inspector wandte sich an Apple. »Ist alles bereit?«

»Ja, so gut wie.« Apple reichte ihm einen etwa zwei Zentimeter breiten schwarzen Gummistirnreif, welcher über ein graues Kabel mit ihrem blauen Laptop verbunden war.

»Mit diesem Gerät werden wir das Gehirn von Superintendent Kwan anzapfen, wie Sie es formuliert haben«, erklärte der Inspector. »Mr Wong, darf ich Sie bitten, sich zu einer Demonstration zur Verfügung zu stellen?«

Old Tong trat zögernd vor.

Inspector Lok platzierte ihn auf dem Besuchersofa und legte ihm das Stirnband an. Es sah aus wie der goldene Reif des Affenkönigs. Die beiden offenen Enden klemmten an seinen Schläfen, und Old Tong spürte, wie sich zahllose winzige Ausbuchtungen in seine Haut drückten. Behutsam rückte der Inspector den Reif zurecht.

»Okay. Es sollte funktionieren«, sagte Apple, den Blick immer noch fest auf ihren Bildschirm geheftet.

»Wissen alle, was ein EEG ist?«, fragte Inspector Lok.

»Elektroenzephalogramm«, antwortete Choi Ting.

»Ganz genau. Unser Gehirn besteht aus Nervenzellen, und wenn wir denken, bewegen sich winzige elektrische Impulse zwischen diesen Zellen hin und her – und das ist messbar, und zwar mit der Hilfe eines EEG. Die Wissenschaft nennt diese Bewegungen Hirnströme.«

»Und das Ding da kann Hirnströme in Sprache verwandeln?« Wing-yee war sehr erstaunt.

»Nein, so weit ist die Wissenschaft derzeit noch nicht, aber wir sind seit einigen Jahren in der Lage, den Zustand des Gehirns zu messen, und dank jüngster bahnbrechender Erfolge genügt hierzu eine äußerst simple Ausstattung.«

»Die größte Schwierigkeit besteht darin festzustellen, welche Ablesungen von Hirnströmen stammen und welche nicht«, mischte Apple sich ein. »Nehmen Sie beispielsweise dieses Zimmer – allein die medizinische Ausstattung produziert riesige Mengen an Interferenzen. Bis jetzt war eine ganz besondere Umgebung nötig, um ein EEG anfertigen zu können, aber inzwischen kann man dieses Netzbrummen am Computer herausfiltern. Ich habe das Programm selbst geschrieben, mithilfe der Formel aus der Bibliothek eines Forschungsteams in Berkeley. Was die Schnittstelle betrifft ...«

»Einfach ausgedrückt, diese Apparatur ist in der Lage, den Gedanken eines Menschen zu registrieren, sobald er gedacht wird«, fiel der Inspector ihr ins Wort. Er deutete auf einen der drei Bildschirme. Apple drehte den Bildschirm herum, und die Anwesenden sahen ein zweigeteiltes Rechteck. Die obere Hälfte war weiß und mit dem Wort JA in schwarzen Lettern beschriftet, die untere Hälfte schwarz mit dem Wort NEIN in weißen Lettern. Auf der Grenzlinie zwischen beiden Feldern befand sich ein kleines blaues Kreuz.

»Mr Wong? Bitte konzentrieren Sie sich nun und stellen Sie sich vor, das blaue Kreuz würde sich bewegen«, sagte Inspector Lok. Old Tong hatte zwar keine Ahnung, was hier vor sich ging, doch er tat, was man ihm sagte.

»Es bewegt sich!«, rief Wing-lim aus. Und tatsächlich: Das Kreuz bewegte sich aufwärts und traf mit einem akustischen Signal auf das Wort JA: *Ping*.

»Es besteht ein eklatanter Unterschied zwischen einem entspannten Gehirn und einem Gehirn, das sich konzentriert.«

Der Inspector deutete auf den Bildschirm. »Sobald Mr Wong seine Aufmerksamkeit fokussiert, produziert sein Gehirn ... äh ...«

»Beta-Wellen, und zwar zwischen zwölf und dreißig Hertz.« Apples Kopf tauchte zwischen den Bildschirmen auf. »Ist das Gehirn entspannt, produziert es Alpha-Wellen von etwa acht bis zwölf Hertz.«

»Stimmt, Beta-Wellen«, kicherte Inspector Lok und dachte, was für einen miserablen Wissenschaftler er abgeben würde. »Mr Wong, ich bitte Sie, Ihren Geist zu beruhigen – vielleicht sehen Sie einfach zum Fenster hinaus aufs Meer? –, dann wird der Zeiger wieder stehen bleiben. Sie können die Bewegung des Kreuzes kontrollieren, indem sie zwischen Konzentration und Entspannung wechseln.«

Die Anwesenden starrten skeptisch auf den Monitor, während der Zeiger sich langsam auf und ab bewegte. Doch Old Tongs Gesicht verriet ihnen, dass das Ganze kein Humbug war.

»Es stimmt! Wenn ich versuche, ihn nach oben zu bewegen, geht er tatsächlich rauf. Und wenn ich aufhöre zu denken, geht er wieder runter«, rief er erstaunt.

»Sie können es alle einmal ausprobieren, wenn Sie möchten.« Inspector Lok nahm dem Sekretär das Stirnband ab.

Wing-yee war von Haus aus neugierig, was neue Technologien betraf, und hätte sich normalerweise sofort freiwillig gemeldet, doch er wollte auf keinen Fall mehr Aufmerksamkeit als nötig auf sich lenken.

»Moment mal«, sagte Old Tong. »Die junge Dame sagt, sie hätte das Programm geschrieben, aber was ist mit der Hardware? Dieses Gummidingsda sieht aus wie eine Spezialanfertigung.«

»Das habe ich gekauft«, sagte Apple.

»Wo kann man denn so etwas kaufen?«

»Bei Toys 'R' Us.« Apple zog einen Karton hervor. »Mit Hirnwellen gesteuertes Spielzeug ist schon seit ein paar Jahren auf dem Markt – das ist nichts Neues. Ich habe lediglich ein Produkt von der Stange für unsere Bedürfnisse modifiziert.

Mir ist es außerdem gelungen, 3-D-Kameras in VR-Induktoren zu verwandeln ...«

»Und Sie schlagen ernsthaft vor, Superintendent Kwan mit diesem Ding auszustatten, damit er seine Schlussfolgerungen mitteilen kann?«

»Ganz richtig.«

»Aber damit kann er doch nur ›Ja‹ oder ›Nein‹ sagen – wie soll man so einen Fall lösen?«

Inspector Lok warf einen strengen Blick in die Runde. »Auch ›Ja‹ und ›Nein‹ können Aussagen von großer Bedeutung sein. Außerdem beherrscht der Superintendent diesen Apparat besser als wir alle zusammen.«

Behutsam schritt Inspector Lok zum Bett, befestigte das Gummiband sanft an der Stirn des alten Mannes und rückte es zurecht, bis Apple »Okay« sagte.

»Können Sie mich hören, Sir?« Der Inspector hatte auf einem Stuhl am Kopfende zwischen Bett und Wand Platz genommen. Der Computer gab ein fröhliches *Ping* von sich, und das blaue Kreuz sprang blitzschnell auf JA.

»Warum ist es denn so gesprungen? Ist das Ding kaputt?«, wollte Yue Wing-lim wissen.

Ein dumpfes Klacken – *Tock-tock* – ertönte, und der Zeiger sprang auf NEIN.

»Wie ich schon sagte, der Superintendent ist inzwischen sehr versiert im Umgang mit diesem Gerät«, erklärte der Inspector. »So kommuniziert er mit uns, seit er im Koma liegt – er hat jetzt etwa einen Monat Praxis. Das System hat inzwischen so viele Daten über sein Gehirn gesammelt, dass die Wahrscheinlichkeit eines Irrtums gegen null geht.«

»Ist es tatsächlich möglich, in so kurzer Zeit seine Konzentration in diesem Maße zu schulen?« Choi Tings Blick ging staunend zwischen dem alten Mann und dem Monitor hin und her.

Ping. Der Zeiger sprang auf JA.

»Blinde sind in der Lage, Entfernungen anhand von Klang abzuschätzen, und Taube lernen, von Lippen abzulesen – erst unter extremen Umständen erkennt der Mensch sein volles Potenzial.« Inspector Loks Hände lagen verschränkt in seinem Schoß. »Außerdem ist dies für ihn derzeit die einzige Möglichkeit, mit seiner Umgebung zu kommunizieren – er hatte keine andere Wahl, als den Umgang mit der Apparatur möglichst schnell zu erlernen.«

Der Zeiger kehrte langsam auf die Trennlinie zurück und verharrte dort, als wollte er damit zum Ausdruck bringen, dass er zu einem Teil von Kwans Körper geworden war und sich verbat, seine Genauigkeit anzuzweifeln.

»Um die Ermittlungen endlich voranzutreiben, habe ich Sie heute hierhergebeten, damit Superintendent Kwan die Situation vollständig erfassen kann. Wir wollten die Befragungen eigentlich erst fortsetzen, wenn er wieder bei Bewusstsein ist, aber angesichts des übergroßen Interesses meiner Vorgesetzten an der Aufklärung dieses Falls sehe ich mich gezwungen, zu außergewöhnlichen Maßnahmen zu greifen. Angesichts der Umstände werde ich die Befragung durchführen, und der Superintendent wird sich, wann immer nötig, mit Einwänden und Vorschlägen zu Wort melden.«

Ping. JA.

»Weshalb verhören Sie ausgerechnet uns? Mein Vater wurde doch von einem Einbrecher ermordet, oder etwa nicht? Ich dachte, das stünde außer Frage«, blaffte Wing-lim ungehalten.

»Zu all diesen Details komme ich gleich, wenn ich Superintendent Kwan den Fall darlege«, sagte der Inspector ungerührt. »Würden Sie bitte Platz nehmen?«

Old Tong saß bereits. Wing-yee, Wing-lim und Choi Ting setzten sich zu ihm auf das Besuchersofa und ließen Nanny Wu, die noch kein einziges Wort gesagt hatte, einfach stehen. Nach einem kurzen Zögern setzte sie sich auf den Holzstuhl neben der Tür. Von seinem Platz in der Mitte des Sofas war Wing-yee die Sicht auf das Bett von einem Tisch verstellt – er konnte das Gesicht des bewusstlosen Patienten nur zur Hälfte sehen. Doch die allgemeine Aufmerksamkeit ruhte sowieso auf Apple beziehungsweise auf dem Siebzehn-Zoll-Monitor direkt neben ihr, der Superintendent Kwan den Mund ersetzte.

3 »Ah Sing, zeichnen Sie bitte auf«, ordnete der Inspector an. Sein Assistent, der auf einem Hocker noch hinter Apple saß, schaltete eine kleine Digitalkamera an und vergewisserte sich mithilfe des Monitors, dass er alle Beteiligten im Bild hatte. Dann nickte er seinem Vorgesetzten zu.

»Sir?«, sagte Inspector Lok zu Superintendent Kwan. »Ich beginne jetzt mit der Übersicht über den Fall.« Er nahm ein Notizbuch aus der Tasche und schlug es auf. »In der Nacht von Samstag, den 7. September 2013, auf Sonntag, den 8. September 2013, nach Mitternacht, ereignete sich in der Villa Fung Ying, Chuk Yeung Road 163 in Sai Kung, ein Mord. Es handelt sich um den Familienwohnsitz des Direktors des Fung-Hoi-Konsortiums, Yuen Man-bun. Das Mordopfer ist der Hauseigentümer selbst, Yuen Man-bun.«

Als er den Namen seines Vaters vernahm, fing Wing-yees Herz heftig zu pochen an.

»Der Ermordete war siebenundsechzig Jahre alt. 1971 heiratete er Yue Chin-yau; weil sie das einzige Kind der Familie Yue war, willigte Yuen Man-bun ein, den Kindern ihren Familiennamen zu geben. 1986 übernahm er von seinem Schwiegervater Yue Fung die Leitung des Familienunternehmens, und als Yue Fung im darauffolgenden Jahr starb, auch den Familienvorstand.« Inspector Lok blätterte um. »Yuen Man-bun hatte drei Kinder. Der älteste Sohn, Wing-lai, starb 1990 bei einem Autounfall. Der Zweitgeborene Wing-yee und der dritte Sohn Wing-lim leben bis heute unter oben genannter Adresse. Wing-yee heiratete im vergangenen Jahr, und seine Frau Choi Ting zog ebenfalls in das Haus seiner Eltern. Die Frau des Opfers, Yue Chin-yau, verstarb dieses Jahr im Mai. Abgesehen von den vier bereits erwähnten Personen leben in der Villa Fung Ying außerdem ein Privatsekretär, Mr Wong Kwan-tong, und eine Haushälterin, Miss Wu Kam-mui. Außer diesen sechs Personen war in der Nacht des Geschehens niemand anwesend. Möchten Sie, dass ich etwas wiederhole, Sir?«

Tock-tock. NEIN.

»Dann zu den Umständen und Ereignissen des Verbrechens selbst.« Inspector Lok räusperte sich und fuhr langsam und unbeirrt fort. »Bei der Villa Fung Ying handelt es sich um ein dreistöckiges Gebäude, das zusammen mit dem umliegenden Gelände etwa einen halben Morgen Land an der Chuk Yeung Road umfasst, in direkter Nachbarschaft zum Ma On Shan Country Park. Das Herrenhaus befindet sich seit den frühen Sechzigerjahren im Besitz der Familie Yue und beherbergte seither drei Generationen dieser Familie.«

Der Inspector warf einen Blick in die Runde und bemerkte Nanny Wus versonnenes Nicken, so als erinnerte sie sich zurück an die goldenen Zeiten der Sechziger- und Siebzigerjahre, als ihr alter Dienstherr das Imperium aufbaute.

»Am Sonntag, den 8. September, um halb acht Uhr morgens bemerkte Yue Wing-yee, dass sein Vater nicht wie üblich im Wohnzimmer saß und die Zeitung las, und fand ihn bei anschließender Suche im Arbeitszimmer im ersten Stock auf dem Fußboden liegend tot auf. Im Zuge der umgehend eingeleiteten kriminalpolizeilichen Ermittlungen wurde anfänglich angenommen, der Verstorbene hätte einen Einbrecher ertappt und wäre von diesem angegriffen und getötet worden.«

Wing-yee durchfuhr ein Schaudern.

»Die Fensterscheibe des Arbeitszimmers war eingeschlagen, und der Raum wies sämtliche Anzeichen eines Raubüberfalls auf.« Inspector Lok ließ das Notizbuch sinken und musterte das regungslose Gesicht des alten Ermittlers. Er war die Szene in Gedanken bereits so oft durchgegangen, dass er sie aus dem Kopf schildern konnte. »Die Flammenbäume im Garten stehen nahe genug am Haus, um einem Eindringling Zugang zum Fenster zu gewähren. Auf der Außenseite der Glasscheibe waren Klebstreifen angebracht, um sicherzustellen, dass die Scheibe lautlos zerbrach – was auf einen routinierten Einbrecher schließen lässt. Auf dem Rasen unter dem Fenster fanden wir eine

Rolle wasserfestes Klebeband, und das Labor hat bereits bestätigt, dass die Streifen am Fenster von dieser Rolle stammen.«

Das blaue Kreuz auf dem Bildschirm verharrte reglos – wie ein aufmerksamer Zuhörer.

»Yuen Man-buns Arbeitszimmer maß knapp vierzig Quadratmeter. Abgesehen von den üblichen Möbeln befand sich dort noch ein relativ ungewöhnlicher Einrichtungsgegenstand: ein über zwei Meter hoher Stahlschrank von etwa einem Meter Breite. Dieser Schrank enthielt diverse Harpunen – Mr Yuen benutzte diese Waffen auf seinen Tauchgängen zur Jagd und besaß dafür eine Lizenz. Direkt neben dem Schrank befand sich ein Styroporbehälter, etwa einen Kubikmeter groß, gefüllt mit alten Zeitungen und Zeitschriften. Nach Angaben der Familie des Verstorbenen benutzte er diesen in seiner Freizeit für Schießübungen.«

»Nein, Inspector Lok, das waren keine Übungen«, platzte Wing-yee heraus.

»Keine Übungen? Aber Mr Wong sagte …«

»Der Boss hat die Kiste als Ziel benutzt«, erklärte Old Tong. »Aber nicht zur Übung. Er litt seit einigen Jahren unter Arthrose, und sein linkes Bein war nicht mehr stark genug zum Tauchen. Er konnte nicht mehr auf Harpunenjagd gehen. Ich musste ihm im Arbeitszimmer diesen Aufbau hinstellen, damit er mit seinen Harpunen die alten Zeiten wiederaufleben lassen konnte. Eine Harpune sollte an Land nicht benutzt werden. Das ist sehr gefährlich.«

»Ach so, dann hatte ich das falsch verstanden. Jedenfalls war dies die Auffindesituation im Arbeitszimmer, Sir.«

Ping. Kwan schien ihn dazu anzutreiben weiterzumachen.

»Sowohl Tresor als auch Waffenschrank waren den Spuren nach mit einem Meißel bearbeitet worden, und während der Tresor unversehrt blieb, war es dem Eindringling gelungen, den Waffenschrank zu öffnen. Bücher und Unterlagen waren aus den Regalen geworfen worden und lagen über den Fußboden verstreut, der Computer auf dem Schreibtisch war zertrümmert worden, und sämtliche Schubladen waren entleert.

Alles in allem wurden aus dem Zimmer in etwa zweihunderttausend Hongkong-Dollar in bar entwendet, doch sowohl der Ring des Toten als auch der juwelenbesetzte Brieföffner auf dem Schreibtisch verblieben an Ort und Stelle, ebenso eine antike goldene Taschenuhr im Wert von etwa dreihunderttausend Hongkong-Dollar.«

Der Bericht seines Vorgesetzten erinnerte Ah Sing an den ersten Tag der Ermittlungen. Als er erfahren hatte, dass die fehlenden zweihunderttausend Dollar aus dem Arbeitszimmer als »Portokasse« bezeichnet wurden, war ihm bewusst geworden, wie weit sein eigenes Leben von dem der Elite Hongkongs entfernt war.

»Die Ermittler fanden weder Fußspuren noch Fingerabdrücke im Raum und gehen davon aus, dass der Eindringling Handschuhe trug.« Der Inspector schlug das Notizbuch wieder auf. »So viel zum Tatort. Nun zum Vorfall selbst.«

Ping.

»Laut Gerichtsmedizin liegt der Todeszeitpunkt zwischen halb drei und vier Uhr morgens. Der Verstorbene wurde neben dem Bücherregal auf dem Fußboden aufgefunden. Der Hinterkopf wies zwei schwere Prellungen auf, doch die tödliche Wunde befand sich in seinem Bauch – er wurde mit einer Harpune erschossen und verblutete.«

Der dünne, glänzende Metallspeer erschien flackernd vor Wing-yees Augen.

»Ich werde nun detailliert die Mordwaffe beschreiben.« Inspector Lok blätterte ein paar Seiten weiter. »Die Harpune hat eine Länge von 115 Zentimetern, an der Spitze mit einigen Widerhaken von je drei Zentimetern versehen. Diese Haken durchdrangen mehrere innere Organe und verursachten massiven Blutverlust. In der Mitte des Raums fanden wir ein Harpunengewehr aus Karbonfiberglas, hergestellt von der südafrikanischen Firma Rob Allen, Modell Nummer RGSH115, Rohrlänge 115 Zentimeter, ausgestattet mit einem Gummizug von dreißig Zentimetern Länge. Die Fingerabdrücke auf der Waffe stammen ausnahmslos vom Mordopfer.«

Als der Inspector den Fall übernommen hatte, hatten die Fachausdrücke ihn verwirrt, und er hatte sich intensiv mit dem Mechanismus einer Gummizugharpune auseinandergesetzt. Die Harpune nutzt die Elastizität des Gummizugs, um den Pfeil abzuschießen – so wie eine Steinschleuder. Der Pfeil selbst wird von einem Abzugsmechanismus zurückgehalten, der Taucher spannt den Gummizug und verhakt ihn mit der Munition. Wird der Abzug betätigt, wird der gespannte Gummizug gelöst und schleudert den Pfeil über die auf dem Rohr aufliegende Führungsrille aus der Harpune heraus.

»Wir haben den Waffenschrank untersucht und uns vergewissert, dass die verwendete Harpune aus den Beständen des Verstorbenen stammt. In dem Schrank waren Haltevorrichtungen für drei Waffen, er enthielt jedoch lediglich zwei Harpunen unterschiedlicher Länge, eine RGSH075 und eine RGSH130. Das mittlere Fach war leer. Außerdem befanden sich noch eine extralange RGZL160 – Modell Rob Allen Zulu – und eine fünfundsiebzig Zentimeter lange RABITECH RB075 aus Aluminium im Schrank, beide Waffen zerlegt und in Koffern verstaut. Daneben enthielt der Schrank diverse Pfeile in Längen von 115 bis 160 Zentimetern, welche, wie unsere Ermittler bestätigten, von derselben Machart waren wie der Pfeil im Körper des Opfers.«

»Die Zulu hat Vater nie benutzt«, warf Wing-yee bewegt ein. »Er sagte, er hätte sie für die Haijagd gekauft, doch bevor er damit auch nur ein Mal ins Wasser gehen konnte, machte die Arthrose ihm das Tauchen unmöglich.«

Inspector Lok setzte seine Ausführungen fort, ohne die Bemerkung zu kommentieren. »In dem Schrank befand sich außerdem jede Menge Ausrüstung zum Tauchen und Fischen – Masken, Neoprenhauben, Lungenautomaten, Handschuhe, Einholleinen, Schraubenzieher, diverse Taschenmesser und ein Tauchmesser mit einer Klingenlänge von fünfundzwanzig Zentimetern. Erste Untersuchungen legen nahe, dass der Mörder den Schrank aufbrach und das Opfer mit seiner eigenen Harpune erschoss.«

Ah Sing musste schlucken. Er hatte in den zwei Jahren als Loks Assistent genug Leichen gesehen, doch wenn er an den langen Metallpfeil mit den Widerhaken dachte, der sich durch weiches Gewebe gebohrt und aus Innereien Hackfleisch gemacht hatte, stellten sich ihm die Haare auf.

»Die beiden Prellungen am Hinterkopf werfen Fragen auf«, fuhr der Inspector fort. »Laut Gerichtsmedizin erfolgte der zweite Schlag eine ganze Weile nach dem ersten. Die Blutspuren auf dem Kragen des Opfers und die Verletzungen selbst lassen auf einen zeitlichen Abstand von etwa dreißig Minuten schließen. Die genauen Umstände, die zu diesen Verletzungen führten, sind noch unklar, aber wir konnten die Tatwaffe identifizieren – eine Messingvase, die normalerweise auf dem Schreibtisch stand. Auch hier fanden sich keinerlei Fingerabdrücke, was wiederum nahelegt, dass der Mörder sie nach dem Angriff auf sein Opfer sorgsam abgewischt hat.«

Inspector Lok sah von seinen Notizen auf und ließ den Blick über die Anwesenden schweifen, ehe er ihn schließlich auf dem reglosen Patienten ruhen ließ.

»Die meisten Fragen wirft für mich jedoch die Lage der Leiche selbst auf.« Der Inspector runzelte die Stirn. »Der Tote lag vor dem Bücherregal, neben sich ein Fotoalbum mit Familienbildern, von welchem die Ermittler ein paar blutige Fingerabdrücke sichern konnten. Die Blutspuren auf dem Fußboden beweisen, dass das Opfer nach dem tödlichen Schuss noch etwa fünf Meter weit vom Schreibtisch zum Bücherregal kroch und sich dort das Album ansah. Laut Gerichtsmedizin verstarb er, ungefähr zwanzig Minuten nachdem der Pfeil ihn getroffen hatte. Ich dachte zuerst, er hätte versucht, uns einen Hinweis zu geben, doch die Blutspuren in dem Album weisen keinerlei ersichtliche Muster auf. Es scheint, als wollte er sich einfach noch einmal die alten Fotos ansehen. Noch seltsamer ist der Umstand, dass das Opfer offenbar an Händen und Füßen mit Isolierband gefesselt worden war und auch damit geknebelt wurde. Doch als der Tote aufgefunden wurde, war kein Klebeband mehr vorhanden und auch nirgendwo zu finden.«

Als die Erkenntnisse über das Isolierband vor ein paar Tagen hereingekommen waren, hatte Ah Sing laut die Vermutung geäußert, die Fesselung sei eventuell gar nicht das Werk des Mörders gewesen – was, wenn der Verstorbene gewisse SM-Praktiken betrieben hatte und die Klebespuren von einer Bondage-Session stammten? Er hatte sich damit sofort missbilligende Blicke seiner Kolleginnen eingefangen, so als wäre *er* der Perversling. Inspector Lok hatte seine Theorie lachend vom Tisch gewischt. »Sie gehören wohl auch zu denen, die glauben, reiche Menschen wären grundsätzlich verdorben und würden alle geheimen Fetischen frönen?«

»Von diesen Anomalien abgesehen«, fuhr Lok fort, »legte die Auffindesituation den Schluss nahe, dass ein Einbrecher das Fenster einschlug, um sich Zugang zum Arbeitszimmer zu verschaffen, und sein Opfer, nachdem er von ihm überrascht worden war, mit der Vase bewusstlos schlug und fesselte, um seinen Raubzug fortzusetzen. Er fand den Tresor, konnte ihn jedoch nicht öffnen, bedrohte sein Opfer mit der Harpune, forderte die Kombination für den Safe, und als der Hausherr sich weigerte, erschoss er ihn. Der Raubmörder schnappte sich die Zweihunderttausend in bar und floh ...«

Tock-tock. Wieder ertönte der Negativton, und der Zeiger sprang auf NEIN. Die Zeugen sahen einander erschrocken an.

»Wollen Sie sagen, der Mörder kam nicht von außen, Sir?«

Ping. Ohne Hast glitt der Zeiger auf JA.

Inspector Lok machte ein überraschtes Gesicht. »Ja, Sie haben recht, Sir. Weitere Untersuchungen machten es zunehmend unwahrscheinlich, dass der Mörder ein Einbrecher war. Wir fanden vor dem Fenster keinerlei Kletterspuren und auch keine Fußabdrücke in dem darunterliegenden Blumenbeet. Ich habe mich gefragt, ob er auf anderem Wege an das Fenster gelangt sein könnte, beispielsweise über das Dach, aber auch dort fanden sich keinerlei Spuren. Natürlich besteht immer noch die vage Möglichkeit, dass er mit dem Hubschrauber kam ...«

Tock-tock. Der alte Ermittler schien seinen Zögling zu rügen, weil er das Offensichtliche übersah.

»Sir, können Sie anhand des bisher Gesagten bereits schließen, dass es sich um jemanden aus dem Haus handelte?«
Ping. Wieder ein geschmeidiges JA.
»Warum? Wegen der Art und Weise, wie die Scheibe eingeschlagen wurde? Weil die Mordwaffe eine Harpune war? Wegen der Art, wie das Zimmer verwüstet wurde?«
Der Zeiger verharrte unbeweglich auf der Trennlinie.
»War es der Schreibtisch? Das Bücherregal? Die Vase? Die Bodendielen?«
Ping.
»Die Bodendielen«, wiederholte der Inspector, und der Zeiger reagierte erneut.
»Die Bodendielen? Aber da gab es doch gar nichts – keine Fingerabdrücke, keine Fußspuren. Der Fußboden war völlig sauber«, sagte Ah Sing.
Inspector Lok drehte sich abrupt zu seinem Assistenten um, sah ihn an und wandte sich dann mit begeisterter Miene erneut seinem Mentor zu. »Stimmt!« Er schlug sich gegen die Stirn.
»Was?« Ah Sing sah ihn unsicher an, genau wie der versammelte Yue-Haushalt.
»Ah Sing, ist uns schon jemals ein derart klinisch reiner Tatort begegnet? Keine Fingerabdrücke, gut und schön, das ist leicht, schließlich tragen die meisten Einbrecher Handschuhe. Aber Fußabdrücke lassen doch eigentlich kaum Rückschlüsse zu, und die wenigsten Einbrecher versuchen, Fußabdrücke zu vermeiden. Es ist viel einfacher, die alten Schuhe nach einem Einbruch zu verbrennen und sich neue zu kaufen.«
»Trotzdem ist es möglich, dass ein Mörder den Fußboden mit besonderer Sorgfalt reinigt, um seine Spuren zu verwischen«, hielt Ah Sing dagegen.
»Wäre das der Fall gewesen, wie erklären Sie sich dann die über den ganzen Fußboden verstreuten Unterlagen und Bücher? Wenn wir davon ausgehen, dass der Mörder durchs Blumenbeet kam, in ein leeres Zimmer einbrach und Mr Yuen umbrachte, als dieser ihn überraschte, hätte er dann den Fußboden nicht aufgeräumt, ehe er ihn von seinen Spuren befreite?

Wieso sollte er die Beweise für den Mord beseitigen und das Zimmer trotzdem so hinterlassen, dass es durchwühlt wirkte, anstatt so schnell wie möglich die Beine in die Hand zu nehmen? Das ergibt keinen Sinn.«

Während er dem Gespräch lauschte, wurde Wing-yee klar, weshalb Lok sich die Hilfe dieses Superintendent a. D. geholt hatte. Nur indem er der Schilderung der Umstände gelauscht hatte, hatte der regungslose Mann eine Schlussfolgerung gezogen, zu der die Polizei auch mit einem enormen Personalaufwand nicht in der Lage gewesen war. Wing-yee schauderte. Was, wenn dieser alte Fuchs, der nicht einmal den kleinen Finger rühren konnte, ihn durchschaute? Einfach so?

Wing-yee war angesichts dieser gnadenlosen Einsicht so entsetzt, weil Wing-yee ein Mörder war.

4

»Wenn es kein Einbrecher war ...«, sagte Choi Ting plötzlich und riss Wing-yee aus seinen Gedanken.

»... muss der Mörder einer der fünf sein, die sich zum Zeitpunkt des Mordes außer dem Opfer noch im Haus befanden«, erwiderte Inspector Lok ungerührt.

In diesem Augenblick begriffen die fünf Zeugen – jetzt Verdächtigen –, was hinter den Ermittlungen steckte, die Inspector Lok in den vergangenen drei Tagen angestellt hatte. Er hatte sich mit jedem von ihnen einzeln getroffen, ihn über sein Verhältnis zur Familie befragt, über die Vergangenheit des Verstorbenen und so weiter. Und deshalb hatte er ihnen auch diese seltsame Frage gestellt: »Wenn der Mörder kein Eindringling gewesen wäre, wer hätte es Ihrer Meinung nach getan?«

»Sie Schwein – das hier ist eine Falle, ja?«, spie Wing-lim ihm entgegen. Diesmal versuchte Old Tong nicht, ihn zu maßregeln.

»Mr Yue Wing-lim, ich möchte eines klarstellen.« Inspector Lok richtete seinen Habichtblick auf den jüngeren Mann. In seiner Stimme lag große Bestimmtheit. »Meine Aufgabe ist es, die Wahrheit ans Licht zu bringen und dem Ermordeten Gerechtigkeit widerfahren zu lassen. Sie müssen mich nicht mögen, keiner von Ihnen. Die Polizei steht auf der Seite der Opfer und spricht für die, die keine Stimme mehr haben.«

Ah Sing war die Betonung auf »keiner von Ihnen« nicht entgangen.

Die Raumtemperatur schien schlagartig um ein paar Grad zu sinken. Inspector Lok kehrte zu seinem gelassenen Tonfall zurück. »Wenn es keine weiteren Einwände gibt, werde ich jetzt mit den Informationen fortfahren, die wir im Laufe der vergangenen Woche hinsichtlich einzelner Individuen sammeln konnten.«

Ping. Niemand widersprach, und der alte Detective ließ sie wissen, dass er einverstanden war.

»Zuerst das Mordopfer selbst.« Inspector Lok schlug die entsprechende Seite in seinem Notizbuch auf. »Yuen Man-bun, siebenundsechzig, männlich, Direktor des Fung-Hoi-Konsortiums. Laut diverser Aussagen galt der Verstorbene als rücksichtsloser Geschäftsmann, der kleine Firmen aufkaufte und dabei, sagen wir, extreme Taktiken gegen seine Mitbewerber einsetzte, in einem Ausmaß, dass ihm der Spitzname ›Fung-Hoi-Hai‹ verliehen wurde. Dieses Verhalten stand im krassen Gegensatz zum Ethos des Konsortiumsgründers Yue Fung. Trotz der asiatischen Finanzkrise von 1997 und der globalen Wirtschaftskrise von 2008 stiegen die Gewinne von Fung Hoi unbeschadet weiter, was den Schluss nahelegt, dass Mr Yuens Strategie womöglich nicht die verkehrteste war. Abgesehen davon galt er bei den meisten Angestellten als freundlicher Chef, auch wenn seine Ansprüche höher waren als die des Durchschnitts.«

In Ah Sings Ohren klangen solche Lobhudeleien auf einen Firmenchef grundsätzlich heuchlerisch. Selbst wenn der Boss tot war, sein Sohn würde die Nachfolge antreten, und wenn dem eine kritische Äußerung zu Ohren kam, musste man mit Konsequenzen rechnen. Einen »Hai« als »freundlich« zu bezeichnen war jedenfalls der Witz des Tages.

»Yuen Man-bun war einst Yue Fungs Assistent gewesen. Fung Hoi startete ursprünglich als kleine Fabrik für Kunststoffartikel und wandte sich in den Sechzigerjahren dem Immobiliengeschäft zu. Yue Fung ergriff die Gelegenheit, die Wertpapiere des Unternehmens auf den Finanzmärkten Hongkongs so breit wie möglich zu platzieren. Damals stellte Yue Fung vorzugsweise junge Männer ein, und der dreiundzwanzig Jahre alte Yuen Man-bun mit seinem scharfen Verstand machte großen Eindruck auf ihn. Ursprünglich ein einfacher Angestellter, stieg er schnell zu Yue Fungs persönlichem Assistenten auf. Und noch einer weiteren Person schenkte er damals seine Gunst: dem zweiundzwanzigjährige Wong Kwan-tong, heute vierundsechzig und einer unserer Verdächtigen.«

Als Old Tong seinen Namen vernahm, richtete er sich unwillkürlich auf.

»Nach Aussagen einiger ehemaliger Angestellter, welche die Familie gut kannten, existierte das hartnäckige Gerücht, Yue Fung sei damals nicht nur auf der Suche nach einem tüchtigen persönlichen Assistenten gewesen, sondern auch nach einem ›Schwiegersohn und Thronfolger‹. Er war damals schon sechzig Jahre alt und hatte bis auf eine halbwüchsige Tochter keine Erben. Selbst als Einzelkind geboren, befürchtete er, die Familie Yue könnte aussterben. Seine Lösung bestand darin, einen fähigen Mann zu finden, der in die Familie einheiraten und das Konsortium, wenn die Zeit gekommen war, fortführen würde. Einige Aussagen deuten darauf hin, dass seine Tochter Yue Chin-yau sich damals eigentlich besser mit Wong Kwan-tong verstanden hatte, der ihr auch vom Alter her noch näherstand, doch schließlich heiratete sie Yuen Man-bun.«

»Inspector Lok, das können Sie mir doch unmöglich als Mordmotiv unterstellen«, fiel Old Tong ihm ins Wort. »Nicht Old Boss hat ihr den Ehemann ausgesucht, sondern die Dame selbst, und auch wenn Yue Chin-yau und ich uns nahestanden, waren wir nie ineinander verliebt. Außerdem ist das vierzig Jahre her. Wer würde nach so langer Zeit noch seinen Rivalen ermorden? Ich habe all die Jahre für ihn gearbeitet.«

»Ich fasse nur zusammen. Es hat keine tiefere Bedeutung. Mein Mentor wird seine eigenen Schlüsse ziehen.«

»Das stimmt.« Zum ersten Mal ergriff Nanny Wu das Wort. »Tong kann nicht der Mörder sein. Er war immer gut mit Boss-Man und der jungen Missy befreundet. Die beiden wurden im April 1971 getraut, in dem Jahr, als die Kam-Ngan-Börse eröffnete. Die Firma wurde dort aufgenommen, und damit Boss-Man und die Missy in Flitterwochen fahren konnten, hat Tong ohne Murren die ganze Verantwortung übernommen und den Alten glauben lassen, sein Schwiegersohn hätte sich zwischen den ganzen Hochzeitsvorbereitungen auch noch um den Börsengang gekümmert. Die beiden standen sich nahe wie Brüder. Etwas so Grausames würde Tong niemals tun.«

Mit »Boss-Man« meinte Nanny Wu Yuen Man-bun. Obwohl Yue Chin-yau damit bei der Heirat logischerweise ihre Boss-

Lady geworden war, blieb sie für Nanny Wu dagegen trotzdem ihre »Missy«.

Der Inspector sah sie kurz an und wandte sich wieder seinen Notizen zu. »Das ist richtig; alles, was Miss Wu Kam-mui soeben sagte, ist zutreffend. Mal sehen, was wir über Miss Wu wissen.«

Nanny Wu hatte nicht damit gerechnet, dass sie mit ihrer Bemerkung den Pfeil in ihre eigene Richtung gelenkt hatte. Sie geriet in Panik.

»Miss Wu Kam-mui, fünfundsechzig Jahre alt, übersiedelte 1965 illegal vom Festland nach Hongkong. Sie begegnete Yue Fung und seiner Frau und begann für sie zu arbeiten. Obwohl Schuldknechtschaft zu jener Zeit in Hongkong bereits illegal war, hatten viele Haushalte eine *amah* oder *mui tsai*. Im Alter von nur siebzehn Jahren wurde Miss Wu Yue Chin-yaus Kindermädchen. 1965 – das bedeutet, Miss Yue war damals erst zwölf ... nein, dreizehn ...«

»Elf«, sagte Nanny Wu verhalten und knetete ein Taschentuch zwischen den Händen.

»Richtig. Elf.« Der Inspector nickte freundlich. »Miss Wu wurde damals Miss Yues persönliche Zofe und hat den Haushalt über vierzig Jahre lang bis zum heutigen Tag begleitet. Laut Aussage der anderen Zeugen war das Verhältnis zwischen Miss Wu und dem verstorbenen Ehepaar immer sehr gut.«

Nach Aussage der anderen hätte man Nanny Wu für eine ganz normale Angestellte halten können, doch für Chin-yau war sie eher wie eine große Schwester gewesen, die sich immer um sie kümmerte und der sie ihre intimsten Geheimnisse anvertraute. Als Yue Chin-yau vor vier Monaten gestorben war, hatte Nanny Wu ebenso um sie getrauert wie der Rest der Familie und hatte mehr schlaflose Nächte durchlitten als irgendjemand sonst im Haus.

»Yuen Man-bun und Yue Chin-yau heirateten 1971 und bekamen noch im selben Jahr ihren ersten Sohn Wing-lai. Er starb bei einem Autounfall, doch das hatten wir bereits erwähnt ...«

Tock-tock.

Bei dem Nein-Geräusch zuckten alle Anwesenden zusammen.

»Nein? Sir, möchten Sie, dass ich bezüglich Yue Wing-lai noch weiter ausführe?«

Ping. JA.

Inspector Lok kratzte sich etwas hilflos am Kopf.

»1990 kam der von Yue Wing-lai gesteuerte Wagen von der Clear Water Bay Road ab und stürzte den Abhang hinunter. Der Fahrer fiel schwer verletzt ins Koma. Er starb zwei Tage später im Krankenhaus, ohne noch einmal zu Bewusstsein gekommen zu sein. Mehr habe ich dazu nicht. Ah Sing, Sie waren für die Recherchen der Familienzusammenhänge zuständig. Haben Sie dem noch etwas hinzuzufügen?«

Verdattert zog Ah Sing einen braunen Notizblock aus der Tasche und fing nervös zu blättern an, bis er schließlich das richtige Blatt gefunden hatte. »Ah ja, Yue, Yue, Yue Wing-lai, zum Zeitpunkt seines Todes erst achtzehn. War im Alter von dreizehn bis siebzehn Jahren in Australien, doch seine Schulnoten waren so schlecht, dass sein Vater ihn zwang, nach Hongkong zurückzukehren, wo er sich zum Grundstudium an der St. George's School einschrieb. Weil er im Ausland bereits die Führerscheinprüfung abgelegt hatte, bekam er in Hongkong, sobald er achtzehn war, ohne weitere Tauglichkeitsprüfung den Führerschein ausgehändigt. Freunde der Familie sagen, Yue Wing-lai hätte im Gegensatz zu seinem ehrgeizigen Vater nur fürs Vergnügen gelebt. Er geriet regelmäßig in Schwierigkeiten und entfremdete sich von seinen Eltern. Oh, das ist interessant. Er wurde am Mittherbstfest geboren und starb am 1. April ...«

Inspector Lok räusperte sich vernehmlich. Ah Sing hob den Blick und sah, dass sämtliche Verdächtigen ihn entsetzt anstarrten.

»Mein Assistent ist unerfahren und noch ungeübt, was seine Ausdrucksweise betrifft«, sagte der Inspector. »Falls er sich dem Verstorbenen gegenüber respektlos verhalten hat, so möchte ich Sie in seinem Namen um Verzeihung bitten.«

Ah Sing nickte eilig zur Entschuldigung.

Als keine weiteren Reaktionen kamen, fuhr Inspector Lok fort. »Dann würde ich jetzt gern mit Yue Wing-yee fortfahren. Darf ich, Sir?«

Ping. JA.

»Yue Wing-yee, Alter zweiunddreißig, ist der zweitgeborene Sohn von Yuen Man-bun und Yue Chin-yau. Wie sein älterer Bruder besuchte auch Wing-yee die St. George's School und ging im Anschluss zum Betriebswirtschaftsstudium nach Amerika, um nach seiner Rückkehr den Posten als geschäftsführender Direktor des Fung-Hoi-Konsortiums zu übernehmen, also in der Hierarchie an zweiter Stelle nach seinem Vater. Mehrere Zeugen haben bestätigt, dass Wing-yees Charakter sich sehr von seinem Bruder unterscheidet, er nimmt seine Arbeit ernst und ist ebenso tüchtig wie Vater und Großvater. Sein Vater respektierte ihn in hohem Maße – die beiden hatten ein sehr gutes Verhältnis.«

Ungeachtet des Kompliments blieb Wing-yees Gesicht angespannt. Inspector Lok musste glauben, er sei verstimmt wegen Ah Sings unangebrachter Bemerkung über seinen Bruder, doch in Wirklichkeit plagten ihn unerträgliche Schuldgefühle. Er kam allmählich zu dem Schluss, was für eine Erleichterung es für ihn bedeuten würde, wenn dieser komatöse Detective tatsächlich der Wahrheit auf die Spur käme, selbst wenn das bedeutete, dass er ins Gefängnis wanderte.

»Yue Wing-yee heiratete letztes Jahr Choi Ting. Choi Ting, vierunddreißig, ist die jüngste Tochter von Choi Yuan-sam, Gründer von Choi Electronics. Ehe sie heiratete und ihren Beruf aufgab, arbeitete sie als Allgemeinärztin am Cedar Medical Centre.« Inspector Lok richtete den Blick auf die Schwiegertochter des Hauses und fuhr fort. »Gerüchte besagen, Choi Tings Verbindung mit Yue Wing-yee sei notwendig geworden, weil die Firma Choi Electronics sich in den letzten Jahren hoch verschuldet hatte und dringend eine Finanzspritze vom Konsortium benötigte ...«

»Wagen Sie es nicht, mich mit Schmutz zu bewerfen, Inspector Lok!« Choi Ting war dunkelrot angelaufen vor Zorn. »Sie unterstellen mir, ich hätte Wing-yee des Geldes wegen geheiratet ...«

»Ich verlese lediglich den Bericht und habe auch betont, dass es sich nur um Gerüchte handelt«, erwiderte der Inspector gelassen. »Allerdings haben Sie von den fünf Anwesenden tatsächlich das stärkste Motiv. Wing-yee und Wing-lai standen zwar in der Erbfolge ihres Vaters, doch beide waren nicht in finanziellen Schwierigkeiten. Ihre Familie hingegen benötigt dringend Geld. Es heißt, Choi Electronics hätte in diesem Jahr bereits Verluste in Höhe von einhundertachtzig Millionen Hongkong-Dollar gemacht – und wenn Wing-yee endgültig Direktor von Fung Hoi wird, ist es viel einfacher, Ihrem Vater entsprechende Mittel zu ...«

»Sie ... Sie Schwein! Was für infame Lügen! Ich, ich ...« Choi Ting war völlig aus dem Gleichgewicht. Sie sah aus, als würde sie jeden Moment anfangen zu schreien. Sie sprang auf und starrte den Inspector mit wilden Augen an.

»Inspector Lok, Sie irren sich.« Old Tong tätschelte beruhigend Choi Tings Arm und bedeutete ihr, sich wieder hinzusetzen. »Choi Electronics ist in finanziellen Schwierigkeiten – das ist eine bekannte Tatsache. Aber Boss-Man wusste, welches Potenzial in dem Unternehmen steckt. Es gab schon länger eine Kooperation, und er unterstützte die Firma, schon bevor Master Wing-yees Frau in die Familie einheiratete, immer wieder mit Finanzspritzen. Bei einer dieser Transaktionen sind sich Master Wing-yee und Miss Choi auch zum ersten Mal begegnet. Inspector, Sie erwähnten vorhin, Old Boss wäre als ›Fung-Hoi-Hai‹ bekannt gewesen – aber er hat nie einen schlechten Deal gemacht. Ich habe viele Unterlagen, die belegen, dass er vor seinem Tod plante, in Choi Electronics zu investieren. Wenn die junge Mistress tatsächlich die Mörderin wäre, würde sie damit nicht ihre eigenen Interessen torpedieren?«

Ohne ein Wort wandte sich Inspector Lok wieder seinen Notizen zu. Choi Ting hatte nicht unbedingt das Gefühl, als wäre dies ein Zeichen von Unsicherheit – sie deutete sein Schweigen nicht als Zustimmung zu dem, was Old Tong gesagt hatte. Wie ein versierter Pokerspieler hielt der Inspector sein Blatt verdeckt. Er ließ sich nicht in die Karten sehen.

»Schließlich der dritte Sohn des Opfers, Yue Wing-lim. Vierundzwanzig Jahre alt, studiert Ingenieurwesen an der Chinesischen Universität Hongkong, nimmt sich aber momentan eine Auszeit. Nach allem, was wir wissen, stand er dem Verstorbenen nicht sonderlich nahe, hatte aber immer eine sehr enge Bindung zu seiner Mutter und besuchte sie, als sie im Sterben lag, beinahe täglich im Krankenhaus. Das Mordopfer verlangte von Wing-lim, sein Studium zu beenden und ebenfalls für das Konsortium zu arbeiten, doch sein Sohn wollte lieber Fotograf werden, weshalb es zwischen den beiden immer wieder Spannungen gab.«

Dieser Umstand war erst am Vortag ans Licht gekommen, als der Inspector Old Tong die Frage gestellt hatte, wer, wenn nicht ein Einbrecher, der Mörder hätte sein können – auch wenn der Privatsekretär darauf bestanden hatte, dass Wing-lim auf keinen Fall der Mörder sein könne.

»Ha!«, war der einzige Kommentar, den Wing-lim von sich gab – er würde kein solches Theater veranstalten wie seine Schwägerin.

»Das ist alles an Hintergrundinformationen, die wir zu den Mitgliedern des Haushalts Yue sammeln konnten. Ich werde jetzt mit dem Verbleib der einzelnen Verdächtigen vor und nach ...«

Tock-tock. NEIN.

»Was?« Es folgte eine kurze Pause, als hätte Inspector Lok kurzzeitig vergessen, dass sein Gegenüber nicht sprechen konnte. »Möchten Sie, dass ich weitere Fragen stelle, Sir? Bezüglich dieser Informationen?«

Tock-tock.

»Oh. Also ... möchten Sie, dass ich bezüglich einer bestimmten Person nachhake?«

Ping.

»Handelt es sich um einen Mann?«

Tock-tock.

»Meinen Sie Choi Ting?«
Tock-tock. Nanny Wu machte ein erschrockenes Gesicht.
»Meinen Sie Wu Kam-mui?«
Tock-tock.
Verblüfft, weil beide anwesenden Frauen ein Nein provoziert hatten, wollte Choi Ting gerade das Wort ergreifen, als sie Inspector Lok sagen hörte: »Dann ... wollen Sie noch mehr über Yue Chin-yau erfahren?«
Ping. Die fünf Verdächtigen stießen unisono einen Seufzer der Erleichterung aus, obwohl es natürlich verwirrend war. Weshalb interessierte sich der alte Ermittler derart für die Toten? Erst Wing-lai, jetzt seine Mutter.
»Sir, Chin-yaus Vorgeschichte ist recht überschaubar, es gibt da nicht sehr viel mehr zu sagen.« Trotzdem blätterte Inspector Lok in seinem Notizbuch und suchte nach der entsprechenden Seite. »Einzige Tochter von Yue Fung, Ehefrau von Yuen Man-bun, drei Kinder – all das wissen wir bereits. Starb im Mai dieses Jahres im Alter von neunundfünfzig an Bauchspeicheldrüsenkrebs. Abgesehen von einer vorübergehenden postnatalen Depression ein Jahr nach der Hochzeit gab es keine nennenswerten Ereignisse. Glauben Sie, sie hat etwas mit dem Fall zu tun, Sir?«
Der Zeiger wählte weder JA noch NEIN, sondern schwang rhythmisch zwischen beiden hin und her.
»Heißt das ›Vielleicht‹?«
Ping.
»In dem Fall möchte ich die Frage an Sie richten – haben Sie noch irgendetwas hinzuzufügen?« Inspector Lok wandte sich an die fünf Verdächtigen. Sie sahen sich an, aber niemand wollte zuerst das Wort ergreifen.
»Nein?«
»Es ist nur ...« Nanny Wu zögerte. »Wahrscheinlich hat es keine Bedeutung, aber der Mord geschah am hundertsten Tag nach dem Tod von der Missy, und ich hatte ein wenig Höllengeld und andere Opfergaben zum Verbrennen vorbereitet.«
»Ja, richtig. Das hat Mr Wong bereits erwähnt«, sagte der In-

spector. »Er erzählte uns außerdem, Sie hätten eigens für sie ein Geisterhaus nach dem Vorbild der Villa Fung Ying anfertigen lassen.«

»Die Missy hat ihr ganzes Leben in diesem Haus verbracht. Ich hatte Angst, es könnte ihr schwerfallen, sich an ein neues Haus zu gewöhnen ...« Nanny Wu bekam rote Augen.

Ah Sing fiel der süßliche Duft von brennendem Spielgeld wieder ein, der während der Ermittlungen überall im Haus in der Luft gehangen hatte. Er hatte vermutet, die Familienmitglieder seien gläubige Buddhisten oder Taoisten, die jedes Wochenende zu ihren Ahnen beteten.

»Der alte Knacker behauptet jetzt aber nicht, dass Mom aus dem Jenseits zurückgekommen ist, um unseren Dad zu ermorden, oder?«, stieß Wing-lim spöttisch hervor. Ehe Old Tong ihn für seinen geschmacklosen Witz zurechtweisen konnte, wurde sämtliche Aufmerksamkeit wieder vom Monitor vereinnahmt, wo der Zeiger schon wieder auf und ab schwebend ein »Vielleicht« signalisierte.

»Was ist das denn für ein Blödsinn?«, kicherte Wing-lim, doch man sah ihm an, dass sein Lächeln gespielt war.

»Sir! Wollen Sie damit sagen ... Yu Chin-yau wäre die Mörderin?«

Der Zeiger verharrte regungslos auf der Mittellinie, weder JA noch NEIN.

»In Ordnung, Sir ... Ihre Intuition hat Ihnen noch keine Antwort geliefert, und Sie brauchen mehr Beweise?«

Ping. Ein eindeutiges JA.

»In diesem Fall werde ich mit meinem Bericht fortfahren, und Sie erteilen uns im Anschluss weitere Instruktionen?«

Ping.

Wing-yee versuchte verzweifelt zu kaschieren, wie sehr ihn dieser Austausch beunruhigte. Jeder Ton, den dieser Computer von sich gab, bohrte sich direkt durch ihn hindurch, als würde sich der Geist des alten Detective direkt in seinen Schädel fressen und dort nach dem verborgenen Geheimnis wühlen.

Er hatte das Gefühl, jeden Moment zusammenzubrechen.

5

»Kommen wir nun zum Tag der Tat.« Inspector Loks Tonfall blieb gelassen. »Mehreren Zeugenaussagen zufolge verlief der Samstagabend wie immer – es war ein ganz normales Wochenende. Die sechs Bewohner des Hauses aßen gemeinsam zu Abend. Der einzige Unterschied bestand darin, dass sie im Anschluss die Opfergaben für Yue Chin-yau verbrennen wollten, was gewissermaßen die Speisen in ihrem Mund in Asche verwandelte.«

Dies war ein direktes Zitat von Old Tong gewesen.

»Nach dem Abendessen und der Opferzeremonie, so gegen elf Uhr, zogen sich alle in ihre Zimmer zurück. Wong Kwantong und Wu Kam-mui bewohnen Zimmer im Erdgeschoss. Arbeits- und Schlafzimmer des Ermordeten befinden sich im Stockwerk darüber, während Wing-lims Zimmer und das von Wing-yee und seiner Frau sich im obersten Stockwerk befinden. Zu unserem Bedauern kann keiner der Erwähnten seinen Aufenthalt beweisen, denn alle geben an, allein in ihrem Zimmer gewesen zu sein – abgesehen von Yue Wing-yee und Choi Ting, die zusammen waren. Doch auch sie gaben an, dass es möglich sein könnte, dass der andere unbemerkt das Zimmer verlassen habe, weil sie beide nachts ab und zu rausmüssen.«

Nach einer Kunstpause sagte Inspector Lok: »Mit anderen Worten: Keiner der Verdächtigen hat ein Alibi.«

Selbst dem Grünschnabel Ah Sing entging nicht, wie sehr diese Feststellung die Versammelten beunruhigte.

»Das Bett des Ermordeten war unberührt, was nahelegt, dass er sich bis zur Tatzeit im Arbeitszimmer aufgehalten hatte. Wir können natürlich nicht ausschließen, dass er sich bereits in Schlaf- oder Badezimmer befand, zufällig noch einmal zurück ins Arbeitszimmer ging und dort auf den Eindringling stieß.«

Der Inspector strich sich übers Kinn. »Was die zeitliche Abfolge betrifft, also die Frage, ob der Mörder oder das Opfer zuerst im

Raum war und was dann zwischen ihnen geschah, konnten wir noch keine stimmige Hypothese aufstellen, weil die Verwüstung im Zimmer uns an der Rekonstruktion der Chronologie hindert. Was wir jedoch wissen, ist, dass nichts aus dem Tresor fehlt, in welchem Schmuck und Antiquitäten im Wert von acht Millionen US-Dollar gelagert sind, Inhaberobligationen im Wert von zwölf Millionen US-Dollar, außerdem Aktienzertifikate von vier Unternehmen, das handschriftliche Testament des Verstorbenen und ein vor vierzig Jahren datiertes altes Kontobuch des Fung-Hoi-Konsortiums in der Handschrift des Verstorbenen. Mr Wong Kwan-tong vermutet, bei Letzterem handle es sich um eine Art Andenken an die ersten Tätigkeiten von Mr Yuen als Assistent von Mr Yue Fung.«

Die Gesichter der Anwesenden verrieten, dass sie mit dem Inhalt des Tresors bereits vertraut waren. Nachdem der Polizeischlosser den Safe geöffnet hatte, waren Ah Sing und der Inspector über den Umfang an Wertpapieren und Schmuck sehr erstaunt gewesen. Warum verwahrte dieser Tycoon derart wertvolle Gegenstände bei sich zu Hause, wo sie doch in einem Bankschließfach oder in der Firmenzentrale von Fung Hoi viel sicherer aufgehoben wären?

»Rein hypothetisch gesprochen«, fuhr der Inspector fort, »könnte es der Mörder auf das Testament abgesehen haben. Vielleicht schlich er sich ins Arbeitszimmer und machte sich am Tresor zu schaffen, als das Opfer den Raum betrat. Nach einem Handgemenge schlug der Mörder Mr Yuen mit der Vase k. o., fesselte ihn, bedrohte ihn mit der Harpune, um ihn zur Herausgabe der Kombination zu zwingen, und schlug ihn dann ein zweites Mal mit der Vase auf den Kopf. Als Mr Yuen sich immer noch weigerte, schoss der Mörder – womöglich unabsichtlich. Um einen Einbruch vorzutäuschen, schlug er im Anschluss die Fensterscheibe ein und verwüstete das Arbeitszimmer. Dabei trug er Handschuhe und Schuhe mit glatter Sohle, um die Polizei in die Irre zu führen. Vielleicht hatte er gehofft, unbemerkt ins Arbeitszimmer schlüpfen zu können, wo er jedoch unvermutet und mit tragischen Konsequenzen auf sein Opfer traf.«

Die lapidare Erwähnung des Testaments schien ein Hinweis darauf zu sein, dass die Yue-Brüder und Choi Ting als Hauptverdächtige galten, doch keiner war so dumm, das Wort zu ergreifen. Sie wussten, dass der Inspector nur auf eine Reaktion wartete.

Tock-tock. NEIN.

»Was ist los? Habe ich etwas Falsches gesagt?«

Ping. Ping. Ping. Wiederholt sprang der Zeiger auf JA, als würde der alte Meister seinen Zögling mit gefurchter Stirn schelten, weil er derart auf dem Holzweg war.

Inspector Lok machte ein zweifelndes Gesicht und versuchte, die richtige Frage zu finden.

»Führt ein Detail im Arbeitszimmer unsere Ermittlungen in die falsche Richtung?«

Ping.

»Worauf sollten wir unseren Fokus richten? Auf das Opfer? Auf den Aufenthaltsort der einzelnen Verdächtigen? Die Methode? Die Mordwaffe ...«

Ping.

»Die Waffe? Die Harpune?«

Ping.

Inspector Lok zögerte. »Die Harpune ... richtig, das hatte ich vergessen. Von unseren fünf Verdächtigen haben lediglich Wong Kwan-tong und Yue Wing-yee Erfahrung mit Tauchen und Speerfischen – beide waren mit dem Verstorbenen gemeinsam auf dem Meer.«

»Moment mal! Das ist doch ein Kinderspiel, und Sie wollen es als Beweis dafür benutzen, dass einer von uns beiden der Mörder sei?«, protestierte Old Tong. Wing-yee verfolgte lediglich stumm und mit unsicherem Blick den Wortwechsel.

»Aber ja! Das ist der Schlüssel«, sagte der Inspector, und sein Gesicht hellte sich auf. »Der Mörder tötete Mr Yuen mit der Harpune, und das bedeutet, dass er wusste, wie man sie bedient. Für jeden anderen wäre es viel leichter gewesen, das Tauchmesser aus dem Schrank zu benutzen.«

»Aber ... aber ...« Old Tong geriet zunehmend außer sich.

Tock-tock.
»Haben Sie dem noch etwas hinzuzufügen, Sir?«
Ping.
Die Anwesenden waren fasziniert – würde der alte Detective, wenn das so weiterging, tatsächlich den Namen des Mörders nennen können?
»Werden Sie uns sagen, wer es getan hat?«
Tock-tock.
Der Inspector machte ein gequältes Gesicht. Old Tong vermutete, dass er darunter litt zu wissen, dass sein Mentor etwas sagen wollte, und raten zu müssen, was.
»Hat es mit meiner früheren Hypothese zu tun?«
Tock-tock.
»Mit dem Verstorbenen?«
Tock-tock.
»Mit den fünf Verdächtigen?«
Tock-tock.
»Aber … mit der Familie Yue?«
Ping.
»Mit dem Tatort?«
Tock-tock.
»Mit dem Fung-Hoi-Konsortium?«
Tock-tock.
Über den Anwesenden hing ein riesiges Fragezeichen in der Luft. Was sonst konnte es sein?
Ah Sing meldete sich zu Wort. »Hat es mit Yue Chin-yau zu tun?«
Ping, Ping.
Die Verdächtigen sahen einander an. Warum denn schon wieder die verstorbene Ehefrau?
»Sie haben zweimal mit JA geantwortet«, sagte Inspector Lok. »Möchten Sie abgesehen von Yue Chin-yau außerdem über Yue Wing-lai sprechen?«
Ping. Der Ausschlag zum JA war wie ein freudiger Luftsprung, weil der Inspector endlich ins Schwarze getroffen hatte.

»Sie alter Trottel! Was reiten Sie denn ständig auf toten Leuten rum?«, schrie Yue Wing-lim.

Inspector Lok hob den Blick und sah die Verwirrung auf den Gesichtern. Vorhin, als Ah Sing Yue Wing-lai erwähnte, hatten sie reagiert, als hätte er sie beleidigt. Jetzt war offensichtlich, was dahintersteckte – über Wing-lai durfte nicht gesprochen werden, als ob sein Tod tabu wäre.

Ein Gesicht erregte die Aufmerksamkeit von Inspector Lok ganz besonders. Nanny Wu hatte feuchte Augen, und sie schien sich eindeutig zu quälen.

»Miss Wu, wenn Sie uns etwas mitzuteilen haben, dann tun Sie das bitte. Ich garantiere, dass es diese vier Wände nicht verlassen wird«, versicherte Inspector Lok ihr in der Annahme, dass es sich um ein Familiengeheimnis drehte.

Nanny Wu warf den anderen vier einen Blick zu, und als niemand Einspruch erhob, holte sie tief Luft und sagte zögernd: »Inspector, ich bin sicher, Superintendent Kwan ahnt es bereits, aber ich sage es trotzdem … Master Wing-lai war nicht Boss-Mans leiblicher Sohn.«

»Wie bitte?«

»Nur die Familie kennt die scheußliche Wahrheit.« Sie biss die Zähne zusammen. »Als die Missy noch sehr jung war, hatte sie eine sehr unglückliche Begegnung. Jemand brachte sie in andere Umstände.«

»Warum sprichst du es nicht einfach offen aus – sie wurde vergewaltigt!« Old Tongs Gesicht war wutverzerrt.

Nanny Wu zog die Augenbrauen zusammen und sah ihn schmerzerfüllt an. Dann fuhr sie fort. »Es geschah im Winter 1970 … Nein, im Januar 1971, kurz vor dem chinesischen Neujahrsfest. Die Missy war erst siebzehn und sehr gut in der Schule, aber sie geriet in schlechte Gesellschaft. Der alte Herr bat mich, sie gut im Auge zu behalten, aber eines Abends entwischte sie aus dem Haus. Die ganze Familie machte sich auf die Suche, der alte Herr ging sogar zur Polizei und bat seine Freunde um Hilfe. Am nächsten Morgen erhielt ich einen Anruf von der Missy. Sie weinte sich die Augen aus dem Kopf.

Sie rief aus einer Telefonzelle am Kowloon Peak an und wollte, dass ich sie holen komme, allein, und dass ich dem alten Herrn nichts erzähle. Weil ich alleine nicht dorthin gelangen konnte, bat ich Man-bun, ich meine Boss-Man, mich zu fahren. Er war gerade erst zurückgekommen, weil er die ganze Nacht nach der Missy gesucht hatte, und hatte kein Auge zugetan. Oh, wir waren an dem Tag alle erschöpft. Tong hatte auch nicht geschlafen – ich glaube, er hat ganz Kowloon nach ihr abgesucht.«

Noch ehe sie zu Ende erzählt hatte, wussten der Inspector, Ah Sing und sogar Apple, wie die Geschichte ausgehen würde.

»Wir fanden die Missy am Straßenrand. Sie hockte da, die Arme um die Knie geschlungen, das Kleid zerrissen – der Anblick brach mir das Herz. Sie fiel mir in die Arme und weinte weiter, und wir konnten nichts tun, als ihr ins Auto zu helfen, damit sie wieder zu sich kommen konnte. Sie erzählte, ihre sogenannten Freunde hätten sie auf eine Spritztour mitgenommen, sie hörten Musik und tranken Alkohol, und irgendwann zog jemand eine selbst gedrehte Zigarette heraus und ließ sie daran ziehen, doch nach ein paar Zügen wurde ihr schwindelig, und irgendjemand fing an, an ihrer Kleidung zu zerren. Als sie wieder aufwachte, war sie allein, in einem Unterstand auf dem Parkplatz beim Kowloon Peak, mit zerrissenem Kleid – oh, es war schrecklich ...« Nanny Wu hatte angefangen zu weinen. »Das ist die Geschichte, wie die Missy von einem Fremden vergewaltigt wurde. Sie flehte mich an, dem alten Herrn nichts zu erzählen, und in dem Augenblick hatte mein Herz so großes Mitleid mit ihr, dass ich es ihr versprach. Ich fuhr sogar zurück nach Hause, um ihr frische Kleidung zum Wechseln zu bringen. Der alte Herr dachte, sie wäre einfach die ganze Nacht feiern gewesen, er hielt ihr eine heftige Standpauke, und das hätte es gewesen sein können. Doch zwei Monate später zeigte sich dann das ganze Ausmaß des Problems ... Die Missy beichtete mir, dass sie ihre Tage nicht bekommen hatte, und mir wurde sofort der Ernst der Lage klar.«

Damals gab es in der Schule noch so gut wie keinen Aufklärungsunterricht; Ah Sing musste daran denken, was für schreckliche Folgen diese Politik damals gehabt hatte.

»Es gab keinen Weg mehr, es vor dem alten Herrn geheim zu halten. Erstaunlicherweise verlor er nicht die Beherrschung. Er und die alte Herrin nahmen die Missy nur in den Arm und weinten. Er holte einen befreundeten Arzt ins Haus, um sie untersuchen zu lassen, und die Missy war bereit, es wegmachen zu lassen, doch der Arzt sagte, falls sie das täte, bestünde die Gefahr, dass sie nie wieder schwanger werden kann. Sie war das einzige Kind des alten Herrn, und wenn sie keine Kinder bekommen konnte, wäre dies das Ende der Familie Yue gewesen. Der alte Herr hatte sich nie ganz wohl damit gefühlt, nur eine einzige Tochter zustande gebracht zu haben. Er war der Meinung, er hätte seine Vorfahren verraten, doch zumindest würde jedes ihrer Kinder das Blut der Yue in den Adern haben. Er musste lediglich dafür sorgen, dass sie auch den Namen weitertrugen. Und nun sah es so aus, als wollten die Götter ihm auch das nehmen ...«

»Also brachte Yue Fung Chin-yau dazu, das Kind zu bekommen?«, fragte der Inspector.

»Er bestand nicht darauf, und am Ende war es ihr eigener Wunsch, wenn auch nur, um den Namen der Familie zu bewahren.« Langsam tupfte Nanny Wu sich die Tränen ab. »Wäre ein solcher Skandal ans Licht gekommen, hätte das den Ruf des alten Herrn sehr beschädigt. Damals ging es noch nicht so liberal zu wie heute. Die Leute hätten gesagt, wie soll einer, der nicht einmal seine eigene Tochter unter Kontrolle hat, ein Unternehmen führen? Die einzige Lösung war, die Missy so schnell wie möglich zu verheiraten.«

»Also wurden Mr Wong und der Verstorbene als potenzielle Schwiegersöhne ins Spiel gebracht?«

»Nein«, sagte Old Tong. »Old Boss hatte, als er uns einstellte, lediglich nach guten Assistenten gesucht, aber weil wir ständig in der Nähe waren, waren wir auch der jungen Miss – also Chin-yau – nahegekommen, und er befahl, dass einer von uns sie heiraten musste.«

»Was bedeutet, dass Sie damals die Chance gehabt hätten, einst das Oberhaupt der Familie Yue zu werden?«, fragte der Inspector mit loderndem Blick.

»So könnte man es natürlich sehen.« Old Tong lächelte bitter. »Aber ich habe ihm den Vortritt gelassen. Schön, ich gebe zu, ich mochte Chin-yau, aber ich hätte kein Kind großziehen können, das nicht mein eigenes war. Bruder Man-bun – Boss-Man – war da offener. Er war sofort bereit, die Verantwortung zu übernehmen und aller Welt zu sagen, dass das kleine Leben in ihrem Bauch ein legitimes war. Vielleicht gefiel ihm die Aussicht, das Familienerbe anzutreten. Doch damals war es nicht leicht, das Kind eines anderen als sein eigenes auszugeben und eine geschändete Frau zu heiraten. Er muss Chin-yau sehr geliebt haben, wissen Sie? So etwas hätte ich niemals tun können.«

»Boss-Man war immer gut zu dem Jungen«, sagte Nanny Wu. »Er hat ihn geliebt, obwohl er nicht sein Fleisch und Blut war.«

»Die Geschehnisse damals und das Gefühl, dass die bestehenden medizinischen Standards nicht ausreichend waren, führten später dazu, dass Old Boss das Wo Yan Hospital gründete«, erzählte Old Tong. »Hätten damals bereits vernünftige Abtreibungstechniken existiert, die spätere Schwangerschaften nicht gefährdeten, hätte Chin-yau nicht so leiden müssen, vor allem was die Depressionen nach der Geburt von Master Wing-lai anbelangt.«

»Heißt das, Wing-lais verdorbener Charakter kam von der Vergewaltigung?« Ah Sings widersinnige Bemerkung rieb zwar frisches Salz in die alte Wunde, doch keiner versuchte zu widersprechen. Nur Old Tong lächelte bitter.

»Das stimmt. Wing-lais verdorbener Charakter ... stammte vielleicht tatsächlich von seinem Vater.« Er schüttelte den Kopf.

»Tong, ganz egal, ob Master Wing-lai starrköpfig war oder sich schlecht benahm, er ist tot. Du darfst nicht schlecht über ihn reden«, sagte Nanny Wu ohne viel Nachdruck.

»Woher weiß Superintendent Kwan das alles eigentlich?«, fragte Choi Ting plötzlich. »Hat er etwa nur aus dem, was wir erzählt haben, geschlossen, was mit Onkel und Großmutter los war?«

Ping. Der Zeiger hüpfte auf JA und kehrte zur Mittellinie zurück.

»Was hat das zu bedeuten?«

»Wahrscheinlich, dass er den größten Teil davon selbst erkannte, was die Details betraf, aber raten musste.« Inspector Lok hing schweigend seinen Gedanken nach. »Richtig«, sagte er schließlich. »Hatte Ah Sing nicht erwähnt, dass Yue Wing-lai im Herbst geboren wurde? Yuen Man-bun und Yue Chin-yau heirateten im April 1971 und bekamen noch im selben Jahr ihren ersten Sohn. Das wären weniger als sieben Monate nach der Hochzeit. Selbst wenn es eine Frühgeburt war, ist das sehr unwahrscheinlich, es sei denn, es war eine Mussheirat … Wenn der Kindsvater tatsächlich einer der beiden ›Thronfolgerschwiegersöhne‹ gewesen wäre, wäre Wong Kwan-tong der wahrscheinlichere Kandidat gewesen, weil wir wissen, dass Chin-yau und er sich näherstanden. Selbst wenn Yuen Man-bun Chin-yau Gewalt angetan hätte, um sie zu schwängern, damit Yue Fung sie zur Heirat zwang, hätte das nicht automatisch bedeutet, dass er die Kontrolle über das Konsortium erhielt – es wäre genauso gut möglich gewesen, dass Yue Fung stattdessen Wong Kwan-tong den Auftrag gegeben hätte, den kleinen Wing-lai als seinen Nachfolger großzuziehen. Wir müssen also davon ausgehen, dass der Kindsvater tatsächlich jemand ganz anderes war.«

Ping. Als hätte der Alte ihn gelobt.

»Yue Wing-lai …«

Ehe der Inspector den Satz beenden konnte, sprang Wing-yee plötzlich auf. Erst jetzt fiel ihnen allen auf, wie blass er geworden war. Sein Gesicht war verzerrt, und auf der Stirn stand ihm der Schweiß. Seine Nerven waren zum Zerreißen gespannt.

»Was ist mit dir, Wing-yee? Geht es dir nicht gut?«, fragte Choi Ting besorgt.

»Ich … ich möchte ein Geständnis ablegen. Ich bin der Mörder.«

Das hatte keiner der Anwesenden erwartet. Yue Wing-yees Hände zitterten. Er nahm die Brille ab und schaute sich immer wieder gehetzt um, als spürte er die Blicke von jemandem auf sich, den er nicht sehen konnte.

»Mr Yue, was sagen Sie da?« Inspector Lok starrte ihn an.

»Ich habe gesagt, ich bin der Mörder. Bitte, bitte, bringen Sie Superintendent Kwan nicht dazu, noch mehr zu sagen, ich gestehe alles.« Wing-yee verbarg das Gesicht in den Händen.

»Warum solltest du deinen eigenen Vater ermorden?« Nanny Wu brach wieder in Tränen aus. »Ihr seid doch immer so gut miteinander ausgekommen! Gab es Probleme in der Firma? War es wegen Schulden? Oder …«

»Nein, nein! Doch nicht Vater. Ich meinte meinen Bruder.«

6

»Yue Wing-lai? Aber starb der nicht bei einem Autounfall? Damals waren Sie doch erst ... neun Jahre alt!« Angesichts der plötzlichen Enthüllung verlor selbst Inspector Lok seine Gelassenheit.

»Ja, ich habe mit neun Jahren meinen großen Bruder umgebracht und das Geheimnis mehr als zwanzig Jahre lang für mich behalten.« Wing-yee setzte sich hin und verbarg das Gesicht erneut in den Händen.

»Wie konnten Sie denn mit neun Jahren Wing-lai umbringen?«

»Es war der 1. April.«

»Na und?«

»Ich wollte ihm einen Streich spielen. Also habe ich Old Tong gebeten, mir dabei zu helfen ... gruselige Scherzartikel zu finden.« Wing-yees Stimme zitterte. »Es gab da solche Limonadendosen. Wenn man an dem Deckelring zog, fiel der Dosenboden ab, und kleine Plastikinsekten regneten heraus.«

»Igitt! Diese Dinger!« Nanny Wus Ausbruch legte nahe, dass auch sie ihm zum Opfer gefallen war.

»Ich dachte, es wäre lustig, meinem Bruder eine dieser Dosen ins Auto zu schmuggeln ...« Wing-yee biss die Zähne zusammen und krallte die Finger in die Kopfhaut. »Nach dem Unfall hörte ich die Leute sagen, sie verstünden nicht, wie er den Abhang hatte hinunterstürzen können – die Straße war an der Stelle breit und völlig ungefährlich, und sie hatten den Eindruck, er hätte das Steuer herumgerissen, weil irgendetwas ihn erschreckt hatte ...«

Inspector Lok zuckte zusammen. Mit dieser Wende der Ereignisse hatte auch er nicht gerechnet. Eine alte Geschichte, die plötzlich wieder ihr Haupt reckte.

»Ach, Mr Yue, wir ermitteln hier im Mord an Ihrem Vater. Wing-lais Unfall ist nicht Bestandteil dieses Falls, und wir werden uns jetzt auch nicht näher damit befassen. Ich bin kein Richter und kann Sie auch nicht freisprechen, doch nach meiner Erfahrung würde so was mit ziemlicher Sicherheit als Unfall gewertet werden, und ich glaube nicht, dass jemand Anklage erheben wird. Ich schlage vor, wir befassen uns mit dieser Angelegenheit, sobald wir den Mörder Ihres Vaters gefasst haben, ja?«

Wing-yee hob den Kopf und nickte. Er sah aus wie ein ertappter kleiner Junge.

»Sir? Wissen Sie etwas darüber?«

Ping. Ein JA, ohne zu zögern.

»Und hat das etwas mit dem Mord an Yuen Man-bun zu tun?«

Zu aller Überraschung kam keine Antwort. Der Zeiger blieb auf der Linie stehen.

»Sir? Die Vergewaltigung von Chin-yau, die Geburt von Wing-lai und sein Unfalltod – beeinflussen diese Ereignisse den Fall Yuen Man-bun?«

Der Zeiger zitterte um die Mittellinie herum, was sämtliche Anwesenden als VIELLEICHT interpretierten.

»Vielleicht so, Sir ... Sie entdeckten die Widersprüche und Ungereimtheiten in den Details, erkannten sie als einzelne Puzzleteile und brachten die Sache zur Sprache, um Ihren Verdacht zu bestätigen. Habe ich recht?«

Ping. Ein begeistertes JA.

»Verdammt! Dem alten Bastard macht es Spaß, am Wundschorf anderer Menschen herumzupulen!« Wing-lim sprang erregt auf. »Nur um Ihre Neugierde zu befriedigen, beleidigen Sie öffentlich meine Mutter. Perverslinge! Stehen da, zeigen mit Ihren dreckigen Fingern auf sie und lachen sie aus!«

»Mr Yue, bitte beruhigen Sie sich«, sagte Inspector Lok versöhnlich. »Ich entschuldige mich im Namen meines Mentors und bitte alle Anwesenden um Verzeihung. Superintendent Kwan würde niemals ein Verdachtsmoment außer Acht lassen, und das ist der Grund, weshalb er für sich Klarheit in die Ereignisse bringen wollte, über die wir soeben gesprochen haben. Schließlich hat er bereits herausgefunden, dass der Mörder aus dem Haus kommen muss, weshalb die Vergangenheit Ihrer Familie von Bedeutung sein könnte. Ich vermute, dass er jetzt, wo er sämtliche Einzelheiten des Falls kennt, bereits weiß, wer der Mörder ist ...«

Ping. Eine Bestätigung, noch ehe der Inspector seinen Satz beendet hatte.

»Sie wissen, wer der Mörder ist?« Die Frage kam von Ah Sing.

Ping.

»Dann bitten Sie ihn, den Namen zu nennen!«, rief Nanny Wu.

»Nein. Zuerst müssen wir uns um die Beweise kümmern«, sagte Inspector Lok. »Es wäre nicht ratsam, ohne hinreichende Beweise den Mörder beim Namen zu nennen. Er würde leugnen, und wir säßen da und hätten nichts als Spekulationen in Händen.«

Ping.

Diese Argumentation stammte tatsächlich vom Superintendent persönlich. Inspector Lok hatte als junger Mann mehr als nur ein Mal von seinem Mentor einen Vortrag dazu gehalten bekommen: »Weshalb ist es so kompliziert, wenn man weiß, wer schuldig ist? Die Schwierigkeit besteht darin, dem Verdächtigen keinen Spielraum zu lassen. Es geht darum, ihm keine andere Wahl zu lassen, als die Tat zu gestehen.«

»Sir. Hat uns der Mörder in allem, was bis jetzt zur Sprache kam, Hinweise auf seine Identität gegeben, weil er einen Fehler gemacht hat?«

Ping.

»Ach, wirklich?«, platzte Ah Sing dazwischen. »Ich sehe da zwar einen ganzen Stapel Möglichkeiten, aber keine echten Indizien. Es ist ja nicht so, dass uns das Opfer eine Nachricht hinterlassen hätte ...«

Ping. Dieses Ping klang besonders eindrücklich.

»Doch? Eine Nachricht, ehe er starb?«, hakte Inspector Lok nach. Er schlug sein Notizbuch auf. »Geht es um das Fotoalbum? Aber wir konnten nichts daran finden ...«

Tock-tock.
»Befindet sich die Nachricht in dem Fotoalbum?«
Tock-tock.
»Am Körper des Opfers?«
Tock-tock.
»In den Blutspuren?«, fragte Ah Sing.
Tock-tock.
»Ah Sing, wir haben die Blutspuren nicht einmal erwähnt.«
»Ach ja, stimmt ... Ist es etwas im Arbeitszimmer?«
Tock-tock.
»Auch nichts im Zimmer?« Ah Sing war verwirrt. »Dann vielleicht etwas außerhalb des Zimmers?«
»Das ist eine dumme Frage – wenn es nicht im Zimmer war, muss es außerhalb ...«
Tock-tock. Das NEIN fiel Inspector Lok regelrecht ins Wort.
»Bitte?« Inzwischen machten alle ziemlich verwirrte Gesichter.
»Was soll das heißen?«, fragte Wing-lim. »Innen und außen sind doch die beiden einzigen Möglichkeiten!«
»War es etwas an der Tür?«, fragte Old Tong.
Tock-tock. Diesmal klang es wie: Hübscher Versuch, aber leider nein.
»Es gibt nichts, das weder im Zimmer noch außerhalb ist«, schrie Wing-lim.
Ping. Endlich war der Monitor mal einer Meinung mit jemandem.
»Ach so?« Der Inspector war einen Augenblick tief in Gedanken. »Sir, wollen Sie damit sagen, der Verstorbene hat keine Nachricht hinterlassen?«
Ping.
»Der alte Narr hat doch einen Hirnschaden! Erst gibt es eine Nachricht, jetzt wieder keine«, höhnte Wing-lim.
»Nein, ich verstehe, was er uns sagen will.« Inspector Lok lächelte. »Was er damit meint, ist Folgendes: Die deutlichste Botschaft, die das Opfer hinterlassen konnte, war gar keine Botschaft.«

Die anderen blinzelten ihn verständnislos an.

»Zuerst dachten wir, der Mörder sei ein Einbrecher gewesen – in dem Fall hätte das Opfer seinen Namen nicht gekannt. Doch im Zuge der Ermittlungen stellte sich heraus, dass der Mörder ein Mitglied des Haushalts sein muss. In dem Fall hätte es dem Opfer möglich sein müssen, einen Hinweis auf die Identität seines Mörders zu hinterlassen.«

Inspector Lok warf dem Superintendent einen Blick zu und fuhr dann fort. »Lassen Sie uns das objektiv betrachten. Erstens, hatte das Opfer die Möglichkeit, irgendwelche Worte zu hinterlassen? In seinem Bauch steckte eine Harpune, und er blutete stark, doch selbst wenn er nicht an einen Stift gelangen konnte, hätte ein in Blut getauchter Finger genügt, um den Namen des Mörders aufzuschreiben. Es gab Anzeichen dafür, dass er gefesselt war, aber als er gefunden wurde, waren seine Gliedmaßen frei. Zweitens: Reichte die Zeit? Allem Anschein nach ja, denn es gelang ihm noch, vor seinem Tod in dem Fotoalbum zu blättern. Die Tatsache, dass er überhaupt keinen Hinweis hinterlassen hat, erscheint mir deshalb sehr ungewöhnlich.«

»Und was bedeutet diese Keine-Botschaft-Botschaft?«, fragte Old Tong.

»Er hätte eine Nachricht hinterlassen oder um Hilfe rufen können, doch beides unterblieb, und das bedeutet … er ist lieber gestorben, als seinen Mörder zu verraten.«

Inspector Loks Schlussfolgerung machte die Gruppe sprachlos.

»Meinen Sie, er versuchte, seinen Mörder zu decken?«

Ping. Nachdem er eine ganze Weile geschwiegen hatte, meldete sich der Monitor wieder zu Wort, um Old Tongs Gedankengang zu bestätigen.

»Vielleicht … vielleicht gab es *doch* eine Botschaft, aber der Mörder hat sie weggewischt?«, mutmaßte Choi Ting.

»Hm. Nein«, sagte der Inspector. »Nachdem Mr Yuen die tödliche Wunde zugefügt worden war, kroch er nicht in Richtung Tür, sondern zu dem Bücherschrank, in dem das Fotoalbum stand, als hätte er die Hoffnung auf Rettung aufgegeben.

Vielleicht wusste er, dass der Tod nahe war, und beschloss, sich in eine Ecke zu verziehen und so zu tun, als wäre er von einem Einbrecher ermordet worden, um den wahren Täter zu schützen.«

Plötzlich lächelte Inspector Lok, als hätte sich für ihn der Nebel gelichtet. »Ich glaube, ich weiß, was direkt im Vorfeld geschehen ist. Der Mörder und sein Opfer unterhielten sich im Arbeitszimmer. Dann wurde der Mörder wütend, warum auch immer, griff zur Vase und schlug Mr Yuen bewusstlos. Vielleicht dachte er, er hätte ihn umgebracht, und verwüstete das Zimmer, um es nach einem Einbruch aussehen zu lassen. Er brach den Waffenschrank auf, kratzte ein paar Spuren in den Tresor und fegte Bücher und Unterlagen aus dem Regal. Währenddessen kam das Opfer wieder zu sich. Panisch schlug der Mörder ein zweites Mal mit der Vase zu und kam zu dem Schluss, dass Mord inzwischen die einzige Lösung war. Also griff er zu dem wasserdichten Klebeband – welches ebenfalls aus dem Waffenschrank mit der Tauchausrüstung stammen musste –, fesselte Mr Yuen an Armen und Beinen, öffnete das Fenster und klebte ein bisschen Band an die Außenseite, um es wie einen Einbruch aussehen zu lassen. Schließlich erledigte er sein Opfer endgültig mit der Harpune.«

Inspector Lok hielt kurz inne. »Nach dem Schuss zog der Mörder, in dem Glauben, sein Opfer sei tot, das Klebeband von Armen und Beinen und floh. Tatsächlich aber besaß Mr Yuen noch immer genug Kraft, um zum Bücherregal zu robben ...«

»Moment, warum hat der Mörder das Klebeband entfernt?«, fragte Choi Ting.

»Das ist ...« Inspector Lok verstummte stotternd.

Ping.

»Sir, haben Sie etwas zu sagen?«

Ping. In Loks Ohren hörte sich das an wie: Selbstverständlich.

»Ms Chois Frage betreffend?«

Ping.
»Der Mörder entfernte das Klebeband mit Absicht?«
Ping.
»War das ... war das ein Ablenkungsmanöver?«
Tock-tock.
»Um das Opfer zu verletzen?«
Tock-tock.
»Dann ... dann hatte der Mörder einen Fehler gemacht und keine andere Wahl, als ihn wieder loszubinden?«
Ping.
Nachdenklich rieb Inspector Lok sich mit der linken Hand das Kinn. Bis auf Yue Wing-yee, der verzweifelt den Kopf hängen ließ, starrten die anderen vier ihn, ohne zu blinzeln, an, in der Hoffnung, er sei in der Lage, die Schlussfolgerungen des alten Detective zu erklären. Nach einer Weile riss Inspector Lok den Kopf hoch und fragte den Alten: »Sir, war meine vorhin aufgestellte Hypothese in allen Punkten korrekt? Den Ablauf der Ereignisse eingeschlossen?«
Ping.
Das Lächeln kehrte auf sein Gesicht zurück. An Choi Ting gewandt sagte er: »Der Mörder hat einen entscheidenden Fehler gemacht. Er hatte keine andere Wahl.«
»Was für einen Fehler?«
»Er hat sich in der Reihenfolge vertan.«
»Welche Reihenfolge?«
»Das Klebeband ans Fenster kleben und die Fesselung seines Opfers«, antwortete Inspector Lok zufrieden.
Die Verdächtigen sahen ihn verständnislos an. Ah Sing ergriff schließlich das Wort: »Genau! Ein Einbrecher würde zuerst das Fenster einschlagen müssen, ehe er ins Zimmer gelangt und das Opfer fesselt. Also müsste das unverbrauchte Klebeband auf der Rolle an der Nahtstelle zu dem Band passen, mit dem das Opfer gefesselt war. Passte es dagegen zu dem Klebeband am Fenster, würde jeder Ermittler sofort sehen, dass etwas nicht stimmte.«
»Als der Mörder seinen Irrtum erkannte«, fuhr Lok fort,

»blieb ihm nichts anderes übrig, als entweder das Band vom Fenster oder aber die Fesseln des Opfers zu entfernen. Letzteres machte mehr Sinn, denn die andere Option hätte außerdem bedeutet, sich mit der zerbrochenen Scheibe zu befassen.«

»Was ist denn daran so schlimm? Sind doch nur ein paar Scherben«, protestierte Wing-lim.

»Klebeband kann man verbrennen, Glas nicht.«

»Verbrennen?«, fragte Nanny Wu.

Der Inspector deutete mit dem Finger auf sie. »Sie haben dem Mörder einen großen Gefallen getan.«

»Was? Unterstellen Sie mir nicht, ich …«

»Ich unterstelle Ihnen gar nichts, ich sage lediglich, dass Sie dem Mörder unbeabsichtigt geholfen haben. Sie haben am Vorabend für Yue Chin-yau Höllengeld verbrannt, und der Rauchgeruch hing noch lange in Haus und Garten.«

»Aber das – oh!« Choi Ting sprach nicht zu Ende.

»Der Mörder hat das Klebeband verbrannt und die Überreste samt der Asche heruntergespült. Ich vermute übrigens, dass mit den zweihunderttausend Hongkong-Dollar dasselbe passiert ist.«

»Wie bitte?«

»Deshalb wurde auch nur das Geld genommen, nicht die Ringe und die antike Taschenuhr. Es wäre zu umständlich gewesen, sich damit herumzuschlagen. Außerdem hätte die Polizei diese Dinge bei einer Durchsuchung womöglich gefunden, wenn der Mörder sie in seinem Zimmer versteckt hätte. Geld war übrigens eindeutig nicht das Mordmotiv.«

»Also, wer hat es getan?«, bedrängte Choi Ting den Inspector.

»Wenn der Verstorbene lieber seinen Tod in Kauf nahm, als seinen Mörder zu verraten, war es wahrscheinlich einer seiner Söhne«, sagte Ah Sing.

Yue Wing-lim sprang wieder auf die Füße, während Wing-yee sich weiter die Haare raufte. Er hatte sich offensichtlich immer noch nicht von seinem Geständnis erholt.

»Zumindest glaube ich nicht, dass der Verstorbene seine alte Haushälterin oder seinen Sekretär auf diese Weise geschützt hätte«, sagte Inspector Lok. Choi Ting wollte etwas einwenden, doch er kam ihr zuvor. »Ich bin mir auch sicher, dass Dr. Choi in der Lage gewesen wäre, Bewusstlosigkeit und Tod zu unterscheiden, und gemerkt hätte, dass das Opfer noch am Leben war, nachdem sie eine Harpune auf Mr Yuen abgefeuert hatte. Yuen Man-buns Tod resultierte zumindest teilweise aus dem Umstand, dass er nicht um Hilfe gerufen hat – der Mörder verließ den Raum, ehe sein Job erledigt war. Choi Ting hätte sich vergewissert, dass er tot war, anstatt ihn sich selbst zu überlassen, wo er immerhin noch Zeit und Kraft fand, zu seinem Fotoalbum zu kriechen.«

»Womit nur Wing-yee und Wing-lim übrig bleiben.« Alle hatten denselben Gedanken.

»Also ist Wing-yee der Mörder«, verkündete Ah Sing. »Von den beiden ist er derjenige, der weiß, wie man eine Harpune bedient.«

»Es ist nicht besonders schwierig, eine Harpune auszulösen«, sagte Inspector Lok.

»Sir, wie Sie wissen, ist es für jemanden ohne Erfahrung recht schwer, den Gummizug zu spannen – ein kleiner Fehler genügt, um sich selbst ernstlich zu verletzen.« Ah Sing versuchte, wie ein Experte zu klingen, dabei hatte er genau wie Inspector Lok erst diese Woche gelernt, wie eine Harpune funktioniert.

Ping. Der alte Detective brach das Schweigen.

»Die Harpune? Möchten Sie über die Harpune sprechen?«

Ping.

Jetzt fiel allen wieder ein, dass der Alte vorhin schon nach der Tatwaffe gefragt hatte, ehe er von den Enthüllungen über Yue Chin-yau und Wing-lai abgelenkt wurde.

»Übersehen wir einen offensichtlichen Hinweis?«

Ping. Dieses JA klang in Inspector Loks Ohren wie ein leiser Vorwurf.

Er schlug sein Notizbuch wieder auf. »Was ist mit der Harpune? Der Verstorbene wurde von einem 115-Zentimeter-Stahlpfeil in den Bauch getroffen und starb an Blutverlust. Auf dem Boden lag eine RGSH115-Gummizugharpune aus Karbon:

Rohrlänge 115 Zentimeter, geschlossener Harpunenkopf, dreißig Zentimeter Gummizug ...«

»Moment – Moment!« Das kam, völlig überraschend, von Wing-yee. Er war immer noch völlig erschüttert und sah Inspector Lok verwirrt an.

»Was ist denn, Mr Yue?«

»Könnten Sie das noch einmal wiederholen?«

»Was ich eben gesagt habe? Das Opfer wurde mit einem 115-Zentimeter-Stahlpfeil getötet; auf dem Boden lag eine RGSH115-Gummizugharpune aus Karbon mit geschlossenem Kopf ...«

»Der Pfeil kann nicht aus der RGSH115 abgeschossen worden sein«, sagte Wing-yee mit Nachdruck.

»Warum nicht?«

»Die Länge stimmt nicht.«

»Sowohl Pfeil als auch Rohr weisen eine Länge von 115 Zentimetern auf, oder nicht?«, fragte Ah Sing.

»Die Harpune muss kürzer sein als der Pfeil! Für einen 115er-Pfeil würde man eine 75er-Harpune benutzen!«

»Stimmt! Ich dachte mir die ganze Zeit, dass da etwas seltsam klingt«, sagte Old Tong.

Ping. Vom Computer kam eine Bestätigung.

»Aber – ist es wirklich nicht möglich, einen 115-Zentimeter-Pfeil aus einer Harpune gleicher Länge abzuschießen?« Ah Sing war nicht bereit, diesen Punkt einfach auf sich beruhen zu lassen.

»Bei einem anderen Modell vielleicht, aber nicht bei der RGSH115.« Für einen Augenblick wurde Wing-yee vom Verdächtigen zum Ermittler. »Wegen des geschlossenen Kopfes.«

»Was hat das miteinander zu tun?«

»Der Pfeil ist mit Widerhaken versehen. Es wäre vielleicht möglich, ihn in eine Harpune zu zwängen, aber der geschlossene Kopf ist nur ein rundes Loch, und wenn der Pfeil nicht länger ist als das Rohr, bleiben die Widerhaken an der Harpune hängen. Haben Sie an Pfeil oder Rohr irgendwelche Beschädigungen gefunden?«

Inspector Lok schüttelte den Kopf. »Also wurde der Pfeil aus einer anderen Harpune abgeschossen?«

»Wahrscheinlich aus der RGSH075 oder der RB075.«

Ping.

Wing-yee hatte das gespenstische Gefühl, der alte Detective spreche ihn vom Tode seines Bruders frei.

»Was wiederum bedeutet, der Mörder hatte keine Ahnung vom Speerfischen und hat die Abschussgeräte verwechselt … Wing-lim?« Choi Ting sah ihren Schwager beklommen an.

»Blödsinn«, sagte Wing-lim gelassen. »Wie hätte ich die Harpune denn laden sollen, wenn ich von der Materie keine Ahnung habe? Und wenn du glaubst, ich hätte es insgeheim doch gewusst, dann hätte jeder andere die beiden Waffen viel eher verwechseln können als ich. Von dem Blickwinkel aus bin ich der am wenigsten Verdächtige.«

Inspector Lok sagte nichts. Seine linke Hand bewegte sich wieder zum Kinn, und er sah Wing-lim nachdenklich an, als suchte er nach dem Haken in seiner Bemerkung.

Tock-tock.

»War das ein Nein, Sir?«, fragte der Inspector. »Sind Sie anderer Meinung als Yue Wing-lim?«

Ping.

Ebenso gut hätte der alte Detective aus dem Bett springen, mit ausgestrecktem Arm auf Wing-lim zeigen und mit seiner tiefen Stimme sagen können: »Leugnen ist zwecklos – Sie sind der Mörder.«

Das brachte Wing-lim eindeutig aus der Fassung, doch binnen Sekunden hatte er seine unbekümmerte Fassade wieder aufgebaut. »Na schön! Dann hören wir mal, welche Beweise dieser alte Kauz hier hat!«

»Sir? Haben Sie Beweise?«

Ping. Wieder sah Lok förmlich vor sich, wie der Alte dem Verdächtigen ein lautes Ja mitten ins Gesicht sagte.

»Aber hat Yue Wing-lim nicht recht, wenn er sagt, er weiß nicht, wie man eine Harpune lädt, also kann er sie auch nicht geladen und jemanden damit ermordet haben?«

Tock-tock, Ping. NEIN, dann JA.
»Er hat sie nicht geladen, aber er hat jemanden damit ermordet?«
Ping.
»Aber wenn er die Waffe nicht geladen hat, wie … Aha!«, rief Inspector Lok. »Yuen Man-bun hat die Harpune selbst geladen! Wong Kwan-tong erwähnte, dass Yuen Man-bun in seinem Arbeitszimmer schoss. Das also hat er an diesem Abend getan!«
Ping.
»Dann war also auch der Schaden am Waffenschrank fingiert. Er war überhaupt nicht verschlossen, und Yue Wing-lim wollte mit den Kratzspuren auch hier eine falsche Fährte legen. Er griff sofort nach dem wasserfesten Klebeband, den Handschuhen und so weiter und auch nach den Werkzeugen zum Aufbrechen der Türen. Das Messer wollte er nicht nehmen, weil er befürchtete, das Blut des Opfers abzubekommen. Außerdem machte er sich zunutze, dass er nicht wusste, wie man eine Harpune bedient, um den Verdacht von sich zu lenken.«
Ping.
»Das Opfer war in seinem Arbeitszimmer mit der Harpune beschäftigt, als Yue Wing-lim den Raum betrat. Sie fingen an zu streiten, dann der Angriff mit der Vase, der vorgetäuschte Überfall, der Schuss aus der Harpune … Moment. Weshalb sollte der Übeltäter die Waffen vertauschen? Er hatte beim Abschuss doch Handschuhe getragen …«
Ping, Ping, Ping, Ping … Eine ganze Salve JAs. Der Zeiger sprang im oberen Feld herum wie in einem Videospiel. Sie standen kurz vor dem Knackpunkt.
Inspector Lok hob abrupt den Kopf und deutete mit ausgestrecktem Zeigefinger und Falkenblick auf Wing-lim. »Sie mussten die Harpunen vertauschen, weil sich auf der Mordwaffe belastende Beweise befanden.«
Wing-lim war blass geworden, aber er hielt sich immer noch aufrecht und sah den Inspector angriffslustig an.
»Sie haben mit der Harpune auf das Opfer geschossen, aber

weil Sie den Umgang mit der Waffe nicht gewohnt sind, trafen Sie ihn lediglich in den Bauch. Sie versuchten einen zweiten Schuss abzugeben – aber Sie wussten nicht, wie man die Waffe lädt. Der Mechanismus ist ziemlich kniffelig, man muss sich den Griff gegen die Brust pressen, während man mit beiden Händen den Gummizug spannt. Wenn man sich damit nicht auskennt, besteht große Verletzungsgefahr. Weil Sie dachten, Ihr Vater wäre bereits tot, gaben Sie den Versuch schließlich auf, noch einmal auf ihn zu schießen, und versuchten, die unmittelbaren Gefahren zu beseitigen. Eigentlich wollten Sie die RGSH075 durch eine Harpune gleicher Länge ersetzen, doch die RB075 war zerlegt, und Sie wussten nicht, wie man das Gerät zusammenbaut. Blieb also nur die RGSH115. Das mit dem geschlossenen Kopf konnten Sie schließlich nicht wissen. Jetzt, wo wir die richtige Mordwaffe kennen, können wir …«

In diesem Augenblick war es so weit. Wing-lim verriet seine Schuld: Er versuchte zu fliehen. Mit einem Satz sprang er über Bruder und Schwägerin hinweg Richtung Tür. Doch die Tür war zu. Einen Augenblick später wurde er von starken Händen gepackt. Ah Sing hatte sofort reagiert. Er rang ihn zu Boden und hielt ihn dort fest.

»Für wie blöd halten Sie mich? Ah Sing hatte Anweisung, die Tür zuzusperren, als er sie hinter Ihnen schloss«, sagte der Inspector. Alle Blicke gingen zur Tür. Der Riegel war tatsächlich zugeschoben.

Ah Sing legte Wing-lim Handschellen an. Wing-yee, Choi Ting und Old Tong standen auf und ließen ihn allein auf dem Sofa sitzen. Nanny Wu hätte ihn gerne gefragt, weshalb um alles in der Welt er seinen eigenen Vater ermordet hatte, doch die Vorstellung, dass ihre Missy ein solch unwürdiges Balg zur Welt gebracht hatte, ließ sie so sehr schluchzen, dass ihr die Worte im Halse stecken blieben.

»Yue Wing-lim, weshalb haben Sie Ihren Vater ermordet?«, fragte Inspector Lok.

Wing-lim grunzte, gab aber keine Antwort.

»Ihr Fluchtversuch war ein Schuldeingeständnis. Ich bin davon überzeugt, dass die Spurensicherung Ihre DNA auf der Mordwaffe sicherstellen wird. Sie haben das Recht zu schweigen. Alles, was Sie jetzt sagen, kann gegen Sie verwendet werden. Trotzdem muss ich noch eines hinzufügen: Wenn Sie die Dinge nicht klarstellen, wird Ihre Familie nie erfahren, weshalb Sie getan haben, was Sie getan haben.«

»Ich ... ich wollte Fotograf werden«, spie Yue Wing-lim ihm entgegen.

»Und?«

»Der Alte hat mich nicht gelassen. Wir stritten uns, ich habe ihn geschlagen, und dann kam es genau so, wie Sie sagten.«

»Nur deshalb?« Nanny Wu konnte nicht anders.

»Nur deshalb. Und weil Zweiter Bruder nach Vaters Tod endlich den Firmenvorsitz übernehmen und dieses Generve aufhören würde, ich solle mit in die Firma einsteigen. Ich wäre endlich in der Lage gewesen, mich mithilfe meines Erbes auf die Fotografie zu konzentrieren. Zwei Fliegen mit einer Klappe, quasi.«

Nanny Wu schlug ihm mitten ins Gesicht. »Was für unmenschliche Gründe – wenn die Missy dich im Jenseits hören könnte, es würde ihr das Herz brechen.«

Wing-lim stieß einen kehligen Laut aus und blickte Nanny Wus Blick ausweichend zu Boden.

»Der Fall ist also gelöst. Ich danke Ihnen allen dafür, dass Sie sich für diese Untersuchung zur Verfügung gestellt haben, und meinem Mentor danke ich auch.« Inspector Lok blieb neben dem Krankenbett stehen. »Ah Sing, schalten Sie die Kamera aus. Apple, Sie können die Computer jetzt abstöpseln.«

Tock-tock.

Alle Blicke wandten sich dem Bildschirm mit dem NEIN zu.

»Was ist denn, Sir?«

Tock-tock.

»Wollen Sie damit sagen, Sir, dass ... dass der Fall noch nicht gelöst ist?«

Ping.

Sie starrten entgeistert den Bildschirm an. Wing-yee war wie gelähmt, überzeugt, dass der alte Polizist ihm wegen des Mordes an seinem großen Bruder doch noch ans Leder wollte.

Inspector Lok zog die Augenbrauen kraus. »Nicht gelöst? Was haben wir übersehen?«

Der Zeiger verharrte regungslos.

»Sir?«

Wusch. Völlig aus dem Nichts poppte auf dem Monitor ein Dialogfenster auf: »ERROR :: Interface Linkage Exception/Address: 0x004D78F9«, dahinter ein leuchtend rotes Ausrufezeichen.

»Apple? Was ist passiert?«, fragte der Inspector.

»Ein Bug.« Apple saß tief über ihr Laptop gebeugt. »Ich muss sehen, was ich machen kann.«

»Wie lange dauert das?«

»Hm. Irgendwas zwischen einer halben Stunde und einem halben Tag. Könnte an der Hardware liegen. Ich muss nach Hause und ein Ersatzgerät holen.«

Inspector Lok warf der Familie einen verlegenen Blick zu, dann sah er aufs Bett. »Wir machen für heute Schluss. Apple, sehen Sie zu, ob Sie den Fehler noch heute Abend beheben können, und treffen Sie sich bitte morgen früh wieder mit mir hier, damit wir den Superintendent fragen können, was er noch zu sagen hat. Womöglich ist er bis dahin auch schon wieder wach und kann persönlich mit uns sprechen.«

Inspector Lok wandte sich den anderen zu. »Ich melde mich, falls noch Klärungsbedarf besteht.«

Die untergehende Sonne hatte das Meer rot verfärbt. Ah Sing steckte die Videokamera ein und stellte sich zu Yue Wing-lim, während sie warteten. Apple steckte nur das Laptop ein, ließ aber die übrigen Apparate und auch sämtliche Kabel an Ort und Stelle. Yue Wing-yee, Choi Ting, Old Tong und Nanny Wu hatten das Zimmer bereits verlassen. Inspector Lok trat noch einmal ans Bett und sah voller Respekt und Bewunderung zu seinem alten Mentor hinunter. Er nahm Kwan Chun-doks Hand und sagte: »Sir, ich gehe jetzt. Ich werde weitermachen, wie Sie es getan hätten, bis der Fall gelöst ist.«

Es sah so aus, als würden sich die Mundwinkel des Superintendent ein winziges bisschen nach oben bewegen, doch Inspector Lok war klar, dass die untergehende Sonne seinen Augen einen Streich spielte.

7

Um neun Uhr früh am nächsten Morgen fuhren Inspector Lok und Ah Sing vor der Villa Fung Ying vor. Vor dem Haus lungerten bereits mehrere Reporter herum, die von Wing-lims Verhaftung Wind bekommen hatten und auf ein paar exklusive Häppchen von der Familie hofften. Als sie das Einsatzfahrzeug entdeckten, rannten sie auf das Haupttor zu, wurden aber von den Security-Leuten zurückgehalten, die noch am Abend zuvor eilig organisiert worden waren. Sie sahen lediglich, wie der Inspector und sein Assistent zur Haustür gingen.

»Guten Morgen, Inspector.« Nanny Wu öffnete ihnen. Ihre Augen waren blutunterlaufen, und sie hatte eindeutig schlecht geschlafen.

»Guten Morgen, Miss Wu.« Inspector Lok wirkte ebenfalls erschöpft. »Sind die anderen auch im Haus?«

»Ja. Wir sind alle hier.« Noch während sie sprach, erschienen Wing-yee und Old Tong im Vestibül. Es war Sonntag, und sie wurden in der Firma nicht gebraucht. »Tong war die ganze Nacht wach, um einen Anwalt für dieses Balg zu finden, und Master Wing-yee hat alle möglichen Leute angerufen. Wir haben alle schlecht geschlafen.«

»Meine Frau befindet sich noch in unserem Zimmer, Inspector Lok. Sind Sie meinetwegen gekommen?«, fragte Wing-yee. Er war froh, sich endlich um das Geheimnis erleichtert zu haben, das ihn zwanzig Jahre lang gequält hatte, selbst zu dem Preis einer Spaltung in der Familie.

»Nein. Darüber unterhalten wir uns später.« Der Inspector wandte sich an Old Tong: »Mr Wong Kwan-tong, ich verhafte Sie wegen dringenden Mordverdachts. Bitte begleiten Sie uns zu weiteren Ermittlungen aufs Kommissariat. Sie haben das Recht, die Aussage zu verweigern. Alles, was Sie sagen, wird aufgenommen und kann gegen Sie verwendet werden.«

Die drei Anwesenden waren sprachlos. Wing-yee und Nanny Wu fuhren herum und starrten Old Tong an.

»Dann, dann ... hat Wing... Wing-lim den Mord nicht begangen, sondern Old ... Old Tong?« Wing-yee hatte Mühe, die Worte herauszubekommen. Der Inspector ignorierte ihn.

Der Schrecken auf Old Tongs Gesicht wich Traurigkeit. Er runzelte kaum merklich die Augenbrauen und fragte leise: »Darf ... darf ich mir noch die Jacke anziehen?«

Inspector Lok nickte. Er wartete, bis Old Tong sich angezogen hatte, dann legte er ihm Handschellen an.

»Wing-lim gibt auf dem Kommissariat offensichtlich allen möglichen Blödsinn von sich, um uns alle mit reinzureißen. Keine Sorge«, sagte Old Tong beim Gehen zu Nanny Wu und Wing-yee.

Die drei stiegen in den Wagen und fuhren los. In einem Blitzlichtgewitter passierten sie das Tor, während die Reporter versuchten, einen Schnappschuss von Old Tong und dem Inspector auf der Rückbank zu erhaschen. Sie fuhren über den Highway nach Tseung Kwan O ins Polizeihauptquartier von Ost-Kowloon.

Während der Fahrt schwiegen sie. Ah Sing warf den anderen beiden im Rückspiegel ab und an einen Blick zu, doch ihre Mienen waren unbewegt. Old Tong wirkte beherrscht, kein bisschen ängstlich, als wäre die vorherige Verwirrung angesichts seiner Verhaftung nur Show gewesen.

Schließlich brach Inspector Lok das Schweigen. »Sie haben Yue Wing-lim dazu angestiftet, Yuen Man-bun zu ermorden, habe ich recht?«

»Hat Wing-lim das behauptet?« Old Tong starrte weiter geradeaus.

»Nein. Er hat bis jetzt kein einziges Wort gesprochen, nicht einmal gegenüber dem Anwalt, den Sie ihm besorgt haben.« Der Inspector war davon überzeugt, dass der alte Mann dies bereits wusste; der Anwalt hatte ihm sicher Bericht erstattet.

»Wie kommen Sie auf die Idee, ich hätte ihn angestiftet?«, fragte Old Tong gelassen.

»Seine Motive sind absolut unglaubwürdig. Er hat seinen Vater ermordet, weil er Fotograf werden wollte? Das ist lächerlich. Ja, ein impulsiver Akt wie der Angriff mit der Vase ließe sich damit erklären. Aber der Schuss aus einer Harpune? So etwas geschieht nicht im Affekt.«

»Dann halten Sie Wing-lim nicht für den Mörder?«

»Doch, er hat es getan. Das beweisen die DNA-Spuren – weil er mit dem Lademechanismus nicht vertraut war, hat einer der Widerhaken ihn am linken Handgelenk verletzt. Wahrscheinlich hat er versucht, die Blutspuren zu beseitigen, doch was für das menschliche Auge unsichtbar ist, kann die Kriminaltechnik durchaus noch sichtbar machen.«

»Dann war er es.«

»Selbst wenn er seinen Vater wegen seines Berufswunschs angegriffen hat, gab es keinen Grund, ihn zu ermorden. Sagen wir, er hätte seinen Vater im Affekt bewusstlos geschlagen, gedacht, er hätte ihn getötet, und hektisch versucht, alles nach einem Einbruch aussehen zu lassen – schön und gut. Aber dass er seinen Vater, als dieser wieder zu sich kam, ein zweites Mal bewusstlos schlug und dann auch noch mit der Harpune auf ihn schoss – das ist völlig überzogen. Diese Tat war nicht geplant. Dieses Szenario strotzt vor Unstimmigkeiten. Dennoch war dieser Angriff unsagbar brutal, so als hätte er keine andere Wahl gehabt, als seinen Vater zu erschießen. Ich vermute einen tiefen Hass auf den Verstorbenen, der lange in ihm schlummerte und schließlich bei einem Streit aufflammte.«

»Zu Wing-lims Problemen kann ich mich nicht äußern.«

»Und genau diese Sache verstehe ich nicht. Was für einen tiefen Groll kann ein Vierundzwanzigjähriger gegen seinen eigenen Vater hegen? Die meisten Elternmorde geschehen aus einer langjährigen Feindseligkeit heraus, und, noch wichtiger, die meisten Täter haben in ihrer Kindheit weder familiäre Nähe noch Geborgenheit erlebt. Dieses Profil passt nicht auf Yue Wing-lim – seine Worte und sein Verhalten deuten auf ein sehr gutes Verhältnis zu seiner Mutter hin. Bei Vatermord spielt außerdem oft Geld eine Rolle, aber ich glaube nicht, dass Wing-lim finanziell in Schwierigkeiten war, und Yuen Man-bun hat schließlich all seinen Kindern das Studium finanziert. Um eine solche Tat zu rechtfertigen, hat sich hier nicht genug Wut angestaut.«

»Yuen Man-bun hat die Ausbildung seiner Söhne finanziert, weil es seine Pflicht war. Er war kein guter Vater – ihn interessierten nur Geld, Macht, Ruf und Status. Wing-yee mochte er nur, weil er das Potenzial hatte, sich in der Geschäftswelt zu behaupten.«

Inspector Lok registrierte, dass Old Tong Mr Yuen plötzlich nicht mehr als Boss-Man bezeichnete, sondern einfach seinen Namen nannte – keine Spur mehr von dem vorgetäuschten Respekt für den Verstorbenen.

»Selbst wenn Yuen Man-bun seinen Söhnen gegenüber kälter gewesen ist, als er es hätte sein sollen, glaube ich nicht, dass das Wing-lim zum Mörder gemacht hat. Ein dermaßen extremer Akt bedarf tieferer Gründe.«

»Ist das auch ein Rückschluss von Ihrem bewusstlosen Superintendent Kwan?«

»Nein. Der stammt von mir.« Inspector Lok lächelte, auch wenn seine übermüdeten Augen eine andere Sprache sprachen.

»Und Sie halten mich für diesen ›tieferen Grund‹?«

»Ja.«

»Inspector Lok, Sie überschätzen mich.« Old Tongs Lächeln wirkte gezwungen, wie eine Maske. »Ich bin nur ein bescheidener Sekretär ...«

»Und seit Ewigkeiten ein Mitglied des Haushalts der Familie Yue.«

»Na und?«

»Ich glaube, Sie stehen im Zentrum dieses Mordfalls. Wissen Sie noch, was ich Sie letzte Woche auf dem Kommissariat gefragt habe? Ich wollte wissen, wen Sie benennen würden, falls der Mörder kein Einbrecher war.«

»Ich erinnere mich.«

»Ihre Antwort lautete, Yue Wing-lim hätte von allen Familienmitgliedern das schlechteste Verhältnis zum Verstorbenen gehabt, doch er hätte nie seinen eigenen Vater ermordet.«

»Ich habe mich offensichtlich getäuscht.« Old Tong zuckte die Achseln.

»Wissen Sie, wie die Antworten der anderen lauteten?«

»Wie?«

»Wing-lim sagte, er wüsste es nicht, und die anderen drei nannten unterschiedliche Namen, alle im Zusammenhang mit Unternehmen, denen eine feindliche Übernahme durch Fung Hoi drohte.«

»Ach so?«, sagte Old Tong zögernd.

»Wörtlich lautete die Frage: ›Wer hegte schlechte Absichten gegen Yuen Man-bun?‹ Die anderen Befragten dachten sofort an Geschäftsfeinde – von denen der ›Fung-Hoi-Hai‹ sicher mehr als genug hatte.« Inspector Loks Stimme klang ruhig. »Sie aber, als sein Sekretär, griffen als Einziger nicht auf diesen Personenkreis zurück. Stattdessen beteuerten Sie, Wing-lim sei nicht der Mörder. Ich glaube nicht, dass das ein Versehen war oder dass Ihr Verstand in dem Augenblick nicht bei der Sache war. Sie unterstellten, dass ich mich mit dieser Frage lediglich auf Haushaltsmitglieder bezog. Und das bedeutet, selbst wenn Sie nicht der Mörder oder der Anstifter waren, wussten Sie mehr, als Sie hätten wissen dürfen.«

»Eine faszinierende Hypothese«, sagte Old Tong sanft. »Die trotzdem nur Ihrer beschränkten Fantasie entspringt.«

»Das ist richtig. Mir fehlen die Beweise.« Der Inspector lächelte. »Ich habe nur meinen Instinkt. Was das betrifft, gibt es sogar eine noch verwegenere Hypothese.«

»Wie könnte die wohl lauten?«

»Yue Wing-lim ist gar nicht der Sohn von Yuen Man-bun. Sondern Ihrer.«

»Ha!« Old Tong fing an zu lachen. »Sehr originell. Sie machen mich neugierig.«

»Wäre Yue Wing-lim das Produkt einer Affäre zwischen Ihnen und Yue Chin-yau, würde das einige der Unstimmigkeiten erklären, die mir aufgefallen sind. Warum verstand sich Wing-lim so schlecht mit Yuen Man-bun? Weshalb dieser Hass auf Mr Yuen? Weshalb diese Vehemenz, mit der er darauf bestand, den Mord begangen zu haben, weil er Fotograf werden wollte? Das alles wäre viel nachvollziehbarer, wenn seine leiblichen Eltern unter der Fuchtel von Yuen Man-bun gestanden hätten und seine Mutter in Wirklichkeit mit großer Trauer im Herzen starb, was den Groll auf seinen Nennvater durchaus weiter hätte vertiefen können.«

»Das klingt alles reichlich weit hergeholt, finden Sie nicht? Wie eine drittklassige Vorabend-Soap.«

»Aber ist das wahre Leben nicht genauso lächerlich? Außerdem habe ich tatsächlich ein paar Beweise, die meine Theorie stützen können. Erstens, Ihre Haltung gegenüber den beiden Yue-Söhnen – dem älteren gegenüber sehr respektvoll, Sie nennen ihn ›Master Wing-yee‹, während sie den jüngeren lediglich bei seinem Namen nennen. Sie scheuen nicht einmal davor zurück, ihn öffentlich zurechtzuweisen, und Wing-lim, der seinem großen Bruder ständig widerspricht, sitzt da und lässt Ihre Zurechtweisungen klaglos über sich ergehen. Ist das nicht seltsam? Sie sind lediglich der Privatsekretär seines Vaters, wieso sollte er Ihnen so viel Respekt entgegenbringen? Gut, Sie sind ein langjähriges Mitglied des Haushalts, aber ich kann mir nicht vorstellen, dass das diesem jungen Wilden besonders wichtig wäre.«

»Logisch, aber trotzdem reichlich dünn«, spöttelte Old Tong.

»Denken Sie doch mal nach – hätte ich tatsächlich eine heimliche Affäre mit Chin-yau gehabt und Yuen Man-bun so in die Irre geführt, dass er meinen Sohn als seinen eigenen aufzog, wäre das nicht bereits Rache genug gewesen? Ihn zu ermorden erscheint mir reichlich übertrieben.«

Lok schwieg. Er dachte offensichtlich über das Gesagte nach.

»Inspector Lok, Ihre Fantasie hat einen Hang zur Komik.« Unvermittelt versiegte Old Tongs Lächeln. »Aber wenn Sie so versessen sind auf wilde Mutmaßungen, kann ich durchaus mithalten. Natürlich ist das alles völlig an den Haaren herbeigezogen, ohne jegliche Beweise. Sie können gerne mitschreiben, aber mein Anwalt wird es als ›reine Spekulation‹ verwerfen und aus dem Gerichtsprotokoll streichen lassen. Wollen Sie es trotzdem hören?«

»Bitte.«

»Erstens: Wenn ich tatsächlich hinter alldem stecken würde, wäre ich nicht so dumm, Wing-lim direkt zu einem Mord anzustiften. Wer einen Menschen benutzen will, sorgt für die richtigen Rahmenbedingungen – sät den Samen des Hasses, lässt im anderen den Wunsch nach Rache langsam wachsen. Ist ein gewisser Punkt erreicht, mündet dies in Mord. Unter den richtigen Voraussetzungen kann jeder Mensch zum Mörder werden. Natürlich ist all dies rein hypothetisch.«

»Natürlich. Fahren Sie fort.«

»Dabei ist die Natur dieses Hasses gar nicht besonders wichtig. Hätte ich Wing-lims Abscheu genährt, hätte ich ihm mit Sicherheit einen handfesteren Grund eingebläut – he, er ist schließlich mein eigener Sohn, wie Sie behaupten. Belassen wir es dabei, aber das ist kein hinreichender Grund, einen Mord zu begehen. Was könnte Wing-lim so sehr in Rage bringen, dass er deshalb tatsächlich einen Menschen umbringt?«

Old Tongs Augen waren in weite Ferne gerichtet.

»Zum Beispiel, wenn jemand, den er liebt, tief verletzt wurde. Wissen Sie, was ich meine, Inspector? Hass und Liebe sind zwei Seiten derselben Medaille. Wollen Sie, dass Peter Paul aus tiefster Seele hasst? Sagen Sie Peter, Paul hätte jemanden verletzt, den Peter über alles liebt.«

»Über alles liebt?«

»Wie seine Mutter zum Beispiel.«

»Und auf welche Weise verletzt?«

»Zum Beispiel ... wenn Yue Wing-lai Yuen Man-buns leiblicher Sohn gewesen wäre.«

»Leiblich? Aber ...«

»Was, wenn Yue Chin-yaus Vergewaltiger niemand anderes war als Yuen Man-bun?«

Die Luft im Wagen war auf einmal zum Schneiden.

»Angenommen, nur angenommen ...« Mit gefesselten Händen fuhr Old Tong sich durch das schüttere weiße Haar. »Angenommen, Yuen Man-bun war eifersüchtig auf seinen Kollegen, weil dieser der Tochter von Old Boss immer näherkam und er seine Chancen, der auserwählte Schwiegersohn zu werden, schwinden sah. Er heckte einen teuflischen Plan aus – mithilfe von Geld aus der Firma bestach er eine Horde Tunichtgute, Chin-yau in ihre Kreise zu ziehen und sie auf einer ihrer Partys mit Alkohol und Drogen außer Gefecht zu setzen, um Yuen Man-bun freie Bahn zu verschaffen. Ihm war klar, dass die schüchterne Chin-yau es nicht wagen würde, ihren Eltern zu beichten, was passiert war, und solange die unschuldige Nanny Wu ihre Rolle spielte, würde die ganze Sache unter den Teppich gekehrt. Im besten Falle hätte er Chin-yau geschwängert, und Yue Fung wäre gezwungen, seine Tochter so schnell wie möglich zu verheiraten, um einen Skandal abzuwenden. Selbst wenn sie sich zu einer Abtreibung entschlossen hätte, hätte diese unrühmliche Episode sie empfänglich gemacht, und Man-bun hätte sie mir unter Vorspiegelung von Leidenschaft und Verliebtheit vor der Nase weggeschnappt. Im schlimmsten Falle wäre sie nicht schwanger geworden und hätte am Ende mich oder einen ganz anderen geheiratet. Doch dann hätte er wenigstens nichts dabei verloren und sich in dem Gefühl ausruhen können, ungestraft seiner animalischen Lust gefrönt zu haben.«

Inspector Lok stieß einen eisigen Atemzug aus. »Das ... das klingt alles sehr plausibel, aber es enthält Einzelheiten, die Sie unmöglich wissen können.«

»Aber nicht doch. Sagen wir, rein hypothetisch, ich hätte berufsbedingt Gelegenheit, ab und zu mit Triadenmitgliedern ins Gespräch zu kommen, und dabei zufällig ein Untergrundgerücht aus alten Zeiten aufgeschnappt.« Old Tong lächelte freudlos. »Der ›Fung-Hoi-Hai‹ bediente sich vieler Taktiken und spielte auch Verbrecherbanden gegeneinander aus. Als sein Sekretär hatte ich natürlich Kontakt zu diesen Leuten, und wer hätte gedacht, dass die Welt so klein ist – da hilft ein kleiner windiger Niemand Yuen Man-bun, Yue Chin-yau zu vergewaltigen, und zehn Jahre später ist dieser kleine Niemand plötzlich eine große Triadennummer. Eines Tages tranken wir zusammen, und weil er dachte, Man-bun und ich wären Freunde, entschlüpften ihm Dinge, die er mir besser nicht erzählt hätte.«

»Also haben Sie Ihren Sohn aus Rache angestiftet, Yuen Man-bun zu ermorden, als Vergeltung dafür, dass er Sie um Ihre Position und Ihren Einfluss gebracht hat?«

»Noch einmal, Inspector Lok – wir unterhalten uns hier rein hypothetisch –, es spielt keine Rolle, ob ich Vergeltung wollte, weil ich meine Position verloren hatte oder weil Yuen Man-buns Intrigen jemandem schadeten, der mir nahestand. Vielleicht war es auch nur die Wut darüber, von einem Mann hintergangen worden zu sein, der für mich wie ein Bruder war. Vielleicht habe ich das Spiel von langer Hand geplant und irgendwann einfach alles gegeben, was ich geben konnte?«

Es war nur ein kurzer Augenblick, doch der Inspector sah etwas in Old Tongs Augen aufblitzen. Etwas wie Hass, aber gemischt mit Pein.

»Diese Rache kam aber ziemlich spät, vierzig Jahre nach dem Ereignis...«, sagte Lok.

»Ach, wissen Sie, in diesem Szenario begann die Rache schon vor langer Zeit. Warum morden, wenn es viel mehr Spaß macht, seinem Opfer die Hölle auf Erden zu bereiten?«

Inspector Lok starrte Old Tong an. Ihm war klar, dass diese »Hypothese« in Wirklichkeit ein Geständnis war, und die Tatsache, dass Old Tong ihm all das so bereitwillig erzählte, konnte nur eines bedeuten: Er war überzeugt, dass der Inspector keine Beweise gegen ihn finden würde.

»Zum Beispiel?«

»Zum Beispiel, den Bastard sterben zu lassen.«

»Dann war es also kein Autounfall?«

»Auch Unfälle können von Menschenhand gemacht sein. Eine kleine Manipulation der Lenksäule, der Pedale, der Bremsen. Für einen jungen Geschwindigkeitsnarren wäre das unausweichlich tödlich gewesen. Der Wagen ist vor langer Zeit verschrottet worden, Sie werden die Sache also weiter als Unfall betrachten müssen – wie gesagt, das ist alles ›reine Spekulation‹.«

»Hatten Sie keine Angst, Yue Chin-yau damit wehzutun?«

»Das wäre nie geschehen. Yuen Man-bun war in ihren Augen ein treuliebender Ehemann, der sie nie schlecht behandelte, Wing-lai aber war das Ergebnis einer Vergewaltigung. Sie wäre traurig gewesen, wenn Man-bun gestorben wäre, aber was Wing-lai betraf, so hätte in diesem Szenario nur Man-bun die Wahrheit über seine Herkunft gekannt und wäre auch der Einzige gewesen, der ernsthaft um ihn trauerte. Und weil er niemandem die Wahrheit sagen konnte, hätte er seine Trauer vor der Familie verbergen müssen – so, wie er es verdient hatte.«

»Wieso warten, bis Yue Wing-lai fast zwanzig war, ehe Sie zuschlugen? Ich dachte, Sie hätten die Wahrheit von den Triaden etwa zehn Jahre nach dem Ereignis erfahren.«

»Ich gehöre nicht zu der Sorte Idioten, die alles glauben, was ein Gauner ihnen auftischt. Ich glaube nur, was ich mit eigenen Augen sehe. Der Himmel meinte es gut mit mir, und 1990 bekam ich ein Geschenk.«

»Was für ein Geschenk?«

»Das DNA-Testzentrum im Wo Yan Hospital.«

Lok fiel wieder ein, dass das Wo Yan das erste Krankenhaus in Hongkong gewesen war, das DNA-Tests mit RFLP-Analyse einführte. Damit war nicht nur die Entdeckung von Erbkrankheiten möglich, sondern auch der Nachweis von Blutsverwandtschaft.

»Als Privatsekretär des Konsortiumsdirektors war es ein Kinderspiel, die ganze Familie einem DNA-Test zu unterziehen. Dazu genügte ein Tropfen Blut, und um die heimlichen Tests dann durchführen zu lassen, reichte es, Boss-Mans Namen zu erwähnen.«

Der Inspector war sich zunehmend sicher, dass er es mit einem beeindruckenden Gegner zu tun hatte – einem absolut ebenbürtigen Gegner für Yuen Man-bun.

»Wieso erstreckte sich Ihre Rache nicht auch auf den zweiten Sohn, Wing-yee?«

»Wer sagt denn, dass dem nicht so ist?«

Inspector Lok sah ihn überrascht an.

»Von wem, glauben Sie, stammt seine fixe Idee, er hätte seinen großen Bruder umgebracht?«, sagte Old Tong. Sein Tonfall war ausdruckslos, doch Inspector Lok sah, dass er sich ein Lächeln verkniff.

Endlich konnte der Inspector das gesamte Bild erkennen. Wing-yee hatte erzählt, er hätte den Scherzartikel von Old Tong bekommen. Wahrscheinlich hatte der den Jungen auch dazu ermutigt, die Dose mit den Insekten im Auto seines Bruders zu verstecken, um ihm nach dem Unfall zuzuraunen: »Mach dir keine Sorgen, junger Herr, ich werde keinem sagen, was du getan hast«, und dem Kind damit für alle Zeiten schreckliche Schuldgefühle einzuimpfen. Für jemanden, der so gerissen war, war die Manipulation eines Neunjährigen im wahrsten Sinne des Wortes ein Kinderspiel.

»Und Yue Wing-lim ...«

»Ich habe ihm nie erzählt, dass ich sein leiblicher Vater bin, sondern mich im Stillen um ihn gekümmert. Auch ohne die Wahrheit zu kennen, lernte er unter meinem Einfluss, meine Haltung zu teilen und meinen Hass auf Yuen Man-bun. Nachdem Chin-yau gestorben war, stieß er durch Zufall auf einige DNA-Testergebnisse – wer die wohl hat herumliegen lassen, einfach so? –, und mir blieb ›keine andere Wahl‹, als ihm zu erzählen, wie Yuen Man-bun seiner Mutter damals vor langer Zeit Gewalt angetan und sie anschließend hintergangen hatte.«

Wahrscheinlich bewiesen diese DNA-Tests, mutmaßte der Inspector, dass Yuen Man-bun mit Yue Wing-lai verwandt war und Old Tong der leibliche Vater von Wing-lim war.

»Aufgewühlt vom hundertsten Tag nach dem Tod seiner Mutter stellte Wing-lim Yuen Man-bun zur Rede«, murmelte Inspector Lok. »Er wollte von ihm wissen, ob er seine Mutter damals vergewaltigt hatte, schlug ihm in seinem Zorn die Vase über den Kopf und rang mit sich, ob er diesen verhassten Mann endgültig loswerden sollte. Beim zweiten Schlag hatte er bereits beschlossen zu morden. Der weitere Ablauf der Ereignisse erfolgte wie gestern beschrieben. Um seine Mutter zu rächen, wäre jemand durchaus zu so einer Tat fähig. Aber weshalb hat Yue Wing-lim dabei nicht über seine eigene Identität gesprochen? Natürlich! Er hätte die Affäre seiner Mutter nicht zur Sprache bringen wollen, weil er sie zu sehr respektierte, um ihren Ruf zu ruinieren – selbst dann, wenn es im Rahmen einer Aussprache mit dem Peiniger geschah. Und weil Yuen Manbun ihn weiter für seinen eigenen Sohn hielt, starb er lieber, als seinen Mörder preiszugeben. Er dachte, sein Sohn würde lediglich Rache für seine Mutter nehmen. Ehe er das Bewusstsein verlor, sah er sich sogar noch die Fotos aus dem Album an – er muss bedauert haben, was er Chin-yau antat ...«

»Falsch!«, rief Old Tong. »Dieser Mann hat in seinem ganzen Leben nichts bedauert! Der einzige Mensch, den er vermisste, war der Bastard, der die Klippe runterstürzte, und in seinen letzten Augenblicken wollte er lediglich die glorreichen Zeiten noch einmal durchleben. Dieser Dreckskerl besaß immer noch das schwarze Bankkonto, das er vor über vierzig Jahren dazu benutzte, Firmengelder zu veruntreuen und damit die Gangster zu bestechen. Ich bin mir sicher, diese Konten dienten nicht zur Verschleierung seiner Taten, sondern als Trophäen! Das allererste Souvenir auf seiner Reise an die Spitze des Erfolgs!«

»Trotzdem hat Yue Wing-lim den Mord allein ausgeführt, ohne Ihr Zutun.«

»Hypothetisch ja.«

»Sie schicken Ihren eigenen Sohn ins Gefängnis. Können Sie damit leben?«

»Von welchem Sohn sprechen Sie?«

»Aber ist Wing-lim nicht ...«

»Ich sagte, ›angenommen‹! Ich habe keinen Sohn!« Old Tong lächelte listig. »Die Polizei kann gerne DNA-Tests vornehmen – man wird zwischen Wing-lim und mir keinerlei Blutsverwandtschaft entdecken. Denken Sie nach. Den Feind von seinem eigenen Sohn umbringen zu lassen, wäre das nicht Rache in Vollendung?«

Inspector Lok fehlten die Worte.

Gelassen fuhr Old Tong fort. »Der erste Schritt wäre die Ermordung des ältesten Sohnes, just als der jüngste geboren wurde. Der Vater würde den abergläubischen Gerüchten glauben, dass das neue Kind Unglück und Schaden über die Familie brachte. Schon war der Same der Entfremdung gesät. Außerdem würde der Intrigant dafür sorgen, dass er selbst dem jüngsten Kind nahestand und dass der Junge so die Vaterliebe von anderer Seite bekam. Dazu noch ein gefälschter DNA-Test, und zwanzig Jahre später wäre das von langer Hand geplante Szenario von Erfolg gekrönt. Weil der Intrigant aber tatsächlich mit dem jüngsten Sohn gar nicht verwandt war, wäre der Täter niemals in der Lage, ihn mit hineinzuziehen, falls er auf die Idee kommen sollte, manipuliert worden zu sein. Aber ich glaube ja, dass der Junge sein Versprechen halten und nicht gegen seinen ›leiblichen Vater‹ aussagen wird. Lieber würde er eine Ausrede erfinden und behaupten, sein ›Vater‹ hätte ihn in das Unternehmen hineinzwingen wollen, und die ganze Schuld auf sich nehmen.«

Deshalb war Old Tong so mitteilsam – endlich erkannte Inspector Lok die Quelle seiner Zuversicht. Er hatte recht; diese Kette von Annahmen reichte nicht aus, um seine Schuld zu beweisen. Handfeste Beweisstücke gab es nicht mehr, und alles, was blieb, waren Zeugenaussagen. Doch die allein reichten nicht, um ihn zu überführen. Solange Old Tong sich weigerte, seine Mitschuld einzuräumen, war Yue Wing-lims Aussage keinen Pfifferling wert.

Old Tongs Rede war der grandiose Schlussakt in seinem persönlichen Rachedrama – und Inspector Lok sein Publikum.

Inspector Lok verspürte einen eisigen Schauer in seinem Herzen. Wenn er diesen brillanten, durch und durch bösen Mann heute nicht überführen konnte, wie viele Menschen würden durch seine Hand noch zu Schaden kommen? Möglich, dass Yuen Man-bun bekommen hatte, was er verdiente, aber seine drei Kinder waren unschuldig. Und selbst wenn Lok den Staatsanwalt dazu brachte, die Mordanklage fallen zu lassen, würde Wing-lim doch zumindest wegen Totschlags verurteilt werden. Außerdem war da noch die schwere Schuld, die Wing-yee sich zu Unrecht zwanzig Jahre lang aufgebürdet hatte, von Wing-lais Unfalltod ganz zu schweigen – dieses Ungeheuer hatte ihr Leben ruiniert.

Der Wagen bog in die Durchfahrt zum Polizeihauptquartier ein.

»Inspector Lok, ich habe unsere Unterhaltung sehr genossen, aber wenn ich richtig informiert bin, dürfen Sie mich lediglich achtundvierzig Stunden lang festhalten, und die Zeit ist definitiv zu kurz, um handfeste Beweise zu sichern. Ich habe nichts mit dem Tod von Yuen Man-bun zu tun.«

»Ich brauche keine achtundvierzig Stunden. Ich glaube, Sie werden bereits morgen offiziell angeklagt.«

»Ach, und wie? Alles, was ich gerade gesagt habe, war nackte Hypothese, ein Scherz. Sie werden keinerlei Verbindung zwischen mir und dem Mordfall Yuen Man-bun finden.«

»Wer spricht denn von Yuen Man-bun? Ich habe Sie wegen des Verdachts auf Tötung des pensionierten Superintendent Kwan Chun-dok verhaftet.«

Old Tong glotzte ihn an.

»Wie … wie … dafür haben Sie keinen Beweis.« Seine Antwort lautete weder »Ist Superintendent Kwan etwa gestorben?« noch wies er die Anschuldigung zurück; von ihm kam nichts weiter als diese spröde kleine Selbstverteidigung.

»Doch.« Inspector Lok zog sein Smartphone aus der Tasche und berührte den Bildschirm. Old Tong warf einen einzigen Blick darauf und fiel fast in Ohnmacht – zu sehen war ein Video von dem Krankenzimmer und einem Mann, der sich hineinschlich, um den Infusionsbeutel auszutauschen.

Der Mann in dem Video war Old Tong.

»Das ist unmöglich … gestern … Sie hatten die Kamera doch mitgenommen … ich habe übersehen …« Er geriet in Panik.

Inspector Lok blickte ihn nicht einmal an. »Yuen Man-buns Fall interessiert mich nicht. Ich habe den gesicherten Beweis, dass Sie Kwan Chun-dok ermordet haben. Der ausgetauschte Infusionsbeutel enthielt eine hohe Dosis Morphin. Außerdem fanden wir die von Ihnen entsorgten Handschuhe und die Ampulle. Der Gerichtsmediziner wird noch heute eine Autopsie durchführen, welche zusammen mit diesem Videobeweis ausreichen sollte, um Sie hinter Gitter zu bringen.«

»Nein. Das ist nicht möglich ... Der Mann litt an Leberkrebs im Endstadium, kein Arzt könnte hinsichtlich der Todesursache eine hieb- und stichfeste Diagnose erstellen ... Ah!« Old Tong fing plötzlich an zu schreien. »Sie waren das! Sie haben mir eine Falle gestellt. Das war alles inszeniert!«

Ah Sing öffnete die Autotür, und mehrere Polizisten griffen nach Old Tong. Er hörte nicht auf zu brüllen, bis Lok befahl: »Bringt ihn in eine Arrestzelle. Ich kümmere mich später um ihn.«

Der Inspector blieb, wo er war, und sah zu, wie Ah Sing den sich sträubenden Mann abführte. Lange blieb er regungslos sitzen.

»Hab ich es gut gemacht, Shifu?«, murmelte er.

Lok hatte die Diskrepanz bereits entdeckt, als er vor einer Woche die Harpune inspizierte – ein 115-Zentimeter-Pfeil konnte nicht aus einem 115-Zentimeter-Rohr abgeschossen werden. Kurz darauf fanden die Ermittler auch die eigentliche Tatwaffe, an der sich die DNA des Mörders befand. Es wäre das übliche Vorgehen gewesen, im Anschluss jedes Mitglied des Haushalts um eine DNA-Probe zu bitten, um den Schuldigen zu finden, aber er hatte schon zu dem Zeitpunkt das Gefühl, dass an der Geschichte etwas nicht stimmte.

Tatort und Auffindesituation wirkten einfach zu bizarr. Die beiden Verletzungen am Hinterkopf, die dilettantische Mordmethode, das Opfer, das lieber ein Fotoalbum ansah, als um Hilfe zu rufen ... das passte alles nicht zusammen.

Also tat er, was sein Mentor getan hätte, und griff zu unorthodoxen Methoden.

Zuerst rief er sämtliche Verdächtigen zum Verhör aufs Kommissariat, auch, um unbemerkt DNA-Proben zu nehmen, indem er ihnen Getränke anbot und die Tassen anschließend ins Labor schickte.

Die Proben bewiesen eindeutig, dass Yue Wing-lim seinen Vater umgebracht hatte.

Die Identität des Mörders machte das Geheimnis noch größer. Keine einzige Kombination von Mittel, Methode und Motiv ergab irgendeinen Sinn, und der Inspector war überzeugt, dass hinter dem Mord eine Verschwörung steckte, dass jemand Wing-lim zu der Tat angestiftet hatte.

Old Tongs mitfühlende Aussage »Yue Wing-lim würde niemals seinen Vater ermorden« hatte Loks Glauben an seine Instinkte weiter bestärkt. Der alte Kerl war ein Manipulator erster Güte.

Während der vielen Jahre an der Seite von Superintendent Kwan waren Inspector Lok so einige würdige Gegenspieler begegnet, und er hatte gelernt, in ihren Gesten und Schachzügen diesen gewissen Hauch des Außergewöhnlichen zu entdecken. Bei Old Tong hatte er genau dieses Gefühl gehabt, und der Inspector wusste auch ohne Beweise, dass dieser alte Mann im Zentrum des Falls stand.

Das Problem war nur, dass seine Vorgesetzten angesichts der Bürokratie, in der sie nun einmal lebten, seine Instinkte als Beweise nicht akzeptieren würden. Yuen Man-bun war in der Wirtschaft ein wichtiger Mann gewesen, und der Fall würde in alle möglichen Bereiche ausstrahlen: Er tangierte die Interessen von Regierung und Polizei, Finanzwelt und Gesellschaft.

»Ich vermute, Sie müssen diesen Wirbel veranstalten, wenn Sie in einem Fall nicht weiterkommen, um Ihren Vorgesetzten zu beweisen, dass Sie sich Mühe geben?« Yue Wing-lims zynische Worte hatten den Kern getroffen. Inspector Lok hatte tatsächlich die Anweisung seines Chefs erhalten, den Fall so schnell wie möglich abzuschließen, die Öffentlichkeit zum Schweigen zu bringen und den Eindruck zu korrigieren, die Polizei sei generell inkompetent.

Lok hatte befürchtet, der junge Mann würde bereitwillig alle Schuld auf sich nehmen und seine Vorgesetzten würden den Fall zu den Akten legen und keinen Grund für weiter gehende Ermittlungen sehen. »Bring dich nicht selbst in Schwierigkeiten«, lautete das Credo von Beamten und höherrangigen Polizisten heutzutage, denn sie waren nur daran interessiert, Berichte zu verfassen und sich ihre Positionen zu sichern. Die Wahrheit interessierte keinen. Doch für Inspector Lok bestand die Mission der Polizei noch immer einzig und allein darin, den Schuldigen zur Strecke zu bringen. Er konnte nicht akzeptieren, dass jemand ein Verbrechen beging und frei herumlief – seine wahre und einzige Loyalität galt früher wie heute den Bewohnern von Hongkong.

In dieser vertrackten Situation war sein Mentor ihm eingefallen.

»Sonny ... lass mich bitte einfach sterben ...«, hatte Kwan Chun-dok ihn zum tausendsten Mal angefleht, als er nur ein paar Tage vor dem Yuen-Man-bun-Fall das Bewusstsein wiedererlangte.

»Reden Sie keinen Unsinn, Sir ... der beste Ermittler seiner Generation darf sich nicht einfach so dem Tod ergeben«, hatte Sonny Lok geantwortet und die Hand des alten Mannes umklammert.

»Das ... ich ... ich ergebe mich nicht ...« Kwan Chun-dok rang mühevoll nach Atem, spuckte jedes Wort einzeln aus. »Ich will einfach nicht mehr ... Was hat es denn für einen Sinn, meine Existenz mithilfe von Maschinen und Medizin künstlich zu verlängern ... Mein Hirn ist verwirrt ... mir tut alles weh ... ich glaube ... ich habe mein Lebenswerk vollendet ... es ist Zeit zu gehen ...«

»Sir ...«

»Aber ... aber Sonny ... das Leben ist kostbar ... verschwende es nicht ... Sonny ... ich vertraue dir mein Leben an ... gebrauche es gut ...«

»Sir! Was um alles in der Welt meinen Sie damit?«

»Ich schenke dir den Rest meines Lebens ... tue damit, was ich tun würde ... hinterfrage die Regeln ... lass mich nicht umsonst sterben ...«

Mit einem Schaudern verstand Sonny Lok, was sein Mentor ihm sagen wollte. Er gehörte zwar nicht zu den Cops, die sich immer nur stur an alle Regeln und Regularien hielten, aber die Abschiedsworte seines alten Lehrers ließen keinen Zweifel zu.

»Sonny ...«

»Ich verstehe«, sagte Lok nach ausgedehntem Schweigen. Er brachte ein gequältes Lächeln zustande. »Immer noch ›Onkel Dok‹, was?«

»Ha ... bald werde ich meine Frau wiedersehen ... sie ist bestimmt schon ungeduldig ... Sonny ... pass gut auf dich auf ... vergiss nie, wozu die Polizei da ist ...«

Eine Sekunde lang erblickte Sonny Lok in den trüb werdenden Augen seines Mentors vergangenen Ruhm und Herrlichkeit.

Am nächsten Tag waren Kwans Ammoniakwerte sprunghaft angestiegen und hatten ihn ins Koma befördert. Die Ärzte sagten, seine Organe seien bereits derart geschädigt, dass er diesmal wohl nicht noch einmal daraus erwachen würde. Die Krebszellen hatten zu sehr gestreut.

Gerade als der Inspector grübelte, wie er die Abschiedsworte seines Mentors in die Tat umsetzen sollte, tauchte der Yue-Fall auf. Je intensiver er sich damit auseinandersetzte, desto klarer wurde ihm, dass die Wahrheit mit konventionellen Methoden nicht ans Licht befördert werden konnte. Er saß ohne Geld und mit schwachem Blatt am Pokertisch.

Es kam ihm wie Schicksal vor – Kwan Chun-dok sollte seine Trumpfkarte werden.

Inspector Lok befand sich in der Defensive und ging zum Angriff über – er baute eine Falle auf, und sein Mentor war der Köder. Kwan hätte es nicht anders gewollt.

Und es kam, wie es kommen sollte: Das letzte bisschen Leben, das noch in dem alten Detective steckte, wurde nicht vergeudet.

Der Apparat zur Messung der Hirnwellen funktionierte tatsächlich, das hatte Old Tong selbst demonstriert, und die Verdächtigen waren davon überzeugt, dass der bewusstlose Superintendent a. D. den Fall löste. Doch wie Choi Ting ganz richtig gesagt hatte, niemand wäre in der Lage, seine Gedanken derart präzise zu steuern. Kwan Chun-doks angebliche Antworten stammten in Wirklichkeit vom Inspector selbst. Apple schuldete dem alten Superintendent noch einen Gefallen, und Lok bat sie, den Apparat zu bauen und ihn mit zwei Pedalen zu versehen. Wenn Lok den linken Fuß auf den Boden presste, bewegte der Zeiger sich auf JA, während sein rechter Fuß ein NEIN produzierte. Weil das Krankenbett den Verdächtigen den Blick verstellte, konnten nur Apple und Ah Sing sehen, dass er im Sitzen ganz leicht die Beine bewegte.

Der Inspector hatte Apple im letzten Augenblick noch gebeten, eine Fehlermeldung einzubauen, sodass sie das Programm an Ort und Stelle umschreiben musste – was ihr zum Glück rechtzeitig gelang, und alles verlief wie geplant. Sie hatte nicht erwartet, dass Lok sich als derart guter Schauspieler erweisen würde, der überzeugend auf seine eigenen Fragen antwortete. Er schaffte es, die Verdächtigen davon zu überzeugen, dass Superintendent Kwan ein echtes Genie war und selbst im Stadium tiefer Bewusstlosigkeit einen Mordfall lösen konnte. Weil der Inspector von vornherein Old Tong im Verdacht hatte, Yue Wing-lim hinter den Kulissen manipuliert zu haben, stellte er sicher, dass der alte Mann derjenige war, der die Apparatur im Vorfeld testete. Vor allem er musste davon überzeugt sein, dass der bewusstlose Superintendent den Ton angab.

Inspector Lok hatte bereits am Tatort ausreichend Beweismaterial gesammelt, um den Ablauf der Ereignisse mehr oder weniger korrekt nachvollziehen zu können. Trotzdem musste er Unwissenheit vortäuschen und dafür sorgen, dass die Schlussfolgerungen vorgeblich von seinem Mentor stammten, um dem wahren Mörder zu suggerieren, der Patient im Krankenbett besäße einen umfassenden Überblick über die Ereignisse. Superintendent Kwan hatte ihn einst in die Kunst des Irreführens eines Gegners eingeführt. Diese Taktik funktioniert auf gleiche Weise, wie ein Medium die Psychologie benutzt, um Leute hereinzulegen, indem es mithilfe von mehrdeutigen Aussagen den Eindruck erweckt, es sei in der Lage, mit Geistern zu kommunizieren. Lok wusste im Grunde so gut wie nichts über die Vergangenheit von Yue Chin-yau und Yue Wing-lai, hatte jedoch während seiner Ermittlungen eine allgemeine Reserviertheit gegenüber dem verstorbenen ältesten Sohn verspürt und außerdem festgestellt, dass Wing-lais Geburtstag ein wenig zu dicht an der Heirat seiner Eltern lag. Hinzu kam außerdem der kürzliche Tod von Chin-yau, die offensichtlich der Mittelpunkt der Familie gewesen war. Es lag nahe, dass hier ein paar Geheimnisse schlummerten. Er führte sein Publikum an der Nase herum, indem er jedes Mal einen Rückzieher machte, wenn er kurz davorstand, den Mörder zu entlarven, um die Anwesenden zu verwirren und das Gespräch auf die beiden früheren Todesfälle zu bringen. Er brachte sie dazu, Details zu verraten, die kein Außenstehender wissen konnte, indem er ihnen vorgaukelte, sein Mentor hätte allein aus ihren Aussagen die Wahrheit geschlussfolgert. Dem Inspector war völlig klar, dass die Identifizierung von Wing-lais echtem Vater nie mehr sein konnte als reine Spekulation, doch in der angespannten Atmosphäre wäre niemand in der Lage gewesen, die Situation objektiv zu betrachten und irgendwelche bohrenden Fragen zu stellen.

Aufgrund der vorgeblichen ermittlerischen Superkräfte von Kwan Chun-dok fing Old Tong tatsächlich an, sich Sorgen zu machen, der Plan, den er über viele Jahre ausgeheckt hatte, wäre doch nicht perfekt gewesen. Die Fehlermeldung gegen Ende des ganzen Theaters war der entscheidende Köder gewesen: Was hatte der geniale Detective im Ruhestand ihnen noch mitteilen wollen? Würde er tatsächlich den Haken an der Geschichte finden, der selbst ihm, Tong, entgangen war?

Diese Fragen nagten an Old Tong, fraßen ihn fast auf. Inspector Lok hatte mit Absicht laut und deutlich verkündet, dass er und Apple am folgenden Morgen zurückkommen wollten. Derart unter Druck gesetzt, traf hoffentlich selbst der abgebrühteste Verbrecher die falsche Entscheidung.

Und genau so war es gekommen. Old Tong versuchte, seine Spuren zu verwischen, und lieferte sich damit selbst ans Messer.

Als Yue Chin-yau im Sterben lag, hatte Old Tong, jener Mann, der sie heimlich sein Leben lang geliebt hatte, sie gemeinsam mit ihrem jüngsten Sohn täglich im Krankenhaus besucht. Er kannte die Abläufe auf der Krebsstation in- und auswendig und wusste auch, wo die Medikamente gelagert wurden, wann die Besuchszeit endete und wie man eine Infusion mit Morphin versetzte. Außerdem hatte er bei der Gelegenheit die Wirkung von Morphin auf den menschlichen Körper kennengelernt. So kam er auf die Idee, Kwan Chun-dok auf diese Weise zu töten. Eine Überdosis Morphin verlangsamt die Atmung und führt allmählich zum Atemstillstand – ein Tod, wie er auch Krebspatienten häufig ereilt, was hieße, dass das Personal am Ableben des alten Mannes nichts Verdächtiges finden würde. Im Grunde ein narrensicherer Mord – hätte nicht jemand auf der Lauer gelegen.

Old Tong hatte nichts übersehen; die Kamera war tatsächlich weggeräumt worden. Er wusste jedoch nicht, dass die beiden Computer, die Apple im Raum gelassen hatte, mit Nachtsichtkameralinsen ausgestattet waren und alles, was im Raum geschah, aufgezeichnet und automatisch über das Internet an Apple und Inspector Lok gesendet wurde. Die beiden hatten die Nacht auf einem benachbarten Parkplatz mit der heimlichen Überwachung des Krankenzimmers verbracht und den Raum nicht aus den Augen gelassen. Als Old Tong zuschlug, fühlte Inspector Lok einen heftigen Stich der Trauer. Gleichzeitig verspürte er Erleichterung, weil das Leiden seines Mentors nun ein Ende hatte.

Die Hirnwellenapparatur hatte funktioniert wie angekündigt, und sämtliche Anwesenden würden bezeugen, dass der bewusstlose Superintendent »zur Lösung des Falls beigetragen hatte«. Inspector Lok blieb nur noch, vor Gericht auszusagen, dass Apple versehentlich vergessen hätte, die Aufnahmefunktion an den Computern auszuschalten. Damit wäre Old Tong jedes Argument genommen. Sie hatten beides: handfestes Beweismaterial und belastende Zeugenaussagen. Ob Old Tong schlussendlich seine Mitwirkung am Tod von Yuen Man-bun zugab oder nicht, war dem Inspector egal. »Überlassen wir es dem Staatsanwalt, sich mit diesen Einzelheiten zu befassen.«

Ein Klopfen an der Windschutzscheibe riss Inspector Lok aus seinen Gedanken. Er hob den Kopf und sah Ah Sing.

»Mein aufrichtiges Beileid, Sir«, sagte er, machte die Tür auf und streckte den Kopf in den Wagen.

»Ah Sing, falls ich irgendwann mal krank werden sollte und ins Koma falle …«

Ah Sing sah dem Inspector direkt in die Augen und nickte mit Nachdruck.

Der Inspector lächelte bitter. Ihm war bewusst, dass er sich mit der angewandten Methode in einer absoluten Grauzone befand, und selbst wenn man ihn nicht erwischte, unterschied sie sich nicht allzu sehr von Old Tongs »narrensicheren« Verbrechen. Sie verstieß ohne Frage gegen jede Menge Prinzipien, doch Inspector Lok erinnerte sich noch gut an das, was sein Mentor ihm einst gesagt hatte: »Du darfst nie vergessen, dass die eigentliche Aufgabe der Polizei darin besteht, die Bewohner dieser Stadt zu schützen. Falls die Regeln dazu führen, dass ein unschuldiger Mitbürger zu Schaden kommt oder der Gerechtigkeit nicht Genüge getan wird, ist das für uns Grund genug, diese starren Statuten beiseitezuräumen.«

Jeder Polizeibeamte absolviert bei seiner Aufnahme in die Truppe ein feierliches Gelöbnis. Mochte sich der Wortlaut im Zuge des Hoheitswechsels von Hongkong und aufgrund von Restrukturierungen des Polizeiapparats auch verändert haben, so blieb die Schlussformel doch mehr oder weniger gleich: »Ich werde gewissenhaft alle rechtmäßigen Befehle jener befolgen, die im Range über mir stehen.« Kwan Chun-doks Ziele stellten dieses ehrwürdige Gelöbnis zweifelsfrei infrage, doch Inspector Lok verstand das Dilemma, in dem sein Mentor sich stets befunden hatte.

Um anderen Menschen den Luxus der Gewissheit zu sichern, hatte Kwan Chun-dok sein ganzes Leben auf dem schmalen Grat zwischen Schwarz und Weiß verbracht. Inspector Lok wusste, dass sein Mentor, selbst als der Polizeiapparat allmählich in Korruption und Bürokratie versunken und nur noch den Reichen und Mächtigen hörig war, als er Politik über die Menschen stellte, niemals seinen Glauben verloren und alles in seiner Macht Stehende getan hatte, um der Gerechtigkeit den Weg zu bereiten, wie es in seinen Augen richtig war. Aufgabe der Polizei ist die Enthüllung der Wahrheit, die Verhaftung der Schuldigen, der Schutz der Unschuldigen – aber wenn die Regeln es nicht vermögen, Kriminelle zur Strecke zu bringen, wenn die Wahrheit im Dunkeln bleibt, wenn Unschuldige sich nirgends hinwenden können – in genau solchen Fällen stürzte Superintendent Kwan sich mit Freuden in den grauen Sumpf und schlug die Verbrecher immer wieder mit ihren eigenen Waffen.

Dafür zu sorgen, dass die Gerechtigkeit durch den schmalen Spalt zwischen Schwarz und Weiß hindurchleuchten kann – diese Mission war Kwan Chun-doks Erbe an Sonny Lok.

II GEFANGENENEHRE 2003

1

»Shifu, ich glaube, ich kann das nicht mehr länger …«
»Mach dir keine Sorgen, Sonny. Die Kriminalpolizei hat bei diesem Einsatz nur eine Nebenrolle gespielt, du wirst sicher nicht zum Bauernopfer.«

»Ich hatte zum allerersten Mal das Sagen. Sie wissen, wie schrecklich meine Bilanz ist – endlich hatte ich die Chance, als Gruppenleiter bei einem Einsatz zu fungieren, und bin damit voll auf die Nase gefallen.«

»Das spielt doch keine Rolle. Könntest du nicht ab und zu auch eine kleine Niederlage einstecken, wärst du für eine Führungsposition wirklich ungeeignet.«

»Aber …«

Sie saßen auf der Tribüne des Macpherson-Sportplatzes. Bierschlürfend schüttete Sonny Lok seinem Mentor Kwan Chun-dok das Herz aus. Es war bereits nach zehn Uhr abends, und der Sportplatz gehörte zu den wenigen ruhigen Orten im überfüllten Stadtteil Mongkok. Das leere Spielfeld lag in Flutlicht getaucht, und drei oder vier streunende Katzen strichen durch die Stuhlreihen. Bei dieser Kälte blieben die meisten Leute lieber drinnen, als sich freiwillig dem eisigen Wind auszusetzen. Wäre jetzt Sommer, säßen überall kleine Grüppchen lärmender Teenager und Liebespaare herum, und auf den langen Bänken lägen schlafend Obdachlose.

Kwan Chun-dok und Sonny Lok trafen sich in den kalten Wintermonaten gerne in der unendlichen Weite der verlassenen Sporttribüne auf ein eiskaltes Bier. Hier konnten sie sich über heikle Arbeitsthemen unterhalten, ohne Angst haben zu müssen, belauscht zu werden. Außerdem waren Bars, wie Kwan immer wieder gern betonte, die reinste Abzocke. »Für den Preis von einem Bier im Pub bekommt man locker drei Dosen im Supermarkt. Wozu das Geld zum Fenster rauswerfen? Und wenn man noch ein paar Snacks dazu will, eine Packung Nüsse kostet auch nicht die Welt.« So lautete seine Standardantwort auf Loks Vorschlag, sich irgendwo auf einen Drink zu treffen.

An diesem Abend hatte Lok seinen Mentor aufgesucht, um sich bei ihm auszuweinen. Im Grunde war das Jahr 2002 für ihn sowohl beruflich als auch privat gut gelaufen. Seine Frau war zwei Jahre nach der Hochzeit schwanger geworden – er würde bald Vater werden. Etwa zur gleichen Zeit war er nach der Probezeit endgültig zum Inspector befördert worden, und man hatte ihm die Verantwortung für das Team 2 der Kriminalpolizei des Distrikts Yau-Tsim (der Zusammenschluss der Distrikte Yau Ma Tei und Tsim Sha Tsui) in West-Kowloon übertragen.

Sonny Lok war mit siebzehn Jahren von der Polizeiakademie abgegangen und inzwischen doppelt so alt. Er war ziemlich klug und sehr beflissen, aber er hatte kein Glück – und seine Misserfolge, gekoppelt mit seiner introvertierten Persönlichkeit, führten zu reihenweise kritischen Einträgen in seiner Personalakte. Wer bei der Polizei von Hongkong befördert werden möchte, muss nicht nur seine Tests bestehen, sondern braucht vor allem eine saubere Akte. Deshalb war Lok außer sich vor Freude, als er 1999 zum Inspector auf Probe bestellt wurde, und hätte niemals geglaubt, dass er gerade mal drei Jahre später Teamleiter in einem Kriminalkommissariat werden würde.

Er hätte allerdings auch nie geglaubt, dass sein allererster Fronteinsatz mit einer derartigen Niederlage enden würde – ein katastrophaler Start ins Jahr 2003.

In den frühen Morgenstunden des 5. Januar, an einem Sonntag, hatte die Polizei einen Einsatz mit dem Namen »Operation Viper« durchgeführt, eine groß angelegte Drogenrazzia, die zeitgleich etwa ein Dutzend Karaokeläden, Nachtclubs und Bars in den Distrikten Yau Ma Tei und Tsim Sha Tsui betraf. Die Leitung der Operation, an der über zweihundert Beamte der örtlichen Antitriadeneinheit, der örtlichen Spezialeinheit sowie Beamte diverser Kommissariate anderer Distrikte – unter anderem Loks Einheit – teilnahmen, hatte beim Regionalkommissariat West-Kowloon gelegen. Derart breit angelegte Aktionen lieferten normalerweise Ergebnisse und drosselten die Aktivitäten der Triaden und Drogendealer für ein paar Monate. Die Operation Viper hingegen war ein durchschlagender Misserfolg gewesen.

Bei der gesamten Operation gingen ihnen weniger als hundert Gramm Ketamin und Amphetamine und eine winzige Menge Cannabis ins Netz. Fünfzehn Personen wurden verhaftet, von denen am Ende lediglich neun angeklagt wurden. Wirtschaftlich gesprochen tendierte die Investmentrendite gegen null.

Wie bei allen anderen Misserfolgen standen die Leute hinterher, als es um Schuldzuweisungen ging, Schlange. Weil sie nicht mit völlig leeren Händen zurückgekommen waren, wurde die Polizei zwar von der Presse verschont, aber die frostige Atmosphäre während der internen Ermittlungen brachte Lok an den Rand der Verzweiflung.

»Ich glaube, der Grund, weshalb wir nur derart wenig Drogen sicherstellen konnten, liegt bei Falschinformationen seitens unseres Informationsdienstes«, feuerte Inspector Au-yeung, Commander der örtlichen Spezialeinheit, den ersten Schuss ab.

»Ich bin mir ziemlich sicher, dass mit den nachrichtendienstlichen Informationen alles in Ordnung war. Ich glaube eher, die Dealer haben einen Tipp von einem Maulwurf innerhalb der Spezialeinheit bekommen«, entgegnete Inspector Ma, Leiter des Informationsdienstes von West-Kowloon, gedehnt.

»Behaupten Sie etwa, ich hätte einen Spitzel im Team?« Au-yeung starrte ihn wütend an.

»Meine Herren, beruhigen Sie sich«, sagte Benedict Lau, Commander des Polizeihauptquartiers von West-Kowloon und Leiter der Untersuchung. »Gegenseitige Schuldzuweisungen bringen uns nicht weiter. Vielleicht sehen wir uns zuerst einmal an, ob es möglicherweise Probleme beim Personaleinsatz gab.«

Superintendent Lau war der höchstrangige Beamte unter den Anwesenden. Sonny Lok stieß angesichts der minimalen Entspannung in der Atmosphäre einen Seufzer der Erleichterung aus. Er ahnte nicht, was gleich kommen würde.

»Beginnen wir mit dem Lion Pub auf der Prat Avenue in

Tsim Sha Tsui Ost«, fuhr Superintendent Lau fort. »Nach den Informationen des CIB hat ›Fat Dragon‹ diesen Bezirk unter sich, der Dealer der Hung-yi Union. Unser Wachposten sah ihn das Gebäude betreten, doch beim Zugriff war er verschwunden. Zuständig für diesen Einsatzort war Team 2 der Kriminalpolizei von Yau-Tsim. Inspector Lok, Sie waren der befehlshabende Einsatzleiter. Was haben Sie dazu zu sagen?«

Alle Augen im Raum richteten sich auf Sonny Lok. Stammelnd berichtete Sonny von seinem Einsatz und der Positionierung seiner Leute, gab eine Beschreibung der Lokalitäten und berichtete von seiner Einschätzung, Fat Dragon sei möglicherweise über das Dach entkommen. Er hätte sehr gerne erzählt, dass er zwar an jedem Ausgang der Bar mehrere Beamte postiert hatte, dies aber keine Rolle spielte, wenn der Dealer im Vorfeld einen Tipp bekommen hatte – doch damit hätte er quasi mit dem Finger auf den Informationsdienst gezeigt, und Inspector Ma stand im Rang über ihm.

Nein, Sonny Lok zeigte mit dem Finger auf gar niemanden, im Gegenteil: Alle Finger zeigten auf ihn. »Warum war kein Posten auf dem Dach stationiert?«, »Hätte man die Flucht über das Dach nicht verhindern können, indem man die Ausgänge der Nachbargebäude ebenfalls sicherte?«, »Ist es möglich, dass Fat Dragon einfach zur Tür rausspazierte und Ihre Leute ihn irgendwie übersehen haben?«

Die waren auf der Suche nach einem Sündenbock, dachte Sonny Lok.

»Shifu, der Einsatz meiner Leute war einwandfrei. Mir ist bestimmt nichts entgangen. Fat Dragon hing einfach nicht wie sonst in der Bar rum – so etwas kann ich doch gar nicht beeinflussen, oder doch?« In ihrer Sitzreihe auf dem Sportplatz trank Lok noch einen großen Schluck Bier und überließ sich alkoholseliger Quengelei.

»Das spielt keine Rolle. Fat Dragon ist schließlich nicht der Einzige, der euch an dem Tag durch die Lappen ging; bei der ganzen Operation gingen lediglich ein paar ganz kleine Fische ins Netz. Benny macht bestimmt nicht ausgerechnet dich dafür verantwortlich.« Kwan Chun-dok trank einen Schluck Bier. Benny Lau war jünger als Kwan und war ihm früher unterstellt gewesen. Die beiden hatten im Hauptquartier des Informationsdienstes zusammengearbeitet, Lau als Leiter der Abteilung A – Beschattung und Informanten – und Kwan als Leiter der Abteilung B, zuständig für die Auswertung der nachrichtendienstlichen Berichte.

»Aber ...«

»Kein Aber.« Kwan strich sich über die grauen Bartstoppeln am Kinn und lächelte. »Fat Dragon war nicht einmal das Hauptziel – in Wirklichkeit hatten sie es auf den ›Riesenzackenbarsch‹ abgesehen.«

Lok wusste, wen sein Mentor meinte. Fat Dragon gehörte zur mittleren Ebene der Hongkong-Triade Hung-yi Union, doch als Hirn der Aktivitäten der Hung-yi in Yau Ma Tei und Tsim Sha Tsui galt der große Fisch über ihm, Chor Honkeung, neunundvierzig Jahre alt. Die Polizei hatte ihn im Verdacht, in zahlreiche kriminelle Machenschaften verstrickt zu sein, war jedoch bis jetzt nicht in der Lage gewesen, ihn hopszunehmen.

Im Gegensatz zu anderen Gestalten aus der Unterwelt, die sich lieber vom Rampenlicht fernhielten, galt Boss Chor als gut vernetzter Unternehmer. In den frühen Achtzigerjahren machte er sich Hongkongs Wirtschaftsboom zunutze und kaufte Bars und Nachtclubs auf, weil diese legalen Unternehmen sich vorzüglich zum Waschen von Schwarzgeld eigneten. Jeder Club, den er eröffnete, lag noch mehr im Trend als der letzte und zog eine Klientel von Popstars und Plattenproduzenten an. Boss Chor wurde klar, dass die Welt des Entertainments der Schlüssel zu dem gesellschaftlichen Status war, den er anstrebte. 1991 gründete er die Starry Night Entertainment Company und brachte sich als Agent von Dutzenden Sängern, Sängerinnen und Fotomodels ins Spiel. In jüngster Zeit hatte er außerdem die Fühler in Richtung Filmbranche ausgestreckt und arbeitete auch mit diversen Filmstudios in Festlandchina zusammen.

»Boss Chor bekommt man leider nicht so leicht an die Angel«, seufzte Lok. »Seine Untergebenen sind absolut loyal. Ich glaube, die würden uns nicht mal unter Folter was liefern.«

Chor regierte seinen innersten Zirkel mit einer Kombination aus Zuckerbrot und Peitsche, was ihm absolute Treue garantierte. Seine Untergebenen wussten, wenn sie ihren Boss betrogen, konnten sie bis ans Ende der Welt fliehen, er würde sie aufspüren und umbringen. Waren sie jedoch bereit, für ihn den Kopf hinzuhalten, hatten sie ihr Leben lang ausgesorgt. Saßen sie im Knast, kümmerte man sich ausgiebig um ihre Familien. Aus dem Grund hatten das Antitriadendezernat und die Spezialeinheit Boss Chor lange als unlösbare Aufgabe betrachtet und sich stattdessen darauf konzentriert, ihm hinsichtlich seiner Untergrundaktivitäten das Leben schwer zu machen.

In Yau-Tsim galt die Hung-yi als größte Triade, und Chors Clubs und Bars kontrollierten achtzig Prozent des Drogenmarkts. Der Rest lag in der Hand einer weiteren Triade namens Hing-chung-wo, einer Splittergruppe der Hung-yi. Fünf Jahre zuvor hatte die Hung-yi noch ganz Kowloon unter Kontrolle gehabt, doch als der Führer der Region Yau-Tsim bei einem Unfall ums Leben kam, gerieten die anderen Führungskader über die Aufteilung des Territoriums in unlösbare Konflikte. Eigentlich hätte die rechte Hand des Verstorbenen, Yam Tak-ngok, bekannt als Onkel Ngok, seine Nachfolge antreten sollen. Doch Chor Hon-keung landete einen unerwarteten Coup. Er hatte sich heimlich die Unterstützung der Anführer diverser anderer Distrikte gesichert und riss sich schließlich den Posten selbst unter den Nagel. Onkel Ngok gehörte zu der Generation, für die das Ideal der Gaunerehre noch galt, und hätte Chor ihn öffentlich herausgefordert, hätte er die Macht freiwillig aufgegeben und seinen Platz als Nummer zwei in der Triade behalten. Doch Chors hinterhältige Taktik trieb ihn zur Tür hinaus. Er beschloss, mit mehreren Dissidenten, die ihm gefolgt waren, seine eigene Organisation zu gründen, mit der Erklärung, auf diese Weise einen internen blutigen Machtkampf zu vermeiden.

Bedauerlicherweise bedeutet Freundlichkeit gegenüber Wölfen und Schakalen unausweichlich, anfällig für deren Grausamkeit zu werden. Zu Anfang sah es so aus, als würde Boss Chor den neuen Konkurrenten mit Respekt behandeln. Er verkündete seinen Unterweltkumpanen großspurig: »Die Hingchung-wo ist aus der Hung-yi entsprungen. Wir sind eine Familie. Wenn wir Onkel Ngok sein Territorium zugestehen, hat das Vorteile für uns beide.« Trotzdem fing er bald darauf an, sich mit diversen Tricks und Winkelzügen die Reviere der Hing-chung-wo eines nach dem anderen einzuverleiben, und jetzt, nach fünf Jahren, war aus der Fünfzig-fünfzig-Aufteilung eine Achtzig-zwanzig-Gewichtung geworden.

Im Antitriadendezernat war man der Auffassung, dass der kontinuierliche Abstieg der Hing-chung-wo Onkel Ngok irgendwann zum Handeln zwingen würde. In der Abteilung war man sich einig, dass ein Gentleman alter Schule wie Onkel Ngok niemals die Polizei auf seine Feinde hetzen würde, aber man ging davon aus, dass er sich seine Verbindungen in der Unterwelt zunutze machen würde. Er mochte weniger mächtig sein als Boss Chor, der schon rein finanziell mehr Schläger um sich scharen konnte, doch seine lange Karriere in der organisierten Kriminalität hatte Onkel Ngok einigen Einfluss verschafft, und wenn er die anderen Unterweltbosse um Hilfe bat, würde Chor Hon-keung sich warm anziehen müssen.

Aber die Polizei hatte sich getäuscht – sie hatten nicht bedacht, was die Zeit einem Menschen antun kann.

Yam Tak-ngok war der Unterwelt zunehmend überdrüssig geworden. Er war inzwischen ein alter Mann, und sein Kampfgeist war abgeflaut. Der Hing-chung-wo gingen die Mitglieder flöten, weil sie entweder zur Hung-yi überliefen oder dem Geschäft völlig den Rücken kehrten, und Onkel Ngok nahm ihr Schwinden schweigend hin. Im Augenblick bestand seine Basis nur noch aus ein paar wenigen loyalen Untergebenen, die ihm all die Jahre treu zur Seite gestanden hatten, und einigen weiteren, die Boss Chors arrogantes Gebaren nicht ertrugen.

Solange Yau-Tsim in der Hand des bisherigen Hung-yi-Bosses gewesen war, war die Polizei in der Lage gewesen, ein gewisses Maß an Kontrolle über das Revier aufrechtzuerhalten, aber das Auftauchen von Boss Chor bereitete ihnen heftige Kopfschmerzen. Chor zeigte sich auf Filmpremieren, zu Soireen, auf Wohltätigkeitsveranstaltungen und zu anderen gesellschaftlichen Anlässen, stets ein breites Lächeln auf den Lippen, der Inbegriff von Ehrbarkeit. Natürlich gab es auch in den Künstlerkreisen Gerüchte, zum Beispiel wenn ein aufsteigender Regisseur in einem Nachtclub von Unbekannten verprügelt wurde, nachdem er sich über ein Model aus Chors Agentur lustig gemacht hatte. Um vor weiteren Übergriffen sicher zu sein, blieb ihm nur, Chor zur Entschuldigung zu einer Teezeremonie zu bitten. Die Schläger hingegen behaupteten bei ihrer Verhaftung, noch nie etwas von Chor Hon-keung gehört zu haben, und blieben dabei, aus eigenen Stücken gehandelt zu haben. Andere Gerüchte handelten von entführten Schauspielerinnen oder erpressten Radiomoderatoren – und keiner dieser Fälle ließ sich je direkt mit Chor in Zusammenhang bringen. Als eine Klatschzeitschrift die Vermutung äußerte, Chor stecke hinter diesen Vorfällen, hatte sie sofort eine Verleumdungsklage am Hals, und schließlich musste der Verlag eine Richtigstellung abdrucken und Chor eine erhebliche Summe Schmerzensgeld zahlen.

Doch all das war nur die Spitze des Eisbergs. Der Chor, den die Polizei und die anderen Triaden kannten, war zehnmal grausamer, als es der Öffentlichkeit bewusst war. Als er die Macht übernahm, registrierte die Polizei, dass Informanten plötzlich bei Autounfällen ums Leben kamen oder einfach verschwanden. Viele dieser Leute waren Drogenabhängige, die der Polizei als Spitzel dienten, um sich ihren Nachschub an Ketamin, Kokain, Heroin oder Crystal Meth zu sichern; auf einmal starben ganz plötzlich viele von ihnen an einer »Überdosis«. Der Informationsdienst wusste, dass es nicht mit rechten Dingen zuging, doch ohne Beweise konnte man noch nicht mal irgendwelche Ermittlungen einleiten.

Mit anderen Worten, Boss Chor steckte wie ein Dorn im

Fleisch der Polizei, und die Truppe konnte nur die Symptome behandeln, kam aber nicht an die Ursache heran.

Sonny Lok hatte nicht damit gerechnet, dass bei der Operation Viper selbst diese Symptome unbehandelt bleiben würden.

»Sogar ein Schweinehund wie Boss Chor, der sich immer als lupenreiner Geschäftsmann gibt, muss doch eines Tages einen Fehltritt machen und vor Gericht landen, was meinen Sie, Shifu?« Lok leerte sein Bier.

»Ein so gerissener Unternehmer ist schwer zu fassen«, antwortete Kwan gelassen. »Er hinterlässt keine Spuren, und selbst wenn, würde niemand es wagen, das Risiko einzugehen, gegen den berüchtigten Boss Chor auszusagen.«

»Und wieso können wir ihn nicht einfach vorladen? Selbst wenn wir nichts aus ihm rausquetschen, könnten wir ihm wenigstens ein bisschen Angst einjagen.«

»Welchen Sinn hätte das, wenn du von vornherein weißt, dass es nichts bringt? Einen Typen wie den ohne handfeste Beweise zu piesacken, würde dich nur selbst in die Klemme bringen. Früher oder später würdest du deshalb vor dem unabhängigen Beschwerdeausschuss der Polizei landen und dir damit den nächsten netten Eintrag in deine Personalakte einhandeln. Wozu spielen, wenn man weiß, dass man kein Siegerblatt hat?«

»Wenn sogar Sie so reden, Shifu, haben wir wohl tatsächlich keine Chance gegen ihn. Mit der Operation Viper haben wir die Karten auf den Tisch gelegt; auch wenn ihm schon vorher klar war, dass wir ihn im Auge hatten, jetzt kennt Boss Chor unser Blatt. Ich habe keine Ahnung, wie es weitergehen soll.«

Lok war nicht klar gewesen, was für ein heißes Eisen sein Posten in Yau-Tsim war. Die Spezialeinheit konnte keinerlei Beweise finden, dass Boss Chor mit Drogen handelte, die Berichte des Antitriadendezernats lieferten nichts, was ihn belasten könnte, und der Kriminalpolizei blieb nichts anderes übrig, als weiter die seltsamen »Unfalltode« durch Überdosis zu untersuchen und sich mit den Angriffen durch Unbekannte auf Prominente zu befassen. Solange niemand aus Chors innerstem Kreis und kein Untergebener mit Insiderwissen über die

Hung-yi willens war, gegen Boss Chor auszusagen, würde er die Szene weiter beherrschen und schließlich zum unangefochtenen König der Unterwelt von Yau-Tsim werden.

»Mach dir keine Sorgen. Du bist eben erst Teamleiter geworden, es braucht Zeit, sich anzupassen. Aber lass deine Leute auf keinen Fall deine Zweifel spüren.« Kwan klopfte seinem Schüler tröstend auf die Schulter. »Wer einen großen Fisch an die Angel kriegen will, braucht Geduld. Beißt er nicht an, so beruhige dein Herz, warte, und lass auf keinen Fall die Wasseroberfläche aus den Augen. Wenn dann die Gelegenheit kommt, hast du vielleicht nur einen Moment …«

»Eine Gelegenheit wäre mir höchst willkommen.« Lok lächelte freudlos. »Aber jetzt genug von mir, Sir. Wie geht es mit Ihrer Arbeit voran?«

»Nicht schlecht. Ich unterstütze zurzeit die Kollegen im Präsidium: Organisiertes Verbrechen und Drogen.«

»Lassen die zentralen Rauschgiftfahnder Sie an ihren Ermittlungen teilhaben, Shifu? Gibt es irgendwas, das Sie mir sagen können?« Zwischen Lok und dem Präsidium standen das Regionalkommissariat West-Kowloon und das Distriktkommissariat Yau-Tsim, und ohne einen Insidertipp seines Mentors würde er nie erfahren, was die da oben gerade trieben. Selbst während seiner drei Jahre beim Informationsdienst hatte er immer das Gefühl gehabt, Befehle zu befolgen, ohne auch nur einen Schimmer vom großen Ganzen zu haben.

»Sonny, du kennst doch die Regeln – ich werde dir keine Informationen aus anderen Abteilungen zukommen lassen, solange ich nicht der Meinung bin, sie könnten für deine Ermittlungen hilfreich sein.« Kwan nahm die schwarze Baseballkappe ab – abgetragen und mit einem kleinen grauen Emblem auf der rechten Seite – und raufte sich die Haare. »Du willst nicht, dass ich Benny Lau von deiner kleinen Schimpftirade erzähle, oder?«

Lok lächelte verschämt. Lau war der Boss von seinem Boss, und wenn dem etwas zu Ohren kam, hätte das Konsequenzen.

»Es wird Zeit.« Kwan Chun-dok stand auf und massierte sich

mit der Linken kräftig das Kreuzbein. »Wenn ich zu spät nach Hause komme, macht meine Frau mir das Leben schwer – na ja, andererseits meckert sie sowieso, wenn sie merkt, dass ich was getrunken habe. Ich sollte eigentlich nicht – ist schlecht für die Gelenke. Sonny, hör auf zu grübeln. Deine Zeit wird kommen.«

»Klar.« Sonny nickte niedergeschlagen. Vor einem Jahr war ihm zum ersten Mal aufgefallen, dass sein Mentor alt wurde. Trotz seiner grauen Haare hatte er von Kwan nie eine Klage über irgendwelche Zipperlein vernommen. Lok wusste, dass Polizisten früher in Pension gingen als der Durchschnitt, was teilweise an ihrem stressigen Job lag. Die fortwährende Konfrontation mit Situationen auf Leben und Tod konnte für jemanden in seinen Vierzigern und Fünfzigern zu einer echten Qual werden.

Kwan Chun-dok wohnte auf der Prince Edward Road West, etwas mehr als zehn Minuten zu Fuß vom Macpherson-Sportplatz entfernt. Sonny lebte drüben auf Hong Kong Island; er war nicht mit dem Auto da und würde mit dem Minibus nach Hause fahren müssen.

»Bis bald.« Kwan setzte die Kappe wieder auf, nahm seinen Gehstock und spazierte langsam in Richtung Argyle Street davon.

Nachdem er sich von seinem Mentor verabschiedet hatte, ging Sonny Lok über die Nathan Road und stieg an der Shan Tung Street in den Bus nach Shau Kei Wan. Außer ihm waren noch drei weitere Fahrgäste an Bord. Der Fahrer blätterte müßig in einer Zeitschrift und wartete darauf, dass alle sechzehn Plätze besetzt waren, ehe er sich auf den Weg machte. Aus den Lautsprechern plärrte ein lokaler Radiosender, und die Musik wurde immer wieder unterbrochen von den launigen Bemerkungen der Moderatoren.

Sonny Lok starrte zum Fenster hinaus.

Mongkok war wie immer ein einziges Farbenmeer. Die bunten Neonlichter, die glitzernden Schaufenster, die Horden von Fußgängern – als gäbe es in der Stadt keine Nacht. Die geschäftige Szenerie vor dem Bus war ein Mikrokosmos von Hongkong, einer Stadt, die zum Überleben auf Finanzmärkte und Konsum setzte, obwohl diese Stützpfeiler weit weniger stabil waren, als die Menschen glaubten. Die Arbeitslosenquote war in den vergangenen Jahren gestiegen, das Wachstum verlangsamte sich, und der Erfolg der Regierung ließ zunehmend zu wünschen übrig – die Fassade einer florierenden Wirtschaft hatte ernsthafte Risse bekommen. Mongkok war wie ein Motor, der nicht anhalten konnte, Tag und Nacht befeuert mit Geld, und als die legalen Quellen dieses Brennstoffs langsam austrockneten, kam schmutziges Geld herein, um den Tank zu befüllen.

Lok schätzte, dass Boss Chor, sobald er die völlige Kontrolle über Yau-Tsim hatte, seine Fühler weiter nach Mongkok ausstrecken würde. Der Stadtbezirk war in den letzten Jahren zunehmend unruhig geworden, und Chor würde zu noch härteren Taktiken greifen müssen, um sämtliche Rivalen aus dem Ring zu werfen und den Drogenmarkt zu beherrschen.

»Auf zum nächsten Song! Hier kommt ›Baby Baby Baby‹, die neuste Singleauskopplung unseres Superstars Candy Ton. Und am 30. erscheint dann endlich auch ihr neues Album!«

Sonny Lok spürte eine Welle des Abscheus in sich aufsteigen. Obwohl der Song, der aus den Lautsprechern dröhnte, einen mitreißenden Rhythmus hatte und die Stimme der Sängerin durchaus melodisch war, wurde ihm schlecht.

Auch Candy Ton war ein Produkt von Starry Night Entertainment. Ihre Musik klang in seinen Ohren wie strahlend weißer Zuckerguss, unter dem fauliges Fleisch verborgen war, schwarz und madig.

2

In der Woche nach der Operation Viper reichte Sonny Lok bei Superintendent Lau seinen Bericht ein. Wie Kwan ihm prophezeit hatte, zog die interne Untersuchung keinerlei Sanktionen nach sich, und obwohl Lok keinen befriedigenden Grund für sein Versagen liefern konnte, blieben Vorwürfe gegen sein Team aus. Sonny achtete darauf, sich von seinen Untergebenen nichts anmerken zu lassen, und wiederholte ständig den einen Satz: »Wir hatten einfach ein bisschen Pech, nächstes Mal läuft es besser.« Im Endeffekt fasste sein Team langsam, aber sicher ein bisschen Vertrauen zu seinem neuen, jungen Leiter.

Seine Abteilung ermittelte hauptsächlich bei Mord, schwerer Körperverletzung, Entführung, Sexualdelikten und bewaffnetem Raubüberfall. Das Organisierte Verbrechen lag in der Verantwortung des Antitriadendezernats und Drogendelikte bei der Spezialeinheit. Sonny Lok schob die Geschichte mit Boss Chor und der Hung-yi Union beiseite und stürzte sich auf seine anderen Aufgaben. Das Kommissariat hatte haufenweise offene Fälle auf dem Tisch, ganz zu schweigen von der Verwaltungsarbeit, die nur mit jeder Menge Überstunden in den Griff zu bekommen war. Sie konnten zwar einfache Fälle nach unten zum Ermittlungsteam durchreichen, doch in dieser übervollen Stadt ging der Kriminalpolizei die Arbeit mit Sicherheit niemals aus.

»Commander? Haben Sie schon gehört?« Ah Gut, Loks direkter Untergebener, ließ die Zeitung sinken. Es war acht Uhr morgens am 16. Januar, und Lok hatte soeben das Büro betreten.

»Was denn?« Lok setzte die Aktentasche ab.

»Eric Yeung Man-hoi wurde gestern Abend in einem Nachtclub auf der Granville Road zusammengeschlagen.«

»Eric Yeung Man-hoi? Wer ist das?« Lok konnte den Namen keinem seiner Fälle zuordnen.

»Sie wissen schon, der neue Filmstar.«

Lok starrte Ah Gut vorwurfsvoll an. »Ich bin kein Klatschreporter, woher soll ich das denn wissen?«

»Commander, selbst wenn Sie ihn nicht kennen, könnte es sein, dass der Fall bei uns auf dem Tisch landet.«

»Natürlich. Die Granville Road liegt in unserem Zuständigkeitsbereich, und das Opfer ist Teil des öffentlichen Lebens, da sollten wir … Aber dann werden uns sicher die schrecklichen Klatschjournalisten auf die Pelle rücken. Diese Idioten, die nie die richtigen Fragen stellen …«

»Nein, Commander. Eric Yeung hat keine Anzeige erstattet, und außerdem ist das bis jetzt nur ein Gerücht. Ich weiß nicht mal, was wirklich passiert ist.«

»Nur ein Gerücht? Schauspieler betrinken sich doch ständig und machen Randale. Wenn keiner die Polizei gerufen hat, gibt es keinen Grund, warum unsere Abteilung sich einschalten sollte.«

»Das war keine normale Kneipenschlägerei. Er ist in einen Hinterhalt geraten. Das ist Triadentaktik.«

Endlich begriff Lok, worauf Ah Gut hinauswollte. »Boss Chor?«

»Vermutlich.« Ah Gut verzog das Gesicht. »Vor zwei Wochen begegnete Eric Yeung auf einer Silvesterparty in Jay's Disco auf der Canton Road Candy Ton – die Sängerin, siebzehn Jahre alt, eine von Boss Chors …«

»Eine von Boss Chors Schützlingen, ich weiß.«

»Gut. Jedenfalls hatte Eric Yeung wohl zu viel getrunken, belästigte das Mädchen, begrapschte sie und so weiter, und als sie ihn abwies, beschimpfte er sie als dreckige Schlampe, als Boss Chors Spielzeug … Jedenfalls verließ Candy Ton nach dem Vorfall eilig die Party. Letzte Woche brachte die *Eight-Day Week* dann einen Exklusivbericht mit Fotos, die allerdings so geschönt waren, dass keiner weiß, was wirklich passiert ist.«

Die *Eight-Day Week* war ein Revolverblatt übelster Sorte, das Klatsch zur Kunstform erhoben hatte.

»Und Sie vermuten jetzt, dass Candy Ton sich beim Bettgeflüster beschwerte, woraufhin Chor Hon-keung dem Lümmel ein paar Schläger auf den Hals hetzte, um ihm eine Lektion zu erteilen?« Es hieß, dass Boss Chor grundsätzlich mit jeder Schauspielerin und jedem weiblichen Model in seiner Kartei eine Affäre hatte. Wer wollte, dass der Boss der Karriere einen kräftigen Schubs gab, musste ihm zuerst den eigenen Körper anbieten.

»Genau das.«

»Warum sollte er mit seinem Rachefeldzug zwei Wochen warten?«

»Eric Yeung war zu Dreharbeiten in Schanghai. Er ist erst vor zwei Tagen zurückgekommen.«

»Ach so. Verstehe.« Lok setzte sich und verschränkte die Hände. »Wie schlimm ist er verletzt?«

»Nicht allzu schlimm, habe ich gehört, nur ein paar Prellungen in seinem hübschen Gesicht, ein paar blaue Flecken am Oberkörper.«

»War er nicht im Krankenhaus?«

»Nein.«

»Und er hat auch nicht die Polizei gerufen. Er weiß also vermutlich, wer dahintersteckt.«

»Sieht ganz so aus.«

»Dann sind uns die Hände gebunden.« Lok winkte ab. »Er wurde nicht zu Tode geprügelt, also können wir nicht tätig werden. Selbst wenn das öffentliche Interesse uns zum Handeln zwingen würde, könnten wir wie üblich nur zwei miese Schläger verhaften, die behaupten, auf eigene Faust gehandelt zu haben. Boss Chor läuft weiter mit Unschuldsmiene durch die Gegend und zwingt Eric Yeung vielleicht sogar dazu, mit ihm zu Mittag zu essen, damit die Zeitungen einen Beweis für ihre Busenfreundschaft abdrucken können. Fall abgeschlossen.«

»Diesmal ist es was anderes. Kann sein, dass es Ärger gibt.« Ah Gut zog die Augenbrauen zusammen.

»Inwiefern?«

»Es gibt keine Beweise, und es kam auch erst nach dem Überfall ans Licht, aber falls es stimmt, könnte sich was Ernstes daraus entwickeln ...« Ah Gut legte eine kleine Kunstpause ein. »Der leibliche Vater von Eric Yeung heißt mit Familiennamen Yam.«

Sonny Lok sah seinen Untergebenen überrascht an. »Yam wie Yam Tak-ngok? Onkel Ngok?«

Ah Gut nickte.

Lok lehnte sich zurück und tippte sich an die Stirn. Das machte die Sache kompliziert. Angesichts des Konkurrenzkampfs zwischen Chor und Yam könnte es diesmal tatsächlich zu Vergeltungsmaßnahmen kommen, falls es stimmte, dass der eine den Sohn des anderen angegriffen hatte.

»Irgendwelche Reaktionen vonseiten der Hing-chung-wo?«

»Noch nicht, aber ich habe mit dem Informationsdienst gesprochen, und sie geben uns Bescheid, falls ihnen was zu Ohren kommt.« Ah Gut kratzte sich die Wange. »Vorbeugen ist besser als Heilen. Am besten wäre es, wir könnten beide Seiten zur Zurückhaltung bewegen oder den ganzen Laden bei den ersten Anzeichen von Gewalt kassieren und einsperren.«

Lok nickte. Ah Gut war ein alter Haudegen in der Kriminalabteilung von Yau-Tsim und leistete exzellente Arbeit. Mit einem so fähigen Mitarbeiter gesegnet zu sein machte Lok den Umgang mit dem heißen Eisen ein bisschen leichter.

»Eigentlich«, sagte Ah Gut nachdenklich, »würde Yam Tak-ngok eine direkte Konfrontation mit Boss Chor nicht ähnlichsehen. Er scheint sich aus der Szene zurückzuziehen, und die Hing-chung-wo hat inzwischen so viele Männer verloren, dass die Hung-yi mit Sicherheit jeden Kampf gewinnen würde.«

»Aber würde er eine solche Demütigung seines Sohnes tatsächlich hinnehmen?«

»Schwer zu sagen. Als Boss Chor Yam damals von seinem Posten vertrieb, hat der Alte es geschluckt, um den Frieden zu wahren.« Ah Gut zeigte auf das Foto von Onkel Ngok an Loks Pinnwand. »Der Kerl ist ein Gangster alter Schule, anders als der Emporkömmling Chor.«

»Selbst wenn er in der Lage ist, es zu hinzunehmen, werden vielleicht seine Leute aktiv, weil sie das Gefühl haben, ihren

Boss rächen zu müssen.« Lok reckte den Daumen in Richtung der Bilder, die unter Yam an der Pinnwand hingen.

»Möglicherweise. Das wäre schwieriger zu vermeiden als ein offener Straßenkampf. Und was, wenn …«

»Was, wenn jemand Boss Chor angreift und unschuldige Menschen mit hineingezogen werden?«

Ah Gut nickte. »Egal, wer gewinnt, wenn es dabei zu öffentlicher Gewalt kommt, haben wir ein Problem. Boss Chor gilt als der Kopf eines Entertainment-Unternehmens. Wenn er offen attackiert wird und man auf die Idee kommt, wir würden nichts unternehmen, heißt es, die Polizei wäre machtlos gegen die Triaden.«

»Ich schalte umgehend offiziell den Informationsdienst ein. Legen Sie eine Akte an und setzen Sie Mary in Kenntnis. Sie beide haben ab sofort ein Auge auf die Hung-yi und die Hing-chung-wo. Außerdem brauchen wir eine Bestätigung für dieses Gerücht. Hoffen wir, dass wir sie diesmal zu fassen kriegen.«

»Ja, Commander.« Ah Gut nahm Haltung an. Er wandte sich zum Gehen, doch plötzlich fiel ihm noch etwas ein. »Es könnte trotzdem was Gutes dran sein, wenn wir sie nicht aufhalten können und irgendein zwielichtiger Geselle der Hing-chung-wo zuschlägt, bevor wir eingreifen können. Wir kommen an Boss Chor sowieso nicht ran. Warum nicht den Teufel mit Beelzebub austreiben? Wir kriegen ein Gratisgeschenk, und alle sind glücklich.«

»Ah Gut, ich würde mit Freuden dabei zusehen, wie Boss Chor in Stücke gerissen wird, aber was wären wir für Polizisten, wenn wir uns darauf einließen? Außerdem könnte ich mir nie verzeihen, wenn es zu einer Schießerei auf offener Straße käme und zum Beispiel ein Kind zwischen die Fronten geriete.«

»Ja, Commander, Sie haben recht.« Ah Gut nahm noch einmal Haltung an und hob formell die Hand zum Gruß, ehe er ging.

Der Boden dieses Teichs war mit einer dicken Schlammschicht bedeckt, an der man nicht rührte, wenn das Wasser klar bleiben sollte. Man musste den Schlamm behutsam bergen, immer nur ein klein wenig auf einmal. Wer zu viel auf einmal wollte, würde den ganzen Teich vergiften, und das Ökosystem wäre zerstört.

Am nächsten Tag bestätigte der Informationsdienst, dass Eric Yeung tatsächlich überfallen worden war und er tatsächlich zwei Wochen zuvor Candy Ton belästigt hatte. Auch das wichtigste Detail – seine Abstammung – wurde bestätigt.

Ah Gut erstattete Lok detailliert Bericht. Eric Yeung war zweiundzwanzig Jahre alt. Aufgewachsen bei seiner Mutter, einer altgedienten Nachtclubbarfrau namens Yeung, sah er seinen Vater nur selten. Yam Tak-ngok hatte seine Unterweltverbindungen nie genutzt, um seinem Sohn in der Filmbranche in den Sattel zu helfen, und deshalb wussten nur wenige von ihrer Verbindung. Als Eric Yeung vor einem Jahr in einem Kinofilm den Sidekick des Helden spielte, erhielt er plötzlich viel Aufmerksamkeit und hatte seitdem ununterbrochen zu tun. Obwohl er erst in vier Filmen mitgespielt hatte, wurde er bereits als aufsteigender Stern gefeiert.

Weder die Hung-yi noch die Hing-chung-wo agierte nach dem Überfall anders als gewohnt. Informanten berichteten lediglich, Onkel Ngok hätte seinen Leuten Weisung erteilt, sich rauszuhalten, weil er sich persönlich um die Angelegenheit zwischen seinem Sohn und Boss Chor kümmern werde – jegliches Eingreifen in seinem Namen würde als Respektlosigkeit begriffen. Es war so, wie Ah Gut gesagt hatte: Yam Tak-ngok war für einen Triadenführer außergewöhnlich geduldig.

Sonny Lok schlug die nächste Mappe auf und informierte sich über Candy Ton. Sie war bereits seit drei Jahren bei Starry Night unter Vertrag, und nach einer massiven Publicitykampagne im letzten Jahr hatte sie mit ihrer lieblichen Stimme und ihrem Aussehen das Rampenlicht erobert. Die Akte enthielt nichts über ihre Beziehung zu Boss Chor, doch in Loks Augen unterschied sie sich durch nichts von einem niedrigrangigen Bandenmitglied. Untergeordnete Kleingangster arbeiteten sich als Drogenkuriere, Schläger und Zuhälter für die Organisation krumm, nur um im Rang nach oben zu klettern, ohne zu merken, wie sehr sie ausgebeutet wurden. Candy Ton offerierte Boss Chor ihren Körper und ihre Jugend im Tausch für Ruhm – doch für ihn war sie nichts weiter als ein Goldesel. Am Ende würden sie und die Kleingangster auf verschiedenen Wegen am gleichen Ort landen.

Vier Tage nach dem Überfall – am 20. Januar – wusste der Informationsdienst nichts Neues zu vermelden, während die Klatschzeitschriften das Gerücht verbreiteten, Eric Yeung sei verprügelt worden. Natürlich erwähnte niemand Boss Chor, es hieß lediglich, »es sei möglich«, dass Eric Yeung »jemandem« mit Einfluss zu nahe gekommen sei und selbst die Schuld daran trage. Mit einem Seufzer der Erleichterung registrierte Lok den Umstand, dass offensichtlich niemand bei der Presse auf den potenziellen Kern des Konflikts gestoßen war – Eric Yeungs Abstammung.

Obwohl keine der Triaden einen Zug tat, gelang es Lok nicht zu entspannen. Er beschloss, seinen Mentor anzurufen.

»Hallo, Sonny, es überrascht mich, dass du Zeit für einen Plausch findest«, ertönte Kwan Chun-doks tiefe Stimme.

»Ganz kurz.« Lok bemühte sich um einen sorglosen Tonfall. »Ich rufe an, weil ich wissen wollte, wie es Ihnen geht, und um zu sehen, ob Sie nächste Woche Zeit haben, mit mir zu essen.«

»Ich habe gerade alle Hände mit diesem Prostitutionsring in Wan Chai zu tun. Der Ring steht in Verbindung mit einer Gruppe, die junge Mädchen aus Festlandchina in die Prostitution verkauft. Nächste Woche habe ich keine Zeit … und du? Bist du denn nicht mit Yam Tak-ngoks Sohn beschäftigt?«

Lok verschlug es kurz die Sprache. Er hatte nicht damit gerechnet, dass sein Mentor sofort zum Kern der Sache kommen würde. Aber da das Thema schon einmal angeschnitten war, konnte er ihn genauso gut direkt fragen.

»Doch, das stimmt. Shifu, haben Sie irgendetwas Neues gehört? Wer für den Überfall verantwortlich war, zum Beispiel?«

»Höchstwahrscheinlich Boss Chor«, antwortete Kwan ungerührt.

»Davon gehe ich auch aus. Gut möglich, dass es zu einem offenen Konflikt kommt. Ich will nicht, dass es in meinem Revier zu Anschlägen oder Bandenprügeleien kommt.«

»Mach dir keine Sorgen. Für seinen Sohn setzt Yam Tak-ngok seine Leute sicher nicht der Gefahr aus, und selbst wenn es zu einem Zusammenstoß käme, wäre die Hing-chung-wo eins zu zehn unterlegen.«

»Sind Sie sicher, dass er niemanden schicken würde, um Boss Chor herauszufordern?«

»Yam befindet sich in der gleichen Position wie wir. Solange es nicht gelingt, Chors komplette Bande auf einen Schlag auszurotten, traut sich niemand, ihm auch nur ein Haar zu krümmen.«

»Shifu? Ich habe eine Frage. Halten Sie es für möglich, dass Boss Chor von Anfang an wusste, dass Eric Yeung Onkel Ngoks unehelicher Sohn ist?«

»Chor hat sich noch nie um irgendwelche Verwandtschaftsverhältnisse geschert. Und außerdem, warum sollte er mit Absicht den Sohn seines Rivalen angreifen?«

»Um die Macht des Gegners weiter zu untergraben? Um seinen Ruf zu schwächen?«

»Eric Yeung ist kein Mitglied der Hing-chung-wo, deshalb würde ein Angriff auf ihn der Hung-yi nicht helfen. Außerdem hat Yeung die ganze Angelegenheit selbst ins Rollen gebracht, als er Candy Ton belästigte. Das ist alles nur ganz normales Geschäftsgebaren – jemand beleidigt einen Klienten von Starry Night, und Boss Chor schickt seine Schläger los, um ihm eine Lektion zu erteilen.«

Lok musste zugeben, dass sein Mentor nicht unrecht hatte. Trotzdem blieb ein ungutes Gefühl. »Finden Sie, wir sollten die Sache auf sich beruhen lassen?«

»Hm, Sonny, ich will ehrlich zu dir sein. Das zentrale Rauschgiftdezernat ermittelt gegen Yam Tak-ngok – sie haben bereits jede Menge Beweise gesammelt und ...« Sie wurden von einem elektronischen Piepen unterbrochen. »Oh, in der Leitung wartet ein Anruf. Machen wir einstweilen Schluss. Ruf mich noch mal an wegen unseres Abendessens.«

»Shifu …« Doch ehe Lok noch etwas sagen konnte, hatte sein Mentor das Gespräch beendet.

Kwans letzte Äußerung machte Lok nervös. Sollte eine neue Drogenermittlung Onkel Ngok zur Strecke bringen? Machten die Kollegen sich den Zustand der Hing-chung-wo zunutze, die nach der fortwährenden Schwächung durch die Hung-yi quasi reif zum Pflücken war? Ein Überraschungserfolg würde die Polizei in gutes Licht rücken. Aber wenn die Hing-chung-wo endgültig zerschlagen wurde, wäre der größte Nutznießer dann nicht trotzdem Chor Hon-keung?

Lok schüttelte den Kopf und verdrängte den Gedanken. Das Kriminalkommissariat war weder die Spezialeinheit noch das Antitriadendezernat. Ob die Hing-chung-wo nun zerschlagen würde oder nicht, die Aufgabe seiner Abteilung waren die Verbrechensbekämpfung und der Schutz ganz normaler Bürger vor Belästigungen. Was den Kampf gegen Drogen und die Auseinandersetzung mit großspurigen Triadenbossen betraf, so waren dafür seine Kollegen zuständig. Er und seine Leute mussten darauf vertrauen, dass die anderen ihre Arbeit machten.

Aber am 22. Januar, sechs Tage nach dem Überfall auf Eric Yeung, bestätigten sich Loks Befürchtungen hinsichtlich möglicher Nachwirkungen des Vorfalls.

3

»Commander, wir haben ein verdächtiges Paket erhalten.« Ah Gut klopfte an die offen stehende Tür.

»Was steht drauf?« Lok hob den Blick von dem Dokument, das er gerade gelesen hatte.

»Äh, ich glaube, das sollten Sie sich selbst ansehen.«

Im Abteilungsbüro stand Loks gesamtes Team um Ah Guts Schreibtisch versammelt. Darauf lag ein Stapel Post, zuoberst ein wattierter Umschlag von etwa zwanzig Zentimetern Länge. Darauf stand mit Filzstift gekritzelt: »Inspector Lok, Distriktkommissariat Yau-Tsim«.

»Keine Briefmarken – es ist nicht mit der Post gekommen«, sagte Ah Gut.

Niemand hier würde einen Gegenstand unbekannter Herkunft leichtfertig behandeln. Weder Dicke noch Größe des Umschlags ließen auf eine Bombe schließen, aber Lok ging trotzdem mit größtmöglicher Vorsicht vor, als er das Kuvert aufschlitzte, für den Fall, dass es Rasierklingen oder Anthrax enthielt. Aber nein, in dem Umschlag lag lediglich eine CD in einer Hülle aus Karton.

Darauf stand in derselben Schrift wie auf dem Umschlag eine Nachricht, offensichtlich eilig hingekritzelt: »Ich bin nur ein feiger Reporter, der keine Schwierigkeiten kriegen will.«

»Ein anonymer Tipp?« Mary beäugte die Nachricht. Sie war in Loks Team die einzige Frau und behauptete sich als standhafte Feministin mehr als wacker in ihrer männerdominierten Umgebung.

»Sieht so aus.« Lok zog die CD aus der Hülle und untersuchte sie von beiden Seiten. Es handelte sich um einen Standardrohling, unbeschriftet, beide Oberflächen gründlich von Fingerabdrücken gereinigt.

»Hier, Ah Gut, Sie kennen sich mit Computerdingen besser aus.« Lok reichte ihm die CD.

»Es ist nur eine einzige Datei.« Ah Gut deutete auf den Ordner, der auf seinem Bildschirm erschien. Die Datei trug den Namen »movie.avi« und war am selben Tag um 6.32 Uhr erstellt worden.

»Öffnen Sie sie«, sagte Lok.

Ah Gut startete den Movieplayer und zog die Datei in das Programm. Die Zeitleiste zeigte eine Länge von drei Minuten und achtundzwanzig Sekunden an. Ah Gut drückte auf Start.

Zuerst nur Schwärze, dann, nach zwei Sekunden, eine Straße. Nacht. Niemand zu sehen, nur eine verrammelte Baustelle und Straßenlaternen. Keine Autos und nur ein einzelner Fußgänger, von hinten.

»Sieht wie die Jordan Road aus, in der Nähe der Ferry Street.« Mary deutete auf eine Straßenecke. Der westliche Teil der Jordan Road war das momentan größte Bauprojekt von West-Kowloon – ein umfangreiches öffentliches Bauvorhaben zur Erschließung von fast fünfhundert Hektar Grund direkt am Wasser. Im Augenblick fanden zahlreiche Bauarbeiten statt, und wenn das Projekt abgeschlossen war, würde West-Kowloon vor Leben sprudeln, so die Vorhersagen. Unmittelbar vor dem Erschließungsgebiet lag der Jordan Road Ferry Pier, einst Kowloons geschäftigster Transportknotenpunkt.

»Gibt es keinen Ton, Ah Gut?«, fragte Lok.

»Nur Bild.« Ah Gut klickte auf »Eigenschaften«, um zu zeigen, dass es keine Audiodateien gab.

Die Kamera folgte dem Fußgänger. Jetzt sah man, dass es sich um eine Frau mit übergroßer Jacke handelte, die eine riesige Tasche geschultert trug. Aus ihrer Wollmütze quollen lange schwarze Haare hervor. Sie war nicht sehr groß und ging langsam. Das gelbe Licht der Straßenbeleuchtung machte es unmöglich zu sagen, welche Farbe ihre Kleidung hatte.

»Was soll das denn sein? Ein Amateurporno?«, juxte Cheung, ein junger Beamter.

Lok wollte ihn gerade maßregeln, als die Frau auf dem Bildschirm plötzlich stehen blieb und nervös nach links sah. Es wirkte, als hätte ein Geräusch sie erschreckt.

Dabei kam zum ersten Mal ihr Profil ins Bild, und Lok spürte, wie ihm das Blut ins Gesicht schoss. Schlagartig wurde ihm klar, was gleich geschehen würde.

»Das ist Candy Ton!« Ah Gut hatte sie ebenfalls erkannt.

Dann ging alles sehr schnell. Candy Ton fing an zu rennen und verschwand rechts aus dem Bild. Wer immer den Film gemacht hatte, war offensichtlich ebenfalls aufgeregt, und das Bild verwackelte und schwenkte dann ruckartig nach links auf vier maskierte Männer mit Baseballkappen und Arbeitshandschuhen, die Candy Ton mit Metallrohren und Beilen hinterherliefen. Die Männer rannten von links nach rechts durchs Bild. Die Kamera verharrte eine Sekunde regungslos, dann verwackelte das Bild, als der Kameramann offenbar die Verfolgung aufnahm.

Die vier Männer bogen um die Ecke und hatten Candy fast eingeholt. Der kleinste und gleichzeitig schnellste war als Erster bei ihr. Er streckte den Arm aus und packte sie am Kragen. Candy holte aus und traf ihren überraschten Angreifer mit der Faust direkt ins Gesicht. Der Mann ging zu Boden und hielt sich die Nase. Candy rannte weiter, doch die drei anderen waren nur noch wenige Meter hinter ihr.

Sonst war niemand zu sehen, und der Weg, den Candy entlangrannte, mündete in einer Fußgängerüberführung. Candy eilte darauf zu. Die Kamera folgte dem Geschehen in einigem Abstand, war aber zufällig im richtigen Winkel ausgerichtet, um ihren Gesichtsausdruck einzufangen, als sie sich entsetzt zu ihren Verfolgern umdrehte. Das Gesicht panisch verzerrt wie in Todesangst, erklomm sie die Stufen. Dabei wäre sie fast gestolpert, doch es gelang ihr, sich am Geländer festzuhalten. Die große Tasche war verschwunden – offensichtlich hatte Candy sie fallen gelassen, doch es war keine Zeit, sich darüber Gedanken zu machen, denn inzwischen hatten auch die Männer die Treppe erreicht.

Im nächsten Moment verschwanden alle fünf hinter der Mauer der Überführung, und Lok und sein Team blieb nichts übrig, als ungeduldig zu warten, bis der Mensch mit der Kamera ebenfalls die Treppe erreicht hatte – doch anstatt die Stufen zu erklimmen, verharrte das Bild am Fuß der Treppe.

»Warum bleibt er denn stehen?«, rief May.

»Ich glaube … vielleicht ist er gestört worden?« Ah Gut ließ den Bildschirm nicht aus den Augen.

Daraufhin ein Schwenk zur Seite – und was dann ins Bild kam, erschreckte das ganze Büro.

Auf dem Asphalt unter der Überführung lag etwas. Es war nicht sofort zu erkennen, was es war. Niemand brachte dieses »Ding« auf Anhieb mit Candy Ton in Verbindung, weil es so eigenartig angewinkelt dalag. Die Arme seltsam vom Körper abgespreizt, ein Bein völlig verdreht. Der Kopf mit der Wollmütze war zur Seite gewandt, die Haare lagen wirr, und eine dunkle Flüssigkeit sickerte langsam auf den Asphalt.

Am schlimmsten war die Tatsache, dass der zerschmetterte Körper noch ein paarmal zuckte, ehe er endgültig still lag.

»Ist … ist sie gefallen?«, stotterte Cheung.

»Vielleicht wurde sie gestoßen?« Ah Gut sprach ganz langsam in dem Versuch, sein Entsetzen zu verbergen.

Die Fußgängerüberführung war etwa drei Stockwerke hoch, und ein Sturz bedeutete mit hoher Wahrscheinlichkeit den sicheren Tod.

Dann schwenkte die Kamera nach oben. Zwei Gestalten kamen ins Bild. Sie beugten sich über das Geländer. Der eine umklammerte eine Eisenstange. Der andere drehte sich um und blickte direkt in die Kamera.

»Jetzt haben wir den Salat!«, murmelte Ah Gut.

Dann fing das Bild heftig zu wackeln an, eine schnelle Folge von Himmel, Asphalt, Laterne und Brücke. Der Zeuge rannte um sein Leben und nahm sich nicht einmal die Zeit, die Kamera abzuschalten. Etwa eine halbe Minute später war der Innenraum eines Autos zu sehen. Er hatte es geschafft.

Dann wurde der Bildschirm dunkel. Drei Minuten, achtundzwanzig Sekunden.

»Candy Ton … ermordet?«, stammelte Mary.

»Ah Gut, geben Sie Anweisung an die Streife, die Fußgängerüberführung an der Ecke Jordan und Lin Cheung Road abzusperren, und schicken Sie die Spurensicherung zum Tatort. Mary, Sie bleiben im Büro – Sie übernehmen die Koordination der Kommunikation. Alle anderen kommen mit mir.« Lok hatte alle Mühe, seine Wut zu unterdrücken und seine Befehle ruhig zu erteilen. Er war seit einer Ewigkeit nicht mehr so wütend gewesen. Auch wenn er Prominente wie Candy Ton nicht ausstehen konnte; kein wehrloser Mensch hatte es verdient, von vier Schlägern auf diese Weise ermordet zu werden.

Bis zum Tatort war es nicht weit. Nur ein paar Minuten später waren sie an Ort und Stelle. Lok blieb noch einen Moment im Wagen sitzen und versuchte, den Kopf frei zu kriegen und sich auf die Ermittlungen zu konzentrieren.

»Der Kameramann war wahrscheinlich ein Paparazzo«, sagte Lok nach dem Aussteigen. »Hat sie in der Hoffnung verfolgt, noch ein bisschen schmutzige Wäsche über Eric Yeung waschen zu können.«

»Stattdessen ist er Zeuge eines Mordes geworden, und weil er nichts damit zu tun haben will, hat er uns das Material geschickt?«, hakte Ah Gut nach.

»Wahrscheinlich.« Lok runzelte die Stirn. »Kein Ton, also vermutlich Printmedien. Wahrscheinlich hat er gehofft, ein paar Standbilder zu Kohle machen zu können.« Irgendwas in der Richtung »Eric Yeung vor den Augen der feixenden Candy Ton verprügelt« oder »Das heimliche Rendezvous von Candy Ton und Boss Chor« hätte für die Auflage wahre Wunder bewirkt.

»Mary sagt, in der Poststelle kann niemand sich erinnern, wann der Umschlag reingekommen ist«, berichtete Cheung und legte auf.

»Vielleicht war es einer von den Reportern, die grundsätzlich vor der Dienststelle herumlungern, weil sie auf den großen Knüller hoffen«, sagte Ah Gut. »Oder er hat einen Polizeireporter gebeten, es abzugeben.«

»Darum kümmern wir uns später. Den Kameramann zu identifizieren hat jetzt keine Priorität«, sagte Lok.

»Es wurde kein Leichenfund gemeldet. Haben die sie weggeschafft?«

»Keine Ahnung. Jedenfalls wird es nicht leichter für uns, wenn sie ihre Spuren verwischt haben.«

Candy Tons Gesichtsausdruck in dem Film machte Lok zu schaffen. Yam Tak-ngok hatte seinen Leuten befohlen, nicht einzugreifen, weil er sich selbst darum kümmern wollte – hatte er etwa gedacht: »Du hast meinen Sohn verprügeln lassen, jetzt ist dein Mädchen dran«? Ein Angriff auf die Sängerin hätte bedeutet, dass Onkel Ngok seine Ehre wahren und die Rechnung begleichen konnte, ohne einen direkten Konflikt mit Boss Chor zu riskieren.

Aber Mord war eine andere Sache.

War der Überfall schiefgelaufen? Vielleicht hatte der Auftrag lediglich gelautet, sie einzuschüchtern, und sie war in Panik von der Brücke gesprungen?

Das Team erreichte den menschenleeren Tatort. Ein gepanzerter Einsatzwagen und acht uniformierte Beamte waren bereits vor Ort und sicherten die Umgebung, obwohl niemand zu sehen war.

Lok warf einen Blick auf die Uhr. Der Vorfall hatte sich vor höchstens zwölf Stunden ereignet. Mit ein wenig Glück ließen sich noch Spuren sichern.

Ah Gut und er begaben sich zu der Stelle, wo im Film die Leiche gelegen hatte. Es waren keine Blutspuren zu sehen, aber falls jemand die Stelle mit Wasser gesäubert hatte, war die Pfütze bei den momentanen Windverhältnissen spätestens nach ein paar Stunden wieder verschwunden. Er wies die Spurensicherung an, die Stelle genau unter die Lupe zu nehmen, und stieg die Treppe hinauf – auch auf den Stufen und der Brücke selbst war auf den ersten Blick nichts Verdächtiges zu sehen. Die beiden Männer gingen bis zu der Stelle, wo Candy Ton vermutlich über das Geländer gestürzt war, und hielten nach Blutspuren Ausschau.

»Die Täter trugen Handschuhe, es gibt also vermutlich keine Fingerabdrücke«, mutmaßte Ah Gut.

Lok ging in die Knie, um die Unterseite des Geländers zu inspizieren. »Candy hatte keine Handschuhe an, und wenn wir ihre Spuren finden, wissen wir vielleicht, ob sie gestoßen wurde oder gesprungen ist – der Unterschied zwischen Mord und Totschlag.«

Lok brachte eine Markierung für die Beweissicherung an und ging weiter bis ans andere Ende der Brücke. Wenn Candy Ton tatsächlich gesprungen war, dann, weil ihre Verfolger sie eingeholt oder umzingelt hatten. Der Bürgersteig endete am Aufgang zur Brücke. Sie war gezwungen gewesen, die Brücke zu nehmen, und wenn ihre Verfolger am anderen Ende ebenfalls Leute postiert hatten, wäre sie ihnen in die Falle gegangen.

»Commander! Wir haben etwas!«, rief jemand von der Spurensicherung zu ihm herauf.

Als Ah Gut und Lok zurück nach unten kamen, deutete der Beamte auf den Asphalt. »Blutspuren – jede Menge.«

Sie hatten den Boden mit Luminol besprüht und einen etwa fünfzig mal dreißig Zentimeter großen Blutfleck sichtbar gemacht, genau an der Stelle, die das Video vermuten ließ.

»So viel Blut – sie muss schwer verletzt worden sein. Es ist unwahrscheinlich, dass sie einen Sturz von da oben überlebt hat«, fügte der Beamte hinzu.

»Versuchen Sie, weitere Blutspuren zu finden. Ich will wissen, wohin das Opfer bewegt wurde – und ob sie noch am Leben oder schon tot war«, sagte Lok.

»Commander?« Cheung trat zu ihnen. »Wir haben ihre Spur zurückverfolgt und dabei etwas gefunden.«

Lok begleitete ihn bis zu der ersten Straßenecke, um welche die Kamera ihr gefolgt war. Auf der einen Seite befand sich eine große, von Absperrungen und Bauzäunen umgebene Baustelle.

»Hier.« Cheung deutete auf ein etwa ein Meter tiefes Loch. Neben in Zelttuch gehüllten Wasserleitungen und Stromkabeln lag in einer Ecke eine braune Umhängetasche. Sie sah aus wie die auf dem Video.

Sie machten zur Beweissicherung ein Foto und angelten die Tasche aus dem Loch. Sie enthielt Schminkzeug, Knabbereien, ein Notizbuch, ein paar Anziehsachen, ein Handy und eine Geldbörse. Lok öffnete sie und fand darin einen Ausweis mit Candy Tons Namen und Foto darauf.

»Ich vermute, die Schläger haben nicht gemerkt, dass sie die Tasche fallen ließ«, sagte Ah Gut. »Wahrscheinlich ist ihr das Ding, als sie um die Ecke rannte, von der Schulter gerutscht und in das Loch gefallen, und sie hatte keine Zeit, sich darum zu kümmern.«

»Oder sie hat die Tasche weggeworfen, um schneller rennen zu können«, sagte Cheung.

»Wie auch immer, damit haben wir jetzt zumindest die Bestätigung für die Identität des Opfers.« Lok steckte die Geldbörse zurück in die Tasche und nahm sich das Handy vor. Der letzte eingehende Anruf war vom »Büro« gekommen, um 22.20 Uhr, und hatte eine Minute und zwölf Sekunden gedauert. Alle anderen Anrufe stammten entweder von »Agent« oder »Büro« – und im Adressbuch fanden sich keine weiteren Telefonnummern. Es gab keine gespeicherten Textnachrichten.

»Ah Gut, überprüfen Sie die Anrufprotokolle bei ihrem Provider.« Lok übergab ihm das Telefon.

»Wieso wenden wir uns nicht direkt an Starry Night, wenn der letzte Anruf doch von ihrem Büro kam?«

»Was, wenn sie die anderen Anrufe gelöscht hat?«

»Wollen Sie damit sagen …«

»Nur zur Sicherheit.«

Lok verstand eines nicht. Was hatte Candy Ton in dieser Gegend zu suchen gehabt, mitten in der Nacht? Die Jordan Road war eine riesige Baustelle, es gab keine Nachtclubs, und die Gegend war schwer zu erreichen. In ihrer Position hätte sie sich mit dem Taxi oder von ihrem Agenten herumfahren lassen können, und doch war sie mutterseelenallein und zu Fuß in dieser verlassenen Gegend unterwegs gewesen. Lok vermutete, dass sie zu einem geheimen Treffen beordert worden war – und das bedeutete, sie hatte vorher einen Anruf erhalten.

Den zwei einzigen Telefonnummern in ihrem Handy nach zu urteilen, musste Candy sehr isoliert gewesen sein, oder aber sie löschte regelmäßig die Anruflisten. Klatschreporter waren bekannt dafür, Stars ihre Handys zu stehlen, um über Anrufe und SMS so viel wie möglich über sie herauszufinden: Affären, Verabredungen, Auseinandersetzungen – man konnte alles zu einem saftigen Artikel verpacken. Es war nicht ungewöhnlich sicherzustellen, dass das Telefon nichts über einen verriet.

Wer hatte Candy Ton zu einem mitternächtlichen Treffen zitiert? Ein Treffen, das sich als Falle erwies?

Die Antwort zuckte wie ein Blitz in Loks Gehirn auf: Eric Yeung.

Aber hätte sie auf seine Aufforderung überhaupt reagiert? Falls ja, wäre sie sicher vorsichtiger gewesen; vor allem, wenn sie wusste, dass ihr Boss ihn hatte verprügeln lassen.

Es sei denn, sie war bedroht worden und hatte keine andere Wahl.

Kopfschüttelnd ließ Lok den Gedanken fallen. Seine Fantasie ging mit ihm durch. Bis jetzt hatten sie kaum verlässliche Informationen, und die musste er dringend ausführlich analysieren, ehe er irgendwelche Schlüsse daraus zog.

Nach gründlicher Inspektion des Tatorts kehrte die Einheit aufs Kommissariat zurück, und sie machten sich daran, sich mit allen beteiligten Personen zu befassen und Zeugen ausfindig zu machen. Sie begannen direkt bei der Jordan Road und arbeiteten sich von dort aus nach außen vor. Lok übernahm den Besuch bei Starry Night. Candy Tons Agent sagte ihm, er habe an diesem Tag noch nichts von ihr gehört und sie sei wahrscheinlich noch zu Hause. Nachdem er vergeblich versucht hatte, sie telefonisch zu erreichen und die von Lok präsentierte Umhängetasche als ihre identifiziert hatte, wurde er nervös. Sie fuhren zu Candys Wohnung in Kwun Tong. Lok erkannte auf den ersten Blick, dass in dem winzigen Apartment nichts in Unordnung war. Das unberührte Bett und der geleerte Abfalleimer ließen darauf schließen, dass Candy Ton abends nicht zu Hause gewesen war, obwohl der Agent angab, sie gegen dreiundzwanzig Uhr hier abgesetzt zu haben.

»Haben Sie gesehen, wie sie das Gebäude betrat?«

»Na ja, nein … ich habe sie auf dem Parkplatz rausgelassen und bin wieder gefahren.« Er runzelte die Augenbrauen, als würde ihm gerade klar, dass er in Schwierigkeiten steckte.

Lok erzählte ihm nichts von dem Video. Er hatte das Gefühl, dass sich der Kerl hauptsächlich Sorgen darum machte, wie er sich gegenüber Boss Chor rechtfertigen sollte, und weniger um Candys Sicherheit.

Lok wandte sich an die Hausmeisterei des Wohngebäudes und bat um die Kameraaufzeichnungen von Haupteingang und Aufzügen, doch bei einem ersten groben Überblick war Candy nicht zu entdecken. Wenn der Agent die Wahrheit sagte, hatte Candy sich, nachdem sie aus seinem Wagen gestiegen war, nicht in ihre Wohnung begeben, sondern sofort auf den Weg zu ihrer Verabredung auf der Jordan Road gemacht.

Heißt das, sie wollte nicht, dass er etwas von dem Treffen weiß?, dachte Lok.

Der Agent sagte, Candy habe sich am Vorabend benommen wie immer. Er beschrieb sie als schweigsam und eher emotionslos – sie gehörte zu der Sorte Stars, die den Kopf einzog und hart arbeitete.

»Candy ist bodenständig, nicht so wie die meisten anderen Mädchen in ihrem Alter, die davon träumen, berühmt zu sein«, fügte er hinzu.

»Und ihre Familie?«

»Ich glaube nicht, dass sie Familie hat«, antwortete der Agent vage.

»Gar keine?«

»Candy spricht nicht über ihr Privatleben, ich weiß nur, dass ihre Eltern tot sein sollen.«

»Und wer ist ihr Vormund? Sie ist seit drei Jahren bei Starry Night unter Vertrag. Damals war sie erst vierzehn. Das heißt, sie brauchte die Einwilligung eines Erwachsenen.«

»Ich … das weiß ich nicht, Sir. Ich bin nur der Agent. Der Boss hat mich ihr zugeteilt, und ich habe keine Fragen gestellt.«

So lief das also. Lok verstand das Dilemma des Mannes. Gut möglich, dass Candy Ton eine Ausreißerin war, und Boss Chor wirkte nicht wie jemand, der sich freiwillig mit Bürokratie herumärgerte.

Nachdem er in Candys Wohnung keinerlei Hinweise gefunden hatte, kehrte Lok ins Büro zurück. Die Presse wusste bislang nur, dass jemand am Vorabend an der Jordan Road von einer Fußgängerbrücke gestürzt war, dass eventuell Triaden die Finger im Spiel hatten und die Ermittlungen liefen. Die Spurensicherung meldete, auf dem Geländer seien keine Fingerabdrücke von Candy zu finden gewesen, also war sie womöglich gestoßen worden. Außerdem riss die Blutspur am Straßenrand abrupt ab, was nahelegte, dass die Verbrecher den Leichnam – oder die sterbende Frau – mit dem Auto abtransportiert hatten.

»Wozu die Leiche wegschaffen?«, fragte Mary. »Triadenmorde dienen der Einschüchterung – die machen normalerweise keinen Hehl daraus, wenn sie jemanden umbringen.«

»Das heißt, sie hatten ein anderes Motiv«, sagte Cheung. »Vielleicht hatten sie lediglich den Auftrag, Miss Ton ›schöne Grüße vom Boss‹ zu bestellen, die Sache geriet außer Kontrolle, und die Schläger brachten sie versehentlich um?«

»Selbst wenn es ein Versehen war, warum sollten sie die Leiche wegschaffen?«

»Weil ihnen klar war, dass sie in Schwierigkeiten steckten«, sagte Ah Gut. »Wir dürfen nicht vergessen, dass Candy Ton möglicherweise Boss Chors Geliebte war. Wenn Onkel Ngok auf Rache aus war, wäre es zum Beispiel naheliegend, sie zu entführen und Nacktfotos von ihr zu machen, solche Sachen. Mord steht auf einem anderen Blatt – danach gibt es kein Zurück mehr. In der Unterwelt heißt es Auge um Auge, Zahn um Zahn, wenn deine Leute versehentlich einen von meinen Leuten töten. Demnach müssten die Schläger jetzt befürchten, selbst umgebracht zu werden. Wenn sie aber die Leiche verschwinden lassen, gilt Candy Ton lediglich als ›vermisst‹. Es gibt keinen Mord, der nach Vergeltung schreit, und die Hungyi hätte keinen Grund, von der Hing-chung-wo Köpfe zu fordern.«

»Nur, dass jemand die ganze Sache gefilmt hat ...«, murmelte Mary immer noch in dem Versuch, ein bisschen Licht in die Sache zu bringen.

»Jedenfalls wird das hier nicht einfach«, sagte Ah Gut.

Inspector Lok lauschte schweigend der Diskussion seiner Leute. Ah Guts Sicht der Dinge klang logisch, aber irgendwas fühlte sich nicht stimmig an.

»Es gibt Probleme, Commander!«, sagte Ah Gut, als er am nächsten Morgen das Büro seines Chefs betrat. Lok saß da und starrte auf die durch rote Bindfäden verbundenen Fotos an seiner Pinnwand. Ah Gut deutete durch die Scheibe nach drüben in das Großraumbüro.

Schon wieder stand das ganze Team um Ah Guts Schreibtisch versammelt und diskutierte lautstark über das Video von dem Überfall auf Candy Ton auf seinem Computer.

»Was gibt's? Haben Sie noch etwas entdeckt?«

»Nein«, antwortete Ah Gut und zeigte auf den Bildschirm. »Das ist nicht unsere CD. Jemand hat den Film ins Netz gestellt.«

4

Als Erstes war das Filmmaterial in einem anonymen Chat-Forum der Stadt aufgetaucht. Jemand postete einen Link, der zu einem freien Webhosting-Service führte, auf dessen Server das Video lag.

Die ersten Reaktionen lauteten: »Von welchem Film ist dieser Trailer?«, »Das ist doch Candy Ton!«, oder: »Grottenschlechter Film!« Doch als jemand darauf hinwies, dass Candy Tons Gastauftritt bei einer Fernsehshow in letzter Minute abgesagt worden war, wurde den Ersten klar, dass die Sache echt sein könnte. Ein paar User beharrten nach wie vor auf einem schlecht gemachten Marketinggag, wurden aber in die Schranken gewiesen: »Candy Ton ist eine superschlechte Schauspielerin – erinnert ihr euch an *Herbstsonate*? Wenn sie zu so einer Darstellung fähig wäre, hätte sie längst einen Preis gewonnen.«

Dieser Standpunkt erfuhr breite Zustimmung. Die Frau, die in dem Film um ihr Leben rannte, spielte definitiv kein Theater. Jemand erinnerte sich daran, dass Miss Ton am vergangenen Wochenende irgendwo mit haargenau dieser Jacke und Mütze aufgetreten sei, und die Diskussion verlagerte sich von der Frage »Ist das wirklich Candy Ton?« hin zu: »Was ist mit Candy Ton passiert?« Die meisten Chat-Teilnehmer waren besorgte Fans. Als endgültiger Beweis für die Echtheit der Aufnahme galt die Tatsache, dass die Administratoren des Chatrooms den gesamten Thread inzwischen gelöscht hatten. Doch bis dahin war das Video natürlich bereits diverse Male heruntergeladen und auf anderen Seiten gepostet worden.

Um elf Uhr vormittags hörte Sonny Lok, dass inzwischen vierzehn Anzeigen eingegangen waren, alle von besorgten Bürgern, die das Video im Internet gesehen hatten. Die Polizei hatte am Vortag keine Informationen veröffentlicht, weil die winzige Chance bestand, dass Candy Ton noch am Leben war und man sie in dem Fall nicht in Gefahr bringen wollte, indem man zu früh an die Öffentlichkeit ging. Jetzt, wo die Aufnahme im Netz war, mussten sie so schnell wie möglich eine Erklärung abgeben und versuchen, die Wogen zu glätten.

»Die Polizei von Hongkong bestätigt, dass derzeit eine weibliche Person von siebzehn Jahren vermisst wird«, verkündete Inspector Lok auf der Pressekonferenz. »Eine Videoaufnahme unbekannter Herkunft legt nahe, dass diese Person auf einer Fußgängerüberführung an der Jordan Road von vier Tätern angegriffen wurde. Der Verbleib des Opfers ist derzeit nicht bekannt. Wir nehmen diesen Fall sehr ernst. Die Kriminalpolizei hat bereits die Ermittlungen aufgenommen. Es ist uns aus ermittlungstaktischen Gründen nicht möglich, weitere Einzelheiten zu veröffentlichen. Wir hoffen darauf, dass sich Augenzeugen, die in der Nacht vom 21. auf den 22. die Jordan Road oder die Lin Cheung Road mit dem Wagen oder zu Fuß passierten, bei uns melden, falls sie dabei etwas Ungewöhnliches bemerkt haben. Außerdem bittet die Polizei den Verfasser des Filmmaterials oder jeden, der diese Person womöglich kennt, sich umgehend zu melden. Für die Sicherheit dieser Person wird garantiert.«

»Handelt es sich bei dem Opfer um Candy Ton?«, fragte ein Reporter.

»Die Ermittlungen hierzu laufen noch.«

»Ich habe gehört, die Polizei hätte den Tatort schon gestern abgeriegelt. War Ihnen der Fall also bereits gestern bekannt?«

»Uns lag ein Bericht vor, doch mehr kann ich derzeit hierzu nicht sagen.«

»Gibt es Tatverdächtige?«

»Kein Kommentar.«

Ein Journalist, der aussah wie ein Fuchs mit seinen zu engen Schlitzen zusammengepressten Augen, hob die Hand. »Inspector Lok, hat dieser Fall etwas mit den Triaden Hung-yi Union und Hing-chung-wo zu tun?«

»Wir schließen derzeit eine Beteiligung der organisierten Kriminalität nicht aus.«

»Was ich eigentlich wissen will: Könnte der Mord an Candy

Ton damit zusammenhängen, dass Eric Yeung der uneheliche Sohn von Boss Yam Tak-ngok ist?«

Verdammt! Lok fluchte insgeheim. Wie hieß das Sprichwort? Unter einem Blatt Papier lässt sich kein Feuer verbergen. Die Tatsache, die er am dringendsten hatte geheim halten wollen, hatte diese wilde Meute sofort gewittert.

»Auch hier kein Kommentar.« Lok wahrte sein Pokerface, doch die Neugierde der anderen Journalisten angesichts dieser Enthüllung war ihm nicht entgangen.

»Das ist hart«, sagte Lok, als er zurück im Büro war und sich die Krawatte lockerte. »Ein einziger Tropfen Blut, und schon stürzen sich diese Haie darauf.«

»Commander? Ich habe Candy Tons Anrufprotokolle vorliegen«, sagte Ah Gut. »Der letzte Anruf kam tatsächlich aus ihrem Büro – danach nichts mehr.«

»Gar nichts?«, fragte Lok verwundert.

»Nichts. Sie hat ihre Anrufe also nicht gelöscht. Vielleicht gab es zwei Mobiltelefone, und dieses war nur für Berufliches.«

Das wäre möglich, dachte Lok. Doch dann befand sich das zweite Telefon wahrscheinlich in ihrer Jackentasche, und die Verbrecher hatten es gemeinsam mit der Leiche entsorgt – vorausgesetzt, Candy Ton war tatsächlich tot.

»Außerdem habe ich den Videopost von heute Morgen zurückverfolgt.« Ah Gut schlug seinen Notizblock auf. »Ich habe Kontakt zu dem Chatroom und dem Webhosting-Service aufgenommen und konnte die IP-Adressen lokalisieren, von denen die Nachricht gepostet und der Film hochgeladen wurde. Erstere stammt von einer Adresse an der Universität Basel, zweitere von einer Adresse in Mexico City.«

»Die Schweiz und Mexiko?« Es wurde immer verwirrender.

»Wahrscheinlich hat jemand die betreffenden Netzwerke gehackt, um seine eigene Adresse zu verschleiern. Natürlich können wir versuchen, die Verschlüsselung zu knacken, aber das dauert, und falls sie fünf oder sechs Kurven um die ganze Welt gedreht haben, sind wir Wochen damit beschäftigt.«

»Mhm, dann lassen wir das einstweilen.« Die meisten Reporter verfügten über ein ausgezeichnetes Netzwerk, und Lok ging davon aus, dass derjenige, der den Film gepostet hatte, einen Hacker kannte, der sich wiederum mit den verschachtelten Methoden zur anonymen Verbreitung von Inhalten im Netz auskannte. Vermutlich hätte der Betreffende das Video für eine Riesensumme an einen Fernsehsender verkauft, hätte er nicht Angst vor Repressalien durch die Triaden gehabt.

»Mary hat sich Candy Tons familiären Hintergrund etwas näher angesehen«, fuhr Ah Gut fort und blätterte ein paar Seiten weiter. »Ihre Eltern waren nicht verheiratet. Die Mutter Tang Pui-pui starb vor zehn Jahren und ihr Vater Ton Hei-chi vor fünf. Sie lebten beide in Sham Shui Po. Sie hat ihren Agenten also nicht belogen, als sie sagte, sie hätte keine Familie.«

»Wovon lebten sie?«, fragte Lok nebenbei. Sein erster Gedanke war, dass wenigstens kein Polizeibeamter die unausweichliche Aufgabe übernehmen musste, die Eltern vom Tod ihrer Tochter zu unterrichten.

»Sie arbeiteten als Barmann und Kellnerin in der Yau Ma Tei Bar.« Ah Gut sah von seinen Notizen auf. »Mary hat sich in der früheren Wohngegend umgehört, und die Nachbarn sagten, die Eltern seien beide noch sehr jung gewesen – keine ›ordentliche Familie‹.«

Oder aber, dachte Lok, die Nachbarn waren alle älter und entsprechend voreingenommen gegen das junge Paar, das abends zur Arbeit ging und erst in den frühen Morgenstunden wieder nach Hause kam.

»Ich mache mich auf den Weg. Ich will jeden einzelnen Schritt von Candy Ton am Tatabend rekonstruieren. Ich fange bei ihrer Wohnung an.«

»Nein. Schicken Sie Mary, sie soll sich darum kümmern. Sie begleiten mich – es gibt Wichtigeres zu tun.«

»Wichtigeres?«

»Wir werden Onkel Ngok herbitten, um uns bei unseren Ermittlungen zu helfen.«

»Aber, Commander! Wir haben keine Beweise.« Ah Gut wurde blass.

»Das weiß ich.« Inspector Lok schnitt ihm das Wort ab. »Wir haben keine Beweise dafür, dass er etwas mit dem Fall zu tun hat. Ich will trotzdem wissen, wie er reagiert.«

Ah Gut wusste, dass es im Ermessensspielraum der Polizei lag, jeden zu vernehmen, der eventuell mit einem Fall in Verbindung stand. Doch wenn es sich bei der fraglichen Person um einen Triadenboss handelte, war das purer Leichtsinn – vor allem weil sie im Augenblick nur reine Mutmaßungen in der Hand hatten. Falls Onkel Ngok tatsächlich der Drahtzieher war, wüsste er, dass sie ihm auf den Fersen waren, und hätte alle Zeit der Welt, entsprechende Maßnahmen zu ergreifen – eine Flucht ins Ausland inklusive. Steckte er aber nicht dahinter, würde seine Triade auf irgendeine Weise Vergeltung üben, um die Polizei daran zu erinnern, dass man andere so behandelte, wie man selbst behandelt werden wollte. Als sie es das letzte Mal gewagt hatten, einen Bandenboss zur Befragung vorzuladen, war die örtliche Polizeidienststelle hinterher von mehr als einhundert Schlägern belagert worden.

Dabei hatte Lok eigentlich nicht vorgehabt, Yam Tak-ngok direkt anzugehen. Noch vor einem Tag ahnte der Täter nicht, dass die Polizei im Besitz eines Videos war und überhaupt von dem Mord wusste. Bis dahin war Lok am Zug gewesen. Doch weil die Geschichte inzwischen öffentlich geworden war, hatte er sich zu diesem riskanten Schachzug entschlossen. Er würde den dicksten Fisch im Teich zu sich aufs Revier holen, um herauszufinden, ob sich seine unerschütterliche Position destabilisieren ließ.

Weil Lok Yam als Zeugen und nicht als Verdächtigen verhören wollte, befürchtete er, dass etwas schiefgehen könnte. Falls Onkel Ngok nicht mitspielte und die Sache eskalierte, hätten sie noch ein Problem mehr ... Am Ende übertraf die Wirklichkeit seine kühnsten Erwartungen.

Lok und Ah Gut trafen im Feindeslager ein – in der Firma Hing-ngok Finance, dem legalen Aushängeschild der Hing-chung-wo –, und während die todernsten »Angestellten« mit den Mördermienen ihnen alles andere als freundlich entgegentraten, wirkte der »Geschäftsführer« der Firma, Yam Tak-ngok, geradezu begeistert, sie zu sehen, und begleitete sie bereitwillig aufs Kommissariat.

»Hier sind mir zu viele Augen und Ohren – besser, wir unterhalten uns bei Ihnen«, sagte Onkel Ngok.

Lok war Yam Tak-ngok noch nie begegnet. Von den Fotos und Berichten her hatte er einen mürrischen Triadenboss erwartet und sah sich jetzt einem Mann gegenüber, der tatsächlich wie ein ganz normaler alter Onkel wirkte. Das einzig Ungewöhnliche an ihm war der stechende Blick, in dem nicht einmal dann die Spur eines Lächelns auftauchte, wenn der Mann ansonsten über das ganze Gesicht strahlte.

In Begleitung eines schwarz gekleideten Assistenten fuhr Onkel Ngok im Wagen von Inspector Lok mit zurück zur Polizeidienststelle von Tsim Sha Tsui. Die diensthabenden Beamten reagierten mit offenem Staunen auf die Ankunft des Anführers der Hing-chung-wo.

»Hier entlang, Mr Yam.« Lok öffnete die Tür zu einem Vernehmungsraum im dritten Stock und ließ Onkel Ngok den Vortritt.

»Ah Wah, Sie warten hier auf mich«, sagte Onkel Ngok zu dem Mann im Anzug.

»Aber, Großer Bruder …«

»Nenn mich ›Boss‹!« Für einen kurzen Augenblick ließ Onkel Ngok die Maske fallen, doch das freundliche Gesicht kehrte sofort zurück. »Ich werde mich kurz allein mit den beiden Herren unterhalten. Wir befinden uns hier auf einem Polizeirevier – du gehst wohl kaum davon aus, dass man mich foltern wird, sobald die Tür hinter uns ins Schloss fällt?«

Lok registrierte die verborgene Drohung hinter seinen Worten, den Hinweis darauf, dass sie es besser nicht mit irgendwelchen Tricks versuchten. Er war überzeugt, dass es für Onkel Ngok ein Kinderspiel wäre, einen unerfahrenen Polizisten an der Nase herumzuführen.

Sie nahmen zu dritt an einem Tisch Platz, Lok und Ah Gut gegenüber von Yam Tak-ngok.

»Mr Yam, wir haben Sie heute zu uns gebeten, um über den Vorfall an der Jordan Road …«, eröffnete Lok die Befragung.

»Geht es um den Mord an Candy Ton?« Onkel Ngok redete nicht gern um den heißen Brei herum.

»Sie wissen, dass Candy Ton ermordet wurde?«

»Meine Männer haben mir heute das Video gezeigt. Ein Sturz aus dieser Höhe – sie muss tot sein.«

»Weshalb sind Sie sicher, dass es sich um Candy Ton handelt? Es könnte auch eine Frau gewesen sein, die ihr ähnlich sieht.«

»Ich war mir nicht sicher, aber da Sie gekommen sind, um mich zu befragen, denke ich mir …« Er hustete. »Mein idiotischer Sohn ist verprügelt worden, und nun haben Sie mich im Verdacht, ich hätte aus Rache jemanden auf diese Frau angesetzt.«

»Dann ist Eric Yeung also tatsächlich Ihr Sohn?«

»Lassen wir die Spielchen, Inspector.« Onkel Ngok setzte ein unangenehmes Lächeln auf. »Die Polizei hat das Verwandtschaftsverhältnis zwischen Eric und mir mit Sicherheit längst geklärt. Ich will mich deutlich ausdrücken – auch wenn diese Frau meinen Sohn angemacht hat, ehe sie es sich anders überlegte und zu Boss Chor rannte, um zu petzen, möchte ich, dass Sie eines wissen. Ich habe niemanden auf sie angesetzt. Das wollten Sie mich doch fragen, oder nicht?«

Lok hatte nicht erwartet, dass er seine Theorie bis ins Detail erriet.

»Wenn Sie ›ansetzen‹ sagen, meinen Sie damit ›bedrohen‹ oder ›umbringen‹?« Beim letzten Wort hob Lok die Stimme.

»Ich habe niemanden zu Candy Ton geschickt – ich habe nichts mit ihr zu tun.« Onkel Ngoks Gesichtsausdruck blieb unverändert.

»Sie erwähnten, Candy Ton hätte Eric Yeung angemacht. Wer sagt das?«

»Das hat Eric gesagt. Inspector, es steht Ihnen frei, ihm nicht zu glauben, aber ich denke nicht, dass mein Sohn wegen so einer Lappalie lügen würde.«

»Und wenn er betrunken war?«, hakte Ah Gut nach.

»Okay, schön, vielleicht hat die Frau ihn nicht direkt angemacht, aber ich glaube auch nicht, dass das, was man sich erzählt, vollkommen der Wahrheit entspricht. Mag sein, dass Eric ein bisschen übereifrig war – aber Frauen sind wie Pferde, oder? Man muss sie brechen, ehe man sie reiten kann.«

Lok und Ah Gut dankten beide im Stillen ihrem Schutzengel, dass Mary jetzt nicht bei ihnen saß. Sie hätte mit Sicherheit angefangen zu schreien und den Triadenboss als Chauvinistenschwein beschimpft.

»Sie sagen, Sie hätten niemanden zu Candy Ton geschickt, um sich um sie zu kümmern. Eric Yeung wurde in einen Hinterhalt gelockt und angegriffen – macht Sie das nicht wütend?«

»Sie würden mir nicht glauben, wenn ich sagte, ich wäre nicht wütend gewesen«, antwortete Onkel Ngok ruhig. »Welches Vaterherz würde nicht bluten, wenn der eigene Sohn verprügelt wurde? Aber man darf seiner Wut nicht einfach freien Lauf lassen. Es ist wichtig, das große Ganze im Blick zu behalten.«

»Welches große Ganze meinen Sie?«

»Lassen Sie uns offen reden, Inspector. Sie leiten diese Abteilung. Sie kennen das Gleichgewicht der Kräfte in diesem Stadtteil bestens. In spätestens zwei Jahren wird der Name Hingchung-wo aus der Unterwelt getilgt sein. Außerdem bin ich dieses ständige Hin und Her leid. Ich habe in der Vergangenheit viele schlimme Dinge getan, zu viele, und wenn Sie mir diese Sache jetzt zur Last legen wollen, schön. Ich werde vermutlich den Rest meines Lebens in Stanley oder Shek Pik hinter Gittern verbringen, aber ich möchte meine Leute nicht mit mir ins Verderben reißen. Und ich will erst recht nicht, dass Eric, ganz egal, was für ein Idiot er ist, denselben Weg einschlägt wie ich.« Onkel Ngok legte eine kurze Pause ein. »Die Unterhaltungsindustrie ist mit Sicherheit auch nicht edel und rein, aber wenigstens ist sie gesetzeskonform. Hätte ich Candy Ton auch nur ein Haar gekrümmt und die Sache wäre ans Licht gekommen, hätte ich damit Erics Aussichten ernsthaft gefährdet, oder nicht?«

Lok war verblüfft. Wer hätte gedacht, dass das »große Ganze« ausgerechnet Erics Zukunft in der Unterhaltungsindustrie sein könnte?

»Mr Yam, sie geben gerade offen zu, Mitglied einer kriminellen Vereinigung zu sein – haben Sie keine Angst, dafür belangt zu werden?« Die Gesetze Hongkongs waren eindeutig: Es galt bereits als Straftat, sich als Mitglied einer Triade zu bezeichnen.

»Sie ermitteln im Fall Candy Ton. Was würde es Ihnen nutzen, mich jetzt zu verhaften?« Onkel Ngok grinste. »Außerdem haben Ihre Leute vom Drogendezernat doch schon diesen Chiang in Händen. Sie brauchen mich nicht mehr.«

Lok erinnerte sich an das Gespräch mit Kwan Chun-dok – das Drogendezernat besitze genügend Beweise für eine Anklage gegen Yam Tak-ngok. »Dieser Chiang« war vermutlich ein wichtiger Zeuge. Lok kannte keine Einzelheiten, doch es lag nahe. Onkel Ngok klang, als hätte er sich mental bereits darauf vorbereitet, ins Gefängnis zu gehen.

Lok fand nirgendwo in seiner Aussage eine Stelle, an der er hätte einhaken können. Entweder der alte Fuchs war wirklich gerissen, oder er sagte die Wahrheit.

»Mr Yam, ich frage sie noch einmal« – Lok sah dem alten Mann direkt in die Augen –, »haben Sie jemanden beauftragt, Candy Ton zu überfallen? Wenn einer Ihrer Leute sie versehentlich umgebracht hat, sollte er sich unverzüglich stellen. Je eher, desto größer die Chance, mit Totschlag davonzukommen. Ich muss Ihnen kaum sagen, wie immens sich das Strafmaß von dem eines Urteils wegen Mordes unterscheidet.«

»Ich habe nie den Auftrag gegeben, ihr auch nur ein Haar zu krümmen.« Yam Tak-ngok hatte aufgehört zu lächeln. »Wie ich schon sagte, ich würde nie etwas unternehmen, das der Karriere meines Sohnes schaden könnte.«

»Wenn das so ist, halten Sie es für möglich, dass Ihre Leute auf eigene Faust gehandelt haben? Ein Überfall auf Candy Ton hinter Ihrem Rücken, um Ihren Sohn zu rächen?«

Onkel Ngok schwieg. Seine Augenbrauen zogen sich eine Sekunde lang zusammen. Dann sagte er langsam: »Ich vertraue ihnen. Sie haben in all den Jahren immer meine Befehle befolgt.«

»Vielleicht wollten sie Ihnen zu Hilfe eilen, weil sie wissen, dass ihr Großer Bruder bald in den Bau geht?«

»Unmöglich. Keiner meiner Leute wäre so dumm. Außerdem steht Candy Ton außerhalb der Organisation. Sie kennen unseren Kodex: Frauen und Kinder werden nicht angefasst.«

Onkel Ngoks Stimme war fest, trotzdem spürten Lok und Ah Gut seine Unsicherheit. Das menschliche Herz ist unergründlich, und er konnte auch für seine treusten Männer nicht wirklich die Hand ins Feuer legen.

Lok wusste, dass er momentan aus Onkel Ngok keinen Namen herauskriegen würde. Er ließ ihn also gehen, aber nicht, ohne ihm zu verstehen zu geben, dass sie eventuell noch einmal auf seine Hilfe zurückgreifen würden. Lok hoffte, dass die Begegnung ein klares Signal aussandte – falls tatsächlich ein Mitglied der Hing-chung-wo Candy Ton versehentlich getötet hatte, sollte er sich stellen. Erstens als Grundlage für ein milderes Urteil und zweitens, um der Hung-yi zu demonstrieren, dass Candy Tons Tod keine Absicht gewesen war, und damit einen Bandenkrieg zu verhindern. Anstatt voller Furcht auf Boss Chors Vergeltungsschlag zu warten, wäre es besser, von vornherein mit offenen Karten zu spielen.

Trotzdem war Lok nicht so naiv, seine Hoffnung allein an den alternden Bandenchef zu hängen. Er bat die Leute vom Informationsdienst herauszufinden, was jedes einzelne Mitglied der Hing-chung-wo am Tatabend getan hatte, und zu überprüfen, ob seit dem Vorfall jemand aus der Bande abgetaucht war. Die Leute am Rande einer Organisation waren oft bereit, Informationen zu liefern, und auch wenn immer die Gefahr bestand, dass sie sich als Doppelagenten erwiesen, galten sie als verlässliche Quellen. Die Angreifer waren mindestens zu viert gewesen, was hieß, dass mindestens vier Münder Stillschweigen wahren mussten – falls sie wirklich zur Hing-chung-wo gehörten, hatten die Täter womöglich mit der Tat geprahlt oder es mit der Angst zu tun bekommen und ihren Kumpanen die Tat gebeichtet.

Trotzdem vergingen vier Tage ohne Neuigkeiten. Es gab vereinzelte Vergeltungsversuche durch niedrigrangige Mitglieder der Hung-yi Union, die frustriert darüber waren, dass die Hing-chung-wo offensichtlich jemanden außerhalb ihrer Organisation angegriffen hatte, doch in den oberen Rängen der Hierarchie bewegte sich gar nichts. Auch Zeugen hatten sich nicht gemeldet – es wusste wohl niemand, wie Candy Ton aus Kwun Tong in die Jordan Road gelangt war. Es gab zwar einen Nachtbus, der alle halbe Stunde in der Gegend verkehrte, doch keiner der Fahrer hatte etwas Außergewöhnliches bemerkt, keine Verfolgungsjagd, keinen Überfall, nicht die Verschleppung des Opfers oder die Reinigung der Straße. Wenn die Fahrer die Wahrheit sagten, kannten die Angreifer den Busfahrplan und die Intervalle der Polizeistreifen und hatten sichergestellt, dass der Überfall unbeobachtet vonstattenging.

Die Medien überschlugen sich mit Berichten. Der Tenor war überwiegend mitfühlend und voller Anschuldigungen gegen die Täter, doch es gab auch Stimmen, die andeuteten, Candy Ton hätte bekommen, was sie verdiente. Journalisten versuchten, ein Interview bei Boss Chor zu bekommen, doch ein Pressesprecher von Starry Night gab bekannt, dass er für einige Tage geschäftlich unterwegs sei.

Fünf Tage nach der Pressekonferenz nahm Ah Gut einen Anruf entgegen und eilte anschließend in Loks Büro. »Commander, in der Castle Peak Bay wurde eine weibliche Leiche gefunden.«

»Candy Ton?« Lok war sofort alarmiert.

»Keine Ahnung. Ein Patrouillenboot der Wasserpolizei hat sie rausgefischt. Sie lag schon ein paar Tage im Wasser, und das Gesicht ist so gut wie unkenntlich. Eine Frau mit langen Haaren zwischen fünfzehn und fünfundzwanzig.«

»Kleidung?«

»Sie war nackt«, sagte Ah Gut. »Möchten Sie, dass ich hinfahre und mir selbst ein Bild mache?«

»Ich begleite Sie.« Lok angelte sein Jackett von der Stuhllehne.

Lok und Ah fuhren ins öffentliche Leichenschauhaus von Kowloon, nur um festzustellen, dass die Leiche noch nicht eingetroffen war. Mit gemischten Gefühlen nahmen sie im Warteraum Platz. Einerseits hofften sie, dass es sich um Candy Ton handelte, weil die Leiche neue Rückschlüsse erlauben würde, andererseits hofften sie immer noch, dass sie entgegen aller Wahrscheinlichkeit noch am Leben und wohlauf war.

»Sie ist jetzt da«, sagte ein Mitarbeiter der Leichenhalle schließlich und führte sie in den Schauraum.

Wie Ah Gut bereits gesagt hatte, war die Leiche in schlechtem Zustand. Nicht nur, dass der Leichnam von der langen Zeit im Wasser aufgedunsen war, er war außerdem übel zugerichtet. Es ließ sich nicht sagen, ob die Verletzungen von Fischen oder Bootsschrauben herrührten. Zum Glück waren die Fingerspitzen intakt, und es sollte möglich sein, die Frau anhand der Fingerabdrücke zu identifizieren.

Dann traf der Gerichtsmediziner ein. Er wirkte überrascht, dass die Polizei noch vor ihm an Ort und Stelle war, doch nachdem er hörte, dass es um den Fall Candy Ton ging, war ihm klar, weshalb die beiden so besorgt waren.

»Eine gründliche Autopsie braucht Zeit – ich werde mir zuerst einen kurzen Überblick verschaffen«, bot er an.

Nach seiner Aussage war Ertrinken die Todesursache. Es gab zahlreiche Knochenbrüche und deutliche Schädelfrakturen, die alle prämortal erfolgt waren. Diese Einschätzung passte zu dem, was sie im Video zu Gesicht bekommen hatten.

»Ich gebe Ihnen die Fingerabdrücke zur Überprüfung mit.« Er hob die rechte Hand der Leiche hoch und trocknete behutsam die Fingerspitzen ab, ehe er sie in Tinte tauchte und Abdrücke nahm.

Die beiden bedankten sich und verließen das Leichenschauhaus.

»Glauben Sie, sie ist es, Commander?«, fragte Ah Gut.

Ehe Lok antworten konnte, entdeckte er vor sich eine nur zu bekannte Gestalt.

»Shifu?«

Kein Zweifel. In einiger Entfernung stand Kwan Chun-dok und unterhielt sich mit einem Mitarbeiter der Leichenhalle.

»Ach, Sonny! Bist du wegen eines Falls hier?«

»Ja, die Leiche aus der Castle Peak Bay. Wir sind gekommen, um herauszufinden, ob es sich um Candy Ton handelt.«

»Und?«

»Das wissen wir noch nicht. Sie lag zu lang im Wasser.« Er klopfte sich auf die Brieftasche. »Aber wir konnten ihre Fingerabdrücke nehmen. Die werden uns die Antwort liefern. Und was führt Sie her, Sir?«

»Dasselbe wie euch. Die Wasserleiche.«

»Ach so?«

»Der Mädchenhändlerring in Wan Chai. Eine Zeugin hat uns erzählt, dass drei Prostituierte zu Tode gefoltert wurden. Eine der Leichen fehlt immer noch.«

»Dann hoffen wir beide, dass diese Leiche zu unserem Fall gehört«, seufzte Lok.

»Die Auseinandersetzung mit dem Unglück anderer Leute gehört nun mal zu unserem Job«, sagte Kwan düster. »Also, ich will deine Zeit nicht länger in Anspruch nehmen, außerdem muss ich mich auch noch mit dem Gerichtsmediziner unterhalten.«

Lok verabschiedete sich. Er war erst ein paar Schritte weit gekommen, als Kwan ihn zurückrief.

»He, Sonny, ich habe diese Woche ein bisschen Luft – komm doch vorbei, ich bin jeden Abend zu Hause.«

Auf dem Rückweg erkundigte sich Ah Gut nach dem älteren Herrn mit der abgegriffenen Baseballkappe.

»Er war früher mein Vorgesetzter beim Informationsdienst. Der ehemalige Superintendent Kwan Chun-dok.«

»Kwan, der Superermittler?« Ah Gut konnte es nicht fassen. »Der Mann, der niemals einen Ort vergisst und einen Verdächtigen nur an seiner Art zu gehen erkennt? Das ›Auge von Hongkong‹?«

Lok lächelte in sich hinein. Die Spitznamen für seinen Mentor hatten sich offensichtlich inzwischen in der ganzen Truppe verbreitet.

Zurück im Büro übergab Lok die Fingerabdrücke der Spurensicherung. Noch am selben Tag, frühabends um halb sechs, hatte er den Bericht auf dem Tisch.

Die Fingerabdrücke gehörten zu Candy Ton.

Sobald die Nachricht vom Fund ihrer Leiche die Runde gemacht hatte, war ganz Hongkong in Aufruhr. Jetzt handelte es sich offiziell um einen Mordfall. Das ganze Land hatte die Augen auf Loks Abteilung gerichtet, und das Kommissariat hatte nichts zu bieten. Viele warteten nur darauf, dass das Präsidium sich einmischte, und da alles nach einem Racheakt in der Unterwelt aussah, lag nahe, dass auch das Antitriadendezernat bald auf den Plan trat. Aber kein Ermittler mochte es, wenn ein offener Fall in andere Hände wanderte, weil das immer aussah, als wäre man unfähig.

Am nächsten Tag herrschte im Kommissariat entsprechend schlechte Stimmung. Lok fuhr direkt nach der Arbeit in Richtung Mongkok und rief von unterwegs seinen Mentor an. »Hallo, Sir? Ich bin gerade auf der Nathan Road unterwegs, in Ihre Richtung …«

»Ach, das ist schade, bei mir wird es heute etwas später. Wie wär's, wenn du einfach bei mir wartest? Meine Frau ist zu Hause. Allerdings trifft sie sich um sieben zum Mah-Jongg.«

Weil Lok Mrs Kwan eine ganze Weile nicht gesehen hatte, machte er unterwegs noch bei einer Konditorei halt und kaufte ein halbes Dutzend Obsttörtchen und, als ihm ihre Schwäche für Mont-Blanc-Küchlein einfiel, auch noch eines davon. Mrs Kwan freute sich, ihn zu sehen. Sie hatten sich nicht mehr getroffen, seit er sie vor über einem Monat nach seiner Beförderung zum Abendessen besucht hatte. Sein Geschenk nahm sie mit Freuden entgegen, als kleine Leckerei für ihre Mah-Jongg-Damen. Lok wusste, dass Mrs Kwan nicht nur ein Süßmaul war. Ihre Freude bestand auch darin, den anderen Frauen zu zeigen, dass dieser junge Mann für sie und ihren Mann wie ein Sohn war und wie aufmerksam er sich um sie kümmerte.

Die Kwans waren kinderlos und behandelten Sonny tatsächlich wie ihren Sohn – und er sah in ihnen im Gegenzug so etwas wie seine Zieheltern.

Nachdem Mrs Kwan das Haus verlassen hatte, machte Lok es sich bequem, um auf seinen Mentor zu warten. Obwohl Kwan Chun-dok ein pensionierter Superintendent war, lebten er und seine Frau wegen seiner Pfennigfuchserei noch immer in einer Fünfundvierzig-Quadratmeter-Wohnung. Lok hatte ihn schon öfter gefragt, warum sie sich nicht etwas Größeres suchten, doch Kwans stereotype Antwort lautete: »Eine kleine Wohnung ist leichter sauber zu halten. Von der Stromrechnung ganz zu schweigen.« Loks Bewunderung galt vor allem Mrs Kwan für ihre Bereitschaft, trotz der Position ihres Mannes in so einfachen Verhältnissen zu leben. Doch wäre sie ein materieller Mensch gewesen, hätte sein Mentor sie wohl kaum geheiratet.

Lok setzte sich aufs Sofa. Der Fall Candy Ton schwirrte ihm im Kopf herum. Je länger er dasaß, desto frustrierter wurde er. Er stand auf, ging mehrere Male im Wohnzimmer im Kreis und betrat schließlich Kwans Arbeitszimmer. Die Möblierung bestand aus einem Schreibtisch, zwei Armsesseln, einem Bücherregal und einem Computer. Hier studierte Kwan als Berater die Fälle und durchkämmte die Akten nach Hinweisen, aus denen er seine Schlussfolgerungen zog.

Lustlos starrte Lok die großen und kleinen Aktenmappen im Regal an. Dann setzte er sich an den Schreibtisch. An der Wand hingen gerahmte Fotos, viele verblasst und so einige in Schwarz-Weiß. Das älteste Bild hing neben dem Fenster. Es zeigte Kwan Chun-dok in seinen Zwanzigern – Sonny wusste, dass das Foto 1970 in England entstanden war, während der Ausbildungszeit seines Mentors. Es hieß, seine herausragenden Leistungen als einfacher Streifenpolizist im Zusammenhang mit einem Bombenattentat während der Unruhen 1967 hätten die Aufmerksamkeit seines britischen Vorgesetzten geweckt und letztendlich den Grundstein für seine Karriere als »Superermittler« gelegt. Trotzdem hatte Kwan die Zeit der Unruhen nie erwähnt – im Gegenteil, er hatte das Thema immer gemieden. Lok vermutete, dass sein Mentor nicht angeben wollte, und schon gar nicht mit einer Begebenheit aus einer Zeit, in der so viele Polizisten ihr Leben ließen, von unschuldigen Zivilisten ganz zu schweigen. Diejenigen, die jene Zeiten überlebt hatten, blickten wahrscheinlich nicht gerne darauf zurück.

Kwans Schreibtisch war übersät mit einem Durcheinander aus Unterlagen und Notizen. Das Wohnzimmer war makellos, aber hier herrschte dasselbe Chaos wie schon vor zehn Jahren. Mrs Kwan hatte Lok erzählt, ihr Mann habe ihr verboten, irgendetwas anzurühren, und das würde sie auch gar nicht wollen, aus Furcht, ihn unbeabsichtigt an der Lösung eines Falls zu hindern. Also blieb das Chaos über die Jahre unangetastet.

Der Verhau war unbeschreiblich. Außer hohen Aktentürmen befanden sich auf dem Tisch Medikamentenpackungen, ein Füllfederhalter, Fotografien, Dias, eine Schreibtischlampe, ein Vergrößerungsglas, ein Mikroskop, Teströhrchen, Dietriche, Fingerabdruckpuder, Schlüssellochkameras, ein als Kugelschreiber getarntes Diktiergerät, Abdruckmasse zur Kopie von Haustürschlüsseln und so weiter … Das Ganze sah eher nach der Ausrüstung eines Privatdetektivs oder eines Geheimagenten aus als nach der eines polizeilichen Ermittlers, doch auf Sonny, der die unkonventionellen Methoden seines Mentors nur zu gut kannte, wirkte das alles völlig normal.

Er saß in Kwans Sessel, die Beine in der Nachahmung seiner Denkerpose übereinandergeschlagen. Geistesabwesend griff Lok nach einem Glasfläschchen und spielte damit, genau wie sein Mentor es machte. Das Fläschchen enthielt eine einzelne Pistolenkugel, mit Sicherheit das Souvenir aus irgendeinem Fall. Kugeln waren nur für den Dienstgebrauch bestimmt und durften nicht einfach so privat aufbewahrt werden, doch für jemanden, der sich so wenig aus Regeln machte wie Kwan Chundok, war das Nebensache.

Sonny ließ die Kugel klirrend in ihrem gläsernen Behältnis kreisen. Sein Blick schweifte ziellos über das Durcheinander auf dem Schreibtisch, bis er plötzlich bei dem Namen auf einer

Aktenmappe landete. Lok war augenblicklich hellwach: »Yam Tak-ngok«.

Das war Kwan Chun-doks Akte über Onkel Ngok, direkt vor seiner Nase, hier auf diesem Tisch.

Obwohl ihm klar war, dass er sich einen Rüffel einfangen würde, wenn er in den Unterlagen seines Mentors herumschnüffelte, zögerte Lok keine Sekunde. Er schlug die Mappe auf, fest entschlossen, sich kein Wort entgehen zu lassen. Doch kurz darauf klappte er enttäuscht den Deckel wieder zu. Es handelte sich lediglich um die Kopie der offiziellen Akte von Onkel Ngok. Exakt die gleichen Informationen hatte Lok in seiner Aktentasche.

Er legte die Mappe beiseite und wollte sich gerade wieder zurücklehnen, als ihm sechs Wörter in Rot ins Auge stachen.

Direkt unter Onkel Ngoks Mappe lag ein Umschlag mit dem Stempel »Streng geheim. Nur zur internen Weitergabe«.

Lok griff danach und bemerkte, dass der Umschlag unversiegelt war. Unfähig, seine Neugierde zu zügeln, zog er die Unterlagen heraus.

Sonny hatte mit vertraulichem Material zu Onkel Ngok gerechnet, merkte jedoch schnell, dass er es mit etwas völlig anderem zu tun hatte. Es ging um das Zeugenschutzprogramm – Kopien eines Briefwechsels zwischen der Fachabteilung und der Meldebehörde. Lok wusste, dass diese Sachen streng vertraulich waren, und wollte die Seiten gerade in den Umschlag zurückschieben, als ein Name seine Aufmerksamkeit erregte: »Chiang Fu«.

Der Name sagte ihm zwar nichts, doch er musste an Yam Tak-ngoks Worte denken: »Ihre Leute vom Drogendezernat haben doch schon diesen Chiang in Händen. Sie brauchen mich nicht mehr.«

Warum lagen diese Dokumente direkt unter der Akte von Onkel Ngok? Das konnte kein Zufall sein. Sonny zog das Schreiben wieder ganz heraus und überflog es. Der Brief besagte, dass ein Mann namens Chiang Fu ins Zeugenschutzprogramm aufgenommen wurde und von der Meldebehörde eine neue Identität benötigte – die Genehmigung der obersten Polizeibehörde lag bereits vor. Als Nächstes folgte die Antwort der Meldebehörde mit einer Liste von fünf Namen – viermal Chiang und einmal Lin, vermutlich eine Familie –, gefolgt von verschiedenen Namen auf Englisch und Chinesisch.

»Aus Chiang Fu wurde Kong Yu, aus Lin Zi wurde Chiu Kwan-yee, und Chiang Guo-xuang, Chiang Li-ming und Chiang Li-ni sind jetzt Henry Kong, Holly Kong und Honey Kong …«, murmelte Inspector Lok.

Plötzlich drehte sich ein Schlüssel in der Wohnungstür. Hastig stopfte Lok die Unterlagen wieder in den Umschlag.

»Entschuldige die Verspätung, Sonny«, sagte Kwan Chun-dok.

»Macht nichts, macht nichts.« Lok eilte hinaus auf den Flur.

Kwan musterte seinen Schützling mit zusammengekniffenen Augen, hängte Hut und Stock auf und bückte sich, um sich die Schuhe auszuziehen. »Es ist in Ordnung, wenn du dir die Unterlagen auf meinem Schreibtisch angesehen hast, aber erzähl niemandem davon.«

Lok erstarrte. Hatte er sich etwa schon verraten?

»Du hast doch noch nicht gegessen, oder? Wohin wollen wir? Im Ming-kee unten an der Ecke haben sie heute gebratene Ente im Angebot. Oder sollen wir was kommen lassen? Ich habe zwar keine besonders große Lust auf Pizza, aber ich habe noch einen Gutschein von Domino's, der bis Ende der Woche gültig ist. Es wäre eine Schande, den verfallen zu lassen.«

»Ermitteln Sie gegen Onkel Ngok, Shifu?«

»Das habe ich dir doch bereits erzählt. Das Drogendezernat will gegen ihn vorgehen. Er hat in den letzten zwei Jahrzehnten mit riesigen Mengen Rauschgift gedealt, aber sie konnten ihm nie was anhängen. Letztes Jahr fand sich endlich ein Zeuge, der bereit war, gegen ihn auszusagen. Wie es aussieht, zahlt sich unsere harte Arbeit endlich doch noch aus …«

»Und dieser Zeuge ist Chiang Fu?« Das war der Name aus der streng geheimen Akte.

Kwan zog die Augenbraue hoch. »Ja. Halb Vietnamese, halb

Chinese, tief verstrickt in den südostasiatischen Drogenhandel, trat dann als Kronzeuge auf. Wenn die Drogenmafia in Vietnam mitbekommt, dass er die Seiten gewechselt hat, sind seine Tage gezählt. Deshalb wurde er mit seiner Familie nach Hongkong geholt, um hier eine neue Identität verpasst zu bekommen. Ich kann dir nicht viel mehr darüber erzählen – ehrlich gesagt, habe ich jetzt schon gegen das Gesetz verstoßen.«

»Ist Yam Tak-ngok diesen Aufwand wert? Die Hing-chung-wo wird irgendwann sowieso von der Hung-yi Union übernommen, auch wenn ihr nichts unternehmt.« Nach kurzem Zögern fuhr er fort: »Es sei denn, der Zeuge hätte auch etwas gegen die Hung-yi in der Hand, vielleicht, was Boss Chors Drogengeschäfte betrifft?«

»Nein. Chiang Fus Aussage ist nur gegen Onkel Ngok wirksam. Alle anderen, die er uns nannte, leben nicht mehr.«

Lok hätte gerne erwidert, dass die Verhaftung reinste Show wäre, um den Bürgern das Gefühl zu geben, die Polizei würde nicht tatenlos zusehen. Das Drogenproblem in Yau-Tsim würde damit nicht gelöst. Doch das wagte er nicht – schließlich war der Chef des Drogendezernats Kwans alter Freund. Die beiden hatten offenbar in den Siebzigerjahren als Ermittler in Kowloon zusammengearbeitet.

»Shifu? Stecken Onkel Ngoks Männer hinter dem Mord an Candy Ton?« Lok wechselte das Thema.

»Ihr habt ihn doch bereits befragt, oder nicht? Was denkst du?« Kwan ließ sich aufs Sofa sinken.

»Ich glaube nicht, dass er der Drahtzieher ist. Aber ich bin mir nicht sicher, ob seine Untergebenen eventuell so dumm waren, für ihren Großen Bruder auf eigene Faust Rache zu nehmen, und Candy dabei versehentlich von der Brücke geschubst haben.«

»Das wäre normalerweise ein logischer Gedankengang.« Kwan lächelte. »Aber wenn du den trotz der Erkenntnisse, die du bereits gesammelt hast, noch immer verfolgst, hast du deine Hausaufgaben nicht gemacht.«

»Was habe ich übersehen?«

»Du weißt, dass die Hing-chung-wo eine Splittergruppe der Hung-yi Union ist. Richtig?«

»Ja.«

»Und da die Hing-chung-wo seit einiger Zeit von der Hung-yi Stück für Stück geschluckt wird, sind inzwischen ziemlich viele kleine Rabauken zu Boss Chor übergelaufen. Richtig?«

»Ja.«

»Der Sohn von Onkel Ngok wurde verprügelt. Trotzdem hat der seinen Untergebenen befohlen, nichts zu unternehmen. Hast du das mitbekommen?«

»Das stand in dem Bericht des Informationsdiensts.«

»So. Und nun zähle diese drei Punkte zusammen. Wie viele Leute gibt es noch in der Hing-chung-wo, die Befehle ihres Bosses missachten und auf eigene Faust zuschlagen würden? Erstens: Die jungen Wilden sind schon lange nicht mehr an Onkel Ngoks Seite, sondern längst zu einem Anführer übergelaufen, der ihnen mehr liegt, also zu Boss Chor. Zweitens hätte die Hung-yi jemanden, der zur Durchführung eines solchen Mordes imstande ist, schon längst abgeworben. Wer jetzt noch in der Hing-chung-wo ist, steht absolut loyal zu seinem Chef und dessen Befehlen, egal wie unbedeutend die sein mögen. Und selbst wenn Onkel Ngok Untergebene hätte, die sich seiner Kontrolle entziehen, hätten die es doch direkt auf Boss Chor abgesehen und nicht auf Candy Ton – sie ist für die Hing-chung-wo völlig uninteressant. Ein Mord an ihr würde die Organisation und ihren Boss nur in unnötige Schwierigkeiten bringen. Das ist es absolut nicht wert.«

»Hätte es nicht trotzdem ein Unfall sein können? Vielleicht wollten sie ihr tatsächlich nur Angst einjagen?«

»Und wozu waren sie dann mit Beilen bewaffnet? Glaubst du etwa, sie wollten damit ein paar Wassermelonen aufschlitzen? Das Filmmaterial beweist, dass sie ihr von Anfang an nach dem Leben trachteten«, sagte Kwan schlicht.

»Also glauben Sie, die Männer waren nicht von der Hing-chung-wo, Shifu?«

»Sonny! Ich bin müde, und über diesen Fall lässt sich momentan nicht viel mehr sagen. Beschaffe dir handfeste Hinweise, treibe Zeugen auf, die bereit sind auszusagen, und du wirst in der Lage sein, jemanden zu verhaften. Bei Verbrechen im Triadenmilieu ist der Drahtzieher grundsätzlich nicht direkt beteiligt. Deshalb wird es dir nie gelingen, hinreichende Beweise zu finden, die ihn mit dem Fall in Verbindung bringen. Also musst du einen Zeugen finden. Hab einfach Geduld.«

»Aber Shifu ...«

»Du bist jetzt Inspector, Sonny. Es gibt Dinge, die du selbst entscheiden musst. Und hör auf, dich auf einen so alten Kerl wie mich zu verlassen.« Kwan lächelte. »Glaub an dich. Du bist befördert worden, weil deine Vorgesetzten auf deine Fähigkeiten setzen. Mit dem nötigen Selbstvertrauen bist du auch ein guter Abteilungsleiter.«

Sonny wollte noch etwas sagen, bremste sich aber, weil es ihm peinlich gewesen wäre, seinen Mentor weiter mit Fragen zu löchern, nachdem dieser ihm gerade ausdrücklich gesagt hatte, er solle endlich auf eigenen Beinen stehen.

Lok blieb am Ende dieses gemeinsamen Abends mit leeren Händen zurück. Kwan Chun-dok hegte offensichtlich keinerlei Interesse an dem Fall Candy Ton und hatte das Thema nicht noch einmal angeschnitten. Angesichts der Tatsache, dass das Drogendezernat gerade eine Anklage gegen Yam Tak-ngok vorbereitete, hätte die Weitergabe jedes noch so kleinen Hinweises – zum Beispiel über den momentanen Aufenthaltsort des Zeugen Chiang – die ganze Operation aufs Spiel setzen können.

Gegen halb elf machte Lok sich auf den Heimweg – früher hätten er und sein Mentor sich mindestens bis ein oder zwei Uhr morgens unterhalten, doch zu Hause wartete seine schwangere Frau auf ihn, und er wollte nicht mehr so lange ausbleiben. Ehe Lok ging, klopfte Kwan ihm väterlich auf die Schulter und sagte: »Sonny, versuch mal, ein bisschen zu entspannen. Du darfst nicht die ganze Zeit nur an deine Fälle denken. Hör dir nach der Arbeit etwas Musik an oder sieh fern – das wird dir bei deinem Job helfen.«

Trotz der gut gemeinten Ratschläge fuhren auf dem Nachhauseweg jede Menge Namen in Loks Kopf Karussell: Candy Ton, Yam Tak-ngok, Eric Yeung und unzählige andere.

»Na, bist du noch wach?« Als er das Schlafzimmer betrat, saß seine Frau aufrecht im Bett. Im Hintergrund lief der Fernseher, doch sie blätterte in einem Klatschmagazin.

»Ich habe auf dich gewartet.« Mimi tat, als wäre sie beleidigt.

»Für Schwangere ist es nicht gut, so spät noch wach zu sein.« Lok beugte sich zu ihr hinunter, um sie zu küssen.

»Es erst kurz nach elf. Das nennst du spät?«, neckte sie ihn. Seit dem Augenblick, als sie ihm erzählt hatte, dass sie schwanger war, hatte Lok ununterbrochen ein besorgtes Auge auf sie – und auf ihre Umgebung, ihre Ernährung, ihre Arbeitsbelastung, ihre Ruhephasen.

»Möchtest du ein bisschen warme Milch?«

»Hatte ich schon, danke«, sagte Mimi. »Du hattest einen langen Tag, du solltest dich ausruhen. Ich habe dir ein Bad eingelassen.«

Sonny zog die Jacke aus und warf einen Blick auf die Zeitschrift seiner Frau. Es handelte sich um die neuste Ausgabe von *Eight-Day Week*. Die Titelstory drehte sich um Eric Yeung und war mit alten Fotos von Candy gespickt.

»Wenn du weiter diesen Mist liest, hat das bestimmt negative Auswirkungen auf die Entwicklung unseres Babys.«

»Meine Freundinnen kennen kein anderes Thema. Ich kann nicht mitreden, wenn ich mich nicht informiere«, entgegnete sie. »Das arme Ding. Sie war kurz davor, ins Ausland zu gehen. Und dann so was.«

»Ins Ausland?« Ihm hatte eine gehässige Bemerkung auf der Zunge gelegen, als ihm plötzlich klar wurde, dass seine Frau offensichtlich mehr wusste als er.

»Ja, der Freund einer Freundin ist mit einem Klatschreporter verwandt. Der sagt, eine große japanische Unterhaltungsfirma hätte Gefallen an Candy gefunden. Sie hätten sie mit einem riesigen Honorar geködert und wollten sie in ganz Asien zum Star machen.«

»Aber hat sie denn keinen Exklusivvertrag mit Starry Night? Da würde sie doch gar nicht einfach so rauskommen, oder?«

»Hm, darüber weiß ich nichts ...«, sagte Mimi nachdenklich.

In der Badewanne dachte Lok über das nach, was seine Frau ihm erzählt hatte. Falls sich Candy Ton tatsächlich eine Chance geboten hatte, aus Hongkong wegzugehen, könnte das von Bedeutung sein.

Als er wieder ins Schlafzimmer kam, war Mimi vor dem Fernseher eingeschlafen. Leise hob er die Zeitschrift vom Fußboden auf und griff nach der Fernbedienung, um den Fernseher auszuschalten. Im selben Moment jagten ihm die Fernsehbilder Schockwellen durch sein Gehirn. Er vergaß seine schlafende Ehefrau und drehte den Ton lauter.

»... in tiefer Trauer und voller Zorn angesichts dieser schrecklichen Tragödie. Der Tod einer so talentierten Sängerin wie Candy Ton ist nicht nur ein Verlust für Starry Night, sondern für Musikfans in ganz Hongkong ...«

Auf dem Bildschirm war ein ernster Mann in tadellosem Anzug zu sehen, dem sich ein ganzes Bündel Mikrofone entgegenreckte. Die Unterschrift lautete: »Starry-Night-Chef Chor Honkeung äußert sich nach Rückkehr zum ersten Mal über den Tod von Candy Ton.« Lok vermutete, dass das Interview erst ein paar Stunden alt war.

»Starry Night Entertainment verurteilt das brutale Verbrechen aufs Allerschärfste. Wir können nicht fassen, dass so etwas passieren konnte, und fordern von der Polizei, diesen grausamen Mord so schnell wie möglich aufzuklären. Was die Gerüchte um einen Zusammenhang mit dem Konflikt mit Mr Eric Yeung betrifft, so kann ich dazu nichts sagen. Candy Ton war ein einfaches, aufrichtiges Mädchen, und ich bin mir sicher, dass die Anschuldigungen gegen sie haltlos sind.« Sein Tonfall war getragen, von Kopf bis Fuß ganz der respektable Geschäftsmann.

»Wussten Sie von dem Angriff auf Eric Yeung?«, wollte ein Reporter wissen.

»Ein befreundeter Journalist hat mir von der Sache erzählt.

Was den jüngsten Ausbruch gewalttätiger Vorfälle in unserer Stadt betrifft, so teilen wir bei Starry Night die Gefühle unserer Hongkonger Mitbürgerinnen und Mitbürger und hoffen sehr, dass die Täter so schnell wie möglich gefasst werden.«

Er tat, als hätte all das nicht das Geringste mit ihm zu tun! Lok fluchte innerlich.

»Wird Candy Tons Album trotzdem wie geplant erscheinen?«

»Dieses Album steht für Candy Tons Fleiß, für ihren Schweiß und ihre Tränen. Diese grausamen Vandalen wollten Candy Tons Fans am Genuss ihrer Musik hindern, doch das lassen wir nicht zu. Die CD steht wie geplant ab Ende der Woche in den Regalen«, sagte Boss Chor feierlich. »Das geplante Konzert ist natürlich abgesagt. Wir sind gerade dabei, eine Gedächtnisfeier zu organisieren. Viele Stars haben ihre Mitwirkung bereits zugesagt. Wir planen die Veranstaltung für Mitte nächsten Monats ...«

Plötzlich fiel Sonny wieder ein, was Kwan zu ihm gesagt hatte. Er solle nach der Arbeit Musik hören oder ein bisschen fernsehen. Das war kein väterlicher Ratschlag gewesen; er hatte ihm einen Tipp gegeben.

Lok fiel es wie Schuppen von den Augen. Er hatte am falschen Ort gesucht. »Wer einen großen Fisch an die Angel kriegen will, braucht Geduld. Beißt er nicht an, so beruhige dein Herz, warte, und lass auf keinen Fall die Wasseroberfläche aus den Augen. Wenn dann die Gelegenheit kommt, hast du vielleicht nur einen Moment ...«

Er starrte in den Fernseher, ohne zuzuhören. Seine Gedanken waren fest auf den einen Moment gerichtet, auf seine Gelegenheit. Die Chance, Boss Chor wegen Anstiftung zum Mord an Candy Ton dranzukriegen.

5

Als Sonny Lok am nächsten Morgen ins Büro kam, spürte sein ganzes Team eine Veränderung. Selbst der sonst so ahnungslose Cheung merkte, dass sein Vorgesetzter etwas auf dem Herzen hatte.

»Commander?« Ah Gut klopfte an Loks Tür. »Ich habe mir die Akte von jedem niedrigrangigen Hing-chung-wo-Mitglied besorgt und sie mit dem Aussehen der vier Mörder verglichen. Ich habe sieben mögliche Übereinstimmungen gefunden …«

»Lassen Sie's gut sein, Sie werden die Täter hier nicht finden.« Inspector Lok stieß einen tiefen Seufzer aus und verstummte. Dann sagte er: »Ah Gut … halten Sie mich für fähig, Ihr befehlshabender Vorgesetzter zu sein?«

Ah Gut war sich nicht sicher, worauf Lok hinauswollte, und antwortete nicht gleich. »Commander, ich arbeite noch nicht sehr lange unter Ihnen und kann diese Frage nicht beantworten. Sie behandeln uns fair und haben nicht versucht, den Misserfolg der Operation Viper auf uns abzuwälzen. Wir haben das Gefühl, Ihnen vertrauen zu dürfen.«

Lok lächelte sichtlich zufrieden. »Also könnte ich, falls ich versetzt werden würde, guten Gewissens gehen?«

»Commander?«

»Ich übernehme für die heutigen Maßnahmen die alleinige Verantwortung. Falls es zu internen Ermittlungen kommt, ruht die Last allein auf meinen Schultern.« Er stand auf. »So, Ah Gut, und nun los: Lassen Sie uns den Drahtzieher verhaften, der für den Tod von Candy Ton verantwortlich ist.«

»Und wer ist das?«

»Boss Chor.«

Ah Gut war sprachlos. »Chor Hon-keung? Weshalb sollte er Candy Ton ermorden wollen? Haben Sie Beweise, Sir?«

»Nein«, antwortete Lok.

»Aber …« In diesem Moment begriff Ah Gut, weshalb Sonny Lok die alleinige Verantwortung übernehmen wollte. Sich ohne Beweise ausgerechnet mit Boss Chor anzulegen konnte nur Ärger bedeuten, vor allem für den unbedeutenden Commander eines kleinen Distriktkommissariats. »Wollen Sie versuchen, ihm ein Geständnis zu entlocken, Commander?«

»Nein.« Lok lächelte grimmig. »Ein alter Fuchs von seinem Format ist nicht so dumm, sich zu einer belastenden Aussage hinreißen zu lassen. Es würde allerdings meinen Prinzipien widersprechen, einfach nur dazusitzen und Däumchen zu drehen, um meine Karriere nicht zu gefährden, während jemand derart dreist das Gesetz mit Füßen tritt. Auch wenn es uns nicht gelingen sollte, ihn vor Gericht zu bringen, möchte ich Chor Hon-keung wissen lassen, dass er im Distrikt Yau-Tsim nicht tun und lassen kann, was er will.«

Am liebsten hätte Ah Gut Lok gebeten, die Frage noch einmal zu wiederholen, um ihm sagen zu können: »Sie sind der Position eines Commanders absolut würdig, Sir.«

Lok und Ah Gut machten sich auf den Weg zu Starry Night, um Boss Chor zu bitten, ihnen bei ihren Ermittlungen behilflich zu sein. Vor dem Haupteingang wartete bereits seit dem frühen Morgen eine Horde Journalisten.

»Inspector Lok, sind Sie hier, um Boss Chor im Fall Candy Ton zu befragen?«

»Inspector Lok, hat die Polizei inzwischen einen Verdacht?«

»Ich habe gehört, Yam Tak-ngok, der Vater von Eric Yeung, sei verhaftet worden. Gehört Mr Yeung ebenfalls zu den Verdächtigen?«

Ohne auf die Fragen der Journalisten einzugehen, bat Lok die Dame am Empfang, Mr Chor darüber in Kenntnis zu setzen, dass die Polizei da sei.

»Benötigen Sie Informationen zu Candy Ton, Officer? Ich bin lediglich für die Geschäftsführung zuständig. Ich fürchte, ich werde Ihnen keine große Hilfe sein.« Boss Chor trug einen makellosen Designeranzug. Die Haare waren sorgfältig frisiert, und er sah in keinster Weise aus wie eine Figur aus der Unterwelt.

»Mr Chor«, sagte Lok mit ruhiger Stimme. »Ich bin Inspector Sonny Lok vom Kriminalkommissariat Yau-Tsim, und ich fürchte, ich muss Sie bitten, uns auf die Dienststelle zu begleiten. Wir vermuten, dass Sie in einen Mordfall verwickelt sind.«

Etwa eine Sekunde lang wirkte Chor, als könnte er nicht fassen, was gerade geschah. Doch schon einen Augenblick später versteckte er sich bereits wieder hinter seiner geschäftsmännischen Fassade und lächelte sein Gegenüber an. »In dem Fall hätte ich gerne meinen Anwalt dabei. Ist das in Ordnung?«

»Nur zu.«

Chor griff zum Hörer, telefonierte kurz und folgte Lok und Ah Gut dann durch die Horde der verdutzten Reporter ins Freie.

»Die Polizei hat mich lediglich gebeten, bei der Überprüfung einiger Hinweise zu helfen, weiter nichts.« Boss Chor setzte eine entschieden gelassene Miene auf, doch die Journalisten kannten keine Gnade und hielten mit den Kameras drauf wie wild.

Vor der Polizeizentrale von Tsim Sha Tsui wurden sie bereits von Boss Chors Anwalt erwartet. Und schon wieder waren alle diensthabenden Beamten schockiert über Loks Methoden. Vor ein paar Tagen erst hatte er den Boss der Hing-chung-wo herzitiert, und jetzt stand der »unberührbare« Boss Chor persönlich bei ihnen auf der Matte?

»Bitte nehmen Sie Platz, Mr Chor.« Lok führte Chor und seinen Anwalt ins Verhörzimmer – zufällig dasselbe, in dem sie sich mit Onkel Ngok unterhalten hatten – und platzierte beide auf der einen Seite des Tisches.

»Inspector Lok, ich verstehe beim besten Willen nicht, weshalb Sie die Zeit meines Mandanten verschwenden, indem Sie ihn genötigt haben, hierher zu kommen«, sagte der Anwalt. »Falls Sie auf der Suche nach Beweisen sind, hätte dieses Gespräch ebenso gut in seiner Firma stattfinden können.«

»Wir glauben, dass Mr Chor in eine Verschwörung und Anstiftung zum Mord verwickelt ist.« Lok redete nicht lange um den heißen Brei herum. Chor zog die Augenbrauen hoch, sagte aber nichts. Sein Anwalt hatte sowieso schon die Hand gehoben, um ihn vom Reden abzuhalten.

»Wer ist das Opfer?«, fragte der Anwalt.

»Eine Klientin der Agentur Starry Night Entertainment. Candy Ton.«

»Inspector Lok, das ist lächerlich«, sagte der Anwalt. »Weshalb sollte der Chef eines Unterhaltungsunternehmens die erfolgversprechendste Sängerin aus seinem Portfolio mit den lukrativsten Zukunftsaussichten beiseiteschaffen lassen?«

»Demzufolge wäre Ihrer Meinung nach der Mörder jemand mit einem Groll gegen Starry Night oder gegen Mr Chor persönlich, der Candy Ton aus Gründen der Geschäftsschädigung etwas angetan hätte?«, fragte Lok zurück.

»Ich habe keine Ahnung. Wir sind hier die Opfer. Verbrecher zu jagen ist Aufgabe der Polizei.« Der Anwalt bedachte Lok und Ah Gut mit einem eisigen Blick.

»Ist Mr Chor imstande, ein wenig Licht ins Dunkel zu bringen, was den Angriff auf den Schauspieler Eric Yeung angeht?« Lok wechselte unvermittelt das Thema.

»Ich habe von der Angelegenheit eben erst über einen befreundeten Journalisten erfahren – bis dahin hatte ich keine Ahnung davon.« Das war mehr oder weniger dieselbe Antwort, die er am Tag zuvor auf der Pressekonferenz gegeben hatte.

»Haben Sie irgendwelche Vermutungen, Mr Chor? Zum Beispiel, weshalb Eric Yeung angegriffen wurde?«

Der Anwalt wollte gerade antworten, doch Boss Chor brachte ihn mit erhobener Hand zum Schweigen. »Als Privatmann würde ich vermuten, dass er sich regelmäßig danebenbenommen und sich so ein paar Feinde gemacht hat, was schließlich zu einer Bestrafung führte. Ich habe gehört, sein Vater sei der Triadenführer Yam Tak-ngok. Vielleicht hat der Angriff auf ihn ja etwas mit Bandenrivalitäten zu tun – aber darüber weiß die Polizei sicher besser Bescheid als ein ganz normaler Bürger wie ich.«

Du Schwein, dachte Lok.

»Und was ist mit dem Regisseur Leung Kwok-wing, der

Schauspielerin Shum Suet-sze oder dem Moderator Jimmy Ding? Kennen Sie die?«

»Natürlich sind mir die Namen bekannt, vielleicht bin ich ihnen auch schon einmal irgendwo begegnet, das kann ich nicht sagen.«

»Leung Kwok-wing wurde vor drei Jahren zusammengeschlagen. Letztes Jahr wurden Shum Suet-sze und Jimmy Ding unabhängig voneinander in einen Lastwagen gezerrt, jeweils fünf Stunden festgehalten und von Schlägern massiv bedroht. Sämtliche Vorfälle ereigneten sich, nachdem das Opfer eine Bemerkung über Mr Chor oder einen Künstler seiner Agentur gemacht hatte. Was haben Sie dazu zu sagen?«

»Diese Dinge stehen in keinerlei Zusammenhang«, entgegnete der Anwalt. »Jimmy Ding griff in seiner Sendung vor dem Überfall mehrmals die Regierung von Hongkong an. Hat die Polizei den Regierungschef etwa auch zur Befragung aufs Revier zitiert?«

»Ich fände es bedauerlich, wenn Fans das Gesetz in die eigenen Hände nehmen würden, um sich für Beleidigungen an ihren Idolen zu rächen«, sagte Boss Chor lächelnd.

Inspector Lok wurde klar, dass der Anwalt überflüssig war – Chor war bestens in der Lage, sich selbst von allerkleinsten Krümeln Dreck nicht beschmutzen zu lassen. Er hatte ihn nur deshalb dazugebeten, um seinerseits in die Offensive gehen zu können und die Polizei mit Hohn und Spott zu überziehen.

»Mr Chor, Sie erwähnten eben, der Angriff auf Eric Yeung könnte mit dem Umstand im Zusammenhang stehen, dass sein Vater mit den Triaden zu tun hat, jetzt sagen Sie, es seien womöglich Fans gewesen, die das Gesetz in die eigenen Hände genommen hätten. Ist das kein Widerspruch?«

»Das sind lediglich zwei verschiedene Möglichkeiten – und beides frei geraten.« Boss Chor lächelte wieder. »Unsere Künstler sprechen die unterschiedlichsten Zielgruppen an, und sollten sich unter den Fans zufällig auch Triadenmitglieder befinden, entzieht sich das meiner Kontrolle.«

»Inspector«, meldete sich die zweite Hälfte des Duos wieder zu Wort, »Sie bringen hier ständig Vorfälle aufs Tapet, die mit meinem Mandanten nicht das Geringste zu tun haben. Ich kann mir beim besten Willen nicht vorstellen, wie Sie Mr Chor mit dem Tod von Candy Ton in Zusammenhang bringen wollen. Wenn Sie so weitermachen, erwäge ich, Dienstaufsichtsbeschwerde gegen Sie einzureichen. Sie haben Mr Chor aufs Revier zitiert, und das steht morgen in allen Zeitungen – das ist sehr schlechte PR für Starry Night. Wir haben das Recht, uns gegen Rufmord zur Wehr zu setzen.«

Lok schüttelte den Kopf und entschied sich für einen direkten Angriff. »Anfänglich dachte ich tatsächlich, Candy Ton sei von der Hing-chung-wo ermordet worden«, sagte er. Diese plötzliche Wendung machte Chor, seinen Anwalt und sogar Ah Gut sprachlos.

»Aber dann ...«

Lok streckte die Hand aus, um dem Anwalt das Wort abzuschneiden, und fuhr fort: »Miss Ton wurde von Eric Yeung belästigt, woraufhin Mr Yeung von gewissen Schlägern bestraft wurde, die nicht wussten, dass sein Vater ausgerechnet der Hing-chung-wo-Boss Yam Tak-ngok ist. Dieser Theorie zufolge hätten Mr Yam und seine Untergebenen ausreichend Motive, um sich an Candy Ton zu rächen.«

»Dann sollten Sie diesen Mr Yam verhaften«, sagte Boss Chor feixend.

»Der Befehl zu diesem Mord kann nicht von Mr Yam gekommen sein. Die Täter waren eindeutig Triadenmitglieder, aber nicht von der Hing-chung-wo, sondern von der Hung-yi Union – also Ihre Leute, Mr Chor Hon-keung.«

»Officer, das ist Verleumdung!« Der Anwalt erhob sich und stützte sich mit beiden Händen auf den Tisch.

»Moment. Lassen Sie ihn ausreden«, sagte Chor plötzlich. Ah Gut bemerkte den unsicheren Blick des Anwalts. Diesen Schachzug hatte er eindeutig nicht erwartet.

»Beginnen wir mit den Ereignissen in der Nacht zum 22.«, sagte Lok gemächlich. Er hatte offenbar keine Eile. »An dem Abend ließ Candy Ton sich von ihrem Agenten nach Hause fahren, jedoch ohne das Gebäude zu betreten, weil sich Mr Chor Hon-keung zu einem heimlichen Treffen mit ihr verabredet hatte. Ich weiß zwar nicht, unter welchem Vorwand, doch er war ihr Boss und hatte sich eben erst in ihrem Namen an Eric Yeung gerächt, und sie hatte keinen Grund, diese Verabredung nicht einzuhalten. In Wirklichkeit lockte Mr Chor sie damit in eine Falle, denn er selbst tauchte am vereinbarten Ort nicht auf. Stattdessen wurde sie dort von ein paar niedrigrangigen Schlägern der Hung-yi Union erwartet, die der Große Bruder persönlich dorthin bestellt hatte.«

Der Anwalt schäumte sichtlich, doch Chor reagierte auf keinen seiner Blicke, und so ließ er Lok fortfahren.

»Die Gegend war für einen Hinterhalt bestens geeignet. So gut wie keine Passanten, keine Wohnhäuser, keine Geschäfte in unmittelbarer Nachbarschaft und – am wichtigsten – nur eine einzige Fluchtmöglichkeit für das Opfer, nämlich die Brücke.« Lok ließ Chor, während er sprach, keine Sekunde aus den Augen. »Es genügte, ein oder zwei Mann oben auf der Fußgängerüberführung zu postieren, und die Beute wäre im Nu umzingelt.«

»Inspector Lok.« Boss Chor fing plötzlich an zu grinsen. »Geht es Ihnen gut? Ihre Ausführungen sind allesamt völlig unlogisch. Selbst wenn ich, wie Sie behaupten, ein Triadenführer wäre, weshalb sollte ich ausgerechnet die Klientin mit dem größten finanziellen Potenzial ermorden lassen? Das an sich ist ja schon schwer zu begreifen. Und weshalb sollte ich sie dann auch noch an einen öffentlich zugänglichen Ort bestellen, um sie dort von meinen ›Schlägern‹, wie Sie behaupten, in einen Hinterhalt zu locken? Wäre eine Entführung nicht viel einfacher gewesen? Wenn ich sie darum gebeten hätte, wäre sie in jeden Wagen gestiegen, und ich hätte freie Hand gehabt. Sowohl Motiv als auch Methode sind völlig fadenscheinig – das erkennt sogar ein Amateur wie ich.«

»Unterhalten wir uns zuerst über das Motiv«, sagte Lok unverändert gelassen. »Es stimmt, dass Miss Ton im Augenblick die bestverdienende Sängerin mit einem Vertrag bei Starry

Night ist, doch sie plante ihren Absprung. Sobald sie bei ihrer neuen Agentur unterschrieben hätte, wäre sie für Starry Night nicht mehr von Wert gewesen, und alles, was Sie bis dahin in sie investiert hätten, wäre nicht nur in den Sand gesetzt, sondern darüber hinaus in den Besitz Ihres Rivalen übergegangen.«

Der Inspector wusste, was Marktanteile für Chor bedeuteten. Seine beharrlichen Versuche, das Hung-yi-Territorium zu vergrößern, bewiesen, wie versessen er auf eine Monopolstellung war.

»Inspector Lok, ich weiß nicht, wo Ihnen solche Gerüchte zu Ohren gekommen sind«, entgegnete der Anwalt, »aber Candy Ton hat bei Starry Night einen Zehnjahresvertrag unterschrieben. Sie hätte frühestens in sieben …«

»Was, wenn der Vertrag nichtig wäre?«, sagte Lok kalt. Die Gesichter von Chor und seinem Anwalt verrieten ihm, dass er ins Schwarze getroffen hatte. »Gemäß den Gesetzen von Hongkong benötigen Minderjährige unter fünfzehn für die Arbeitserlaubnis die Einwilligung eines Elternteils beziehungsweise Erziehungsberechtigten. Candy Ton kam mit vierzehn Jahren zu Starry Night. Das bedeutet, der Vertrag, den sie bei Ihnen unterschrieben hat, ist nichtig. Als die japanische Agentur mit dem großen Interesse an Candy dieses winzige Detail aus dem Mund der Künstlerin persönlich erfuhr, war sofort klar, dass sie ein Schlupfloch gefunden hatten. Als Sie davon erfuhren, war es bereits zu spät, denn Candy hatte die Möglichkeit, unter dem Dach einer größeren Agentur an ihrer Karriere zu stricken, und dementsprechend kein Interesse daran, bei Ihnen einen neuen Vertrag zu unterschreiben.«

»Dass eine japanische Agentur versuchen würde, Candy abzuwerben, ist nichts als Branchenklatsch. Dafür gibt es keinerlei Beweise«, sagte der Anwalt. »Und selbst wenn dem so wäre, sind diese Verleumdungen meines Klienten lächerlich – ihm zu unterstellen, er würde deshalb einen Mord begehen.«

»Das ist lediglich das erste Motiv, das zweite und dritte habe ich noch gar nicht erläutert«, fuhr Lok fort. »Der Verlust des Goldesels war also unvermeidlich, und die normale Reaktion darauf wären die Abschreibung der Verluste und künftig getrennte Wege gewesen, doch Mr Chor ist nun mal ein listiger Geschäftsmann, und selbst ein toter Esel ließe sich noch bis auf den letzten Rest verwerten. Es gibt keine bessere PR als der plötzliche Tod eines Stars – vorausgesetzt, man ist im Besitz der Rechte. Dann ließe sich aus dem Tod von Candy Ton enormer Profit schlagen. Um auch wirklich das Höchstmaß an Publicity zu garantieren, müssten die Todesumstände natürlich aufsehenerregend sein – am besten wäre es, aus der Verstorbenen einen ›gefallenen Star‹ zu machen, das verkauft sich mit Abstand am allerbesten.«

Diese Theorie war Lok am Vortag plötzlich in den Sinn gekommen, als Boss Chor bei der Pressekonferenz die bevorstehende Veröffentlichung von Candys nächstem Album erwähnt hatte.

»Also haben Sie Miss Ton nicht nur in eine Falle gelockt, um sie in aller Öffentlichkeit überfallen zu lassen, Sie haben darüber hinaus einem Paparazzo den Tipp gegeben, ihr zu folgen – Sie haben den Mitschnitt des Überfalls praktisch arrangiert. Der Plan lautete, mit dem brutalen Angriff auf Candy Ton auf sämtlichen Titelblättern zu landen. Leider war der Journalist nicht ganz so skrupellos, wie Sie erwartet hatten, und schickte das Material der Polizei.

Mit dieser Nummer haben Sie zwei Fliegen mit einer Klappe geschlagen«, fuhr Lok fort, noch ehe der Anwalt eingreifen konnte. »Sie wussten wahrscheinlich, dass die Polizei Yam Takngok ins Visier genommen hatte. Die Gelegenheit war günstig, der Hing-chung-wo endgültig ein Ende zu bereiten – doch falls Mr Yam einen Nachfolger benannt hatte, wäre das eine unkalkulierbare Variable gewesen. Wenn Miss Ton nun ermordet würde, würde jeder, der von Eric Yeungs Verwandtschaft mit Mr Yam wusste, die Hing-chung-wo für den Mord verantwortlich machen, und Boss Chor hätte damit jede Entschuldigung, sich mit Vergeltungsmaßnahmen an der Hung-chung-wo zu rächen, ohne den unter den Triaden geltenden Ehrenkodex zu verletzen oder damit Unruhe in den anderen Revieren zu provozieren.

Die Unterwelt ist wie ein Schlachtfeld, und alles, was Ihnen bis dato fehlte, war die Ausrede, endlich einen Krieg anzufangen.«

»Mein Klient wird sich zu Ihren Anschuldigungen nicht äußern«, sagte der Anwalt mit gefurchter Stirn. »Das entbehrt alles jeglicher Grundlage. Sollten Sie Beweise dafür haben, so legen Sie diese unverzüglich vor.«

»Stimmt. Ich habe keine Beweise, aber einer Ihrer Untergebenen hat einen Fehler gemacht.« Inspector Loks Tonfall war immer noch vollkommen neutral. »Zuerst dachte ich, die Schläger von der Hing-chung-wo hätten den Leichnam weggeschafft, weil der Mord ein Versehen war und sie Panik bekommen hatten, die Hu-yi Union könnte Vergeltung üben. Dann aber fand ich heraus, dass die Leiche nackt gewesen war, und mir wurde der wahre Grund klar. Nicht der Leichnam musste verschwinden, sondern die Kleidung. Mr Chor, haben Sie das Video mit dem Angriff auf Miss Ton gesehen?«

»Ja. Na und?«

»Niemand hätte erwartet, dass eine zierliche Person wie Candy Ton sich derart handfest gegen ihren Angreifer zur Wehr setzen würde. Der Hieb traf ihn ziemlich hart ins Gesicht. Selbst mit Maske musste man mit einer gebrochenen Nase oder einem ausgeschlagenen Zahn rechnen, meinen Sie nicht?«

Auf dem Filmmaterial war zu sehen gewesen, wie der getroffene Verfolger sich nach dem Fausthieb die Nase gehalten hatte.

»Dem Schläger muss klar gewesen sein, dass er blutüberströmt war. Es bestand also die Gefahr, dass sich sein Blut an ihrer Kleidung befand. Normalerweise machen Bandenkiller nicht besonders viel Tamtam darum, anonym zu bleiben, doch diesmal war es anders – der Erfolg des Plans hing wesentlich von der Verschleierung ab, nicht nur was die Identität der Mörder betraf, sondern auch die Zugehörigkeit zur Triade. Hätte die Polizei die Mörder mithilfe von DNA-Spuren überführen können, wäre klar geworden, dass sie zur Hung-yi gehörten und nicht zur Hing-chung-wo. Damit wäre Boss Chors gesamter Plan hinfällig gewesen. Weil die Täter nicht die Zeit hatten, die Leiche noch an Ort und Stelle zu entkleiden, mussten sie die

Tote vom Tatort wegschaffen und sich woanders um das Problem kümmern.«

»Wenn stimmt, was Sie behaupten, dann hieße das doch, dass es keine Beweise gibt«, sagte Boss Chor eisig. Ihm war sichtlich unwohl in seiner Haut.

»Die Kleidung ist verschwunden, doch das Blut befand sich ja nicht zwangsweise nur auf ihrer Kleidung.« Inspector Lok legte einige Fotos auf den Tisch. Sie zeigten die Stufen, die auf die Brücke führten, aufgenommen aus unterschiedlichen Blickwinkeln. »Die Spurensicherung hat jeden Zentimeter des Geländers unter die Lupe genommen und ist an der Stelle, wo der Mann von Candy Tons Fausthieb getroffen wurde, auf Blutspuren gestoßen. Das Video zeigt den gesamten Zwischenfall – ein eindeutiger Beweis. Es bleibt uns also nur noch, denjenigen zu identifizieren, von dem das Blut stammt. Ja, Sie haben recht, im Augenblick habe ich noch keinen Beweis dafür, dass Mr Chor den Mord an Candy Ton in Auftrag gegeben hat, doch die Aussage des Mörders sollte genügen.«

»Haben Sie ihn denn schon?«, fragte Chor mit rauer Stimme. Obwohl sein Anzug noch immer makellos war, war von der Haltung des aufrechten Geschäftsmanns nichts mehr zu finden.

»Unsere Kollegen gehen derzeit diversen Hinweisen nach. Wir sollten unser Ziel spätestens morgen ausfindig gemacht haben.« Lok lächelte ihn bedeutungsvoll an.

»Das heißt, im Augenblick haben Sie noch keinen Beweis«, sagte Chor. »Sämtliche Äußerungen basieren auf Annahmen. John, haben Sie mitgeschrieben, in wie vielen Fällen genau Inspector Lok mich soeben diffamiert hat?«

Der Anwalt erstarrte. Er hatte offensichtlich nicht damit gerechnet, zum Handeln aufgefordert zu werden. »Äh, ja«, stammelte er. »Wären diese Bemerkungen in der Öffentlichkeit erfolgt, würden sie ausreichend Grundlage für einen Prozess bieten.«

»Möchten Sie immer noch weiterspielen, Inspector Lok? Ich biete Ihnen mit Vergnügen Paroli.« Chor grinste Lok verschlagen an. »Nur zu. Nehmen Sie mich für achtundvierzig Stunden in Gewahrsam. Aber falls Sie dann immer noch nichts gegen mich in der Hand haben, machen Sie sich auf eine Prozesslawine gefasst.«

»Ich habe nicht die Absicht, Sie festzuhalten. Morgen um diese Uhrzeit werde ich Sie offiziell verhaften. Ich habe Sie heute lediglich hergebeten, um Ihnen eine wichtige Mitteilung zu machen.« Inspector Lok erhob sich. »Es ist mir egal, ob Sie ein Triadenboss sind oder ein erfolgreicher Unternehmer, ich glaube Ihnen kein Wort. Mag sein, dass meine Kollegen Angst davor haben, Sie einzubestellen, ich habe davor keine Angst. Glauben Sie nicht, dass Sie in dieser Stadt einfach ungestraft tun und lassen können, was Sie wollen.«

Mit diesen Worten öffnete der Inspector die Tür und bedeutete den beiden Männern mit einer Geste, dass sie gehen könnten. Boss Chor sah aus, als wäre er noch nie in seinem Leben dermaßen gedemütigt worden. Ohne ein weiteres Wort verließ er den Raum, seinen Anwalt im Schlepptau, und starrte Lok im Hinausgehen böse an.

»Waren an dem Geländer tatsächlich Blutspuren, Commander? An den Hinweis im Bericht der Spurensicherung kann ich mich gar nicht erinnern«, sagte Ah Gut auf dem Gang zu seinem Vorgesetzten.

»Nein. Das Foto ist eine Fälschung.«

»Ach so?«

»Ah Gut, versetzen Sie alle Streifen und das Observationsteam in Alarmbereitschaft. Für die Hung-yi Union herrscht heute Nacht Alarm, vor allem was deren bewaffnete Einheiten betrifft. Ich habe den Köder ausgeworfen; mal sehen, ob Chor ihn schluckt.«

»Den Köder ausgeworfen? Glauben Sie, er wird heute Nacht versuchen, die vier Mörder loszuwerden?«

»Richtig. Ich habe ihn mit der Ankündigung einer Verhaftung unter Druck gesetzt, um ihn nervös zu machen. Er muss sich vor dem angekündigten Zeitpunkt mit den vier Männern befassen. Ganz gleich, was passiert, wir brauchen mindestens einen von ihnen lebend, damit er eine Aussage machen kann.«

Lok fielen die Worte seines Mentors ein: »Bei Verbrechen im Triadenmilieu ist der Drahtzieher grundsätzlich nicht direkt beteiligt. Deshalb wird es dir nie gelingen, hinreichende Beweise zu finden, die ihn mit dem Fall in Verbindung bringen. Also musst du einen Zeugen finden.«

»Ja, Commander.« Ah Gut nickte und kehrte in das Großraumbüro zurück.

Auch wenn Lok den Coolen gespielt hatte, in Wirklichkeit war er nicht so siegesgewiss. Seine Karriere, seine gesamte Zukunft hingen von diesem einen riskanten Spiel ab, und er wusste, dass die Chancen maximal halbe-halbe standen.

»Nicht schlecht.«

Lok hatte nicht bemerkt, dass er nicht allein war, doch die Stimme war ihm so vertraut, dass er nicht sonderlich erschrak. Kwan Chun-dok kam auf ihn zugehumpelt, seinen Gehstock in der Hand.

»Shifu? Was tun Sie … Ach so, meinen Sie das Verhör von Chor Hon-keung?« Lok hatte seinen Mentor eigentlich fragen wollen, was er auf dem Revier tat, doch er entschied sich dagegen.

»Was denn sonst?« Kwan deutete mit dem Stock auf den voll ausgestatteten Verhörraum. »Ich habe die ganze Chose mit angehört.«

»Nur dass wir leider noch nicht wissen, ob Chor Hon-keung sich wirklich verraten wird …« Lok seufzte.

»Na komm, Sonny, wir gehen raus. Machen wir einen kleinen Spaziergang. Deine Leute sollen sich hier um alles kümmern. Es ist nicht nötig, dass du deine Energie verschwendest.«

»Raus? Wozu denn?«

»Den Fall lösen«, sagte Kwan Chun-dok mit einem rätselhaften Lächeln.

6

Sonny Lok folgte seinem Mentor hinaus auf den Parkplatz.

»Gib mir den Schlüssel. Ich fahre«, sagte Kwan. Er hatte zwar einen Führerschein, aber kein eigenes Auto – er vertrat den Standpunkt, bei den Benzinpreisen und Parkgebühren wäre Hongkong zu teuer für einen eigenen Wagen. Warum sollte man sich mit dem Verkehr herumquälen, wo der öffentliche Nahverkehr doch so bequem war? Nichtsdestotrotz ließ er sich ständig von Kollegen und Untergebenen mitnehmen, und Lok fand sich nicht selten in der Rolle seines persönlichen Chauffeurs wieder.

»Hm?« Verständnislos reichte Lok ihm den Autoschlüssel.

»Das ist einfacher, als dir den Weg zu erklären.«

Sie fuhren vom Parkplatz des Polizeihauptquartiers von Tsim Sha Tsui und bogen in Richtung Cross-Harbour-Tunnel ab.

»Wo fahren wir hin?«, wollte Lok wissen.

»Nach Sheung Wan.« Kwan umklammerte das Lenkrad und warf Lok einen Seitenblick zu. »Morgen wirst du das Stadtgespräch sein, der neue Commander, der Yam Tak-ngok und Boss Chor zum Verhör einbestellt hat. Beide Seiten werden dich einen hartgesottenen Detective nennen.«

»Wenn wir bis morgen keinen Beweis dafür finden, dass Boss Chor schuldig ist, landet dein hartgesottener Detective irgendwo draußen in der Pampa.«

»Tja, Sonny, ehrlich gesagt, du hast Boss Chor ein bisschen unterschätzt«, sagte Kwan. Genauso gut hätte er Lok das Messer in die Seite rammen können. Lok wandte den Kopf und sah seinen Mentor gequält an.

»Unterschätzt?«

»Du hast in unseren gemeinsamen Jahren ein paar ziemlich gute Tricks von mir gelernt. Dieser hier, ›die Schlange aus ihrem Loch rauslocken‹, würde bei den meisten anderen Kriminellen ziemlich gut funktionieren. Aber Chor ist ein besonders harter Brocken. Ich fürchte, er durchschaut dich.«

»Du meinst, er bleibt auf seinem Hintern sitzen und unternimmt nichts gegen die Mörder von Candy Ton?«

»Chor ist anders als die anderen Triadenbosse. Weitsichtiger.« Kwan fuhr in den Tunnel. »Denk doch mal nach. Nachdem er die Hung-yi unter seine Kontrolle bekommen hatte, hat er fünf Jahre damit zugebracht, kontinuierlich Yam Takngoks Macht an sich zu reißen. So rabiat und grausam er oberflächlich betrachtet auch wirken mag, darunter liegt ein höchst ausgefeilter Plan. Deine Taktik von vorhin hatte eine Schwachstelle, die einem Gegner wie Chor mit Sicherheit nicht entgangen ist.«

»Welche Schwachstelle?«

»Du konntest ihm nicht erklären, weshalb du ihn heute vor den Augen der Öffentlichkeit aufs Revier zitiert hast«, sagte Kwan. »Hätte die Polizei tatsächlich ein derart bedeutendes Beweisstück wie Blutspuren des Mörders in ihrem Besitz, hättest du es bereits mit einem handfesten Verdächtigen zu tun. Weshalb dann sämtliche Einzelheiten vor ihm ausbreiten? Nur weil du dir in der Rolle des Detective so gut gefällst?«

»Weil er mich sonst für einen völligen Frischling gehalten hätte, der seine Autorität zur Schau stellen will?«

»Wenn du so unfähig wärst, hättest du die ganzen Details nie erkannt. Deine Hypothesen haben Chor verraten, dass du ein leidenschaftlicher Spieler bist, nur leider ohne Chips. Deinen Gegner vor dem alles entscheidenden Zug zu warnen ist der Beweis, dass du bluffst.«

Lok öffnete den Mund, doch er sagte kein Wort. Er hätte gern darauf bestanden, dass es trotzdem noch eine Chance gab. Vielleicht fiel Chor doch auf ihn herein. Aber er wusste, dass sein Mentor recht hatte.

»Sonny, du wirst den Candy-Ton-Fall nicht lösen, weil dein Gegenspieler viel zu gerissen ist.«

Der Wagen fuhr auf Hong Kong Island aus dem Tunnel heraus, und die Spätnachmittagssonne flutete den Innenraum, doch Lok sah nichts als Finsternis. Kwans Worte klangen wie ein richterlicher Schuldspruch. Trotzdem machte er sich keine Gedanken über seine eigene Zukunft, sondern nur darüber, dass ein Krimineller vielleicht ungestraft davonkam.

Nach einer langen Schweigepause fragte er mit Grabesstimme: »Shifu, fällt Ihnen was ein, wie man Boss Chor doch noch drankriegen kann?«

»Selbstverständlich!«, kicherte Kwan. »Wozu würde ich dich sonst hier rausschleifen?«

»Was wollen wir eigentlich in Sheung Wan? Chors Einfluss erstreckt sich doch nicht etwa schon bis Hong Kong Island, oder?« Lok spähte zum Fenster hinaus. Sie bogen gerade auf die Queen's Road Central ein.

»Wir besuchen jemanden namens Chiang. Ach nein, Verzeihung, ich sollte besser Kong sagen.«

»Ach ja?« Das kam unerwartet. Der Kronzeuge in dem Drogenfall. »Sagten Sie nicht, Chiang Fus Aussage würde Boss Chor nicht tangieren?«

»Das ist richtig. Er dient ausschließlich im Fall Yam Takngok als Zeuge.«

Lok hatte keine Ahnung, was sein Mentor im Schilde führte, aber weil er nicht dumm dastehen wollte, hielt er den Mund. Kurze Zeit darauf stellte Kwan den Wagen am Straßenrand ab. »Wir sind da.«

Lok stieg aus und sah sich um. Sie befanden sich in Sheung Wan nahe der Bridges Street. Obwohl der Stadtteil Central ganz in der Nähe war, gab es in dieser Gegend noch immer einige altmodische Mietshäuser, die ihrem Abriss entgegensahen, um Neubauten Platz zu machen.

»Hier entlang.« Kwan ging voraus, und schließlich erreichten sie ein fünfstöckiges Gebäude mit heruntergekommener Fassade auf der Wing Lee Street. Lok vermutete, dass es ein sicheres Haus des Kronzeugenschutzprogramms war.

Die beiden Männer stiegen zu Fuß hinauf in den dritten Stock. Es gab pro Etage nur eine Wohnung, und jede Tür war mit einem schäbigen Metallgitter gesichert. Kwan Chun-dok betätigte den Klingelknopf, doch im Innern war kein Geräusch zu hören. Gerade als Lok sich zu fragen begann, ob vielleicht die Klingel kaputt sei, ging die hölzerne Wohnungstür auf. Hinter dem Gitter stand eine korpulente, bequem gekleidete Frau Mitte vierzig. Sie trug ein weites orangefarbenes T-Shirt mit Comicfiguren darauf. Diese Frau sah definitiv nicht nach einer Zeugenschutzbeamtin aus.

Das Gesicht der Frau zeigte keine Regung. Es wirkte, als hätte sie Kwan erwartet. Sie ließ die beiden Männer in die Wohnung.

»Bitte verzeihen Sie die Störung, Miss Koo«, sagte Kwan. Lok wunderte sich über die Form der Anrede, aber es war ja möglich, dass sein Mentor die Dame schon vor zwanzig Jahren kennengelernt hatte, als sie wirklich noch ein »junges Fräulein« gewesen war.

»Ich bin heute ein klein wenig beschäftigt, Sir, ich muss Sie also leider sich selbst überlassen.« Miss Koo schloss die Wohnungstür, verschwand in einem Raum rechts vom Wohnzimmer und zog die Tür hinter sich zu. Die Wohnung sah völlig anders aus, als Lok es erwartet hatte – er hatte ein typisches Apartment aus den Siebzigern vor Augen gehabt, doch die Ausstattung des Wohnzimmers war ausgesprochen modern, mit hochglänzenden Bodendielen, Stühlen und Tischen mit organischen Formen und einem Fünfzig-Zoll-Fernseher vor einer überdimensionalen Ledercouch. In die Decke waren elegante Spots eingelassen. Sonny blieb die Spucke weg – wer hätte gedacht, dass die Polizei für den Zeugenschutz so viel Geld ausgab?

»Das ist kein Safehouse«, sagte Kwan grinsend, der Loks Gedanken unschwer von seinem Gesicht ablesen konnte. »Das ist die Wohnung von Miss Koo.«

»Und wer ist Miss Koo? Sie gehört doch nicht zur Truppe, oder?«

»Natürlich nicht – sie ist so weit von der Polizei entfernt, wie man es nur sein kann. Man könnte sie als Kriminelle bezeichnen«, sagte Kwan todernst.

»Eine Kriminelle?«, japste Lok. Gehörte Miss Koo demnach auch zum Kreis der Informanten?

Kwan Chun-dok grinste, ohne noch etwas zu sagen. Stattdessen trat er an eine Tür, die links vom Wohnzimmer abging, und klopfte. Einen Augenblick später drehte sich ein Schlüssel im Schloss.

»Hallo, Superintendent Kwan.« Lok erblickte eine junge Frau mit Pferdeschwanz und Brille, die sich seinem Mentor gegenüber auffällig ehrerbietig benahm.

»Sonny? Darf ich vorstellen? Das ist Honey Kong.«

Lok streckte die Hand aus. Die Frau zögerte kurz, doch nach einem kleinen Moment griff sie danach und schüttelte sie. Wenn er sich recht erinnerte, war ihr echter Name Chiang Li-ni. Sie war die Tochter dieses Kronzeugen im Yam-Tak-ngok-Fall.

»Ist Chiang Fu gar nicht hier?« Lok streckte den Kopf ins Zimmer. Es war sehr geräumig, doch man konnte auf den ersten Blick erkennen, dass die Frau allein war. Honey sah ihn verständnislos an.

»Natürlich ist er nicht da«, sagte Kwan.

»Aber sind wir denn nicht hier, um ihn zu treffen?«

»Nein. Wir sind wegen Chiang Li-ni gekommen.«

»Dieses Mädchen?«

»Richtig.«

»Weshalb?«

»Chiang Fu, seine Frau Lin Zi sowie ihr Sohn und ihre Tochter – die gesamte vierköpfige Familie – haben Aufnahme ins Zeugenschutzprogramm der Polizei von Hongkong gefunden«, sagte Kwan.

»Das weiß ich. Ich habe die Unterlagen gesehen.«

»Du hast mir nicht richtig zugehört. Ich sagte ›vierköpfig‹.«

Lok erkannte die Diskrepanz. »Ich dachte, Chiang Fu hätte drei Kinder? Chiang Li-ni, Chiang Li-ming und Chiang Guoxuan ...«

Kwan antwortete nicht und deutete stattdessen nur auf Honey Kongs – bzw. Chiang Li-nis – Haare. Sie griff nach oben, löste den Pferdeschwanz und nahm die Brille ab. Dann strich sie die Haare zu einer Seite und sah zu Lok auf.

Lok begriff nicht, was das zu bedeuten hatte, doch gerade als er nachfragen wollte, zerrte etwas in ihrem Gesicht an seiner Erinnerung – und plötzlich fielen sämtliche Puzzleteile an ihren Platz. Der Schock fühlte sich an, als stiege ihm alles Blut in den Kopf.

»Candy … Candy … Candy Ton?«, stammelte er.

Honey Kong nickte schüchtern lächelnd.

Lok hätte das schlicht gekleidete, vollkommen ungeschminkte Mädchen fast nicht erkannt. Sie wirkte wie ein anderer Mensch, hatte rein gar nichts mit der sexy Sirene von den Titelblättern zu tun.

»Aber warum ist Candy Ton hier? Ist sie nicht tot? Haben wir denn nicht gerade erst ihre Leiche gefunden?« Stotternd kamen die Fragen aus Lok heraus. Die von den Toten auferstandene Candy stellte sein Bild von dem Fall auf den Kopf. Ihm brummte der Schädel vor lauter Widersprüchen.

»Sonny, dieser Fall ist zehnmal komplizierter, als du denkst.« Superintendent Kwan klopfte seinem Schützling tröstend auf die Schulter. »Komm. Wir setzen uns und gehen es ganz langsam durch.«

Lok und sein Mentor nahmen auf dem Sofa Platz, und Candy brachte ihnen Tee, ehe sie sich in den Sessel setzte. Während sie die Tassen vor sie hinstellte, sah Lok ihr forschend ins Gesicht und versuchte, sich darüber klar zu werden, ob sie tatsächlich die echte Candy Ton war.

»Sonny.« Kwan nippte an seinem Tee. »Du bist der leitende Ermittler im Mordfall Candy Ton, dabei hat dieser Fall in Wirklichkeit nie existiert. Er ist lediglich ein einzelnes Glied in der Kette einer groß angelegten Operation.«

»Was für eine Operation?«

»Die Operation zur Ergreifung des Riesenzackenbarschs.«

»Boss Chor?«

»Selbstverständlich.«

»Sir, wollen Sie damit sagen, der Tod von Candy Ton war von

vornherein vorgetäuscht? Ein fingierter Mord, um Boss Chor zu überführen?«

»Richtig ist, dass der Mord an Candy Ton niemals stattgefunden hat. Allerdings haben wir nicht versucht, damit jemanden dranzukriegen. Solche Dinge hätten vielleicht in den finsteren Zeiten der Siebziger funktioniert, aber heutzutage würden wir damit nicht mehr durchkommen.« Kwan kicherte. »Wie gesagt, Candy ist lediglich ein einzelnes Glied in der Kette. Die gesamte Operation startete viel früher, als du dir vorstellen kannst.«

»Bei dem Überfall auf Eric Yeung?«

»Nein, bei den Vorbereitungen zur Operation Viper.«

Lok war baff. »Das war letzten November!«

»Die Operation war ebenfalls ein Glied in der Kette.« Kwan lächelte milde.

Das alles ergab in Loks Augen überhaupt keinen Sinn. Er hatte das Gefühl, durch dichten Nebel zu waten.

»Lass mich ganz am Anfang beginnen.« Kwan legte die Füße hoch. »Sonny, erinnerst du dich noch an meine Behauptung, die einzige Möglichkeit, einen gerissenen alten Fuchs wie Boss Chor zu fangen, wäre die Aussage eines Augenzeugen? Doch keiner seiner Untergebenen war bereit, ihn zu hintergehen, und die Informanten, die uns mit winzigen Schnipseln versorgten, wurden größtenteils eliminiert. Sein System war so gut wie bombensicher.«

»Es wollte also niemand gegen ihn aussagen.«

»Das stimmt so nicht.« Kwan drohte ihm mit dem Zeigefinger. »Die Befehlsempfänger von Boss Chor wagten es nicht auszusagen – es war nicht so, dass sie nicht gewollt hätten. Außerhalb der Hung-yi war es andersherum: Die Leute, mit denen wir redeten, wollten nicht aussagen, obwohl sie davor keine Angst zu haben brauchten.«

Zuerst war Lok verwirrt, doch nachdem er kurz nachgedacht hatte, begriff er langsam, worauf sein Mentor hinauswollte.

»Yam Tak-ngok?«, fragte er vorsichtig.

»Exakt.« Kwan nickte sichtlich erfreut. »Yam Tak-ngok war mehr als vierzig Jahre lang Mitglied der Hung-yi Union. Er war da, als Boss Chor die Unterwelt betrat, und kannte seine Aktionen in- und auswendig. Das Problem bestand darin, dass kein Triadenführer je mit der Polizei kooperieren würde. Yam Tak-ngok gehört zur alten Schule, er ist einer jener Männer, die den Ehrenkodex noch über ihr eigenes Leben stellen. Er hätte Chor Hon-keung niemals verpfiffen. Hast du schon einmal etwas vom Gefangenendilemma gehört?«

»Ja, es ist Teil der Spieltheorie.«

Das Gefangenendilemma modelliert eine Situation, in der zwei Kriminelle, die gemeinsam ein Verbrechen begangen haben, voneinander getrennt inhaftiert werden. Man erklärt ihnen, sie würden jeweils nur mit einem Monat Gefängnis bestraft, wenn sie nicht gegeneinander aussagten; würden beide gegeneinander aussagen, erhielten sie jeweils ein Jahr Arrest; wenn aber nur einer den anderen verriete, würde der Verräter als Kronzeuge augenblicklich freigelassen, während der Verratene für zehn Jahre ins Gefängnis ginge. Der für beide beste Ausgang wäre demnach, zu leugnen und die kurze Strafe in Kauf zu nehmen. Allerdings besteht nicht die Möglichkeit herauszufinden, wie der andere agiert. Um die längstmögliche Strafe zu vermeiden, könnten sie einander bezichtigen, dann würde jeder ein Jahr absitzen. Die Übung zeigt, dass eine Entscheidung, die für einen Einzelnen sinnvoll ist, im großen Ganzen nicht immer zum besten Ergebnis führt – ganz im Gegenteil.

»Bei Chor und Yam verliert das Gefangenendilemma seine Gültigkeit«, sagte Kwan. »Yam Tak-ngok weiß sehr wohl um die realistische Möglichkeit, dass er verraten wird, aber er schweigt trotzdem – und macht Boss Chor damit zum großen Sieger. Chor hingegen ist davon überzeugt, dass Yam Tak-ngok niemals gegen ihn aussagen würde. Dabei versucht Yam nicht, Chor zu beschützen, es geht ihm einzig um die ›Ehre‹, an die er so fest glaubt. Genau darauf zählt Chor, und das ist der Grund, weshalb er vor fünf Jahren die Macht an sich reißen und seinen Einfluss seitdem stetig ausbauen konnte.«

Nach einer kurzen Pause fuhr Kwan fort. »Die einfachste

Art, Boss Chor an den Haken zu kriegen, war also, Yam Tak-ngoks Konzept der Unterweltehre zu untergraben. Wenn Onkel Ngok diesen Glauben aufgeben würde, wäre das Gleichgewicht zwischen den beiden zerstört und Chors Verteidigungsstrategie dahin. Eine Aussage von Onkel Ngok als Kronzeuge würde die Untergebenen von Boss Chor zutiefst verunsichern. Sie würden glauben, er sei am Ende, und sich Onkel Ngok so schnell wie möglich mit einer Denunzierung anschließen, um ihre eigene Haut zu retten. Verbrecher sind auf der ganzen Welt gleich, vor allem die in niedrigen Positionen. Die wenigsten würden für ihren Boss tatsächlich ihr Leben riskieren. Die Operation zur Einkreisung von Boss Chor zielte also darauf ab, ein Gefangenendilemma zu kreieren, die isolierten Gefangenen in dem Glauben zu wiegen, sie würden jeden Moment verraten werden, und sie zu überzeugen, dass eine Aussage für sie den größten Nutzen brächte.«

»Ich verstehe immer noch nicht, was das alles mit dem fingierten Tod von Candy Ton zu tun hat.« Lok wandte sich um und sah sie verständnislos an. »Und wer ist sie eigentlich? Eine verdeckte Ermittlerin?«

»Letzten Monat erhielten wir von Interpol die Nachricht, dass der Buchhalter eines südostasiatischen Drogenkartells bereit sei, die Seiten zu wechseln«, sagte Kwan, ohne auf Loks Fragen einzugehen.

»Chiang Fu?«

»Richtig. Allerdings ergaben die Recherchen des Drogendezernats, dass wir mit seiner Aussage lediglich Yam Tak-ngok hinter Gitter bringen würden. Angesichts der Tatsache, dass die Hing-chung-wo sowieso über kurz oder lang von der Bildfläche verschwinden würde, hatten die Kollegen den Eindruck, Boss Chor mit einer Verhaftung von Yam Tak-ngok zu einfach von der Angel zu lassen. Also behielten sie die Information vorerst unter Verschluss. Dann, im Oktober, stellte Benny Lau Kontakt zu Candy Ton her, und die Operation kam endlich in Gang.«

»Superintendent Lau?« Sonny hatte nicht damit gerechnet, dass plötzlich sein oberster Vorgesetzter mit ins Spiel kam.

»Ja. Benny Lau, heutiger Gesamtabteilungsleiter der Kriminalpolizei von West-Kowloon. Du weißt ja auch, welche Abteilung Benny früher geleitet hat.«

»Das war doch die Abteilung A des zentralen Informationsdienstes, oder nicht? Das war zu der Zeit, als ich unter Ihnen in Abteilung B gearbeitet habe.«

»Sonny, wofür ist Abteilung A zuständig?«

»Beschattung, Überwachung sowie Kontakt zu Informanten und deren Vergütung.«

»Der Vater von Candy Ton war Informant und hat uns Informationen über die Drogengeschäfte der Hung-yi beschafft«, sagte Kwan unbewegt und sah das junge Mädchen an.

»Tatsächlich?« Damit hatte Lok nun wirklich nicht gerechnet. Doch dann fiel ihm ein, dass Ah Gut ihm erzählt hatte, Candys Vater Ton Hei-chi hätte als Barkeeper in Yau Ma Tei gearbeitet, im Revier der Hung-yi. Da kam man mit allen möglichen Leuten in Kontakt. Es wäre nur logisch, wenn so jemand als Informant für die Polizei arbeiten würde.

»Aber Candy …« Lok sah sie an. Er hätte ihr gerne Fragen zu ihrem Vater gestellt, aber er wusste nicht, wo er anfangen sollte.

Bei der Erwähnung ihres Vaters war die junge Frau erschaudert. Sie wandte den Blick ab, als wollte sie möglichen Fragen ausweichen. Doch dann nickte Kwan ihr freundlich zu, und sie nahm ihren Mut zusammen und sah Lok in die Augen, um endlich auszusprechen, was so lange ungesagt geblieben war.

»Mein Vater wurde vor fünf Jahren ermordet.« Sie sprach langsam, und ihre Stimme war vor Wut belegt.

»Ermordet?«, rief Lok aus.

»Im Krankenhaus hieß es, er sei an einer Überdosis Ketamin gestorben, aber Daddy war kein Junkie. Er hat das Zeug nicht angerührt.«

»Gab es denn keine polizeilichen Ermittlungen?«

»Nein! Die Cops sagten, es sei nichts verdächtig daran gewesen. Sie waren befangen! Weil Daddy in einer Bar arbeitete, wo Drogen verkauft wurden, gingen sie davon aus, dass er selbst ein Junkie war.«

»Die örtlichen Kollegen kannten nicht die ganze Geschichte«, sagte Kwan. »Damals hatte Boss Chor gerade übernommen, und achtzig Prozent von Benny Laus Informanten in der Hungyi wurden getötet. Beim zentralen Informationsdienst wussten sie natürlich, dass etwas im Busch war. Informanten sind ein höchst sensibler Bereich, und die Behörde wollte anderen Abteilungen keinen Zugang zu den Daten gewähren, also mussten sie ihre eigenen Ermittlungen anstellen. Aber der Drahtzieher hat es schlau angestellt, und es sah in keinem einzigen Fall nach Mord aus – die Leute starben in ihren Autos, zu Hause oder an ihrem Arbeitsplatz.«

»Sie haben Daddy gezwungen, das Zeug zu nehmen. An dem Tag habe ich, als ich aus der Schule kam, gesehen, wie fünf Männer ihn in ein Auto zerrten …« Candy bekam rote Augen.

»Haben Sie das der Polizei denn nicht erzählt?«

»Die haben mir nicht geglaubt. Ich war damals erst zwölf. Daddy starb im Hinterzimmer der Bar, in der er gearbeitet hat, und alle sagten, an seinem Tod sei nichts verdächtig.«

»Das müssen Schläger von Boss Chor gewesen sein. Der Barbesitzer muss Schweigegeld bekommen haben, und damit sah es so aus, als wäre Ton Hei-chi während der Arbeit an einer Überdosis gestorben«, sagte Kwan.

»Das verzeihe ich den Schweinen nie!«, brach es aus Candy heraus. Sie rieb sich die geröteten Augen. »Später habe ich Daddys Tagebuch gefunden. Darin beschrieb er, wie er zum Spitzel wurde, und es gab eine ganze Liste von Namen. Aber ich wollte nicht noch einmal die Polizei um Hilfe bitten. Ich beschloss, die Rache selbst in die Hand zu nehmen.«

Ihre Gesinnung erschreckte Lok, doch langsam ergab die ganze Sache einen Sinn. »Also ließen Sie sich von Starry Night unter Vertrag nehmen, mit dem Ziel … Boss Chor umzubringen?«

Candy schüttelte den Kopf. »Dieses Schwein umzubringen würde Daddy auch nicht wieder lebendig machen. Ich wollte ihn bloßstellen, den ganzen Dreck ans Licht bringen, den er am Stecken hatte, und den Ruf meines Vaters wiederherstellen.«

»Sie waren noch ein Kind. Wie um alles in der Welt wollten Sie seine Verbrechen ans Licht bringen?« *Wie naiv*, dachte Lok insgeheim.

»Die Leute sagten, Chor wäre ein Lustmolch, und ich dachte, wenn ich mit ihm ins Bett gehe, würde ich ihm nahe genug kommen, um Beweise gegen ihn zu finden.«

Lok staunte. Das war neu für ihn. Ein Mädchen, das schon im Alter von vierzehn eine so kaltblütige Entschlossenheit an den Tag legte. Sie hatte ihren Körper eingesetzt, nicht um Ruhm zu ernten, sondern um Rache zu üben.

»Und? Ist es Ihnen gelungen?«

»Ich bin ihm so gut wie nie begegnet, ganz zu schweigen davon, ihn zu verführen«, sagte Candy verzweifelt. »Während meiner ersten zwei Jahre bei Starry Night hatte ich lediglich Kontakt zu irgendeinem Agenten, der kleine Jobs für mich arrangierte. Chor bin ich erst im dritten Jahr begegnet. Mein Agent sagte, der Boss wolle mir ein bisschen Schub verpassen, und ich dachte, endlich hat der alte Perversling meinen Körper bemerkt, aber er wollte immer nur übers Geschäft reden, wenn wir uns trafen. Wir sind uns nicht ein einziges Mal privat begegnet.«

»Boss Chor wird unterschätzt«, mischte Kwan sich ins Gespräch. »In Wirklichkeit ist er alles andere als ein Frauenheld – das sind lediglich Gerüchte, die er selbst gestreut hat.«

»Gerüchte?«

»Wie ich bereits sagte, ist Chor Hon-keung ein gerissener Schweinehund. Er hat eigenhändig überall falsche Spuren gelegt. Um seine wahren Schwächen zu verbergen, hat er erfundene Schwächen gestreut. Denk nach, Sonny. Wenn irgendein dahergelaufener Unterweltemporkömmling seine Geliebte angreifen würde, um an ihn heranzukommen, oder wenn die Polizei versuchen würde, den Star zu rekrutieren, mit dem er angeblich ein Verhältnis hatte, würde ihn das in irgendeiner Weise ernstlich tangieren?«

»Nein ...« Langsam wurde Lok klar, wohin das alles führte. Ein Starlet könnte ›verunglücken‹, und Boss Chor bliebe unberührt; die Polizei könnte sie als Informantin gewinnen, doch das wäre reine Zeitverschwendung – sie würden am falschen Ort nach Beweisen suchen. All das verschaffte Boss Chor lediglich einen hübschen Wandschirm, hinter dem er sich verstecken und beobachten konnte, was mit seinen weiblichen Stars passierte, um so zu erkennen, was seine Gegner im Schilde führten.

»Man beurteilt ein System nicht anhand seines stärksten Glieds, sondern anhand seiner Schwachstelle. Das hat Boss Chor begriffen, und deshalb hat er falsche Schwachstellen inszeniert, um seine Feinde in die Irre zu führen«, sagte Kwan. »Und um seine Nebelkerzen weiter zu befeuern, werden Sänger oder Moderatoren, die ›versehentlich‹ seine angeblichen Verfehlungen erwähnen, ernstlich bestraft. Das hat drei Funktionen: Erstens, es trägt zur Glaubwürdigkeit des Blendwerks bei. Zweitens, es erweckt den Eindruck, Boss Chor sei impulsiv und brutal. Und drittens, es erhöht den Respekt seiner Untergebenen. Denn viel stärker als seine sexuelle Lust ist seine Machtgier. Der Kerl ist ein passionierter Spieler, und es lässt sich unmöglich sagen, ob er ein gutes Blatt in der Hand hält oder nur hervorragend blufft.«

»Wollen Sie damit sagen, Boss Chor hat sich in Wirklichkeit nie um seinen Ruf oder den seiner Stars geschert?«

»Korrekt. Diese Ablenkungsmanöver haben verhindert, dass die Polizei ihm jemals irgendwas anhaben konnte, und seine Rolle als Triadenboss durfte ruhig ein offenes Geheimnis sein, weil man ihm ohne Beweise nicht ans Leder konnte. Außerdem haben diese Manöver den Eindruck erweckt, dass er sogar das Gesetz auf seiner Seite hätte und die Polizei gegen ihn machtlos wäre. Solange die Polizei sich scheute, ihn zu belangen oder auch nur vorzuladen, war es für ihn ein Leichtes, seine Bande unter Kontrolle zu halten und sich selbst aus den illegalen Machenschaften herauszuhalten. Doch dieses Märchen ist seit heute dahin, weil ein frisch ernannter hartgesottener Detective es wagte, ihm völlig ohne Beweise die Stirn zu bieten.«

Lok wagte nicht zu reagieren. Er war sich nicht sicher, ob sein Mentor ihn lobte oder sich über ihn lustig machte.

»Einer der Gründe für die Versetzung von Benny Lau nach West-Kowloon war der Auftrag, auf diese Weise endlich Boss Chor zu beseitigen«, fuhr Kwan fort. »Doch er fand keinen einzigen Angriffspunkt. Bis er letztes Jahr schließlich zu vermuten begann, Candy Ton, Starry Nights neuer Stern am Entertainmenthimmel, könnte die Tochter eines verstorbenen Informanten sein. Er begann zu recherchieren und stellte fest, dass sie tatsächlich die Tochter von Ton Hei-chi war. Das hätte natürlich Zufall sein können, doch er befürchtete, dass Candy Ton aus einem bestimmten Grund versuchte, in die Nähe von Boss Chor zu kommen – und damit lag er richtig. Weil all die Informanten damals so plötzlich gestorben waren, machte er sich Sorgen um Candys Sicherheit.«

»Als Superintendent Lau zum ersten Mal auf mich zukam, tat ich so, als hätte er sich geirrt«, erzählte Candy. »Ich wollte nicht, dass mir jemand dazwischenfunkte, und außerdem war ich überzeugt, dass man der Polizei nicht trauen konnte.«

»Also hat Benny mich um Hilfe gebeten.« Superintendent Kwan nippte an seinem Tee.

»Er hat Sie um Hilfe gebeten? Dann waren Sie der leitende Kopf dieser Operation?«

»Leitender Kopf? Ich fungiere lediglich als Berater.« Kwan strahlte. »Und als Berater konnte ich das tun, was ich tun wollte, inklusive einiger Tricks, die ihr Burschen euch niemals trauen würdet. Zum Beispiel ging ich zu Candy Ton und sagte ihr, dass sie ihre Energie verschwendet. Selbst wenn es ihr tatsächlich gelänge, an Chor ranzukommen, würde er ihr niemals vertrauen. Obwohl Boss Chor sich nicht großartig um Familienverhältnisse schert, würde selbst er stutzig werden, wenn man zu weit ging.«

Lok wurde klar, dass sein Mentor, als er Chors Gleichgültigkeit gegenüber Familienverhältnissen erwähnte, nicht von Eric Yeung, sondern von Candy Ton gesprochen hatte.

»Superintendent Kwan sagte zu mir, wenn ich bereit wäre mitzuspielen, könnten wir Boss Chor ein für alle Mal erledigen.« Die Entschlossenheit auf Candys Gesicht passte nicht zu einem siebzehn Jahre alten Mädchen. »Dabei sollte ich nicht einfach nur mitspielen, nein, er wollte mir eine Hauptrolle geben. Ich wäre also tatsächlich in der Lage, mit eigenen Händen Rache zu nehmen.«

Lok warf seinem Mentor einen Blick zu. Kwan lächelte verhalten. Er war ein Süßholzraspler erster Güte und in der Lage, den Menschen direkt ins Herz zu blicken – er erwischte immer den wunden Punkt. Candy Ton wollte Vergeltung, und sie wollte aus eigener Kraft agieren, und genau das bot er ihr an und erfüllte gleichzeitig den Auftrag von Benny Lau.

»Ich habe von Anfang an betont, dass Chors Verteidigung zusammenbrechen würde, wenn es uns gelänge, Yam Tak-ngok in den Zeugenstand zu kriegen, also wurde das der Dreh- und Angelpunkt der Übung«, fuhr Kwan fort. »Chiang Fu war die erste Voraussetzung, sich Yam Tak-ngok gefügig zu machen; war er erst in Gewahrsam, würde Onkel Ngok wissen, dass seine Tage in Freiheit gezählt waren. Dann mussten wir eine Möglichkeit finden, Yam zur Aufgabe seines Ehrenkodexes zu zwingen. Der nächste Schritt war also die Operation Viper.«

»Operation Viper ist doch gescheitert«, widersprach Lok.

»Sie war darauf ausgelegt zu scheitern.«

»Sie sollte scheitern?« Lok starrte ihn an. »Sie erzählen mir, dass West-Kowloon mehr als zweihundert Leute mobilisiert hat und von vornherein wusste, dass die Operation scheitern würde?«

»Ja, alle waren mobilisiert, aber nur Benny und ich wussten, was geschehen würde.« Kwans Lippen kräuselten sich. »Warum, glaubst du, konnte Fat Dragon entkommen? Weil es eine undichte Stelle gab – nur dass nie jemand auf die Idee gekommen wäre, es könnte sich ausgerechnet um den befehlshabenden Leiter handeln.«

Lok wäre ums Haar aufgesprungen, um seinen Mentor anzubrüllen. Schließlich hatte er diese unsägliche interne Anhörung über sich ergehen lassen müssen, war er den beißenden Kommentaren seiner älteren Kollegen ausgesetzt gewesen. Doch dann fiel ihm ein, dass Benedict Lau kein einziges kritisches Wort von sich gegeben hatte, und das allein hätte ihm sagen sollen, dass vielleicht etwas dahintersteckte. »Warum plant man das Scheitern einer Operation?«

»Wir mussten für Yam eine Show inszenieren. Alle Unterweltbosse wissen, dass wir immer mal wieder zum ›Großreinemachen‹ ausrücken. Das ist so sicher wie der Wechsel der Gezeiten. Wenn eine derart groß angelegte Razzia Chor nicht im Geringsten tangierte, musste Yam glauben, dass sein Gegenspieler unberührbar war. Und Chor selbst würde keinen Verdacht schöpfen – seine Untergebenen würden den ganzen Ruhm für sich einheimsen.« Kwan sah zu Candy hinüber. »Während ihr euch auf die zum Scheitern verurteilte Mission vorbereitet habt, gab ich Miss Ton ein paar Aufträge.«

»Was für Aufträge?«

»Erstens sollte sie bei den Medien das Gerücht lancieren, eine japanische Agentur hätte starkes Interesse an ihr«, sagte Kwan. »Natürlich gab es so eine Firma nicht, aber das war den Journalisten egal. Für uns war nur wichtig, dass es sich herumsprach. Zweitens musste Candy sich Eric Yeung zum Feind machen.«

Lok erkannte den Zusammenhang. »Um die Spannungen zwischen Chor und Yam zu erhöhen?«

»Richtig. Wir wussten von der Verwandtschaft zwischen Eric Yeung und Yam Tak-ngok, aber Eric Yeung hatte nichts mit den Triaden zu tun, und Yam war nie unser primäres Ziel gewesen, weshalb uns dieses Wissen nichts nutzte. Bei diesem Plan jedoch war Eric Yeung ein wunderbarer Katalysator. Ich bat Candy, auf einer Party mit ihm zu flirten und ihn dann abblitzen zu lassen. Boss Chor benutzte Beleidigungen gegen seine Klienten oft als Ausrede, um Dinge in seinem Sinne voranzutreiben, also schlug ich ihn mit seinen eigenen Waffen. Sobald er in diesem Spiel den nächsten Zug machte, konnte ich die Verbindung zu Yam Tak-ngok aufs Tapet bringen.«

»Aber wie konnten Sie sicherstellen, dass der Zwischenfall Chor auch zu Ohren kam?«

»Sonny, glaubst du etwa, die Reporterin von *Eight-Day Week* war zufällig vor Ort? Die Feier war privat, also musste jemand sie mitbringen.« Wieder sah Kwan zu Candy hinüber, und Lok begriff endlich, dass sie die ganze Szene inszeniert hatte. Er war beeindruckt.

»Tja, und am Ende bin selbst ich Superintendent Kwan auf den Leim gegangen«, sagte Candy und zog eine Grimasse.

»Wieso auf den Leim gegangen?«

»Er hat mir erzählt, ein Überfall auf Eric würde zwischen Yam und Chor zu tiefem Groll führen. Ich wusste allerdings nicht, dass dies lediglich der erste Schritt war. Keiner hat mir gesagt, dass ich am Ende sterben müsste.«

Lok sah die beiden entgeistert an.

»Bei einem echten Komplott muss man vor allen anderen zunächst seine eigenen Leute belügen.« Kwan zuckte die Achseln. »Yam war selbst nach dem Angriff auf seinen Sohn nicht bereit, mit seiner goldenen Regel des Schweigens zu brechen. Nach so vielen Jahren an der Spitze einer Triade hatte er einen guten Riecher für die Dinge, die wirklich zählten. Nein, der Überfall auf Eric Yeung war lediglich ein Vorspiel – das Vorspiel zum Tod von Candy Ton.«

»Shifu, dann haben Sie Candy diese Männer auf den Hals gehetzt?«

»Man könnte sie als Partner bezeichnen. Sie gehören, wie die junge Miss Koo, zur Crème de la Crème gewisser zwielichtiger Kreise. Natürlich sind ihre Lippen versiegelt. Sie würden niemals auch nur ein einziges Wort verraten, weder der Polizei noch der anderen Seite.«

»An besagtem Abend bekam ich von Superintendent Kwan die Anweisung, allein die Jordan Road entlangzulaufen, und zwar in Richtung Lin Cheung Road. Weshalb, wusste ich nicht«, erklärte Candy. »Als ich etwa eine halbe Stunde gelaufen war, tauchten vier maskierte Männer auf. Ich dachte, Boss Chor hätte von meinen Plänen erfahren oder der Vater von Eric Yeung wolle eine Rechnung begleichen. Ich rannte um mein Leben, auf die Fußgängerüberführung zu, und dort stand plötzlich Superintendent Kwan. Sobald er mich sah, sagte er nur »gut gemacht« und zog mich ans andere Ende der Brücke, wo ich in Sicherheit war. Warum, erzählte er mir erst hinterher. Das war das erste Mal, dass ich von seinem Plan hörte.«

»Heißt das, das Video ist eine Fälschung, Sir?«

»Das kommt auf die Definition von ›Fälschung‹ an.« Kwan lächelte. »Candy ist natürlich nicht wirklich ermordet worden – der ›Leichnam‹ unter der Brücke war jemand anders. Wir wussten, was Candy an dem Abend trug, und baten eine der ›Partnerinnen‹, sich genauso zu kleiden. Als der Kameramann das Ende der Sackgasse erreichte, lag unsere falsche Candy bereits in einer Blutlache unter der Brücke. Deshalb fehlt dem Material übrigens auch die Tonspur – es war kein Aufprall zu hören, wie wenn ein Körper auf den Asphalt knallt. Die winzige Unterbrechung im Bild suggeriert dem Zuschauer trotzdem, dass es dieses Geräusch gegeben hätte.«

»Und der Mann, dem Candy ins Gesicht geschlagen hat …«

»Das kam auch für uns überraschend. Die Nase war gebrochen«, kicherte Kwan. »Andererseits war die Aktion wunderbar, weil der Film dadurch noch glaubwürdiger wirkte.«

»Aber, Sir, war das alles nicht furchtbar riskant? Was, wenn ein Passant Sie gesehen hätte?«

»Sonny, du denkst vom falschen Ende her. Gerade weil es keine Zeugen gab, haben wir den Plan umgesetzt. Nicht mal du und deine Leute konntet ermitteln, wie Candy von ihrer Wohnung zum Tatort gelangt ist, habe ich recht?«

»Haben Sie Candy hingebracht, Shifu? Moment, Sie haben gesagt, Sie hätten sich erst auf der Brücke getroffen.«

»Ich bin mit dem Taxi in die Jordan Road gefahren und dann zu Fuß weitergegangen«, mischte Candy sich ein.

»Aber warum hat sich der Taxifahrer nicht gemeldet, nachdem der angebliche Mord in aller Munde war?«

»Bist du immer noch nicht darauf gekommen, Sonny? Du hast die CD zwar am 22. bekommen, aber das heißt noch lange nicht, dass der Film auch am Vorabend entstanden ist. In Wirklichkeit haben wir die Aktion bereits zwei Tage nach dem Überfall auf Eric Yeung durchgeführt – und das war, wie du weißt, der 15. Eine CD verrät uns lediglich, wann sie gebrannt wurde, nicht aber, von wann die Originalaufnahme stammt.«

»Wie bitte?« Lok sah seinen Mentor an. Er war baff.

»Der ›Mord‹ an Candy fand bereits am 17. statt, doch natürlich wusste niemand davon. Nachdem ich sie in meine Pläne eingeweiht hatte, kehrte sie am 18. ganz normal in ihr Leben zurück. Dann, am 21., zog sie dieselbe Kleidung an, die sie vier Abende zuvor getragen hatte, und ›verschwand‹, nachdem ihr Agent sie nach Hause gefahren hatte. Es gab keinen Taxifahrer, der irgendetwas hätte bezeugen können. In den frühen Morgenstunden des 22. unternahmen wir zwei einfache Schritte: Wir versprühten Blut an der Stelle, wo in dem Video die ›Leiche‹ gelegen hatte, und spritzten es anschließend wieder weg, und wir warfen Candys Tasche in das Loch neben dem Bauzaun. Das Ganze dauerte lediglich ein paar Minuten – und war sehr viel stressloser als die Aktion am 17.«

Lok lachte in sich hinein. Candy war nicht das Opfer, sondern eine Mitverschwörerin. Sowohl Tatort als auch Ablauf der Ereignisse waren bis zur Unkenntlichkeit manipuliert worden. Er musste noch einmal lachen, als er daran dachte, was sein Mentor im Auto zu ihm gesagt hatte: »Sonny, du wirst den Candy-Ton-Fall nicht lösen, weil dein Gegenspieler viel zu gerissen ist.«

»Also haben Sie vermutlich am 22. die CD persönlich bei uns in die Post geschmuggelt?«, sagte er grummelnd.

»Nein. Das war Benny. Und das auf dem Umschlag ist seine Handschrift.«

Lok hätte nicht gedacht, dass irgendetwas aus dem Munde seines Mentors ihn noch schockieren könnte, doch er war gelinde gesagt erstaunt, dass der Commander sich zu so etwas hinreißen ließ.

»Und die Leiche aus der Castle Peak Bay?«

»Das war eigentlich eine der Prostituierten aus dem Mädchenhandel-Fall, von dem ich dir erzählt habe.«

»Aber die Fingerabdrücke …«

»Ein kleiner Tausch.« Kwan spreizte die Finger. »Du hast

mir erzählt, der Gerichtsmediziner hätte dir die Fingerabdrücke ausgehändigt, also bin ich schnurstracks zum Erkennungsdienst gegangen und habe Candys Fingerabdrücke gegen diejenigen ausgetauscht, die du mitgebracht hattest. Du weißt doch, wie einfach solche Dinge für mich sind.«

Lok schlug sich gegen die Stirn.

»Ich war gerade dabei, nach einem weiblichen Leichnam zu suchen«, fuhr Kwan fort, »da kam die Wasserleiche wie gerufen. Ich musste nur dafür sorgen, dass sämtliche Unterlagen nach der Einäscherung gefälscht wurden. Niemand würde etwas merken. Wir sprechen schließlich über eine namenlose Leiche von jemandem, der mit falschen Papieren nach Hongkong gekommen ist. Wir werden wohl Jahre brauchen, um die wahre Identität der Frau zu ermitteln.«

»Okay. Ich verstehe jetzt, was es mit dem inszenierten ›Mord‹ an Candy Ton auf sich hat. Aber wozu das Ganze?«

»Damit du den nächsten Schritt tun kannst.«

»Ich?«

»Ja. Du und Candy, ihr seid die beiden Hauptfiguren in der ganzen Inszenierung.« Kwan zeigte mit dem ausgestreckten Finger auf Lok. »Für diese Rolle gäbe es keinen Besseren.«

»Welche Rolle?«

»Die Rolle des starrköpfigen, heißblütigen Mannes, der niemals klein beigeben würde, wenn es darum geht, einen Fall zu lösen. Ein hartgesottener Detective.«

Lok machte immer noch ein verständnisloses Gesicht.

»Alle gehen davon aus, dass der Mord an Candy Yam Takngoks Vergeltung für den Überfall auf seinen Sohn war. Nur Yam selbst weiß natürlich, dass er nicht der Täter ist. Wir brauchten also einen Polizeibeamten, der behauptet, Boss Chor müsse der wahre Mörder sein. Selbst wenn seine Vorstellung nicht hundertprozentig überzeugend wäre, würde sie trotzdem ausreichen, um bei Yam Zweifel zu wecken. Die japanische Agentur, die sie angeblich abwerben wollte, die mit Beilen bewaffneten Angreifer, Chors gelassene Reaktion auf die Neuigkeiten – all das sind deutliche Hinweise auf Chors Schuld. Natürlich kannst du den entscheidenden Beweis nicht erbringen, weil er nicht existiert – schließlich hat Chor nie jemanden auf Candy Ton angesetzt. Weil er weiß, dass er unschuldig ist, muss er auch nichts unternehmen – er kann sich einfach zurücklehnen und darauf warten, dass du dich lächerlich machst. Ich jedoch habe diesen Schritt dazu benutzt, Yam davon zu überzeugen, dass Chor tatsächlich nicht einmal vor dem Mord an einem jungen, unschuldigen Mädchen zurückschrecken würde. Sobald Onkel Ngok von den Anschuldigungen erfährt, die du heute gegen Chor erhoben hast, wird er seinen Ehrenkodex endgültig infrage stellen. Und wenn er deiner Version der Ereignisse glaubt, wird er sich fragen, was er selbst möglicherweise von Boss Chor zu befürchten hat und ob auch Eric Yeung in Zukunft in seine Machenschaften verwickelt werden könnte. Im Szenario des Gefangenendilemmas ist es so: Sobald eine Person das Gefühl hat, verraten zu werden, wird sie den anderen zuerst verraten.«

»Aber warum gerade ich? Nur weil Sie mein Mentor sind?«, fragte Lok nach einer langen Pause.

»Nein. Weil du über zwei entscheidende Charaktereigenschaften verfügst – du bist grundsätzlich bereit, dich Herausforderungen zu stellen, und du verfügst über hervorragende kombinatorische Fähigkeiten. Je weniger Menschen in den wahren Plan eingeweiht waren, desto besser – das war die einzige Möglichkeit, ihn vor zwei so alten Hasen wie Boss Chor und Yam Tak-ngok geheim zu halten. Nur jemand mit deinen Fähigkeiten war überhaupt in der Lage, aus den von mir gelegten vagen Spuren die ›Wahrheit‹ über Chors Schuld herauszulesen. Und nur jemand mit deinem Mut würde es je wagen, ihn herauszufordern. So jemand ist nicht leicht zu finden. Heutzutage wimmelt es in der Truppe von Angsthasen, die nur ihre eigene Karriere im Blick haben. Gott allein weiß, was passieren wird, wenn die erst das Sagen haben. Wahrscheinlich wird das Ergebnis der harten Arbeit meiner Generation dann einfach vom Tisch gewischt. Wenn es erst mal so weit ist, steht mutigen Narren wie dir jedenfalls jede Menge Ärger ins Haus …«

Lok war sich schon wieder nicht sicher, ob das Lob war oder Spott.

»Bis spätestens heute Abend ist Onkel Ngok deine kleine Unterhaltung mit Boss Chor zu Ohren gekommen.« Kwan feixte. »Morgen wird er erfahren, dass Chor Hon-keung doch nicht verhaftet wurde, und er wird glauben, dass Chor ein paar Fäden gezogen hat, um vom Haken zu kommen. Wenn ihm dann ein redegewandter Mensch erklärt, was für ihn dabei herausspringt, wird Onkel Ngok sich in den Gefangenen verwandeln, der seinen Komplizen verrät.«

Lok wollte schon fragen, wer dieser redegewandte Mensch wohl sein mochte, doch dann wurde ihm klar, dass sein Mentor wahrscheinlich sich selbst gemeint hatte.

»Als ich Chor heute einbestellt habe, muss er geglaubt haben, ich würde …«

»Er muss geglaubt haben, du würdest ihn reinlegen – du würdest ihn mit gefälschten Beweisen zu einem Geständnis zwingen«, beendete Kwan den Gedankengang seines Schützlings. »Er muss gedacht haben, irgendjemand aus den Reihen der Hing-chung-wo hätte Candy Ton ermordet, oder aber jemand aus einer anderen Bande, der einen Groll gegen ihn hegte. Vielleicht hat er sich sogar gefragt, ob tatsächlich einer seiner Männer auf eigene Faust gehandelt hat, aus den von dir genannten Gründen – um der Hung-yi einen Grund zu liefern, gegen die Hing-chung-wo zu agieren –, oder sogar, um ihn in Schwierigkeiten zu bringen. Er weiß, dass er unschuldig ist, aber er wird sich inzwischen trotzdem fragen, ob er von seinen Männern hintergangen wurde. Der schlaue Boss Chor würde so etwas natürlich niemals laut sagen, trotzdem wird er seine Leute einen nach dem anderen heimlich unter die Lupe nehmen. Trotzdem bleibt es dabei: Er wird deinen Bluff durchschauen, und dir wird es in den nächsten Tagen nicht gelingen, ihn zu einer Reaktion zu provozieren.«

Kopfschüttelnd verzog Lok das Gesicht. Er hätte nie geglaubt, dass selbst seine eigenen Schlussfolgerungen Teil eines Plans seines Mentors werden könnten. Im Vergleich zu diesem

Mann kam er sich vor wie ein Oberschüler, der mit seinen Fähigkeiten angeben wollte.

Dann fiel ihm plötzlich die zweite Sache ein, die ihm keine Ruhe ließ. »Und warum hat sich Candy Ton in die Tochter von Chiang Fu verwandelt?«

»Candy hatte nach dem ›Angriff‹ zwei Möglichkeiten – entweder sie ließ alle in dem Glauben, die Schläger hätten sie verschleppt und sie sei auf wundersame Weise gerettet worden, nachdem Boss Chor wegen Drogenhandel und Anstiftung zum Mord an Informanten ins Gefängnis gewandert war, oder sie konnte tun, was sie getan hat, nämlich von der Bildfläche verschwinden.«

»Ja. Das war mein Wunsch«, sagte Candy. »Ich vermisse mein altes Ich nicht – ich war bereit, alles aufzugeben, um Vergeltung zu üben. Außerdem hat mir die Unterhaltungsbranche nie gefallen.«

»Die Tatsache, dass Candys Tod fingiert war, wird natürlich in keinem Bericht auftauchen, warum sollte sie also nicht mit neuer Identität ein neues Leben beginnen?« Superintendent Kwan schüttelte bewundernd den Kopf. »Chiang Fu war entscheidend, um Onkel Ngok dranzukriegen, und durch den wiederum werden wir an Boss Chor herankommen. Uns blieb keine andere Wahl, als die ganze Familie Chiang ins Zeugenschutzprogramm aufzunehmen. Ich habe die Gelegenheit genutzt und Candys Informationen mit hineingeschmuggelt. Eine Person namens Chiang Li-ni hat nie existiert. Selbst Chiang Fu weiß nichts davon. Auf diese Weise konnte ich Candy eine neue Identität als Honey Kong verschaffen. Gleich zwei Schichten einer falschen Identität sollten genügen, um Candy Ton endgültig vom Angesicht der Erde zu tilgen.«

»Aber eines verstehe ich immer noch nicht, Shifu«, sagte Lok mit gerunzelten Brauen. »Haben Sie das Video ins Netz gestellt?«

»Natürlich. Hätte die Nachricht sich nicht verbreitet, wäre mein Plan nicht vorangeschritten. Bilder sind mächtiger als Worte – Onkel Ngok musste mit eigenen Augen sehen, was geschehen war.«

»Und warum haben Sie mir am Vortag den Film zugespielt?«

»Sonny, du bist mein Schützling«, sagte Kwan sanft.

Inspector Lok verstand. Sein Mentor hätte den Film auch sofort veröffentlichen können, aber dann hätte die Kriminalabteilung sich mit den Medien herumschlagen müssen, im Netz ermitteln und nach Beweisen suchen müssen, und zwar alles auf einmal. Kwan hatte ihnen mit dem Video einen ganzen Tag Vorsprung verschafft – eine Atempause gewissermaßen.

»Shifu, ich geb's auf – Sie hatten mich die ganze Zeit in der Hand«, seufzte Lok. Er fing an zu lächeln. »Und wo haben Sie einen Hacker aufgetrieben, der in der Lage war, das Video über Mexiko und die Schweiz zu verbreiten?«

Kwan deutete mit einem Zwinkern auf die geschlossene Tür hinter sich. »Bitte frag nicht, womit sie das Geld für dieses italienische Designersofa verdient hat, auf dem dein Hintern gerade ruht.«

»Und was soll ich jetzt machen, Shifu?« Kwan und Lok waren auf dem Rückweg ins Büro. Diesmal saß Lok am Steuer.

»Dein Team sollte Boss Chors Bande im Auge behalten – ihr macht weiter wie geplant«, sagte Kwan. »Ich sehe morgen bei Onkel Ngok vorbei. Ich habe alles vorbereitet. Warte nur ab, was ein Meisterkoch wie ich aus diesen leckeren Zutaten zubereitet.«

»Aber, Sir, gab es denn keine andere Möglichkeit, Yam Takngok dazu zu bringen, zu tun, was Sie wollten? Wozu ein derart ausgeklügelter Plan? Der Mord an Candy Ton wird zu den ungelösten Fällen gezählt werden, und das rückt die Polizei in schlechtes Licht.« *Und mich auch*, fügte er im Geiste hinzu.

»Weil ich Candy so schnell wie möglich von Boss Chor wegschaffen wollte«, erklärte Kwan. »Mit jedem Tag, den sie länger bei Starry Night blieb, stieg die Gefahr aufzufliegen. Zum Glück hatte Chor nicht mitbekommen, dass Benny Kontakt zu ihr aufgenommen hatte, aber wäre die Identität ihres Vaters ans Licht gekommen, hätte er sie mit Sicherheit nicht mehr vom Haken gelassen. Ganz gleich, ob sie der Star seiner Agentur war, ganz gleich, ob sie erst siebzehn war – Boss Chor hätte sie trotzdem ausgelöscht. Das Ganze war also auch eine Rettungsaktion. Unsere Truppe ist dazu da, Zivilisten zu schützen, und auch wenn sie bereit war, ihr Leben zu opfern, ich hätte nicht dabei zugesehen, wie ein Teenager freiwillig in den Tod geht.«

Lok fühlte sich angesichts dieser Antwort regelrecht befreit. Sein Mentor nutzte zwar mit Vergnügen allerlei zwielichtige Methoden, um an sein Ziel zu gelangen, aber der Wert jedes einzelnen Menschenlebens war für ihn grundsätzlich unschätzbar.

Alles spielte sich genau so ab, wie Kwan Chun-dok es vorhergesagt hatte. Zwei Tage später belieferte Yam Tak-ngok die Polizei ungefragt mit einer Vielzahl an Informationen über die Hung-yi Union, inklusive stichhaltiger Beweise für Boss Chors Drogenhandel. Im Anschluss daran standen Chors Fußsoldaten Schlange, um ihren Boss anzuschwärzen und so ihre eigene Haut zu retten. Die Beweise reichten zwar nicht für die Strafverfolgung aller Beteiligten aus, doch die Polizei war mit ihrer Beute mehr als zufrieden. Abgesehen von Boss Chor selbst wurden einige andere Köpfe der Hung-yi verhaftet, unter ihnen auch Fat Dragon, jener Drogendealer, der Inspector Lok zuvor durch die Lappen gegangen war.

Der Mordfall Candy Ton wurde aus Mangel an Beweisen schließlich nicht weiter verfolgt, doch in der Öffentlichkeit war man sich einig, dass Boss Chor der Drahtzieher gewesen sein musste. Lok wusste natürlich, dass Chor unschuldig war, war aber trotzdem mit dem Ergebnis zufrieden. *Er wird für viele Menschenleben, die er auf dem Gewissen hat, nie zur Rechenschaft gezogen werden, also soll er ruhig für dieses eine verantwortlich gemacht werden, das er nicht genommen hat,* dachte er.

Zwei Monate später kehrten Lok und sein Mentor noch einmal in die Wohnung von Miss Koo zurück, um Candy Ton zu besuchen. Lok klingelte, und Kwan erklärte ihm, dass die Haustür mit einer Kamera bestückt war, die sein Gesicht augenblicklich auf Miss Koos Computerbildschirm übertrug. Lok fragte sich, ob ihre Wohnung mit einer Art Selbstzerstörungsmechanismus ausgestattet war, der bei Gefahr in Aktion trat – eine Art roter Knopf, der alle ihre Computer auf einmal löschte.

Die Frau, die ihnen öffnete, hatte kurze, braun gefärbte Haare. Lok hätte sie nicht wiedererkannt. »Candy Ton?«, fragte er unsicher.

»Ich bin Honey Kong, Inspector«, korrigierte sie ihn.

»Ach ja, Honey Kong, Honey Kong ...«, wiederholte er.

»Nennen Sie ihn einfach Sonny, Honey. Honey und Sonny – das perfekte Paar«, scherzte Kwan.

»Bitte nennen Sie mich wenigstens Bruder. Wäre ich ein paar Jahre älter, könnte ich Ihr Vater ...« Lok verstummte erschrocken.

»Schon gut. Ich bin froh, dass Daddys Fall neu aufgerollt wird – und das habe ich nur Ihnen zu verdanken. Bruder Sonny, Sie müssen sich keine Sorgen um mich machen.«

»Was haben Sie jetzt vor?«, fragte Lok die junge Frau.

»Im Augenblick warte ich nur darauf, dass Boss Chor schuldig gesprochen wird. Danach mache ich mir Gedanken über meine Zukunft. Newton ist sehr nett zu mir – ich kann umsonst bei ihr wohnen. Ich helfe im Haushalt, und manchmal assistiere ich ein bisschen.«

»Newton?«

»Miss Koo. ›Newton‹ ist ihr Deckname im Netz. Ziemlich cool, was?«, erklärte Kwan.

Lok wollte Candy eigentlich dazu raten, Miss Koo nicht zu nahe zu kommen, weil alle Hacker sich nun mal außerhalb von Recht und Gesetz bewegen, doch dann besann er sich, weil er Angst hatte, sie könnte sie belauschen.

»Im Augenblick breitet sich in der Stadt irgendeine Infektionskrankheit aus, und die Regierung bittet die Bürger dringend, zu Hause zu bleiben. Ich würde aber trotzdem gerne irgendwo essen gehen. Honey, Sie kommen doch nicht besonders oft vor die Tür, oder?«

Candy schüttelte begeistert den Kopf. Sonny wurde klar, dass dies die echte Candy Ton war, offen und direkt.

»Und wenn jemand sie erkennt?« Lok musterte sie von Kopf bis Fuß. Sie trug eine andere Frisur, eine Brille, kein Make-up und hatte einen entschieden unglamourösen Pullover und eine Jogginghose an. Es war höchst unwahrscheinlich, dass jemand sie erkannte, aber er machte sich trotzdem Sorgen.

»Hier. Verstecken Sie sich einfach darunter.« Kwan nahm die Baseballkappe ab und setzte sie Honey auf. Sie zog den Schirm ein wenig ins Gesicht und strahlte darunter hervor.

Am Eisengitter schüttelte Candy die Hausschuhe ab und schlüpfte in ein Paar Turnschuhe, ohne sich die Mühe zu machen, Socken anzuziehen. Dabei fiel Lok ein seltsames Detail ins Auge. »Honey, weshalb haben Sie sich nur drei Zehennägel lackiert? Und weshalb ausgerechnet schwarz?«

»Als Daddys Fall wieder aufgerollt wurde, stellte sich heraus, dass neben den fünf Männern, die ihn verschleppten, dem Barbesitzer und Boss Chor auch noch zwei Dealer und ein weiterer Angestellter in seinen Tod verwickelt waren«, erzählte sie. »Bis jetzt sind nur Boss Chor und die beiden Dealer verhaftet worden. Die anderen sieben Männer sind noch auf freiem Fuß. Die unlackierten Zehennägel erinnern mich an Unerledigtes. Jedes Mal, wenn einer seiner Mörder verhaftet wird, male ich mir einen Zehennagel an …«

Lok las ihr an den Augen ab, dass dieser Rachefeldzug eben erst begonnen hatte. Er konnte nur hoffen, dass es ihm gelang, die übrigen Täter möglichst bald zu fassen, damit Candy diesen Krieg endlich beenden konnte. Schließlich war die Verbrecherjagd Sache der Polizei, nicht Sache der Angehörigen eines Opfers.

Er hätte es Candy gern versprochen, doch dann hielt er den Mund. Denn Inspector Lok wusste, dass die Gerechtigkeit nicht nach Worten, sondern nach Taten verlangte.

III LANGER TAG 1997

1 Für die meisten Einwohner Hongkongs war der 6. Juni 1997 ein ganz gewöhnlicher Tag. Zwei Tage zuvor hatten heftige Regenfälle gewütet und hier und da für Überschwemmungen gesorgt, aber inzwischen hatte die Lage sich wieder normalisiert. Es war schwül wie immer, und obwohl der Himmel seit dem Morgen dunstverhangen war und es immer wieder regnete, kühlte es nicht ab. In den frühen Morgenstunden brach in einem Apartmentblock in West Point ein Feuer aus, und im morgendlichen Stoßverkehr kippte in Central ein mit Chemikalien beladener Lastwagen um und sorgte auf der Des Voeux Road für einen riesigen Stau, doch für die meisten Menschen war der 6. Juni ein ganz gewöhnlicher Freitag.

Für Kwan Chun-dok jedoch war dieser Tag alles andere als gewöhnlich. Es war sein letzter Tag im Dienst.

Superintendent Kwan war zweiunddreißig Jahre lang bei der Polizei gewesen, und jetzt, im Alter von fünfzig, machte er sich bereit für den wohlverdienten Ruhestand. Eigentlich lief sein Vertrag erst Mitte Juli aus, doch er hatte sich einen ganzen Monat Überstunden zusammengespart, die er den Regularien gemäß vor dem Ausscheiden aus dem Dienst nehmen musste. Abgesehen davon hätte die Verwaltung ihm, wenn er bis Juli im Dienst geblieben wäre, eine neue Ernennungsurkunde und eine neue Polizeimarke aushändigen müssen. Nach der Übergabe Hongkongs am 1. Juli 1997 an China würde aus der Royal Hong Kong Police Force schlicht und einfach die Hong Kong Police Force werden, und die Edwardskrone auf seiner Brust würde durch eine purpurrote Bauhinia ersetzt werden. Nicht, dass Kwan sich dem Wörtchen »Royal« besonders verbunden gefühlt hätte, der Aufwand erschien ihm für nicht einmal einen ganzen Monat Dienst schlicht übertrieben.

Kwan Chun-dok hatte die vergangenen acht Jahre als Leiter der Abteilung B des CIB gearbeitet, des zentralen Informationsdiensts der Kriminalpolizei von Hongkong. Abteilung B war verantwortlich für die Auswertung und Analyse von nachrichtendienstlichem Material wie Überwachungsvideos und Abhörbändern. Die Mitarbeiter seiner Mannschaft waren körperlichen Gefahren entschieden weniger ausgesetzt als manch andere aus der Truppe, beispielsweise die Kollegen der Abteilung D, die mit der Beschattung womöglich bewaffneter oder gewaltbereiter Verdächtiger beschäftigt waren, oder die Kollegen der Abteilung A, die allgemein mit Observation zu tun hatten und für den Kontakt zu Informanten zuständig waren, deren Loyalität immer infrage stand, oder gar die Leute des für Verhaftungen zuständigen, neu gegründeten Zugriffskommandos. Dafür war der psychische Druck größer, weil sie sich bewusst waren, dass jedes noch so kleine Detail ihrer Analysen verantwortlich sein konnte für Erfolg oder Scheitern einer ganzen Operation. Für Fehlinterpretationen und deren Folgen gab es genügend Beispiele – man unterschätzte die Feuerkraft eines Verbrechers, und schon verloren Polizisten ihr Leben. Die kleinste Nachlässigkeit in Bezug auf ein vermeintlich unwichtiges Detail konnte tragische Konsequenzen haben. Die Beamten an der Front mussten sich ständig der Situation anpassen und ihre Entscheidungen ad hoc treffen, doch in Abteilung B mussten sämtliche Entscheidungen im Vorfeld getroffen werden, und hinterher konnten nur noch die Fehler ausgewertet werden – eine Möglichkeit zur Korrektur gab es nicht.

Kwan Chun-dok liebte und hasste seine Position. In dieser Abteilung hatte er die Chance bekommen, seine Stärken auszuloten. Im Herzen der polizeiinternen Informationsabteilung hatte er den Finger am Puls jedes einzelnen Verbrechens in Hongkong. Seine Erkenntnisse verhalfen anderen Abteilungen zum Erfolg und retteten den Kollegen in Uniform oft das Leben. Trotzdem hatte ihm immer missfallen, dass er sich bei der Informationsbeschaffung auf andere verlassen musste. Davor war Kwan bei diversen Dezernaten der Kriminalpolizei sowie in örtlichen Kommissariaten tätig gewesen, wo er eigenständig agieren konnte, vor Ort nach Hinweisen suchte und Zeugenaussagen und Beweise aus erster Hand bekam. Während der acht Jahre beim Informationsdienst hatte er öfter Zweifel an den Verhörmethoden anderer Abteilungen. Wieso hatte der Ermittler diese oder jene Fragestellung nicht weiter verfolgt? Wieso hatte man in diese oder jene Richtung nicht weiter ermittelt?

Immer wieder fragte er sich, ob er an vorderster Front nicht doch besser aufgehoben wäre. Aber Kwan wusste, dass das Wunschdenken war – vor allem für einen Mann Mitte vierzig, der körperlich längst nicht mehr so fit war wie früher. Die Arbeit an der Front bedeutete die direkte Konfrontation mit Verbrechern, und Kwan war bewusst, dass ihm dazu inzwischen die Kraft fehlte. Es war besser, stattdessen seinen messerscharfen Verstand einzusetzen.

Abgesehen davon stand er im Rang inzwischen viel zu hoch für einen Einsatz an vorderster Front. Nur Kommissare und junge Beamte in Uniform kamen bei Einsätzen direkt zum Zug. Die höheren Dienstgrade – vom Superintendent bis hinauf zum Commissioner – waren für Strategien zuständig, für Planung, Entsendung und solche Dinge. Kwan wusste, dass er in Abteilung B oft zu viel selbst übernahm, und hatte sich deshalb in den letzten Jahren bemüht, möglichst viel an sein Team zu delegieren und sich nur noch in entscheidenden Momenten einzumischen, zum Beispiel, um auf Lücken in der Analyse hinzuweisen. Aus seiner Sicht lagen die meisten Hinweise offen auf der Hand, aber seine Leute starrten ihn trotzdem oft mit großen Augen an, bis er ihnen seine Begründungen darlegte – oder seine »Hypothesen« sich im Nachhinein bestätigten –, und schlossen sich dann seiner Argumentation freudig an.

Auch das war ein Grund, weshalb Kwan Chun-dok mit fünfzig in Pension ging. Er hätte noch weitere fünf Jahre bleiben können, bis zum regulären Rentenalter, aber ihm war klar, dass er damit die Entwicklung seiner Untergebenen behindert hätte. Der Informationsdienst war das Herz der Truppe, und wenn die Abteilung B ohne ihn nicht funktionierte, geriet der gesamte Polizeiapparat in Gefahr.

»... so viel zum Bericht vom Zoll.« Es war halb zehn Uhr vormittags, und wie jeden Tag erstattete Chief Inspector Alexander Choi von Team 1 der Abteilung B Superintendent Kwan in seinem Büro Bericht. Die Abteilung B bestand aus vier einzelnen Teams, denen jeweils ein leitender Inspector vorstand und die von Kwan ihre Aufgaben zugeteilt bekamen. Team 2 hatte an diesem Tag dienstfrei, Team 3 unterstützte das Dezernat für Wirtschaftskriminalität bei einem Fall von Insiderhandel, und Team 4 arbeitete mit dem Dezernat für Triaden und organisiertes Verbrechen an einer verdeckten Ermittlung zur Eindämmung des Einflusses von Geheimbünden an Schulen. Team 1 hatte zwei Tage zuvor eine Operation beendet und gemeinsam mit der Zollbehörde einen Schmugglerring gesprengt.

»Gut.« Kwan nickte zufrieden. Alex Choi war sein designierter Nachfolger, und Kwan freute sich über die Ernennung – Choi hatte einen klaren Führungsstil und ein gutes Verhältnis zu seinen Kollegen in anderen Abteilungen.

»Team 1 verfolgt im Augenblick Berichte, nach denen vor vier Tagen zwei Big-Circle-Leute illegal unser Hoheitsgebiet betreten haben.« Dieser in Hongkong allgemein verwendete Ausdruck stand für Kriminelle vom chinesischen Festland. Choi reichte ihm eine Aktenmappe mit unscharfen Fotos der beiden fraglichen Big-Circle-Männer. »Laut Andeutungen von Informanten könnten die Männer im illegalen Besitz von Schusswaffen sein und womöglich während der Übergabe im entscheidenden Moment einen Angriff planen. Die Hintergrundberichte beider Männer enthalten frühere Verurteilungen wegen bewaffneten Raubüberfalls. Das Ziel dürfte ein Juwelier oder Uhrengeschäft sein. Erste Untersuchungen schließen einen terroristischen Hintergrund vorerst aus.«

»Das sind ungewöhnlich wenig Männer«, bemerkte Kwan.

»Ja. Wir vermuten, dass irgendwo noch ein Drahtzieher sitzt oder dass lokale Organisationen beteiligt sind und es sich bei den Männern um angeheuerte Söldner handelt. Sie wissen vermutlich nicht, dass sie unter Beobachtung stehen.«

»Kennen wir den Aufenthaltsort?«

»Ja. Sie befinden sich in Chai Wan, wahrscheinlich im Industriegebiet neben dem Frachthafen.«

»Nichts Genaueres?«

»Noch nicht. Dort gibt es jede Menge Leerstand, und die Besitzverhältnisse sind das reinste Chaos. Die verdächtigen Gebäude unter die Lupe zu nehmen braucht Zeit.«

Kwan strich sich übers Kinn und sagte: »Beeilt euch. Ich fürchte, die werden nicht bis Monatsende warten.«

»Gehen Sie davon aus, dass sie im Laufe der nächsten Wochen zuschlagen? Die Touristen-Hochsaison ist erst im Juli, und dann ist viel mehr Bargeld in den Kassen …«

»Trotzdem kann ich die Tatsache nicht ignorieren, dass sie nur zu zweit sind«, fiel Kwan ihm ins Wort. »Wenn einer von beiden der Drahtzieher ist, hätte er garantiert nicht nur einen einzigen weiteren Mann mit nach Hongkong gebracht. Er bräuchte mindestens noch einen Fahrer und zwei weitere Komplizen. Bandenchefs vom Festland tauchen grundsätzlich mit ihrem ganzen Team hier auf – sie rekrutieren nicht vor Ort. Handelt es sich jedoch um Söldner, sitzt der Drahtzieher in Hongkong – und der holt sie nicht her, bevor sein Plan steht und bereit zur Ausführung ist. Da ist etwas im Busch.«

»Ja, das klingt logisch«, erwiderte Inspector Choi. »Ich werde mit Abteilung D sprechen – sie sollen ein Team nach Chai Wan rüberschicken.«

»Gibt es sonst irgendwelche offenen Fälle?«

»Nein … Ach doch, Moment, der ›Säurebombenfall‹ ist immer noch offen, aber es gibt keine neuen Spuren. Ich fürchte, uns bleibt nichts übrig, als abzuwarten, bis der Täter wieder zuschlägt«, seufzte Choi.

»Stimmt. Der Umgang mit solchen Angriffen fällt am schwersten.«

Ein halbes Jahr zuvor war es auf der Tung Choi Street in Mongkok, einem großen Straßenmarkt, auf dem Kleidung, Schmuck und Toilettenartikel verkauft wurden, zu einem Säureanschlag gekommen. Auch als Ladies' Alley bekannt, galt die Straße als eines der beliebtesten Touristenziele von Hongkong.

Die altmodischen Gebäude verliehen der Tung Choi Street ihren einmaligen Charakter. Allerdings mangelte es den alten Häusern an Sicherheitsvorkehrungen – viele hatten nicht einmal ein Eingangstor, und jedermann konnte frei ein und aus gehen. Dies hatte sich ein Straftäter zunutze gemacht und gegen neun Uhr abends ungehindert eines der fünf- bis sechsstöckigen Gebäude betreten, eine Flasche Abflussreiniger aufgeschraubt und die konzentrierte, stark ätzende Natronlauge hinunter auf die Straße gegossen. An den Wochenendabenden herrschte grundsätzlich der größte Betrieb, und mehrere Besucher und Marktstandbetreiber erlitten schwere Verätzungen. Zwei Monate darauf ereignete sich an einem Samstagabend am anderen Ende des Marktes ein ähnlicher Vorfall, als plötzlich zwei Flaschen derselben Marke Abflussreiniger vom Himmel fielen. Diesmal wurden noch mehr Menschen verletzt, von denen einige fast erblindeten, weil sie direkt am Kopf getroffen worden waren.

Das Regionalkommissariat West-Kowloon nahm die Ermittlungen auf, war jedoch nicht in der Lage, einen Verdächtigen zu identifizieren. Die Dächer der umliegenden Gebäude waren alle miteinander verbunden, und der Täter konnte nach dem Anschlag ohne Probleme unbemerkt fliehen. Nach dem ersten Vorfall legte die Polizei den Anwohnern dringend nahe, ihre Häuser besser zu sichern, doch es geschah nichts, da bei vielen Gebäuden die Zuständigkeit so schnell nicht geklärt werden konnte und weder Mieter noch Vermieter viel Sinn darin sahen – schließlich war das Unglück bereits passiert; wozu noch einen Zaun ziehen, wenn das Schaf schon entlaufen ist? Dann kam der zweite Anschlag.

Der Informationsdienst von West-Kowloon bat das CIB um Sichtung von Hunderten Überwachungsvideos der örtlichen Geschäftsbetreiber sowie der Aufzeichnungen von zehn öffentlichen Überwachungskameras, um etwaige Täter aufzuspüren. Nach ausführlicher Sichtung riesiger Berge von Material rund um beide Ereignisse und entsprechender Kreuzverweise konnte das CIB einen dicken Mann von knapp eins sechzig identifizieren, dessen Gesicht unter einer schwarzen Baseballkappe verborgen war. Die Polizei suchte per amtlicher Bekanntmachung nach ihm – als Zeugen, nicht als Verdächtigen –, doch es kam nichts dabei heraus.

Glücklicherweise hatten sich seit dem zweiten Anschlag vor vier Monaten keine weiteren Vorfälle ereignet. Vielleicht war der Typ mit der schwarzen Kappe tatsächlich ihr Mann und hatte aufgegeben, weil er wusste, dass sie ihm auf den Fersen waren. Oder die lokalen Händler waren schließlich doch bereit gewesen, Geld in die Hand zu nehmen und in ordentliche Tore und Wachpersonal zu investieren. Jedenfalls waren seitdem auf der Tung Choi Street keine Unschuldigen mehr zu Schaden gekommen.

Das Problem war, dass damit die Ermittlungen ins Stocken geraten waren.

»Konzentrieren wir unsere Kräfte auf den Big-Circle-Fall.« Kwan schloss den Aktenordner.

»Ja, Commander.« Alex Choi erhob sich, dann sagte er mit verändertem Tonfall: »Ich vermute, das war mein letzter Bericht an Sie?«

»Ja, richtig. Nächste Woche sitzen Sie hier und lassen sich Bericht erstatten.«

»Commander, wir sind Ihnen alle sehr dankbar für Ihre Führung in den letzten Jahren. Wir haben viel von Ihnen gelernt.« Chief Inspector Choi ging zur Tür und öffnete sie. Er deutete nach draußen. »Wir möchten Ihnen unseren Dank aussprechen.«

Kwan Chun-dok hatte nicht damit gerechnet, dass das komplette Team 1 vor seiner Tür versammelt stand. Jemand hielt eine Torte mit der Aufschrift »Alles Gute zur Pensionierung« in Händen. Lächelnd und klatschend betraten seine Leute das Büro. Der Mann mit dem Kuchen war Sonny Lok. Er war zwar erst seit Jahresbeginn Mitarbeiter der Abteilung B, aber Kwan hatte ihm oft persönliche Aufgaben zugewiesen, fast als wäre er sein Assistent, und seine Kollegen hatten ihn zum »Tortenbotschafter« erkoren.

»Das wäre doch nicht nötig gewesen!« Kwan strahlte. »Wir wollen doch nächste Woche gemeinsam essen gehen. Wozu denn jetzt noch der Kuchen?«

»Keine Sorge, Commander. Wir helfen Ihnen – da wird kein Klecks Buttercreme verschwendet.« Choi kannte Kwans Hang zur Sparsamkeit und hatte darauf geachtet, dass die Torte nicht übertrieben groß wurde. »Heute ist Ihr letzter Tag bei uns, und wir konnten Sie nicht ganz ohne Feier davonkommen lassen.«

»Ich danke Ihnen allen. Es ist erst kurz nach zehn. Hat wirklich schon jemand Hunger auf Kuchen?«

»Ich habe heute extra nicht gefrühstückt«, rief jemand.

»Nachmittags sind alle beschäftigt. Es war nicht einfach, das ganze Team zusammenzutrommeln«, sagte Choi.

»Alles Gute, Commander!«

»Und vergessen Sie nicht, uns zu besuchen.«

»Schnell, ein Messer, der Commander bekommt das erste Stück.«

»Was ist denn hier los?«, ertönte plötzlich eine strenge Stimme in dem Durcheinander.

Alle bis auf Kwan Chun-dok erstarrten. Hinter der Versammlung stand plötzlich Chief Superintendent Keith Tso, in makellosem Anzug, jedes Haar an seinem Platz, das Gesicht regungslos. Chief Superintendent Tso war vier Jahre älter als Kwan und Direktor des CIB. Er lächelte so gut wie nie und trug etwa dreiundzwanzig Stunden am Tag gerunzelte Augenbrauen zur Schau. Der gesamte Informationsdienst behandelte ihn mit Furcht und Respekt. Weder Choi noch sein Team hatten damit gerechnet, dass ihr höchster Vorgesetzter plötzlich in den Räumlichkeiten der Abteilung B auftauchen würde, und Team 1 nahm eilig Haltung an. Sonny Lok war in der unangenehmsten Position, denn er fand so schnell keinen Platz, um die Torte abzustellen und vor dem Chief Superintendent zu salutieren.

»Wollten Sie zu mir, Sir?«, fragte Kwan gelassen und erhob sich. »Mein Team hat mir zur Pensionierung eine Torte gebracht.«

»Ach so. Soll ich später wiederkommen?«

»Nein, nein«, sagte Chief Inspector Choi eilig. »Wir lassen Sie allein.«

Chief Superintendent Tso nickte, als wäre dies selbstverständlich, und Team 1 eilte geschlossen aus dem Büro. Der Letzte schloss geräuschlos die Tür.

Als sie allein waren, fing Kwan an zu kichern. »Keith, du hast sie furchtbar erschreckt.«

»Das liegt daran, dass sie solche Feiglinge sind.« Tso zuckte die Achseln und setzte sich. Er kannte Kwan Chun-dok seit ewigen Zeiten und würde vor einem alten Freund niemals eine Schau abziehen – auch wenn er zufällig der Vorgesetzte dieses alten Freundes war.

»Ist es dringend?« Die Abteilungsleiter des CIB trafen sich wöchentlich zur Besprechung, doch die fand im Konferenzzimmer statt. Keith Tso ließ sich nur äußerst selten persönlich in der Abteilung B blicken.

»Du gehst heute, da musste ich doch vorbeikommen.« Tso zog ein Schächtelchen aus der Tasche. Kwan öffnete es. Darin lag ein silberner Füller. »Wir alten Knacker mögen es doch lieber auf die altmodische Art, auch wenn wir unsere Berichte inzwischen auf dem Computer schreiben müssen.«

»Ach … danke sehr«, sagte Kwan höflich, obwohl ihm jeder Stift recht war, solange man damit schreiben konnte, und ein derart exquisites Schreibgerät ihm wie Verschwendung vorkam. »Ehrlich gesagt, ich weiß nicht, wie oft ich noch zum Stift greifen muss, wenn ich erst einmal in Pension gegangen bin. Oder willst du mir damit sagen, dass ich meine Memoiren schreiben soll?«

»Abgesehen von diesem kleinen Andenken wollte ich mich nach deinen Plänen erkundigen.« Chief Superintendent Tso beugte sich vor und sah Kwan direkt in die Augen.

»Keith, du kannst dir deine Worte sparen. Du weißt, dass mein Entschluss feststeht.« Kwan schüttelte lächelnd den Kopf.

»Bist du sicher, dass ich dich nicht doch überreden kann, Ah Dok?« Tso benutzte die vertrauliche Anrede »Ah«, um Kwan zu bezirzen. »Ob nun an Erfolgsbilanz, Fähigkeit oder Verbindungen gemessen, du bist nun mal der beste Mann im Haus. Ich gehe nächstes Jahr ebenfalls, und dann steht das CIB ohne erstklassige Führungskräfte da. Du bist noch jung. Unterschreib einen Vertrag und übernimm für die nächsten fünf Jahre meinen Posten. Nummer eins wäre überglücklich.« Der Polizeipräsident von Hongkong wurde oft Nummer eins genannt, weil sein Dienstwagen diese Zahl als Kennzeichen trug.

In Hongkong hatten Polizeibeamte die Möglichkeit, nach ihrer Pensionierung auf Honorarbasis bei der Truppe zu bleiben. Dies war maximal für vier Vertragslaufzeiten von je zweieinhalb Jahren möglich, gegen eine Bonuszahlung in bar. Selbst das geschah bei Leuten über fünfundfünfzig selten, es sei denn, es handelte sich um hochrangige Persönlichkeiten, auf deren Expertise man nicht verzichten konnte.

Kwan wusste natürlich, dass Chief Superintendent Tso in einem Jahr in Pension gehen würde. Wie viele andere Bürger Hongkongs, die sich vor der Zeit nach der Übergabe Hongkongs fürchteten, war auch seine Familie bereits nach England übergesiedelt, doch Tso hatte beschlossen, selbst noch zu bleiben und seinen Dienst regulär zu beenden. Die britische Regierung hatte sich zwar dagegen entschieden, der Millionenbevölkerung von Hongkong generell die Erlaubnis zur Emigration zu erteilen, hatte jedoch qualifizierten Mitarbeitern des öffentlichen Diensts gestattet, jederzeit eine Aufenthaltsgenehmigung für England zu beantragen. Durch die Schaffung dieses Fluchtwegs hoffte man, dass die Leute bis zum Schluss freiwillig in Hongkong blieben und ein Massenexodus im öffentlichen Dienst vermieden wurde. Während sie also die Stellung hielten, richteten ihre Familien sich in England oder anderen Commonwealth-Staaten in ihrem neuen Leben ein, und ihre Kinder entschieden sich für ein Studium im Ausland und würden nie nach Hongkong zurückkehren.

»Nein danke, sucht euch einen anderen dafür«, sagte Kwan. »Benny ist für den Posten bestens geeignet, außerdem ist er jünger als ich. Selbst wenn ich noch fünf Jahre bliebe, stünden wir am Ende vor dem gleichen Problem. Die Nachfolgeproblematik könnte man im Keim ersticken, wenn man von vornherein den Jungen eine Chance gäbe.«

»Benny ist nicht schlecht, aber er ist zu emotional.« Benedict Lau war Leiter der Abteilung A. »Ah Dok, du weißt so gut wie ich, dass der Direktor des CIB einen messerscharfen Verstand braucht und seine Augen und Ohren in alle Richtungen offen halten muss. Benny ist besser für die Arbeit an der Front geschaffen.«

»Keith, lass es gut sein. Ich liebe die Arbeit an Analyse und Schlussfolgerung, und du willst mich in die Planung stecken. Das wäre nichts für mich, auf gar keinen Fall. Das muss dir doch klar sein. Es war schließlich deine Idee, mich nach der Beförderung in meiner eigenen Abteilung zu belassen.«

Beim Informationsdienst waren Superintendents normalerweise Abteilungsleiter und Senior Superintendents Vizedirektoren. Nachdem Kwan vor einigen Jahren zum Senior Superintendent aufgestiegen war, war er jedoch Abteilungsleiter seiner Abteilung geblieben – eine absolute Ausnahme, die Tso nach Abwägung von Kwans Stärken gemacht hatte.

»Gut. Ich geb's auf.« Keith Tsos Augenbrauen zogen sich wie üblich zusammen. »Darf ich dir dann wenigstens unseren Plan B verraten?«

»Welchen Plan B?«

»Du unterschreibst einen Vertrag, aber nicht für meinen Posten.«

»Und was soll ich Alex sagen? Er bereitet sich seit Wochen darauf vor, meinen Posten zu übernehmen.«

»Nein, nein, du würdest auch nicht bleiben, wo du bist. Ich habe alles mit Commissioner Hung besprochen – wir behalten dich als Sonderberater. Du bist zwar offiziell dem Informationsdienst unterstellt, kannst dich aber frei bewegen und dich nach eigenem Ermessen in jeden offenen Fall einschalten – vorausgesetzt natürlich, das entsprechende Dezernat bittet um Hilfe. Wir wollen uns auf keinen Fall einmischen, wo wir unerwünscht sind, das wäre schlecht für die Moral.«

»Ach was?« Superintendent Kwan war sich seiner außergewöhnlichen kombinatorischen Fähigkeiten durchaus bewusst, doch mit einem derart ungewöhnlichen Angebot hatte er trotzdem nicht gerechnet. Der Mann, den Tso eben erwähnt hatte, war kein Geringerer als Senior Assistant Commissioner Daniel Hung, Direktor der Abteilung Kriminalität und Sicherheit, der alle anderen Dezernate unterstanden. Daniel war erst einundvierzig Jahre alt, direkt von der Uni zur Truppe gekommen und seitdem auf der Überholspur – ganz anders als Keith Tso oder Kwan Chun-dok, die als einfache Streifenpolizisten angefangen und sich langsam die Leiter hinaufgearbeitet hatten.

»Was Besseres ist mir nicht eingefallen. Ich werde dich nicht dazu zwingen, aber du solltest dringend darüber nachdenken. Wer weiß, welche neuen Herausforderungen im Juli auf uns zukommen – deine Erfahrung können wir auf alle Fälle gut gebrauchen.«

Kwan schwieg eine Weile. Das Angebot klang interessant. Er wäre in der Lage, wieder an die Front zurückzukehren, ohne sich über seinen alternden Körper Gedanken machen zu müssen – einen besseren Kompromiss konnte es eigentlich nicht geben. Trotzdem. Kwans Neigung zum akribischen Denken erstreckte sich auch auf sein Privatleben, und er würde erst eine Antwort geben, wenn er die Sache aus wirklich jedem erdenklichen Blickwinkel beleuchtet hatte.

»Ich werde darüber nachdenken«, sagte er. »Wann brauchst du eine Antwort?«

»Vor Mitte Juli.« Tso erhob sich. »Bis dahin bist du sowieso noch nicht offiziell pensioniert. Gib mir Bescheid.«

Kwan begleitete ihn zur Tür. Doch Tso war noch nicht fertig. »Ah Dok«, sagte er. »Egal, was du zu meinem Vorschlag sagst, jetzt wünsche ich dir jedenfalls erst einmal alles Gute zur Pensionierung. In unserem Metier ist es definitiv ein Grund zum Feiern, wenn man es unbeschadet bis zum Ruhestand schafft.«

»Da hast du recht, Keith. Danke sehr.« Kwan schüttelte ihm die Hand und hielt ihm die Tür auf.

Im Großraumbüro seiner Abteilung saßen die Mitarbeiter emsig an ihren Schreibtischen. Mit ernsten Mienen wurde telefoniert oder in Aktenbergen gewühlt. Kwan hatte gedacht, sie würden ihr kleines Schauspiel beenden, sobald Chief Superintendent Tso außer Sichtweite war, doch seine Leute machten weiter, und ihm wurde sofort klar, dass die Anspannung im Raum nicht gespielt war.

»Commander, wir haben etwas hereinbekommen.« Inspector Choi setzte ihn eilig ins Bild. »Hong Kong Island hat angerufen – es gab wieder einen Säureanschlag. Das örtliche Kommissariat ist bereits an der Sache dran. Eben noch haben wir gesagt, ohne neue Beweislage könnten wir nicht weitermachen, und jetzt das!«

»Hong Kong Island?« Kwan runzelte die Stirn. »Nicht Mongkok?«

»Nein, diesmal in direkter Nachbarschaft – auf dem Graham Street Market in Central. Wir wissen noch nicht, ob es sich um denselben Täter oder einen Nachahmer handelt – es ist schon jemand von uns unterwegs.«

»Gut, geben Sie Bescheid, sobald es etwas Neues gibt. Wenn es sich um denselben Verdächtigen handelt, müssen wir West-Kowloon informieren.« Kwan klopfte Choi auf die Schulter. Was auch immer als Nächstes geschah, jetzt trug Choi die Verantwortung – Kwan war morgen nicht mehr hier, um Anweisungen zu geben. Trotzdem behielt Kwan, während er die allerletzten Berichte las, sein Team im Auge. Aus dem Auf und Ab ihrer Stimmen am Telefon und in Gesprächen untereinander filterte er automatisch die ersten Informationsschnipsel heraus – um 10.05 Uhr waren vom Dach eines Altbaus vier Behälter Abflussreiniger geworfen worden und hatten Marktstände sowohl auf der Graham als auch auf der Wellington Street getroffen. Auf der Graham Street befand sich der älteste Straßenmarkt Hongkongs. Hier wurden auch frische Lebensmittel verkauft, und neben den vielen Touristen versorgten sich hier die Menschen aus der Umgebung mit dem Bedarf für den Alltag. Bis jetzt war von zweiunddreißig Verletzten die Rede, darunter drei Schwerverletzte – von der ätzenden Flüssigkeit entweder im Gesicht oder am Kopf getroffen.

Eine halbe Stunde später klopfte Alex Choi mit Nachdruck an Kwans Tür.

»Was ist passiert? Ist eines der Opfer gestorben?«, fragte Kwan.

»Nein, nein, Commander, viel schlimmer – während eines Krankenhausbesuchs ist ein Strafgefangener geflohen.«

»Wo? Queen Mary?« In dieses Krankenhaus in Pok Fu Lam auf Hong Kong Island wurden üblicherweise bei Bedarf die Insassen des Stanley Prison überwiesen.

»Ja, ja, aus dem Queen Mary«, stammelte Choi. »Aber nicht das Wo ist das Problem, sondern das Wer – der entflohene Gefangene ist Shek Boon-tim.«

Kwan Chun-dok erstarrte. Vor acht Jahren, an seinem allerersten Tag beim CIB, war er zufällig zu einem Einsatz gegen die Shek-Brüder gestoßen. Shek Boon-tim und Shek Boon-sing führten zu jener Zeit die Liste der meistgesuchten Verbrecher Hongkongs an. Boon-tim, der Ältere, galt als gerissen und klug, während Boon-sing skrupellos tötete, ohne mit der Wimper zu zucken. Der Jüngere war bei dem Polizeieinsatz im Kugelhagel ums Leben gekommen. Boon-tim gelang die Flucht – bis die Polizei ihn einen Monat darauf in seinem Unterschlupf aufspürte und verhaftete. Derjenige, dem es damals gelungen war, alle Puzzleteile so zusammenzufügen, dass diese Verhaftung möglich wurde, war Kwan Chun-dok selbst gewesen.

2

Eine Stunde nach Chois Bericht über Shek Boon-tims Flucht kam sich die gesamte Abteilung B vor wie in der Achterbahn – ihnen schwirrten die Köpfe von dem ganzen Rauf und Runter.

Zunächst hatten sie von dem Vorfall nur durch Zufall erfahren. Alex Choi hatte einen Beamten in die Einsatzzentrale geschickt, um sämtliche verfügbaren Protokolle über den jüngsten Säureanschlag zu besorgen. Dieser Beamte traf zufällig in dem Augenblick ein, als ein Kollege vom Strafvollzug über Funk dringend um Unterstützung bat, weil der Gefangene Shek Boon-tim aus dem Krankenhaus geflohen war. Der Leiter der Einsatzzentrale alarmierte umgehend sämtliche verfügbaren Streifen, Teams der mobilen Einsatzgruppe sowie die berittene Polizei, um die Verfolgung aufzunehmen.

Nach ersten Augenzeugenberichten war Shek Boon-tim aus dem Gebäude gerannt und in einen in unmittelbarer Nähe geparkten weißen Honda Civic gestiegen. Sobald er auf dem Rücksitz saß, raste der Wagen davon, durchbrach eine Schranke und fuhr mit überhöhter Geschwindigkeit über die Pok Fu Lam Road in Richtung Norden davon. Aufgrund der durch den morgendlichen Brand in West Point und den schweren Verkehrsunfall in Central verursachten Unregelmäßigkeiten waren die Streifenwagen nicht in der Lage, das Fluchtfahrzeug abzufangen.

Dies war der Stand der Dinge gewesen, als Alex Choi Kwan unverzüglich nach Eintreffen der Meldung um elf Uhr vormittags Bericht erstattet hatte. Was er zu dem Zeitpunkt noch nicht wusste, war, dass ein Fahrzeug der mobilen Einsatzgruppe das Zielobjekt im Westen von Mid-Levels gesichtet hatte. Den Funkanweisungen folgend, fuhren die Kollegen voraus, um an der Kreuzung Pok Fu Lam Road und Hill Road eine Straßensperre zu errichten. Doch noch ehe sie mit den Vorbereitungen fertig waren, raste der weiße Honda auf sie zu und riss die Blockade in Trümmer. Der Streifenwagen nahm mit halsbrecherischer Geschwindigkeit die Verfolgung auf und jagte den Wagen die Pok Fu Lam Road und weiter über die Bonham Road hinauf. Auf Höhe Honiton Road musste der Honda einem Lastwagen ausweichen, kam ins Schleudern und krachte gegen einen Laternenmast.

Damit fingen die Schwierigkeiten erst an. Die fünf Beamten in dem Verfolgerfahrzeug hatten nicht damit gerechnet, dass die Insassen des Fluchtfahrzeugs schwer bewaffnet waren. Noch ehe sie aussteigen konnten, wurden sie unter Beschuss genommen. Der befehlshabende Gruppenleiter ließ umgehend die an Bord des Einsatzfahrzeugs befindliche MP5-Maschinenpistole sowie die Remington-Flinte entsichern und das Feuer erwidern. In Sekundenschnelle flogen Kugeln hin und her, und die Straße verwandelte sich in ein Schlachtfeld. Die Linien blieben auf beiden Seiten unverändert, und weder Polizei noch Verfolgte konnten Boden gutmachen, bis das Schicksal es gut mit den Beamten meinte und in sprichwörtlich letzter Sekunde ein zweites Team der mobilen Einsatzgruppe auftauchte und den Honda von der entgegengesetzten Seite unter Beschuss nahm. Nach heftigen Schusswechseln waren drei Täter tot und nur fünf Passanten und Beamte verletzt – was unter diesen Umständen als glücklicher Ausgang gelten konnte. Bereits fünfzehn Minuten später waren Beamte des Kommissariats vor Ort und stellten überrascht fest: Shek Boon-tim befand sich nicht unter den Toten.

Möglich, dass der Geflohene im Chaos des Schusswechsels aus dem Wagen gesprungen und davongelaufen war – keiner der Beamten konnte beschwören, nicht ausgetrickst worden zu sein, weil sie sich auf die Schützen konzentrieren mussten, während der Häftling womöglich auf der anderen Seite aus dem Wagen gesprungen war und sich unter die in Panik fliehende Menge gemischt hatte. Es war ebenso gut möglich, dass Shek Boon-tim schon gar nicht mehr im Wagen gesessen hatte, als sie die Verfolgung aufnahmen, dass er inzwischen längst die

Fahrzeuge getauscht oder gar auf ein öffentliches Verkehrsmittel umgestiegen und in der überfüllten Stadt untergetaucht war.

»Das Dezernat für Organisiertes Verbrechen übernimmt offiziell den Fall Shek Boon-tim. Uns liegt lediglich die Anfrage zur Analyse der Berichte vor.« Es war inzwischen Mittag, und Alex Choi eröffnete die offizielle Lagebesprechung. Während die Beamten an vorderster Front Informationen sammelten, blieb dem CIB nur sehr wenig Zeit, die Berichte zu sortieren, Ermittlungsstrategien zu entwerfen und den Fall grundlegend zu umreißen. In diesem Moment war jede Minute, die sie verloren, eine Minute mehr, die Shek Boon-tim für seine Flucht nutzen konnte, und erweiterte den Suchradius um die nächsten einhundert Meter.

Der stellvertretende Leiter von Abteilung D sowie eine Ermittlerin der Abteilung Organisiertes Verbrechen hatten sich der Besprechung ebenfalls angeschlossen, um sicherzustellen, dass der Informationsfluss zwischen den Abteilungen gewährleistet war. Kwan saß neben Choi. Er wollte dabei sein, auch wenn er dem Jüngeren bereits die volle Verantwortung übertragen hatte – technisch gesehen hatte er noch immer das Sagen.

Außerdem sehnten sich insgeheim alle Mitarbeiter der Abteilung B danach, dass Kwan Chun-dok sich mit einer Einschätzung äußerte. Abgesehen von seinen Fähigkeiten, Verbrechen aufzuklären, war er der einzige Beamte im Haus, der bereits mit Shek Boon-tim zu tun gehabt hatte. Die beiden Männer waren einander zwar nie begegnet, trotzdem konnte man sagen, dass Kwan Sheks Persönlichkeit in- und auswendig kannte.

»Shek Boon-tim, zweiundvierzig Jahre alt. Vor acht Jahren wegen bewaffneten Raubüberfalls und Entführung zu zwanzig Jahren Haft verurteilt.« Choi betätigte, während er sprach, den Diaprojektor und warf das Foto des Mannes an die Leinwand. »Zwischen 1985 und 1989 gehörten er und sein Bruder Shek Boon-sing zu den meistgesuchten Männern in Hongkong. Boon-sing führte die Raubüberfälle aus, Boon-tim war der Kopf dahinter. 1988 wurde der Unternehmer Lee Yu-lung entführt, und Shek Boon-tim trat mit einer Lösegeldforderung in Höhe von vierhundert Millionen Hongkong-Dollar an die Familie des Opfers heran. Der Kerl hantiert nicht mit Schusswaffen oder Messern – seine Waffen sind sein Verstand und seine Zunge.«

Solche Verbrecher waren am schwersten zu kriegen, wusste Kwan. Das Foto auf der Leinwand stammte vom Justizvollzug und war erst einen Monat alt. Sheks Gesichtszüge hatten sich nicht verändert – dasselbe kantige Gesicht, schmale Lippen, eng stehende Augenbrauen und schwarz gerahmte Brille –, doch er war dünner als früher, hatte erste Falten um die Augen und weiße Strähnen in den kurzen Haaren. Das Leben im Gefängnis hatte ihm offensichtlich zugesetzt.

»Heute Morgen gegen neun Uhr meldete sich Shek Boon-tim, Insasse des Stanley Prison, bei seinen Wärtern und klagte über Bauchschmerzen. Der Gefängnisarzt gab ihm eine Schmerzspritze, und als die Schmerzen nicht abklangen, veranlassten die Kollegen vom Justizvollzug eine eingehende Untersuchung im Queen Mary Hospital.« Inspector Choi legte eine Pause ein und ließ den Blick über die versammelten Beamten schweifen. Dann fuhr er fort. »Weil Shek Boon-tim sich bis dahin durch gute Führung ausgezeichnet hatte, wurden keine besonderen Sicherheitsmaßnahmen ergriffen. Dem Gefangenen wurden lediglich Handschellen angelegt und zwei Beamte zur Seite gestellt.«

Alle wussten, was Choi nicht ausgesprochen hatte. Die Shek-Brüder waren für die Stadt wie ein Krebsgeschwür gewesen und hatten der Polizei jahrelang Ärger bereitet. In der ganzen Truppe gab es niemanden, der ernsthaft glaubte, derartiger Abschaum würde sich jemals zum Besseren verändern. Die Schuld lag eindeutig bei den Kollegen vom Justizvollzug, die sich von ein bisschen guter Führung hatten hinters Licht führen lassen.

»Um 10.35 Uhr trafen die Justizvollzugsbeamten mit Shek im Krankenhaus ein. Etwa zwanzig Minuten später bat Shek darum, die Toilette aufsuchen zu dürfen. Da die Notaufnahme im Erdgeschoss wegen des Brandes in West Point und des Säureangriffs in Central überfüllt war, führten Sheks Begleiter ihn zu einer Toilette im ersten Stock. Dort nutzte er einen unbeobachteten Augenblick und sprang zum Fenster hinaus. Er rannte zu dem wartenden Fluchtfahrzeug, welches die elektrische Schranke zum Krankenhausparkplatz durchbrach und über die Pok Fu Lam Road in Richtung West Point davonraste.« Choi deutete mit einem Zeigestab auf den an die Leinwand projizierten Stadtplan.

»Um 11.01 Uhr sichtete Wagen 2 der mobilen Einsatzgruppe das Ziel an der Auffahrt Hill Road.« Die Spitze des Zeigestabs bewegte sich über den Straßenplan. »Die Verdächtigen fuhren auf der Bonham Road weiter, bis es in der Nähe des King's College zur Kollision kam. Darauf folgte ein Schusswechsel zwischen dem Team von Wagen 2 und den Verdächtigen. Währenddessen näherte sich von Westen her Wagen 6 der mobilen Einsatzgruppe. Von zwei Seiten unter Beschuss genommen, wurden die Verdächtigen getroffen und verstarben noch an Ort und Stelle.«

Klick. Auf der Leinwand erschienen nebeneinander drei Fotos.

»Zu unserem großen Bedauern war Shek Boon-tim nicht unter ihnen. Er ist nach wie vor auf freiem Fuß. Die Toten wurden inzwischen identifiziert. Es handelt sich um Chu Tat-wai, Spitzname Little Willy, ehemaliger Untergebener von Shek Boon-tim. Er wanderte vor zehn Jahren wegen tätlicher Beleidigung und Körperverletzung ins Gefängnis und wurde vor fünf Jahren entlassen. Die anderen beiden sind Big-Circle-Männer, die das Hoheitsgebiet erst vor Kurzem betreten haben. Wir hatten zwar Hinweise darauf, dass sie etwas planten, doch dieser Zwischenfall ließ sich mit unseren Informationen nicht vorhersehen.«

Zwei der drei Gesichter stammten aus der Akte, die Choi Kwan am Vormittag gegeben hatte. Kwan hatte richtiggelegen: Sie hatten nicht bis Ende des Monats gewartet, um zuzuschlagen.

»Die Verstorbenen führten eine Maschinenpistole Typ Skorpion vz. 61 mit sich, außerdem zwei Pistolen Typ 54 Black Star und knapp hundert Kugeln Munition. Ich gehe nicht davon aus, dass diese Menge nur für Shek Boon-tims Befreiung gedacht war. Zieht man den Hintergrundbericht über die beiden Big-Circle-Männer und den über Shek selbst mit in Betracht, so ist davon auszugehen, dass nach dem Ausbruch ein Raubüberfall erheblichen Ausmaßes geplant war. Der Unfall verschafft uns ein wenig Zeit, um hinsichtlich der Pläne und weiterer Beteiligter zu ermitteln, doch die entscheidende Frage ist die nach dem Verbleib des vermutlichen Drahtziehers Shek Boon-tim.«

Im Anschluss folgten einige Fotos vom Unfallort. Die vielen Einschusslöcher und Blutspuren auf dem weißen Wagen zeigten, wie heftig der Schusswechsel gewesen war.

»Bei Little Willys Leiche fand sich ein weiterer Satz Autoschlüssel, was unserer Meinung nach darauf hindeutet, dass die Opfer mindestens einen Fahrzeugwechsel planten. Auf dem Rücksitz fand sich Sträflingskleidung mit abgetrennten Nummern und eine zerbrochene, schwarz gerahmte Brille. Wir vermuten, dass Shek Boon-tim inzwischen zivile Kleidung und Kontaktlinsen trägt.«

Choi trat neben den Stadtplan. »Die Kollegen von der mobilen Einsatzgruppe konnten uns nicht sagen, ob Shek bereits vor oder erst während des Schusswechsels aus dem Fluchtfahrzeug verschwunden war. Falls er sich währenddessen zwischen die Passanten gemischt hat, befindet er sich jetzt wahrscheinlich irgendwo in Sai Ying Pun.« Er zog einen Kreis um den Ort des Schusswechsels. »Die Kollegen im westlichen Distrikt durchkämmen derzeit die Gegend und sammeln Augenzeugenberichte. Weitere Informationen haben wir derzeit nicht.« Er ließ den Zeigestab sinken. »Falls Shek Boon-tim jedoch bereits vor dem Schusswechsel unbemerkt aus dem Wagen steigen konnte, haben wir ein noch größeres Problem. Zwischen der Flucht des Fahrzeugs vom Krankenhausparkplatz und der ersten Sichtung durch Wagen 2 an der Abfahrt Hill Road liegen fünf bis sechs Minuten. Nach allem, was wir wissen, ist Shek sehr gerissen. Die meisten würden nach dem Ausbruch aus dem Gefängnis mit ihren Befreiern fliehen, aber wir müssen davon ausgehen, dass er seine Leute womöglich als Lockvögel benutzt hat, um Zeit zu gewinnen. Sollte dies der Fall sein, hat er den Honda vielleicht schon in Smithfield verlassen und sich am westlichen Rand von West Point unter die Menge gemischt. Sheks Fahndungsfoto wurde in Umlauf gebracht, und alle Streifenpolizisten wurden angewiesen, nach ihm Ausschau zu halten. Auch die Presse ist mit Bildmaterial versorgt. Wir erhoffen uns von der Öffentlichkeit weitere Hinweise.«

Auf sachdienliche Hinweise aus der Bevölkerung zu hoffen war dasselbe, wie auf einen Baum zu steigen, um einen Fisch zu fangen, dachte Kwan. Shek Boon-tim war kein gewöhnlicher Verbrecher, und wenn er wirklich schon vor dem ersten Schuss entwischt war, hatte er mit Sicherheit für wasserdichte Tarnung gesorgt.

»Wir haben inzwischen glücklicherweise Informationen erhalten, die uns eine gangbare Taktik liefern.« Choi trat neben die Leinwand und deutete auf die beiden Big-Circle-Männer. »Wir haben erfahren, dass diese beiden Festlandchinesen sich im Industriegebiet neben dem Chai-Wan-Frachthafen versteckt gehalten haben. Inzwischen glauben wir, dass dieses Versteck Shek als Basis dienen sollte. Shek ging mit Sicherheit nicht davon aus, dass Little Willy und die anderen von der Polizei erschossen würden, und Little Willy spielte als Fahrer des Fluchtfahrzeugs eine wichtige Rolle in seinem Plan. Jetzt, wo seine drei Männer tot sind, wird Shek fieberhaft nachdenken. Nach Jahren im Gefängnis sind ihm die Verhältnisse draußen nicht mehr so vertraut wie früher. Vermutlich hält er sich versteckt und wartet ab, bis der Rauch sich verzogen hat. Die Kollegen der Abteilung D haben in Chai Wan bereits eine 24-Stunden-Überwachung auf die Beine gestellt, mit Hauptaugenmerk auf die Fung Yip Street und die Sun On Street.«

Der stellvertretende Leiter der Abteilung D nickte bestätigend.

»Die Kollegen vom Organisierten Verbrechen werden sich weiter mit den drei Toten beschäftigen und alles, was bei ihnen und im Fluchtfahrzeug aufgefunden wurde, verwenden, um das Feld der Ermittlungen möglichst einzuschränken.« Choi nickte der Vertreterin vom Organisierten Verbrechen kurz zu und wandte sich dann an seine eigenen Leute. »Ah Ho, Sie sind verantwortlich für die Nachverfolgung der Infos vom OV; Kwong und Elise, Sie analysieren die Protokolle und gleichen die Aussagen der Kollegen ab, die in den Schusswechsel involviert waren; Bob, Sie nehmen Kontakt zu Abteilung A auf und finden raus, ob deren Informanten irgendwelche Insiderinformationen besitzen; alle anderen nehmen sich sämtliche Überwachungskameras an der Po Fu Lam und an der Bonham Road vor. Ich will wissen, ob Shek Boon-tim in den fraglichen fünf Minuten aus dem Wagen gestiegen ist. Noch Fragen?«

Es herrschte Schweigen.

»Okay. An die Arbeit. Besprechung beendet.«

Das Team zerstreute sich. Der Leiter von Abteilung D unterhielt sich noch kurz mit Choi, ehe er mit ein paar Unterlagen in der Hand den Raum verließ. Auch die Ermittlerin vom Organisierten Verbrechen wartete mit finsterer Miene darauf, noch ein paar Fragen zu klären. So kurz vor der Übergabe hatte das OV alle Hände voll zu tun, um die Triaden in Schach zu halten, und jetzt hatten sie dank einer Panne beim Justizvollzug noch mehr am Hals.

Schließlich waren Alex Choi und Kwan Chun-dok allein.

»Was sagen Sie dazu, Commander?«

»Meine Meinung ist … dass ich im Augenblick keine Meinung habe.« Kwan zuckte die Achseln. »Allerdings hätte ich einen Rat.«

»Und der lautet?«

»Gehen Sie mittagessen. Wenn in einer halben Stunde die Analyse der Zeugenaussagen und die Auswertung der Überwachungskameras kommen, haben Sie keine ruhige Minute mehr. Sie sind mit Sicherheit bis spät in die Nacht beschäftigt.«

Choi lächelte grimmig, doch er akzeptierte den Vorschlag und ging in die Kantine, um sich etwas zu essen zu holen. Kwan sah ihm nach. Sein entspanntes Gesicht verbarg hunderterlei Emotionen.

Vor acht Jahren war Shek Boon-sing bei einer Schießerei mit der Polizei ums Leben gekommen. Außerdem waren viele Unschuldige gestorben – ein Umstand, an den Kwan sich nur ungern erinnerte. Heute war Shek Boon-tim aus der Haft entflohen, und wieder war es zu einem Schusswechsel gekommen. Wie es aussah, waren Kwans acht Jahre beim CIB an beiden Enden ausgerechnet von einer Schießerei markiert. Was für eine grausame Fügung.

Vielleicht besaßen Ereignisse ihre ganz eigene Ordnung, vielleicht fügten sich Anfang und Ende immer auf seltsame Weise, die der Mensch nicht zu durchdringen vermochte. Im Strom der Zeit war er nicht mehr als ein winziges Sandkorn, mitgeschwemmt vom großen Fluss.

Vor acht Jahren war Kwan die Möglichkeit vergönnt gewesen, die Dinge selbst in die Hand zu nehmen und Shek Boon-tim, nachdem er der Polizei durch die Maschen gegangen war, dingfest zu machen. Heute jedoch hatte er dazu keine Zeit mehr.

»Manche Dinge kann man nicht erzwingen«, murmelte er. Er hatte beschlossen, dass dieser Fall nicht mehr in seine Zuständigkeit fiel, und alle Verantwortung an Inspector Choi übertragen.

Dann zuckte ihm ein Gedanke durch den Kopf – wenn er Keith Tsos Angebot annahm, konnte er in der Rolle des Sonderberaters an dem Fall dranbleiben und hätte die Möglichkeit, Shek Boon-tim weiter zu verfolgen.

Nein. Das darf nicht die Basis für eine Entscheidung sein, dachte er.

Um ein Uhr mittags herrschte im Büro das totale Chaos. Auf den Schreibtischen stapelten sich Protokolle und Zeugenaussagen. An den Wandtafeln klebten Fotos vom Unfallort und mit roten Linien gekennzeichnete Umgebungskarten. Die meisten Mitarbeiter der Abteilung B starrten auf ihre Bildschirme und sichteten Stück für Stück die Überwachungsbänder. Das Suchgebiet erstreckte sich südlich des Krankenhauses über die Chi-Fu-Fa-Yuen-Siedlung hinaus bis runter nach Wah Fu. Weil

Shek Boon-tim wahrscheinlich auf ein Fahrzeug umgestiegen war, das in die entgegengesetzte Richtung fuhr, hatte Choi Anweisung gegeben, sämtliche Aufzeichnungen der Verkehrskameras entlang der entsprechenden Straßen zu sichten. Aber die Mitarbeiter hatten keine Ahnung, wonach sie suchen sollten. Sie kamen sich vor wie Jagdhunde, die nicht wussten, wie ein Kaninchen riecht, und irgendwelchen Duftmarken hinterherhetzten, hierhin und dorthin, in der Hoffnung, irgendwo auf eine Spur zu stoßen.

Als die Meldung kam, in West Point halte sich eine verdächtige Person versteckt, schlich sich so etwas wie Panik in die Einsatzzentrale. Ein besorgter Bürger hatte sich gemeldet, um zu berichten, man habe gegen halb eins mittags in der Nähe von Block C im Neubaugebiet von Kwun Lung Lau einen Mann beobachtet, der sich verdächtig verhalte. Die Kollegen vom Western District hatten sofort bewaffnete Beamte losgeschickt, um die Gegend zu durchsuchen. Allerdings bestand die Sozialbausiedlung aus über zweitausend Wohnungen mit mehr als zehntausend Bewohnern. Selbst eine oberflächliche Suche war im Grunde aussichtslos. Außerdem war Shek Boon-tim wahrscheinlich bewaffnet, und die Polizei musste mit größter Vorsicht agieren.

»Gut möglich, dass es sich um eine Falschmeldung handelt. Ich will, dass alle hier mit Vollgas weitermachen – wir suchen immer noch nach Spuren dieses Schweins«, befahl Choi. Die Suche hatte vor einer Stunde begonnen und kam nicht einen Millimeter voran. Der weiße Honda tauchte auf den Überwachungsbildern einer Tankstelle nahe der Auffahrt Pokfield Road auf die Pok Fu Lam Road auf, doch zwischen dem Krankenhaus und dort gab es noch immer keine Spur, keinen Beweis dafür, dass Shek Boon-tim den Wagen während der Lücke von drei Minuten verlassen hatte. Außerdem gab es keinerlei verlässliche Augenzeugenberichte, die hätten Auskunft geben können, ob der Honda Civic zum Unfallzeitpunkt mit drei oder vier Personen besetzt gewesen war.

Verdammt! Das wird uns noch eine Weile beschäftigen, dachte Inspector Choi. Er drehte sich um, weil er den für die Zeugenaussagen zuständigen Kollegen etwas fragen wollte, und erblickte zu seiner Überraschung Kwan Chun-dok. Er stand mit einer Tasse Kaffee in der Hand vor einer Wandtafel und studierte die Aufnahmen der Schießerei.

»Dieser Kerl.« Er deutete auf einen Mann mit Schusswunde in der Brust. »Auf dem Foto hat er eine andere Frisur.«

Choi trat näher. Es handelte sich um einen der beiden Big-Circle-Männer.

»Stimmt. Doch es ist definitiv dieselbe Person. Vergessen Sie die Frisur – Gesichtszüge, Körperbau, sogar die Narbe auf der linken Wange. Das passt alles.« Choi deutete auf das Fahndungsfoto. Es war ein paar Tage alt und zeigte den Mann mit Seitenscheitel. Auf dem Foto von heute hatte er einen Bürstenhaarschnitt.

»Stimmt. Selbst Zwillinge hätten nicht die gleiche Narbe.« Kwan trank einen Schluck Kaffee.

Choi sah seinen Noch-Vorgesetzten zweifelnd an. Ihm war nicht klar, worauf Kwan hinauswollte. Doch ehe er ihn fragen konnte, erschien Sonny Lok mit einigen Unterlagen.

»Häuptling? Die Kollegen vom OV haben gerade die Aussagen der Justizvollzugsbeamten geschickt, die Shek ins Krankenhaus begleiteten.« Choi wurde von seinen Untergebenen gern »Häuptling« genannt, ein in der Truppe verbreiteter Spitzname für Teamleiter.

»Okay ... ich dachte, ich hätte Ah Ho damit beauftragt, den Kontakt zum OV zu halten?«

»Ah Ho hat total viel zu tun. Ich assistiere ihm nur ein bisschen.«

Choi verzog das Gesicht. »Sonny, Sie tragen jetzt Schulterklappen. Sie müssen keine Botengänge für Ah Ho übernehmen.«

Sonny Lok war im Monat zuvor zum Sergeant befördert worden und trug jetzt drei Winkel auf dem Ärmel. Damit stand er im Rang über Ah Ho, doch da er zehn Jahre jünger war und erst seit einem halben Jahr in der Abteilung – ganz zu schweigen davon, dass er privat nie etwas mit seinen Kollegen unternahm –, war er empfänglich für die Versuche des Älteren, an ihn zu delegieren.

»Ich würde wirklich zu gerne wissen, wie diese beiden Wärter dazu gekommen sind, Shek so nachlässig zu behandeln und ihn einfach so davonlaufen zu lassen!«, platzte es plötzlich aus Kwan heraus.

»Spielt das eine Rolle, Commander?« Choi drehte sich wieder zu ihm um. »Das ist jetzt nicht der richtige Zeitpunkt für Schuldzuweisungen.«

»Ich bin nur neugierig, sonst nichts«, sagte Kwan und blätterte in den Unterlagen, die Sonny gerade gebracht hatte.

»Commander …« Lok verstummte, als wäre er sich nicht sicher, ob es angemessen war, Kwan über Chois Kopf hinweg direkt anzusprechen. »Die Kollegen vom Organisierten Verbrechen haben die Aussagen nicht nur schriftlich, sondern auch auf Video. Ich habe die Aufnahmen auf meinem Tisch, falls Sie sie sehen wollen.«

»Umso besser.« Kwan schlug die Mappe zu.

Choi erkundigte sich vorsichtig: »Commander, glauben Sie tatsächlich, es ließe sich ein Hinweis in den Umständen seiner Flucht finden? Wir haben doch bereits eine grobe Vorstellung davon, was passiert ist, und ich denke, die Verfolgung sollte Vorrang haben.«

»Vielleicht gibt es einen Hinweis, vielleicht auch nicht.« Kwan zuckte die Achseln. »Aber wenn man es mit einem Superhirn wie Shek Boon-tim zu tun hat, kann man es sich nicht leisten, auch nur das kleinste Detail außer Acht zu lassen.«

Chois Blick folgte dem seines Noch-Vorgesetzten zu Sheks Foto an der Wandtafel.

»Natürlich liegt die Verantwortung für diesen Fall voll und ganz bei Ihnen«, sagte Kwan. »Falls Sie der Meinung sind, es ist Zeitverschwendung, werde ich Sie nicht überstimmen.«

Sonny kam mit der Videokassette zurück.

Alex Choi warf einen kurzen Blick in die Runde. All seine Mitarbeiter waren in ihre Arbeit vertieft. »Okay, Commander,

Sie haben recht. Augenblicklich hat aber niemand Zeit – ich fürchte, wir müssen selbst einen Blick drauf werfen.«

Kwans Lippen kräuselten sich kaum merklich. Er machte auf dem Absatz kehrt und deutete ihnen an, ihm in sein Büro zu folgen – Sonny eingeschlossen. Choi hatte das leise Gefühl, dass es Kwan, dem es vor acht Jahren persönlich gelungen war, Shek zu fassen, nur darum ging, die beiden Idioten zu Gesicht zu bekommen, die es geschafft hatten, seine Leistung von damals ausgerechnet am Vorabend seiner Pensionierung zunichtezumachen.

3

Bitte nennen Sie Name, Alter, Dienstrang und Dienststelle.
Ng Fong, zweiundvierzig, Assistant Officer ersten Ranges, Justizvollzug, Strafgefangeneneskorte.

Beschreiben Sie die Vorkommnisse von heute Morgen, Freitag, dem 6. Juni 1997.
Gegen zehn Uhr heute Vormittag erhielt ich den Befehl, einen männlichen Insassen ins Queen Mary Hospital zu einer Untersuchung zu begleiten. Es handelte sich um den Gefangenen Nummer 241138, Shek Boon-tim, Insasse des Stanley Prison. Sze Wing-hong, Assistant Officer zweiten Ranges, und ich hatten den Auftrag, ihn zu eskortieren. Der Krankenwagen setzte sich um 10.05 Uhr in Bewegung. Um 10.35 Uhr erreichten wir das Queen Mary.

Waren Sie beide allein für diesen Gefangenen verantwortlich?
Ja.

Shek Boon-tims Akte weist ihn als heimtückischen Schwerverbrecher aus. Warum haben Sie keine Polizeiverstärkung angefordert?
Das Verhalten des Insassen 241138 im Gefängnis war stets tadellos. In acht Jahren gab es keinerlei Verstöße, und die Teilnahme an Rehabilitationsmaßnahmen und Aktivitäten war hoch motiviert. 241138 hat viele Belobigungen erhalten. Der Leiter vom Dienst sah keine Notwendigkeit, über die normalen Maßnahmen hinauszugehen.

Was ereignete sich im Queen Mary Hospital?
241138 wurde in die Notaufnahme eingeliefert, von einer Krankenschwester als nicht dringlich eingestuft und in den Warteraum verbracht. Sze und ich nahmen ihn in die Mitte. Währenddessen klagte er ohne Unterlass über Bauchschmerzen. Gegen 10.50 Uhr sagte er, er müsste aufs Klo. Sze und ich entschieden, ihn auf die Toilette im ersten Stock zu bringen.

Weshalb haben Sie nicht die Toilette im Wartebereich benutzt?
In der Notaufnahme herrschte Hochbetrieb. Es war ein ständiges Kommen und Gehen. Wir wollten nicht für Unruhe sorgen. Wir mussten dafür sorgen, dass er nicht mit anderen in Kontakt kam, und die Toilette überprüfen, ehe er sie betrat, um sicherzustellen, dass sich dort niemand aufhielt und auch nichts vorhanden war, das sich als Waffe verwenden ließ.

Also gingen Sie nach oben und inspizierten die Toilette?
Ja. Im ersten Stock ist der Sozialdienst untergebracht, deshalb herrschte dort wenig Betrieb. Wir entschieden uns für die Toilette im Ostflügel. Dort gibt es nur drei Kabinen. Sze bewachte den Gefangenen, während ich die Kabinen überprüfte. Vor Ort befanden sich zwei Glasflaschen und ein Wischmopp, welche ich entfernte. Ich stellte sicher, dass alle drei Kabinen leer waren, auch die, die geschlossen und mit einem »Außer Betrieb«-Schild versehen war.

Und das Fenster? Ist Ihnen nicht in den Sinn gekommen, dass der Gefangene durchs Fenster fliehen könnte?
Hm ... doch. Wir ergriffen auch entsprechende Maßnahmen, aber ... diese Maßnahmen scheiterten.

Wie sahen diese Maßnahmen im Einzelnen aus?
Nachdem ich die Toilette inspiziert hatte, begleiteten Sze

und ich den Gefangenen hinein. Ich blieb am geschlossenen Fenster stehen, während Sze sich hinter den Gefangenen stellte. 241138 wies darauf hin, dass ihn die Handschellen behinderten, also befreite Sze die linke Hand und befestigte die Schelle an dem Haltegriff, der für gebrechliche Patienten angebracht ist. Ich gestattete dem Gefangenen, die Kabinentür zur Hälfte zu schließen, und blieb direkt davor stehen, während Sze draußen auf dem Flur stand, um zu verhindern, dass jemand die Toilette betrat.

Wie genau kam es dann zur Flucht?
Etwa eine Minute nachdem der Gefangene die Kabine betreten hatte, hörte ich vor der Toilette auf dem Gang Tumult. Als dieser Tumult anhielt, vergewisserte ich mich noch einmal, dass der Gefangene am Haltegriff gesichert war, und ging nach draußen, um nachzusehen. Auf dem Gang stand ein langhaariger Mann und schrie Sze Winghong an. Er sagte, wir hätten kein Recht, ihn davon abzuhalten, auf die Toilette zu gehen, und wollte sich gewaltsam Zugang verschaffen. Wir versuchten beide, ihn davon abzuhalten. Ich sagte mit lauter Stimme, wir seien im Dienst und könnten ihn wegen Widerstand gegen die Staatsgewalt belangen. Danach gab er endlich auf und ging laut schimpfend die Treppe hinunter. Das Ganze dauerte nicht länger als eine Minute. Als ich zurück in die Toilette kam, hatte sich 241138 von den Handschellen befreit und war geflohen.

Bitte beschreiben Sie das näher.
Ich ging zurück in die Toilette. Als Erstes sah ich, dass die Kabinentür offen stand und die Kabine leer war. Danach fiel mir das geöffnete Fenster auf. Die Handschellen lagen vor dem Fenster auf dem Boden. Ich eilte ans Fenster und sah den Gefangenen auf ein weißes Auto zulaufen. Ich befahl ihm, stehen zu bleiben, doch er ignorierte mich. Es

waren weder Polizisten noch Wachleute vom Krankenhaus in der Nähe, die hätten helfen können. Sze hörte mich brüllen und eilte herein. Er kletterte zum Fenster hinaus und rief mir zu, ich solle die Treppe nehmen. Ich rannte nach unten, doch als ich ins Freie kam, hatte sich der Wagen bereits in Bewegung gesetzt. Sze stand in einiger Entfernung. Ich glaube, er hat versucht, das Fahrzeug zu Fuß zu verfolgen.

Was haben Sie dann getan?
Ich habe den Vorfall unverzüglich gemeldet und die Wachleute an der Zufahrt um das Kennzeichen gebeten.

Weshalb haben Sie Ihre Position vor der Kabinentür verlassen und Shek Boon-tim damit die Flucht ermöglicht?
Ich ... das war leichtsinnig. Ich habe mich vergewissert, dass die Handschellen fest geschlossen waren, ehe ich auf den Flur ging, und wir hatten ihn vor Fahrtantritt gründlich gefilzt, um sicherzustellen, dass er nichts mit sich führte, das man benutzen konnte, um ein Schloss zu knacken. Ich habe ihn weniger als eine Minute lang aus den Augen gelassen, doch das genügte ihm, um sich zu befreien und zum Fenster hinauszuspringen. Ich hatte weder mit derartigem Einfallsreichtum noch mit solcher körperlichen Fitness gerechnet ...

Diese Haarnadel wurde am Fluchtort gefunden. Können Sie sich daran erinnern?
Nein. Ich bin mir sicher, dass er nichts bei sich hatte. Ich habe ihm vor Fahrtantritt sogar in den Mund gesehen.

Dann muss die Haarnadel in der Toilette deponiert worden sein?
Ich ... ich weiß es nicht. Ich habe den gesamten Raum im Vorfeld durchsucht und nichts Ungewöhnliches entdeckt.

Ist Ihnen während des Transports oder der übrigen Eskorte irgendetwas aufgefallen?
Inzwischen glaube ich, er hat die Bauchschmerzen simuliert. Aber abgesehen davon war an der Order nichts Ungewöhnliches. Im Warteraum hat sich niemand dem Gefangenen genähert oder auch nur Blicke mit ihm gewechselt.

Bitte nennen Sie Name, Alter, Dienstgrad und Stelle.
Ich, ich bin Sze Wing-hong, fast fünfundzwanzig, Justizvollzug, Strafgefangeneneskorte ...

Und Ihr Dienstgrad?
Assistant Officer zweiten Grades.

Beschreiben Sie die Vorkommnisse von heute Morgen, Freitag, den 6. Juni 1997.
Äh, also, ja. Heute Morgen erhielten Bruder Fong und ich Order, den Gefangenen Shek Boon-tim ins Queen Mary Hospital zu begleiten. Um kurz nach zehn sind wir los. Shek hat im Krankenwagen die ganze Zeit gestöhnt, als stünde sein Bauch in Flammen oder so.

Mit ›Bruder Fong‹ meinen Sie Assistant Officer Ng Fong?
Ja, ja, genau.

Wann genau haben Sie das Krankenhaus erreicht?
Ich ... ich weiß nicht genau. So gegen halb elf.

Was geschah dann?
Shek Boon-tim schrie die ganze Zeit, dass er Bauchweh hat und zum Scheißen muss. Die Notaufnahme war überfüllt, also sind wir mit ihm aufs Männerklo nach oben gegangen. Unten herrschte totales Chaos, lauter Leute mit Rauchvergiftung von dem Brand und dann auch noch welche, die irgendwo Säure abbekommen haben, habe ich gehört. Die Notaufnahme war derart voll, dass ...

Was geschah auf der Toilette?
Bruder Fong stellte sicher, dass die Kabinen leer waren und dass es dort nichts gab, das man als Waffe verwenden konnte, ehe wir Shek reinließen. Ich habe ihn an den Griff gefesselt, weil er gesagt hat, dass er mit Handschellen nicht scheißen kann.

Sind Sie sicher, dass die Handschellen fest saßen?
Ja, ganz sicher. Bruder Fong kann das bestätigen.

Blieben Sie beide in dem Toilettenraum, um Shek zu bewachen?
Bruder Fong blieb im Vorraum, und ich ging vor die Tür, um den Gang zu bewachen. Kurz darauf kam ein Typ mit langen Haaren und rotem T-Shirt und wollte aufs Klo.

Und davon haben Sie ihn abgehalten?
Selbstverständlich. Aber der Typ war ziemlich sauer deswegen. Er meinte, er hätte das Recht, diese Toilette zu benutzen, und dass ich meine Autorität missbrauchen würde. Ich versuchte, mit ihm zu reden, aber er hörte gar nicht zu. Nach einer Weile kam Bruder Fong auf den Flur. Er macht den Job schon viel länger als ich und weiß, wie man mit solchen Situationen umgeht. Ich habe zwar auch schon öfter Gefangene ins Krankenhaus begleitet, aber so was ist mir noch nie passiert …

Also hat Ng Fong den Mann wieder weggeschickt?
Ja. Bruder Fong hat gesagt, er würde die Polizei rufen und den Mann verhaften lassen, und da hat er uns den Stinkefinger gezeigt und ist total sauer abgezogen.

Und dann erkannten Sie, dass Shek Boon-tim durchs Fenster entkommen war.
Äh … Bruder Fong ist dann zurück in die Toilette, und ein paar Sekunden später hörte ich ihn fluchen und rufen und

bin reingerannt, um zu helfen. Er stand am Fenster und zeigte hinaus. Ich ging nachschauen. Draußen rannte Shek Boon-tim in seiner braunen Gefängniskleidung auf ein weißes Auto zu. Ich sagte zu Bruder Fong, er soll die Treppe nehmen, und bin zum Fenster rausgeklettert.

Aber Sie konnten ihn nicht mehr einholen.
Nein, ich war nicht schnell genug. Als ich die Auffahrt erreichte, saß Shek schon im Auto. Ich rannte hinterher, aber sie waren schon zu weit weg.

Daraufhin haben Sie und Ng Fong Ihre Abteilung informiert?
Das ist richtig. Ach, wir stecken knietief in der Scheiße ... aber ich bin echt nicht schuld daran, oder? Ich meine, ich habe doch nichts falsch gemacht. Ich habe sämtliche Regeln und Vorschriften beachtet. Ng Fong ist ein alter Hase, dem kann das sicher nichts anhaben, aber ich? Ich arbeite doch erst seit ein paar Jahren hier. Bitte, Sir, legen Sie ein gutes Wort für mich ein, wenn ...

Mr Sze, wir sind lediglich für die Befragung zuständig. Was anschließend im Justizvollzug geschieht, ist Ihre Sache. Die Polizei hat gar nicht die Befugnis, sich einzumischen.
Ach so? Aber mein Boss wird sich den Polizeibericht doch sicher ansehen, oder? Ich flehe Sie an, bitte machen Sie mich nicht zum Sündenbock, ich darf diesen Job nicht verlieren.

Zurück zur Befragung. Haben Sie, als Sie zum Fenster raussprangen, ein Paar Handschellen auf dem Boden liegen sehen?
Äh ... puh, wahrscheinlich schon, ich kann mich nicht erinnern.

Wir haben vor Ort diese Haarnadel gefunden. Halten Sie es für möglich, dass Shek Boon-tim damit das Schloss geknackt hat?
Schon möglich. Keine Ahnung. Der Schlüssel war jedenfalls die ganze Zeit in meiner Tasche. Unsere Handschellen sind nichts Besonderes, es würde mich nicht wundern, wenn Shek sie mit einer Haarnadel geknackt hat ...

Halten Sie es für möglich, dass Shek Boon-tim diese Haarnadel am Körper trug?
Glaub ich nicht ... Bruder Fong hat ihn doch durchsucht.

Nachdem sie beide Videos gesehen hatten, stand Alex Choi auf und brummte: »Nichts Neues. Genau das steht auch in den Berichten.«

»Aber ganz im Gegenteil!«

Choi und Sonny Lok starrten den Commander an. Er saß auf seinem Schreibtischstuhl, die Fingerkuppen aneinandergelegt, mit regungslosem Gesicht.

»Ganz im Gegenteil?«, fragte Choi fassungslos.

»Die mündliche Befragung liefert uns einen offensichtlichen Hinweis.«

»Und der wäre?«

»Der langhaarige Mann mit dem roten T-Shirt«, sagte Kwan liebenswürdig, »war ein Mitverschwörer.«

»Ein Mitverschwörer? Er könnte ebenso gut ein ganz normaler Krankenhausbesucher gewesen sein ...«, protestierte Choi.

»Sie wollen also sagen, Shek Boon-tim ergriff bei einem unerwartet eintretenden Ereignis die Gelegenheit und floh? Es ist natürlich möglich, dass dieser Kerl zum haargenau richtigen Zeitpunkt rein zufällig im ersten Stock an der Toilette vorbeikam, doch dagegen sprechen gleich zwei Punkte. Erstens, die Störung auf dem Flur dauerte keine zwei Minuten, und Ng Fong verließ die Toilette nur für eine Minute. Um in einem derart kurzen Zeitraum die Flucht zu ergreifen, muss Shek vorbereitet gewesen sein. Wäre es einfach eine günstige Gelegenheit gewesen, hätte er binnen nicht mal sechzig Sekunden einen Plan fassen und ausführen müssen. Wäre er gescheitert, hätte er außerdem seinen Ruf als vorbildlicher Gefangener ruiniert, bei dem keine strengen Sicherheitsmaßnahmen erforderlich sind – und das war unter dem Strich sein größter Pluspunkt.«

Kwan warf Choi und Sonny einen forschenden Blick zu und fuhr, als sie nichts einzuwenden hatten, fort.

»Zweitens: War das Verhalten des Mannes nicht ein bisschen seltsam? Sonny, was würden Sie tun, wenn Sie dringend auf die Toilette müssten und jemand Sie davon abhielte?«

»Äh ... ich glaube, ich würde mir so schnell wie möglich die nächste suchen.«

»Genau. Aber der Mann blieb, wo er war, und legte sich ganze zwei Minuten lang mit zwei uniformierten Wachmännern an. Jeder normale Mensch wäre, selbst wenn er nicht wüsste, dass es strafbar ist, uniformierte Beamte an der Ausübung ihrer Pflicht zu hindern, angesichts ihrer Uniformen doch ein bisschen vorsichtig. Hätten die beiden Beamten Zivil getragen, dann vielleicht, aber dieser Kerl hat es eindeutig darauf angelegt. Entweder er ist gestört, oder er hatte den Auftrag, für Unruhe zu sorgen und Shek so die Gelegenheit zur Flucht zu verschaffen.«

Choi konnte gar nicht anders, als sich Kwans Argumentation anzuschließen. »Dann sollten wir ...«

»Nehmen Sie sich die Überwachungsbänder aus dem Krankenhaus vor und finden Sie den langhaarigen Mann. Könnte sein, dass er sich verkleidet hat und eine Perücke trug – trotzdem ist das Zeitfenster so klein, dass sich die Suche einschränken lässt.«

»Okay. Sollen wir uns außerdem eine Personenbeschreibung von den Wachmännern geben lassen? Sie müssten sich eigentlich an sein Gesicht erinnern.«

»Ich denke, der Ältere, Ng Fong, sollte reichen«, antwortete Kwan. »Der Junge ist noch zu grün hinter den Ohren, verschwendet eure Zeit nicht mit dem. Lasst ein Phantombild anfertigen und verteilt es an die Teams in Chai Wan. Die sollen bei der Suche nach Shek Boon-tim außerdem nach ihm Ausschau halten.«

Choi wollte gerade das Büro verlassen, um Anweisungen zu geben, als zwei seiner Mitarbeiter an die Tür klopften.

»Häuptling, es gibt Neuigkeiten vom Organisierten Verbrechen«, sagte der eine. »Sie haben im Fluchtfahrzeug einen Kassenzettel aus einem Lebensmittelgeschäft Ecke Bonham und Park Road gefunden. Gedruckt um sechs Uhr früh. Daraufhin haben sie die Umgebung des Ladens abgesucht und ein Fahrzeug gefunden, auf das der Schlüssel passt, den Little Willy bei sich trug. Ein schwarzer Kleinbus auf einem Parkplatz am Babington Path.«

»Das zweite Fahrzeug stand in Mid-Levels? Ich hatte vermutet, er wollte die Hill Road runter nach Sai Ying Pun fahren und dort die Fahrzeuge tauschen, ehe ihm der Unfall in die Quere kam. Also waren sie auf dem Weg nach Mid-Levels …« Choi rieb sich die Stirn und versuchte, sich über die nächsten Schritte klar zu werden.

»Warum sollten sie sich die Sache unnötig schwer machen?«, meldete Sonny sich zu Wort. »Wäre es nicht viel einfacher gewesen, den zweiten Wagen in Sai Ying Pun statt am Babington Path zu deponieren? Von Sai Ying Pun aus hätten sie über die Des Voeux Road oder die Connaught Road und über die Stadtautobahn bis rüber nach Chai Wan fliehen können. Falls etwas schiefgelaufen wäre, hätten sie durch den Cross-Harbour-Tunnel rüber nach Kowloon fahren können. In Mid-Levels sind die Straßen eng und verwinkelt, und es gibt kaum Umfahrungsmöglichkeiten. Bei einem Stau hätten sie festgesessen.«

»Auf der Des Voeux gab es einen Unfall – in Central herrschte Verkehrschaos. Vielleicht war Mid-Levels unter den Umständen die bessere Wahl«, mischte sich der Mitarbeiter ins Gespräch, der die Meldung gebracht hatte.

»Jemand soll sämtliche Überwachungsbänder aus der Gegend besorgen, besonders die rund um den Lebensmittelladen«, sagte Choi. »Wenn wir rausfinden können, was Little

Willy und die Big-Circle-Männer heute Morgen gemacht haben, wissen wir vielleicht, wo sie sich versteckt gehalten haben.«

»Ist bereits veranlasst.«

»Gut.« Choi nickte und wandte sich an den zweiten Mann. »Und Sie? Was haben Sie für mich?«

»Nichts, Häuptling«, lautete die verlegene Antwort. »Ich wollte Ihnen nur sagen, dass das Regionalkommissariat Hong Kong Island angerufen hat. Sie warten auf den Bericht von dem Mongkok-Säureanschlag an der Graham Street.«

Choi winkte stirnrunzelnd ab. »Wir stecken mitten in der Jagd auf einen entflohenen Schwerverbrecher. Sagen Sie denen, wir haben im Augenblick keine Kapazitäten frei.«

»Aber Inspector Wang ist in der Leitung …«

Sämtliche Augenpaare folgten seinem Blick hin zu dem Telefon auf Kwans Schreibtisch, wo ein rotes Lämpchen blinkend einen wartenden Anruf auf Leitung drei anzeigte.

Choi seufzte. Während er sich noch einen Satz zurechtlegte, mit dem sich sein Gesprächspartner abwimmeln ließe, griff Kwan schon persönlich zum Hörer und drückte auf Knopf Nummer drei.

»CIB Senior Superintendent Kwan Chun-dok am Apparat.«

Alle hielten erschrocken inne, auch wenn Wang am anderen Ende mit Sicherheit noch erschrockener war.

»Ja, richtig, Abteilung B hat im Augenblick ziemlich viel zu tun, ich muss mich entschuldigen«, sagte Kwan lächelnd. Choi vermutete, dass der Mann am anderen Ende sich erst recht entschuldigte. »Unsere Teams sind derzeit alle beschäftigt. Die Mitarbeiter von Team 2 haben soeben einen Fall zu den Akten gelegt und bauen heute Überstunden ab, und selbst wenn wir sie aufgrund eines Notfalls wieder einberufen, könnten sie sich frühestens heute Abend an die Arbeit machen … Abgesehen davon liegen die Mongkok-Säureangriffe im Zuständigkeitsbereich von Team 1, und die Kollegen sind derzeit vollauf mit der Jagd auf Shen Boon-tim beschäftigt … Oh, gut! Ich wusste, dass Sie Verständnis haben würden.«

Gerade als alle Anwesenden glaubten, Inspector Wang hätte klein beigegeben, und schon erleichtert aufatmeten, ergriff Kwan noch einmal das Wort. »Ja, wir schicken Ihnen einen … nein, zwei Ermittler, um Sie bei dem Säurefall zu unterstützen. Viel ist das nicht, aber ich bin mir sicher, mit ihrem Wissen über den Parallelfall in Mongkok werden sie Ihnen trotzdem eine Hilfe sein. Ja, ja. Nein, schon gut, wir gehören doch schließlich alle zur Truppe und sollten zusammenhalten. Wer weiß? Vielleicht benötigt das CIB schon bald einmal Ihre Unterstützung bei der Informationsbeschaffung – ich hoffe sehr, Sie lassen uns dann nicht im Stich! Auf Wiederhören.«

Kwan legte auf und blickte in eine Runde erstaunter Gesichter.

»Commander, müssen wir tatsächlich jemanden für den Säurefall abstellen?«, fragte Choi besorgt. »Wir haben wirklich genug zu tun – die Suche nach dem Langhaarigen, die Auswertung der Überwachungskameras …«

»Keine Sorge. Ich glaube, den Verlust von Sonny können Sie verkraften.«

»Was? Sie wollen Sonny schicken? Aber er ist …« Choi wollte eigentlich darauf hinweisen, dass Sonny Lok ein Neuling war. Er war erst kurz nach den beiden ersten Säureanschlägen ins CIB gekommen und nicht in die Ermittlungen involviert gewesen.

»Sie wissen doch, dass ich keinen Wagen habe«, sagte Kwan und erhob sich.

»Ach so …« Choi verstand. »Dann wollen Sie sich persönlich um den Säurefall kümmern, Commander?«

»Was Shek Boon-tim betrifft, gibt es jede Menge Hinweise. Bleiben Sie am Ball. Früher oder später finden Sie das Versteck in Chai Wan – und dann schnappen Sie ihn. Bei dem Säureanschlag suchen wir derzeit noch nach der Nadel im Heuhaufen. Wenn wir die Gelegenheit nicht sofort beim Schopfe packen, ziehen sich die Ermittlungen womöglich über Monate hin.« Kwan griff nach ein paar Akten auf seinem Schreibtisch und nahm Pistole und Holster aus einer Schublade. »Außerdem kann ich so gleich mal testen, ob ich an vorderster Front nicht doch noch was tauge. Man könnte es als Experiment bezeichnen.«

Alex Choi und die anderen drei standen vor einem Rätsel. Schließlich waren sie bei dem Gespräch zwischen Kwan und Keith Tso nicht dabei gewesen.

Kwan tippte Sonny mit einer Aktenmappe auf den Kopf. »Worauf warten Sie? Ich gehe in ein paar Stunden in Pension. Nutzen wir die Zeit.«

4

Sonny Lok folgte Kwan Chun-dok aus dem Büro hinaus in Richtung Haupteingang.

»Commander? Ich parke dort …« Sonny wandte sich nach links zum Parkplatz, doch Kwan steuerte direkt auf das Tor zu.

»Bis zur Graham Street sind es nur zehn Minuten zu Fuß. Wir laufen.«

»Aber Sie sagten doch, ich soll Sie fahren?«

»Das war eine Ausrede.« Kwan warf Sonny einen Blick zu. »Oder wollen Sie lieber wieder zurück und weiter den Laufburschen spielen?«

»Nein, nein! Natürlich ist es mir lieber, wenn ich Ihnen assistieren darf, Commander.« Sonny beschleunigte seine Schritte, um Superintendent Kwan einzuholen. Kwan hatte ihn im letzten halben Jahr des Öfteren mit Botengängen beauftragt, doch er hatte sich nie beklagt. Es war eine wunderbare Gelegenheit gewesen, Zeit mit dem hellsten Kopf der Truppe zu verbringen und ihn bei der Analyse und beim Lösen echter Fälle zu beobachten. Sonny wusste nicht, was Kwan in ihm sah – vielleicht war ja sein vorheriger Assistent versetzt worden, und Sonny war schlicht zur rechten Zeit gekommen, um die Lücke zu füllen.

Der Graham Street Market lag nur ein paar Blocks von der Polizeizentrale entfernt, und Kwan und Sonny erreichten den Tatort im Handumdrehen. Je näher sie kamen, desto mehr Pressefahrzeuge parkten am Straßenrand. Sonny vermutete, dass die Journalisten eine Sensation witterten – selbst die Schießerei in West Mid-Levels hatte sie nicht weglocken können.

»Inspector Wang müsste eigentlich in der Nähe sein«, sagte Kwan.

»Ach so?« Sonny war etwas überrascht. »Er ist hier?«

»Bei seinem Anruf vorhin waren recht viele Hintergrundgeräusche zu hören – auf dem Revier ist er jedenfalls nicht.«

Kwan sah sich um. »Außerdem hat er den örtlichen Informationsdienst umgangen und uns direkt angerufen. Das bedeutet, es ist ernst. Ich mache ihm keinen Vorwurf – seit dem Zwischenfall sind vier Stunden vergangen, und wenn er der Presse nicht bald etwas bieten kann, steigen die kleinen Tyrannen vielleicht auf die Barrikaden. Er kann sich nicht für immer hinter ›Die Ermittlungen laufen …‹ verstecken. Ah, da ist er.«

Sonny folgte dem Blick seines Commanders. Hinter der Absperrung sah er einen Mann mit schütterem Haar und grauem Anzug. Er runzelte die Stirn und machte ein finsteres Gesicht. Dies war Senior Inspector Wang Yik-chun, Leiter von Team 3 des Regionalkommissariats Hong Kong Island. Er war gerade dabei, einem Untergebenen eine Anweisung zu erteilen.

»Inspector Wang! Lange nicht gesehen.« Kwan klippte sich den Polizeiausweis ans Revers und gab dem uniformierten Beamten, der die Absperrung bewachte, ein Zeichen, ihn und Sonny durchzulassen. Wang drehte sich um und erstarrte. Doch er fing sich sofort wieder und kam Kwan entgegen.

»Superintendent Kwan! Was …«, begann er zögernd.

»Team 1 hat zu viel zu tun, also bin ich selbst gekommen.« Kwan reichte ihm die Unterlagen. »Ich dachte, ich übergebe sie besser persönlich, anstatt sie zu faxen.«

Fast hätte Inspector Wang Kwan gefragt, woher er wusste, dass er ihn am Tatort finden würde, doch dann fiel ihm wieder ein, dass er es mit dem »Auge von Hongkong« Kwan Chun-dok vom CIB zu tun hatte.

»Es ist mir sehr peinlich, Ihnen Unannehmlichkeiten zu bereiten«, sagte er und scheuchte seine Leute weg. »Mir ist die Bedeutung des Falls Shek Boon-tim vollkommen klar, aber wir können die Sache hier unmöglich ignorieren. Der Anschlag gleicht den beiden Zwischenfällen in Mongkok, ist aber viel schwerer. Der Täter verspritzte vier Flaschen ätzende Flüssigkeit – wir können von Glück reden, dass keines der Opfer den Verätzungen erlegen ist, zumindest noch nicht.«

»Wieder Abflussreiniger der Marke Knight, wie in Mongkok?«, wollte Kwan wissen.

»Ja, genau derselbe, allerdings konnten wir bis jetzt noch nicht herausfinden, ob es auch derselbe Täter war oder ein Nachahmer. Wir hoffen sehr auf das CIB ...«

»Von unserer Seite gab es bis jetzt noch keine Stellungnahme, Sie können also noch immer nicht mit den Reportern plaudern.«

»Ach ... ja, gut.« Wang wirkte ein wenig verlegen. Kwan kannte das stillschweigende Einvernehmen zwischen den Abteilungen. Wenn Inspector Wang eine öffentliche Stellungnahme abgab, bevor er die Auswertung des CIB in Händen hatte, würde das Regionalkommissariat Hong Kong Island die volle Verantwortung tragen. Schoss er dabei ins Blaue und seine Vermutung stellte sich im Nachhinein als falsch heraus, müsste sich seine Abteilung auf harsche Kritik seitens der Lamettaträger gefasst machen. Mied er dagegen bis auf Weiteres konkrete Antworten, würde die Öffentlichkeit die Polizei als machtlos abstempeln, und Moral und Ruf des Kriminaldezernats würden einen Schlag einstecken müssen. Hatte er jedoch das CIB hinter sich, spielte es keine Rolle mehr, ob er sich irrte oder nicht. Solange sich das Kriminaldezernat als einheitliche Front präsentierte, würde der Schwarze Peter beim CIB landen.

»Wissen Sie schon, wo der Täter sich befand, als er zuschlug?«, fragte Kwan.

»Wir sind uns ziemlich sicher. Bitte hier entlang.« Inspector Wang führte Kwan und Sonny zu einem Mietshaus an der Kreuzung Wellington und Graham Street.

»Wir glauben, dass die ersten beiden Flaschen von hier aus auf die Stände in der Graham Street hinuntergeschleudert wurden.« Wang deutete zum Dach des Mietshauses hinauf, wo seine Leute mit der Spurensicherung beschäftigt waren. »Als die Menge floh, war er vorbereitet und warf die nächsten beiden Flaschen in Richtung Wellington Street.«

»Alle vom selben Dach aus?« Kwan sah die fünf Stockwerke hinauf.

»Wir vermuten es.«

»Sehen wir uns das mal an.«

Die drei Männer gingen über das Treppenhaus nach oben und betraten eine schlammgelb gestrichene Dachterrasse. Das Gebäude stand seit zwei Jahren leer. Davor waren die Wohnungen vermietet gewesen, und im Erdgeschoss hatte eine bekannte Handelsfirma ihren Sitz gehabt. Dann war das Gebäude in den Besitz eines Bauunternehmers übergegangen, der auch die alten Nachbarhäuser hatte kaufen wollen, bis jetzt allerdings ohne Erfolg. Er plante, die drei Gebäude abzureißen und an ihrer Stelle einen dreißigstöckigen Wolkenkratzer hochzuziehen.

Kwan Chun-dok stand am Rande des Dachs und blickte hinunter auf die beiden Straßen. Dann ging er auf die andere Seite und musterte aufmerksam die Dächer der Nachbargebäude. Er schritt das Dach mehrmals in beide Richtungen ab und unterhielt sich ein paar Minuten lang mit den Leuten von der Spurensicherung. Dann untersuchte er eingehend die auf dem Dach angebrachten Markierungen und kehrte schließlich mit langsamen Schritten und ohne ein Wort zu Inspector Wang zurück.

»Was sagen Sie, Superintendent?«, fragte Wang.

»Passt absolut«, sagt Kwan. Sonny fiel Kwans eigenartige Miene auf, mit der er Wang geantwortet hatte.

»Es handelt sich also tatsächlich um denselben Täter wie in Mongkok?«

»Zu siebzig ... nein, achtzig Prozent.« Kwan sah sich noch einmal um. »Die beiden Anschläge in Mongkok wurden auch von einem Gebäude wie diesem verübt – direkter Zugang zu den Nachbardächern und kein Wachpersonal. Insbesondere der zweite Fall hat große Ähnlichkeit mit diesem – der Täter wählte ein Eckgebäude, griff zuerst auf der einen Seite an, um Chaos zu erzeugen, und danach auf der anderen. In den Medien hieß es lediglich ›Zwei Flaschen Säure regneten vom Himmel‹, weitere Details wurden nicht erwähnt – trotzdem ist die Vorgehensweise exakt dieselbe.«

Kwan zeigte hinunter auf ein von der ätzenden Flüssigkeit zerfressenes Leinendach. »Auch das gleicht der letzten Attacke – die geöffnete Flasche wurde auf ein Standdach geschleudert, federte zurück in die Luft und verteilte den Inhalt so noch breiter, was die Wirkung deutlich verstärkte.«

»Das bedeutet, der Täter ist nach Hong Kong Island rübergekommen, um jetzt hier Unheil zu stiften«, seufzte Wang. »Wahrscheinlich konnte er wegen der verschärften Sicherheitsvorkehrungen auf der Ladies' Alley dort nicht mehr agieren und hat sich einen neuen Ort gesucht.«

»In der Akte befinden sich ein paar Videostandbilder«, sagte Kwan. »Vielleicht wissen Sie bereits, dass es sich bei unserem Verdächtigen aus Mongkok um einen korpulenten Mann handelt. Wir haben ihn zwar nur als Zeugen gesucht, aber wahrscheinlich ist er unser Mann. Das CIB hat im Augenblick nicht genug Leute, aber Sie könnten mit Ihrer Mannschaft die Überwachungskameras aus dieser Gegend auswerten und sehen, ob Sie ihn entdecken.«

»Verstanden, Superintendent.« Wang schlug die Mappe auf und warf einen Blick auf die Bilder.

»Wie lauten die jüngsten Verletztenzahlen?«

»Vierunddreißig, drei davon schwer – einer liegt noch auf der Intensivstation, die anderen beiden werden wohl operiert werden müssen. Der Rest sind Leichtverletzte – die meisten hatten Verätzungen an Armen und Beinen und konnten nach der Behandlung wieder nach Hause gehen … was natürlich nichts über die seelischen Wunden aussagt.«

»Wer sind die drei Schwerverletzten?«

Wang kramte in seinen Unterlagen. »Der Intensivpatient heißt Li Fun, ein älterer Mann – er ist sechzig –, alleinstehend, wohnt direkt um die Ecke in der Peel Street. Er war vor Ort, um Lebensmittel einzukaufen, und wurde mitten ins Gesicht getroffen. Es droht der Verlust des Augenlichts. Er leidet unter Bluthochdruck und Diabetes, und die Prognose ist nicht gut.«

Wang blätterte um und fuhr fort. »Die anderen beiden sind Standbesitzer, beide männlich. Chung Wai-shing, neununddreißig, auf der Straße als Bruder Wai bekannt. Er führt ein kleines Geschäft für Klempner- und Elektrobedarf. Der andere Mann ist Chau Cheung-kwong, sechsundvierzig. Er betreibt einen Sandalenstand. Beide wurden wie Li Fun direkt getroffen – Verätzungen an Gesicht, Hals und Schultern. Führt uns das weiter, Superintendent?«

»Vielleicht, vielleicht auch nicht.« Kwan wedelte vage mit den Händen und lächelte. »Neunzig Prozent der Details eines jeden Falls sind nutzlos, aber wenn man bei den übrigen zehn Prozent etwas übersieht, löst man den Fall nie.«

»So lautet wohl das Credo des Informationsdienstes?« Wang erwiderte das Lächeln.

»Nein. Nur mein persönliches.« Kwan rieb sich das Kinn. »Ich würde mich gern ein wenig umsehen, wenn ich darf. Ich werde Ihren Leuten auch nicht im Weg sein.«

»Selbstverständlich, nur zu!« Wang hätte zu jemandem, der im Rang so viel höher stand als er, niemals Nein gesagt. »Ich muss eine Presseerklärung vorbereiten. Darf ich sagen, dass das CIB es für wahrscheinlich hält, dass wir es mit demselben Täter zu tun haben wie in Mongkok?«

»Natürlich.«

»Sehr gut. Danke.« Mit Kwans Einverständnis als Grundlage machte Wang sich daran zu überlegen, was er der versammelten Presse gleich sagen würde. Kwan kehrte zurück auf die Straße. Sonny blieb ihm dicht auf den Fersen.

Die Polizei hatte sowohl die Graham Street als auch die Wellington Street auf einer Länge von dreißig Metern abgesperrt. Bis auf die Ermittler, die beharrlich nach Spuren suchten, war der verwüstete Tatort verwaist. Überall zeigten sich die Spuren des morgendlichen Attentats: umgeworfene Marktstände, zu Brei zertrampeltes Gemüse und überall dort, wo die Säure aufs Pflaster getroffen war, schwarze Flecken. Sonny hatte die Szenen, die sich am Morgen abgespielt hatten, lebhaft vor Augen und bildete sich ein, dass der heimtückische Chemikaliengeruch noch immer Übelkeit erregend in der Luft hing.

Sonny hatte erwartet, dass Kwan sich die Schäden an den Marktständen genauer ansehen würde, und war überrascht, als der Superintendent direkt auf das Absperrband zusteuerte.

»Commander, ich dachte, Sie wollten sich den Tatort ansehen?«

»Ich habe vom Dach aus bereits genug gesehen. Ich bin nicht auf der Suche nach Beweisen. Ich bin auf der Suche nach der Geheimdienstzentrale«, erwiderte Kwan und ging unvermindert eilig weiter.

»Der Geheimdienstzentrale?«

Kwan trat vor die Absperrung und sah sich um. Dann sagte er zu Sonny: »Na also! Da sind sie ja.«

Sonny folgte seinem Blick und entdeckte einen Stand mit billiger Kleidung. Etwas aus der Mode gekommene Damenbekleidung hing kreuz und quer über dem Verkaufstisch, und auf einem Ständer türmten sich Damenhüte verschiedenster Farben und Formen. Vor dem Stand saßen auf Klappstühlen drei Frauen und unterhielten sich angeregt. Eine von ihnen, sie war etwa Mitte fünfzig, trug eine Geldtasche um die Hüfte und war wohl die Besitzerin.

»Guten Tag«, begrüßte Kwan das Trio. »Polizei. Darf ich Ihnen einige Fragen stellen?«

Die beiden Begleiterinnen machten erschrockene Gesichter, doch die Frau mit der Geldtasche blieb ruhig. »Officer, Ihre Kollegen sind schon vor einer Ewigkeit hier gewesen! Wahrscheinlich wollen Sie von mir wissen, ob ich irgendwelche verdächtigen Fremden gesehen habe. Ich weiß nicht, wie oft ich Ihnen noch sagen muss, dass wir eine Touristenattraktion sind und den ganzen Tag Fremde vor der Nase haben.«

»Nein, ich wollte Sie fragen, ob Sie irgendwelche unverdächtigen Bekannten gesehen haben.«

Der Frau blieb vor Staunen der Mund offen stehen, dann brach sie in wieherndes Gelächter aus.

»Ach, Herr Wachtmeister, ist das Ihr Ernst? Oder machen Sie Witze?«

»Nein, eigentlich meinte ich die Opfer. Drei von ihnen befinden sich in ernstem Zustand – zwei Händler und ein Kunde. Ich höre mich in der Gegend um, um zu erfahren, ob jemand sie kennt.«

»Na, dann sind Sie bei mir goldrichtig. Ich betreibe den Stand hier seit zwanzig Jahren, ich kenne hier wirklich jeden Stein. Also, die Schwerverletzten: Ich habe gehört, das wären der alte Li, Bruder Wai und Boss Chau mit dem Sandalenladen. Ein Blitz aus heiterem Himmel – heute Morgen waren sie noch quietschfidel, und jetzt liegen sie im Krankenhaus.« Sie seufzte.

Die Frau war tatsächlich bestens informiert – kein Wunder, dass der Superintendent von der Geheimdienstzentrale gesprochen hatte, dachte Sonny. Auf jedem Straßenmarkt gibt es eine Königin der Klatschtanten, die von morgens bis abends am selben Fleck hockt und, während sie ihr Geschäft hütet, nichts anderes zu tun hat, als Leute zu beobachten und mit Kunden und Nachbarn zu tratschen.

»Dann kennen Sie also alle drei ... Oh, wie darf ich Sie eigentlich nennen?« In einer vertraulichen Geste zog Kwan sich einen Stuhl heran und setzte sich.

»Sagen Sie Tante Soso zu mir.« Sie zeigte auf das Schild, das mitten zwischen den bunten Anziehsachen hing: »Soso Fashion«. »Der alte Li und Bruder Wai sind schon seit über zehn Jahren hier, aber Boss Chau kenne ich noch nicht sehr lang. Der vorherige Sandalenmann ist nach Kanada gegangen, und Chau hat den Stand vor ein paar Monaten übernommen.«

»Mit ›der alte Li‹ meinen Sie den sechzigjährigen Li Fun?«, fragte Kwan nur der Sicherheit halber.

»Ja, genau, der alte Li aus der Peel Street. Ich habe gehört, er hätte bei Fatt Kee gerade ein bisschen Gemüse gekauft, als es ihn erwischte. Mitten ins Gesicht. Schrecklich ...«

»Also, ich will ja nicht schlecht über ihn reden«, mischte sich die Frau links von Tante Soso ins Gespräch, »aber wenn der alte Li nicht so ein Lustmolch wäre, hätte er nicht hinter Fatt Kees Rücken mit dessen Frau geflirtet, und es hätte ihn auch nicht erwischt.«

»Um Himmels willen, Blossom, nun rede doch vor dem Herrn Wachtmeister nicht so daher! Ja, der alte Li ist ein geiler alter Bock, aber du glaubst doch selber nicht, dass zwischen ihm und Mrs Fatt Kee was lief«, wies Tante Soso ihre Freundin nur halb im Scherz zurecht. Sonny dachte, dieser Li Fun müsse ein echter Weiberheld sein, wenn er hier auf dem Markt den jüngeren Frauen nachstellte. Er hatte offensichtlich keinen besonders guten Ruf.

»War Li Fun Stammkunde? Kam er jeden Tag?«

»Absolut. Ob Regen oder Sonnenschein, der alte Li kam her, um seine Einkäufe zu erledigen. Wir kennen ihn alle seit mindestens zehn Jahren«, antwortete die dritte Frau.

»Wissen Sie, ob er irgendwelche Laster hatte? Oder ob es Geldprobleme gab, Streitigkeiten, solche Dinge?«, fragte Kwan weiter.

»Davon weiß ich nichts.« Tante Soso legte nachdenklich den Kopf schief. »Er ist schon lange geschieden und hat keine Kinder. Er kleidet sich zwar eher schäbig, aber ihm gehören mehrere Wohnungen, und die Mieteinnahmen reichen dicke. Was Streitigkeiten anbelangt, er flirtet immer mit der Frau von Fatt Kee, und Fatt Kee kann ihn nicht ausstehen, aber ob man das eine Streitigkeit nennen kann?«

»Und das andere Opfer, Chung Wai-shing, kennen Sie den auch?«

»Na klar, Bruder Wai, der Handwerker vorn an der Ecke.« Tante Soso deutete in Richtung der Absperrung. »Er war nicht oft an seinem Stand, weil er meistens zu den Leuten ging, um etwas zu reparieren. Wer hätte gedacht, dass ihn gleich irgend so ein Wahnsinniger mit Säure begießt, wenn er ausnahmsweise mal da ist? Tja, selbst der beste Plan …«

»Bruder Wai ist ein netter Kerl, ich hoffe, er kommt bald wieder aus dem Krankenhaus. Seine Frau und sein Kind machen sich bestimmt schreckliche Sorgen«, mischte Blossom sich wieder ins Gespräch.

»Kennen Sie ihn schon lange?«

»Eine ganze Weile. Bruder Wai ist jetzt auch schon seit über zehn Jahren auf der Graham Street. Er ist gut in seinem Fach und macht faire Preise. Wenn hier in der Nachbarschaft wer einen Handwerker braucht, zum Beispiel um einen Wasserhahn zu reparieren, einen Boiler zu installieren oder die Fernsehantenne neu zu justieren, geht er zu Bruder Wai. Ich glaube, er wohnt in Wan Chai, und seine Frau arbeitet halbtags im Supermarkt. Ihr Sohn ist gerade auf die Highschool gekommen«, sagte Tante Soso.

»Klingt, als wäre Bruder Wai beliebt.«

»Ja. Als die Leute vom alten Li hörten, hat sich eigentlich keiner aufgeregt, aber als die Nachricht die Runde machte, Bruder Wai wäre im Krankenhaus, war die ganze Nachbarschaft in Aufruhr.«

»Heißt das, Bruder Wai war ein aufrechter Bürger ohne dunkle Geheimnisse?«

»Äh ... eher nein«, stammelte Tante Soso und wechselte mit Blossom einen verstohlenen Blick.

»Ach, dann gibt es da doch was?« Kwan machte ein neugieriges Gesicht. Es sah aus, als könnte er Tante Soso direkt ins Herz blicken.

»Na ja ... Herr Wachtmeister, das sind nur Gerüchte, nichts weiter. Bruder Wai ist ein netter Kerl, aber ich habe gehört, er hätte im Gefängnis gesessen. Ich glaube, er hatte früher mal was mit diesen Geheimbünden zu tun. Aber als sein Vater dann auf dem Totenbett lag, hat er noch mal von vorne angefangen.«

»Bei mir hat er mal die Klimaanlage repariert«, sagte Blossom. »An dem Tag waren es fast fünfunddreißig Grad, und er hat sein Hemd ausgezogen. Auf dem Rücken hatte er einen grünen Drachen mit fletschenden Zähnen. Ich bin ganz schön erschrocken.«

»Aha. Dann machte es ihm also nichts aus, wenn andere Leute seine Tätowierung zu sehen bekamen«, sagte Kwan.

»Hm. Wahrscheinlich nicht.« Tante Soso ging nicht weiter auf diese Bemerkung ein. Sonny dachte, dass es Bruder Wai vermutlich egal war, wer über seine Vergangenheit Bescheid wusste, und dass die drei Tratschtanten reichlich Vorurteile hatten.

»Und dann wäre da noch Chau Cheung-kwong ...«

»Ach, hieß der so?«, fiel Blossom ihm ins Wort.

»Ich glaube schon«, sagte Tante Soso. »Irgendwas mit Kwong jedenfalls.«

»Dann kennen Sie Boss Chau wohl nicht besonders gut?«

»Wir kennen ihn noch nicht sehr lang, aber das heißt noch lange nicht, dass wir ihn nicht gut kennen«, fauchte Tante Soso. Es klang beinahe, als würde Kwan ihre berufliche Qualifikation infrage stellen. Tja, dachte Sonny, schließlich waren Gerüchte tatsächlich ihr Fachgebiet und der Verkauf von Anziehsachen nur ein Zeitvertreib.

»Boss Chau hat seinen Stand direkt neben mir.« Tante Soso beugte sich vor und zeigte nach links. Sonny und Kwan erblickten einen kleinen, mit Plastiksandalen in allen Farben und Größen behängten Marktstand. »Ich glaube, ich kenne ihn besser als alle anderen hier.«

Kwan musste sich ein Lachen verkneifen, ehe er fragte: »Und seit wann, sagten Sie, ist Boss Chau jetzt hier?«

»Seit März, glaube ich. Boss Chau ist Einzelgänger. Er sagt Hallo und Auf Wiedersehen, aber auf einen Plausch kommt er nie vorbei.«

»Ich habe mir bei ihm mal ein Paar gekauft. Als ich wissen wollte, ob er die Sandalen auch eine Größe kleiner hat, hat er doch glatt gesagt, ich soll selber nachsehen«, erzählte Blossom. »Eigentlich wirkt sein Verkäufer viel mehr wie der Boss. Moe heißt der – ich habe gehört, er wäre Chaus Neffe, der keinen Job gefunden hat und schließlich als Aushilfe an seinem Stand gelandet ist.«

»Kommt er frisch von der Schule?«

»So sieht er eigentlich nicht aus. Er ist zwar ein Zwerg, aber er muss mindestens schon Ende zwanzig, Anfang dreißig sein. Ich wette, er wurde irgendwo gefeuert und musste in der Verwandtschaft um einen Job betteln gehen.«

»Ist Boss Chau oft nicht da?«

»Das würde ich nicht sagen, er kommt fast jeden Tag. Aber Moe sperrt morgens auf und abends zu, und Boss Chau kommt nur für zwei bis drei Stunden vorbei. Manchmal taucht Moe nicht auf, und dann bleibt der Stand den ganzen Tag geschlossen«, sagte Tante Soso.

»Ich glaube, Boss Chau verdient sein Geld mit Mieteinnahmen, genau wie der alte Li. Der Marktstand ist für den nur ein Hobby.« Blossom saugte verächtlich an ihren Zähnen und meinte damit die Reichen und die Armen zugleich. »An Renntagen haut er immer ab – er ist ein ganz schöner Spieler. Und am Tag davor ist er so mit seinen Wettscheinen beschäftigt, dass er sich um gar niemanden kümmert.«

»Tz, der ignoriert einen grundsätzlich, egal ob Renntag oder nicht!«, spottete Tante Soso.

»Moment mal«, meldete Sonny sich plötzlich zu Wort. »Wie wurde Boss Chau eigentlich getroffen? Sein Stand ist hier, und der Angriff fand am anderen Ende vom Markt statt.«

»Sie waren unterwegs, um eine Lieferung abzuholen, er und Moe. Die Lastwagen kommen hier nicht durch, und wir müssen alles, was wir brauchen, mit Handkarren vorne an der Straße abholen. Die Lieferanten parken entweder auf der Wellington Street oder auf der Hollywood Road.« Tante Soso deutete in die entsprechenden Richtungen. »Ich habe zu Boss Chau und zu Moe heute noch Guten Morgen gesagt. Sie meinten, sie wollten Ware holen gehen, und dann schlägt das Schicksal zu, einfach so!«

»Und Moe ist auch nicht zurückgekommen?« Kwan beäugte den verlassenen Sandalenstand.

»Blossom hat gesehen, wie er zu Boss Chau in den Krankenwagen gestiegen ist. Er hatte gar keine Zeit mehr, den Stand zuzuschließen. Wir sind hier alle Nachbarn, ich werde nachher seine Sachen wegräumen. Aber mal ganz ehrlich, was gibt es an so einem Stand schon zu holen?«

»Und Sie? Haben Sie gesehen, was passiert ist?« Kwan wandte sich an Blossom.

»Kann man wohl sagen. Ich war gerade im Kurzwarenladen vorne an der Ecke und habe mich mit der Besitzerin unterhalten, als es draußen plötzlich zweimal furchtbar krachte. Die Leute fingen an zu schreien und kamen in den Laden gerannt, weil sie Wasser wollten. Wir füllten ein paar Schüsseln und verteilten Flaschen an alle, die reinkamen. Sie hatten das Zeug auf Armen und Beinen, es hat sich sofort durch die Kleidung gefressen. Als es sich ein bisschen beruhigt hatte, nahm ich meinen ganzen Mut zusammen und ging vor die Tür. Am Straßenrand habe ich den alten Li gesehen. Er lag da, und die Frau von Fatt Kee hat ihm Wasser über das Gesicht geschüttet.«

»Haben Sie Bruder Wai und Boss Chau auch gesehen?«

»Aber ja, ich lief um die Ecke und hatte die ganze Szene vor Augen. Bruder Wai versteckte sich mit ein paar anderen im Räucherladen, und als ich näher kam, da kam Boss Chau gerade aus der anderen Richtung angehumpelt. Er stützte sich auf Moe und rief um Hilfe. Er und Bruder Wai waren in einem schrecklichen Zustand. Das war überall um mich herum ein einziges Heulen und Schreien. Es war die reinste Hölle, wirklich, die Hölle auf Erden.« Blossom schilderte das Geschehen mit lebhaften Gesten.

»Das klingt übel …«, brummte Kwan.

»Wachtmeister, wollen Sie jetzt auch noch fragen, ob jemand einen Groll gegen Boss Chau hegte?« Tante Soso zog die Augenbraue hoch. »Das glaube ich nämlich nicht, aber wenn Sie mich nach schlechten Gewohnheiten fragen, muss ich sagen, da bin ich mir nicht sicher. Glaubt die Polizei denn etwa, dass jemand es auf einen dieser Männer abgesehen hat? Mir können Sie das ruhig sagen, bei mir sind Geheimnisse gut aufgehoben. Ich schweige wie ein Grab.«

Wieder musste Kwan ein Kichern unterdrücken. Er legte sich den Zeigefinger auf den Mund. Dann sagte er: »Ich danke Ihnen sehr. Und jetzt müssen wir weitermachen.«

Kwan und Sonny gingen davon. Noch ehe sie außer Hörweite waren, fingen die drei Frauen aufgeregt zu tuscheln an.

»Schweigen wie ein Grab? Solange sie nicht plötzlich verstummt, glaube ich nicht, dass das jemals der Fall sein wird. Nicht in diesem Leben. Nein. Stimmt auch nicht. Wenn sie nicht mehr sprechen könnte, würde sie schriftlich weitertratschen«, sagte Kwan lachend, als sie zurück hinter die Absperrung traten.

»Commander? Weshalb haben wir uns nach den drei Opfern erkundigt? Sollten wir nicht lieber nach Verdächtigen fahnden?«, fragte Sonny.

»Die drei Opfer sind der Dreh- und Angelpunkt«, erwiderte Kwan. »Sonny, laufen Sie zurück ins Präsidium und holen Sie den Wagen. Ich warte an der Queen's Road auf Sie.«

»Wo fahren wir denn hin?«

»Ins Queen Mary Hospital. Wenn wir diesen Fall knacken wollen, müssen wir bei den Opfern anfangen.«

»Warum das denn? War der Angriff nicht willkürlich?«

»Willkürlich? Ganz sicher nicht.« Kwan sah zu dem Dach hinauf, von dem der Täter seine Bomben geschleudert hatte. »Dieser Anschlag war sorgsam geplant und galt einem konkreten Ziel.«

5

Sonny lief zurück ins Präsidium und holte seinen blauen Mazda vom Parkplatz. An der Kreuzung Graham Street und Queen's Road Central stand Kwan winkend am Straßenrand. Er trug eine kleine violette Plastiktüte bei sich. Sobald Sonny anhielt, stieg er zu ihm ins Auto.

»Ins Queen Mary Hospital«, wiederholte er. Sonny trat aufs Gas.

Kwan schnallte sich an und sagte: »Ich habe Wang gesagt, dass wir fahren. Offensichtlich muss er sich zusätzlich auch noch um den Brand in West Point von heute Morgen kümmern. Die Brandermittler sind auf Ungereimtheiten gestoßen und haben den Fall an die Kriminalpolizei übergeben. Offenbar wurden über zwanzig Anwohner ins Krankenhaus eingeliefert. Seine Leute waren sowieso gerade dort, um die Opfer von der Graham Street zu befragen, und jetzt müssen sie sich auch noch um die Brandopfer kümmern. Na ja. Damit sparen sie sich wenigstens eine Fahrt. He, Sonny, hören Sie mir zu?«

Sonny schrak auf. »Äh, also, ja, Entschuldigung, Commander. Ich habe gerade über das nachgedacht, was Sie vorhin gesagt haben. Dass der Säureattentäter einen konkreten Plan hatte und ein bestimmtes Ziel.«

»Ja.«

»Und wieso?«

»Zuerst glaubte ich an eine Nachahmungstat«, sagte Kwan.

Sonny sah seinen Vorgesetzten zweifelnd an und fragte sich, was das mit seiner Frage zu tun hatte. »Eine Nachahmungstat?«

»Oberflächlich betrachtet, unterscheidet sich der Fall Graham Street grundlegend von Mongkok. Selbst am Tatort war ich anfangs noch fest von dieser Hypothese überzeugt«, sagte Kwan bedächtig.

Plötzlich begriff Sonny, weshalb Kwan vorhin so zweifelnd

geschaut hatte, als er Wang sagte, es passe absolut – die Umgebung des Tatorts hatte ihm eine unerwartete Antwort geliefert.

»Inwiefern grundlegend? Beide Male ein Straßenmarkt, Abflussreiniger von einem Flachdach geworfen, viele Verletzte ...«

»Die Anschläge in Mongkok fanden jeweils an einem Abend am Wochenende statt. Jetzt war es ein Freitagmorgen. Bei Tageslicht zuzuschlagen ist viel riskanter – man läuft Gefahr, von Menschen in den benachbarten Häusern gesehen zu werden, und muss so schnell wie möglich wieder vom Dach verschwinden. Auch dabei besteht die Gefahr, von einem Passanten beobachtet zu werden oder auf einer Überwachungskamera zu landen.«

Sonny verstand. Sie hatten sich direkt auf die Gemeinsamkeiten in den Fällen gestürzt, anstatt über die Unterschiede nachzudenken.

»Außerdem«, fuhr Kwan fort, »ist die Graham Street an einem Freitagmorgen niemals so voll wie die Ladies' Alley am Wochenende. Falls der Täter wirklich ein Irrer ist, dem es Spaß macht, andere Menschen zu verletzen, hat er den verkehrten Zeitpunkt gewählt. Hätte er bis morgen gewartet, hätte er reichere Beute gemacht und für ungleich größeres Chaos gesorgt. Außerdem hätte er sich einen Ort suchen können, von dem man einfacher verschwinden kann, zum Beispiel den Jardine's Crescent Market in Causeway Bay oder den Tai Yuen Street Market in Wan Chai.«

»Also doch zwei verschiedene Täter?«

»Nein. Die Spuren am Tatort deuten darauf hin, dass es sich um denselben Täter handelt, zumindest aber um dieselbe Bande. Und dieser Widerspruch verschafft uns ein Motiv.«

»Welches Motiv?«

»Sonny, haben Sie noch nie einen Thriller über einen Serienmörder gelesen? Falls der Täter kein Psychopath ist, der aus purer Mordlust tötet, welche Motivation hat er dann normalerweise für sein Handeln?«

»Sein tatsächliches Ziel zu verschleiern?« Sonny durchfuhr ein eiskalter Schauer, als ihm klar wurde, was er da sagte.

»Exakt. Ich glaube, das ist hier der Fall. Unser Täter hat aus zwei Gründen zuerst in Mongkok zugeschlagen – erstens um eine Serie zu schaffen, sozusagen um ›das Blatt im Wald zu verstecken‹; zweitens zur Übung. In Mongkok hat er gelernt, wie man das Zeug vom Dach schleudern muss, um möglichst viel Schaden anzurichten, wie man hinterher am besten flieht und wie man dann die Ermittlungen der Polizei am besten beobachtet, solche Dinge. Als ich noch an eine Nachahmungstat glaubte, ging ich davon aus, dass der Trittbrettfahrer seinen Anschlag einfach nicht so gut geplant hatte wie der Täter von Mongkok. Doch die Methoden ähneln einander so stark, dass ich inzwischen von ein und demselben Täter ausgehe. Das wiederum lässt nur den Schluss zu, dass die Anschläge von Mongkok der Übung dienten.«

»Könnte der Anschlag von heute Morgen dann nicht auch eine Übung gewesen sein?«

»Nein. Viel zu riskant. Selbst wenn es zwingend dieser Ort hätte sein müssen, hätte er sich dazu einen Samstag oder Sonntag ausgesucht. Mehr Menschen bedeuten größeres Chaos und eine leichtere Flucht. Nein, das war kein Test. Deshalb müssen wir uns besonders gründlich die Schwerverletzten ansehen.«

Ein breites Lächeln zog über Sonnys Gesicht, als ihm klar wurde, weshalb sein Commander Tante Soso derart über die drei Hauptopfer ausgequetscht hatte. In Mongkok war es um Versuch und Irrtum gegangen. Die Anschläge wurden verübt, um herauszufinden, ob der Abflussreiniger ausreichend Schaden verursachen würde. Der erste Versuch war ein Misserfolg, weshalb der Attentäter es beim zweiten Mal mit zwei Flaschen versucht hatte. Der erste Wurf diente der Ablenkung, der zweite dazu, Chaos zu stiften. Als er seine Methode perfektioniert hatte, schlug er zu. Weil der Anschlag am Vormittag geschah, benutzte er diesmal vier Flaschen, um für noch mehr Verwirrung zu sorgen. Der alte Li, Bruder Wai und Boss Chau – einer von ihnen musste das Ziel gewesen sein.

Nur wer? Sonny grübelte. Der Testlauf in Mongkok lag ein halbes Jahr zurück. Damit war Boss Chau aus dem Rennen, denn er hatte den Sandalenstand erst vor drei Monaten übernommen. Bruder Wai erfreute sich in der Nachbarschaft großer Beliebtheit. Auch wenn er als junger Mann mit Geheimbünden zu tun gehabt hatte, hatte er der Unterwelt schon vor gut zehn Jahren den Rücken gekehrt, um auf ehrliche Weise sein Geld zu verdienen. Selbst wenn er noch Feinde hatte, würde niemand so lange warten, um sich zu rächen. Blieb der alte Li als wahrscheinlichstes Ziel. Außerdem war er am schwersten verletzt und schwebte in Lebensgefahr – vielleicht weil der Täter direkt auf ihn gezielt hatte. Niemand schien den alten Li besonders zu mögen, und es war nicht auszuschließen, dass ein eifersüchtiger Ehemann ihm eine Lektion erteilen wollte – obwohl eine Vorbereitungszeit von einem halben Jahr nach zu viel Vorsatz klang für ein Verbrechen aus Leidenschaft.

»He, fahren Sie vorsichtig!« Superintendent Kwan riss ihn aus seinen Gedanken und brachte ihn zurück in die Gegenwart. Sonny Lok hatte einen Moment lang völlig vergessen, dass er mit den Händen am Steuer über die Stadtautobahn raste.

»Okay, okay.« Sonny lenkte die Aufmerksamkeit zurück auf den Verkehr. Sie hatten soeben das Haking-Wong-Gebäude der Universität von Hongkong passiert und waren nur noch ein paar Minuten von ihrem Ziel entfernt.

»Commander? Was ist eigentlich in der Tüte?«

»Ach das. Das habe ich bei Tante Soso gekauft.« Kwan zog eine nagelneue Baseballkappe aus der Tüte. »Sie wollte dreißig Dollar dafür, aber ich habe sie auf zwanzig runtergehandelt – nicht übel. Die kommt mir gerade recht für meine Spaziergänge, wenn ich jetzt dann in Pension gehe.«

»Aber Schwarz zieht die Hitze an – das wird an warmen Sommertagen vielleicht ein bisschen ungemütlich.« Sonny beäugte die Kappe. Sie war völlig schwarz, ohne Abzeichen oder Beschriftung, nur auf der rechten Seite des Schirms befand sich ein grauer Pfeil in der Größe einer Münze, der eine berühmte Marke nachahmte und dabei nicht verbergen konnte, dass es sich um ein billiges Imitat handelte.

»Ja, könnte sein.« Er steckte die Kappe zurück in die Tüte.

Sonny begriff nicht, wie Kwan in dieser hochkritischen Phase die Zeit fand, einkaufen zu gehen, doch er hatte im letzten halben Jahr bereits gelernt, dass dieser Commander seine ganz eigene Art hatte, die Dinge anzugehen.

Ein paar Minuten später fuhren sie vor dem Queen Mary Hospital vor, dem größten Krankenhaus der Stadt, das bereits seit mehr als einem halben Jahrhundert bestand. Die Einrichtung verfügte über sämtliche gängige Abteilungen, von einer voll ausgestatteten Notaufnahme bis hin zur Psychiatrie. Außerdem diente sie als Uniklinik. Das Queen Mary Hospital bestand aus vierzehn Gebäuden und war so groß wie ein kleines Stadtviertel.

»Gebäude S«, sagte Kwan beim Aussteigen.

»Hä?« Sonny hatte bereits den Weg in Richtung Gebäude J eingeschlagen, wo sich die Notaufnahme befand. »Ich dachte, wir befragen das Personal in der Notaufnahme?«

»Verätzungen durch Chemikalien werden in der Chirurgie und Traumatologie behandelt. Es ist leichter, sich gleich dort zu erkundigen.«

In der Aufnahme zeigte Kwan der diensthabenden Schwester seine Marke und erkundigte sich nach dem Zustand der drei Säureopfer.

»Sagen Sie mal, Officer, das habe ich doch eben alles schon Ihrem Kollegen erzählt. Die Patienten sind laut Arzt im Augenblick nicht vernehmungsfähig«, antwortete die junge Frau schnippisch.

»Das tut mir leid. Das muss dann eine andere Abteilung gewesen sein«, antwortete Kwan höflich. »Ist ihr Zustand ernst?«

»Li Fu liegt mit kritischem Zustand auf der Intensivstation, aber er schwebt nicht in Lebensgefahr.« Als sie merkte, dass Kwan nicht auf seiner Autorität beharrte, wurde sie ein bisschen freundlicher. »Die anderen beiden, Chung und Chau, wurden im Gesicht getroffen. Jedes gesprochene Wort würde den Heilungsprozess behindern. Sie zu quälen ist da wenig hilfreich.«

»Ach so … Dürften wir dann vielleicht dem behandelnden Arzt ein paar Fragen stellen?«

Zögernd griff die Schwester zum Hörer. Kurz darauf kam vom anderen Ende des Korridors ein hochgewachsener, gut aussehender Mann um die dreißig in weißem Kittel auf sie zu.

»Dr. Fung, diese beiden Herren sind von der Polizei. Sie wollen sich nach den drei Säureopfern erkundigen.« Sie senkte den Kopf und vertiefte sich wieder in ihre Arbeit.

»Superintendent Kwan.« Er gab dem Arzt die Hand. »Wir können die Opfer also nicht befragen?«

»Richtig. Vom medizinischen Standpunkt aus kann ich derzeit nichts gestatten, was den Zustand der Opfer verschlechtern könnte. Ich hoffe auf Ihr Verständnis.«

»Natürlich. Dürfte ich Ihnen stattdessen einige Fragen stellen?« Kwan lächelte.

Das hatte Dr. Fung offensichtlich nicht erwartet, aber er sagte: »Wenn ich Ihnen behilflich sein kann, nur zu.«

»Wie gravierend sind die Verletzungen von Li Fun? Ich habe gehört, er erblindet womöglich?«

»Ja. Die Flüssigkeit hat beide Augen getroffen. Sobald er stabil ist, werde ich meine Kollegen aus der Ophthalmologie hinzuziehen.« Der Arzt schüttelte den Kopf. »Das linke Auge ist stärker betroffen. Hier gibt es kaum Hoffnung. Aber beim rechten sehe ich derzeit eine etwa sechzigprozentige Hoffnung auf Rettung.«

»Was ist mit Chung Wai-shing und Chau Cheung-kwong? Wurden die auch an den Augen verletzt?«

»Nein, das ist das einzig Gute an dieser ganzen Geschichte. Chung wurde an der Schulter getroffen, mit Spritzern in der unteren Gesichtshälfte. Hals, Mund und Nase sind schwer verätzt. Chau wurde ebenfalls voll ins Gesicht getroffen, trug jedoch zum Glück eine Sonnenbrille. Seine Augen blieben verschont.«

»Irgendwelche Verletzungen der Gliedmaßen?«

»Ja, aber nur leichte Verätzungen. Chung wurde linksseitig an Arm und Bein getroffen und Chau an beiden Händen – er muss versucht haben, sich das Zeug aus dem Gesicht zu wischen, weshalb auch seine Handinnenflächen verätzt wurden.«

Dr. Fung wischte sich zur Demonstration mit den Händen über das Gesicht.

»Werden sie lange hierbleiben müssen?«

»Das lässt sich im Augenblick schwer abschätzen, aber ich würde sagen, zwei Wochen sind realistisch.« Fung warf einen Blick auf den Kalender an der Wand. »Ich habe alle drei für morgen zur Hauttransplantation eingeplant. Chau ist als Erster an der Reihe. Die Rettungssanitäter haben ihn nicht ausreichend versorgt, und obwohl seine Verletzungen nicht schlimmer waren als die der anderen beiden, ist der Zustand seiner Haut am schlimmsten.«

»Nicht ausreichend versorgt?«

»Ich rede davon, wie schnell es den Sanitätern gelang, die Säure abzuwaschen und den Rest zu neutralisieren, die verletzten Areale zur Vorbeugung von Infektionen zu bandagieren und so weiter. Meine Kollegen aus der Notaufnahme berichteten, sie hätten erst bei der Untersuchung bemerkt, wie ernst sein Zustand tatsächlich war. Es muss zusätzlich auch bei der Triage etwas schiefgelaufen sein. Tja, heute Vormittag war einfach zu viel los, ich kann da niemandem einen Vorwurf machen. Zuerst der Brand, dann der Anschlag und schließlich noch der entflohene Strafgefangene – die Kollegen hatten alle Hände voll zu tun.«

»Ja. Dieser Vormittag war wirklich schrecklich.« Kwan nickte.

»Bei uns war es dasselbe.« Fung lächelte bitter. »Wir hatten bereits diverse Brandopfer aus West Point auf der Station, und dann kamen noch jede Menge Anschlagsopfer dazu. Glücklicherweise hat uns der Verkehrsunfall nicht auch noch dazwischengefunkt, ansonsten wäre ich wohl immer noch mit den Patienten beschäftigt.«

»Meinen Sie den Unfall heute Morgen auf der Des Voeux Road?«

»Ja. Ich habe einem Ihrer Kollegen erzählt, wie viel wir heute zu tun hatten, und der meinte daraufhin, wenn der in Central verunglückte Lastwagen anstelle von harmlosem Emulgator auch noch Gefahrgut geladen hätte, wäre das Krankenhaus wohl vor Notfällen aus allen Nähten geplatzt. Obwohl wir, ehrlich gesagt, auch so schon kurz vor dem Kollaps stehen. Ohne den Stau in Central wären einige der über dreißig Säureopfer statt zu uns rüber nach Wan Chai ins Tang Shiu Kin Hospital gebracht worden, und in unserer Notaufnahme wäre nicht ganz so viel zu tun gewesen.«

»Was ich noch fragen wollte – wer hat eigentlich den Papierkram der drei Patienten übernommen?« Kwan brachte das Gespräch zurück auf sein Anliegen. »Wenn wir nicht mit den Opfern sprechen können, würde ich mich wenigstens gerne mit den Angehörigen unterhalten.«

»Jetzt, wo Sie's sagen, da gab es ein paar Schwierigkeiten.« Dr. Fung war sichtlich genervt. »Li Fun hat offensichtlich keine nahen Angehörigen. Zumindest ist es uns noch nicht gelungen, jemanden ausfindig zu machen. Da gilt es noch jede Menge Formulare zu unterschreiben.«

»Und die anderen beiden?«

»Die haben Sie knapp verpasst, Superintendent. Chung Wai-shings Frau ist bis eben hier gewesen, und Chau Cheung-kwong wurde von einem Familienmitglied begleitet – ich glaube, er arbeitet für ihn. Die Besuchszeit ist vorbei, deswegen sind alle wieder weg. Gut möglich, dass sie um 18 Uhr wiederkommen.«

»Dann müssen wir wohl warten«, sagte Kwan. Sonny sah auf die Uhr – es war erst halb vier.

»Ich muss jetzt zur Visite. Bitte entschuldigen Sie mich.« Der Arzt nickte den beiden Beamten zu.

»Oh, eine Sache noch. Auf welcher Station liegen Chung und Chau?«

»Station 6, dritte Tür links. Sie liegen auf einem Zimmer.«

Nachdem er gegangen war, flüsterte Sonny: »Commander, schleichen wir uns zu ihnen rein und befragen sie heimlich?«

»Selbst wenn, vielleicht würden sie gar nicht mit uns sprechen wollen«, sagte Kwan leichthin. »Wir warten einfach ab. Die paar Stunden vergehen doch wie im Flug.«

Er machte es sich auf einem Sofa im Wartebereich bequem.

Sonny blieb verwirrt stehen. Wer hätte gedacht, dass Superintendent Kwan ausgerechnet jetzt damit anfangen würde, nach den Regeln zu spielen?

Ratlos setzte er sich daneben. Gerade als er fragen wollte, wie um alles in der Welt sie von diesen drei Opfern Hinweise auf die Identität des Täters erhalten sollten, fing Kwan völlig aus heiterem Himmel an zu quasseln. Er redete über Verätzungen durch Chemikalien, angefangen bei der Erstversorgung über die Notwendigkeit der Verabreichung von Antibiotika und nichtsteroidalen Entzündungshemmern bis hin zu Hauttransplantationen und dem unglaublichen Wundheilungserfolg beim Einsatz künstlicher Haut. Die Leute um sie herum mussten Kwan für einen Spezialisten halten, der einem Angehörigen die Behandlungsmethode erklärte.

»Commander, ich gehe kurz austreten«, unterbrach Sonny den Redeschwall, als der Superintendent gerade erläuterte, dass die Haut von Brandopfern permanent Flüssigkeit verliert und eine ausreichende Flüssigkeitszufuhr deswegen essenziell ist. Sonny brauchte dringend eine Pause.

»Woher um alles in der Welt weiß der Commander solche Dinge?«, fragte Sonny sich halblaut auf dem Weg zur Toilette. Auf dem Rückweg zum Wartebereich fiel ihm auf einmal ein Hinweisschild ins Auge: »Zu Gebäude J«.

In Gebäude J war die Notaufnahme untergebracht, die Sonny im Grunde nicht weiter interessierte. Doch ihm war plötzlich die Toilettenanlage im ersten Stock im Ostflügel eingefallen. Die Toilette, durch welche Shek Boon-tim heute Morgen entflohen war.

Auch wenn er im Augenblick mit seinem Commander in Sachen Säureanschlag hier war, er war immer noch Ermittler. Shek Boon-tim war momentan der Staatsfeind Nummer eins, und wenn Sonny schon die Gelegenheit hatte, würde er definitiv lieber etwas in Sachen Shek unternehmen, als sich um diesen läppischen Säurefall zu kümmern.

Es kann ja nicht schaden, sich kurz umzusehen, dachte er mit einem Blick auf die Uhr.

Am anderen Ende des Verbindungsgangs zu Gebäude J stieß er im Treppenhaus auf die Beschilderung mit Hinweisen auf die einzelnen Abteilungen. Genau wie der Justizvollzugsbeamte gesagt hatte, war im ersten Stock der klinische Sozialdienst untergebracht und die Notaufnahme im Erdgeschoss. Im achten Stock befand sich eine eigens für den Strafvollzug reservierte geschlossene Abteilung zur Unterbringung kranker Verdächtiger oder behandlungsbedürftiger Strafgefangener.

Hätten die beiden Beamten nur ein bisschen nachgedacht und Shek stattdessen in den achten Stock gebracht, wäre er nie entkommen.

Er nahm das Treppenhaus und begab sich an den Ort des Geschehens. Die Toilette befand sich in einer Ecke des Ostflügels. In der Nähe gab es weder Büros noch Krankenzimmer – die ganze Abteilung wirkte seltsam verlassen. Kein Wunder, dass sie mit Shek hierher gegangen waren, dachte Sonny. Es war nirgendwo ein Polizist zu sehen, und er vermutete, dass die Räumlichkeiten nach Ende der Spurensicherung wieder freigegeben worden waren. Die Toilette zu bewachen würde bei der Jagd auf Shek Boon-tim nicht weiterhelfen.

Die Toilette war überraschend groß. Auf der einen Seite befanden sich drei Kabinen und auf der anderen Seite ein Urinal sowie ein langes Waschbecken. Hier gab es keine Tür, sondern nur eine Trennwand direkt hinter dem Eingang. Trat man um die Wand herum, hatte man ein großes Fenster vor sich.

In der Hoffnung, irgendwas zu finden, was bis jetzt übersehen worden war, nahm Sonny sich als Erstes die Kabinen vor. Die Holztür mit dem »Außer Betrieb«-Schild stand angelehnt. Er drückte sie auf und registrierte, dass der Toilettensitz fehlte und die Kette des Spülkastens abgerissen war. Ansonsten sah die Kabine haargenau so aus wie die beiden anderen. Alle drei waren mit Haltegriffen aus Metall ausgestattet, und selbst nachdem Sonny die Griffe eingehend untersucht hatte, konnte er nicht sagen, ob Shek in der zweiten oder dritten Kabine gewesen war. Er hätte wenigstens ein paar Schrammen erwartet, doch Shek hatte offensichtlich überhaupt keine Spuren hinterlassen.

Nachdem er bei den Kabinen erfolglos gewesen war, wandte Sonny sich dem Fenster zu. Von dort aus hatte man freie Sicht auf die Zufahrt zu Gebäude J. Er sah hinaus und stellte sich vor, dass Sheks Komplize das Fluchtfahrzeug in etwa dreißig Metern Entfernung geparkt haben musste. Bis zum Erdboden waren es ungefähr fünf Meter, doch vor dem Fenster war ein schmales Sims, und links davon verlief eine Vielzahl von Rohren. Mit etwas Vorsicht konnte ein Mann wohl unbeschadet daran herunterklettern. Mit einer gewissen Kondition war sogar ein Sprung aus dem Fenster vorstellbar.

Sonny hatte inzwischen zwanzig Minuten auf der Toilette zugebracht, ohne auch nur auf den Hauch eines neuen Beweises zu stoßen. Niedergeschlagen verließ er den Raum und war schon wieder auf dem Rückweg zu Gebäude S, als ihm plötzlich die Worte des Commanders in den Sinn kamen: »Nehmen Sie sich die Überwachungsbänder aus dem Krankenhaus vor und finden Sie den langhaarigen Mann.«

Wieso war der Langhaarige nicht mit Shek geflohen?

Auf dem Rückweg fiel ihm im Treppenhaus ein Fenster mit demselben Ausblick auf wie das Toilettenfenster. Es war vergittert. Er zerrte an den Gitterstäben, aber sie gaben nicht nach und waren bei näherem Hinsehen mit Staub bedeckt. Er setzte den Weg nach unten fort, ging durch den Gang um die Ecke, bis er unterhalb des Toilettenfensters stand. Dafür hatte er etwa eine halbe Minute gebraucht.

»Wenn ich der Komplize bin, warum fahre ich dann nicht einfach im Fluchtwagen mit?«, fragte er sich. »Das Fenster im Treppenhaus ist verriegelt, aber wenn er diesen Weg genommen hätte und dann noch die dreißig Meter zum Auto – das wäre im Sprint in zwanzig Sekunden zu schaffen gewesen. Hatte er Angst, vom Sicherheitspersonal aufgehalten zu werden? Die Männer im Auto hatten Maschinenpistolen – selbst wenn etwas schiefgegangen wäre, hätten ihnen ein paar Salven genug Zeit verschafft, um Shek in Sicherheit zu bringen.«

Um zu fliehen, muss ein Gefangener die Handschellen loswerden und seine Wächter überlisten. Diese beiden Kriterien waren bereits erfüllt, als Shek zum Fenster hinaussprang, und wenn Langhaar sein Komplize war, war sein Job mit dem Ablenkungsmanöver erledigt gewesen. Er hatte keinen Grund mehr, keinen Verdacht zu erregen. Wieso haute er nicht einfach ab?

Irgendwas stimmte hier nicht, auch wenn Sonny noch nicht sagen konnte, was. Shek Boon-tim war ein gnadenloser Schwerverbrecher und als Superhirn bekannt, aber seine Handlanger waren nur ein Haufen Schurken. Das ließ sich unschwer an dem Feuergefecht mit der Polizei nach dem Unfall ablesen – sie hatten eindeutig weder Gewissensbisse noch Respekt vor dem Gesetz. Sie hätten Shek noch viel einfacher befreien können – der Langhaarige hätte die beiden Gefängniswärter einfach erschießen und anschließend mit Shek fliehen können.

Wieso hatte Shek diesen Umweg gewählt? Hatte sich sein Gewissen gemeldet, und er hatte plötzlich Skrupel zu töten? Oder hatte er Angst gehabt, ein Schusswechsel mit den beiden Beamten könnte seine Flucht zum Scheitern verurteilen?

So angestrengt Sonny auch nachdachte, ihm wollte einfach keine plausible Erklärung einfallen.

Er stand grübelnd in der Auffahrt, als ein Krankenwagen vorbeifuhr und ihn in die Gegenwart zurückholte. Er sah auf die Uhr und merkte, dass er bereits eine halbe Stunde unterwegs war. Er eilte zurück in den Warteraum und dachte verzweifelt darüber nach, wie er seinem Commander die lange Abwesenheit erklären sollte. Er hoffte nur, dass Kwan nicht inzwischen aufgegeben hatte und gegangen war.

Zurück im Gebäude sah er Kwan zu seiner Überraschung plaudernd und lachend am Empfang stehen. Er unterhielt sich mit der Krankenschwester. Sie strahlte und wirkte völlig verwandelt.

»Sonny, da sind Sie ja. Sie haben sich Zeit gelassen.« Kwan wandte sich wieder an die Schwester. »Ich will Ihnen nicht länger die Zeit stehlen. Vielen Dank für das nette Gespräch.«

»Commander? Worüber haben Sie sich unterhalten?«, fragte Sonny neugierig, als sie zum Sofa zurückkehrten.

»Ach, dies und das, Gesundheitstipps und so weiter.« Kwan senkte lächelnd die Stimme. »Und über Dr. Fung«, raunte er, »seine Interessen und Hobbys und so.«

»Ist er ein Verdächtiger?«, fragte Sonny erschrocken.

»Ach was, natürlich nicht, aber mir ist seine Uhr aufgefallen und die Hornhaut an den Fingern der linken Hand, seine Schuhe und der Füller in seiner Hemdtasche. Daher weiß ich, dass er gern zum Tauchen geht, Gitarre spielt und eine Vorliebe für englische Produkte hat, aber trotzdem bescheiden ist. Das genügte mir, um ein Gespräch mit der Schwester zu beginnen.«

Sonny war verwirrt.

»Ach, Sie verstehen das immer noch nicht«, kicherte Kwan. »Die Dame hat eine Schwäche für den guten Doktor.«

»Tatsächlich?«

»Sonny, Sie müssen lernen, auf die kleinen Details in den Reaktionen der Menschen zu achten. Jede Geste, jede noch so kleine Bewegung spricht Bände. Als die Schwester Dr. Fung anrief und als sie ihn dann direkt ansprach, veränderte sich ihr Gesichtsausdruck signifikant.«

»Dann ist die Krankenschwester also eine Verdächtige.«

»Nein. Ich habe mir lediglich die Zeit vertrieben.« Kwan unterdrückte angesichts Sonnys blühender Fantasie ein Lachen. »Nicht alles hat mit dem Fall zu tun.«

Sonny kratzte sich am Kopf. Kwans Benehmen verwirrte ihn. Sie hatten einen ganzen Stapel kniffeliger Fälle auf dem Tisch, und er plauderte fröhlich über dies und jenes. Aber vielleicht gab es für »Das Genie« keine schwierigen Situationen.

»Commander? Ich habe vorhin über etwas nachgedacht.«

»Geht es um den Säurefall oder um die Flucht von Shek Boon-tim?«

Mit seiner Frage verriet Kwan, dass er längst wusste, weshalb Sonny eine halbe Stunde weg gewesen war.

»Äh … um Shek Boon-tim.«

»Lassen Sie hören.«

Sonny hatte einen Rüffel erwartet, weil er sich nicht auf den Säurefall konzentrierte, und war von der interessierten Haltung des Commanders angenehm überrascht. Er setzte Kwan seine Zweifel Stück für Stück auseinander.

»Das Verhalten des Langhaarigen macht überhaupt keinen Sinn«, sagte er schließlich.

»Richtig. Ihre Fragestellung ist in sich absolut logisch.« Kwan lächelte zufrieden.

»Was sagen Sie dazu, Commander?«

»Ich? Ich bin nur hier, um im Säurefall zu ermitteln. Shek Boon-tim lasse ich im Augenblick ruhen.« Kwan spreizte die Finger.

»Aber Commander!«

»Immer schön eines nach dem anderen. Kennen Sie das Sprichwort nicht? Ein Spatz in der Hand ist besser als die Taube auf dem Dach? Es gibt auch noch eins aus Japan: Wer zwei Kaninchen jagt, fängt keins von beiden. Trotzdem können Sie die Zeit jetzt ruhig zum Nachdenken nutzen, vielleicht kommen Sie ja zu einem Fazit.«

Sonny war immer noch verwirrt, doch sein Commander hatte offensichtlich einen Entschluss gefasst, und Kritik stand ihm nicht zu.

Tja. Ein Genie ist eben schwer zu durchschauen, dachte er für sich.

Während der nächsten Stunde hielt Kwan keine weiteren Vorträge über chemische Verätzungen und unternahm auch keinen zweiten Anlauf, sich mit der Krankenschwester zu unterhalten. Er saß einfach nur still auf dem Sofa und beobachtete die Menschen, die vorbeigingen. Sonny stützte das Kinn in die Hände und grübelte verzweifelt über die Umstände von Shek Boon-tims Flucht nach. Aber er hatte fast das Gefühl, als hätte der Commander ihn mit einem Fluch belegt. Sobald er über die Schritte des Langhaarigen nachdachte, kamen ihm Tante Soso und ihre Aussagen zu den drei Opfern in die Quere. Sein Verstand kam ihm vor wie ein Jagdhund, der zwischen dem Fuchs im Wald zu seiner Linken und dem Wildschwein im Unterholz zu seiner Rechten hin- und hergerissen war.

Als die Zeiger der Uhr im Warteraum endlich auf sechs

sprangen, wurde es auf dem Gang plötzlich lebhaft. Leute eilten vorbei, manche mit sorgenzerfurchter Miene, andere eher unbeteiligt.

»Wollen wir jetzt auf Station gehen und dort auf Chungs Frau und Moe warten?«, fragte Sonny.

»Keine Sorge, wir können uns noch ein wenig Zeit lassen.«

Einer nach dem anderen kamen die Besucher an ihnen vorüber. Nach fünf Minuten stand Kwan plötzlich auf und sagte: »Jetzt können wir hineingehen.«

Sonny erhob sich folgsam und ging seinem Commander hinterher. Plötzlich merkte er, dass Kwan die violette Plastiktüte nicht mehr bei sich hatte, doch auf dem Sofa lag sie auch nicht mehr. Er wollte Kwan schon zurückrufen, um ihm zu sagen, er hätte seine neue Kappe verloren, doch dann entschied er, ihn lieber nicht abzulenken.

Die beiden Beamten betraten das Krankenzimmer Nummer 6. Es war mit vier Betten belegt. Der Tür am nächsten lag ein älterer Mann mit nur einem Bein. Das zweite Bett war leer. Auf der rechten Seite lagen zwei Patienten mit bandagierten Köpfen wie Mumien, denen Schläuche aus den Händen ragten. Derjenige, der näher zur Tür lag, hatte außerdem die Arme verbunden, und Sonny vermutete, dass es sich um den Sandalenverkäufer Chau handelte; an seiner Seite saß ein junger, mittelgroßer Mann, wahrscheinlich Moe. Er trug eine blaue Jacke und eine braune Umhängetasche und flüsterte dem Patienten leise ins Ohr. Neben dem Bett am Fenster saßen eine Frau Mitte dreißig und ein kleiner Junge in Schuluniform, der die rechte Hand des Patienten hielt – das musste die Familie Chung sein.

»Heißen Sie Moe?« Kwan und Sonny waren auf den Mann mit der blauen Jacke zugetreten. Er sah sie misstrauisch an. Sonny erinnerte sich an ihn – er war einer von den Besuchern mit Sorgenmiene, die eben an ihnen vorbeigelaufen waren.

»Wir sind von der Polizei.« Kwan zeigte seine Dienstmarke. »Sind Sie Moe, der Neffe von Chau Cheung-kwong?«

»Stimmt, ja. Das bin ich.« Der Anblick der Dienstmarke machte Moe munter. »Wollen Sie mich noch mal über die Ereignisse von heute Morgen befragen? Ich hatte Ihrem Kollegen bereits ...«

»Nein, nein, schon gut. Das weiß ich alles schon.« Kwan lächelte ihm zu. »Sie sehen viel dünner aus als auf dem Foto. War sicher nicht leicht, in so kurzer Zeit so viel Gewicht zu verlieren.«

Sonny, der hinter Moe stand, hatte keine Ahnung, was dieser Unsinn zu bedeuten hatte.

»Wovon sprechen Sie, Officer?« Moe wirkte ebenfalls ziemlich verwirrt.

»Schluss mit dem Versteckspiel. Wir haben Beweise.« Kwan zog eine durchsichtige Plastiktüte aus der Jacke, in der sich eine platt gedrückte schwarze Baseballkappe befand. »Die haben Sie doch beim dritten Mal getragen, oder nicht? Sie haben die Kappe auf dem Dach verloren, und meine Leute haben sie dort oben sichergestellt.«

»Das ist unmöglich ...« Moes Gesichtsausdruck veränderte sich. Eilig griff er zu seiner Umhängetasche.

»Ah, dann ist sie also in der Tasche, ja?«

Moe sprang plötzlich auf, um zu fliehen, doch Sonny stand ihm im Weg, und ehe Moe wusste, wie ihm geschah, wurde er mit eisernem Griff festgehalten. Die Anwesenden sahen entsetzt zu, wie Sonny Moe zu Boden rang.

»Commander! Ist Moe ...?« Sonny hielt den Verdächtigen fest, klopfte ihn nach Waffen ab und legte ihm Handschellen an.

»Er hat alle drei Säureanschläge verübt: den vor sechs Monaten, den vor vier Monaten und den heute Morgen.«

»Woher wissen Sie das?«

»Wie ich schon sagte, jede einzelne Bewegung und jede Geste spricht Bände. Jeder Mensch hat seine eigene Art zu laufen. Als ich ihn vorhin auf dem Gang vorbeilaufen sah, wusste ich, dass er der Dicke auf den Videobändern der Säureanschläge aus Mongkok ist. Ich habe mir die Ausschnitte über einhundert Mal angesehen. Gewichtsabnahme hin oder her, den Gang hätte ich überall wiedererkannt.«

Sonny starrte ihn an. Einen Täter anhand seines Gangs zu identifizieren erschien ihm reichlich eigenwillig, wenn nicht unmöglich. Doch Moes Reaktion bewies, dass Kwan richtiglag.

»Was ist hier los?« Die Schwester vom Empfang kam ins Zimmer geeilt.

»Die Königliche Polizei von Hongkong verhaftet einen Verdächtigen«, antwortete Kwan gelassen. Die Krankenschwester war wie gelähmt. »Bitte informieren Sie das Sicherheitspersonal, wir benötigen Unterstützung.«

Noch immer unter Schock nickte die Schwester abwesend, dann eilte sie davon.

»So, Sonny. Den einen Fall hätten wir gelöst. Jetzt können wir uns ganz dem zweiten Fall widmen.« Kwan drehte sich zu dem Patienten im Bett um. »Endlich lernen wir uns persönlich kennen, Mr Chau Cheung-kwong ... Oder sollte ich sagen: Mr Shek Boon-tim?«

6

Sonny erstarrte. Er dachte, er hätte sich verhört. Der Mann im Bett war Shek Boon-tim? Auch wenn er immer noch beide Hände voll zu tun hatte, Moe auf dem Boden zu fixieren, war er mit seiner Aufmerksamkeit ganz bei dem Mann mit dem bandagierten Gesicht, von dem nur Augen, Nasenlöcher und Mund zu sehen waren wie bei einem Gruselmonster.

»Commander! Wollen Sie damit sagen … das ist Shek Boon-tim?«, stammelte Sonny.

»Ganz genau. Dieser Mann ist der flüchtige Strafgefangene Shek Boon-tim«, antwortete Kwan ungerührt. Der Patient gab kein Wort von sich, doch seine Augen schossen verzweifelt von links nach rechts.

Sonny zerrte Moe hoch, schubste ihn auf den Stuhl neben dem Bett und sah sich den Mann genauer an, der Shek sein sollte. Der Mann öffnete den Mund, als wollte er etwas sagen, doch es kam nichts heraus.

»Wollen Sie etwa behaupten, ich irre mich?«, fragte Kwan. »Mr Shek, der Polizei stehen zur Überprüfung Ihrer Identität diverse, vor Gericht zulässige Methoden zur Verfügung, zum Beispiel DNA-Proben oder der Abgleich Ihrer Zahnarztunterlagen. Ich befürchte allerdings, dass Sie keine Gerichtsverhandlung mehr erleben werden. Ehrlich gesagt, hätte ich Ihren Plan nicht durchschaut, hätten Sie womöglich nicht einmal mehr bis morgen überlebt.«

Der Mann starrte Kwan an. Eine Spur von Zweifel trübte seinen Blick.

»Ihr Vorhaben war genial, doch leider mangelte es Ihnen an medizinischem Wissen, und damit haben Sie sich selbst in eine lebensbedrohliche Situation gebracht. Und das meine ich übrigens durchaus wörtlich – es ist gut möglich, dass Sie sterben«, sagte Kwan gelassen. »Wissen Sie, was eine Triage ist? Sie geschieht bei der Einlieferung in der Notaufnahme. Abgesehen von der Einschätzung der Dringlichkeit, umgehend behandelt zu werden, gehört dazu die Abfrage von Allergien auf Medikamente und der bereits erfolgten Behandlung. Diesen Schritt zu überspringen kann ernste Folgen haben. Sie haben heute Morgen im Gefängnis heftige Bauchschmerzen simuliert, woraufhin der Arzt Ihnen Schmerzmittel verabreichte. Richtig? Man hat ihnen Aspirin gespritzt. Und was jetzt gerade durch Ihre Adern fließt, ist ein Entzündungshemmer namens Ketoprofen. Hätte der Arzt gewusst, dass Sie bereits eine Aspirininjektion erhalten hatten, hätte er auf keinen Fall zu Ketoprofen gegriffen, denn Ketoprofen wird in der Leber verstoffwechselt, wohingegen Aspirin die Stoffwechselfunktion der Leber lähmt. Die Folge ist ein schwerwiegender Ketoprofenschaden von Leber und Nieren, welcher, wenn nicht binnen zwölf Stunden behandelt, zum Organversagen führt. Bei den ersten spürbaren abdominalen Beschwerden des Patienten hat die Leber bereits achtzig Prozent ihrer Leistungsfähigkeit eingebüßt. Wird nicht umgehend transplantiert, ist es zu spät.«

Noch ehe Kwan zu Ende gesprochen hatte, setzte sich der Mann im Bett abrupt auf und zerrte an dem Schlauch in seinem Arm. Weil beide Hände bandagiert waren, brauchte er ein paar Versuche, bis er es geschafft hatte. Sonny sah, dass der Zweifel in seinen Augen nackter Angst und Hass gewichen war; und Wut, die sich gegen die beiden Beamten richtete. Der Mann im Bett hatte sich völlig verändert. Er erinnerte Sonny an ein verwundetes Tier, das selbst im Moment der Niederlage noch nach einem Ausweg sucht. Im Zimmer war es vollkommen still. Es war, als wären sie in ein Paralleluniversum geschleudert worden.

Eilige Schritte durchbrachen die Stille. Zwei uniformierte Wachmänner kamen hinter der Schwester ins Zimmer.

»Superintendent Kwan Chun-dok, CIB.« Kwan zückte seine Dienstmarke. »Und das ist Sergeant Lok.« Als sie merkten, dass sie rangniedriger waren, nahmen die beiden Uniformierten hastig Haltung an, ehe sie sich nach Einzelheiten erkundigten.

»Dieser Kerl steht im Zusammenhang mit dem Säureanschlag in Central heute Morgen unter Verdacht.« Kwan deutete auf Moe. Dann zeigte er zum Bett. »Und das ist der geflohene Schwerverbrecher Shek Boon-tim. Bringen Sie die beiden fürs Erste nach oben in den Gefangenentrakt. Ich werde die Kollegen der betreffenden Abteilungen umgehend in Kenntnis setzen und sie abholen lassen.«

Die beiden Wachmänner starrten ihn entgeistert an. Sonny schob Moe vor sie her, und endlich reagierten sie. Einer von ihnen fesselte Sheks Hände unsanft ans Bettgitter und machte dann kehrt, um weitere Hilfe zu holen. Drei Minuten später erschienen ein paar Krankenschwestern und hoben Shek auf eine Trage. Als eine von ihnen den abgerissenen Schlauch bemerkte und ihn wieder befestigen wollte, setzte Shek sich heftig zur Wehr.

»Nein ... nicht ...«, keuchte er.

Kwan trat ans Bett, drückte Sheks rechte Hand nach unten und nickte der Schwester zu. »Mr Shek, ich habe Sie angelogen. Sie werden nicht sterben. Das ist nur Kochsalzlösung. Die Ketoprofeninjektion liegt schon Ewigkeiten zurück. Aspirin und Ketoprofen sind beides nichtsteroide Entzündungshemmer, und eine Kombination verursacht keine Leberschäden. Im allerschlimmsten Fall sorgen sie für ein kleines Magengeschwür. Natürlich hätte ein Bluttest oder der Abgleich Ihrer zahnmedizinischen Akten Ihre Identität bestätigt, aber um wirklich überzeugt zu sein, wollte ich es von Ihnen selbst erfahren.«

Sheks Augen quollen ihm fast aus dem bandagierten Kopf. Er starrte Kwan schockiert und voller Hass an. Dann schob das Personal ihn aus dem Zimmer.

Nachdem sie Chung und seiner Familie eilig alles Gute gewünscht hatten – sie waren immer noch damit beschäftigt zu begreifen, was eben geschehen war –, begaben Kwan und Sonny sich nach oben in den achten Stock. Der Leiter des Gefangenentrakts war sehr überrascht, dass Shek Boon-tim schon gefasst werden konnte. Er hätte nie erwartet, dass sich der Geflohene ausgerechnet im Krankenhaus verstecken würde, in direkter Nachbarschaft zur Gefangenenabteilung.

Sonny ging davon aus, dass Kwan nun unverzüglich Inspector Wang anrufen und natürlich auch die mit der Jagd auf Shek Boon-tim beschäftigten Abteilungen informieren würde, dass sie die Suche einstellen konnten. Doch stattdessen zog Kwan seinen Schützling mit sich in den Raum, wo Moe festgesetzt worden war.

»So. Nun sind die beiden getrennt. Bleibt nur noch eines zu tun«, sagte Kwan.

Bewacht von einem Krankenhauswärter saß Moe mit auf den Rücken gefesselten Händen niedergeschlagen auf einem Stuhl. Als Kwan und Sonny den Raum betraten, sah er kurz auf und starrte dann wieder auf den Fußboden.

»Nennen Sie mir die Adresse Ihres Verstecks«, sagte Kwan im Befehlston.

Moe reagierte nicht.

»Verstehen Sie mich nicht falsch, ich verlange kein Geständnis von Ihnen.« Kwans Stimme war trocken. »Aber Ihnen muss klar sein, in welcher Situation Sie sich befinden. Ihr Boss Shek Boon-tim wandert definitiv zurück ins Gefängnis. Little Willy und die beiden Killer vom Festland sind tot, und die meisten Ihrer Kumpane sitzen ebenfalls. Sie hatten Glück: Es gab bei den Säureanschlägen zwar Schwerverletzte, aber keine Todesopfer. Li Fun hat es am schlimmsten erwischt, aber der Arzt sagt, er wird wahrscheinlich überleben. Sie wandern für mehr als zehn Jahre in den Bau, aber ich vermute, Sie kommen trotzdem vor Shek wieder raus. Falls Ihre Kumpane das arme Schwein allerdings umbringen, werden Sie außerdem für Beihilfe zum Mord angeklagt. Sie sind noch nicht einmal dreißig, oder? Ihnen winken ein paar Jahre auf Kosten des Steuerzahlers, und wenn Sie wieder rauskommen, sind Sie immer noch in den Vierzigern. Falls Sie achtzig werden, bleiben Ihnen vier Jahrzehnte in Freiheit. Bekommen Sie allerdings lebenslänglich, verbringen Sie die nächsten fünfzig Jahre in einer Zelle so groß wie dieser Raum, quälen sich von Tag zu Tag und warten auf den Tod.«

Das löste zumindest eine kleine Reaktion aus – Moe sagte

zwar immer noch kein Wort, doch er hob den Kopf und sah Kwan gequält an.

»Unsere Hundestaffel durchkämmt derzeit Chai Wan, und es ist nur eine Frage der Zeit, bis wir Ihren Schlupfwinkel gefunden haben. Ich hoffe nur, dass wir dort nicht auch auf eine Leiche stoßen, denn dann wären die wahren Mörder ungeschoren davongekommen und man würde die Tat Ihnen zur Last legen.«

»Ich …« Moe brachte es offensichtlich nicht über sich zu sprechen.

»Mir ist vollkommen klar, was Ehre in Ihren Kreisen bedeutet, und ich verlange nicht von Ihnen, jemanden zu verraten. Ich will lediglich ein unschuldiges Menschenleben retten. Sie sollten auf keinen Fall die Verantwortung für ein Verbrechen übernehmen, das Sie nicht begangen haben, vor allem nicht, wenn es sich um etwas so Schwerwiegendes handelt wie Mord. Sie wohnen jetzt schon eine ganze Weile mit dem armen Teufel zusammen; Sie wollen doch sicher nicht, dass er umsonst ermordet wird.«

»Gloria Centre, Fung Yip Street, Chai Wan, Zimmer 412«, stieß Moe aus. Dann senkte er wieder den Kopf.

Kwan nickte. Dann gab er Sonny ein Zeichen, und sie verließen den Raum. Als Erstes rief Kwan Alex Choi an, um ihm mitzuteilen, dass Shek gefasst war, und ihm die Adresse seines Verstecks zu nennen. Danach meldete er sich bei Inspector Wang, um zu berichten, dass der Säureattentäter verhaftet worden war.

»Commander? Von wem haben Sie eben gesprochen? Wessen Leben soll gerettet werden?«, fragte Sonny, nachdem Kwan seine Telefonate beendet hatte.

»Von dem echten Chau Cheung-kwong natürlich«, sagte Kwan.

»Warum ist er in Gefahr? Nein, ich meine, ist der Mann da drin tatsächlich Shek Boon-tim? Und wo ist dann Chau Cheung-kwong?«

»Kommen Sie, Sonny, wir suchen uns ein ruhiges Plätzchen,

wo wir reden können«, entgegnete Kwan. Er sagte dem Leiter der Gefangenenabteilung, sie seien unten zu finden, und gab Anweisung, die beiden Gefangenen nicht aus den Augen zu lassen. Sonny begriff nicht, weshalb sie nicht im achten Stock bleiben konnten, aber wenn der allwissende Mann mit den Erklärungen nach unten fuhr, dann fuhr er auch nach unten.

Unten angekommen, verließ Kwan das Gebäude und betrachtete den dunkel werdenden Himmel. Der Wartebereich am anderen Ende des Gebäudes, in dem die Notaufnahme lag, wirkte beinahe surreal, so ruhig war es inzwischen geworden. Kwan ließ sich auf einer steinernen Bank neben einem Pflanztrog nieder und forderte Sonny auf, sich zu ihm zu setzen.

»Wo soll ich anfangen …« Kwan strich sich über das Kinn. »Ah. Sprechen wir zuerst über die Fotos der beiden Big-Circle-Männer.«

»Was ist mit den Aufnahmen?« Sonny war nichts Bemerkenswertes daran aufgefallen.

»Nach dem Mittagsbriefing hatte ich selbst noch keine Ahnung, um ehrlich zu sein. Inspector Choi äußerte die Vermutung, Shek sei während des Schusswechsels entkommen oder hätte während des fünfminütigen Zeitfensters zwischen Verlassen des Krankenhauses und Sichtung durch unsere mobile Einsatzgruppe das Fahrzeug gewechselt. Ich hielt Zweiteres für wahrscheinlicher – Shek war eine Flucht in die entgegengesetzte Richtung zuzutrauen. Schließlich wusste er, dass alle ihn im Norden vermuten würden. Warum sollte er sich dann nicht am Südende von Hong Kong Island verstecken oder gar mit dem Boot auf eine der kleineren Inseln verschwinden. Als ich mir dann die Fotos vom Tatort ansah, fiel mir etwas auf.«

»Die Fotos von der Schießerei?«

»Es geht um die Leichen der beiden Big-Circle-Männer.« Kwan tippte sich an die Stirn. »Einer von beiden hatte eine neue Frisur und sah anders aus als auf dem nur wenige Tage alten Fahndungsfoto.«

»Na und? Verbrecher ändern ständig ihr Aussehen.«

»Nein, Sonny. Sie müssen präziser denken. Verbrecher verändern ihr Aussehen *nach* einer Tat. *Im Vorfeld* erlebt man das eher selten«, belehrte Kwan ihn lächelnd. »Hinterher die Frisur zu verändern hätte absolut Sinn ergeben. Er schneidet sich die Haare aus Angst, von Zeugen erkannt zu werden. Vorher wäre das nur sinnvoll, wenn er zum Beispiel zur Ausführung der Tat eine Perücke benutzt, um direkt im Anschluss wieder sein normales Aussehen anzunehmen. Hier jedoch wollte mir kein Grund einfallen, weshalb er die Scheitelfrisur gegen einen Bürstenhaarschnitt tauschen sollte.«

Sonny rief sich die beiden Fotos an der Pinnwand ins Gedächtnis.

Kwan fuhr fort: »Die beiden Männer wussten nicht, dass der Informationsdienst sie bereits registriert hatte – auch wenn sich unsere Erkenntnisse über die beiden zugegebenermaßen in Grenzen hielten. Der Betreffende hatte also keinen Grund, die Frisur zu verändern. Hätte er seine Identität verbergen wollen, hätte er sich nach der Befreiungsaktion die Haare geschnitten – aber ein Bürstenhaarschnitt lässt sich nicht rückgängig machen. Als ich das Foto zum ersten Mal sah, hielt ich sogar eine Verwechslung für möglich und dass der Tote gar nicht der Big-Circle-Mann war. Doch die Narbe auf seiner linken Wange war eindeutig. Zwillinge mit identischen Narben? Zu weit hergeholt. Also. Warum der Haarschnitt vor der Befreiungsaktion?«

»Vielleicht … vielleicht weil es so warm ist?« Sonny merkte selbst, wie fadenscheinig das klang.

»Wäre möglich. Ich denke jedoch an etwas anderes. Der Bürstenhaarschnitt galt der Tarnung.«

»Aber Commander, sagten Sie nicht eben selbst, vor einer Tat das Aussehen zu verändern würde ihn nicht vor Ergreifung bewahren?«

»Also hat er nicht versucht, der Ergreifung zu entgehen.« Kwan gluckste vergnügt. »Sonny, welche Personen tragen für gewöhnlich einen Bürstenhaarschnitt?«

»Polizeianwärter, Soldaten … ah! Gefangene!«, rief Sonny, als ihm klar wurde, worauf der Superintendent hinauswollte.

»Exakt. Als mir das klar wurde, fragte ich mich, ob wir uns hatten täuschen lassen – was, wenn der Mann, der aus dem Krankenhaus zum Fluchtwagen rannte, gar nicht Shek Boontim gewesen war, sondern einer der Big-Circle-Männer? Es ging alles sehr schnell. Um Augenzeugen zu täuschen, hätte es genügt, den Fliehenden mit Bürstenhaarschnitt, schwarz gerahmter Brille und Gefängniskleidung auszustatten. Jeder wäre automatisch davon ausgegangen, den fliehenden Shek Boontim vor sich zu haben.«

Sonny rief sich das Foto von Shek aus dem Briefing in Erinnerung. Er hatte raspelkurze Haare – genau wie der tote Big-Circle-Mann.

»Nach der Schießerei fanden die Männer vom Organisierten Verbrechen im Fluchtfahrzeug eine braune Gefangenenkluft mit abgetrennter Sträflingsnummer. Auch das hat mir zu denken gegeben. Dass ein entflohener Strafgefangener sich umzieht, liegt auf der Hand, aber weshalb sollte er die Sträflingsnummer abtrennen? Zur Verwischung seiner Spuren hätte er die Sachen komplett verbrennen müssen. Außerdem war Shek der Einzige, der heute aus dem Gefängnis floh, und es war sowieso klar, dass es sich nur um seine Kluft handeln konnte. Es sei denn, die Gefängnisuniform stammte eben nicht von dem Gefangenen 241138, sondern war ein Requisit von Sheks Doppelgänger.«

»Deshalb wollten Sie wissen, wie genau er aus der Toilette herausgekommen ist.« Sonny dachte an den Moment zurück, als er mit dem Bericht für Inspector Choi ins Zimmer gekommen war.

»Richtig. Die Aussagen der Gefängniswärter haben mich in meiner Hypothese bestätigt.«

»Und der Langhaarige?«

»Gab ebenfalls einen entscheidenden Hinweis, obwohl es weitere offensichtliche Beweise gab. Allerdings hatte ich zu dem Zeitpunkt meine Überlegungen noch nicht abschließend sortiert, und um Alex und seine Leute nicht zu verwirren oder gar versehentlich falschen Alarm auszulösen, gab ich Anweisung, die offensichtlichste Spur zu verfolgen – und den langhaarigen Mann ausfindig zu machen.«

»Weitere offensichtliche Beweise?«

»Unglaublich offensichtlich!« Kwan lachte. »Sie, Alex, die Ermittler, die mit der Befragung der Wärter beauftragt waren, und jeder, der die Videos von den Aussagen angeschaut hat – Sie alle haben es übersehen. Muss ich mir Sorgen machen? Vielleicht waren Sie alle durch die Schießerei abgelenkt, und die Ermittlungen hätten zuerst in eine Sackgasse geraten müssen, ehe Sie sich mit dem übrigen Beweismaterial auseinandergesetzt und es schließlich auch entdeckt hätten. Die Handschellen vor dem Fenster – kommt Ihnen das wirklich nicht seltsam vor?«

»Inwiefern?«

»Shek Boon-tim war mit einer Hand an den Griff in der Kabine gefesselt. Um zu fliehen, musste er entweder diese Hand befreien, dann hätte man die Handschellen am Griff gefunden, oder aber er hätte die Schelle um den Griff geöffnet und wäre mit der Handschelle am Arm geflohen. Welcher Flüchtige wäre so dumm, beide Schellen zu öffnen und sie vor seiner Flucht wegzuwerfen und damit wertvolle Zeit zu verschwenden?«

Sonny schlug sich an die Stirn. Wieso war er nicht selbst darauf gekommen?

»Dann … dann ist Shek Boon-tim gar nicht geflohen?«

»Exakt. Er benutzte die Handschellen, um den Wächter zum Fenster zu locken. Von dort aus war zu sehen, wie Sheks Doppelgänger auf das wartende Fluchtfahrzeug zurannte. Es sah so aus, als wäre der Gefangene auf diesem Weg geflohen. Ich vermute, Shek hat sich währenddessen in der nicht funktionstüchtigen Kabine versteckt. Ng Fong sagte, er hätte die Kabine im Vorfeld überprüft und dazu die Tür aufgestoßen. Wenn er sie nach der Inspektion nur zur Hälfte wieder zuzog, hatte er Shek damit ein wunderbares Versteck geschaffen.«

»Hm, Commander. Wollen Sie damit sagen, dass Shek sich in aller Seelenruhe hinter einer angelehnten Holztür versteckt und zugehört hat, wie zwei Vollstreckungsbeamte nach ihm suchen? Das wäre doch furchtbar riskant.«

»Nicht, wenn einer der beiden Beamten auf seiner Seite war.«
»Wie bitte?«
»Ein Verbündeter in den Reihen des Gefängnispersonals.« Kwan hatte die Stimme gesenkt. Sonny starrte den Superintendent an. Er wusste nicht, ob er ihm glauben sollte.
»Meinen Sie … Ng Fong, den Älteren?«, flüsterte Sonny. Jetzt war ihm klar, weshalb sie den Gefangenentrakt verlassen mussten – damit die Vollzugsbeamten sie nicht belauschen konnten.
»Nein. Den Jüngeren, Sze Wing-hong.«
»Aber der hat doch nur auf dem Flur gestanden.«
»Das ist ja das Geniale«, sagte Kwan ernst. »Der Insider hat seine Stellung nicht direkt benutzt, um Shek bei der Flucht zu helfen. Er hat lediglich für hilfreiche Rahmenbedingungen gesorgt. Und so den Verdacht von sich selbst abgelenkt. Ich wette allerdings, dass der Plan dazu von Shek und nicht von Sze stammte. Ich hasse diesen Mistkerl, aber ich muss zugeben, dass ich ihn zugleich bewundere.«
»Was für Rahmenbedingungen?«
»Lassen Sie uns die Flucht noch einmal rekonstruieren. Das ist zwar Spekulation, sollte jedoch zu neunzig Prozent zutreffen. Sze Wing-hong war in den Fluchtplan eingeweiht, und als Shek darum bat, die Toilette aufsuchen zu dürfen, schlug Sze vor, in den ersten Stock zu gehen. Weil er ein neuer Kollege war, würde der dienstältere darauf bestehen, die Toilette im Vorfeld zu inspizieren. Der kurze Moment, wo Sze mit Shek allein war, genügte, um ihm eine Haarnadel zuzustecken, die Shek in der Hosentasche oder unter dem Kragen versteckte – die Haarnadel nämlich, die später von der Spurensicherung entdeckt wurde.«
»Also hat Shek das Schloss mit dieser Haarnadel geknackt?«
»Das glaube ich nicht. Auch das war ein Ablenkungsmanöver.« Kwan schüttelte den Kopf. »Ng Fong kam zurück auf den Flur und brachte Shek gemeinsam mit Sze auf die Toilette. Sze öffnete die linke Handschelle und befestigte Sheks rechte Hand an dem Toilettengriff. Dabei ließ er den Schlüssel in Sheks rechte Hand gleiten und tat so, als würde er ihn wieder in die Tasche stecken. Im Krankenhaus sind die Klokabinen zwar etwas

größer, es sollte ihm aber trotzdem möglich gewesen sein, sich so zu positionieren, dass Ng dieser Handgriff verborgen blieb. Wenn überhaupt, hätte Ng nur kontrolliert, dass die Handschellen sicher saßen. Um sie zu schließen, braucht man keinen Schlüssel. Deshalb wäre er nie auf die Idee gekommen, der Schlüssel könne sich in Sheks Hand befinden.«

Sonny hörte zweifelnd zu. Griff Kwan hier irgendeine fadenscheinige Erklärung aus der Luft?

»Das ist natürlich nur geraten, aber wäre ich Shek Boon-tim, ich hätte es genau so gemacht.« Kwan konnte offensichtlich Sonnys Gedanken lesen. »Hätte Ng Fong die Tür der unbenutzbaren Kabine nicht selbst halb offen gelassen, hätte Sze eine Entschuldigung gefunden, um sich dort noch einmal umzusehen, und vielleicht behauptet, er hätte im Vorbeigehen dort etwas Verdächtiges gesehen, und die Tür dann selbst in die richtige Position gebracht. Während Ng dann im Innern der Toilette Wache hielt, tauchte draußen auf dem Flur Szes Komplize auf, und sie inszenierten ihren Streit, bis sie Ng Fong damit zu sich gelockt hatten. Sobald er allein war, öffnete Shek die Handschellen, riss das Fenster auf und legte die Handschellen davor auf den Boden. Er warf den Schlüssel nach draußen und sprang in die nicht funktionstüchtige Kabine. Ich behaupte, dass er den Schlüssel benutzt hat, weil er in der Kürze der Zeit möglichst effektiv handeln musste. Der Langhaarige verschwand schließlich wieder und gab irgendein Signal, woraufhin der als Shek verkleidete Big-Circle-Mann, der unter dem Fenster gewartet hatte, startete und auf das Fluchtfahrzeug zurannte.«

Sonny fiel das Fenster im Treppenhaus ein. Es wäre ein Leichtes gewesen, zwischen den Gitterstäben hindurchzufassen, um jemandem draußen ein Signal zu geben. Wahrscheinlich war der Langhaarige die Treppe hinuntergelaufen und hatte dem Wagen zugewinkt; Little Willy, der am Steuer saß, gab daraufhin seinerseits dem Big-Circle-Mann ein Zeichen, der direkt unter dem Fenster gewartet hatte. Der Doppelgänger zog den Mantel aus, der seine Uniform verborgen hatte, stopfte ihn sich unters Hemd und rannte auf das Auto zu.

»Das war der gefährlichste Teil des Plans.« Kwan sah Sonny an. »Shek versteckte sich lediglich hinter einer Tür, und hätte Ng Fong die Ruhe bewahrt, hätte er in der Falle gesessen. Doch mit seinem nächsten Schritt verunsicherte Sze seinen älteren Kollegen: Er kletterte zum Fenster hinaus. Dadurch war Ng quasi gezwungen, seinen Kollegen zu unterstützen, er konnte ihn schlecht allein einen Geflohenen verfolgen lassen – das gehört nun mal zu den Regeln aller Uniformierten. Man könnte noch weitergehen und es als Instinkthandlung bezeichnen. Ngs konditionierter Reflex, einem Kollegen zu helfen, setzte seine Konzentration und seine Beobachtungsgabe außer Kraft, und er übersah, dass er Shek direkt vor der Nase hatte.«

»Sie haben eben gesagt, Shek hätte den Schlüssel zu den Handschellen zum Fenster hinausgeworfen. Hat Sze ihn dort wieder eingesammelt?«

»Ja, auch wenn das ziemlich weit hergeholt ist.« Kwan nickte. »Es wäre ebenso gut möglich, dass Sze den Schlüssel im Vorfeld hat nachmachen lassen, aber das ist riskant, und so war es einfacher. Solange er den Schlüssel wiederbekam und kurz dem Auto hinterherrannte, das er gar nicht einholen wollte, hätte er nach außen hin vorbildlich seine Pflicht erfüllt.«

Sonny erinnerte sich an Kwans Anweisung, ausschließlich Ng Fong um Hilfe bei der Anfertigung des Phantombilds zu bitten. Auch das ergab im Nachhinein Sinn – hätten sie Sze gebeten, hätte er gewusst, dass die Polizei hinter dem Langhaarigen her war.

»Commander? Wäre es nicht dumm, sich in eine derartige Lage zu manövrieren? Einen Gefangenen fliehen zu lassen, für den man verantwortlich ist – ihm muss doch klar gewesen sein, dass er sich in Schwierigkeiten bringt. Wieso sind Sie so sicher, dass Sze Wing-hong der Komplize war? Selbst wenn sich alles genau so abgespielt hat, wie Sie sagen, könnte trotzdem Ng Fong der Insider gewesen sein.«

»Deshalb sage ich, dass Sheks Plan meisterhaft war. Er hat dafür gesorgt, dass die Rolle von Sze kleiner war als die von Ng. Und musste Sze sich tatsächlich Sorgen darüber machen, dass er in Schwierigkeiten geraten könnte? Für den entkommenen Gefangenen mussten beide Beamte die Verantwortung übernehmen, trotzdem würde jeder automatisch Ng den größeren Teil der Schuld zuschieben, schließlich hatte er den Gefangenen unbewacht gelassen. Sze folgte Schritt für Schritt strikt dem Protokoll und machte sich dann auch noch selbstlos an die Verfolgung des Flüchtigen«, sagte Kwan sarkastisch. »Auf die Frage, weshalb ich Sze für den Komplizen halte, muss man lediglich die beiden Zeugenaussagen vergleichen.«

»Ich hatte nicht den Eindruck, sie würden einander widersprechen.«

»Nein, aber sie unterschieden sich sehr deutlich in ihrer jeweiligen Haltung.«

»Meinen Sie Szes wiederholte Frage, ob man jetzt gegen ihn ermitteln würde?«

»Nein, ich meine die Haltung zu Shek. Ng Fong bezeichnete ihn als ›Insassen‹ oder ›Gefangenen‹, und Sze benutzte seinen Namen. Für Ng Fong war Shek lediglich irgendein Insasse, wie alle, mit denen er tagtäglich zu tun hatte, für Sze jedoch war er ein Individuum. Zusammen mit den Indizien veranlasst mich dieses Detail zu der Überzeugung, dass Sze Wing-hong der Insider ist.«

Sonny ließ im Kopf die beiden Zeugenaussagen Revue passieren und kam zu dem Schluss, dass Kwan recht hatte.

»Also rannte Shek Boon-tim davon, sobald Ng Fong die Treppe hinunterlief?«

»Davonrennen können Sie getrost durch Schlendern ersetzen.« Kwan lächelte bitter. »Er ließ die Haarklammer fallen, um zu demonstrieren, wie er die Handschellen geöffnet hatte, und ging dann in Begleitung der Leute davon, die auf ihn gewartet hatten.«

»Welche Leute? Der Langhaarige?«

»Der Langhaarige, Moe und Chau Cheung-kwong.«

Mit zweifelndem Blick wartete Sonny auf eine Erklärung.

»Als ich durch Ng Fongs Zeugenaussage erfuhr, dass die Handschellen in der Toilette vor dem Fenster lagen, wurde mir klar, dass meine ursprüngliche Hypothese falsch gewesen war«, sagte Kwan. »Ich hatte zuerst gedacht, er hätte dafür gesorgt, dass seine Handlanger allerorts für Unruhe sorgen, während er Richtung Süden flieht. Doch die Handschellen verrieten mir, dass er überhaupt nicht zum Fenster hinausgesprungen war, weil er sich in dem Fall nicht damit aufgehalten hätte, beide Schellen zu lösen. Das stellte mich vor ein interessantes Problem. Hätte Shek seine Verfolger lediglich in die Irre führen wollen, wäre es einfacher gewesen, nach der Flucht den Wagen zu wechseln und nach Süden zu fliehen. Stattdessen betrieb er den Aufwand, sich einen Doppelgänger zu organisieren. Dass er statt des einfachen einen schwierigen Weg wählte, legt andere Beweggründe nahe. Sie haben vorhin selbst die Frage gestellt, weshalb er sich seinen Weg nicht einfach freischoss, Sonny. Ausreichend bewaffnete Männer hätten Shek mit Gewalt befreien können. Denken Sie nach: Wenn er die Leute glauben machen wollte, er sei geflohen, musste er noch im Krankenhaus gewesen sein. Wieso sollte ein geflohener Strafgefangener nicht versuchen, bei der erstbesten Gelegenheit so weit wie möglich wegzukommen, und stattdessen an Ort und Stelle bleiben?«

»Weil … weil er sich als Chau Cheung-kwong ausgeben wollte?« Sonny zog voreilig Schlüsse, ohne einen Schimmer zu haben.

»Korrekt.« Kwan nickte weise. »Darauf kam ich natürlich nicht sofort, nachdem ich die Bänder gesehen hatte. Erst der Fund des zweiten Fluchtwagens durch die Kollegen vom OV am Babington Path brachte mich auf die nächste Idee.«

»Was war an dem Auto so verdächtig?«

»Im ersten Wagen fanden die Kollegen den Kassenzettel eines Supermarkts, benutzten diese Information, um ihren Suchradius einzuschränken, und stießen so in West Mid-Levels auf das zweite Fahrzeug.«

»Ja?«

»Und da hatten Sie einen guten Gedanken.« Kwan sah Sonny anerkennend an. »Sie sagten, ein Auto in dieser Gegend abzustellen würde die Dinge unnötig verkomplizieren, und ob es nicht einfacher gewesen wäre, von Sai Ying Pun aus zu fliehen.«

»Ja, das stimmt, aber wir hatten doch auch eine Antwort darauf, oder nicht? In Central herrschte nach dem Unfall Verkehrschaos, weshalb es vernünftiger war, über West Mid-Levels nach Chai Wan zu fahren, ihrem Ziel.«

»Der Kassenzettel wurde um sechs Uhr morgens gedruckt – da war der Unfall noch gar nicht passiert.«

»Oh ...« Sonny erkannte den Fehler.

»Das war seltsam. Hatten Little Willy und die anderen bezüglich des Staus eine Vorahnung und verlegten deshalb den Standort des zweiten Fluchtfahrzeugs? Oder war es schierer Zufall? Shek Boon-tim ist ein akribischer Stratege, und wenn er absichtlich eine enge Straße wählte, wo die Gefahr bestand, in eine Falle zu geraten, dann mit Absicht. Und dann kam mir folgender Gedanke: Was, wenn der Unfall in Central Teil des Fluchtszenarios gewesen war, der erste Schritt in Sheks Plan?«

»Aber was bringt ein Verkehrsstau auf der Des Voeux Road? Sollte er die Polizei binden und Little Willy bei der Flucht helfen?«

»Nein; wäre dies sein Ziel gewesen, hätte ein Unfall auf einer Hauptverkehrsstraße in Central nicht viel genutzt. Wir hätten stattdessen einfach Leute aus dem westlichen Distrikt geschickt. Hätte Shek uns damit wirklich aufhalten wollen, hätte der Unfall in Sai Ying Pun stattfinden müssen und außerdem zu einem späteren Zeitpunkt – der Unfall mit dem Chemielastwagen in Central ereignete sich zwei Stunden vor der Flucht.«

»Stimmt. Also nutzte ihm das, was in Central passiert war, wenig.«

»Sie irren sich. Der Unfall in Central war für seine *Flucht* nicht von Nutzen. Weil der zweite Wagen in Mid-Levels gefunden wurde, wussten wir, dass die Täter über Central fliehen wollten, und ich habe versucht, den sogenannten Unfall mit der sogenannten Flucht in Verbindung zu bringen. Doch das war ein Denkfehler. Plötzlich ploppte ein anderes Wort in meinem Kopf auf, und zwar nicht das Wort ›Flucht‹.«

»Welches Wort dann?«

»Krankenhaus.«

»Krankenhaus?«

»Sie dürfen nicht vergessen, dass mir zu dem Zeitpunkt bereits aufgefallen war, dass mit den Handschellen etwas nicht stimmte, und daraus folgerte, dass Shek sich noch im Krankenhaus befand. Sobald ich ›Krankenhaus‹ und ›Stau in Central‹ gedanklich verknüpft hatte, wurde das Bild klarer. Auf Hong Kong Island gibt es drei öffentliche Krankenhäuser mit rund um die Uhr betriebener Notaufnahme: das Queen Mary im Westen, das Tang Shiu Kin in Wan Chai und das Pamela Youde Nethersole im Osten. Bei einem Unfall in Central oder im Western District kommen die Verletzten ins Queen Mary – und wenn die Kapazitäten der Notaufnahme des Queen Mary erschöpft sind, werden die Rettungsfahrzeuge ins Tang Shiu Kin umgeleitet. Ein Chemikalienunfall in Central bedeutete jedoch, dass die Straßen gesperrt und gereinigt werden mussten und der sowieso schon zähe Berufsverkehr endgültig zum Erliegen kam. Das heißt, den Rettungsfahrzeugen blieb keine andere Wahl, als weiter das Queen Mary anzufahren.«

Sonny erinnerte sich an die Klagen von Dr. Fung, das Verkehrschaos hätte verhindert, die Opfer des Säureanschlags ins Tang Shiu Kin zu bringen. Es durchfuhr ihn wie ein elektrischer Schlag: Jetzt kapierte er, weshalb Kwan Chun-dok sich ausgerechnet in diese Ermittlungen eingeschaltet hatte.

»Commander? Glauben Sie, der Brand in West Point heute Morgen geht auch auf das Konto von Shek Boon-tim?«

»Ja.« Kwan kräuselte die Lippen, als wäre er zufrieden, dass bei Sonny endlich der Groschen gefallen war. »Wenn er auf der Des Voeux Road einen Chemielaster verunglücken ließ, um für die Überlastung der Notaufnahme im Queen Mary zu sorgen, war der weitere Anstieg von Notfallpatienten sicher auch kein Zufall. Shek Boon-tim war der Drahtzieher hinter dem Brand, dem verunglückten Lastwagen und hinter dem Säureanschlag auf der Graham Street.«

Sonny fiel ein, dass Inspector Wang den Brand in West Point

als verdächtig bezeichnet hatte und sein Kommissariat die Ermittlungen übernehmen musste. Bei den Brandstiftern musste es sich demnach …

»Little Willy und die beiden Big-Circle-Männer haben um fünf Uhr morgens Feuer gelegt, sind dann mit dem Auto – nein, mit zwei Autos – in den Babington Path gefahren, haben sich im Supermarkt Frühstück besorgt und dann dort gewartet, bis es Zeit war, die Flucht aus dem Krankenhaus zu inszenieren?« Sonny entwickelte die Gedanken beim Sprechen.

»So ungefähr.« Kwan nickte, verschränkte die Hände ums Knie und ließ das Bein baumeln. »Weil es dafür bis auf Logik und Schlussfolgerungen keine Beweise gibt, habe ich Alex nicht eingeweiht und mich dazu entschieden, mir in der Graham Street selbst ein Bild von dem Säureanschlag zu machen.«

»Haben Sie deshalb am Anfang gesagt, die Attacke in der Graham Street wäre das Werk eines Trittbrettfahrers?«

»Ja. Zu dem Zeitpunkt war ich noch der Meinung, Shek würde lediglich die Situation nutzen wollen und jemanden losschicken, der den Anschlag in Mongkok nachahmt, um Chaos zu stiften und von dem abzulenken, was er im Krankenhaus plante. Doch als ich sah, wie sehr die Vorgehensweisen übereinstimmten, wurde mir klar, dass es sich hier weder um einen Zufall noch um Nachahmung handelte, sondern um eine sorgsam geplante Operation, die bereits vor sechs Monaten ihren Anfang genommen hatte. Wäre der Anschlag in der Graham Street eine Nachahmungstat gewesen, hätte Shek damit vielleicht bezweckt, noch mehr Menschen ins Krankenhaus zu bringen und die Notaufnahme weiter zu überlasten, doch weil es keine Nachahmungstat war, musste mehr dahinterstecken. Warum der Anschlag sechs Monate zuvor in Mongkok, und warum dann sogar noch ein zweiter? Es musste einen Grund dafür geben – und da kam mir die Theorie in den Sinn, dass Mongkok sozusagen der Probelauf gewesen war.«

»Aber, Commander, sagten Sie nicht, der Täter hätte es auf einen Feind abgesehen?« Sonny fiel das Gespräch vorhin im Wagen wieder ein.

»Was für einen Feind?«

»Sie haben von Thriller über Serienmörder gesprochen, und ich sagte, ein Motiv könnte sein, das wahre Ziel zu verschleiern …«

»Sie dürfen nicht alles so wörtlich nehmen.« Kwan lachte. »Das Schlüsselwort lautete ›verschleiern‹, nicht ›Ziel‹. Dachten Sie wirklich, ich würde im Umkreis der drei Schwerverletzten ermitteln, um herauszufinden, ob sie Feinde hatten? Ich habe nicht nach einem Opfer, sondern nach einem Komplizen gesucht.«

Sonny schlug sich an die Stirn.

»Und wie sind Sie darauf gekommen, dass einer der drei ein Komplize sein könnte?«

»Man muss drei Dinge berücksichtigen: Shek Boon-tim lockte seine Verfolger weg und blieb selbst im Krankenhaus. Er sorgte für völlige Überlastung der Notaufnahme. Außerdem gab es seit einem halben Jahr einen Plan, der darauf abzielte, eine möglichst große Anzahl von Personen durch Säure zu verletzen. Die am nächsten liegende Schlussfolgerung lautete: Shek macht sich das Durcheinander zunutze, um sich als jemand anders auszugeben. Er sorgt für die Einlieferung eines unbescholtenen Bürgers und tauscht mit ihm. Im Anschluss schlüpft er seelenruhig in die Identität des Betreffenden, lebt fortan offen unter dessen Namen, und die Polizei wird niemals in der Lage sein, den echten Shek Boon-tim zu finden. Als ich diesen Gedankengang zu Ende verfolgt hatte, wurde mir klar, dass eines der Opfer mit Shek zusammengearbeitet haben musste – und zwar der Sandalenverkäufer Boss Chau.«

»Moment. Wollen Sie damit sagen, Chau Cheung-kwong hat seine Verletzungen nur vorgetäuscht?«

»Nein. Die mussten echt sein. Die Sanitäter hätten sich nicht täuschen lassen.«

»Wie bitte? Sie sagten doch, die ganze Sache wäre von Shek Boon-tim geplant worden. Wenn eines der Opfer also sein Komplize war …«

»Er hat sich selbst das Gesicht verätzt.«

Sonny starrte Kwan entsetzt an. »Chau Cheung-kwong hat sich Säure ins Gesicht gespritzt?«

»Tatsächlich verspritzt hat die Säure wohl Moe. Aber Chau hat freiwillig mitgespielt.«

»Freiwillig?«

»Ich vermute hohe Schulden. Einer der Handlanger von Shek – vielleicht Little Willy, vielleicht Moe, vielleicht der Langhaarige – nahm seine Schuldner näher unter die Lupe. Er war auf der Suche nach jemandem ungefähr in Sheks Alter und mit seiner Statur und brachte ihn mit Erpressung dazu zu kooperieren. In so einer Situation würden viele Menschen mitspielen. Anschließend trafen sie alle notwendigen Vorbereitungen, damit Shek Chaus Identität übernehmen konnte. Moe verübte die Anschläge in Mongkok, zur Übung und um eine falsche Spur zu legen, und organisierte für Chau die Übernahme des Sandalenstandes auf der Graham Street, während er gleichzeitig Vorbereitungen traf, ihm das Gesicht zu zerstören.«

Jetzt begriff Sonny auch, weshalb Kwan von Tante Soso hatte wissen wollen, ob eines der drei Opfer Geldprobleme hatte. Nicht, um mögliche Feinde ausfindig zu machen, sondern um Anfälligkeiten für Erpressung aufzudecken.

»Heute Morgen verschwanden Moe und Chau ganz nach Plan mit der Ausrede, neue Ware abzuholen, zu dem leer stehenden Gebäude an der Ecke Graham und Wellington Street. Vielleicht wartete Chau im Treppenhaus, vielleicht tat er direkt vor dem Haus so, als würde er Kisten sortieren, jedenfalls stand er Schmiere, während Moe die ersten Flaschen Abflussreiniger vom Dach schleuderte. Dann, im Treppenhaus des Gebäudes, folgte der wichtigste und gleichzeitig riskanteste Schritt – Chau die ätzende Flüssigkeit direkt auf Gesicht und Hände zu spritzen. Ich gehe davon aus, dass es sich um eine niedrigere Konzentration handelte, aber sie war trotzdem ausreichend, um Verätzungen zweiten Grades zu provozieren. Vielleicht hatte Moe auch Wasser dabei, mit dem er die Säure entfernte, sobald Chaus Haut ausreichend geschädigt war. Wie dem auch sei, Chau unterzog sich dieser Prozedur freiwillig.«

Bei dieser Vorstellung musste Sonny schwer schlucken.

»Als die Rettungskräfte eintrafen, wurde Chau eilig versorgt, und Moe begleitete Chau im Krankenwagen zum Queen Mary Hospital. Vorhang.«

»Commander, wann genau wussten Sie, dass Chau Cheung-kwong der Komplize war? Es hätte ebenso gut Li Fun oder Chung Wai-shing gewesen sein können, oder?«

»Nach dem Gespräch mit Tante Soso und ihren Freundinnen war ich mir, sagen wir, zu achtzig bis neunzig Prozent sicher.«

»Da wussten Sie es?«

»Erstens: Li Fun ist zu alt, als dass Shek überzeugend seinen Platz einnehmen könnte. Außerdem sagte der Arzt, beide Augen seien betroffen. Er war also tatsächlich schwer verletzt.« Kwan hob einen Finger. »Blieben nur noch Chung Wai-shing und Chau Cheung-kwong. Beide kamen in Betracht, aber Chung war wegen seiner Tätowierung weniger wahrscheinlich. Chau war auch deshalb verdächtiger, weil er erst seit Kurzem auf der Graham Street arbeitete und weil sein Verhalten als Standbesitzer so ungewöhnlich war. Er benahm sich nicht wie ein Händler. Außerdem blieben seine Augen unverletzt.«

»Das ist kein Grund«, fiel Sonny ihm ins Wort. »Der Arzt sagte, er hätte Glück gehabt, weil er eine Sonnenbrille trug.«

»Wieder falsch. Die Aussage des Arztes hat mich schließlich endgültig davon überzeugt, dass Chau der Komplize sein musste. Seit dem Unwetter vor ein paar Tagen ist es ständig dunstig und grau. Weshalb trug er eine Sonnenbrille?«

Sonny dachte nach. Es stimmte. Die Sonne hatte seit Tagen nicht geschienen.

»Die Opfer wurden ins Krankenhaus gebracht. Gleichzeitig simulierte Shek im Gefängnis heftige Bauchschmerzen, um ebenfalls dorthin zu gelangen. Nächster Akt der Inszenierung: ›Die Flucht‹.« Kwan warf einen Blick in Richtung Notaufnahme. »Chaus Verletzungen waren weniger gravierend als die von Li Fun oder Chung Wai-shing, und nach der Triage wurde er hinter ihnen zur Behandlung eingereiht. Bei dem Chaos, das zu dem Zeitpunkt in der überfüllten Notaufnahme herrschte, muss es für Chau ein Leichtes gewesen sein, unbemerkt seinen Platz zu verlassen und den Rest des Plans umzusetzen. Was Shek, Sze und der Langhaarige auf der Toilette trieben, wissen wir bereits. Gleichzeitig half Moe Chau dabei, sich irgendwo zu verstecken und zu warten – vielleicht auf einer anderen Toilette oder in einem Lagerraum. Sobald die Justizvollzugsbeamten die Verfolgung aufgenommen hatten, holte der Langhaarige Shek aus seinem Versteck auf der Toilette und ging mit ihm zum vereinbarten Treffpunkt, damit Shek Chaus Platz einnehmen konnte.«

»Sie meinen, er hat seine Sachen angezogen?«

»Nein, nicht seine Sachen. Die Kleidung wurde schon bei der Erstversorgung auf der Graham Street entfernt. Vielleicht trug er einen Krankenhauskittel. Sie mussten früher ansetzen. Es war notwendig, Shek Boon-tim ebenfalls an Gesicht und Armen zu verätzen.«

Sonny holte tief Luft. »Commander, ist es wirklich möglich ... war Shek tatsächlich bereit, derartige Schmerzen auf sich zu nehmen, nur um zu entkommen?«

»Ja. Ohne diesen Schritt wäre er nicht an Ärzten und Schwestern vorbeigekommen«, sagte Kwan gelassen. »Shek zerstörte sich das Gesicht, wusch anschließend die Säure mit Wasser wieder ab und ließ sich den Kopf bandagieren. Als alles bereit war, kehrte er mit Moe in die Notaufnahme zurück und legte sich auf Chaus Liege. Chau zog sich ebenfalls um – wahrscheinlich trug er eine Windjacke mit Kapuze oder so –, biss die Zähne zusammen und verließ gemeinsam mit dem Langhaarigen das Krankenhaus. Zu dem Zeitpunkt herrschte bereits helle Aufregung wegen Sheks Flucht, und die beiden erregten gewiss nicht zu viel Aufmerksamkeit, obwohl Chau noch immer bandagiert war wie eine Mumie – Patienten werden oft mit Verbänden aus dem Krankenhaus entlassen. Der Langhaarige war mit dem Auto gekommen, und die beiden fuhren friedlich davon. Der Plan war, sich mit Little Willy und den anderen im Versteck in Chai Wan zu treffen.«

»Und als Dr. Fung sagte, Chau Cheung-kwong sei bei der Triage falsch kategorisiert worden, sprach er von einem Patienten, der noch gar nicht behandelt worden war!«, sagte Sonny.

»Sheks Inszenierung verlief auch hier nach Plan. Aber so gerissen er auch ist, den Autounfall und seine Folgen konnte er nicht vorhersehen. Little Willy verlor die Kontrolle über das Fahrzeug, es kam zu einem Schusswechsel und alle drei Komplizen starben. Der Langhaarige und Moe müssen auf diese Nachricht sehr aufgewühlt reagiert haben, doch ihr Superhirn saß im Krankenhaus fest, und Moe musste bis sechs Uhr abends warten, um sich neue Anweisungen zu holen. Die beiden müssen so ratlos gewesen sein, dass sie sogar den nächsten Schritt verschoben, nämlich den echten Chau Cheung-kwong zu ermorden.«

»Chau zu ermorden?«

»Vermutlich hat Moe Chau mit dem Versprechen zu dem Identitätstausch überredet, Boss Shek würde dafür sorgen, dass sich hinterher ein Unterweltdoktor um ihn kümmern würde und sie ihn danach nach China oder Südostasien schleusen würden, um dort ein neues Leben anzufangen. Aber Shek hatte nichts dergleichen vor. Chau war in seinem Schachspiel nur eine niedrige Figur, die man nach Gebrauch entsorgen konnte. Fertig ist die Laube.«

»Haben Sie Moe tatsächlich an seinem Gang als Attentäter von Mongkok identifiziert, Commander?«

»Natürlich kam sein Gang mir bekannt vor, aber dieses Detail diente lediglich der Bestätigung meiner Theorie. Als nach dem Gespräch mit Dr. Fung alle objektiven Beweise in dieselbe Richtung wiesen, war ich mir sicher, dass Chau Cheung-kwong in Wirklichkeit Shek Boon-tim war und Moe der Säureattentäter. Ich brauchte nur noch Gewissheit. Dazu diente die schwarze Baseballkappe, die ich auf dem Markt gekauft hatte, während Sie den Wagen holten. Ich musste nur warten, ob tatsächlich jemand mit dem Gang des Fetten aus Mongkok auftauchte. Wenn diese Person dann auch noch ›Boss Chau‹ auf Zimmer 6 besuchen ging, wäre meine Vermutung bestätigt. Ich hatte allerdings nicht damit gerechnet, dass Moe zwischenzeitlich so abgenommen hatte. Kein Wunder, dass es der Polizei nicht gelungen war, ihn ausfindig zu machen.« Kwan holte den Beweismittelbeutel mit der Kappe aus der Tasche.

»Woher wussten Sie, dass Moe eine solche Kappe während des Anschlags trug?«

»Die Attacke geschah am helllichten Tag, und ohne Kappe wäre er leicht zu erkennen gewesen. Ich vermute, er trug außerdem eine Jacke, vielleicht sogar eine Maske. Außerdem wusste er, dass Fahndungsbilder von ihm mit Kappe im Umlauf waren und er sie quasi tragen musste. Falls ihn jemand beobachtet hätte, würde man den neuen Anschlag automatisch sofort mit Mongkok in Zusammenhang bringen.«

»Aber wozu? Wieso nicht so tun, als wäre es tatsächlich eine Nachahmungstat?«

»Ich will mit einer Gegenfrage antworten, Sonny. Weshalb hat Shin Boon-tim für seinen Ausbruch nicht auf rohe Gewalt gesetzt und sich den Weg aus dem Krankenhaus freigeschossen?«

»Äh … weil er die Situation nicht unnötig verkomplizieren wollte?«

»Er hatte sogar einen Komplizen im Gefängnis. Er hätte damit umgehen können.«

»Äh … sein Gewissen meldete sich und er wollte keine weiteren Menschen verletzen?«

»Ja, und morgen geht die Sonne im Westen auf.«

»Okay. Ich verstehe es wirklich nicht. Wieso ein so komplexer Plan, um aus dem Gefängnis auszubrechen?« Sonny schüttelte ergeben den Kopf.

»Ein Ausbruch aus dem Gefängnis ist wie ein Mord, Sonny – im Grunde ganz einfach«, erläuterte Kwan geduldig. »Wenn man jemanden umbringen möchte, reicht eine einzelne Kugel, ein gezielter Messerstich, und fertig. Mit einem Ausbruch ist es genauso. Mit genügend Leuten und ausreichender Bewaffnung kann man selbst in ein Hochsicherheitsgefängnis ein Loch reißen, um seinen Mann zu befreien. Die Schwierigkeit liegt nicht im Akt an sich, sondern in dem, was danach kommt. Wie entgeht man nach einem Mord der Bestrafung? Wie bleibt man nach einem Ausbruch in Freiheit? Auf die anschließenden Schritte kommt es an.«

Sonny lauschte ihm schweigend wie ein Schüler, der die Weisheit seines Lehrers in sich aufsaugt.

»Die Flucht an sich wäre für Shek Boon-tim ein Kinderspiel gewesen. Aber sobald er in Freiheit war, würde er sich im Verborgenen halten müssen, weil ganz Hongkong wusste, dass sich der meistgesuchte Mann der Stadt irgendwo versteckte. Die Polizei würde sich mit allen verfügbaren Kräften an seine Verfolgung machen. Damit hätte er lediglich das eine Gefängnis gegen ein etwas größeres getauscht. Shek ist nicht dumm. Er wollte einen Sieg auf ganzer Linie. Er wusste, dass es so gut wie unmöglich ist, sich in einer Stadt wie Hongkong eine neue Identität zuzulegen, es sei denn im Rahmen des Zeugenschutzprogramms, und das setzt die Einwilligung des Gouverneurs – oder nach der Übergabe die des Regierungschefs – voraus. Shek entschied sich für eine sehr unorthodoxe Methode – die Vernichtung seiner Gesichtszüge und Fingerabdrücke und anschließende Übernahme des Lebenslaufs und der Identität eines anderen Mannes.«

»Aber das hätte er doch auch so tun können – Moe dazu anzustiften, Chau Cheung-kwong mit Säure zu verätzen –, ohne Dutzende von Menschen zu verletzen.«

»Hätte es sich um einen Einzelfall gehandelt, hätte die Polizei sich Opfer und Täter sehr viel genauer angesehen. Selbst wenn der Tausch erfolgreich verlaufen wäre, hätten sie sich im Laufe der Ermittlungen womöglich versehentlich verraten. Es gibt kaum Fälle, in denen sowohl das Gesicht als auch die Fingerabdrücke eines Menschen zerstört werden, und die Polizei hätte den Fall mit Sicherheit als gezielten Anschlag behandelt. Eine Anschlagsserie von einem offensichtlich Geistesgestörten dagegen war gut geeignet, den wahren Zweck zu verschleiern – eine neue Identität für Shek Boon-tim. Chau Cheung-kwong war lediglich eines von vielen Anschlagsopfern. Und das Beste daran: Selbst wenn der Attentäter gefasst würde, würde keine Spur zu Shek zurückführen – alle würden davon ausgehen, dass Moe schlicht geistesgestört war. Shek hoffte also darauf, dass die Polizei hinter den Anschlägen von Mongkok und der Graham Street ein und denselben Täter vermutete. Deshalb musste Moe die Kappe tragen.«

Wären sie Schachspieler, dachte Sonny, dann wären Kwan Chun-dok und Shek Boon-tim Großmeister am Brett, die bei jedem Zug die Pläne und Strategien ihres Gegners mit einkalkulierten, und er selbst ein blutiger Anfänger, der nur einen einzigen Zug vorausdenken konnte. Allmählich lieferte ihm Kwans Bericht Erklärungen für jedes einzelne Detail, das er im Vorfeld registriert hatte, zum Beispiel die vermeintlich skurrile, an Tante Soso gerichtete Bemerkung seines Commanders über »unverdächtige Bekannte«. Er wusste jetzt, dass der Täter kein Fremder gewesen sein konnte, sondern seit einer Weile Teil des Marktlebens gewesen war. Er verstand jetzt auch, weshalb Shek Moe befohlen hatte, den Anschlag auf der Graham Street durchzuführen und nicht in Wan Chai oder Causeway Bay. Er wollte sicherstellen, dass die Opfer nicht in den Osten, sondern ins Queen Mary Hospital gebracht wurden, wo standardmäßig die Gefangenen aus dem Stanley Prison behandelt wurden. Der Sozialdienst des Krankenhauses lag im ersten Stock von Gebäude J – und Shek ließ sowohl den Brand als auch den Unfall inszenieren, um möglichst viele Opfer zu generieren. So war gewährleistet, dass sämtliche Sozialberater beschäftigt waren, weil sie sich in der Notaufnahme um Patienten und deren Angehörige kümmern mussten. So war die Toilettenanlage im ersten Stock verlassen, und das Risiko, gestört zu werden, wurde weiter verringert.

Hätte Sheks Plan funktioniert, hätte er in einem plastischen Eingriff ein völlig neues Gesicht erhalten, seine Vergangenheit wäre ausgelöscht und er hätte als Chau Cheung-kwong ein neues Leben angefangen. Und wäre dabei gleichzeitig neuen kriminellen Machenschaften nachgegangen. Er wäre wohl kaum in die Graham Street zurückgekehrt, dachte Sonny. Moe hätte den Leuten sicher erzählt, dass Boss Chau Zeit zur Genesung brauche, er hätte den Stand verkauft und wäre wieder aus ihrem Leben verschwunden. Um dem Ganzen die Krone aufzusetzen, wäre der chirurgische Eingriff in einem städtischen Krankenhaus durchgeführt worden und Sheks neue Identität wäre auch noch vom Steuerzahler finanziert worden. Hätte Kwan seinen Plan nicht durchschaut, hätte Shek tatsächlich auf ganzer Linie gesiegt.

»Ich musste sogar die Schwester am Empfang um diesen Beutel bitten«, lachte Kwan und setzte sich die Kappe selbst auf. »Ich hatte keine Beweismitteltüten dabei.«

»Commander? Warum haben Sie Shek Boon-tim solche Angst eingejagt? Ich meine die Geschichte mit den Medikamenten.«

Kwan schnaubte. »Shek Boon-tim ist Abschaum. Sein kleiner Bruder Boon-sing war auch Abschaum – einmal hat er, ohne mit der Wimper zu zucken, auf der Flucht fünf Geiseln getötet –, trotzdem war er von beiden der weniger Herzlose. Shek Boon-tim nahm auf niemanden Rücksicht außer auf sich selbst. Er war bereit, zum Erreichen seiner eigenen niederträchtigen Ziele das Leben anderer Menschen zu opfern. Er hatte kein Problem damit, ein ganzes Wohnhaus in Brand zu stecken, die Öffentlichkeit mit Säureanschlägen in Angst und Schrecken zu versetzen und Dutzende, vielleicht sogar Hunderte Menschen zu gefährden, um seinen Plan in die Tat umzusetzen. Ich habe in meinem Leben niemanden so sehr gehasst wie dieses egoistische Schwein. Wahrscheinlich kehrt er nach seiner Niederlage in seine Zelle zurück, ohne einen Gedanken daran zu verschwenden, dass das, was er getan hat, falsch war. Mein Bluff war ein kleiner Warnschuss, nur um ihm zu zeigen, dass es auf der Welt mindestens einen Menschen gibt, der ihn durchschaut hat. Ich wollte ihm klarmachen, dass er kein kriminelles Genie ist, sondern nur ein ordinärer Drecksekerl, der sein Spiel gegen einen alten Polizisten verloren hat.«

Sonny hatte seinen Commander noch nie derart in Rage erlebt, doch die Wut verpuffte, als Inspector Wang eintraf, gemeinsam mit dem für Sheks Verhaftung zuständigen Ermittlungsleiter vom Organisierten Verbrechen.

»Superintendent Kwan, wir haben bei der angegebenen Adresse zwei Verdächtige dingfest gemacht. Einer der beiden hat ernsthafte Verätzungen im Gesicht und wurde ins Pamela Youde Nethersole Hospital verbracht«, berichtete der Mann vom OV. »Außerdem stellten wir zwei AK-47-Maschinengewehre sicher, diverse Handfeuerwaffen und eine große Menge Munition. Sieht so aus, als hätten wir einen größeren Raubüberfall vereitelt.«

Kwan nickte zufrieden. Auch das hatte er vorausgesehen.

Nachdem die Formalitäten erledigt waren und sie den Fall in groben Zügen umrissen hatten, übergab Kwan den beiden Männern die Gefangenen aus dem achten Stock. Dann begleitete Sonny Kwan hinunter auf den Parkplatz. Der Himmel war inzwischen fast völlig dunkel – es war bereits sieben Uhr abends.

»Möchten Sie nach Hause, Commander?« Sonny hatte Kwan in der Vergangenheit bereits ab und zu nach Mongkok gebracht.

»Nein. Wir fahren zurück ins Büro.«

»Ach so? Sie wollen wohl noch Ihren Bericht schreiben, damit Sie endlich in Frieden in Ruhestand gehen können.«

»Aber nein.« Kwan lächelte. »Ich möchte das Team noch erwischen, ehe alle nach Hause gehen, damit wir endlich gemeinsam Kuchen essen können. Das wäre doch Verschwendung.«

Am nächsten Morgen kehrte Sonny ins Büro von Abteilung B zurück. Inspector Choi hatte dem ganzen Team freigegeben. Es gab sowieso nur Papierkram zu erledigen. Sonny hätte ebenfalls zu Hause bleiben können, aber er wollte das Wochenende nutzen, um aufzuräumen, ehe er am Nachmittag mit seiner Freundin einen Ausflug aufs Land machen würde.

»Oh, Commander, sind Sie auch da?« Sonny sah Kwan in seinem Büro sitzen. Er sortierte seine Unterlagen.

»Sonny? Sind Sie das?« Kwan hob den Blick unter dem

Schirm seiner Baseballkappe und wandte sich wieder den Papieren zu. »Das hätte noch ein paar Tage Zeit gehabt, aber ich wollte das Büro so schnell wie möglich für Alex frei räumen – er ist schließlich der neue Commander.«

»Haben Sie den Bericht gestern nicht mehr geschrieben?« Der Fall war so komplex, dass in Sonnys Augen nur jemand von Kwans Format in der Lage wäre, einen Bericht zu verfassen, aus dem man klug wurde.

»Dazu nehme ich mir Zeit, ich schreibe ihn zu Hause.«

»Ach so.« Plötzlich fiel Sonny etwas ein. »Der Mann vom OV sagte gestern, sie hätten in Chai Wan zwei Leute verhaftet – also den Langhaarigen und den richtigen Chau Cheungkwong. Und was ist mit Sze Wing-hong? Ich habe nichts mehr von ihm gehört. Ist er auch verhaftet worden?«

»Nein«, sagte Kwan.

»Aber warum denn nicht? Er ist mitschuldig.«

»Um den wird Benny sich kümmern.«

»Benedict Lau? Superintendent Lau von der Abteilung A?«

»Ja. Ich habe ihn gebeten, jemanden zu Sze zu schicken. Sie sollen ihn überreden, künftig als V-Mann zu arbeiten.«

Sonny sah Kwan verwirrt an. Er dachte, sie hätten den Fall im Griff, und dieser Verräter käme davon?

Sonnys Gesichtsausdruck veranlasste Kwan zu einer Erklärung: »Sze Wing-hong ist ein Informant, aber er ist im Strafvollzug nicht der einzige. Ihn zu verhaften würde zu nichts führen.«

»Glauben Sie, es gibt noch mehr?«

»Szes Pflichten hätten ihn normalerweise nicht in Kontakt mit Shek gebracht. Um die Verbindung herzustellen, war ein ganzes Netzwerk nötig, und das bedeutet, Shek hatte weitere Handlanger unter den Wärtern. Möchten Sie wissen, weshalb ich mir so sicher war, dass es im Gefängnis einen Mitwisser gab?«

»Ich dachte, das wüssten Sie von dem Videoband …«

»Nicht nur. Es lag an der Zeit.«

»Zeit?«

»Der Säureanschlag erfolgte um fünf nach zehn, exakt zu dem Zeitpunkt, als Ng Fong Befehl erhielt, Shek Boon-tim ins Krankenhaus zu bringen. So viele Zufälle gibt es nicht. Die Gefängnisleitung hätte Shek den Krankenhausbesuch vielleicht nicht genehmigt, und selbst wenn, konnte der Zeitpunkt unmöglich im Vorfeld klar sein. Also muss es innerhalb der Vollzugsanstalt jemanden gegeben haben, der nur darauf wartete, dass der Befehl zur Krankenfahrt kam, um daraufhin unverzüglich Moe zu informieren, damit sichergestellt war, dass die Säureopfer etwa zur gleichen Zeit in der Notaufnahme eintrafen wie Shek. Wäre im Gefängnis etwas dazwischengekommen, wäre der Anschlag auf der Graham Street auf einen späteren Zeitpunkt verschoben worden. Das Feuer in West Point und den Verkehrsunfall in Central zu arrangieren war für Shek ein Kinderspiel. Der wahre neuralgische Punkt war der Säureanschlag auf dem Markt.«

»Ah …« Sonny ließ im Geiste die Zeitleiste des ganzen Falls noch einmal Revue passieren.

»Und, offen gesagt, die kaputte Toilette war ebenfalls verdächtig. Ohne die Kabine hätte Sheks Plan nicht funktioniert. Ein fingiertes Schild an der Tür hätte jedoch Verdacht erregt. Mit anderen Worten, der Schaden musste echt sein, und das heißt, jemand hat dafür gesorgt. Eine Toilette außer Betrieb zu setzen ist nicht schwer, aber ohne Aufsehen zu erregen? Und dafür zu sorgen, dass der Schaden zum betreffenden Zeitpunkt noch nicht repariert wurde? Es muss also auch im Krankenhaus einen Helfershelfer gegeben haben, der nur auf den richtigen Moment wartete, um die Toilette zu sabotieren und unverzüglich den Hausmeister zu verständigen.«

»Auch im Krankenhaus? Jemand hat einen Arzt oder eine Schwester bestochen?« Sonny war fassungslos.

»In einem Krankenhaus gibt es nicht nur Ärzte und Pflegepersonal. Vergessen wir nicht, in Gebäude J gibt es auch einen Gefangenentrakt.«

»Was! Jemand aus dem Gefangenentrakt?«

»Ich fürchte, Shek Boon-tim hat im Laufe der letzten Jahre seine Überredungskünste genutzt, um eine ganze Reihe von Vollzugsbeamten auf seine Seite zu ziehen.« Während er sprach, räumte Kwan weiter seinen Schreibtisch auf. »Ein Gefängnis ist von der Außenwelt abgeschnitten, und es besteht immer die Gefahr, dass das Verhältnis zwischen Vollzugsbeamten und Insassen zu eng wird. Für einen Teufel wie Shek Boon-tim ist es leicht, einen jungen, unerfahrenen Wärter in seine psychologische Falle zu locken und ihn sich zum Komplizen zu machen. Sze Wing-hong war nur einer von vielen. Schließlich oblag die Entscheidung, welche Beamten den Gefangenentransport begleiteten, bei der Leitung. Es wäre für Shek viel zu riskant gewesen, wenn Sze sein einziger Verbündeter im Gefängnis gewesen wäre. Natürlich könnten wir Sze jetzt unter Anklage stellen, aber das würde nicht verhindern, dass Shek im Gefängnis einen neuen Plan aushekt. Wenn er dabei so gerne auf interne Helfer setzt, dann tun wir es ihm eben gleich.«

»So ist das also«, murmelte Sonny. Er hatte gewusst, dass Abteilung A ihre Informationen von V-Leuten bezog, aber ihm wurde jetzt erst bewusst, welche Bedeutung diesem System zukam.

»Commander, kann ich Sie irgendwohin bringen?« Er deutete mit dem Kinn zu der schweren Kiste auf Kwans Schreibtisch hin. »Ich fahre nachher sowieso über Mongkok, ich kann Sie mitnehmen. Ich treffe mich mittags mit meiner Freundin, wir wollen nach Sai Kung rauffahren.«

»Oh, das wäre wunderbar. Ich dachte schon, ich müsste die U-Bahn nehmen«, sagte Kwan. »Ich hoffe, ich darf auch künftig ab und zu Ihre Dienste in Anspruch nehmen, wenn es auf dem Weg liegt?«

»Ich dachte, Sie gehen in den Ruhestand?«

»Ja, das tue ich auch, aber ich arbeite künftig als Sonderberater und sehe sicher immer mal wieder hier vorbei.«

»Großartig!« Sonny war überglücklich. Er würde auch in Zukunft von Kwans ermittlerischen Fähigkeiten profitieren und von ihm lernen können. »Selbstverständlich! Kein Problem! Sagen Sie mir einfach, was ich tun soll, Commander!«

»Ich bin nicht mehr Ihr Commander.« Kwan lächelte.

»Oh, ja, ... Superintendent Kwan? Nein. Ehemaliger Superintendent Kwan?« Sonny wusste nicht recht, was er sagen sollte.

Kwan fing an zu grinsen. »Wie wär's? Nennen Sie mich doch einfach Shifu. Sie dürfen sich von jetzt an als meinen Schüler betrachten.«

IV DIE WAAGE DER THEMIS   1989

Kwan Chun-dok verließ den Lift und betrat den schummrigen Flur. Von der Decke baumelte eine vor lauter Staub grau gewordene Lampenfassung. Die flackernde Glühbirne beleuchtete den rissigen, löchrigen Steinfußboden, und die einst weißen Wände waren mit undefinierbaren Flecken und Graffiti beschmiert. Die Schritte des Beamten und die körperlosen Stimmen aus dem Funkgerät hallten orientierungslos von den nackten, fensterlosen Wänden wider. Der Gang war von stummen Türen gesäumt. Die abweisenden, massiven Metallgitter davor wirkten angesichts des unzulänglichen Sicherheitsstandards des Gebäudes wie ein Tadel. Die ganze Atmosphäre des Flurs schien zu sagen, dass, wer so leichtsinnig war, keine eigenen Vorsichtsmaßnahmen zu ergreifen, die Diebe praktisch zu sich einlud – was auch der Fall war.

Vor wenigen Minuten waren sämtliche Bewohner dieses Stockwerks evakuiert und von Polizisten über das Treppenhaus nach unten gescheucht worden. Kwan war klar, dass die unmittelbare Gefahr vorüber war und die Evakuierung des Gebäudes im Grunde dem Errichten eines Zaunes glich, nachdem die Schafe bereits gerissen worden waren. Aber man musste sich nun einmal ans Protokoll halten. Sollte doch noch ein versteckter Sprengsatz in die Luft gehen und Zivilisten dabei zu Schaden kommen, würde die Polizei die Verantwortung tragen – sie hatten auch so schon genug Scherereien.

Wenn ich der Commander wäre, hätte ich vermutlich genauso gehandelt, dachte Kwan.

Kwan Chun-dok war zwar der höchstrangige Beamte vor Ort, doch die Leitung der Operation lag nicht bei ihm. Er hätte drüben in der Einsatzzentrale bleiben oder mit Keith Tso zurück ins Hauptquartier fahren können, doch er hatte es vorgezogen, sich persönlich ein Bild zu machen. Weshalb war er seinen Kollegen in das Gebäude gefolgt? Vielleicht aus dem Instinkt heraus, den er in über zwanzig Jahren als Ermittler an vorderster Front entwickelt hatte.

Kwan war sich seiner Stellung durchaus bewusst. Man würde seinen Vorschlägen aufgrund seines Rangs Folge leisten, doch das würde die Kompetenz des lokalen Ermittlerteams untergraben. Also würde er nur beobachten, aber nicht eingreifen.

Im Moment wollte er nur den stickigen, luftlosen Tatort aufsuchen und mit eigenen Augen sehen, was sein ehemaliger Untergebener gesehen haben musste.

Kwan war dem Mann vor einigen Minuten in der Lobby begegnet. Er war kein Mitarbeiter seiner Abteilung – es handelte sich um einen jungen Ermittler, der ihnen zwischenzeitlich von einer anderen Dienststelle zugeordnet wurde, um Kwan bei seinen Ermittlungen zu unterstützen. Doch sein Mut und sein Einschätzungsvermögen hatten bei Kwan Eindruck hinterlassen.

Und nun hatte er diesen mutigen Kollegen hilflos auf einer Trage liegen sehen, umgeben von Sanitätern, die ihn versorgten.

Ihre Blicke hatten sich gekreuzt, und fast wäre Kwan ein »Gut gemacht!« herausgerutscht, doch das hätte wahrscheinlich sarkastisch geklungen. Stattdessen tätschelte er dem Mann nur die unverletzte Schulter, nickte stumm und ging zum Aufzug.

Als er jetzt auf dem Flur stand, meinte Kwan die Anspannung zu spüren, die noch vor Kurzem hier geherrscht hatte, den ungeheuren Druck, den man empfand, wenn man sich auf der Scheidelinie zwischen Leben und Tod befand. Er bog um die Ecke, trat durch eine Holztür und registrierte die Einschusslöcher in der Wand. Zwei Männer von der Spurensicherung waren mit der Beweissicherung beschäftigt. Minutiös sicherten sie jede einzelne Spur und kartierten sie.

Kwan ging weiter und betrat den grell beleuchteten Tatort.

Auch ohne das Kopfschmerzen verursachende Lampenflackern im Flur war die Atmosphäre höllisch. Es stank nach Schwarzpulver und Blut. Boden, Wände und Möbel waren rot gesprenkelt und von Kugeln durchsiebt.

Am verstörendsten war jedoch der Anblick der Leichen – mit zerfetzten Köpfen lagen die Toten auf dem Boden, die Schädeldecken halb weggerissen, und die grauweiße Masse, die aus ihnen heraussickerte, vermischte sich mit den Rinnsalen von Blut zu einem schmutzig rosa Allerlei.

Die Männer der Spurensicherung musterten eine Leiche nach der anderen und notierten so viele Einzelheiten wie möglich. Keiner wagte es, den Opfern direkt ins Gesicht zu sehen. Nicht weil der Anblick so grausig gewesen wäre, sondern weil die Situation an sich grotesk war.

Die Männer wandten aus Schuldgefühl die Augen ab.

Denn diese zerstörten Gesichter und diese zerfetzten Leiber waren eine flammende Anklage gegen die Inkompetenz der Königlichen Polizei von Hongkong.

Jedem Beamten vor Ort war klar, dass es unter den hingeschlachteten Opfern nur einen einzigen Menschen gab, der den Tod verdient hatte.

1

»Edgar, darf ich vorstellen? Superintendent Kwan Chun-dok, der neue Leiter der Abteilung B des CIB.«

Chief Inspector Edgar Ko hatte nicht damit gerechnet, dass Superintendent Tso ohne Vorwarnung bei ihm auftauchte, und schon gar nicht in Begleitung des legendären Kwan Chun-dok. Der befehlshabende Leiter einer mobilen Einsatzzentrale bekommt nur ungern ranghöheren Besuch, genau wie befehlshabende Generäle es nicht schätzen, wenn der König oder der Minister auf einmal zum Frontbesuch vorbeischauen – wenn es hart auf hart kommt, ist »ranghöher« nur ein anderes Wort für Ärger. Edgar Ko gab sich Mühe, sich diese Gedanken nicht anmerken zu lassen, als er Kwan Chun-dok die Hand schüttelte. Er vermutete trotzdem, dass Kwan, bekannt für seine detektivischen Fähigkeiten, ihn längst durchschaut hatte und nur aus Höflichkeit lächelte.

»Superintendent Kwan! Wie geht es Ihnen?«, sagte Ko. Kwan war in den letzten Jahren für das Regionalkommissariat Hong Kong Island verantwortlich gewesen und hatte, nachdem er eine ganze Reihe großer Fälle gelöst hatte, die Bewunderung und den Neid vieler Kollegen aus anderen Distrikten auf sich gezogen. Als Ko dann in West-Kowloon auf die gleiche Position befördert wurde, begannen viele seiner Kollegen ihn insgeheim mit Kwan zu vergleichen. Wie glänzend seine Bilanz auch war, wie viele Drogenküchen er auch geschlossen und wie viele Fälscherringe er gesprengt hatte, im Vergleich mit einer Ausnahmeerscheinung wie Kwan Chun-dok blieb er immer die Nummer zwei. Ko war nur drei Jahre jünger als Kwan, doch in seinen Augen war der Ältere ihm um Längen voraus, ein Kontrahent, den er niemals würde einholen können.

Insgeheim war Ko überzeugt, dass er von Anfang an zum Scheitern verurteilt war. Abgesehen von Kwans herausragenden Fähigkeiten unterschied ihn außerdem die Tatsache von allen anderen, dass er zu den ersten Chinesen gehörte, die es bis nach oben in die Elite geschafft hatten. Kwan hatte sich bereits in den Sechzigerjahren bei der Polizeitruppe beworben, zu einer Zeit, als die ranghöchsten Beamten ausnahmslos Weiße waren und die Einheimischen nur zu Routinearbeiten herangezogen wurden. Doch Kwan gehörte zu den paar wenigen Auserwählten, die zu einer zweijährigen Ausbildung nach England geschickt wurden. Er kehrte 1972 nach Hongkong zurück, als die Truppe gerade grundlegend neu strukturiert wurde, und erhielt umgehend eine Beförderung zum Inspector. Dies geschah zu einer Zeit, als eine Ausbildung in England als Garantie für eine Karriere galt und als Kennzeichen eines herausragenden Status, vergleichbar mit dem kaiserlichen Geschenk der gelben Mandarinjacke in der Qing-Dynastie. Ko hatte gehört, Kwan habe sich während der Proteste 1967 bei einer wichtigen Sache hervorgetan und sich so die Gunst eines britischen Kommissars erworben. Danach lief alles wie am Schnürchen. Edgar Ko hatte solche Gelegenheiten, zu zeigen, was in ihm steckte, nie bekommen.

»Als Superintendent Kwan von der Operation erfuhr, wollte er eigens vorbeikommen, um Hallo zu sagen, verbunden mit allen guten Wünschen für die künftige Zusammenarbeit«, sagte Superintendent Tso besonnen. Er war stellvertretender Direktor des CIB, ein ernster, äußerst kompetenter Mann, der in der Truppe allgemein als sicherer Nachfolger für die Leitung des CIB gehandelt wurde.

»Ich verstehe. Die Shek-Brüder besitzen Informationen über viele kriminelle Banden und Vereinigungen – sie wären für das CIB sicher eine Goldgrube, schätze ich?«, sagte Ko bewusst gelassen.

Kwan nickte. »Ein Geständnis der Brüder würde mindestens vier Kanäle lahmlegen, über die illegal Waffen in die Stadt geschmuggelt werden.«

Shek Boon-tim und Shek Boon-sing standen auf Platz eins und zwei der offiziellen Liste mit den meistgesuchten Verbrechern der Polizei von Hongkong. Sie hatten 1985 begonnen, in Hongkong ihr Unwesen zu treiben, darunter allein im ersten Jahr Raubüberfälle auf vier Juweliere auf der Nathan Road, dann im darauffolgenden Jahr die Entführung eines Geldtransporters und letztes Jahr die Entführung des reichen Geschäftsmanns Li Yu-lung. Die Brüder waren immer noch auf freiem Fuß, und die Polizei ging davon aus, dass sie sowohl in China als auch in Hongkong Kontakte zum organisierten Verbrechen hatten und diese Kontakte nutzten, um sich Waffen und Schläger zu beschaffen, Diebesgut zu versetzen und sich im Ausland Verstecke einzurichten. Die Polizei hatte zahlreiche Ermittlungen angestellt, doch alle ohne Erfolg. Im besten Fall waren ihnen ein paar Komplizen ins Netz gegangen, doch nie die Drahtzieher selbst.

Dann aber, vor ein paar Tagen, waren zufällig Neuigkeiten über die beiden Männer hereingekommen.

Als Reaktion auf die steigende Kriminalitätsrate in Mongkok hatte das örtliche Kriminalkommissariat sämtliche Kräfte gebündelt, um Drogenbosse, Diebe, Mordverdächtige, Triadenführer und andere kriminelle Elemente aufzuspüren. Oft gerieten die Ermittler in Schießereien mit den Verdächtigen, und weil es an Leuten fehlte, um die gefährlichen Aktionen abzusichern, waren die Polizisten gezwungen, für diese Verhaftungen ihr Leben aufs Spiel zu setzen.

Während eines dieser Einsätze – die inzwischen zur täglichen, schon fast monotonen Routine geworden waren – hatte Team 3 des Kommissariats Mongkok eine Begegnung, mit der niemand gerechnet hatte. Am 29. April 1989, es war ein Samstag, trafen die Leute von Team 3 Vorbereitungen zur Festnahme eines Verdächtigen in den Ka Fai Mansions, einem Hochhauskomplex auf der Reclamation Street. Sie hatten einen Hinweis erhalten, der besagte, ein mit einem Autodiebstahl in Zusammenhang stehender Verdächtiger verstecke sich in Wohnung 7 im sechzehnten Stock. Der leitende Ermittler postierte umgehend einen Wachposten, welcher den Verdächtigen in Begleitung eines Unbekannten beobachtete. Der Zugriff wurde für den folgenden Abend beschlossen. Am 30. April bei Dämmerung, gerade als das Team sich zum Zugriff bereit machte, erhielten die Leute den Befehl zum sofortigen Abbruch – der Fall wurde vom Regionalkommissariat West-Kowloon übernommen und Team 3 aus Mongkok in die Reserve verbannt.

Der Grund dafür war der Unbekannte.

»Eigentlich war die Einheit aus Mongkok hinter einem Autodieb mit Decknamen ›Jaguar‹ her.« Ko deutete auf das Foto an der Pinnwand. »Nachdem wir den zweiten Mann fotografiert hatten, gaben wir das Bild weiter, um rauszufinden, ob er mit einem anderen Fall in Zusammenhang steht.«

»Ja. Shum Biu – Mad Dog Biu, die rechte Hand von Shek Boon-sing«, unterbrach ihn Kwan. »Ich habe den Bericht gelesen.«

Ko nickte, fast ein bisschen kleinlaut, dann fuhr er fort: »Dieser Bankraub Ende letzten Jahres – Mad Dog Biu gilt neben den Shek-Brüdern als Hauptverdächtiger. Er ist zur gleichen Zeit verschwunden wie die Brüder. Jetzt ist er plötzlich wiederaufgetaucht. Das könnte ein Zeichen dafür sein, dass wieder ein großes Ding in Planung ist. Die Wohnung 16-7 wurde erst letzten Monat angemietet, vermutlich als Unterschlupf. Mit einer lückenlosen Observation haben wir vielleicht eine Chance, Nummer eins und zwei der Liste hochzunehmen.«

»Und? Gab es in den letzten fünf Tagen irgendwelche Ergebnisse?«

»Ja.« Ko setzte ein triumphierendes Lächeln auf. »Der jüngere Shek-Bruder hat sich blicken lassen, Shek Boon-sing.«

Kwan Chun-dok zog eine Augenbraue hoch.

Ko hatte diese Neuigkeit für sich behalten, und zwar nur zum Teil, um mögliche undichte Stellen zu umgehen. Vor allem wollte er sie zu seinem eigenen Vorteil nutzen. Hätte er dem Polizeihauptquartier gemeldet, dass der meistgesuchte Verbrecher der Stadt sich gezeigt hatte, wäre sofort die Abteilung für Organisiertes Verbrechen auf den Plan getreten, und selbst bei erfolgreichem Zugriff hätte er selbst von den Lorbeeren nichts abbekommen. Das wäre nicht nur für ihn schlecht gewesen, sondern auch für die Moral seiner Leute. Er hatte gute Gründe, die Nachricht von Shek Boon-sings Auftauchen für sich zu behalten, um die fortlaufenden Ermittlungen nicht zu gefährden. Es war ein Zeichen seines Selbstvertrauens, dass er die beiden CIB-Leute jetzt einweihte.

»Am Vortag sahen wir einen Mann mit Glatze zusammen mit dem Jaguar ins Haus gehen.« Ko deutete auf das unterbelichtete Foto zweier Männer, die auf einen Eingang der Ka Fai Mansions zugingen. »Wir haben die Aufnahme analysiert und kommen zu dem Schluss, dass es sich bei dem zweiten Mann trotz veränderten Aussehens um Shek Boon-sing handelt.«

»Ja. Die Narbe auf dem linken Handrücken. Von der Schießerei vor vier Jahren.«

Ko lief es kalt den Rücken herunter. Er und seine Männer hatten Stunden gebraucht, um dieses Detail zu entdecken, und Kwan erkannte es auf den ersten Blick.

»Die Erfahrung lehrt uns, dass Shek Boon-tim seinen Bruder keine Nummer allein durchziehen lassen würde, außerdem befinden sich in der Wohnung nur drei Leute – zu wenig für einen großen Raubüberfall.« Ko brachte den Fokus zurück auf den Fall. »Wir haben Informationen, dass Boon-tim sich morgen selbst hier blicken lassen wird. Vermutlich hat er zwei oder drei Männer vom Festland angeheuert. Sobald er auftaucht, schlagen wir zu.«

»Wer ist Ihre Quelle?«

Ko lächelte selbstgefällig. »Wir haben ein paar Pager-Nummern des Jaguars.«

»Tatsächlich?«

»Wir haben vor einiger Zeit einen Junkie aufgegriffen. Er gab zu, fünf verschiedene Pager für den Jaguar auf seinen Namen registriert zu haben. Und weil wir wissen, dass der Jaguar in enger Verbindung zu den Brüdern steht, vermuten wir, dass sie diese Pager für die Nummer verwenden werden.« Ko war sichtlich stolz.

In Hongkong konnte man zu der Zeit einen Pager nur mit Ausweis registrieren lassen. Kein halbwegs intelligenter Verbrecher würde freiwillig eine solche Spur hinterlassen. Es war daher üblich, sich zur Beschaffung solcher Geräte irgendeines Schlägers oder Junkies zu bedienen und damit dann innerhalb der Bande zu kommunizieren.

»Diese Nachricht erhielten wir gestern.« Ko ging zu einem Bildschirm und nickte seinem Untergebenen zu, woraufhin der die entsprechende Pager-Nachricht abrief. Auf dem schwarzen Monitor blinkte eine Reihe grüner Zahlen auf.

042.623.7.0505

»Die Telefongesellschaft war zwar nicht begeistert, aber wir hatten einen Durchsuchungsbeschluss und bekamen trotzdem Einblick. Es ist uns gelungen, die Nachricht zu dechiffrieren. Hier steht, dass …«

»… Shek Boon-tim am 5. Mai kommt«, sagte Kwan Chun-dok.

»Äh, ja … Natürlich, die Dechiffrierung kam vom CIB, Sie haben davon gehört.« Ko lächelte mit zusammengebissenen Zähnen und versuchte, seine Hilflosigkeit zu überspielen.

Pager tauchten zum ersten Mal in den Siebzigerjahren in Hongkong auf, doch die Geräte der ersten Generation konnten nur piepsen und blinken. Um die Nachrichten zu erhalten, musste man einen Telefonisten anrufen. Inzwischen besaßen die Geräte LCD-Anzeigen, die Zahlenfolgen abspielen konnten. Die Telekommunikationsunternehmen brachten ein Code-System auf den Markt, mit dem man über einen Telefonisten verschlüsselte Nachrichten verschicken konnte. Wurde beispielsweise der Nachname Chan als 004 definiert, so bedeutete die Nachricht »004.3256188«, dass man seinen Freund Chan unter der angegebenen Telefonnummer erreichen konnte. 610 stand für »bin auf dem Weg«, 611 für »Stau«, 7 für »Datum« und 8 für »Uhrzeit« – »004.610.611.8.1715« bedeutete dementsprechend: Chan hat angerufen, um mitzuteilen, dass er im Stau steht und es nicht vor Viertel nach fünf Uhr nachmittags schaffen wird. Außerdem gab es Codes für Orte oder Stadtviertel wie »Central«, »Jordan«, »Ocean Terminal« oder »New Town

Plaza« und für gebräuchliche Begriffe wie »Restaurant«, »Bar«, »Hotel«, »Park« und so weiter.

Im Laufe der vielen vergeblichen Versuche, die Brüder Shek zu verhaften, war die Polizei ab und zu auf einen von ihren Helfershelfern zurückgelassenen Pager gestoßen, doch die Nachrichten waren für sie das reinste Kauderwelsch gewesen. Wenigstens war es dem CIB gelungen, anhand der mehr als dürftigen Informationen herauszufinden, dass die Sheks ihre eigene Codierung entwickelt hatten: 623 stand jetzt für »Zusammenkunft«, nicht für »Mah-Jongg«; 625 hieß statt »essen gehen« »in Bewegung setzen«, und 616 war »abhauen« und nicht mehr »Termin streichen«. Beim Vergleich alter Pager-Aufzeichnungen mit tatsächlich eingetretenen Ereignissen stellte sich heraus, dass 042, ursprünglich die Zahlenkombination für den Namen Lam, bei den Sheks vermutlich für Shek Boon-tim stand.

Mit anderen Worten, Shek Boon-tim musste lediglich den Telefonisten anrufen und sagen: »Mein Name ist Lam. Die Nachricht lautet: ›Mah-Jongg am 5. Mai‹«, damit auf dem Pager stand: »042.623.7.0505«, was so viel hieß wie: Shek Boon-tim beraumt eine Zusammenkunft am 5. Mai ein.

Zu diesem Zeitpunkt hatte die Polizei die Oberhand. Um sicherzugehen, dass Shek Boon-tim nicht Lunte roch und die Codes änderte, waren beim CIB lediglich die Dienstränge vom Inspector aufwärts eingeweiht. Ko war klar, dass Shek als gerissener Widersacher bestimmt einen Plan B in der Tasche hatte. In den letzten Tagen hatten sie kaum Nachrichten abfangen können und mindestens diejenige verpasst, die ankündigte, dass der Jaguar mit Shek kommen würde. Sie schlossen daraus, dass jedes Bandenmitglied wahrscheinlich über mehrere Pager verfügte, die abwechselnd zum Einsatz kamen. Auf diese Weise würde die Polizei, selbst wenn manche Nachrichten abgefangen werden konnten, nie das große Ganze zu Gesicht bekommen.

Sowohl Kwan als auch Tso war bewusst, welche Bedeutung »042.623.7.0505« zukam. Bis zu diesem Zeitpunkt war es ihnen lediglich gelungen, die Nachrichten im Anschluss an ein Verbrechen zu entziffern. Es war das erste Mal, dass sie eine Nachricht schon im Vorfeld dechiffrieren konnten.

»Haben Sie genug Leute?«, wollte Tso wissen. Die Shek-Brüder waren skrupellose Verbrecher, und bei allen ihren Aktionen war massive Waffengewalt eingesetzt worden und waren diverse Opfer zu beklagen gewesen.

»Bei uns ist es im Augenblick ein bisschen eng, aber wir haben die SDU angefordert« – die Special Duty Unit, die paramilitärische Elitespezialeinheit der Polizei. »Sie werden aktiviert, sobald Shek Boon-tim auftaucht, und sind eine halbe Stunde später hier.«

»Aber die SDU ist nicht in akuter Bereitschaft. Das heißt, falls es plötzlich ohne Vorwarnung losgeht, sind Sie trotzdem auf sich gestellt«, bemerkte Kwan und ließ den Blick durch die Einsatzzentrale schweifen – eine Mietswohnung im ersten Stock eines Gebäudes direkt gegenüber den Ka Fai Mansions. Außer Chief Inspector Ko waren in dem kleinen Zimmer noch drei weitere Männer anwesend: einer, der die Pager-Nachrichten überwachte, einer, der Kontakt zu den Beschattern vor der Tür hielt, und einer, der als Bote fungierte. Das Fenster ging zum Südeingang des observierten Gebäudes hinaus – und leider stellte der Grundriss der Ka Fai Mansions für die ermittelnde Einheit ein gravierendes Problem dar.

Die Ka Fai Mansions waren in den Fünfzigerjahren erbaut worden, ein achtzehnstöckiger Gebäudekomplex mit dreißig Wohnungen pro Stockwerk. Die Anlage war früher einmal bei Familien der Mittelklasse sehr beliebt gewesen, doch seit den Siebzigerjahren hatte die Stadtentwicklung dem Viertel den Rücken gekehrt, und das Gebäude war inzwischen ziemlich heruntergekommen. Etwa dreißig Prozent der Einheiten wurden nicht mehr als Wohnraum, sondern gewerblich genutzt und beherbergten alles von Schneidereien und Arztpraxen für Traditionelle Chinesische Medizin über Friseursalons und Handelsvertretungen bis hin zu Pflegeheimen und buddhistischen Tempeln. Außerdem gab es Massagesalons, diverse Clubs und

Vereine, billige Pensionen und Privatbordelle – alles eher zwielichtig und der öffentlichen Ordnung nicht zuträglich.

Ein Ort wie dieser war für die Polizei ein Albtraum. Das Erdgeschoss der Ka Fai Mansions hatte drei verschiedene Zugänge – einen am nördlichen Ende, einen am südlichen und einen in der Mitte – sowie sechs Aufzüge und drei Treppenhäuser. Die Hauptflure durch das riesige Gebäude hatten so gut wie keine Fenster, dafür aber zahlreiche Ecken und Winkel, in denen Kriminelle ihren Verfolgern vorzüglich auflauern konnten. Weil viele Einheiten inzwischen gewerblich genutzt wurden, sah man es mit der Sicherheit nicht mehr so eng, und Besucher konnten das Gebäude ungehindert betreten und verlassen. Die Verdächtigen, die sich hier versteckten, konnten diese Umgebung bestens nutzen, um sich der Verfolgung zu entziehen – wenn sie keinen der drei Ausgänge nahmen, konnten sie immer noch aus einem Fenster im ersten Stock springen. Zwischen Nord- und Südende des Gebäudes lagen stattliche einhundert Meter, und eine polizeiliche Durchsuchungsaktion wäre mit erheblichem Zeit- und Personalaufwand verbunden.

»Vor dem Gebäude sind ein Dutzend Beamte postiert. Wenn es nicht zu einer direkten Konfrontation kommt, sollte das genügen.« Ko deutete mit ausgestrecktem Daumen zum Fenster. »Hätten wir es mit einem normalen Gebäude zu tun, könnten wir mit zwölf Leuten das ganze Haus übernehmen. Aber es mussten ja ausgerechnet die Ka Fai Mansions sein.«

»Haben Sie die Leute in drei Gruppen eingeteilt, eine pro Ausgang?«, fragte Kwan.

»Ja. Plus eine weitere Einheit im obersten Stock des Gebäudes auf der anderen Straßenseite. Von dort aus lässt sich der Zugangsflur zur Zielwohnung einsehen. Außerdem ist – gerade eben so – eine Überwachung durchs Fenster möglich.« Ko deutete auf den Stadtplan an der Pinnwand. Er vermutete, dass Shek Boon-tim sich für diese Wohnung entschieden hatte, weil die umliegenden Gebäude niedriger waren und man keinen Einblick hatte. Selbst vom obersten Stock aus hatte man nur partielle Sicht in den Flur. Ko hatte überlegt, direkt davor jemanden zu postieren, aber er wollte kein Risiko eingehen. Am Ende kostete dieses Vorgehen einem Untergebenen das Leben, während die Verdächtigen Lunte rochen und verschwanden.

»Also haben Sie zwei Ihrer Teams im Einsatz?«, wollte Kwan wissen. Die Verstärkung vom CIB-Observationsteam oder durch die Regionalkräfte nicht mitgerechnet, wären die zwölf Beamten vor Ort plus die vier in der Einsatzzentrale zusammengenommen genau zwei Teams des Regionaldezernats.

»Nein, von uns stammt nur Team 1; die anderen Teams sind anderweitig gebunden. Das zweite Team kommt von der Kriminalpolizei Mongkok.«

»Die Leute, die ursprünglich hinter dem Jaguar her waren?«

»So ist es.«

»Und? Kommen die damit zurecht?«, wollte Kwan wissen.

»Äh … natürlich … natürlich kommen sie damit zurecht.« So viel Direktheit hatte Ko nicht erwartet.

»Team 3 des Kommissariats Mongkok – das sind TTs Leute, richtig?« Kwan lächelte.

Edgar Ko musterte Kwan misstrauisch, kam zu dem Schluss, dass der ihm keinen Strick drehen wollte, und stieß einen Seufzer aus. »Dann kennen Sie diesen Tang Ting also auch?«

»Tang Ting war vor fünf Jahren beim Kommissariat Wan Chai. Ich bin ihm ein paarmal während des ein oder anderen Einsatzes über den Weg gelaufen.« Kwan kicherte. »Er ist ein schlauer Kerl, und blitzschnell. Leider auch ein bisschen heißblütig. Er hat ein paar gebrochene Nasen zu verantworten.«

Tang Tings Spitzname stammte nicht von seinen Initialen her, sondern von dem Witz, den ein Kollege und Waffenliebhaber einmal über ihn gemacht hatte: »Ihr Name passt zu Ihnen – Sie sind wie eine TT-Pistole.« Die TT (oder Tokarew TT-30, eine Selbstladepistole Kaliber 7,62 × 25 mm, genauer gesagt) war eine Halbautomatik russischer Produktion, die sich durch ihre gewaltige Schlagkraft und eine fehlende manuelle Sicherung auszeichnete – daher der Vergleich mit Tang Ting; tödlich und schwer zu kontrollieren. Tang Ting, inzwischen dreiunddreißig Jahre alt, wurde von seinen Vorgesetzten oft für seine riskante Vorgehensweise kritisiert. Er verließ sich darauf, dass seine blitzschnellen Reflexe und seine hervorragende Treffsicherheit es ihm erlaubten, seine Gegner ohne Rückendeckung zu überrumpeln. TT nahm an seinem Spitznamen keinen Anstoß. Er hatte einige Jahre in Folge sämtliche polizeiinternen Schießwettbewerbe gewonnen und trug den Namen einer Pistole mit Stolz. Inzwischen nannten sogar seine Vorgesetzten und Kollegen ihn TT, und mancher wusste gar nicht mehr, wie er eigentlich hieß.

»Sie sagten vorhin, das andere Team sei Team 1 aus West-Kowloon – die Einheit untersteht Karl Fung. Zwischen ihm und TT hat es böses Blut gegeben – das wusste damals jeder in Wan Chai. Deshalb frage ich«, sagte Kwan.

Ko dachte kurz darüber nach, wie schwierig es war, Superintendent Kwan Sand in die Augen zu streuen. »Ja. Karl Fung stammt aus demselben Abschlussjahrgang wie TT. Ich weiß nicht genau, was zwischen den beiden war, jedenfalls hegen sie irgendeinen Groll gegeneinander. Trotzdem. Wir sind alle Profis, und hier lässt niemand seine persönlichen Emotionen in die Arbeit einfließen. Sie liefern beide makellose Berichte, und ihre Strategien und Einsatzpläne sind einwandfrei. Ich habe in beide Männer vollstes Vertrauen.«

Kwan deutete ein Lächeln an, ohne weiter auf das Thema einzugehen. Karl Fung war Senior Inspector, stand damit einen halben Rang über TT und leitete das Einsatzteam eines Regionalkommissariats. Falls es vorher bereits Spannungen zwischen den beiden Männern gegeben hatte, würde der Rangunterschied die Situation nur verschärfen. Wenn Ko ehrlich war, so war ihm mit der Zusammenarbeit der beiden Männer selbst unwohl. Deswegen hatte er TT am Nordeingang postiert und Fung im Süden.

»Na, wenigstens kommt TT bald an die Kandare. Verheiratete Männer können es sich nicht leisten, impulsiv zu sein – sie müssen an ihre Familie denken«, sagte Keith Tso.

»TT heiratet?« Davon hatte Kwan noch gar nichts gehört.

»Aber ja. Seine Braut ist die Tochter vom Deputy Commissioner – Ellen, das ist die, die in der Abteilung für Öffentlichkeitsarbeit sitzt«, grinste Tso und deutete damit an, dass für TT durchaus ein kometenhafter Aufstieg drin war.

Kwan warf Ko einen Blick zu. Offensichtlich langweilte ihn diese Art von Tratsch. Kwan wechselte das Thema. »Chief Inspector Ko, wir verlassen uns darauf, dass Sie Shek Boon-tim und Shek Boon-sing zu fassen kriegen. Wenn es Ihnen gelingt, uns die beiden lebend zu bringen, dann kriegen wir von den Brüdern die Informationen, die wir brauchen.«

»Keine Sorge. Diesmal gelingt es uns bestimmt, den Brüdern die Flügel zu stutzen.« Ko schüttelte noch einmal Kwans Hand.

»Wenn das CIB Sie irgendwie unterstützen kann, sagen Sie Bescheid«, fügte Tso hinzu.

»Natürlich, selbstverständlich«, erwiderte Ko.

Tso und Kwan wandten sich gerade zum Gehen, als das Funkgerät auf dem Tisch knisternd zum Leben erwachte.

»Wasserturm an Scheune, Wasserturm an Scheune, Spatz und Krähe sind soeben ausgeflogen. Spatz und Krähe sind soeben ausgeflogen. Over.«

»Wasserturm« war die Einheit im obersten Stock des gegenüberliegenden Gebäudes. »Scheune« war die Einsatzzentrale, »Spatz« und »Krähe« waren der Jaguar und Mad Dog Biu, die soeben die Wohnung verlassen hatten. Was die Anführer betraf, so war Shek Boon-tim »Eule«, und Shek Boon-sing war »Geier«.

Die beiden CIB-Männer beschlossen zu bleiben, wo sie waren, und die weitere Entwicklung zu beobachten.

»Achtung, an alle Einheiten, Achtung, an alle Einheiten, Spatz und Krähe sind ausgeflogen. Ich wiederhole, Spatz und Krähe sind ausgeflogen. Höchste Alarmstufe. Over.« Auf Kos Zeichen hin hatte der zuständige Kommunikationsbeamte den Rundspruch abgesetzt. Falls die Verdächtigen das Gebäude verließen, würde man die Verfolgung aufnehmen, und die zurückbleibenden Beamten würden die Zeit nutzen, um sich neu zu organisieren und sicherzustellen, dass es in ihren Fangnetzen keine Löcher gab.

Ko machte sich Sorgen, dass Shek Boon-tim früher auftauchte als erwartet und die Bande womöglich zu ihrem Raubzug aufbrach, ehe die Kollegen des Sondereinsatzkommandos hier sein konnten. Falls das geschah, konnte er nur hoffen, dass die sechzehn Beamten vor Ort in der Lage waren, die Verbrecher lange genug aufzuhalten.

2

Es war 12.55 Uhr – Sonny Lok sah auf die Uhr. Er hatte das Gefühl, dass die Zeit besonders langsam verstrich. Er hätte nie gedacht, dass die Arbeit eines Ermittlers, auf die er sich so gefreut hatte, dermaßen langweilig sein würde. Nach dem Abschluss an der Akademie hatte er seine drei Jahre Dienst in Uniform versehen und dabei von einer Versetzung in diese Abteilung geträumt, obwohl ihm ältere Kollegen immer wieder gesagt hatten, wie hart das Leben bei der Kriminalpolizei sei – manchmal habe man sogar zu viel zu tun, um nach Hause zu gehen, selbst wenn man direkt an der eigenen Haustür vorbeikam. Sonny wusste, was er aushalten konnte, und fand, es sei besser, sich möglichst früh und in jungen Jahren abzuhärten. Er wollte einen herausragenden Polizisten aus sich machen, damit er bereit war, wenn die Gelegenheit sich ergab.

Doch auf die Langeweile war Sonny Lok nicht gefasst gewesen. Für einen jungen Kerl von gerade zwanzig Jahren war die Monotonie härter als jede Form von Stress.

Dank seines unermüdlichen Arbeitseifers, seiner Einsatzbereitschaft und seiner außerordentlichen Leistungen an der Polizeiakademie hatten die hohen Tiere Sonny Lok aus der Uniform befreit und zur Kriminalpolizei versetzt. Wie der Zufall es wollte, fehlte dem Kriminalkommissariat Mongkok ein Mann, und sein Wunsch ging früher in Erfüllung als erwartet. In den zwei Monaten, die er inzwischen in der Abteilung war, hatte er schon ein paar investigative Techniken kennengelernt und Einsätze erlebt, die in groben Zügen seinen Erwartungen entsprachen – eine Möglichkeit, die Fähigkeiten zu erlernen, die er brauchte. Das Problem war, dass diese Tätigkeiten nur einen winzigen Bruchteil seiner Arbeitszeit ausmachten, der Rest bestand aus langwierigen Observationen, der vergeblichen Suche nach der Nadel im Heuhaufen, weil Beweise sich als nichtexistent erwiesen, oder der Befragung Hunderter von Zeugen zu Dingen, von denen sie, wie sich herausstellte, keine Ahnung hatten. Eine Verhaftungsaktion dauerte oft nur eine Minute, Vorbereitung und Nacharbeiten dagegen konnten Tage in Anspruch nehmen.

Gerade steckte er wieder einmal in einer gähnend langweiligen Aufgabe fest.

»Wieso braucht der Häuptling denn wieder so lange?«, murrte Sharpie, der neben Sonny saß. »Sharpie« war der Spitzname von Constable Fan Si-tat. Er war fünf Jahre älter als Sonny und inzwischen seit drei Jahren beim Kriminalkommissariat Mongkok. Er war der Kollege, der Sonny am nächsten stand – sie waren beide keine Teamplayer, und die Ironie wollte, dass sie gerade das zusammengebracht brachte.

»He, er kommt!«, zischte Sonny. TT kam quer durch die Halle von seiner Zigarettenpause zurückgeschlendert.

Sonny, Sharpie und TT waren von Chief Inspector Ko an einem Imbiss neben dem Nordeingang der Ka Fai Mansions postiert worden. In der großen Eingangshalle befanden sich mehrere Geschäfte, ein paar zur Straße hinaus, ein paar zur Halle hin, ein paar in den Ecken. Die Polizei hatte den Imbiss beschlagnahmt, der Besitzer hatte seinen beiden Angestellten freigegeben, und die beiden Polizisten hatten ihre Posten übernommen, um von dort aus die Halle zu observieren.

»Sie sind dran, Sharpie.« TT band sich die Schürze um und trat hinter den Tresen. Er stank nach kaltem Zigarettenrauch. Sharpie verließ den Imbiss. Ohne sich die Schürze abzubinden, verschwand er im Treppenhaus.

Lange Observierungen mit offenem Ende waren für Polizisten psychologisch sehr herausfordernd, und die Beamten wurden immer in Gruppen eingeteilt. Auf diese Weise konnten sie nicht nur aufeinander achtgeben, die Einteilung ließ auch kurze Verschnaufpausen zu. Vor fünfzehn Minuten erst waren TT und seine Leute abwechselnd aufs Klo gegangen – sie waren gezwungen, die öffentliche Toilette neben den Aufzügen zu benutzen, weil es in dem Imbiss keine gab. Außerdem konnten Nikotinsüchtige wie TT und Sharpie auf diese Weise ihrer Sucht frönen. Natürlich durften Polizisten während einer Observierung rauchen, so viel sie wollten, aber der Imbissbesitzer hatte sie mehrmals darauf hingewiesen, dass es schlecht fürs Geschäft war, wenn sie mit Kippen zwischen den Lippen das Essen servierten.

»Hier gibt's sowieso kaum Kundschaft. Der Fraß ist widerlich. Um welches Geschäft macht er sich Sorgen?«, raunte Sonny Sharpie zu, während der Boss in der Küche beschäftigt war.

Sobald TT seinen Posten wieder eingenommen hatte, zog er den Pager aus der Tasche und warf einen Blick darauf. Sonny musste lachen. »Eine Hochzeit vorzubereiten ist nicht so einfach, oder?«

TT grinste grimmig. »Die reinste Hölle. Heiraten Sie bloß nicht so schnell, Sonny. Und wenn Ihnen keine Wahl bleibt, suchen Sie sich einen Zeitpunkt aus, wo Sie nicht mitten in einer Ermittlung stecken.«

TTs Pager hatte den ganzen Morgen ununterbrochen gepiepst, und er war bereits dreimal im Verwaltungsbüro gewesen, um zu telefonieren. Das Telefon auf dem Tresen durften sie nicht benutzen – der Besitzer hatte Angst, dass ihm dadurch ein Geschäft durch die Lappen ging.

Auch wenn TT und Sharpie sich nicht beklagt hatten, wusste Sonny, dass sie der Fortgang der Observierung frustrierte. Letzten Sonntag waren sie ausgerückt, um den Autodieb Jaguar, diesen Komplizen der Shek-Brüder, aufs Revier zu holen, doch dann hatte in letzter Minute jemand von ganz oben die Notbremse gezogen, und das Regionalkommissariat West-Kowloon hatte ihnen den Fall vor der Nase weggeschnappt. Wäre es dabei geblieben, hätte Sonny wahrscheinlich nur die Achseln gezuckt und die Angelegenheit in der Rubrik »Pech gehabt« abgelegt, aber was seine Einheit vom Kommissariat Mongkok wirklich sauer machte, war der Umstand, dass die Zentrale sie dann zur Verstärkung wieder an den Ort des Geschehens zurückgeschickt hatte. Sie hingen hier herum wie die Idioten und hatten nichts zu sagen. Die Zielwohnung befand sich im Südflügel, und Shek Boon-tim benutzte stets den Südeingang. Von den sechs Leuten aus Team 3 befand sich einer auf dem Ausguck auf der anderen Straßenseite, zwei weitere standen zur Unterstützung der Männer von West-Kowloon am Haupteingang, während die restlichen drei, also sie, in diese Imbissbude verbannt waren wie Vögel, die ein leeres Ei ausbrüten sollten.

Sonny glaubte an eine interne Racheaktion. Sharpie hatte ihm von TTs Abneigung gegen Inspector Fung erzählt, und er hatte selbst erlebt, wie feindselig sich die beiden Männer am Vortag in der Einsatzzentrale gemustert hatten. Falls die Verhaftung der Shek-Brüder tatsächlich erfolgreich über die Bühne ging, würde West-Kowloon die Lorbeeren ernten und die harte Arbeit von Mongkok würde unter den Tisch fallen. Sonny vermutete, dass Chief Inspector Ko aus demselben Holz geschnitzt war wie der verhasste Fung. Die beiden standen in direkter Rangfolge; natürlich stießen sie ins selbe Horn.

Der ursprüngliche Plan hatte gelautet, dass Team 3 vom Kommissariat Mongkok den Jaguar verhaftete, die Ermittlungen dann eine Weile ruhen ließ, den Verdächtigten in Ruhe verhörte, einen Bericht verfasste, die Beweise übergab und so weiter. Das hätte ihnen eine kleine Atempause verschafft, und ihr Commander hätte sich auf seine Hochzeitsvorbereitungen konzentrieren können. Stattdessen war jetzt das ganze Team dazu verdonnert, sich die Beine in den Bauch zu stehen.

»Achtung, an alle Einheiten, Achtung, an alle Einheiten, Spatz und Krähe sind ausgeflogen. Ich wiederhole, Spatz und Krähe sind ausgeflogen. Höchste Alarmstufe. Over«, kam plötzlich über die Ohrstecker die Meldung aus der Einsatzzentrale.

TT drückte einen kleinen, in seiner Kleidung verborgenen Knopf und sprach in das Mikrofon unter seinem Kragen. »Vogelscheuche roger. Over.« »Kuhstall«, »Mühle« und »Vogelscheuche« standen für den Südeingang, den Haupteingang und den Nordeingang von Ka Fai Mansions, und die drei Teams waren mit A, B und C gekennzeichnet.

»Wasserturm an alle. Spatz und Krähe haben den Lift betreten. Over.«

Sonnys Aufmerksamkeit war zwar geweckt, aber er dachte immer noch, die ganze Sache hätte nichts mit ihm zu tun. Sie waren jetzt seit vier Tagen in dem Imbiss postiert und hatten die Shek-Brüder nicht einmal von hinten zu Gesicht bekommen. Noch nicht einmal ihren Komplizen, den Jaguar, hatten sie gesehen. Stattdessen kam Sonny sich vor wie ein Imbissbudenlehrling. Er lernte, Bestellungen aufzunehmen, zu servieren und zu kassieren.

»Immer schön wachsam bleiben, Sonny«, sagte TT. Sonny riss sich zusammen, konzentrierte sich wieder auf seine Umgebung und hielt nach verdächtigen Gestalten Ausschau.

»Kuhstall an alle. Der Lift ist im Erdgeschoss. Over.« Inspector Fungs Stimme drang aus den Ohrhörern.

»Wo bleibt Sharpie denn so lange?« TT runzelte die Stirn.

»Vielleicht ein großes Geschäft? Das kann dauern«, sagte Sonny in dem Versuch, die Situation zu entschärfen. Sharpies blitzschneller Abgang hatte drängende Bedürfnisse nahegelegt.

»Kuhstall an Mühle, Kuhstall an Mühle, Spatz und Krähe fliegen Richtung Mühle. Over.«

Sonny und TT staunten nicht schlecht. Die ganzen letzten Tage über war der Jaguar kein einziges Mal durch die Lobby zum Haupteingang gelaufen.

»Mühle an alle. Spatz und Krähe gesichtet … Spatz und Krähe haben das Gebäude nicht verlassen. Bewegen sich weiter Richtung Norden. Vögel fliegen Richtung Vogelscheuche. Over.«

»Vogelscheuche roger. Over«, antwortete TT ruhig. Sonny konnte nicht anders. Er hielt den Atem an. Seine Augen waren gespannt auf die Ecke fixiert. Er erwartete sekündlich, dass die beiden Verdächtigen ins Blickfeld kamen.

»Commander, sie …«

»Still. Verraten Sie sich nicht!«, fuhr TT ihn raunend an. Keine Sekunde verging, und schon kamen die Handlanger der Shek-Brüder in Sicht. Die beiden Männer bewegten sich direkt auf sie zu. Sie trugen Jeans und T-Shirts. Mad Dog Biu hatte eine Sonnenbrille auf und der Jaguar eine graue Kappe. Sie sahen aus wie ganz normale Leute. Sonny warf TT einen heimlichen Seitenblick zu. Sein Chef hielt den Kopf gesenkt und tat, als würde er die Getränkeauslage neu sortieren, während er mit einem Auge nach draußen in die Lobby schielte. Sonny folgte seinem Beispiel und rührte den Rindereintopf auf der Warmhalteplatte um, während er versuchte, die beiden Männer aus dem Augenwinkel zu beobachten.

»Hallo.«

Sonny fuhr erschrocken zusammen.

»Hallo!« Der Jaguar und Mad Dog hatten nicht etwa das Gebäude verlassen, nein, sie standen in der Eingangstür zu ihrem Imbiss. Nur der Tresen trennte Sonny noch vor den Verbrechern. Es war der Jaguar, der sie angesprochen hatte.

Langsam hob Sonny den Kopf und sah dem Jaguar direkt in die Augen. Er geriet in Panik. Er hatte keine Ahnung, wie er reagieren sollte. Sie waren aufgeflogen! Was tun? In Deckung gehen? Die Waffe ziehen? Oder als Erstes dafür sorgen, dass alle Zivilisten in Sicherheit waren? Er konnte nicht wissen, ob sich unter der lockeren Kleidung der beiden Verdächtigen Waffen verbargen, so wie bei ihm. Die Jungs der Sheks benutzten alle chinesische Typ-54-Black-Star-Pistolen, während die Kriminalpolizei lediglich mit .38er-Revolvern ausgestattet war. Die Polizei war hinsichtlich Munition und Bewaffnung eindeutig im Nachteil, und wenn es jetzt zu einem Schusswechsel kam, befand Sonny sich zwangsläufig auf der Verliererstraße. Was sollten sie nur tun? Okay. Vielleicht konnte Sonny es mit dem Jaguar aufnehmen und seinem Chef den brutalen Mad Dog überlassen …

»Hallo? Ich rede mit Ihnen!« Der Jaguar beugte sich vor und betrachtete die Auslage. »Was kostet der Rindstopf mit Reis?«

Sonny fiel ein Stein vom Herzen. Sie waren nicht aufgeflogen! Die Typen wollten nur essen.

»Fünf… fünfzehn Dollar«, stammelte er.

»Dann zweimal das. Zum Mitnehmen.« Der Jaguar drehte sich zu Mad Dog um. »Du bist mir zu pingelig, maulst ständig rum, egal was ich bestelle. Such dir selbst was aus.«

Biu trat ebenfalls vor und musterte die Angebote in der Warmhaltetheke.

»Ist der Fisch in Maissoße frisch?«, fragte Mad Dog mit tiefer Stimme, und Sonny wusste sofort, dass man sich mit dem besser nicht anlegte.

»Ist nicht schlecht«, antwortete er und versuchte, die nackte Panik zu unterdrücken, die in ihm aufwallte. Als Mad Dog sich vorbeugte, hatte er die Wölbung rechts unter seinem T-Shirt gesehen. Mit Sicherheit eine Pistole.

»Nein, die Soße sieht widerlich aus. Okay, geben Sie mir eine Portion Pfefferrippchen mit schwarzen Bohnen und Reis.«

»Ja, ist gut.«

Sonny bückte sich, holte drei Schachteln unter der Theke hervor, füllte alle drei mit einer Portion Reis und löffelte die bestellten Gerichte obendrauf. Ihm zitterten die Hände. Soße und Fleischbrocken tropften auf die Anrichte.

»He, kleiner Bruder, willst du mich verarschen? Du schaufelst mir die ganze Schachtel mit Karotten voll. Da sind nur drei Stückchen Fleisch dabei«, beschwerte sich der Jaguar.

»Tut – tut mir leid.« Sonny nickte und löffelte hektisch noch ein paar Stücke Fleisch in die Schachtel, erwischte in seiner Nervosität aber noch mehr Karotten.

»He ...« Der Jaguar verstummte abrupt, und Sonny wusste im selben Moment, dass er einen schrecklichen Fehler gemacht hatte – er hatte sich beim Einfüllen weggedreht und hatte das Ohr mit dem Empfänger dem Gastraum zugewandt. Der Jaguar stand so nah, dass er es gesehen haben musste.

Sonnys Hirn wurde völlig leer, eine reine weiße Fläche ohne Inhalt.

Plötzlich bekam er einen heftigen Schlag auf den Hinterkopf. Ganz kurz dachte er, der Jaguar hätte auf ihn geschossen, doch dann merkte er, dass TT der Angreifer war.

»Du kleines Arschloch! Du mieser Hund, hörst bei der Arbeit heimlich Radio? Schau dir an, was du hier für eine Schweinerei veranstaltest! Hab ich dich etwa eingestellt, damit du mir die Kundschaft vergraulst? Verpiss dich!«

Sonny stand da wie erstarrt und kapierte erst eine halbe Sekunde später, dass TT ihn soeben rettete.

»Los! Schwing deinen Hintern aus meinem Blickfeld!« TT riss Sonny den Stöpsel aus dem Ohr. Sein eigener war nicht zu sehen.

»Meine Herren, ich entschuldige mich für diesen Vollidioten. Was möchten Sie zu trinken mitnehmen? Geht natürlich aufs Haus – ich hoffe, Sie kommen trotzdem wieder. Wir haben Softdrinks in Dosen und Eistee im Tetrapak. Was darf es sein?« Während er dem Jaguar und Mad Dog Honig ums Maul schmierte, griff TT seelenruhig nach der Schöpfkelle, befüllte umsichtig die drei Pappschachteln und verschloss sie lächelnd.

»Coke, bitte.« Der Jaguar hatte sich wieder entspannt und lächelte sogar zurück.

»Das macht dann zusammen fünfundvierzig Dollar. Danke sehr.« TT packte Essen, Getränke und Plastikbesteck in eine Tüte und reichte sie über den Tresen. Der Jaguar bezahlte, drehte sich um und ging mit Mad Dog zurück in die Lobby.

Sonny stand in der Ecke wie ein gescholtener Schüler. Man hätte ihn für einen beleidigten Angestellten halten können, dem sein Boss gerade den Kopf gewaschen hatte, doch in Wirklichkeit stand er da und beobachtete – er hatte Sharpie entdeckt, der tat, als würde er sich ein Schaufenster ansehen. Wahrscheinlich hatte er den Funkspruch gehört und war eilig von der Toilette zurückgekommen, nur um festzustellen, dass die beiden Verdächtigen bereits im Imbiss standen. Anstatt auch noch dazuzustoßen und die Situation womöglich weiter zu verschärfen, war Sharpie draußen in der Halle geblieben und hatte von dort aus das Geschehen beobachtet.

Sobald der Jaguar und Mad Dog weit genug weg waren, atmete Sonny zitternd aus. »Danke, Sir!«, sagte er zu TT. »Das ist alles echt neu für mich.«

»Immer schön Augen und Ohren offen halten. Da gewöhnen Sie sich schon noch dran.« TT tippte Sonny mit den Knöcheln freundschaftlich gegen den Kopf.

»Mein Gott! Ich hatte Todesangst!« Sharpie betrat den Imbiss. »Die haben sich hier echt was zu essen geholt? Warum mussten sie ausgerechnet hierher kommen?«

»Wenigstens ist alles glattgegangen.« TT grinste. Er steckte sich den Stöpsel wieder ins Ohr und sprach in sein Mikro: »Vogelscheuche an Scheune. Spatz und Krähe haben Vogelfutter besorgt und sind auf dem Rückweg ins Nest. Over.«

Sonny warf einen Blick auf die Uhr. Es war zwei nach eins. Die ganze Aktion hatte nur wenige Minuten gedauert.

»Wasserturm an alle. Spatz und Krähe sind wieder im Nest. Over«, kam drei Minuten später der Funkspruch.

»Ich glaube ja, das Theater geht erst morgen über die Bühne«, sagte Sharpie und streckte sich.

Sonny nickte, aber nur eine Minute später knisterte das Funkgerät schon wieder. »Wasserturm an Scheune! Achtung, Achtung! Drei Vögel sind ausgeflogen! Spatz, Krähe und Geier tragen große Koffer. Alle in Alarmbereitschaft. Over.«

Sonnys Kopf fühlte sich an wie in Watte gepackt.

»Wasserturm an Scheune! Unerwartete Entwicklung. Die Vögel fliegen nicht zum Lift. Sie bewegen sich durch den Flur Richtung Norden. Sieht nach Rückzug aus. Over.«

»Scheune an Wasserturm. Beobachten Sie weiter! An alle Einheiten, alle Mann in Stellung. Zugriff vorbereiten! Alle Lobbys und Ausgänge bewachen! Berichten Sie über alle Liftbewegungen.«

Sonnys Verstand wirbelte durcheinander. Er hatte Angst, dass er sich vorhin verraten hatte und dies alles seine Schuld war. Sharpie schlug ihm auf den Rücken. »Schluss mit der Träumerei. An die Arbeit!«

Sonny schüttelte sich, um den Kopf wieder klar zu bekommen, riss sich die alberne Schürze vom Leib und folgte TT und Sharpie mit gezogener Waffe nach draußen in die Lobby.

»Polizeieinsatz! Bleiben Sie, wo Sie sind!«, brüllte Sharpie, als neugierige Kunden und Händler aus den umliegenden Läden die Köpfe in die Halle streckten. Beim Anblick der bewaffneten Männer folgten die Leute hastig dem Befehl und schlugen die Türen hinter sich zu. Der alte Kauz, der den ganzen Vormittag schnarchend hinter dem Informationstresen gesessen hatte, war plötzlich hellwach und duckte sich hinter seinem Schalter.

»Kuhstall an alle, beide Aufzüge halten im Erdgeschoss.«

»Mühle an alle, ein Aufzug fährt aus dem vierten Stock abwärts, der zweite steht im Erdgeschoss.«

»Vogelscheuche an Scheune, ein Aufzug geöffnet im Erdgeschoss, der zweite fährt vom fünften in ... nein, er steht«, sagte TT in sein Mikrofon.

»Alle Einheiten bleiben auf Position. Over.«

Sonnys Herz raste wie wild, als er sich neben TT und Sharpie in einer Ecke der Lobby postierte. Jeder Zivilist, der an ihnen vorbeikam oder das Gebäude betreten wollte, musste aufgehalten werden. Ein paar sozial veranlagte Individuen kamen von selbst auf die Idee, dass sich im Gebäude Verbrecher verschanzten, und übernahmen es, draußen auf der Straße Bewohner und Kunden aus der Gefahrenzone fernzuhalten.

Ping. Der Aufzug aus dem fünften Stock kehrte in die Lobby zurück. Als die Türen aufgingen, warteten Sonny und seine Kollegen mit den Waffen im Anschlag. Im Lift stand nur eine Frau, die beim Anblick der drei auf sie gerichteten Waffen anfing zu kreischen. Sharpie packte sie am Arm und schob sie hinter sich aus der Gefahrenzone heraus.

»So geht das nicht«, sagte TT plötzlich.

»Was?« Sonny hatte keine Ahnung, was er meinte.

»Das dauert schon zu lange. Shek Boon-sing läuft runter in den ersten Stock, springt zum Fenster hinaus, und schon ist er weg. Hier zu warten bringt uns überhaupt nichts.«

»Aber der Befehl lautet, auf Position zu bleiben.«

»Der Wachposten hat von großen Koffern gesprochen – das heißt entweder Maschinenpistolen oder sogar AK-47er. Selbst wenn die Verstärkung endlich kommt, sind wir waffentechnisch unterlegen. Außerdem werden jede Menge Zivilisten zu Schaden kommen«, sagte TT grimmig.

Sonny und Sharpie verstanden, was TT meinte. Einmal war Shek Boon-sing einer Belagerung durch die Polizei entkommen, indem er einen Linienbus gekapert und sämtliche Insassen als Geiseln genommen hatte. Nach der Flucht erschoss er den Busfahrer und vier Fahrgäste. Die Überlebenden sagten aus, er hätte keinen Grund gehabt, das Feuer zu eröffnen, sondern war nur wütend geworden, weil der Fahrer nicht schnell genug gefahren war und die Fahrgäste für seinen Geschmack zu laut weinten und schrien.

»Aber, Commander, wir haben nur achtzehn Schuss Munition«, sagte Sonny ängstlich.

»Es steht drei gegen drei. Wir müssen sie lediglich so lange in Schach halten, bis die Spezialeinheit eintrifft.« Während er sprach, öffnete TT die Revolvertrommel, um zu überprüfen, dass alle Kammern gefüllt waren.

»Ich würde auch lieber hierbleiben, aber der Häuptling hat recht. Angriff ist die beste Verteidigung«, sagte Sharpie. »Wir sind freiwillig bei der Königlichen Polizei von Hongkong. Wir haben keine andere Wahl, als uns ins Getümmel zu werfen.«

Sonny merkte, dass es den beiden ernst war. Er holte tief Luft, dann nickte er.

»He, Väterchen«, rief TT dem Mann hinter dem Empfangsschalter zu. »Gibt es einen Liftschlüssel?«

»Ja, hier.« Der alte Mann suchte mit zitternden Fingern nach seinen Schlüsseln und ging, während TT und Sharpie ihm Deckung gaben, zum Lift, öffnete die Bedientafel und setzte den Aufzug außer Betrieb.

»Jetzt müssen sie die Treppe nehmen.« TT zeigte auf den Zugang zum Treppenhaus. »Wenn sie es durch einen der anderen beiden Ausgänge versuchen, werden sie dort von den Kollegen erwartet. Wir greifen von dieser Seite an, und sie sind umzingelt.«

TT musterte eingehend die Umgebung. »Väterchen, gibt es über dem achten Stock noch irgendwelche Geschäftsräume?«

»Ich glaube nicht … Ach, Moment. Da oben gibt es noch eine billige Absteige. Einheit 30 im neunten Stock. Das Ocean Hotel.«

»Verdammt.« TT wandte sich an seine Männer. »Tagsüber sind die meisten Bewohner aus dem Haus. Da gibt es nicht viele, die sie als Geiseln nehmen könnten. Aber für die Leute im Hotel besteht Gefahr.«

Sonny wusste, was er meinte. Wenn Shek Boon-sing sich irgendwelche Leute packte und als menschliche Schutzschilde benutzte, konnte die Polizei nichts tun außer dastehen und den Verdächtigen bei der Flucht zusehen. Außerdem wären die Geiseln in akuter Lebensgefahr. Die Beamten der Kriminalpolizei besaßen keine Nahkampfausbildung, aber wenn sie jetzt handelten, dann mussten sie es entschieden tun.

»Los. Wir riskieren es«, rief TT angespannt. Er drückte den kleinen Knopf fürs Mikrofon. »Vogelscheuche an Scheune. Team C geht über das Treppenhaus rauf. Over.«

»Scheune an Vogelscheuche. Bleiben Sie auf Position. Bleiben Sie auf Position. Over.«

»Das ignorieren wir.« TT zog sich den Knopf aus dem Ohr. »Wir sind jetzt auf uns gestellt. Los.«

TT öffnete die Tür zum Treppenhaus, während Sharpie und Sonny ihm von hinten Deckung gaben.

»Wir gehen rauf.« Vorsichtig spähte TT durch das Geländer nach oben. »Wenn die Meldung des Wachpostens stimmt und sie in diese Richtung unterwegs sind, müssten sie jetzt etwa im zwölften oder dreizehnten Stock sein.«

»Was, wenn sie sich in einem anderen Stockwerk verschanzen?«, wollte Sonny wissen.

»Wenn sie wirklich aufgescheucht wurden, werden sie versuchen zu fliehen und nicht Katz und Maus mit uns spielen – und wenn sie fliehen, dann über die Fenster im ersten Stock.« TT war schon auf dem Weg nach oben. »Sie haben den Aufzug gemieden, das heißt, sie wissen, dass etwas im Busch ist. Würde es sich nur um ein Treffen mit Shek Boon-tim oder einem anderen Komplizen handeln, hätten sie nicht den Flur Richtung Norden genommen. Sie sind bewaffnet, und sie nehmen eine ungewöhnliche Route. Das bedeutet, sie wissen, dass sie in Gefahr sind.«

»Scheiße, als sie sich was zu essen besorgt haben, wirkte doch alles noch ganz normal. Es kann doch nicht an uns gelegen haben, oder?« Sharpie fluchte vor sich hin. »Vielleicht haben der alte Fung und seine Jungs was falsch gemacht und sich verraten. Hoffentlich geht alles gut! Der Herr beschütze uns, damit wir es alle auf die Hochzeit vom Häuptling schaffen.«

TT und Sonny antworteten nicht, und schließlich hörte Sharpie auf zu schimpfen und konzentrierte sich auf den Sprint die Treppen hinauf.

Im achten Stock blieb TT plötzlich stehen und gab den anderen beiden ein Zeichen, still zu sein. Sonny war nichts Ungewöhnliches aufgefallen, doch er war sich sicher, dass sein erfahrener Chef etwas bemerkt hatte.

Dicht an die Wand gedrückt schlichen sie auf Zehenspitzen weiter. Im Treppenhaus war es finster, nur alle zwei Stockwerke gab es ein kleines Fenster.

Auf der Hälfte zwischen dem achten und dem neunten Stockwerk bemerkten Sonny und Sharpie es ebenfalls. Durch die schmale Glasscheibe in der Tür zur neunten Etage sah Sonny den Umriss eines Mannes.

Handelte es sich um einen Verdächtigen oder einen Bewohner? Gebückt schlichen sie weiter. Der Flur war durch zwei Türen vom Treppenhaus getrennt. Der Abstand zwischen beiden Türen betrug etwa fünf Meter. Den Raum dazwischen nutzten die Bewohner für ihre Mülltonnen. Als sie die äußere Tür erreichten, spähte TT vorsichtig durch die Scheibe. Die fremde Person stand direkt vor der inneren Tür, die durch etwas offen gehalten wurde, einen Holzkeil vielleicht oder eine zusammengerollte Zeitung. Allen Hinweisen der Feuerwehr zum Trotz, diese Türen für den Brandfall zum Schutz vor Rauch unbedingt geschlossen zu halten, hatten die Leute es lieber bequem.

Die Glasscheibe war so schmutzig, dass TT und Sharpie unmöglich erkennen konnten, ob es sich bei der Person um einen der Gesuchten handelte. Sonny blieb zurück, für den Fall, dass es sich um ein Ablenkungsmanöver handelte. Falls sie jetzt angegriffen wurden, wären sie leichte Beute.

TT gab ihm mit Gesten zu verstehen, dass er ihnen die Tür aufhalten sollte, damit sie freie Bahn hatten. »Drei …«, sagte er tonlos und zählte mit erhobenen Fingern rückwärts, »zwei, eins, ZUGRIFF!«

Sonny riss die dicke Holztür auf, und TT und Sharpie sprangen nach vorn. Die Person vor der zweiten Tür drehte sich erschrocken um. Es war der Jaguar.

Als der Jaguar den Mann aus dem Imbiss mit der Waffe in seiner ausgestreckten Hand erblickte, begriff er sofort. Sonny hatte erwartet, dass er sich angesichts zweier auf sich gerichteter Pistolen ergeben würde, aber noch ehe TT eine Warnung aussprechen konnte, hatte er seine eigene Waffe aus dem Holster gerissen.

Zwei Schüsse zerrissen die Luft.

Auf der Schwelle zwischen Leben und Tod hatte TT keine Sekunde gezögert und augenblicklich das Feuer eröffnet. Der Jaguar war ein leichtes Ziel, und beide Kugeln trafen ihn direkt in die Brust. Die Wucht riss ihn leicht in die Höhe, dann brach er auf dem Fußboden zusammen, noch bevor er den Abzug betätigen konnte. Aus den Schusswunden quoll helles Blut.

Sharpie machte gerade den Mund auf, um voller Bewunderung aufzuschreien, da tauchte die wahre Gefahr auf, flog quasi durch die Tür auf sie zu, in dem Augenblick, als der Jaguar auf dem Boden aufschlug: Mad Dog Biu, die Hände um ein AK-47-Maschinengewehr geklammert.

Er feuerte eine knatternde Salve ab.

Instinktiv warfen die Polizisten sich auf den Boden, doch die Kugeln waren schneller. Sonny, der sich ganz hinten befand, konnte sich zur Seite rollen, doch die einzige Deckung für TT und Sharpie war eine rote Plastikmülltonne. Sonny spürte die Kugeln über seinen Kopf fliegen, hörte das schneidende Geräusch, mit dem sie hinter ihm vom Treppenhausgeländer abprallten, und der scharfe Schießpulvergeruch drang ihm ätzend in die Nase.

Binnen Sekunden wurde Sonnys Fluchtinstinkt durch seine Polizeiausbildung außer Kraft gesetzt – er musste dem Commander und Sharpie beistehen, auch wenn er sich damit in Gefahr brachte.

Auf dem Boden kauernd nahm Sonny den Schützen am Ende des Flurs ins Visier, doch noch ehe er schießen konnte, ging der Mann plötzlich in die Knie, und das Maschinengewehr fiel krachend zu Boden. Selbst in dem trüben Dämmerlicht konnte Sonny das schwarze Loch zwischen Mad Dogs Augenbrauen erkennen.

Bevor Sonny reagieren konnte, spürte er jemanden an seiner Schulter zerren.

»Rückzug!« Das war TTs Stimme.

Als würde er aus einem Traum erwachen, sah Sonny, was passiert war – im Flur lagen zwei tote Männer, der Jaguar und Mad Dog Biu. TT kauerte direkt an seiner Seite, und Sharpie lag vor ihm auf dem Boden und atmete schwer.

Sonny und TT schleiften Sharpie zurück ins Treppenhaus. Hinter ihnen fiel die Sicherheitstür ins Schloss. Fast gleichzeitig zerfetzte die nächste Maschinengewehrsalve die Glasscheibe. Shek Boon-sing war aufgetaucht.

Die Pistolen im Anschlag warteten sie, was als Nächstes geschah. Shek benahm sich offensichtlich nicht so kopflos wie sein Handlanger, und nach nicht einmal fünf Sekunden herrschte wieder Stille.

»Sharpie! Sharpie!« TT versuchte den Polizisten wieder zu Bewusstsein zu bringen. Sharpie hatte drei Schüsse abbekommen – in die linke Schulter, ins Schienbein und, am schlimmsten, in den Hals. Aus der Wunde spritzte purpurnes Blut.

»Sharpie! Bruder!« Sonny presste die Hände auf die Wunde. Er wusste, wenn die Halsschlagader verletzt war, konnte das Opfer innerhalb von Minuten verbluten.

Sonny hatte noch nie einen verletzten Kollegen erlebt. Als Streifenpolizist war es ihm, vielleicht aus purem Glück, immer gelungen, Verdächtige rechtzeitig dingfest zu machen, ehe sie ernsthaft Schaden anrichten konnten. Natürlich hatte er es schon mit Todesfällen zu tun gehabt – alte Menschen, Verkehrsopfer –, aber er hatte sich noch nie auf dem schmalen Grat zwischen Leben und Tod befunden, wo sein Handeln unmittelbar dazu beitrug, ein Menschenleben in diese oder jene Richtung zu lenken, ohne zu wissen, ob er womöglich im nächsten Augenblick selbst getötet wurde.

»Wir müssen ... wir müssen Hilfe rufen ...« Die Linke weiter fest an Sharpies Hals gepresst, tastete er mit der rechten Hand nach dem Ohrstöpsel – der während der Schießerei herausgerutscht war –, doch seine blutverschmierte Hand zitterte so sehr, dass es ihm nicht gelang, ihn einzusetzen. »Achtung Einsatzzentrale ... warum höre ich nichts?«

Er tastete nach dem Funkgerät in seiner Hosentasche, doch er musste feststellen, dass das Gehäuse zerschmettert war und die Tasten nicht mehr funktionierten.

»Ah!« Aus dem Gang ertönte ein unterdrückter Schrei. Es klang überrascht.

Vorsichtig drehten sie sich zu dem Geräusch um.

»Sonny«, sagte TT betont ruhig. »Lassen Sie Sharpie los. Wir gehen rein.«

»Commander?« Sonny sah seinen Vorgesetzten mit riesigen Augen an. Er konnte nicht fassen, was er eben gehört hatte.

»Lassen Sie Sharpie los. Geben Sie mir Deckung.«

»Commander! Sharpie stirbt, wenn ich loslasse!«, rief Sonny. Er kniete auf dem Boden, und seine Hose war durchtränkt vom Blut seines Kollegen.

»Sonny! Wir sind Polizisten! Der Schutz von Zivilisten muss stets Vorrang haben vor der Fürsorge für Kollegen!« Sonny hatte seinen Commander noch nie so außer sich erlebt.

»Aber ... aber ...«

»Überlassen Sie Sharpie den Sanitätern!«

»Nein!«

»Sonny! Das ist ein Befehl! Lassen Sie los!«

»Nein! Ich verweigere!«, schrie Sonny heiser. Niemals hätte er sich vorstellen können, dass er es wagen würde, seinem Commander einen Befehl zu verweigern.

»Scheiß drauf!«, schrie TT, riss Sonny den Revolver aus dem Holster, überprüfte eilig die Munition und verschwand in gebückter Haltung durch die von Kugeln zersiebte Holztür.

3

Als der erste Schuss ertönte, lief es Edgar Ko kalt den Rücken hinunter.

Etwas war schiefgelaufen.

Die Leute in der »Scheune« wussten alle, dass sie es mit einem Schuss zu tun hatten, wenn sie einen hörten, auch wenn er gedämpft war wie zum Beispiel jetzt. Vor allem, wenn zur Antwort eine ganze Salve Schüsse folgte. Die Fußgänger auf der Straße schienen zu spüren, dass etwas nicht stimmte, sie hoben die Köpfe und suchten nach der Quelle des Geräuschs, andere duckten sich unter einen Mauervorsprung oder suchten Schutz in einem Geschäft. Es hörte sich an wie Feuerwerk, Knall auf Knall tönte durch das riesige Betongebäude, auch wenn niemand sagen konnte, aus welchem Stockwerk die Geräusche kamen.

Auch Edgar Ko kannte die genaue Position nicht, aber er ahnte, wer dafür verantwortlich war. »Team C geht über das Treppenhaus rauf«, hatte TTs letzte Funkmeldung gelautet. Danach hatte er nicht mehr reagiert.

Dieses Arschloch … Ko verfluchte ihn im Laufe weniger Minuten mehrere Dutzend Male.

Als der Wachposten gemeldet hatte, der Jaguar und Mad Dog Biu seien mit ihrem Mittagessen wieder in der Wohnung verschwunden, hatten alle erleichtert aufgeatmet. Keith Tso und Kwan Chun-dok wollten sich gerade verabschieden, als die Meldung kam, dass die drei Männer sich in Bewegung setzten und bewaffnet seien.

»Sind das die Vorbereitungen für den Raubüberfall? Treffen die sich mit Shek Boon-tim? Haben sie neue Befehle erhalten?«, hatte der Kommunikationsmann Ko gefragt.

»Keine neuen Nachrichten auf den uns bekannten Pagern«, meldete ein anderer Beamter.

»Vielleicht benutzt Shek Boon-tim ein uns unbekanntes Gerät? Unsere Leute in den Lobbys im Süden und am Haupteingang haben nichts Ungewöhnliches gemeldet. Es ist zu früh, von einem Rückzug auszugehen«, sagte Ko argwöhnisch.

»Doch. Sie hauen ab.« Kwan schnitt ihm das Wort ab. »Selbst wenn sie von dem Hinterhalt nichts wissen, müssen sie irgendwas gemerkt haben. Das ist ein überstürzter Rückzug.«

»Woher wollen Sie das wissen?«

»Wären sie zu einem Treffen mit Shek Boon-tim unterwegs, wären sie nicht so in Eile. Sie würden zumindest noch ihr Mittagessen beenden. Sich zuerst in aller Seelenruhe was zu essen zu besorgen, um dann eine Minute später schwer bewaffnet abzuhauen und sogar den Lift zu meiden, was soll das sonst sein, wenn kein Rückzug?«

Ko erstarrte. Er erteilte Befehl, umgehend alle Ausgänge zu blockieren und sich bereit zum Zugriff zu machen. Dass ihnen Shek Boon-tim jetzt noch ins Netz ging, war reines Wunschdenken, aber falls es ihnen gelang, seinen Bruder zu fassen zu kriegen, wäre die Schlacht zumindest zur Hälfte gewonnen. Wohl wissend, dass er nicht genügend Leute hatte, um einen Kaninchenbau wie die Ka Fai Mansions abzusichern, alarmierte Ko umgehend die SDU und bat außerdem das Revier um Verstärkung. Selbst wenn Streifenpolizisten und die Spezialeinheit es nicht mit Sheks Waffengewalt aufnehmen konnten, bedeutete jeder zusätzliche Beamte eine weitere Waffe und ein bisschen mehr Schutz.

Unmittelbar nach TTs letztem Funkspruch waren zwei Einsatzfahrzeuge der mobilen Eingreiftruppe und drei Verkehrspolizisten auf Motorrädern eingetroffen. So hatten sie zumindest genug Leute, um das Gebäude vollständig abzuriegeln. Das änderte allerdings immer noch nichts an Shek Boon-sings schwerer Bewaffnung, und Ko machte sich Sorgen, dass Shek und seine Leute den vorhandenen Polizeikräften überlegen waren. Von der Gefahr einer Geiselnahme und verletzten Zivilisten ganz zu schweigen. Ko konnte nur hoffen, dass die Spezialeinheit so schnell wie möglich eintraf.

Die Schüsse sagten ihm jetzt, dass es nur noch schlimmer werden konnte.

Die Beamten, die das Erdgeschoss sicherten, hatten die Schüsse ebenfalls gehört und meldeten sich eilig über Funk in der Einsatzzentrale, um neue Anweisungen zu erhalten.

»Mühle an Scheune, Schüsse aus den oberen Stockwerken, erbitte Anweisung. Over.«

»Kuhstall an Scheune, Schüsse nicht aus unserer Richtung. Over.«

Weil sich die genaue Position der Schießerei nicht ausmachen ließ, konnte Ko lediglich den Befehl erteilen, die Liftanlagen außer Betrieb zu setzen und sich über die Treppenhäuser nach oben zu bewegen, um zu erkunden, wo geschossen wurde.

Weniger als eine halbe Minute später ertönte über Funk die Stimme von Karl Fung: »Team A bereit. Aufzüge verriegelt, verlassen Kuhstall und beginnen mit der Suche. Over.«

Dann meldete sich der für den Haupteingang zuständige Mann: »Team B verlässt Mühle. Gehen jetzt rauf. Over.«

Während Streifenpolizisten TTs Stellung im Norden übernahmen, bewegten sich die Teams im Süden und in der Mitte in die beiden Treppenhäuser und überließen das Erdgeschoss den nachrückenden Beamten. Immer noch hallten Schüsse durch Flure und Treppenhäuser, und sie wagten es nicht, die Waffen zu senken. Denn auch wenn die Schüsse weit weg waren, hieß das noch lange nicht, dass sich die Schurken an einem Ort zusammenscharten. Was, wenn Shek Boon-sing und Mad Dog sich auf der Flucht getrennt hatten? Es konnte jeden Moment ein bewaffneter Gangster um die Ecke kommen.

Zwischendurch wagte Edgar Ko einen vorsichtigen Seitenblick auf Keith Tso. Kwan Chun-dok betrachtete er als ihm ebenbürtig, auch wenn Kwan seit Neuestem im Rang über ihm stand. Tso jedoch war eindeutig ranghöher als er. Er war stellvertretender Direktor des zentralen Informationsdienstes und würde schon bald in der Führung der gesamten Polizeitruppe eine wichtige Rolle spielen. Gut möglich, dass Superintendent Tso schon in ein paar Tagen Assistant Commissioner Tso sein würde, Stellvertreter des Polizeipräsidenten. Wenn Ko jetzt eine schlechte Figur machte, schadete er damit seiner Karriere. Und falls Tso doch beim CIB blieb, musste Ko sich hinterher trotzdem vor seinen Vorgesetzten und dem Regionaldirektor von West-Kowloon rechtfertigen.

Er hatte auf ganzer Linie versagt.

Während weiter Schüsse fielen, kam endlich die nächste Meldung über Funk.

»Kollege mit Schussverletzung. Nordflügel, neunter Stock. Schicken Sie Hilfe! Over.«

Das war TT gewesen. Unmittelbar im Anschluss ertönte die nächste Salve Schüsse.

»TT! Melden Sie Ihre Position!« Ko packte das Mikro.

»Neunter Stock, Wohneinheit 30 – Ocean Hotel. Vor dem Eingang. Jaguar und Mad Dog Biu sind tot. Shek Boon-sing ist noch am Leben. Er hat ein Maschinengewehr, und es gibt Geiseln ...«, keuchte TT ins Mikrofon, immer wieder von Schüssen unterbrochen.

»TT. Sie bleiben, wo Sie sind! Verstärkung ist auf dem Weg!«

»Nein! Das Schwein hat ... das Schwein erschießt Geiseln!« TTs Stimme wurde förmlich von Schüssen zerrissen.

»Tun Sie nichts Unüberlegtes! Verstärkung ist in weniger als einer Minute bei Ihnen!«, schrie Ko.

»Die Leute werden sterben! Scheiße!« Das Funkgerät übertrug TTs verzerrte Worte nur mit Verzögerung. Dann herrschte Stille. Draußen hallten weiter Schüsse über die Straße.

»Achtung, an alle Einheiten, begeben Sie sich umgehend in den Nordflügel, neunter Stock, Wohneinheit 30, Ocean Hotel«, befahl Ko.

»Team B roger. Sind im siebten Stock. Over.«

»Team A roger. Over.« Die Stimme von Karl Fung.

Ko stützte sich mit beiden Händen auf die Tischplatte und mahlte mit den Kiefern. Die Situation war völlig verfahren.

Unmittelbar nach den Funksprüchen der Teams hallten weiter Schüsse durch die Ka Fai Mansions, doch zehn Sekunden später herrschte plötzlich Stille. In der Einsatzzentrale machten sich alle auf die nächste Salve gefasst, aber es kam nichts mehr. Von draußen drang lediglich Verkehrslärm zu ihnen herein, vermischt mit Polizeisirenen, Baustellengeräuschen und dem ganz normalen Fußgängerlärm. Die durchdringenden Geräusche, die eben noch die Luft zerrissen hatten, hätten ebenso gut Einbildung gewesen sein können.

Ko schickte ein Stoßgebet zum Himmel, dass dies nicht die Ruhe vor dem nächsten Sturm war.

»Team B im neunten Stock vor Einheit 25. Ocean Hotel um die Ecke. Wir gehen rein. Over.« Team B waren die vier Beamten aus der »Mühle«; zwei von ihnen kamen von West-Kowloon, die anderen beiden waren TTs Leute.

»Roger.« Ko wartete angespannt auf den nächsten Funkspruch von Team B, aber sie meldeten sich nicht. Es fielen auch keine Schüsse.

Dann endlich kam wieder Leben in das Funkgerät. Der Beamte klang heiser, und seine Stimme zitterte.

»Team B … Erbitten dringend Notärzte. Schauplatz … Schauplatz sauber, Verdächtiger tot. Kollege am Boden. Viele Verletzte. Over.«

Ko wurde schwarz vor Augen.

»Eddie, übernehmen Sie«, sagte er zu dem für die Kommunikation zuständigen Kollegen. »Ich gehe rüber.«

Er warf einen Blick über die Schulter und sah Kwans gerunzelte Stirn und das versteinerte Gesicht von Tso.

»Ich fahre zurück ins Präsidium«, sagte Tso.

»Wollen Sie sich nicht den Tatort ansehen?«, fragte Kwan.

»Ich bin nicht der Leiter dieser Operation.« Tso konnte sich einen Seitenblick auf Edgar Ko nicht verkneifen. »Die hohen Tiere werden mit dieser Situation nicht glücklich sein. Ich gehe ins Büro zurück und überlege mir eine Strategie. Sollte Shek Boon-sing tatsächlich tot sein, werden die Kollegen vom Organisierten Verbrechen mit Sicherheit die Verfolgung von Shek Boon-tim übernehmen, und das CIB muss denen riesige Stapel Papier rüberschieben.«

Das war eindeutig an Ko gerichtet. Zwischen den Zeilen stand, dass er bald vom Fenster weg sein würde. Ko nahm es schweigend hin.

»Ich bleibe noch ein bisschen hier. Vielleicht verrät uns der Tatort etwas über Shek Boon-tim«, sagte Kwan.

»Bitte entschuldigen Sie mich. Ich werde jegliche Informationen unverzüglich an Superintendent Kwan weiterleiten.« Ko hielt die angespannte Atmosphäre nicht länger aus. Er rief einen Ermittler zu sich und verließ mit ihm die Einsatzzentrale. Kurz darauf ging auch Tso, und Kwan blieb in dem winzigen Zimmer mit den restlichen Leuten aus West-Kowloon allein zurück.

Edgar Ko überquerte die Straße. Ihm schwirrte der Kopf. Eilig passierte er die Verkehrspolizisten, die das Gebäude abgeriegelt hatten, betrat die Lobby im Nordflügel und befahl dem Hausmeister, den Aufzug wieder in Betrieb zu nehmen. Im neunten Stock offenbarte sich ihm ein beispielloses Gemetzel.

Shek Boon-sing war tot. In Oberkörper und Kopf getroffen, lag er mitten im Empfangsbereich des Hotels. Der Schütze kauerte neben dem Tresen, mit verzweifeltem Gesicht, das linke Handgelenk von einer Kugel zerfetzt: TT.

Von den im Hotel anwesenden Zivilisten hatte keiner überlebt.

Das Ocean Hotel war nichts weiter als eine kleine, schäbige, billige Absteige. Es gab nur vier Zimmer, von denen ein paar an Gäste in angespannten finanziellen Verhältnissen oder mit zweifelhaftem Hintergrund vermietet waren. Hauptsächlich aber diente das Ocean Hotel Prostituierten und ihren Freiern als Stundenhotel.

Der Empfangsbereich maß keine sieben Quadratmeter. Abgesehen von Shek Boon-sing, der immer noch seine AK-47 umklammert hielt, waren zwei weitere Leichen zu sehen. Zusammengesackt in einer Ecke lag ein älterer Mann und auf einem schäbigen Sofa eine Frau mittleren Alters. Die untere Gesichtshälfte des Mannes war von einer Kugel zerfetzt. Sein Kinn hing lose herunter, und Hals und Brust waren blutüberströmt. Die Frau lag mit hervorgequollenen Augen halb aufrecht gegen das Sofa gelehnt. In ihrer Brust waren zwei Einschusslöcher. Es sah aus, als wäre ihre weiße Bluse mit zwei leuchtend roten Pfingstrosen bestickt.

Auf der Schwelle zum Flur mit den Gästezimmern lag ein Mann mit durchsiebtem Schädel. Graue Hirnmasse quoll auf den Fußboden. Die meisten Kugeln waren in den Hinterkopf eingedrungen und vorne wieder herausgekommen. Auch der Rücken war mehrfach getroffen worden.

Es gab noch drei weitere Leichen. In Zimmer Nummer 4 am Ende des Flurs befand sich eine Frau Mitte zwanzig mit Kopfschuss. Schräg gegenüber, in Zimmer Nummer 1, lag ein junges Pärchen, die nackte Frau quer über dem Bett, nur von einem weißen, inzwischen rot gesprenkelten Laken bedeckt. Der Mann lag auf dem Fußboden neben der Tür. Er war nur mit Boxershorts bekleidet und hatte zwei Einschusslöcher in der nackten Brust. Es war eine Szene wie aus der Hölle.

»Alle Zivilisten sind tot«, berichtete Karl Fung, der kurz vor Ko eingetroffen war. »Der Jaguar und Mad Dog Biu liegen tot vor dem Treppenhaus. Dort befinden sich auch zwei von den Mongkok-Kollegen, einer von ihnen schwer verletzt.«

»Ich ... ich ... es ging daneben ... ich habe ihn nicht getroffen.« Offensichtlich realisierte TT, dass Ko neben ihm stand. Er hob den Kopf nur ein bisschen. Das Sprechen fiel ihm schwer. »Die Frau ... ich hätte sie retten können ... ich dachte, ich könnte wenigstens einen retten ...«

Ko sah sich benommen um. Das Grauen um ihn spottete jeder Beschreibung. Auch wenn TT die Verbrecher zur Strecke gebracht hatte, hatten dabei unschuldige Bürger ihr Leben verloren – und noch dazu so viele. Schlimmer hätte es nicht kommen können. Hätte Shek Boon-sing überlebt, hätten sie ihn wenigstens verhören und seine Aussage verwenden können, um seinem Bruder auf die Spur zu kommen. Jetzt saßen sie in der Sackgasse, und Shek Boon-tim plante womöglich noch viel Schlimmeres, um den Tod seines Bruders zu rächen.

Ein Ermittler stürmte herein. »Inspector Ko, Sir!«, brüllte er. »Die Sanitäter sind da.« Ko riss sich zusammen.

»Karl, Sie bringen die Sanitäter zu dem Kollegen aus Mongkok. Ich halte hier die Stellung.« Ko wandte sich an einen Untergebenen. »Weisen Sie die Uniformierten an, sämtliche Etagen über dem achten Stock zu evakuieren, und schicken Sie jemanden in den sechzehnten Stock, Einheit 7. Gut möglich, dass Shek Boon-sing Sprengsätze versteckt hat.«

Fung und die anderen eilten davon, während Ko und die restlichen Sanitäter die Leichen untersuchten, in der Hoffnung auf ein Wunder. Doch es gab keine Lebenszeichen mehr. Ihnen blieb nichts anderes übrig, als am Tatort für die Spurensicherung möglichst wenig zu verändern.

Ko sah sich um. Die mit Einschusslöchern durchsiebten Wände und Möbel, der blutbespritzte Fußboden, die Holzsplitter und Patronenhülsen überall – es kam ihm völlig unwirklich vor. TT und Sharpie wurden abtransportiert, die Kollegen von der Spurensicherung trafen ein, und Edgar Ko hatte das Gefühl, vor Ort überflüssig zu sein. Ab jetzt ging alles seinen offiziellen Gang, und es war zu spät, noch etwas zum Guten zu wenden. Schuldgefühle und Bedauern quälten ihn aufs Heftigste, und er fragte sich, was falsch gelaufen war.

War TT der Grund?

Er hätte nichts lieber getan, als TT und seiner Weigerung, sich an Anweisungen zu halten, die Schuld für diese Tragödie in die Schuhe zu schieben, doch das wäre zu billig gewesen. Shek Boon-sing war ein Psychopath, der, ohne mit der Wimper zu zucken, tötete, und wenn er nach draußen auf die Straße gelangt wäre, hätte es womöglich noch mehr Verletzte gegeben. Die Operation war in dem Augenblick gescheitert, als Shek und seine Handlanger die Wohnung verlassen hatten.

Rational betrachtet wusste Ko, dass er ungleich mehr Verantwortung trug als TT. Als TT meldete, Shek hätte damit begonnen, in der Pension Menschen zu töten, hatte Ko mit der Anweisung, auf Verstärkung zu warten, absolut nach Vorschrift gehandelt. Hätte er TT autorisiert, ein paar Sekunden früher zuzugreifen, hätte diese kurze Zeitspanne ausgereicht, wenigstens ein Leben zu retten? Durch den Mangel an Vertrauen zu seinem Untergebenen hatte er die Situation nur weiter verschlimmert.

Ko gab Anweisung, sämtliche Beweise zu sichern, und hörte sich die Berichte über die Evakuierung der Bewohner an. Er merkte nicht einmal, dass Kwan Chun-dok auftauchte.

»Inspector Ko, Sir, die SDU will wissen, ob die Operation abgesagt ist«, fragte ihn von hinten einer seiner Leute.

»Ja, absagen … sagen Sie ab …« Fast hätte er hinzugefügt, jetzt sei es sowieso schon zu spät, doch er verkniff es sich. Als Leiter dieser Operation war es seine Pflicht, die Würde zu wahren, auch wenn um ihn herum alles zusammenbrach.

Seit dem Schusswechsel waren erst gut zwanzig Minuten vergangen, doch Ko hatte das Gefühl, als seien es Stunden. Über Funk kam die Meldung, in dem Unterschlupf im sechzehnten Stock befänden sich weder Sprengsätze noch gefährliche Gegenstände, und Ko schickte die Spurensicherung nach oben. Beamte kamen und gingen. Langsam tauchten auch erste Reporter auf, scharten sich an den drei Eingängen der Ka Fai Mansions zusammen und blafften die Polizisten an, die dort unten ihre Arbeit machten.

»Inspector Ko, ich gehe jetzt.« Kwan war ziemlich lange geblieben, hatte sich am Tatort umgesehen und die Umgebung inspiziert, doch Ko fiel erst jetzt auf, dass er überhaupt da war.

»Ja, gut. Sollten sich irgendwelche Hinweise auf Shek Boontim ergeben, werde ich sie umgehend an das CIB weiterleiten«, sagte Ko mit gezwungenem Lächeln. »Es tut mir sehr leid, dass Sie das mit ansehen mussten, Superintendent Kwan.«

»Es war nicht Ihre Schuld. Mit Situationen wie dieser werden wir immer wieder konfrontiert. Dagegen ist man machtlos.«

»Danke sehr. Alles Gute.«

»Auf Wiedersehen.«

Als Kwan Chun-dok die Ka Fai Mansions verließ, fielen die Reporter wie Schmeißfliegen über ihn her. Der berühmte Superintendent Kwan übernahm doch gewiss diesen Fall, oder? Kwan lächelte schmallippig und schüttelte den Kopf. Er ging, ohne eine einzige Frage zu beantworten.

Noch am selben Tag begannen sämtliche Fernseh- und Radionachrichten mit der Meldung: »Meistgesuchter Verbrecher Hongkongs in Schießerei getötet«, gefolgt von der ausführlichen Beschreibung des Massakers an Unschuldigen und der Inkompetenz der Polizei. Am nächsten Tag waren die Zeitungen voll mit Einzelheiten und Vorwürfen gegen die Polizei.

Nach außen hin war der Fall Shek Boon-sing damit abgeschlossen, auch wenn Shek Boon-tim noch immer auf freiem Fuß war. Niemand konnte ahnen, dass ihnen bereits neuer Ärger ins Haus stand.

Ärger, der mit einer internen Ermittlung seinen Anfang nahm.

4 In den nächsten Tagen schwelgten die Medien in flächendeckender Berichterstattung über das Ka-Fai-Mansions-Massaker. Während die Nachrichten sich hauptsächlich auf den Tod des meistgesuchten Schwerverbrechers Shek Boon-sing durch die Hand der Polizei konzentrierten, fragte die Öffentlichkeit vielmehr nach den zivilen Todesopfern. Für all jene, die sich für Blut, Gemetzel und Sex interessierten, war die Tagespresse momentan verlockender als jede Klatschzeitschrift. »Unschuldige Augenzeugen von Schwerverbrecher niedergemetzelt« erregte eben Aufmerksamkeit, und die Tatsache, dass die meisten Opfer eher am Rand der Gesellschaft zu Hause gewesen waren, war für die Leichenfledderer von der Boulevardpresse genau die richtige Würze.

Bei dem Mann und der Frau, die am Empfang der Pension ums Leben gekommen waren, handelte es sich um Chiu Ping, den fünfundsiebzigjährigen Inhaber, und um Lee Wan, sein Zimmermädchen. Beiden galt im Grunde die Sympathie der Öffentlichkeit, auch wenn manch einer der Meinung war, die Führung eines solchen Etablissements fördere die Prostitution. Die anderen vier Opfer wurden weniger wohlwollend betrachtet.

Bei dem Pärchen aus Zimmer Nummer 1 handelte es sich um eine minderjährige Prostituierte und ihren Zuhälter. Der Mann hieß Yau Choi-hung, er war zweiundzwanzig Jahre alt und im Rotlichtviertel auf der Portland Street in Mongkok bekannt und berüchtigt. Sein Spitzname lautete Well-hung, also so viel wie »Dicke Hose«. Mit seinem guten Aussehen und seiner Redegewandtheit hatte er viele naive junge Mädchen dazu verführt, ihre Körper zu verkaufen, so wie auch das tote Mädchen auf dem Bett. Die fünfzehnjährige Bunny Chin war drei Monate zuvor von zu Hause ausgerissen und Well-hung auf der Straße begegnet. Er überredete sie, für ihn und unter seiner

Aufsicht zu arbeiten. Ein Reporter machte einen Zuhälterkumpan ausfindig, der sagte, Well-hung hätte ihm erzählt, er wolle sich mit seinem jüngsten »Pferd im Stall« treffen, um es »zuzureiten« – ohne zu ahnen, dass dies seine letzten Worte sein würden.

Die Frau aus Zimmer Nummer 4 war in einer ähnlichen Situation gewesen. Es handelte sich um die dreiundzwanzigjährige Lam Fong-wai, von Beruf »PR-Managerin« – mit anderen Worten, eine Hostess. Sie arbeitete im New Metropolis Nightclub in Tsim Sha Tsui, wo sie als Mandy bekannt war. Die Puffmutter vermutete, dass Mandy vor Schichtbeginn noch eine Verabredung in der Pension hatte – und getötet wurde, ehe ihr Kunde aufgetaucht war. Von Mandys Kolleginnen war zu erfahren, sie hätte angeblich einen »guten« Mann kennengelernt und geplant, der dunklen Seite des Lebens bald den Rücken zu kehren, sesshaft zu werden und künftig eine respektable Ehefrau zu sein. Einen Abgang wie diesen hatte sie sich wohl eher nicht vorgestellt.

Die drei Letzteren dienten Lehrern und Eltern sofort als warnende Beispiele dafür, wohin ein schlechter Lebenswandel führen konnte. Nüchtern betrachtet war jedem klar, dass die Berufe der drei Verstorbenen nichts mit ihren Todesumständen zu tun hatten, doch die Chinesen lieben nun einmal Geschichten von Strafe und Vergeltung. »Ehrlose Tat entehrt den Täter«, so das Sprichwort. Demnach hatten sie ihr grausames Ende wohl verdient. Wie früher die Leichen Exekutierter öffentlich zur Schau gestellt wurden, so befeuerten diese Leichen jetzt die Moralpredigten in der Boulevardpresse.

Folgte man der Logik, nach der die Öffentlichkeit in Well-hung, Bunny und Mandy die Schmiede ihres eigenen Unglücks sah, war der Mann, dessen Gehirn Shek Boon-sing im ganzen Flur verteilt hatte, das Unschuldslamm in Person. Bei dem Toten handelte es sich um Wang Jingdong, achtunddreißig Jahre alt, einen Festlandchinesen aus Hunan. Er war vor einem halben Jahr nach Hongkong gekommen und bei Verwandten untergeschlüpft, hatte aber nach Auseinandersetzungen mit der

Frau seines Vetters keine andere Wahl gehabt, als auszuziehen. Er hatte erst seit zwei Tagen im Ocean Hotel gewohnt.

Wang Jingdong war ein hart arbeitender Mann aus einer Kleinbauernfamilie und ein herzensguter Mensch – doch die Medien stellten ihn als ungehobelt, arm und dumm dar. So wie die Bewohner Hongkongs in den Augen der Festlandchinesen geldgierig und skrupellos waren, betrachteten die Hongkongchinesen die Festländer als naive Bauerntrampel. »Wäre er zu Hause geblieben, da, wo er hingehört, wäre er nicht in dieser Absteige ums Leben gekommen«, sagten die Leute und stempelten sein Schicksal damit ebenfalls als Form von Vergeltung ab.

Tag für Tag erschienen in den Zeitungen die gleichen Berichte, bis Kwan Chun-dok sie schließlich gar nicht mehr beachtete. Dann, am Montag, den 8. Mai, um die Mittagszeit – Kwan hatte gerade ein Meeting im Büro von Abteilung B des CIB beendet und wollte eben in die Kantine aufbrechen –, klopfte es an seiner Tür.

»Superintendent Kwan? Haben Sie eine Minute Zeit für mich?«

»Hallo, Benny!« Kwan hob den Kopf und lächelte. Vor ihm stand Senior Inspector Benedict Lau. »Welche steife Brise weht Sie denn zu mir herein?«

»Ich hatte in den letzten Tagen ziemlich viel zu tun, aber heute habe ich endlich Zeit, bei Ihnen vorbeizusehen«, sagte Benny herzlich, während Kwan in seine Jacke schlüpfte. »Ich habe Ihnen noch gar nicht zu Ihrer Beförderung gratuliert. Haben Sie schon etwas vor? Ich würde Sie zu Mittag gern auf eine Portion gebratene Taube einladen.«

»Es wäre mir eine Ehre.«

Benedict Lau war acht Jahre jünger als Kwan Chun-dok. Er hatte von 1983 bis 1985 beim Regionalkommissariat Hong Kong Island gearbeitet, und wie bei Karl Fung und Edgar Ko war der eine Teamleiter und der andere Direktor gewesen. Benny war ein offener, optimistischer Mensch, der von sämtlichen Abteilungen nur positive Beurteilungen geerntet hatte. Man hatte ihn bereits mit Anfang dreißig zur Abteilung A des CIB versetzt. Alle waren davon überzeugt, dass die hohen Tiere ihm die Leitung über die Informanten und die verdeckten Ermittlungen übertragen wollten, und wenn er erst ein paar Jahre Erfahrung auf dem Buckel hatte, würde er wohl zum Abteilungsleiter befördert werden.

Die beiden Männer verließen das Gebäude des Polizeihauptquartiers in Central und begaben sich plaudernd auf den Weg ins Taiping Restaurant. Central war nicht nur das Hauptgeschäftsviertel von Hongkong, es gab auch jede Menge Teehäuser und westlich geprägte Restaurants. Feinschmecker wussten, wo man auf der D'Aguilar Street für sein Geld wirklich was bekam. Benny liebte das Taiping nicht nur für die Künste des Küchenchefs, sondern auch für die großzügige Raumaufteilung. Man konnte sich ungestört unterhalten, ohne Angst, belauscht zu werden.

Nach dem ersten köstlichen Bissen zarter Taube mit knusprig gebratener Haut unterhielten Benny und Kwan sich ungezwungen über dies und das und kamen bald auf die Schießerei zu sprechen.

»Ich habe gehört, Sie waren vor Ort, Superintendent?«, sagte Benny.

»Ja, Keith und ich waren zufällig da, um Edgar Ko Hallo zu sagen, und haben die ganze Misere mitbekommen.« Kwan gab zwei Löffel Zucker in den Tee mit Milch, den die Kellnerin gerade serviert hatte.

»Oh.« Benny zog die Augenbraue hoch, blickte sich um und sagte mit gesenkter Stimme: »Na ja, nachdem Sie selbst dort waren, schadet es wohl kaum, wenn ich Ihnen das sage. Wussten Sie, dass die Interne Ermittlung eingeschaltet wurde?«

»Tatsächlich? Es stimmt schon, es sind einige Fehler passiert, und TT hat Befehle missachtet, das muss wohl disziplinarisch verfolgt werden, aber interne Ermittlungen? Was gibt es denn zu ermitteln?«

»Das Ganze sieht nach Insiderjob aus.« Benny verzog das Gesicht.

»Inwiefern?«

»Sir, Sie wissen doch, dass ich immer Augen und Ohren offen halte.« Benny trank einen Schluck Kaffee. »Als ich erfahren habe, dass die Interne involviert ist, habe ich mich beim OV und in West-Kowloon umgehört. Offensichtlich hat Shum Biu, nachdem er und der Jaguar sich was zu essen besorgt hatten, bei den Briefkästen in der Lobby im Süden haltgemacht, um die Post zu holen.«

»Was für Post?«

»Hauptsächlich Handzettel, Werbung für Schnellrestaurants, solche Sachen. Das zumindest haben die Leute vom OV in der Wohnung im sechzehnten Stock gefunden. Die Dinger werden in alle Briefkästen verteilt, und wir gehen davon aus, dass es sich bei der Post, die Shum Biu aus dem Briefkasten geholt hat, um diese Flyer handelt.«

»War etwas Ungewöhnliches dabei?«

»Nein. Aber die Ermittler haben außerdem ein Blatt Papier gefunden.« Wieder drehte Benny sich um und stellte sicher, dass sie nicht belauscht wurden. »7,5 × 15 Zentimeter, lag mitten auf dem Tisch, darauf mit blauem Kugelschreiber sechs Zahlen: ›042616‹.«

Kwan machte große Augen.

»Ich wusste, dass Sie's kapieren«, sagte Benny.

»Flucht«, murmelte Kwan. Der Pager-Code 616, der eigentlich »Termin streichen« bedeutete, stand hier für »abhauen.«

»Nach Augenzeugenberichten verließen die drei in großer Eile die Wohnung. Zwei der Lunchpakete auf dem Tisch waren noch ungeöffnet und das dritte so gut wie unberührt. Direkt neben den Schachteln lag der Stapel Handzettel und obendrauf diese Notiz.«

»Und jetzt glauben die Kollegen vom Organisierten Verbrechen, einer unserer Leute hätte Shek einen Tipp gegeben?«

»Zuerst dachten sie, Shek Boon-tim hätte seinen Bruder auf diese Weise gewarnt, aber der hätte einfach nur den Pager anrufen müssen – für einen Mittelsmann gab es keinen Grund. Außerdem hat Boon-tim seinem Bruder am Tag des Vorfalls tatsächlich eine Nachricht über den Pager geschickt, und zwar mit dem Termin für ihr Treffen.«

Kwan erinnerte sich. Das hatte Edgar Ko ebenfalls erwähnt.

»Das bedeutet, die Nachricht stammt von jemand anderem.« Benny klopfte auf die Tischplatte. »Die Kollegen vom OV vermuten einen Verbündeten der Shek-Brüder, der nicht auf andere Weise mit ihnen in Kontakt treten konnte – und das bedeutet, der Informant muss jemand aus dem Regionalkommissariat West-Kowloon sein. Deshalb wurde die Interne Ermittlung eingeschaltet.«

»Moment. Das passt doch auch nicht zusammen«, protestierte Kwan. »Wenn Shek Boon-tim einen Insider im Kriminaldezernat hatte, dann hätte der Betreffende Boon-tim doch einfach nur während einer Pause oder zum Schichtwechsel anzurufen brauchen, mit der Bitte, die Nachricht an Boon-sing weiterzuleiten.«

»Sie haben recht, Sir, und deshalb gibt es jetzt eine dritte Theorie.«

»Und die lautet?«

»Der Verfasser der Nachricht ist beim Kriminalkommissariat, arbeitet aber nicht für die Shek-Brüder.«

»Aus welchem Grund sollte er die Operation sabotieren?«

»Um einen widerspenstigen Kollegen auszubremsen. Und zwar endgültig.«

»Einen widerspenstigen ... Sprechen Sie von TT?«, fragte Kwan zweifelnd. »Das hieße, der Hauptverdächtige ist sein Widersacher Karl Fung. Richtig?«

Benny brach in Gelächter aus. »Sir, Ihr Gehirn arbeitet schneller als alle anderen. Stimmt. Karl steht im Mittelpunkt der internen Ermittlung. Dass TT ein Hitzkopf ist, ist allgemein bekannt, und auch, dass er mit Sicherheit auf eigene Faust agieren würde, falls die Gefahr bestünde, dass Shek Boon-sing entkommt. Selbst wenn er dabei nicht ums Leben käme, hätte er doch einen Befehl missachtet und müsste sich im Nachhinein einem Disziplinarverfahren stellen. Außerdem hätte ein Scheitern der Operation wohl die Versetzung von Edgar Ko zur Folge, und sein Scheitern würde Karl den Weg zur Beförderung ebnen. Zwei Fliegen mit einer Klappe.«

Kwan dachte nach. »Von wem stammt die Information, dass Mad Dog Biu am Briefkasten war?«

»Von den am Südeingang positionierten Streifenbeamten von West-Kowloon«, sagte Benny mit ausdruckslosem Gesicht. »Witzig, dass gleich zwei der drei Männer diese Tatsache erwähnten. Nur einer nicht. Raten Sie, wer.«

»Karl Fung.«

»Richtig. Er sagt, er hätte befürchtet, ihnen würde womöglich etwas Wichtiges entgehen, wenn alle sich auf den Jaguar und Mad Dog konzentrierten. Deshalb hätte er absichtlich in die andere Richtung gesehen – was natürlich stimmen könnte. Außerdem habe ich gehört, Karl und TT hätten sich am Tag vor dem Vorfall in der Einsatzzentrale darüber in die Haare gekriegt, wer auf welchem Posten stationiert wird. Vielleicht war das der Tropfen, der das Fass bei Karl endgültig zum Überlaufen brachte. Er beschloss, TT eine Falle zu stellen, die ihn endgültig fertigmachen würde.«

»Wie geht es TT eigentlich inzwischen?«, fragte Kwan.

»Er wurde aus dem Krankenhaus entlassen und erholt sich zu Hause. Die disziplinarische Untersuchung, bevor die Interne eingeschaltet wurde, warf bereits kein gutes Licht auf ihn. Zu einer endgültigen Suspendierung hätte es vielleicht nicht gereicht, aber womöglich hätte man ihn in irgendein Vorstadtrevier zum Aktenwälzen versetzt. Tja. Sein linkes Handgelenk ist verletzt, und wer weiß, ob er je wieder an der Front einsetzbar sein wird.« In jeder Abteilung gab es genug Verwaltungsaufgaben und Papierkram zu erledigen, die Bearbeitung von Anträgen auf Ausschanklizenzen zum Beispiel oder die Kontrolle der Einhaltung interner Bestimmungen zur Gesundheit und zur Sicherheit am Arbeitsplatz oder die Wartung von Fuhrpark und Dienstwaffen – alles Aufgaben, die, wie Kwan nur zu gut wusste, mit TTs Charakter völlig unvereinbar waren.

»Ich habe gehört, und das ist wirklich nur ein Gerücht« – Benny schüttete den letzten Schluck Kaffee hinunter –, »Karl

Fungs Team hätte sich während des Einsatzes bewusst zurückfallen lassen und wäre, als TTs Leute den neunten Stock erreichten, gerade mal auf der sechsten Etage gewesen. Man könnte dies natürlich Karls grundsätzlich vorsichtigem Naturell zuschreiben, es könnte aber auch sein, dass er TT gar nicht zu Hilfe eilen wollte und hoffte, wenn er sich lange genug Zeit ließe, würden TT und Shek Boon-sing sich gegenseitig erledigen.«

Kwan Chun-dok schwieg. Bei der Truppe gab es ein Sprichwort: »Wer Uniform trägt, gehört zur Familie.« Kwan mochte nicht glauben, dass jemand aus der Truppe aus Selbstsucht einen Kollegen ans Messer geliefert hatte. Doch es ließ sich nicht leugnen, dass die Kollegen von der Internen Ermittlung gut daran taten, angesichts der vorhandenen Hinweise auch in diese Richtung zu schauen.

»Sie waren am Tatort, Sir. Es könnte durchaus sein, dass die Interne sich irgendwann auch an Sie wendet. Sie sind viel klüger als diese Kerle, und ich dachte, ich warne Sie vor. Vielleicht gelingt es Ihnen, die Wahrheit ja noch vor denen ans Licht zu bringen. So wie die Dinge in West-Kowloon liegen, profitieren von einer undichten Stelle im Regionalkommissariat nur die Verbrecher, und das wiederum heißt nur noch mehr Arbeit für den Informationsdienst.«

Nachdem er sich von Benny verabschiedet hatte, fing Kwan an, über die Fragestellung nachzudenken. Hatte Karl Fung wirklich zu einer derart verabscheuungswürdigen List gegriffen, um TT loszuwerden?

Auch Karl war früher in Wan Chai stationiert gewesen, und Kwan konnte sich vage an ihn erinnern – ein akribischer Polizeibeamter, der seinen Pflichten geradezu pingelig nachkam, ganz im Gegensatz zu dem eher zur Schlamperei neigenden TT. Falls Karl in den letzten Jahren keinen radikalen Persönlichkeitswandel durchlebt hatte, war es sehr unwahrscheinlich, dass er zu einer solchen Abscheulichkeit fähig wäre.

Doch Kwan wusste auch, welchen Einfluss vorgefasste Meinungen auf die eigenen Schlussfolgerungen haben können, und er hütete sich davor, Karl Fung im Vorfeld freizusprechen – oder zu verurteilen.

Am Nachmittag besorgte er sich bei den Kollegen vom Organisierten Verbrechen und aus West-Kowloon die relevanten Fallakten. Vom Informationsdienst wurde erwartet, nach Hinweisen auf Shek Boon-tims Aufenthalt zu suchen, also würde sich niemand wundern, wenn er dazu den Vorfall in den Ka Fai Mansions näher unter die Lupe nahm. Kwan las die Aussage jedes einzelnen involvierten Beamten, darunter auch die eines gewissen Fan Si-tat, genannt Sharpie, der einen halben Tag auf dem OP-Tisch gelegen hatte und knapp mit dem Leben davongekommen war.

Alles verhielt sich genau so, wie Benny ihm erzählt hatte, inklusive der Details über den Briefkasten und das zurückgefallene Team. Die Situation unmittelbar nach TTs Alleingang war am verworrensten, doch da alle drei Teammitglieder überlebt hatten, konnte Kwan sich die Einzelheiten zusammenreimen.

Laut seiner Aussage hatte TT vom Treppenhaus aus den Flur betreten, über Funk Verstärkung angefordert, dann aus Richtung des Hotels Schüsse und Schreie gehört und deshalb gewusst, dass Shek Boon-sing »die Herde ausdünnte« – er brauchte nicht viele Geiseln. Eine einzige wäre im Grunde genug. Ko befahl ihm zwar, in Deckung zu bleiben, doch TT missachtete den Befehl und feuerte zweimal in den Empfangsbereich hinein, ehe ihm die Munition ausging. Shek Boon-sing hielt Lee Wan, das Zimmermädchen, umklammert, und TT warf die Pistole weg und hob die Hände. Im selben Augenblick, als Shek Boon-sing die Waffe von der Geisel weg auf ihn richtete, riss TT seine zweite Waffe, nämlich die Pistole seines Kollegen Sonny Lok, heraus, schoss und traf. Gleichzeitig feuerte Shek einen Schuss ab und traf TT am linken Handgelenk. TT sagte, er habe den Fehler gemacht, auf Sheks Oberkörper zu zielen anstatt auf den Kopf. Shek blieb, ehe er starb, genügend Zeit, ebenfalls eine zweite Pistole zu ziehen und eine ganze Reihe Schüsse abzugeben. Dabei tötete er Lee Wan. Als TT endlich den zweiten Schuss abfeuern konnte, mit dem er Shek endgültig zur Strecke brachte, war es zu spät.

Die Aussage von Sonny Lok, der eben erst nach Mongkok versetzt worden war, füllte weitere Lücken. Er schilderte die Begegnung mit dem Jaguar und Shum Biu. Obwohl TT weiter vorrückte, blieb dieser Frischling an der Seite seines verwundeten Kollegen und widersetzte sich damit einem direkten Befehl und so der Möglichkeit, eventuell Leben zu retten. Der Disziplinarausschuss würde diesen Sonny Lok in der Luft zerreißen, dachte Kwan. Mit einem derartigen Schandfleck in der Personalakte konnte er es vergessen, jemals befördert zu werden.

Ohne es ausdrücklich zu erwähnen, ließ TT zwischen den Zeilen seiner Aussage durchklingen, dass Edgar Ko weder logisch noch schnell genug agiert hatte. Team B war, etwa eine halbe Minute nachdem TT gesagt hatte, er würde reingehen, vor Ort, doch da war es schon zu spät. Hätte der Einsatzleiter früher grünes Licht gegeben, hätten nach Einschätzung von TT wenigstens ein paar Geiseln gerettet werden können.

Zwei Tage später nutzte Kwan Chun-dok einen freien Augenblick, um im Büro des Erkennungsdienstes vorbeizusehen. Er war neugierig, was es mit der »042616«-Notiz auf sich hatte, die in kaum einem Bericht erwähnt war. Kwan hatte die Kriminaltechniker im Zuge vieler Ermittlungen immer wieder besucht und war mit der Arbeitsweise der Abteilung vertraut. Inspector Szeto war ein Freund, und Kwan wusste, dass es einfacher sein würde, um einen Gefallen zu bitten, als offizielle Kanäle zu bemühen.

»Superintendent Kwan! Sind Sie nicht inzwischen beim CIB? Was machen Sie denn hier unten bei uns?«, fragte Szeto, und sein Schnurrbart wackelte fröhlich. Er wunderte sich zu Recht – als Abteilungsleiter sollte Kwan nicht durch die Gegend laufen und sich seine Berichte selbst besorgen müssen.

»Mir geht da etwas durch den Kopf, worüber ich gerne mit Ihnen sprechen würde«, sagte Kwan. »Es handelt sich um ein Detail des Ka-Fai-Mansions-Vorfalls.«

»Sind Sie hinter Shek Boon-tim her?«

»Nein, ich mache mir Gedanken über die interne Ermittlung.«

Inspector Szeto stieß einen Pfiff aus. »Ach, da sind Sie auch involviert?«

»Ich war an dem Tag zufällig vor Ort.«

»Wenn das so ist …« Szeto kratzte sich am Kopf. Seine Haare standen wirr hoch wie ein Vogelnest. »Mir ist schon klar, dass Sie nie etwas auf sich beruhen lassen würden, wenn Sie auch nur den kleinsten Zweifel hätten.«

»Ist diese Notiz noch da?«

»Meinen Sie den Zettel mit dem Code? Ja, liegt bei den anderen Beweismitteln. Die Spurensuche hat uns jede Menge Zeug auf den Schreibtisch gekippt. Das muss alles auf Fingerabdrücke untersucht und katalogisiert werden. Wo sollen wir die Leute dafür hernehmen? Meine Kollegen kleben den ganzen Tag an ihren Leuchtkästen. Die haben inzwischen schon viereckige Augen. Moment, ich hole Ihnen den Zettel.« Inspector Szeto zuckte die Achseln und breitete die Arme aus, eine für ihn typische Geste. Dann trottete er nach nebenan und kam mit einer Pappschachtel zurück.

»Da ist es.« Er zog einen durchsichtigen Plastikbeutel aus dem Karton. In der Tüte steckte ein Zettel, auf den »042616« gekritzelt war.

Kwan betrachtete das Beweisstück aufmerksam von allen Seiten. Der Zettel maß grob geschätzt 7 × 10 Zentimeter, war an drei Rändern glatt und am vierten unregelmäßig, vermutlich von einem Block gerissen. Das rechte Ende war schartiger als das linke, was auf einen Rechtshänder schließen ließ. Das Papier wirkte dünn und vergilbt – billig und unliniert. Kwan hielt den Beutel gegen das Licht, doch es waren keinerlei Spuren davon zu sehen, was eventuell auf das vorhergehende Blatt geschrieben worden war.

Die Ziffern »042616« waren schlampig geschrieben. Es wirkte fast, als hätte jemand versucht, seine Schrift zu verstellen. Blauer Kugelschreiber, hatte Benny gesagt. Kwan musterte die Schrift genauer und kam zu dem Schluss, dass es sich tatsächlich um einen ganz normalen Kugelschreiber handelte, nicht um einen Füller oder Ähnliches. Selbst die Kriminaltechnik würde an ihre Grenzen stoßen, wenn es darum ging, die Tinte verschiedener gebräuchlicher Kugelschreibermodelle voneinander zu unterscheiden. Das wäre ohne die Hilfe eines Regierungslabors kaum möglich.

»Was ist mit Fingerabdrücken?«, fragte Kwan.

»Nur die der drei Verdächtigen.«

Kwan wendete den Zettel in der Tüte noch ein paarmal hin und her, konnte aber nichts weiter entdecken. Schließlich legte er den Beutel zurück in die Schachtel. Darin lagen alle möglichen anderen Gegenstände, darunter die Pager der Verdächtigen, ein paar Notizbücher und Visitenkarten, die sie an den Leichen sichergestellt hatten. Plötzlich erregte etwas seine Aufmerksamkeit.

»Sind das die Handzettel aus dem Briefkasten?« Kwan deutete auf ein paar weitere Beweismittelbeutel.

»Ja, richtig.« Szeto nickte, zog die Tüten aus der Schachtel und breitete sie auf dem Tisch aus. Es handelte sich um drei verschiedene Flyer. Die Speisekarte eines Schnellrestaurants in der Nähe der Ka Fai Mansions, die Werbewurfsendung einer großen Pizzakette – der Briefumschlag war nicht mal geöffnet worden – und eine Postkarte in Schwarz-Weiß mit der Werbung für ein Entrümpelungsunternehmen. Der Werbespruch der Firma prangte unter der Zeichnung eines alten Mannes mit erhobenem Daumen.

»Auf den Dingern waren jede Menge Fingerabdrücke, aber die gehören wahrscheinlich dem Postboten oder wer auch immer die Dinger in die Briefkästen verteilt hat. Die Interne will, dass wir sie einzeln durchgehen – was für eine Verschwendung von Arbeitszeit und Ressourcen. Wir haben wirklich Besseres zu tun.« Szeto wedelte mit den Armen vor der Brust, als wollte er sich Ärger vom Leib halten.

»Nur drei?«, fiel Kwan ihm ins Wort.

»Ja. Nur drei.«

»Sind Sie sicher, dass da nicht noch mehr waren?«

»Das ist alles, was wir bekommen haben. Stimmt was nicht?«

»Hm … nur so.« Kwan wollte die Frage nicht beantworten. Er teilte seine Ideen anderen nicht mit, ehe er sich sicher war.

»Wissen Sie, was? Ich habe Sie vorhin nach Shek Boon-tim gefragt, weil die Waffenexperten etwas gefunden haben, das ein wesentlicher Hinweis sein könnte oder auch nicht. Vielleicht wollen Sie sich das ja mal ansehen … nur so.« Szeto äffte Kwans Tonfall nach.

»Die Waffenexperten?«

»Ja. Wie wär's? Wollen wir auf einen Plausch zu Inspector Lo runterfahren?«

Die kriminaltechnische Abteilung zur Untersuchung von Schusswaffen, auch als »Die Waffenexperten« bekannt, war für die Analyse jeglicher Beweismittel zuständig, die mit Waffen und Sprengstoffen zu tun hatten – hier wurden die Flugbahnen von Geschossen berechnet, Munition untersucht und so weiter. Außerdem lagerten in dieser Abteilung sämtliche von der Polizei konfiszierten Waffen.

Mit dem Aufzug brachte Szeto Kwan hinunter in die Werkstatt der Waffenexperten. Zum Glück hatte Inspector Lo gerade etwas Luft, um sich einen Augenblick mit ihnen zu unterhalten.

»Superintendent Kwan, lange nicht gesehen«, sagte Inspector Lo auf Englisch und gab Kwan die Hand. Lo Sum war ein bärenstarker Schotte und seit langen Jahren im Dienste der Waffenexperten. Selbst nach weit über zehn Jahren in Hongkong sprach er kein Kantonesisch, nur einzelne Sätze und Ausdrücke. Sein richtiger Name lautete Charles Lawson, und sein chinesischer Name war die phonetische Nachahmung seines Nachnamens.

»Sie sagten, Ihnen sei an der Leiche von Shek Boon-sing etwas aufgefallen, Charles. Superintendent Kwan ist zufällig vorbeigekommen, und ich dachte, er könnte sich ja kurz mit Ihnen unterhalten«, sagte Inspector Szeto in gebrochenem Englisch.

»Gerne.« Lawson nickte fröhlich. Er wandte sich ab und holte einen Pappkarton von etwa derselben Größe wie der von Szeto, aber er war eindeutig viel schwerer.

»Das sind die Pistolen, die die Verdächtigen bei sich trugen«, sagte er, nahm vier Black Stars aus der Kiste und legte sie vor sich auf den Tisch. »Die hier gehörte dem Jaguar, diese hier fand sich bei Mad Dog Biu, und die anderen zwei waren in der Tasche, die Shek Boon-sing bei sich hatte.« Lawson betonte die einzelnen Silben seines Namens äußerst eigenwillig.

»Es sieht nicht so aus, als wäre aus diesen vier Waffen eine Kugel abgefeuert worden«, mischte Szeto sich ins Gespräch. Kwan erinnerte sich an die Berichte – der Jaguar war getroffen worden, ehe er den Abzug betätigte, und Mad Dog war mit einer AK-47 bewaffnet gewesen. Die Pistolen mussten als Ersatz gedient haben.

»Ich meine, mich zu erinnern, dass in TTs Bericht … ich meine in dem Bericht von Inspector Tang Ting stand, Shek Boon-sing hätte das Zimmermädchen mit einer Handfeuerwaffe erschossen, ehe er starb. War das keine dieser beiden Waffen?«, wollte Kwan wissen.

»Nein. Dazu hat er diese Kleine hier benutzt.« Lawson nahm eine fünfte Waffe aus der Schachtel.

»Eine Typ 67?«, stieß Kwan überrascht aus.

»So was bekommt man nicht oft zu Gesicht, stimmt's?« Lawson lächelte. »Wir vermuten, dass die Waffe mit Shek Boon-tim in Verbindung steht.«

Die Typ-67-Pistole war genau wie die Typ 54 Black Star eine Militärwaffe chinesischen Fabrikats. Die Typ 67 war wegen ihrer Machart einmalig – sie war schallgedämpft und deshalb geeignet zum Einsatz in Spähtrupps oder bei nächtlichen Sturmangriffen. Während des Vietnamkriegs hatte der Vietcong den Amerikanern mit dem Einsatz der Typ 67 einige Kopfschmerzen bereitet. In all den Jahren bei der Truppe hatte Kwan noch nie eine dieser Waffen live zu Gesicht bekommen.

Lawson öffnete das Magazin und reichte Kwan die Pistole. »Wir haben die Patronen bereits untersucht und mit früheren Fällen verglichen. Es gibt einen Treffer«, sagte er. »Können Sie sich an diesen Anwalt erinnern, Superintendent Kwan? Ngai Yiu-chung? Er hat für die ganzen Triadentypen gearbeitet.«

»Derjenige, der letzten Februar in Mongkok erschossen wurde – in der Gasse hinter der Blue Devil Bar?«

»Richtig. Er wurde mit dieser Waffe erschossen.« Jede Patrone wird durch den Lauf, den sie passiert, eindeutig markiert, und ein Vergleich unter dem Mikroskop zeigt, ob zwei Patronen aus derselben Waffe abgefeuert wurden.

»Ich dachte, das sei das Werk eines Auftragsmörders gewesen. Welchen Zusammenhang gibt es zu den Shek-Brüdern?« Kwans Neugier war geweckt.

»Das ist ja das Seltsame.« Lawson zuckte die Achseln. »Die Shek-Brüder haben zwar nie vor bewaffnetem Raubüberfall oder Entführung zurückgeschreckt, aber sie sind keine Berufskiller. Trotzdem. Die Beweise sind eindeutig. Vielleicht haben wir ihr Geschäftsmodell doch noch nicht durchschaut.«

Der Fall Ngai Yiu-chung war ungelöst, aber es gab viele Menschen – darunter auch rivalisierende Bandenbosse und die Polizei –, die froh waren, dass er vor Gericht nicht länger sein Unwesen trieb. Die Kriminalpolizei war noch immer mit der Aufklärung des Mordes an ihm beschäftigt, aber in Mongkok geschahen unzählige Morde, und bei so wenigen Spuren gab es niemanden, der die Ermittlungen besonders vorantrieb.

»Ich glaube nicht, dass Shek Boon-sing den Anwalt ermordet hat«, sagte Inspector Szeto. »Waffen wechseln auf dem Schwarzmarkt ständig den Besitzer. Vielleicht ist diese den Shek-Brüdern eben erst in die Hände gefallen.«

Kwan untersuchte die Pistole. »Wie viel unbenutzte Munition befand sich zusammengenommen in den Taschen?«

Lawson nahm einen Schnellhefter vom Regal und warf einen Blick hinein. »Über dreihundert Schuss.«

»Welcher Art?«

»Wie, welcher Art?« Die Frage schien Lawson zu überraschen, und er griff noch einmal zu dem Schnellhefter. »202 Patronen Kaliber $7{,}62 \times 39$ Millimeter für das Schnellfeuergewehr und 156 von den $7{,}62 \times 25$ Millimetern für die Handfeuerwaffen …«

»Seltsam«, sagte Kwan. »Keine $7{,}62 \times 17$ Millimeter?«

»Mhm? Stimmt ...« Lawson verstand, was Kwan meinte. Für die Black Star brauchte man 25-Millimeter-Munition, doch die Typ 67 verlangte nach kürzeren Patronen, nämlich 17 Millimeter.

»Aus einem anderen Blickwinkel betrachtet eigentlich logisch«, sagte Szeto. »Die Typ 67 ist ihnen wahrscheinlich durch Zufall in die Hände gefallen, und anstatt sich extra Munition dafür zu besorgen, benutzten sie einfach die, die sie hatten, um die Waffe danach wieder loszuwerden. Hätte er dagegen die Black Star verloren, hätte er auf der Typ 67 und über hundert Schuss nutzloser Munition gesessen – das wäre ziemlich blöd gewesen.«

Lawson schüttelte den Kopf. »Ich glaube trotzdem, dass die Shek-Brüder was mit dem Mord an Mr Ngai zu tun hatten. Ich glaube nicht, dass der Fund der Waffe bei Shek Boon-sing Zufall war.«

»Hätte Shek Boon-sing es auf ein bestimmtes Ziel abgesehen, hätte er die Black Star aus der Tasche benutzt, nicht die Typ 67«, sagte Szeto. »Außerdem hat er sehr oft geschossen – hätte er nicht eher an Munition gespart?«

»Wieso sehr oft?«, fragte Kwan.

»Dem Bericht der Spurensicherung zufolge hat Shek Boon-sing abwechselnd mit der AK-47 und der Typ 67 geschossen«, erklärte Lawson.

»Genauer gesagt, er schoss mit beiden gleichzeitig.« Szeto tat, als hielte er in jeder Hand eine Waffe. »Auf der Typ 67 konnten wir die Fingerabdrücke seiner linken Hand sicherstellen und die der rechten auf der AK-47.«

Shek Boon-sing hatte diverse Raubüberfälle mit zwei Waffen begangen. Er besaß muskulöse Unterarme und war, wenn er die Kolben in die Taille stützte, in der Lage gewesen, aus der Hüfte zu schießen.

»Hat man versucht, die Abläufe am Tatort mithilfe der gesicherten Spuren zu rekonstruieren?«, wollte Kwan wissen.

»Ja. Aber wozu?«, fragte Szeto. »So was interessiert eigentlich nur den Untersuchungsrichter. Wir wissen ja, wer der Mörder war – spielt es da noch eine Rolle, wie genau er es getan hat?«

»Ich vermute, Sie möchten von der genauen Abfolge der Ereignisse Rückschlüsse darauf ziehen, ob Shek Boon-sing aus einem bestimmten Grund gerade diese Waffe benutzt hat oder ob das reiner Zufall war. Habe ich recht, Superintendent Kwan?«, fragte Lawson.

»Mehr oder weniger«, sagte Kwan.

Wieder schlug Lawson seinen Schnellhefter auf und nahm einen Stapel Fotos heraus. Es waren Aufnahmen der Leichen am Tatort aus verschiedenen Blickwinkeln.

»Also«, sagte Szeto, »als der Jaguar und Shum Biu vom Mongkok-Team vor dem Treppenhauszugang im neunten Stockwerk erschossen wurden, erwiderte Shek Boon-sing zuerst mit der AK-47 das Feuer, doch da seine beiden Handlanger tot waren, zog er sich ins Ocean Hotel zurück, dessen Tür offen stand. Er stürmte nach hinten zum letzten Zimmer im Flur, Zimmer Nummer 4, und brach die Tür auf, vermutlich weil er hoffte, von dort aus fliehen zu können. Einheit 30 ist die nördlichste Wohneinheit im Nordflügel, doch das Treppenhaus war versperrt, und er saß in der Falle.«

»Er trat die Tür ein und erschoss mit der Pistole Mandy Lam, die auf dem Bett saß«, sagte Lawson und zeigte ein Foto der Leiche. »Die Blutgerinnung war bei ihr weiter fortgeschritten als bei den anderen Toten. Der Gerichtsmediziner geht davon aus, dass sie das erste Opfer war.«

»Außerdem fanden wir Sheks Fußabdruck auf dem Türblatt. Er war ein starker Kerl – die Türen sind ziemlich massiv, und er hat sie einfach so eingetreten«, sagte Szeto.

»Nachdem er erkannte, dass es aus Zimmer Nummer 4 kein Entkommen gab, machte er kehrt und eilte zurück. In dem Augenblick kam Wang Jingdong aus Zimmer Nummer 2, um nachzusehen, was los war, und als er den bewaffneten Mann sah, rannte er in Richtung Ausgang. Shek eröffnete das Feuer mit der AK-47 und blies ihm den Kopf weg.« Lawson platzierte das grauenhafte Foto neben dem von Mandy Lam.

»Shek Boon-sing stieg über den toten Wang hinweg und feuerte mit der AK-47 die nächste Salve ab. Zu dem Zeitpunkt muss sich Inspector Tang Ting bereits draußen vor dem Hotel befunden haben. Diese Schüsse töteten Chiu Ping, den Besitzer.«

Während Szeto berichtete, legte Lawson eine Aufnahme von Chiu mit zerfetztem Kinn und Kiefer neben die anderen beiden Beweisfotos. Dieses Bild war sogar noch grauenhafter. Grellrote Blutspritzer verteilten sich über Wände und Tresen wie auf dem Standbild eines Horrorfilms.

»Jetzt öffnete Yau Choi-hung leichtsinnigerweise seine Zimmertür. Shek Boon-sing stand gerade daneben und nahm die Typ 67, um beide im Zimmer befindlichen Personen zu erschießen.«

Lawson breitete Fotos von Well-hung und Bunny Chin aus. Er wurde zweimal getroffen, sie bekam eine Kugel in die Brust.

»Dann riss er das Zimmermädchen an sich, Lee Wan, das wohl zu verängstigt war, um sich zu bewegen, und benutzte sie als menschlichen Schutzschild.«

»Und TT tat, als würde er sich ergeben, warf seine eigene Waffe weg, zog, als Shek Boon-sing auf ihn zielte, die Pistole seines Kollegen und schoss auf Shek«, beendete Kwan die Rekonstruktion.

»Ja, das stimmt. Aber Shek Boon-sing war nicht sofort tot, er erwiderte das Feuer mit der Typ 67 und traf Lee Wan.« Lawson legte das Foto des letzten Opfers zu den anderen auf den Tisch.

»War in Zimmer Nummer 3 niemand?«, wollte Kwan wissen.

»Nein. Ich weiß noch, dass die Ermittler sagten, das Zimmer sei frei gewesen. Das Gästeregister sagt dasselbe.« Dann fiel Inspector Szeto offensichtlich etwas ein, und er betrachtete noch einmal die Fotos. »Ja, genau, sehen Sie? Hinter der Leiche von Chiu Ping ist der Empfang zu erkennen. Es hängt nur ein Schlüssel dort. Die anderen Haken sind leer.«

Szeto zeigte auf eine Ecke der Aufnahme. Der einsame Schlüssel hatte einen kleinen Anhänger, in etwa so groß wie eine halbierte Visitenkarte, auf dem der Name des Hotels und ein zerfledderter Aufkleber mit der Ziffer »3« zu sehen war.

»Wäre das Zimmer vermietet gewesen, hätten wir es jetzt vielleicht mit noch einer Leiche zu tun«, sagte Lawson.

Szeto kehrte zum vorherigen Gesprächsthema zurück. »Superintendent Kwan«, sagte er, »so wie Shek diese Waffe benutzt hat, können Sie doch nicht davon ausgehen, dass er Munition gespart hat, oder? Selbst wenn wir die im letzten Schusswechsel abgegebenen Schüsse nicht mitzählen, hat er vier Salven verschwendet.«

»Nein, nein«, widersprach Lawson. »Nur weil er zu diesem Zeitpunkt keine Siebzehn-Millimeter-Patronen bei sich hatte, heißt das nicht, dass Shek Boon-sing diese Munition nicht vielleicht woanders verwahrte.«

»Die Waffe ist zwar durch Zufall in ihre Hände geraten, aber sie hatte in der Tat eine besondere Funktion.«

Eine so vage Aussage hätten die beiden von Kwan niemals erwartet. Sie sahen ihn zweifelnd an.

»Selbst wenn ...«, fing Szeto an und kratzte sich am Kopf, ohne den Satz zu beenden.

»Ich bin mir auch noch nicht ganz sicher. Ich werde mein Team anweisen, sich die Sache näher anzusehen.« Kwan nickte lächelnd, doch in seinem Lächeln schwang ein wenig Bitterkeit mit.

»Ach, was ich noch fragen wollte.« Kwan wandte sich an Lawson. »Sind die Kugeln in den Körpern der Opfer gezählt worden?«

»Natürlich sind alle wesentlichen Untersuchungen gemacht worden. Es gibt keine Auffälligkeiten. Jede Kugel stammt entweder aus der AK-47 oder aus der Typ 67, die Shek Boon-sing in Händen hielt. Was die Verwendung dieser Waffen in weiteren Fällen betrifft ...«

»Und im Körper des Verdächtigen?«, fiel Kwan ihm ins Wort.

Das war in Lawsons Augen eine eigenartige Frage. »Die stammten natürlich aus den Waffen von Inspector Tang Ting und dessen Untergebenem Sonny Lok. Superintendent, Sie gehen doch wohl nicht davon aus, dass plötzlich aus dem Nichts eine dritte Person auftauchte, den Mörder zur Strecke brachte und Inspector Tang jetzt dafür die Lorbeeren einheimst?«

»Ich wollte nur sichergehen.«

Kwan verabschiedete sich von Lawson. Im Aufzug sagte er zu Inspector Szeto: »Dürfte ich mir die Notiz mit dem Code ausborgen?«

Szeto runzelte die Stirn. »Es tut mir leid, Superintendent Kwan, aber den Gefallen kann ich Ihnen nicht tun. Es handelt sich um ein Beweismittel.«

»Dürfte ich mir in dem Fall eine Kopie davon machen?«

»Natürlich. Das sollte kein Problem sein.«

Zurück in seinem Büro nahm Inspector Szeto noch einmal den Zettel aus dem Karton und legte ihn in den Fotokopierer. Er wollte gerade den Knopf drücken, da hielt Kwan ihn auf.

»Bitte legen Sie das da noch obendrauf.« Kwan reichte ihm ein Notizbuch, das neben dem Fotokopierer gelegen hatte. Diese Bücher mit dem schwarzen Einband und dem roten Farbschnitt wurden in sämtlichen Abteilungen seit Jahren benutzt. Szeto fand die Bitte zwar seltsam, kam ihr jedoch nach.

Mit der Kopie in der Hand bedankte Kwan sich bei Inspector Szeto und kehrte in seine eigene Abteilung zurück. Dort erteilte er einem seiner Mitarbeiter unverzüglich einen Auftrag.

»Setzen Sie sich mit der Telefongesellschaft in Verbindung. Ich will die Aufzeichnungen aller ausgehenden Anrufe vom Ocean Hotel für den 4. Mai.«

»Ist das eine wichtige Spur?«, wollte der Beamte wissen, während er sich Notizen machte.

»Kann sein, kann auch nicht sein. Ich will lediglich sicherstellen, dass es keine Unregelmäßigkeiten gab.«

»Ja, Commander. Ach, das hätte ich beinahe vergessen. Vorhin kam ein Anruf für Sie.«

»Von wem?«

»Senior Inspector Benedict Lau von Abteilung A. Er hat um Rückruf gebeten.«

Sobald Kwan an seinem Schreibtisch saß, rief er Lau zurück.

»Was gibt es, Benny?«, fragte Kwan und betrachtete dabei die Fotokopie des Zettels.

»Sir? Haben die Kollegen von der Internen Ermittlung sich bei Ihnen gemeldet?«

»Noch nicht. Die wollen wahrscheinlich zuerst ihre vorbereitenden Ermittlungen zum Abschluss bringen. Ich glaube, ehe sie zu mir kommen, werden sie erst mal mit allen Leuten vom Regionalkommissariat West-Kowloon sprechen wollen.«

»Dann haben Sie es noch gar nicht gehört – sieht so aus, als hätten sie den Übeltäter gefunden. Es wurde gerade jemand suspendiert.«

»Und? Wer ist es? Karl Fung?«

»Nein. Edgar Ko.«

5 Die Suspendierung von Chief Inspector Edgar Ko sandte Schockwellen durch die gesamte Truppe. Innerhalb nicht einmal eines Tages hatte die Nachricht in sämtlichen Revieren Hongkongs die Runde gemacht. Der Ka-Fai-Mansions-Vorfall war in aller Munde, und selbst jene, die Ko nicht persönlich kannten, sagten: »Ach, der Leiter der Shek-Boon-sing-Operation.« Weil es sich jedoch um interne Ermittlungen handelte, gab es keine offizielle Stellungnahme, und das bedeutete, die Suspendierung war im Grunde nur ein Gerücht, das in den verschiedensten Bezirken und Abteilungen brodelte und köchelte, ohne dass irgendjemand wusste, was es wirklich damit auf sich hatte.

Laut Mundpropaganda hatte Edgar Ko den Verdächtigen eine Warnung zukommen lassen und damit die gesamte Operation torpediert. Er stand nicht auf der Lohnliste der Shek-Brüder – ganz im Gegenteil, er hatte nichts mit ihnen zu tun – und nahm bereitwillig die schwere Bürde einer gescheiterten Mission auf sich, gefährdete damit ernsthaft seine Karriere, und das zu einem einzigen Zweck: dem Leiter von Team 3 des Kriminalkommissariats Mongkok, Inspector Tang Ting, zu schaden.

»Großeinsatzleiter schmiedet Mordkomplott an Kollegen.« Die reinste Horrorvorstellung. Bei einem Einsatz vertrauten die Beamten ihren Kollegen ihr Leben an. Der Spruch »Wer Uniform trägt, gehört zur Familie« war Ausdruck des festen Glaubens an diesen Pakt. War das Vertrauen erst einmal verloren, herrschte erst einmal Misstrauen unter den Kollegen, bröckelte die ganze Organisation.

Viele Kollegen kannten Ko aus diesem oder jenem Zusammenhang, und die meisten von ihnen hielten die Gerüchte für haltlos oder waren der Meinung, die Interne Ermittlung tue einem guten Mann unrecht. Ko war stets loyal und pflichtbewusst gewesen und so sanftmütig, dass nur schwer vorstellbar war, gerade er könnte einen Kollegen derart hassen, dass er mit Absicht seinen Tod herbeiführen würde. Doch als Gerüchte über das angebliche Motiv die Runde machten, mussten auch sie zugeben, dass es unter Umständen doch möglich wäre.

Wenn wahre Helden in eine Sackgasse gerieten, gab es dafür nur einen einzigen Grund: eine Frau.

Edgar Ko ging auf die vierzig zu und war immer noch Single. Die Leute dachten, er sei zu arbeitswütig, um sich auf eine Beziehung einzulassen. Andere hielten ihn für einen Schwulen, der sich nicht outen wollte, um seine Aussichten nicht zu gefährden. Die Wahrheit kannten nur wenige. Edgar Ko hatte tatsächlich eine Zeit lang in einer Beziehung gelebt. Einer Beziehung, die zu Ende war, als die Frau einen anderen kennenlernte.

Besagte Frau war ebenfalls bei der Polizei, in der Abteilung für Öffentlichkeitsarbeit. Außerdem war sie zufällig die Tochter des Deputy Commissioner.

Es handelte sich um Ellen, die Verlobte von TT.

Ellen war in der Truppe als Schönheit bekannt, und weil sie sich außerdem sehr gut ausdrücken konnte, diente sie bei Pressekampagnen der Polizei oft als Aushängeschild. Der Position ihres Vaters wegen nannten viele sie hinter vorgehaltener Hand »Die Prinzessin«, und es gab so einige Spekulationen darüber, welcher Polizist der glückliche »Schwiegerkronprinz« werden würde. Natürlich brachte die Heirat mit der Tochter des Deputy Commissioner offiziell keinerlei Privilegien mit sich, und eine Beförderung basierte trotzdem weiter ausschließlich auf guten Leistungen, doch wenn der eigene Schwiegervater ranghöher war als jedes Gegenüber in einem Bewerbungsgespräch, musste man schon massive Fehler begehen, um sich eine glänzende Zukunft zu verbauen.

Edgar Kos heimliche Beziehung mit Ellen hatte drei Jahre gedauert. Am Anfang war er gerade zum Inspector auf Probe ernannt worden und wollte keine Vorzugsbehandlung nur seiner Freundin wegen. Als er es dann bis zum Senior Inspector gebracht hatte, hatte Ellens Zuneigung ein anderes Ziel gefunden.

TT war das krasse Gegenteil von Ko. Er war dreist, direkt und unverblümt, rebellisch und unorthodox. Für Ellen, die im goldenen Käfig aufgewachsen war, war dieser »böse Bube« unwiderstehlich. TT machte ihr unerbittlich den Hof, obwohl er wusste, dass sie in festen Händen war. Und obwohl Edgars Zukunft sehr viel gesicherter war, entschied Ellen sich schließlich für TT.

Nachdem Ellen und TT die Hochzeitseinladungen verschickt hatten, hatte Edgar Ko einen guten Freund aus der Verkehrsabteilung auf einen Drink eingeladen. Nach ein paar Runden gestand er dem Freund, dass es sich bei der »heimlichen Geliebten« von vor ein paar Jahren ausgerechnet um die Tochter des Deputy Commissioner gehandelt habe. An dem Abend hatte Ko sich betrunken. In seinem Rausch verkündete er, er werde die Hochzeit platzen lassen, beschimpfte Ellen dafür, blind zu sein, weil sie nicht den Richtigen gewählt habe, und prophezeite ihr ein Leben im Unglück. Der Freund nahm seine Worte nicht ernst – bis zu dem Ka-Fai-Mansions-Vorfall.

Als die Interne Ermittlung damit begann, den Hintergrund jedes einzelnen in die Operation involvierten Beamten zu beleuchten und dabei einen Schwerpunkt auf jeden legte, der freien Zugang zum Briefkasten im Südflügel gehabt hatte, geriet Karl Fung schnell ins Zentrum ihrer Aufmerksamkeit. Doch sie zogen auch alle anderen weiter in Betracht, inklusive Edgar Ko, den Leiter der Operation, der den Südeingang persönlich inspiziert hatte. Als sie auch besagten Freund, dem Ko sich damals in der Bar anvertraut hatte, zur Befragung einbestellten, fragte dieser sich natürlich, ob Edgars Geständnisse etwas mit der Sache zu tun haben konnten, und brach nach wiederholter Befragung schließlich zusammen und wiederholte das Gespräch Wort für Wort.

Damit stand Edgar Ko im Mittelpunkt der internen Ermittlungen. Sowohl Ellen als auch der rekonvaleszente TT bestätigten den Ermittlern, dass sie vor vier Jahren in einer Art Dreiecksverhältnis gestanden hätten. Ellen sagte, sie habe sich einige Zeit nach der Trennung mit Edgar auf einen Drink getroffen, doch die Begegnung habe im Streit geendet und seitdem belästige er sie am Telefon.

Ko hatte gewusst, dass der Befehl an TT, sich nicht vom Fleck zu rühren, ausreichen würde, um einen Alleingang zu provozieren, wenn er es so aussehen ließ, als würde Shek Boon-sing davonkommen. Dieser Alleingang würde zwangsläufig zur direkten Konfrontation mit schwer bewaffneten Verbrechern führen – so die Theorie der Internen Ermittlung. Das Motiv war gefunden, die Methode plausibel, und als Leiter der Operation wäre es für Ko ein Leichtes gewesen, etwaiges belastendes Material im Anschluss zu vernichten. Abgesehen von der verschlüsselten Nachricht, welche die Kollegen vom Organisierten Verbrechen entdeckt hatten, ehe Ko sie verschwinden lassen konnte.

Edgar Ko wurde vorübergehend all seiner Aufgaben entbunden. Vor ihm lag eine langwierige Phase voller Befragungen und psychologischem Druck. Man wollte ein Geständnis von ihm. Am Freitag, den 12. Mai, nach einem quälenden Tag voller Verhöre, war Edgar Ko bei sich zu Hause.

Er hatte den Hörer danebengelegt und den Pager ausgeschaltet, saß allein im Wohnzimmer und versuchte zu begreifen, wie er so tief hatte fallen können. Er wollte niemanden sehen und mit niemandem sprechen. Er musste allein sein.

Er hatte sich seit zwei Tagen nicht rasiert, seine Haare waren wirr und seine Augen blutunterlaufen. Niemand, der ihn so sah, wäre auf die Idee gekommen, dass er ein Mann mit großer Verantwortung war, Senior Inspector eines Regionalkommissariats.

Oder sollte man besser sagen: *ehemals* ein Mann mit großer Verantwortung?

Ding-dong. Es klingelte an der Wohnungstür.

Edgar schlurfte zur Tür und nahm im Vorbeigehen die Geldbörse vom Tisch – er hatte vor einer Viertelstunde bei dem

Grillimbiss unten im Haus angerufen und sich eine Portion Char Siu mit Reis bestellt. Er hatte zwar keinen Hunger, aber sein Verstand sagte ihm, dass menschliche Wesen Nahrung brauchten.

»Inspector Ko.«

Edgar zog die Wohnungstür auf. Vor dem Eisengitter stand zu seiner Überraschung nicht der Botenjunge, sondern Kwan Chun-dok.

»Was ... was wollen Sie denn hier?« Edgar machte keine Anstalten, das Gitter zu öffnen.

»Ich muss mit Ihnen reden.«

»Ich will aber nicht reden.« Edgar wandte sich ab, um die Tür wieder zu schließen.

»Warten Sie ...« Kwan fasste zwischen die Gitterstäbe, um die Tür aufzuhalten.

»Bitte gehen Sie! Ich muss alleine sein!«, rief Edgar und versuchte die Tür zuzudrücken. In seinen Augen war Kwan Chun-dok der Feind, die Person, von der er in seinem schlimmen Zustand am allerwenigsten gesehen werden wollte.

Kwan ließ nicht locker und drückte mit derselben Vehemenz von außen gegen die Tür, mit der Ko sie von innen versuchte zu schließen. Zehn Sekunden später endete die Partie mit einem Patt.

»Hat ... hat hier jemand Char Siu mit Reis bestellt?«

Ein junger Mann in weißer Uniform stand plötzlich mit einer Plastiktüte schüchtern hinter Kwan.

»Ja. Hier.« Ko seufzte und verfluchte sein Pech. Ihm blieb nichts anderes übrig, als das Gitter zu öffnen. Kwan nutzte den günstigen Moment und schob sich, ohne eine Einladung abzuwarten, an Ko vorbei in die Wohnung.

»Schön, Superintendent Kwan, sagen Sie, was Sie zu sagen haben, und dann gehen Sie bitte.« Edgar zog sich einen Stuhl heran, um gegenüber von Kwan Platz zu nehmen, der es sich auf dem Sofa bequem gemacht hatte.

»Ich will wissen, ob Sie das waren.« Kwan kam direkt zur Sache.

»Sie glauben alle, ich hätte das getan! Sie glauben, ich hätte TT reingelegt, nur wegen meiner Beziehung zu Ellen. Was hätte es für einen Sinn, es jetzt abzustreiten? Zur Hölle mit Ihnen!« Ko machte seiner Wut auf die Interne Ermittlung in einem einzigen Atemzug Luft.

»Sie haben meine Frage nicht beantwortet. Haben Sie Shek Boon-sing einen Tipp gegeben? Haben Sie ihn zur Flucht verleitet und die Schießerei provoziert oder nicht?«

»Nein! Habe ich nicht!«

»Ich wusste, dass Sie das nicht waren.« Kwan lächelte.

Edgar war sprachlos. »Was? Meinen Sie …«

»Ich wusste, dass Sie unschuldig sind.« Kwan lehnte sich entspannt zurück. »Aber ich wollte es aus Ihrem Munde hören, nur zur Sicherheit.«

»Und … und jetzt behindern Sie die Ermittlungen?«, fragte Edgar. Jeder bei der Truppe wusste, dass Kwan Chun-dok ein Genie war, wenn es darum ging, Verbrechen aufzuklären, und außerdem ein fürchterlicher Wichtigtuer.

»Da gibt es nichts zu behindern! Die Ergreifung von Shek Boon-tim hat beim CIB oberste Priorität, und im Zuge der Ermittlungen forsche ich auch hier ein bisschen nach. Die verwendeten Schusswaffen liefern uns erste Hinweise. Außerdem haben wir eine Adresse und über den Pager vom Jaguar eine Liste seiner Mitarbeiter. Wir werden den Kerl schon finden.«

Als er merkte, dass Kwan ihn bereitwillig am Stand der Ermittlungen des CIB teilhaben ließ, wurde Edgar klar, dass er ihm offensichtlich tatsächlich vertraute – darauf vertraute, dass er nicht der Schurke gewesen war, der versucht hatte, TT ins offene Messer laufen zu lassen, und auch kein V-Mann der Shek-Brüder. Kwan hatte diese Details zum Zeichen seines guten Willens erwähnt.

»Weshalb sind Sie hier, Superintendent Kwan? Sind Sie wirklich nur hergekommen, um mein ›Ich bin unschuldig‹ zu hören? Oder wollen Sie wissen, was an dem Tag wirklich passiert ist? Falls Sie sich tatsächlich noch tiefer in das Kuddelmuddel dieser Operation begeben wollen, sollten Sie am besten zum

OV gehen oder direkt in die Ka Fai Mansions, um sich den Tatort noch mal aus nächster Nähe anzusehen. Vielleicht entdecken Sie dort noch etwas.«

»Dort war ich heute Nachmittag schon.« Kwan verschränkte die Finger und legte die Hände in den Schoß. »Ich bin, wie Sie wissen, auch unmittelbar nach der Schießerei schon dort gewesen und habe mehr oder weniger alles gesehen, was ich sehen muss. Ich bin heute vor allem gekommen, um zu erfahren, wie es Ihnen geht.«

»Wie es mir geht?«

»Um Ihnen Kraft zu wünschen.« Kwan lächelte. »Schließlich war es einer Ihrer besten Freunde, der die Interne Ermittlung über die Dreiecksbeziehung zwischen Ihnen, Ellen und TT ins Bild gesetzt hat. Ich fürchte, es gibt niemanden mehr, mit dem Sie offen sprechen können. Sie und ich und der wahre Täter sind in der ganzen Truppe die Einzigen, die wissen, dass Sie unschuldig sind. Es hat mich übrigens einige Mühe gekostet, Ihre Privatadresse herauszufinden.«

»Der wahre Täter? Wer denn? Wer könnte das denn sein ... Karl?«

»Überlassen Sie die Ermittlungen mir. Ich werde Ihnen nicht mehr sagen, nur für den Fall, dass Sie nicht widerstehen können, der Internen Ermittlung gegenüber eine Andeutung zu machen. Die Kollegen dort sind zu konservativ, sie kennen nur uralte Methoden, und das macht es dem wahren Täter viel zu leicht, ein Schlupfloch zu finden. Sagen Sie denen einfach, dass Sie unschuldig sind. Alles wird gut.«

Edgar nickte zustimmend. Er ahnte nicht, dass Kwan Chundok ihn soeben angelogen hatte.

»Wissen Sie, dass sogar im Präsidium über Sie, TT und Ellen gesprochen wird? Ich habe gehört, Ellen hat sich Urlaub genommen.«

»Also ... habe ich sie in Schwierigkeiten gebracht?«

»Empfinden Sie noch etwas für sie?«

Diese Frage hatte Edgar nicht erwartet. »Superintendent Kwan, ich vermute, Sie sind verheiratet?«, fragte er zurück.

»Ja, inzwischen seit mehr als zehn Jahren.« Kwan drehte den etwas stumpf gewordenen Ring an seinem Ringfinger.

»Lieben Sie Ihre Frau?«

»Natürlich.«

»Wenn Sie wüssten, dass Ihre Frau davorstünde, etwas Dummes zu tun, und Sie könnten sie nicht davon abhalten, täte Ihnen das dann nicht weh?«

»Sind Sie der Meinung, Ellens Verlobung mit TT war ein Fehler?«

Edgar nickte hilflos. »Als ich hörte, dass die beiden heiraten würden, habe ich Ellen um ein Treffen gebeten. Ich wollte mit ihr reden. Doch schon nach fünf Minuten wurde ihre Miene eiskalt, und sie sagte, ich wäre kindisch.«

»Sie hatte ihre Wahl bereits getroffen. Wie hätten Sie Ellen denn davon überzeugen wollen, zu Ihnen zurückzukommen?«

»Nein! So war das doch gar nicht!« Edgar reagierte zunehmend erregt. »Sie haben mich missverstanden, genau wie Ellen! Ich wollte die Hochzeit nicht verhindern, um sie zurückzubekommen. Ich … ich wollte nur, dass sie ihn nicht heiratet, ehe sie weiß, wie TT wirklich ist.«

»Wie ist TT denn wirklich?«

»Bei den Kollegen heißt es, er wäre ein Playboy. In seiner vorherigen Abteilung hat er eine Kollegin betrogen.«

»Das ist alles?«

Edgars Augen wurden kugelrund. »Was meinen Sie damit, ›Das ist alles?‹? Der Typ scheißt doch, wo er isst! Gott weiß, was der sonst noch am Laufen hat. Der gehört zur allerschlimmsten Sorte – ein reueloser Lustmolch. Vor dem ist keine Frau sicher!«

Kwan fand zwar, dass Edgar ein bisschen übertrieb, aber es erschien ihm besser, zuzuhören, als mit ihm zu streiten.

»Okay, ich mag Ellen immer noch. Aber ich weiß, dass man Liebe nicht erzwingen kann. Wenn sie einen Mann heiraten würde, der gut zu ihr ist, würde ich mich zurückhalten und ihr alles Gute wünschen. Aber sie lässt sich von diesem Schwein hinters Licht führen – da kann ich doch nicht einfach stumm zusehen, oder?«

»Die beiden sind schon seit ein paar Jahren zusammen. Warum haben Sie sich nicht früher zu Wort gemeldet?«

»Ich dachte, Ellen würde eines Tages von selbst zur Vernunft kommen!« Edgar knirschte mit den Zähnen. »Ich dachte, TT würde irgendwann sein wahres Gesicht zeigen, auch wenn er immer so tat, als würde er sie anbeten.«

»Ach du meine Güte, Inspector Ko. Sie leisten herausragende Arbeit – ich hätte nie gedacht, dass Sie in privaten Dingen so nachlässig sind.« Kwan seufzte. »Wenn man einmal losgelassen hat, darf man nicht mehr zurückschauen. Ob Ellens Wahl nun richtig war oder falsch, die Verantwortung dafür kann nur sie selbst übernehmen. Sie haben es ihr gesagt, und Ellen wollte es nicht hören. Sie haben kein Recht, sie dazu zu zwingen, ihre Meinung zu ändern. Wenn Sie wirklich ihr Freund sind, bleibt Ihnen nur, bei ihr zu sein, wenn sie allein dasteht und Hilfe braucht. Je mehr Sie auf sie einreden, desto sturer ihre Reaktion. Wo wir gerade dabei sind, haben Sie TT wegen der Sache beruflich je Schwierigkeiten gemacht?«

»Nie. Ich trenne mein Privatleben strikt von meinem Beruf«, sagte Edgar ernst. »Ich habe ihn bei dem Einsatz im Nordflügel postiert, weil ich befürchtete, er könnte sich und seine Kollegen mit seiner impulsiven Art in Gefahr bringen. Wer weiß, wozu er sich hätte hinreißen lassen, wenn er den Südeingang bewacht und die Verdächtigen Tag für Tag hätte ein und aus gehen sehen.«

»Sie haben sich zu viele Gedanken gemacht.« Kwan schüttelte den Kopf. »TT ist nicht impulsiv, er ist hemmungslos. Er besitzt hinsichtlich seiner Fähigkeiten eine gewisse Arroganz und hat eine zu hohe Meinung von sich. Das ist alles. Mag sein, dass es ihm Spaß macht, Risiken einzugehen, aber er ist kein Idiot. Hätten Sie ihn im Südflügel postiert, hätte er diesen Fehler nie begangen.«

Edgar starrte Kwan überrascht an.

»Wie es aussieht, sind Sie einfach kein so guter Menschenkenner wie Keith Tso oder ich.« Kwan lachte.

Insgeheim dachte Edgar, dass Menschenkenntnis mit Sicherheit nicht der einzige Bereich war, wo er gegen Superintendent Kwan den Kürzeren ziehen würde.

Kwans Blick fiel auf die Tüte, die auf dem Tisch stand. »So. Jedenfalls wirken Sie nicht mehr so verzweifelt wie vorhin. Ich lasse Sie jetzt mit Ihrem Abendessen allein. Wir haben so lange geredet, es ist inzwischen sicher kalt.«

Edgar wurde sich bewusst, dass seine Stimmung sich tatsächlich gebessert hatte. Nicht nur, dass Kwan Chun-dok, »Das Genie«, ihn für unschuldig hielt, nein, das kurze Gespräch hatte ihm das Gefühl gegeben, eine wichtige Prüfung bestanden zu haben.

»Oh!«, rief er plötzlich. »Mein Gott, in TTs Vergangenheit gibt es so viele Skandale, vielleicht handelt es sich bei der Person, die es auf ihn abgesehen hat, ja um eine der Frauen, die er betrogen hat? Falls einer meiner Untergebenen mit einer dieser Frauen liiert ist, wäre es doch möglich, dass sie die Situation ausgenutzt hat, um Rache zu nehmen.«

»Zerbrechen Sie sich darüber nicht länger den Kopf, Inspector Ko. Ich garantiere Ihnen, bis Montag ist die ganze Angelegenheit erledigt, und Sie haben Ihren Posten zurück. Alles klar?«

»Ist das Ihr Ernst, Superintendent Kwan?«

»Mein voller Ernst.« Kwan lächelte. »Betrachten Sie das Wochenende als wohlverdiente Pause und ruhen Sie sich aus. Wir haben noch genug Gelegenheit, uns zu unterhalten, wenn Sie wieder auf dem Posten sind. Passen Sie auf sich auf.«

Edgar verabschiedete Kwan. Er war ihm unsagbar dankbar, obwohl er nach wie vor Zweifel hatte, dass selbst ein Detektivgenie wie er einen solchen Fall innerhalb von drei Tagen knacken konnte.

Nachdem er Edgars Wohnung verlassen hatte, stellte Kwan keine weiteren Nachforschungen mehr an. Er nahm die U-Bahn und fuhr nach Hause. Auf dem ganzen Heimweg war seine Stirn gerunzelt, und er lächelte kein einziges Mal. Was er Edgar verschwiegen hatte, war die Tatsache, dass ihm seit Langem kein Fall mehr untergekommen war, der so frustrierend war wie dieser.

Am folgenden Abend fuhr Kwan allein nach Sham Shui Po im Nordwesten von Mongkok – ein sehr geschichtsträchtiger Stadtteil von Kowloon. Hier konzentrierte sich einst die Kleidungsproduktion, überall gab es Nähereien und Stofffabriken, und obwohl im Laufe der letzten Jahre viele Unternehmen die Gegend verlassen hatten, gab es noch immer viele Bekleidungsbetriebe und Modegeschäfte. Der Apliu Street Market hatte sich schon in den frühen Siebzigerjahren einen Namen als Zentrum für Elektroersatzteile gemacht und zog auch heute noch jede Menge Tüftler an, die auf der Suche nach dem passenden Ersatzteil für ihr neustes Lieblingsspielzeug waren. Kwan wand sich durch die Horden von Käufern und Müßiggängern und war, als er endlich sein Ziel erblickte, schweißgebadet.

Er hatte nach einer bestimmten Adresse auf der Apliu Street gesucht.

Das alte Wohnhaus, in dem TTs Wohnung lag.

Genau wie bei Edgar Ko kam Kwan unangekündigt und wusste nicht, ob TT zu Hause war – falls nicht, wäre es auch nicht weiter schlimm, dann würde er einfach ein bisschen durch die Gegend spazieren und es später noch einmal versuchen.

Im Gegensatz zu dem klaren Dingdong von Edgars Türglocke gab die Klingel von TT das traditionelle, misstönende Summen von sich. Dabei hätte er, dachte Kwan, nur runter auf die Straße gehen müssen, um sich eine Klingel mit angenehmerem Klang zu kaufen – genau darauf waren die Stände an der Apliu Street schließlich spezialisiert.

»Ich komme«, ertönte von innen eine Stimme.

Die Haustür ging auf, und TT streckte den Kopf heraus. Als er Kwan Chun-dok erblickte, erstarrte er – genau wie Edgar – und setzte dann ein herzliches Lächeln auf.

»Super... Superintendent Kwan!« TT nahm Haltung an.

»Wir sind nicht im Dienst, TT. Kein Grund strammzustehen.«

TT bat Kwan ins Haus. Er lebte allein in einer Wohnung von

etwa vierzig Quadratmetern, ausreichend Platz für einen Junggesellen.

»Möchten Sie Tee? Oder Kaffee?«

»Tee wäre nett.«

TT ging in die Küche und kam mit einer Tasse zurück.

»Superintendent Kwan, wollen Sie mit mir über etwas Bestimmtes sprechen?«, fragte er.

»Wie geht es Ihrer Hand?« Kwan deutete auf das bandagierte Handgelenk.

»Die Kugel hat die Speiche zerschmettert, aber der Arzt sagt, es wäre keine große Sache. Ein bisschen Physiotherapie, und die Hand ist so gut wie neu. Zum Glück war es nicht die Rechte, dann wären all die Jahre am Schießstand umsonst gewesen.«

»Ich wette, in drei Jahren könnten Sie mit links so gut schießen wie mit rechts.«

»Das ist sehr schmeichelhaft, Superintendent.« TT kratzte sich verlegen am Kopf. »Es tut mir leid, dass ich an dem Tag neulich nicht mehr mit Ihnen sprechen konnte … nachdem ich verletzt worden war. Ach so, ja, ich habe gehört, Sie wären inzwischen Abteilungsleiter beim CIB. Was haben Sie eigentlich am Tatort gemacht?«

»Ich war mit Superintendent Tso vor Ort, um Inspector Ko in der Einsatzzentrale zu besuchen. Das war reiner Zufall.«

»Hätten Sie den Einsatz geleitet, wäre die Sache vielleicht anders ausgegangen«, seufzte TT.

»Nein. Auch wenn ich die Verantwortung getragen hätte, wäre die ganze Sache genauso abgelaufen.«

»Superintendent Kwan, Sie haben den Ruf eines Genies. Wie hätte der Einsatz mit Ihrem Durchblick derart aus dem Ruder laufen können?«

»Nein, nein, ich …« Kwan verstummte abrupt. »Lassen wir den Smalltalk, TT.«

»Ja?«

»Ich will, dass Sie sich stellen.«

Die Luft zwischen ihnen war plötzlich zum Schneiden. TT sah Kwan entgeistert an.

»TT, ich weiß, dass Sie hinter diesem abgekarteten Spiel stecken. Sie haben dafür gesorgt, dass Shek Boon-sing die Flucht ergriff und der Einsatz scheiterte.«

»Soll das ein Witz sein, Superintendent Kwan?« TT klang, als wüsste er nicht, ob er lachen sollte oder nicht.

»Ich weiß, dass Sie hinter der verschlüsselten Nachricht stecken«, sagte Kwan nur.

»Wie denn? Ich bin nie im Südflügel gewesen. Wie hätte ich den Zettel denn in den Briefkasten werfen sollen?« TT lächelte. »Karl Fung hätte niemals die Klappe gehalten, wenn ich mich irgendwo in der Nähe seiner Mannschaft hätte blicken lassen. Ich wäre nie so dumm, mich freiwillig auf so was einzulassen.«

»Der Zettel war nicht im Briefkasten. Mad Dog Biu entdeckte ihn in der Tüte aus dem Imbiss.«

TT durchlief ein leichtes Zittern, doch er lächelte tapfer weiter. »Das ist aber nur eine Theorie, oder?«

»Nein. Aus dem Briefkasten kann der Zettel nicht stammen. Sie hatten einfach Glück, dass dieser Zufall mit der Post den Verdacht von Ihnen ablenkte.« Kwan schüttelte den Kopf. »Als der Erkennungsdienst mir sagte, Mad Dog Biu hätte nur drei Prospekte aus dem Briefkasten geholt, war mir klar, dass die Nachricht nicht dabei gewesen sein konnte.«

»Warum denn nicht?«

»Hätte ein ganzer Stapel Post im Briefkasten gelegen, wäre glaubhaft gewesen, dass Mad Dog die Nachricht erst oben in der Wohnung entdeckte. Aber bei drei Prospekten? Jeder Mensch hätte beim Warten auf den Aufzug kurz die Post durchgesehen, und hätte einer der beiden Männer den Zettel dann schon entdeckt, wären sie nicht so sorglos zurück nach oben in die Wohnung geschlendert.«

»Vielleicht wussten sie von der Gefahr und wahrten die Fassade?«

»Wäre das der Fall gewesen, wären die Boxen alle ungeöffnet geblieben.«

TT schwieg, den Blick direkt auf Kwan gerichtet.

»Hätten die Männer Gefahr gewittert, hätten sie Shek Boon-sing alarmiert, sobald sie die Wohnung betreten hatten. Sie hätten die Waffen gepackt und wären getürmt. Stattdessen haben sie die Kartons aus der Tüte genommen, auf den Tisch gestellt, und einer hat sogar begonnen zu essen. Einer der Prospekte befand sich in einem Briefumschlag, doch der war ungeöffnet. Die logische Schlussfolgerung lautet, dass der Zettel mit der Warnung sich auf dem Boden der Tüte mit dem Essen befand. Der Jaguar packte die Tüte aus und stieß erst auf die Nachricht, als alle Schachteln auf dem Tisch standen. Erst da gab Shek Boon-sing sofortige Anweisung abzuhauen. In Ihrem Bericht steht, der Jaguar hätte sich darüber beschwert, dass Mad Dog Biu ihm in Sachen Essen zu heikel war. Wahrscheinlich hat er die Werbung extra wegen ihm mit nach oben genommen, und das führte die Ermittlungen in die falsche Richtung.«

»Superintendent Kwan, Sie haben eben selbst gesagt, dass es sich nur um eine Schlussfolgerung handelt.« TT wirkte wieder völlig entspannt. »Mit anderen Worten, die Möglichkeit, dass der Zettel sich doch im Briefkasten befand, ist immer noch gegeben.«

Kwan schüttelte den Kopf und zog einen zusammengefalteten Zettel aus der Hemdtasche. Es handelte sich um die Kopie der Nachricht. Die Ziffern »042616« waren deutlich zu lesen.

»Und jetzt behaupten Sie vermutlich, das wäre meine Handschrift?« TT lächelte.

»Der entscheidende Hinweis sind nicht die Ziffern.« Kwan deutete auf den oberen Rand der Nachricht. »Sondern die Art, wie der Zettel abgetrennt wurde.«

Auf Kwans Bitte hin hatte Inspector Szeto beim Kopieren das schwarze Notizbuch auf den Zettel gelegt, sodass alle vier Seiten klar erkennbar waren.

Jetzt brachte Kwan einen weiteren Gegenstand in einem Beweisbeutel zum Vorschein, und TT verging das Lächeln.

Es war ein Notizblock, aus dem etwa die Hälfte der Blätter herausgerissen war.

»Den haben wir gestern in dem Imbiss sichergestellt, den Sie zur Tarnung besetzt hielten«, fuhr Kwan ernst fort. »Der Eigentümer sagte aus, auf diesem Block würden die Bestellungen notiert, wenn ein Kunde anrief oder wenn viel los war. Der Block lag grundsätzlich neben dem Tresen. Als ich den Notizzettel zum ersten Mal zu Gesicht bekam, musste ich sofort an Blöcke denken, wie sie in der Gastronomie benutzt werden. Als ich das zu den anderen Dingen hinzuzählte, die nicht passten – die drei Prospekte, die angebrochene Schachtel auf dem Tisch –, wusste ich, wo ich suchen musste. Jedes Mal, wenn man von einem solchen Block ein Blatt abreißt, hinterlässt man am Rücken einen kleinen Streifen Papier. Würden wir diesen Block zur Untersuchung in die Kriminaltechnik schicken, würden wir mit Sicherheit einen Treffer landen …«

»Moment mal, Moment!«, fiel TT ihm ins Wort. »Das muss ein Missverständnis sein. Die drei toten Verbrecher gehen alle auf mein Konto. Wollen Sie behaupten, ich hätte die Ermittlung von Chief Inspector Ko vereitelt, um Shek Boon-sing selbst zur Strecke zu bringen und die Lorbeeren einzuheimsen? Das ist selbst für einen Kerl wie mich zu abgefahren. Ich wäre nicht bereit, für ein bisschen Ruhm mein Leben aufs Spiel zu setzen.«

»Aber vielleicht, um einen Mord zu vertuschen.«

Kwans gelassene Erwiderung brachte TT zum Schweigen. Er starrte seinen Widersacher stumm an. Auf seinem Gesicht spiegelten sich widersprüchliche Emotionen.

»Einer der Toten« – Kwan ließ TT nicht aus den Augen – »starb bereits *vor* der Schießerei – und Sie haben die anderen Opfer benutzt, um die Leiche zu verstecken.«

Kwan legte zwei Beweisbilder auf den Wohnzimmertisch. Sie stammten vom Tatort und zeigten die Leichen von Mandy Lam und dem Hotelbesitzer Chiu Ping.

»Ich bin etwa vierzig bis fünfzig Minuten nach der Schießerei am Tatort gewesen. Zu dem Zeitpunkt fiel mir nichts Ungewöhnliches auf.« Kwan deutete auf die Fotos. »Doch als ich diese Bilder sah, die entstanden sind, als die Vorhut der Spurensicherung eintraf, fiel mir auf, dass etwas nicht stimmte. Chiu

Ping war von einer AK-47 getroffen worden – daher die leuchtend roten Blutspritzer überall. Das Blut, das aus den Wunden von Mandy Lam ausgetreten war, war dagegen dunkler und dicker, und das blassgelbe Plasma war bereits geronnen. Laut Rekonstruktion des Tathergangs war Mandy Lam etwa eine Minute vor Chiu erschossen worden, doch dem Stadium der Blutgerinnung auf dem Foto nach zu urteilen, würde ich den dazwischenliegenden Zeitraum auf mindestens zehn Minuten schätzen. Natürlich verwischt sich der Unterschied im Laufe der Zeit: Die Blutspuren eines vierzig Minuten alten Leichnams sind so gut wie nicht von denen eines sechzig Minuten alten Leichnams zu unterscheiden. Deshalb ist mir, als ich den Tatort inspizierte, die Diskrepanz nicht aufgefallen.«

TT gab keinen Laut von sich. Kwan fuhr fort. Seine Stimme war noch immer unbewegt. »Die Ermittler waren sich, was den genauen Ablauf der Ereignisse betraf, nicht sicher. Deshalb hat eine Lücke von zehn Minuten ihre Alarmglocken nicht zum Klingen gebracht. Außerdem kann man von einem durchschnittlichen Ermittler nicht erwarten, Experte in Sachen Blutgerinnung zu sein. Viel wichtiger ist jedoch Folgendes: Weil wir es mit dem Serienkiller Shek Boon-sing zu tun hatten, kam niemand auf die Idee, dass ›rein zufällig‹ nur fünfzehn Minuten vor der Schießerei ein davon vollkommen unabhängiger Mord geschehen war.«

»Sie sagen es, Superintendent Kwan. Zufällig. Dieses Ratespiel basiert allein auf Vermutungen – das glaubt doch kein Mensch«, setzte TT sich zur Wehr.

»Ein *scheinbarer* Zufall. In Wirklichkeit handelte es sich um einen Akt der Verzweiflung, der Plan eines Menschen, der mit dem Rücken zur Wand stand.« Trotz der schweren Anschuldigungen behielt Kwan seinen lockeren Tonfall. »Ich habe den Imbissbesitzer befragt und Fan Si-tat, den schwer verletzten Kollegen aus Ihrem Team. Am Tag des Vorfalls verließen Sie um 12.40 Uhr für etwa zehn Minuten den Imbiss. Fan sagte aus, Sie wollten zur Toilette, außerdem sei es Zeit für Ihre Pause gewesen. Ich dagegen glaube nicht, dass Sie auf der Toilette oder in irgendeiner Pause waren. Ich glaube, Sie nutzten das Zeitfenster, um sich im Ocean Hotel mit Mandy Lam zu treffen.«

Kwan zog seinen Block aus der Tasche und schlug ihn auf. »Die Telefongesellschaft hat uns die Aufzeichnungen sämtlicher vom Hotel ausgehender Anrufe zukommen lassen. Beginnend um elf Uhr wurden aus Zimmer Nummer 4 fünf Anrufe getätigt, alle an denselben Pager. Zwei davon lauteten: ›Miss Lam erwartet Sie im Ocean Hotel, Zimmer Nummer 4‹, und zwei andere: ›Kommen Sie ins Ocean Hotel, Zimmer Nummer 4, dringende Geschäfte zu besprechen.‹ Die fünfte Nachricht lautete: ›Kommen Sie in zehn Minuten ins Ocean Hotel, Zimmer Nummer 4, sonst drohen Konsequenzen‹, und ging um 12.35 Uhr raus. Als ich wissen wollte, auf wen der Pager registriert war, erhielt ich eine interessante Antwort: Der Pager gehörte einer Miss Mandy Lam Fong-wai. Das hieß, Miss Lam meldete den Pager auf ihren eigenen Namen an und gab ihn dann jemand anderem. Das legt nahe, dass diese Person mehr war als ein Freier oder nur ein Freund. Ich glaube, diese Person war der von ihren Kolleginnen erwähnte Verlobte von Miss Lam. TT, dieser Mann sind Sie.«

»Was für ein Blödsinn!«

»Fan Si-tat sagte mir, Sie hätten den ganzen Vormittag immer wieder Ihren Posten verlassen, um Ihre Nachrichten abzurufen. Trotzdem waren auf Ihrem von mir überprüften persönlichen Pager den ganzen Tag keine Nachrichten eingegangen. Die Aufzeichnungen der Telefongesellschaft verraten uns außerdem, dass sämtliche Anrufe zum Abhören von Miss Lams Nachrichten von dem Münzfernsprecher vor dem Verwaltungsbüro der Ka Fai Mansions getätigt wurden. Wissen Sie, TT, Sie sollten die Fähigkeiten des CIB hinsichtlich des Sammelns von Informationen nicht unterschätzen«, sagte Kwan.

TT erwiderte nichts. Er sackte lediglich ein wenig in sich zusammen, als würde er darüber nachdenken, was er darauf antworten sollte.

»Ich vermute, Sie und Mandy Lam hatten eine intime Beziehung. Die Frau dachte, Sie würden sie heiraten und ihr damit ermöglichen, der Arbeit im Nightclub endlich den Rücken zu kehren. Doch dann machten Sie mit ihr Schluss, oder aber sie erfuhr von Ihrer bevorstehenden Hochzeit mit der Tochter eines hohen Polizeifunktionärs. Die gefügige Geliebte verwandelte sich in einen Racheengel. Mandy Lam wollte Sie sich in diesem Hotelzimmer unter Einsatz ihres Körpers zurückholen. Sie aber ignorierten Mandy Lam, bis sie sich nicht länger ignorieren ließ. Ich glaube nicht, dass Mandy Lam die Ka Fai Mansions zufällig für ihr geplantes Rendezvous auswählte – sie wusste, dass Sie an dem Tag dort im Einsatz waren, was wiederum zeigt, wie nahe sie einander standen. Die angedrohten ›Konsequenzen‹ bezogen sich vermutlich auf die Vereitelung Ihrer Verlobung und womöglich darüber hinaus den Verrat weiterer Geheimnisse, der Sie in Schwierigkeiten bringen könnte.

Gegen 12.40 Uhr gaben Sie vor, auf die Toilette zu gehen und Ihre Nachrichten abzurufen, und fuhren nach oben in das Hotel. In Mandys Zimmer wurde die Diskussion zwischen Ihnen schnell hitzig, und Mandy Lam drohte damit, Ihr Leben zu zerstören. Es gelang Ihnen nicht, sie zu beruhigen. Ihnen war klar, dass Ihnen die Dinge entgleiten würden, wenn Mandy das Hotel erst verlassen hatte. Also griffen Sie zu der einzigen Chance, die Sie hatten. Sie zogen die Typ 67 mit dem Schalldämpfer, die Sie versteckt am Körper trugen, und erschossen sie.«

»Wo sollte ich eine Typ 67 herhaben?«

»Weiß der Himmel. Das Kriminalkommissariat Mongkok verhaftet ständig Menschen – Sie führen jährlich fünfzig bis sechzig Einsätze durch, bei Einbrüchen, Drogendeals und so weiter. Da ist es nicht unwahrscheinlich, irgendwann über eine so seltene Waffe zu stolpern und sie zu behalten, anstatt sie zu melden. Schließlich sind Sie ein leidenschaftlicher Schütze und noch dazu ein guter, und Sie sind nun wirklich kein Langweiler, der sich immer an die Regeln hält.«

»Selbst wenn *jemand* diese Lam im Vorfeld ermordet und die Leiche in Zimmer Nummer 4 des Ocean Hotel zurückgelassen hätte, wie hätte der Mörder sicherstellen sollen, dass die Schießerei sich ausgerechnet dort abspielt? Niemand konnte vorhersagen, in welche Richtung die Verdächtigen fliehen würden. Was, wenn sie zum anderen Ende des Gebäudes gerannt wären oder den Aufzug genommen hätten?«

»Sie haben denen gesagt, wohin sie laufen sollen«, antwortete Kwan nur.

»Weshalb sollte Shek Boon-sing auf mich hören?« TT lachte verächtlich. »Und wie hätte ich mit ihnen Kontakt aufnehmen sollen? Per Telefon? Per Telepathie?«

»Mit diesem Schlüssel.« Kwan zeigte auf die Ecke des Fotos von Chiu Ping. »Die Schlüssel vom Ocean Hotel tragen alle einen Anhänger mit dem Hotelnamen und der Zimmernummer. Nachdem Sie Mandy Lam erschossen hatten, sperrten Sie die Zimmertür zu, kehrten auf Ihren Posten zurück und überlegten fieberhaft, wie Sie Shek in das Hotel locken könnten. In dem Augenblick tauchte zufällig der Jaguar auf, um etwas zu essen zu besorgen, und Ihnen war klar, dass dies eine Gelegenheit war, die Sie nicht verpassen durften. Sie legten nicht nur den Zettel in die Tüte, sondern auch den Schlüssel. Als Shek beides entdeckte, musste er davon ausgehen, dass es sich um eine verklausulierte Nachricht seines Bruders handelte, in das Zimmer Nummer 4 im Ocean Hotel umzuziehen. Er wäre nie auf die Idee gekommen, dass jemand anders ihren Code benutzen würde. Der einzige Feind war die Polizei, und die Polizei würde niemals grundlos die eigenen Ermittlungen ins Chaos stürzen. Shek musste glauben, dass die Hinweise von einem Freund kamen. Also packten er und seine Kumpane eilig zusammen und zogen in ihr neues ›Versteck‹ um. Sie, TT, kannten das Ziel und konnten deshalb schnurstracks über das Treppenhaus nach oben düsen, im neunten Stock plötzlich haltmachen und sich ihnen dort in den Weg stellen.«

TT sagte keinen Ton. Er sah Kwan lediglich unverwandt an.

»Shek hatte seine Männer wahrscheinlich auf dem Flur und beim Zugang zum Treppenhaus vor dem Hotel postiert, während er selbst in Zimmer Nummer 4 ging, um nachzusehen, was ihn dort erwartete. Sie hingegen trafen mit Ihren Leuten ›gerade rechtzeitig‹ im neunten Stock ein und begegneten dort dem Jaguar. Damit Ihr Plan aufging, mussten alle drei Männer sterben. Falls nicht, würde der Mord an Mandy Lam ans Licht kommen. Sie hatten nie vor, die Verdächtigen lebend zu stellen. TT, Sie nehmen zwanghaft große Risiken auf sich. Für Sie gibt es nur Sieg auf ganzer Linie oder die komplette Niederlage. Wir sind Zeuge geworden, wie Sie sich mutterseelenallein in die Höhle des Löwen wagten, um sich unter Einsatz Ihres Lebens die Verdächtigen vorzunehmen, einen nach dem anderen. Was die Bewaffnung anbelangte, waren Sie dabei schwer im Nachteil, aber Sie hatten die Positionen Ihrer Gegner vorhergesehen und vertrauten auf Ihre Schießkünste. Sie setzten alles auf eine Karte – nach dem Mord an Miss Lam blieb Ihnen auch nichts anderes übrig.

Sie schossen auf den Jaguar und Mad Dog Biu. Shek kam den beiden schnell zu Hilfe – wahrscheinlich hatte er zu dem Zeitpunkt Zimmer Nummer 4 noch nicht betreten. Sharpie Fan und Sonny Lok sagten aus, Shek Boon-sing sei, nachdem Sie seine Männer erschossen hatten, mit der AK-47 auf das Treppenhaus losgegangen. Seltsam ist nur, dass er im Anschluss nicht in die andere Richtung floh, sondern zurück ins Hotel.«

»Er wollte sich eine Geisel als Schutzschild holen«, stieß TT hervor.

»Nein, das ergibt keinen Sinn. Eine Geiselnahme zu diesem Zeitpunkt hätte ihn nur behindert – wie sollte er neun Stockwerke durchs Treppenhaus nach unten fliehen und dabei einen sich wehrenden Menschen in Schach halten? Logisch wäre gewesen, zuerst durchs Treppenhaus nach unten zu fliehen und bei versperrtem Weg ins Freie unten einen Laden oder eine Wohnung zu stürmen und sich dort eine Geisel zu nehmen. Nein. Er lief ins Hotel zurück, weil er davon ausging, dass sein Bruder ihm in Zimmer Nummer 4 einen Fluchtplan hinterlassen hatte oder vielleicht sogar persönlich auf ihn wartete. Er rannte mit gezückter Waffe zurück und trat die Tür ein – für den Schlüssel war keine Zeit –, nur um im Zimmer auf Mandy Lams Leiche zu stoßen. In dem Augenblick wusste er, dass er reingelegt worden war, und begann seine Mordorgie, denn er hatte keine Ahnung, wer von den Anwesenden eine Gefahr darstellte oder eine verborgene Waffe trug. Deshalb mussten Wang Jingdong und Chiu Ping sterben. Dann stürmten Sie ins Hotel, wahrscheinlich laut schreiend, und wedelten mit Ihrer Dienstmarke und Waffe. Shek Boon-sing hatte keine andere Wahl, als Lee Wan, das in der Ecke kauernde Zimmermädchen, an sich zu reißen und hinter ihr in Deckung zu gehen.«

»Das ist doch reine Fantasie«, sagte TT gleichgültig.

»Fantasie? TT, empfinden Sie denn nicht einen Funken Reue?« Auf Kwans Gesicht regte sich Abscheu.

»Wofür denn Reue?«, fragte TT kalt zurück.

»Sie Schwein! Sie haben Menschenleben auf dem Gewissen, die hätten gerettet werden können! Sie haben lauter unschuldige Menschen ermordet, nur um Ihr Verbrechen zu vertuschen!« Bis zu diesem Augenblick hatte Kwan eine ruhige, gelassene Fassade gewahrt, doch jetzt waren seine Züge wutverzerrt. »Sie haben Shek Boon-sing nicht erledigt, indem Sie so taten, als würden Sie sich ergeben. Lee Wan hatte eine Kugel vorne in der Brust – keine Geisel würde sich im Davonlaufen zu ihrem Peiniger umdrehen! Sie haben Lee Wan mit der schallgedämpften Typ 67 erschossen und Shek damit lange genug irritiert, um auch ihn zu erledigen. Er hätte nie damit gerechnet, dass ein Polizist eine Geisel erschießen würde! Sie erschossen Lee Wan mit der Typ 67 in der linken Hand und feuerten anschließend mit dem Polizeirevolver in Ihrer rechten auf Shek Boon-sing. Deshalb trafen Sie auch nicht so genau wie sonst. Sie schossen daneben, wurden selbst am linken Handgelenk getroffen und mussten noch einmal schießen. Diesmal trafen Sie Shek in den Kopf. Sie benutzten Lee Wan, um Shek Boon-sing zu töten – genauer gesagt, Sie hatten von Anfang an nicht vor, auch nur ein einzige Menschenseele am Leben zu lassen. Sie wollten alle, die in diesem Hotel anwesend waren, für immer zum Schweigen bringen!«

TT hatte nicht erwartet, dass der stets gelassene Superintendent dermaßen starke Gefühle zur Schau stellen könnte. Jetzt war er derjenige, der den älteren Mann mit unbewegter Miene ansah.

»Dann auch noch Yau Choi-hung und Bunny Chin! Die beiden waren zum Zeitpunkt von Sheks Tod noch am Leben. Nicht Shek hat sie erschossen, sondern Sie! Niemand wäre so dämlich, die Zimmertür zu öffnen, wenn er draußen Schüsse hört, und schon gar nicht ein abgebrühter Zuhälter aus Mongkok wie Well-hung. Es gab nur einen einzigen Grund, die Tür zu öffnen: wenn von draußen jemand rief, dass alles sicher sei und man so schnell wie möglich fliehen solle. Sie haben ihn dazu gebracht, die Tür aufzumachen, und dann beide erschossen. Sie sind ein kaltblütiger Mörder, TT. Um den Mord an Mandy Lam zu vertuschen, haben Sie einer ganzen Gruppe unschuldiger Opfer eigenhändig das Leben genommen!«

»Aha. Und nachdem ich auf die von Ihnen beschriebene Weise mehreren Menschen das Leben genommen hatte, habe ich meine Fingerabdrücke von der Typ 67 gewischt und sie Shek in die Hand gedrückt, damit es so aussah, als hätte er mit zwei Waffen geschossen? Superintendent Kwan, Sie haben eine wichtige Kleinigkeit vergessen.« TT lächelte entspannt. »Weniger als eine Minute nachdem ich das Hotel betreten hatte, war das andere Team bereits vor Ort. Glauben Sie tatsächlich, die Zeit hätte ausgereicht, um Lee Wan und Shek Boon-sing zu erschießen, Yau dazu zu kriegen, die Tür aufzumachen, noch zwei Leute zu erschießen, die Waffe abzuwischen und sie Shek in die Hand zu drücken? Sie dürfen nicht vergessen, dass ich verletzt war, und selbst wenn es mir gelungen wäre, den Schmerz zu unterdrücken, hätte mich die verletzte Hand behindert. Angenommen, ich hätte mich tatsächlich in dieser Geschwindigkeit bewegen können, und angenommen, ich wäre tatsächlich ein derart einfallsreicher Mörder, würde ich wirklich ein solches Risiko auf mich nehmen, wissend, dass jeden Moment meine Kollegen eintreffen würden? Was, wenn Yau sich geweigert hätte, die Tür zu öffnen? Ich wäre geliefert gewesen.«

»Das alles musste einfach nur erledigt werden, *ehe* Sie ins Hotel stürmten.«

»Ach so, kann ich mich jetzt auch noch zweiteilen? Sind Sie noch ganz klar im Kopf?«

»Was ich damit sagen will, Sie haben all das getan, ehe Sie *vorgaben*, das Hotel zu betreten.« Kwan sah TT an, als hätte er ein Monster vor sich. »Sie haben nicht sofort Kontakt zu Chief Inspector Ko aufgenommen. Stattdessen sind Sie in das Hotel gestürmt, haben Lee Wan und Shek Boon-sing getötet, Wellhung aus seinem Zimmer gelockt, sich um ihn und um Bunny gekümmert und erst dann über Funk gemeldet, Sie seien vor dem Hotel und würden reingehen. Zu dem Zeitpunkt waren bereits alle tot, und Sie konnten sicher sein, dass Ihr Plan aufgegangen war. Sie nahmen Sheks Maschinengewehr an sich, feuerten in den Gang hinaus und taten so, als würde er in diesem Augenblick eine Geisel nehmen, um sich den Weg freizuschießen. Sie meldeten Ko, Sie würden jetzt reingehen und die Geisel befreien. Danach mussten Sie nur noch ein paar Schüsse abgeben, damit es sich von draußen anhörte wie eine Schießerei, Ihre Fingerabdrücke vom Gewehr wischen, es Shek wieder in die Hand drücken, sich hinsetzen und auf die Verstärkung warten. Vierzig Sekunden? Dazu hätten zehn vollauf genügt.«

»Sie haben keinerlei Beweise.« TT lächelte inzwischen nicht mehr.

»Keine handfesten Beweise, aber genügend Ungereimtheiten, sobald man anfängt, den Zwischenfall chronologisch zu untersuchen. Als aus den Ka Fai Mansions der erste Schuss zu hören war, gab Chief Inspector Ko umgehend Anweisung, alle Aufzüge außer Betrieb zu setzen und nach oben zu gehen. Zu dem Zeitpunkt befanden Sie sich bereits im neunten Stock. Laut Aussage von Sonny Lok waren es von da an nur zehn bis fünfzehn Sekunden bis zu Ihrem Rückzug ins Treppenhaus. Darauf folgten unmittelbar der Schusswechsel mit Shek, ein paar Sekunden Kauern im Treppenhaus und Ihr Vorstoß ins Hotel. Der schießende und flüchtende Shek, der Streit zwischen Ihnen und Lok über den verletzten Sharpie im Treppenhaus – all das kann kaum länger gedauert haben als fünfzehn bis zwanzig

Sekunden. Wären Sie tatsächlich direkt nach diesem Schusswechsel ins Hotel gestürmt und hätten von dort aus die Einsatzzentrale um Verstärkung gebeten, wäre Ihr Funkspruch also in etwa vierzig Sekunden nach Inspector Kos erster Anweisung erfolgt – aber als der Funkspruch dann kam, war das andere Team bereits im siebten Stock. Doch die Kollegen hatten nach dem ersten Schuss im Erdgeschoss auf Instruktionen gewartet. Sie mussten, ehe sie nach oben gingen, von der Wartungsmannschaft die Aufzüge außer Betrieb setzen lassen, was mindestens eine halbe Minute dauerte. Natürlich ist es theoretisch möglich, sieben Treppenabsätze in zehn Sekunden zu meistern, aber das Team bewegte sich langsam nach oben, um nicht in einen Hinterhalt zu geraten. Die Männer beschleunigten erst, als Ihr Funkspruch kam, in dem es hieß, nur Shek Boon-sing sei noch übrig und habe sich im Hotel verschanzt. Der einzig mögliche Schluss lautet also, dass Sie, als Sie vom Treppenhaus ins Hotel rannten, noch gar keinen Funkspruch abgesetzt hatten und dass Ihr Ruf nach Verstärkung erst etwa zwei Minuten nach dem Schusswechsel im Treppenhaus einging. In extremen Stresssituationen wie dieser wäre den wenigsten aufgefallen, dass der zeitliche Ablauf nicht stimmte, vor allem weil niemand genau wusste, woher die Schüsse kamen. Wenn wir unter Druck stehen, ist unser Zeitgefühl höchst unzuverlässig. Das ist der blinde Fleck, den Sie ausgenutzt haben.«

TT applaudierte mit spöttischer Miene. »Ein sehr spannendes Szenario! So packend Ihr Märchen auch sein mag, Superintendent Kwan, ich muss Sie trotzdem fragen – wo bleiben die Beweise?«

Mit so viel Kaltblütigkeit hatte Kwan tatsächlich nicht gerechnet. TT scheute sich nicht, eine erneute Volte zu reiten. Kwan runzelte die Stirn. »Ich habe den Block aus dem Imbiss.«

»Aber Sie können nicht beweisen, dass ich die Nachricht geschrieben habe«, sagte TT ruhig. »Wäre ich der Täter, hätte ich mehrere Blätter herausgerissen, um sicherzugehen, dass keine Abdrücke übrig blieben, und dann das Ding mit der Schürze abgewischt. Wenn sich auf dem Zettel keine Fingerabdrücke von mir befinden, haben Sie keinen Beweis dafür, dass ich tatsächlich der Täter bin. Vielleicht hat der Mörder das Blatt Papier auch schon vor oder während unserer Schicht aus dem Block gerissen. Ihr Beweisstück lenkt den Verdacht auch auf Sonny Lok, Fan Si-tat und sogar auf den Imbissbudenbesitzer und seine Leute, ganz zu schweigen von den Kunden, die an dem Vormittag im Laden waren.«

»Und wie erklären Sie die Schusswunde in Lee Wans Brust, weshalb Yau die Tür öffnete, den Stand der Blutgerinnung bei Mandy Lam und die große Zeitlücke, ehe Sie Ko Meldung machten?«

»Das muss ich gar nicht erklären. Es lässt sich lediglich sagen, dass die Fakten ungewöhnlich sind, aber nichts davon *widerspricht* meiner Aussage. Woher diese Diskrepanzen rühren? Was weiß denn ich? Die Kriminaltechnik fällt nicht in mein Aufgabengebiet.« TTs Mundwinkel kräuselten sich nach oben.

»Sie haben von dem Münzfernsprecher vor der Verwaltung mehrmals die Pager-Vermittlung angerufen.«

»Der Hausmeister war alt und hat die meiste Zeit geschlafen. Glauben Sie wirklich, der kann sich daran erinnern, wer das Telefon benutzt hat? Das wage ich zu bezweifeln.«

»Ich habe die Spurensicherung angewiesen, den Schlüssel von Zimmer Nummer 4 gründlich auf Fingerabdrücke zu untersuchen.«

»Glauben Sie, ich würde Fingerabdrücke hinterlassen, wenn ich ein Mörder wäre?«

»Nein. Eher nicht. Aber wenn sich darauf die Abdrücke von Shek Boon-sing finden lassen ...«

Kwan fuhr nicht fort, weil TTs Lächeln immer selbstgefälliger wurde. Ihm war klar, dass TT selbst in dem Chaos, das nach den Schüssen herrschte, nicht vergessen hatte, den Schlüssel, der neben der Leiche von Mandy Lam lag, gründlich abzuwischen, um alle Abdrücke vom Jaguar und von Shek zu entfernen. Vielleicht hatte er Shek den Schlüssel nach seinem Tod abgenommen und in Zimmer Nummer 4 deponiert. Natürlich wäre es seltsam, dass sich auf dem Schlüssel keine Fingerabdrücke finden ließen, denn Mandy hatte keinen Grund gehabt, ihn abzuwischen, doch das fiel in dieselbe Kategorie wie alle anderen Ungereimtheiten – TT war nicht verpflichtet, Erklärungen zu finden.

»Es gibt noch andere Wege, Sie zu überführen.« Kwan runzelte die Augenbrauen. »Das Motiv zum Beispiel. Wenn wir beginnen, Mandy Lam zu beleuchten, werden wir recht schnell bei Ihnen landen.«

»Das können Sie natürlich versuchen, aber Sie verschwenden nur Ihre Zeit, Superintendent Kwan.« TTs Zuversicht gab Kwan zu verstehen, dass er ihm damit nicht drohen konnte. Kwan war vorhin bereits in dem Nachtclub gewesen, wo Mandy gearbeitet hatte, und musste dort erfahren, dass sie sehr zugeknöpft gewesen war und es sich nicht lohnte, diese Spur weiter zu verfolgen.

»Wissen Sie, Superintendent Kwan, Sie müssen wirklich sehr mutig sein.« TT lächelte, doch seine Augen blieben kalt. Er musterte Kwan ungerührt. »Wäre ich wirklich der Mörder, würden Sie dann nicht Ihr Leben aufs Spiel setzen, indem Sie herkommen und mich mit Ihren Erkenntnissen konfrontieren? Das Beweisstück, das mich noch am ehesten überführen könnte, ist der Bestellblock, und den haben Sie freundlicherweise mitgebracht. Ist Ihnen nicht in den Sinn gekommen, dass der Mörder das belastende Beweismittel vielleicht vernichten möchte, selbst wenn das hieße, Sie bewusstlos zu schlagen oder gar umzubringen?«

»Das würden Sie nicht tun. Wären Sie dazu in der Lage, hätten Sie nicht so viel Aufwand betrieben, um den Mord an Miss Lam zu vertuschen. Es ist offensichtlich, dass Ihnen zwar der *Vorgang* des Tötens leichtfällt, die Schwierigkeit jedoch darin liegt, im Anschluss an den Mord die Leiche loszuwerden und allen Verdacht von sich zu lenken. In einer derart dicht besiedelten Stadt wie Hongkong wäre es sehr schwer, auf Dauer dem Auge des Gesetzes zu entgehen, solange die Polizei, die Ärzte oder die Familie eines Toten auch nur den Hauch eines Zweifels hegen. Selbst wenn es Ihnen gelänge, die Leiche verschwinden zu lassen, würde das verschwundene Opfer früher oder später die Aufmerksamkeit der Polizei erregen. Ihnen war klar, dass es nur möglich war, einen Mord ohne Konsequenzen zu begehen, wenn Sie die Schuld jemand anderem in die Schuhe schoben, nur dass Sie dann mit dem Problem konfrontiert waren, Ihren Sündenbock zum Schweigen zu bringen. Dazu wählten Sie den mit Abstand finstersten Weg. Shek Boon-sing die Schuld an Mandys Tod in die Schuhe zu schieben und ihn anschließend auf *legale Weise* umzubringen.«

TT grinste triumphierend. »Aus demselben Grund ist es sehr viel wahrscheinlicher, dass Edgar Ko versuchte, mir die Schuld in die Schuhe zu schieben, und die Kollegen von der Internen Ermittlung ihn für den Täter halten. Sie werden kaum freiwillig ihren Fehler einräumen und Ihre Theorie übernehmen. Solange Sie keine Fakten in der Hand haben, wird die Interne sich kaum umstimmen lassen. Sie würden sich mit Ihren halbgaren Verdächtigungen nur zum Narren machen.«

Kwan erkannte, wie gründlich TT seinen Plan durchdacht hatte. Welch ein Jammer, dass er seinen außerordentlichen Intellekt und seine Fähigkeiten nie in seine Arbeit als Ermittler gesteckt hatte.

Hilflos schüttelte Kwan den Kopf und griff in seine Jackentasche.

»Sagen Sie jetzt bitte nicht, dass Sie unser Gespräch heimlich mitgeschnitten haben, Superintendent Kwan. Das würde Ihnen nicht nutzen, weil ich rein gar nichts zugegeben habe«, sagte TT spöttisch.

»Nein. Ganz im Gegenteil. Hätten Sie unser Gespräch heimlich aufgezeichnet, würde ich viel tiefer in Schwierigkeiten stecken als Sie.« Kwan zog ein Glasfläschchen aus der Tasche, in dem eine einzelne benutzte Kugel lag.

»Was ist das?«, fragte TT wachsam.

»Ich habe mindestens so viele schmutzige Tricks auf Lager wie Sie.« Kwan hielt das Fläschchen zwischen Daumen und Zeigefinger in die Höhe. »Das ist die Kugel, mit der Shek Boon-sing beim ersten Schuss in die Brust getroffen wurde.«

»Weshalb zeigen Sie mir das?«

»Ich habe sie vertauscht«, sagte Kwan ungerührt.

»Wie, vertauscht? Womit?«

»Mit einer Kugel aus der Typ 67, mit der letztes Jahr der Winkeladvokat Ngai Yiu-chung erschossen wurde.«

»Sie …«

»Ich habe den Waffenexperten bereits Anweisung erteilt, die Kugeln aus den Leichen von Shek, Mad Dog und dem Jaguar noch einmal unter die Lupe zu nehmen. Morgen ist Sonntag, da wird nicht gearbeitet, aber wenn sie Montag wieder ins Labor kommen, werden sie feststellen, dass es einen Fehler in den Berichten gab und der erste Schuss, von dem Shek getroffen wurde, tatsächlich aus einer Pistole Typ 67 abgegeben wurde. Dieser ›Beweis‹ steht im Widerspruch zu Ihrer Aussage und wird die Interne Ermittlung dazu zwingen, sich doch noch einmal mit anderen Möglichkeiten auseinanderzusetzen, zum Beispiel mit der ›Theorie‹, die ich Ihnen soeben dargelegt habe. Mit dem einzigen Unterschied, dass Sie durcheinanderkamen, als sie Lee Wan und Shek Boon-sing erschossen, und versehentlich mit der falschen Waffe auf Shek geschossen haben, denn die in seinem Körper gefundene Kugel passt nicht zu Ihrer Version der Ereignisse. Damit geraten Sie unter Verdacht.«

»Sie … Sie fälschen Beweise!« TT sprang fassungslos auf.

»Es steht Ihnen frei, mich der Internen Ermittlung zu melden, aber ich habe, genau wie Sie, keinerlei Spuren hinterlassen. Sie können natürlich versuchen, in die Asservatenkammer einzubrechen, aber da bei den Waffenexperten jede Menge Waffen lagern, sind die Sicherheitsstandards natürlich sehr hoch.«

TT setzte sich wieder hin. Seine Augen schossen wild hin und her.

»Geben Sie auf. Sie sind schachmatt.«

Kwan hatte zwar mit der Möglichkeit gerechnet, dass TT ihn angreifen würde, wenn er sich in die Ecke gedrängt fühlte, aber es erschien ihm unwahrscheinlich. Der allererste Schlag wäre ein endgültiges Schuldeingeständnis. Außerdem war TT ein Spieler – solange auch nur noch ein Tag blieb, um die Situation zu seinem Vorteil zu verkehren, würde er nicht aufgeben.

»So. Mehr hatte ich nicht zu sagen.« Kwan stand auf und steckte Bilder, Kugel und Notizblock wieder in die Tasche. »Sollten Sie davonlaufen oder sich verstecken, haben Sie schon verloren, TT. Wenn Sie noch einmal würfeln und Ihr Glück versuchen wollen, sollten Sie das vor Gericht tun. Vielleicht kommen Sie mit Totschlag davon oder vermeiden eine lebenslange Gefängnisstrafe, indem Sie auf Unzurechnungsfähigkeit plädieren. Dazu müssten Sie sich allerdings stellen, ehe die korrigierte Analyse der Kugel von den Waffenexperten zurückkommt.«

Kwan war bereits an der Tür, und TT hatte noch immer keinen Muskel gerührt. Kwan drehte sich um. »Eine Sache noch. Falls – nur angenommen – Sie der Täter wären, wie hätten Sie eigentlich Shek ins Hotel gelockt, wenn der Jaguar nicht zufällig in den Imbiss gekommen wäre, um Mittagessen zu besorgen?«

TT hob den Kopf und blinzelte Kwan an. Er sprach sehr langsam. »Ich hätte behauptet, ich hätte einen Verdächtigen gesehen und müsste die Verfolgung aufnehmen, hätte Ka Fai Mansions auf eigene Faust verlassen und von dem Münztelefon draußen einen der Pager vom Jaguar angerufen. Solange ich hinterher behauptete, das von mir verfolgte verdächtige Individuum hätte telefoniert, hätte es so ausgesehen, als wäre Shek von einem seiner Leute gewarnt worden.«

»Aber wie hätten Sie in der Nachricht auf das Hotel hinweisen wollen?«

»Der Standardcode enthält Ziffern für ›Ocean Terminal‹, ›Hotel‹ und ›Zimmernummer‹. Daraus hätte sich eine Nachricht zusammenstöpseln lassen. Das könnte man zwar missverstehen als Hotel am Ocean Terminal anstatt Ocean Hotel, aber das Terminal Hotel ist zu vornehm für einstellige Zimmernummern.«

»Die Einsatzzentrale überwachte die Pager. Edgar Ko hätte die Nachricht also auch gelesen. Wäre damit nicht der Mord an Mandy Lam aufgeflogen?«

»Nicht, wenn die Nachricht Zimmer Nummer 3 anstatt Zimmer Nummer 4 gelautet hätte.«

Kwan fiel das nicht belegte Zimmer wieder ein. Ohne ein weiteres Wort drehte er sich um, öffnete die Tür und ging. TT hatte sich noch immer nicht bewegt, als wäre er voll und ganz damit beschäftigt zu überlegen, wie sich das Blatt doch noch zu seinen Gunsten wenden ließe.

Kwan Chun-dok ging nachdenklich die Straße entlang und bahnte sich seinen Weg durch die Touristenhorden. Das Herz war ihm schwer. TT war ein intelligenter Mann, und Kwan hatte, als sie damals zusammenarbeiteten, ein großes Potenzial in ihm gesehen. Doch er hatte sich für die dunkle Seite entschieden. Kwan hatte Edgar Ko am Vortag angelogen, als er behauptete, er wolle ihm den Namen des Verdächtigen nicht verraten, damit er ihn bei der Internen Ermittlung nicht ausplaudern konnte. In Wirklichkeit wollte er TT die Möglichkeit geben, sich selbst zu stellen. Er war sich nicht sicher, ob er in dieser Sache auf bestmögliche Weise gehandelt hatte und ob er wirklich alles getan hatte, um TT zu einem Geständnis zu bewegen. Wenn es um die Verfolgung von Verbrechern ging, konnte Kwan Chun-dok gnadenlos sein, doch wenn es um jemanden ging, der einst ein exzellenter Mitarbeiter gewesen war, war es ihm schlicht unmöglich, mit derselben Härte durchzugreifen.

Nichts war so traurig wie ein beispielhafter Polizist, der sich dem Bösen zuwandte, dachte Kwan.

Diesmal aber hatte Kwan Chun-dok sich getäuscht.

Die Nachricht erreichte ihn am Montagmorgen. Tang »TT« Ting, Leiter von Team 3 des Kriminalkommissariats Mongkok, hatte das Revier betreten, sich den Lauf einer Pistole in den Mund geschoben und sich erschossen.

»Willst du damit sagen, du hättest die Kugeln gar nicht vertauscht?«, fragte Keith Tso.

»Ja. Ich wollte ihm nur Angst machen. Das Vertauschen von ein paar Unterlagen im Büro des Erkennungsdiensts hätte ich vielleicht noch hinbekommen. Aber so ein Betrug in der kriminaltechnischen Abteilung zur Untersuchung von Schusswaffen wäre nicht einfach gewesen«, sagte Kwan.

Nachdem er von TTs Selbstmord erfahren hatte, war Kwan umgehend zur Internen Ermittlung gegangen und hatte die Kollegen von seinen Vermutungen, Beweisen und sämtlichen Daten zum Ka-Fai-Mansions-Vorfall unterrichtet. Am nächsten Morgen war Tso bei ihm aufgetaucht, um sich nach seinem Befinden zu erkundigen, und Kwan hatte ihm alles erzählt.

»Heute Morgen habe ich noch etwas entdeckt.« Kwan schlug die Akte eines alten Falls auf. »Der Anwalt, der Anfang letzten Jahres ermordet wurde, war Stammgast im New Metropolis – dem Nachtclub, in dem Mandy Lam arbeitete. Das könnte Zufall sein, aber vielleicht geht der Mord an dem Anwalt ebenfalls auf das Konto von TT.«

»Tatsächlich?«

»Es gibt keine konkreten Beweise, das ist reine Theorie. Ich weiß auch nicht, wie ich die je untermauern sollte – wir werden nie erfahren, wann die Typ 67 in TTs Besitz gelangt ist.« Kwan zuckte die Achseln. »Sollte das jedoch der Fall sein, wurde Mandy Lam vielleicht nicht nur umgebracht, weil sie damit drohte, TTs Hochzeit platzen zu lassen. Vielleicht war sie in dem Mord an Ngai Yiu-chung seine Komplizin.«

»Das wäre möglich. Sie wollte in den Ka Fai Mansions auf ihn warten, das legt nahe, dass sie ziemlich viel voneinander wussten.«

Falls TT tatsächlich Ngais Mörder war, dachte Kwan, würde auch er nie in Erfahrung bringen, ob er es getan hatte, um sich die Arbeit zu erleichtern, oder ob Mandy Lam ihn wegen irgendeiner Auseinandersetzung dazu überredet hatte. Falls keine neuen Beweise auftauchten, war der Fall eiskalt, und die Wahrheit würde nie ans Licht kommen.

»Und anstatt sich zu stellen, hat TT sich das Leben genommen, weil er mit der Schuld nicht leben konnte«, seufzte Keith.

»Nein. Dieses Schwein kannte keine Schuld. Er hat vor mir eine riesengroße Show abgezogen – so getan, als könnte ich ihm nie das Wasser reichen.« Kwan runzelte die Stirn und machte ein unglückliches Gesicht.

»Eine Show? Interpretiere nicht zu viel hinein, Ah Dok.«

»Weißt du, Keith, es kann ja sein, dass die Lebensziele dieses Kerls zu meinen absolut konträr waren, aber ich kann nicht leugnen, dass wir ähnlich tickten. Für Menschen wie uns ist auch die Existenz nur eine Art Werkzeug. Meinem Verständnis nach ist jedes einzelne Leben wertvoll, und ich würde mein eigenes Leben aufs Spiel setzen, um einen anderen Menschen zu retten, doch diese Einschränkung galt für TT nicht. Er war bereit, für einen psychologischen Sieg sogar sein eigenes Leben zu opfern.«

»Mit anderen Worten: In Wirklichkeit ist er hier der Sieger«, sagte Keith verzweifelt. »Campbell denkt noch darüber nach, ob er mit der Geschichte an die Öffentlichkeit gehen soll.« Senior Assistant Commissioner William Campbell – Kim Wai-lim auf Kantonesisch – war der Leiter des Dezernats für Verbrechen und Sicherheit.

»Was gibt es da zu überlegen?«

»Die hohen Tiere neigen dazu, die ganze Angelegenheit zu vertuschen und Shek Boon-sing die Schuld in die Schuhe zu schieben. Demnach würde die offizielle Geschichte lauten, TT hätte aus Verzweiflung Selbstmord begangen, weil es ihm nicht gelungen war, die Geiseln zu retten.«

»Was!«, rief Kwan. »Er plant, die Öffentlichkeit zu belügen? Haben Lee Wan, Bunny Chin und die anderen unschuldigen Opfer denn nicht verdient, dass die Wahrheit ans Licht kommt?«

»Da hat Chief Superintendent Yuan von der Internen Ermittlung seine Hand mit im Spiel«, erklärte Tso. »Seiner Meinung nach schadet der Zwischenfall dem Ruf der Truppe. Schließlich gibt es keine handfesten Beweise dafür, dass TT tatsächlich der Mörder war, und den Toten ist ohnehin nicht mehr zu helfen. Der Polizei die Schuld zu geben würde sie auch nicht wieder lebendig machen.«

»Hat Campell wirklich eingewilligt?«

»Ah Dok, du weißt doch, wie kompliziert die politische Lage ist. Campell ist Brite, und bis zur Übergabe sind es gerade noch acht Jahre. Er muss langsam anfangen, mehr auf das zu hören, was die Chinesen sagen. Ich habe gehört, der Commissioner soll durch einen Einheimischen ersetzt werden, wenn er Ende des Jahres in Pension geht. Damit hätten wir zum ersten Mal einen chinesischen Polizeichef. Der Einfluss der Briten in der Truppe wird in Zukunft immer kleiner werden.«

»Trotzdem würde er damit den Ehrenkodex der Polizei entschieden verletzen, oder etwa nicht?« Auf Kwans Gesicht spiegelte sich pure Verzweiflung.

»Er sagt, es diene dem ›größeren Wohl‹. Von einem Vertrauensverlust der Bevölkerung würden nur die kriminellen Elemente profitieren.«

»Aber wir benutzen zur Vertrauensbildung eine Lügengeschichte. Welchen Wert hat so ein Vertrauen dann überhaupt noch?« Kwan ballte die Fäuste.

»Es hilft alles nichts. Der Ka-Fai-Mansions-Zwischenfall wirft ein so schlechtes Licht auf uns, dass die hohen Tiere der Meinung sind, einen weiteren Schlag könnten wir nicht verkraften.«

Kwan massierte sich die Schläfen und schwieg eine lange Weile. Schließlich sagte er: »Keith? Hast du schon einmal am Statue Square gestanden und zum Gebäude des Legislativrats hinaufgeschaut?«

»Wahrscheinlich?« Tso hatte keine Ahnung, worauf Kwan hinauswollte.

»Du weißt, dass dort früher der Oberste Gerichtshof untergebracht war, ehe der Legislativrat 1978 das Gebäude übernahm«, sagte Kwan gedehnt. »Weil in dem Gebäude früher ein Gericht untergebracht war, ist über dem Eingang die Statue der Themis zu sehen. Sie repräsentiert die Gerechtigkeit.«

»Ach, ich weiß, was du meinst. Diese griechische Göttin mit dem Schwert und den Waagschalen.«

»Ich sehe sie mir jedes Mal an, wenn ich dort vorbeikomme. Sie trägt eine Augenbinde als Symbol dafür, dass die Gerechtigkeit blind ist und alle gleich behandelt. Die Waagschalen stehen für das gerechte Abwägen der Verantwortung durch das Gericht, und das Schwert steht für absolute Macht. In meinen Augen ist die Polizei das Schwert. Um das Böse auszurotten, müssen wir immense Kraft aufwenden. Wir sind jedoch nicht die Waagschalen. Wir versuchen unter vollem Einsatz, Verbrecher zu fangen oder sie dazu zu kriegen, sich selbst zu verraten. Ich habe jedoch noch nie etwas anderes getan, als diese Verbrecher der Waagschale vorzulegen. Danach war es die Aufgabe der Justiz, abzuwägen und zu entscheiden, ob sie schuldig sind oder nicht. Es darf niemals in der Macht der Polizei liegen zu entscheiden, worin das ›größere Wohl‹ besteht.«

Keith Tso lächelte trostlos. »Ich verstehe genau, was du meinst. Aber was können wir machen, wenn Superintendent Yuan darauf besteht?«

Kwan seufzte. »Yuans Argument lautet also, die Truppe hätte einen Tiefschlag zu viel erlitten, um noch einen Skandal zu überstehen?«

»Richtig.«

»Wenn wir einen riesigen Sieg vermelden könnten, uns selbst überträfen und gleichzeitig verkünden würden, dass wir einen Verräter in unseren Reihen dingfest machen konnten, wären Gut und Böse wieder ausbalanciert. Damit könnten die Lamettaträger da oben doch wohl leben, oder?«

»Ich vermute, damit wäre Campbell einverstanden.«

»Dann sag ihm bitte, dass ich auf den Tag genau in einem Monat – nein, auf den Tag genau einen Monat nach dem Ka-Fai-Mansions-Zwischenfall – Shek Boon-tim gefangen genommen haben werde, den meistgesuchten Verbrecher der Stadt. Außerdem werde ich ihn lebend erwischen und dazu bringen, alles auszuspucken, was es über sein Imperium zu sagen gibt.«

»Ein Monat?«, japste Tso. »Bist du sicher?«

»Nein. Aber selbst wenn ich dafür auf Schlaf und auf Pausen verzichten muss, ich werde Shek Boon-tim bis ans Ende der Welt jagen, und ich werde ihn finden.«

Tso wusste, wenn Kwan Chun-dok etwas wirklich ernst meinte, hatte selbst eine so unmögliche Herausforderung wie diese eine reelle Chance auf Erfolg.

»Also gut. Ich werde mit Campbell sprechen. Ich hoffe, du lieferst ihm eine ordentliche Show.«

Kwan nickte.

Tso wollte gerade gehen, da fiel Kwan noch etwas ein. »Ach, weißt du übrigens, wo dieser Sonny Lok gelandet ist?«

»Ich bin mir nicht sicher. Vermutlich zurück bei der Streife. Warum?«

»Ich finde es ein bisschen unfair, ihn für sein Verhalten zu bestrafen«, sagte Kwan. »Gut, er hat sich einem direkten Befehl widersetzt, aber er war deshalb so standhaft, weil er fest daran glaubte, damit das Leben eines Kollegen retten zu können – und daran kann ich nichts Falsches finden. Hätte er strikt nach Vorschrift gehandelt und den Befehl befolgt, wäre Constable Fan Si-tat verblutet und Lok von TT erschossen worden. Ehe wir Polizisten sind, sind wir Menschen. An diesem Maßstab gemessen, bin ich der Meinung, dass Lok ein gewisses Potenzial hat erkennen lassen. So jemand würde seinen Kollegen lediglich in den untersten Rängen Ärger bereiten. In einem Kommissariat eingesetzt, würde er sich dort auf Dauer sicher hervortun.«

»Wenn das so ist, werde ich Campbell bitten, dem Frischling noch eine Chance zu geben. Allerdings wäre es nicht gut, ihn in Mongkok zu belassen. Vielleicht versetzen wir ihn nach Hong Kong Island oder so.«

»Ich hoffe nur, dass mein Gefühl mich diesmal nicht trügt«, sagte Kwan Chun-dok mit einem hilflosen Lächeln.

V GEBORGTER ORT 1977

1 *Rrrring ...*
Im Halbschlaf hörte Stella Hill das nervtötende Schrillen des Telefons.

Rrrring ...

Sie drehte sich um und drückte sich ein Kissen auf die Ohren. Sie wusste nicht, wie lange sie geschlafen hatte, nur dass es nicht lang genug war.

Rrrring ...

Dem Telefon waren Stellas Gefühle so egal wie einem Kredithai, der kommt, um Geld einzutreiben.

»Liz ... Liz ...« Stella rief nach der Kinderfrau ihres Sohnes. »Liz, können Sie mal ans Telefon gehen?«

Der Klang ihrer eigenen Stimme brachte Stella zu sich. Ihr fiel der Traum ein, aus dem sie geweckt worden war: Ihr Mann und ihr Sohn waren in ihrem alten Zuhause in England und sahen im Fernsehen eine Science-Fiction-Serie, als die Hauptfigur, »der Doktor«, plötzlich aus dem Fernsehgerät in ihr Wohnzimmer sprang und mit ihrem Mann eine Diskussion über das Thema Schulden begann. Als er eben sagte, die Marsianer könnten die finanziellen Verpflichtungen der Hills reduzieren, läutete es, und vor der Tür stand eine von ihren Gläubigern geschickte Schar Anwälte.

Nur dass in Wirklichkeit nicht die Türglocke geschellt hatte, sondern das erbarmungslose Telefon.

»Liz! Liz!« Stella stieg aus dem Bett. Es war nach zwölf, und Liz und das Kind sollten demnach zu Hause sein, aber wie sehr Stella auch rief, sie bekam keine Antwort. Bis auf das Schrillen des Telefons regte sich gar nichts. Rufen war zwecklos, wurde Stella klar – wenn Liz Stellas Stimme hören könnte, könnte sie mit Sicherheit auch das unerträgliche Gebimmel hören.

Rrrring ...

Stella schlüpfte in die Pantoffeln und öffnete die Schlafzimmertür. Sie marschierte ins Wohnzimmer und fand es leer vor. Keine Liz und keine Spur von ihrem Sohn. Die Uhr zeigte 12.46 Uhr an. Helles Licht strömte vom Balkon her in den Raum. Beunruhigt riss sie den Hörer hoch.

»Hallo?«, blaffte sie.

»Sind Sie verwandt mit Alfred Hill?« Ein Mann mit Akzent war am Apparat – offensichtlich ein Einheimischer.

»Ja?« Als Stella den Namen ihres Sohnes hörte, war sie auf einen Schlag hellwach.

»Und ist da das Nairn House an der Princess Margaret Road?«

»Ja … Warum? Ist … ist Alfred etwas zugestoßen?« Schlagartig wurde ihr klar, dass die Abwesenheit ihres Sohnes und der Kinderfrau und dazu noch der Anruf dieses Fremden einen Unfall bedeuten konnten. Als sie heute Morgen nach Hause gekommen war, war sie Liz und Alfred auf ihrem Weg nach draußen begegnet. Die Schule war höchstens zehn Minuten entfernt, und ihr Mann war der Meinung, Alfred sollte mit seinen zehn Jahren den Schulweg alleine meistern. Doch Stella war diese seltsame Stadt nicht geheuer, eine Stadt voller Menschen anderer Hautfarbe, die eine fremde Sprache sprachen, und sie beschwor Liz, ihrem Sohn nicht von der Seite zu weichen. Alfred war im vierten Grundschuljahr und hatte nur vormittags Unterricht. Gewöhnlich kam er spätestens gegen halb eins mit Liz zurück, und dass er noch nicht zu Hause war und der Mann am Telefon seinen Namen und seine Adresse kannte, weckte in Stella natürlich schlimmste Befürchtungen.

»Sind Sie seine Mutter?« Der Mann ging nicht auf ihre Frage ein.

»Ja, ja. Ist Alfred …«

»Keine Sorge. Ihm geht's gut …«

Stella atmete auf. Sie konnte nicht ahnen, was als Nächstes kommen würde.

»… aber er ist in meinen Händen. Wenn Sie wollen, dass er heil nach Hause kommt, müssen Sie Lösegeld bezahlen.«

Stella erstarrte. Das waren die Worte aus einem Albtraum,

der Dialog des Entführers in Filmen oder Büchern, und einen Augenblick konnte Stella nicht begreifen, was sie bedeuteten.

»Wovon reden Sie?«

»Ich sagte, Alfred Hill ist in meinen Händen. Wenn ich mein Geld nicht bekomme, töte ich ihn. Wenn Sie die Polizei rufen, töte ich ihn auch.«

Ein eisiger Schauder lähmte ihr Herz und betäubte ihre Kopfhaut. Sie bekam keine Luft. Schließlich drang die Bedeutung seiner Worte in ihr Bewusstsein.

»Sie – Sie haben Alfred?« Sie drehte sich zu ihrem leeren Wohnzimmer um. »Liz! Alfred!«

»Madam, verschwenden Sie nicht Ihre Energie. Ich muss mit Ihrem Mann sprechen – ich nehme an, er kümmert sich um die Finanzen? Bitte sagen Sie ihm, er soll, so schnell es geht, nach Hause kommen. Ich rufe um halb drei wieder an. Wenn er bis dahin nicht zurück ist, lasten Sie es nicht mir an, wenn es auf Ihren Sohn zurückfällt.«

»Sie reden Unsinn! Mein Sohn ist nicht bei Ihnen!«, schrie Stella, krampfhaft bemüht, nicht zu zittern.

»Madam, ich rate Ihnen sehr, mich nicht wütend zu machen. Wenn ich unglücklich bin, wird Ihr geliebter Sohn darunter leiden.« Die Stimme blieb unbeirrbar ruhig. »Es steht Ihnen frei, mir nicht zu glauben, aber dann werden Sie Ihr Kind nie wiedersehen ... Oh, Verzeihung, ich habe mich nicht richtig ausgedrückt: Ich hätte sagen sollen, Sie werden Ihr Kind nie *lebend* wiedersehen. Als Zeichen meiner Aufrichtigkeit bekommen Sie ein Geschenk von mir – es liegt an der Straßenlaterne vor dem Haupteingang von Nairn House. Vielleicht hilft es Ihnen bei der Entscheidung, ob Sie Ihren Mann anrufen sollen.«

Die Leitung war tot. In Stellas Kopf wirbelte alles durcheinander. Sie knallte den Hörer auf, rannte durch die Wohnung, rief laut nach ihrem Sohn. Sie hastete in sein Zimmer, das leer war, und dann ins Bad, in die Vorratskammer, ins Arbeitszimmer, ins Wohnzimmer, in die Küche, in Liz' Zimmer – doch er war nirgends. Sie war in dieser Riesenwohnung die einzige Menschenseele.

Stella sah auf die Uhr. Kleiner Zeiger zwischen zwölf und eins, großer Zeiger auf elf. Um diese Zeit sollte ihr Sohn am Esstisch sitzen und sich das Mittagessen schmecken lassen, das Liz für ihn gekocht hatte. Er war ein zurückhaltendes Kind und lächelte seine Eltern nur selten an, doch sein Mittagsmahl aß er stets mit großem Genuss. Stella und ihr Mann waren jetzt fast drei Jahre in Hongkong und hatten sich immer noch nicht an die chinesische Küche gewöhnt, doch ihr Sohn hatte sich rasch angepasst. Besonders mochte er die Tofusuppe, die Liz zubereitete. Stella starrte auf den verwaisten Tisch und hatte das Gefühl, etwas wäre auf eine Weise, die sie nicht recht in Worte fassen konnte, völlig aus dem Lot geraten.

War dies ein schlechter Scherz?

Eine Entführung? So etwas passierte doch nicht ihr oder ihrer Familie. Sie ging wieder zum Telefon, hob den Hörer ab und blätterte im Telefonbuch nach einer Nummer, die sie selten benutzte.

»Kowloon Tong British School, Grundschulsekretariat«, murmelte sie und wählte.

»British School, Grundschule«, sagte eine Frauenstimme in einwandfreiem Englisch.

»Hallo, ich bin die Mutter von Alfred Hill aus der 4A.« Stella kam sofort zur Sache. »Ist mein Sohn noch in der Schule?«

»Guten Tag, Mrs Hill. Die Klassen wurden bereits entlassen. Die Prüfungswoche ist vorbei, und heute hatten wir unterrichtsfreien Aktionstag. Unsere Schüler waren zeitig fertig, um halb zwölf. Ist Alfred noch nicht zu Hause?«

»Nein ... ist er nicht.« Stella zögerte. Sie wusste nicht, was sie sagen sollte.

»Bitte warten Sie, ich verbinde Sie mit seiner Klassenlehrerin.«

Während Stella wartete, dass sie durchgestellt wurde, beobachtete sie den Sekundenzeiger der Wohnzimmeruhr. Sie schien langsamer zu ticken als sonst.

»Guten Tag. Mrs Hill? Hier spricht Miss Shum.«

»Wann ist Alfred gegangen?«, fragte Stella verzweifelt.

»Um halb zwölf. Ich habe ihn zum Schultor hinausgehen sehen. Ist er noch nicht zu Hause?«

»Nein«, krächzte Stella. »War er in Begleitung von Klassenkameraden? Könnte er mit ihnen irgendwo hingegangen sein?«

»Soweit ich mich erinnere, hat eine Gruppe von ihnen auf ihn eingeredet, aber er hat den Kopf geschüttelt, und dann sind sie gegangen. Es sah aus, als hätte er eine Einladung ausgeschlagen.«

»Und meine Kinderfrau? Sie holt ihn meistens ab. War sie da?«

»Hm. Ich meine, sie gesehen zu haben, aber vielleicht irre ich mich ...« Miss Shum hielt inne, als bereitete es ihr große Mühe, sich die Szene vor Augen zu rufen. Nach der Schule gab es immer so ein Gedränge am Tor, da war es schwierig genug, sich an die eigenen Schüler zu erinnern, von anderen Gesichtern ganz zu schweigen. »Könnte Alfreds Kinderfrau mit ihm noch irgendwo hingegangen sein?«

»Nein, das hätte sie mir gesagt oder eine Nachricht hinterlassen.« Weil Stellas Terminplan ihrer Arbeit wegen nur selten mit dem ihres Sohnes übereinstimmte, verständigten sie sich hauptsächlich über schriftliche Nachrichten.

»Möchten Sie, dass wir die Polizei informieren?«

Die Warnung des Mannes schrillte in ihrem Kopf – »Wenn Sie die Polizei rufen, töte ich ihn auch« –, und Stella rief: »Nein, nein! Das ist ... das wäre dann doch übertrieben. Sie haben sich schließlich erst eine Stunde verspätet. Vielleicht wurde die Kinderfrau durch eine Besorgung aufgehalten. Entschuldigen Sie, dass ich Sie behelligt habe.«

»Ah ja, so könnte es gewesen sein. Wenn Sie es für nötig halten, rufen Sie bitte wieder an. Ich bin jeden Tag bis sechs in der Schule. Sie wohnen in ...« – das Rascheln von Seiten – »... Nairn House. Das ist ganz bei uns in der Nähe. Melden Sie sich, wenn ich irgendetwas tun kann.«

Stella stellte sich vor, wie Miss Shum die Schülerbogen durchsah. Um zu verhindern, dass die Lehrerin noch einmal die Polizei erwähnte, murmelte sie irgendetwas, dankte der Frau und legte auf.

Zögernd stand Stella da. Sie hatte heftige Schuldgefühle, weil ihr vor lauter Arbeit ihr eigener Sohn fremd geworden war. Sie hatte nicht einmal gewusst, dass heute in der Schule Aktionstag gewesen war! Sie fühlte sich schrecklich hilflos, wusste nicht, was sie jetzt tun sollte. Ihren Mann anrufen? Doch noch einmal in der Schule anrufen und um Hilfe bitten?

Sie dachte an die kurze Begegnung mit ihrem Sohn heute Morgen. Alfred war ihr fröhlicher vorgekommen als sonst – er ging normalerweise eher widerwillig zur Schule, war zuweilen regelrecht bockig. An diesem Morgen jedoch hatte er richtig lebhaft gewirkt. Wie der Name vermuten ließ, bedeutete »Aktionstag«, dass die Schüler den Vormittag nicht im Klassenzimmer verbrachten, sondern auf dem Sportplatz oder im Hobbyraum, um an sportlichen Wettbewerben, Filmvorführungen, Konzerten oder dergleichen teilzunehmen. Stella hätte nie gedacht, dass ihr Sohn sich für solche Betätigungen interessierte. Als sie sich jetzt an seine gute Laune erinnerte, kam ihr unwillkürlich der Gedanke, dass sie es offensichtlich verlernt hatte, eine gute Mutter zu sein.

Stella griff wieder zum Telefon, doch plötzlich kam ihr die letzte Bemerkung des Mannes wieder in den Sinn – ein Geschenk an der Straßenlaterne …

Sie hatte die ersten beiden Ziffern der Nummer ihres Mannes schon gewählt, ließ den Hörer wieder sinken und trat hinaus auf den Balkon. Er ging auf den Haupteingang hinaus – von hier aus konnte man den Parkplatz, den eingezäunten Garten und die dahinterliegende Straße sehen. Falls bei der Laterne tatsächlich etwas lag, würde man auch das erkennen.

Die Sonne auf dem Balkon schien so grell, dass sie die Augen schließen musste. Es dauerte ein paar Sekunden, bis sie sich an das blendende Licht gewöhnt hatten. Auf das Geländer gestützt beugte Stella sich vor und musterte die Straßenlaternen. Als ihr Blick auf die zweite rechts vom Tor fiel, stockte ihr der Atem.

Am Fuß der Lampe stand ein brauner Pappkarton.

Bis jetzt hatte Stella sich immer noch an die Hoffnung geklammert, es könnte sich um einen üblen Scherz handeln, doch jetzt war auch das letzte Fünkchen endgültig erloschen. Nairn House lag in einem der gehobeneren Wohngebiete von Kowloon Tong, und die Straßen waren stets makellos sauber. In den drei Jahren, die sie jetzt in dieser Gegend wohnten, hatte sie nicht ein einziges Mal erlebt, dass jemand einfach seinen Müll auf die Straße stellte.

Sie fuhr in ihre Schuhe, rannte, ohne die Wohnungstür abzuschließen, hinaus, drückte wie wild auf den Fahrstuhlknopf, und als der Lift nicht schnell genug kam, rannte sie die Treppe hinunter. Die Hills wohnten in der sechsten Etage, doch Stella gelangte in weniger als einer Minute auf die Straße.

Der Wachmann beäugte sie, als sie die Eingangshalle durchquerte, und fragte sich zweifellos, weshalb sie in diesem Zustand, mit unordentlicher Kleidung, unfrisiert und keuchend wie ein Ochse, auf die Straße lief. Vor der Laterne blieb Stella stehen und betrachtete den Karton. Er maß etwa zwanzig bis dreißig Zentimeter im Quadrat, groß genug für einen Fußball. Er war nicht zugeklebt, nur die Deckellaschen waren ineinandergeschoben. Stella musterte den Karton von allen Seiten, doch er war unbeschriftet – ein ganz normaler Pappkarton.

Mit zitternden Händen hob sie ihn hoch. Er kam ihr erstaunlich leicht vor, als wäre er leer. Das beruhigte sie ein wenig, und tapfer öffnete sie den Deckel.

Ein einziger Blick auf den Inhalt genügte, und Stella wurde hysterisch. In dem Karton lagen zwei Dinge. Als Erstes fiel ihr Blick auf ein Kleidungsstück – ein hellgrünes Hemd, mit Schmutz und Blutspritzern übersät.

Die Grundschuluniform der British School.

Auf dem zerknitterten Hemd lag eine mit einem Schnürchen zusammengebundene feuerrote Haarlocke.

Die gleiche Farbe wie die von Stellas Haaren.

Alfred war in seinen Gesichtszügen und Charaktermerkmalen seinem Vater sehr ähnlich. Nur die Haarfarbe hatte er von seiner Mutter. Sie kündete von seinem keltischen Erbe.

2

Graham Hill ließ seine Arbeit liegen und fuhr beklommen nach Hause.

Er kannte seine Frau als besonnenen Menschen – als Krankenschwester musste sie im Umgang mit ihren Patienten ruhig bleiben, auch wenn sie dem Tode nahe waren. Daher war ihm sofort klar gewesen, dass es ernst war, als er sie am Telefon weinend und schluchzend sagen hörte, dem Kind sei etwas zugestoßen und er müsse sofort nach Hause kommen. Normalerweise hätte er sie gebeten zu warten, um die Dinge zu klären, wenn er von der Arbeit kam.

Graham besaß ein ausgeprägtes Verantwortungsbewusstsein, eine für seine Aufgabe unverzichtbare Eigenschaft. Er war Ermittler bei der Hong Kong Independent Commission Against Corruption (ICAC), dem unabhängigen Antikorruptionsausschuss von Hongkong. So wie viele Briten hatte auch Graham Hill bei seiner Ankunft in Hongkong einen chinesischen Namen verpasst bekommen – Ha Ka-hon, die bestmögliche Nachahmung seines Namens auf Kantonesisch, den Familiennamen, wie in China üblich, vorangestellt. Einige Kollegen nannten ihn inzwischen sogar auf Englisch »Mr Ha«. Graham Hill fand es ziemlich spaßig, dass ihm, einem Ausländer, der kein Wort Kantonesisch sprach, ein Name in dieser Sprache verpasst worden war, während viele gebürtige Hongkonger sich englische Namen zulegten, weil sie mit der Mode gehen wollten. Die Kinderfrau seines Sohnes zum Beispiel – sie wollte Liz gerufen werden, hatte aber keine Ahnung, wofür die Abkürzung stand. Als sie bei ihnen zu arbeiten anfing, hatte Graham sie oft Elizabeth genannt, worauf sie nicht reagierte. Sie brauchten ein Weilchen, um das Missverständnis aufzuklären. Hongkong war diesbezüglich recht eigenartig; die Ausländer verwandelten sich langsam in Einheimische, während die kolonisierten Einheimischen sich Lebensweise und Kultur der Zuzügler aneigneten.

Der Name seiner Frau lautete Stella, wurde aber schließlich zu »Shuk-lan«, was nicht besonders ähnlich klang. Aus Alfred wurde »Nga-fan«. Die Person, die ihnen diese Namen gab, behauptete, sie hätten einen schönen Klang und brächten Glück, was Graham nicht weiter kümmerte, weil er nicht abergläubisch war. Für ihn war dieses ganze »Feng-Shui«-Zeug schlicht unwissenschaftlicher Nonsens.

Er glaubte fest daran, dass Menschen felsenfest mit den Füßen auf der Erde stehen mussten, wenn sie glücklich sein wollten.

Graham Hill, 1938 geboren, war im Zweiten Weltkrieg aufgewachsen. Nach dem Schulabschluss wurde er Polizist und arbeitete bei Scotland Yard. Ein Kollege machte ihn mit Stella bekannt. Sie heirateten, richteten sich häuslich ein, und drei Jahre später kam Alfred – das normale Leben eines britischen Staatsdieners. Damals hatte Graham geglaubt, er werde so weiterarbeiten bis zur Pensionierung, um dann seine letzten Jahre an der Seite seiner Frau in einer ruhigen Vorstadt zu verbringen und sich an Feiertagen seinem Sohn und seinen Enkelkindern zu widmen. Aber er hatte sich geirrt.

Stella arbeitete nach der Heirat weiter als Krankenschwester – sie war eine starke, unabhängige Frau –, hörte jedoch nach Alfreds Geburt damit auf. Um seiner Familie ein besseres Leben zu bieten, und auch, um den fehlenden Verdienst seiner Frau auszugleichen, investierte Graham seine Ersparnisse in den Immobilienmarkt und nahm einen Kredit auf, um ein Mietobjekt zu kaufen. Wenn die Immobilienpreise weiter stiegen, so sein Plan, könnte er sich womöglich sogar vorzeitig zur Ruhe setzen und müsste sich nicht um die künftigen Studiengebühren seines Sohnes sorgen.

Das Problem war nur der plötzliche Abschwung der britischen Wirtschaft.

Vor vier Jahren, 1973, begann der Verfall der britischen Immobilienpreise und trieb die Banken schließlich an den Rand des Kollapses. Zur gleichen Zeit setzten Ölkrise, Börsenkrach und die Inflation und Stagnation der britischen Wirtschaft dermaßen zu, dass keine Hoffnung auf baldige Erholung bestand.

Anstatt sein Eigentum schleunigst loszuwerden, hatte Graham gezögert, der Mieter machte sich aus dem Staub, und das Haus wurde zwangsversteigert. Die Investition hatte sich über Nacht verflüchtigt, und sie blieben auf einem beträchtlichen Berg Schulden sitzen. Stella fing wieder an zu arbeiten, verdiente jedoch wegen der wachsenden Arbeitslosigkeit viel weniger als früher. Weil ringsum die Preise stiegen, blieb ihnen nach den monatlichen Rückzahlungen kaum noch etwas für den eigenen Lebensunterhalt. Die Eheleute bemühten sich, einander in dieser schwierigen Zeit zu unterstützen; die beiden glaubten, die Lage werde sich nach ein paar entbehrungsreichen Monaten wieder bessern. Als sie jedoch erkannten, dass sie auf unabsehbare Zeit verschuldet bleiben würden, fingen die Streitigkeiten an. Ihr sechsjähriger Sohn reagierte sensibel auf die veränderte Atmosphäre, zog sich in sich selbst zurück und verlor sein ständiges Lächeln.

Gerade als die Eheleute glaubten, sie müssten den Verstand verlieren, wenn es noch länger so weiterginge, entdeckte Graham in der Zeitung ein Inserat. Die Kolonialregierung in Hongkong richtete eine neue Strafverfolgungsbehörde ein – den unabhängigen Antikorruptionsausschuss – und suchte dafür erfahrene Polizeibeamte. Ein Ermittler im ersten Besoldungsrang würde ein Gehalt von sechs- bis siebentausend Hongkong-Dollar bekommen, was ungefähr sechshundert britischen Pfund im Monat entsprach – mehr, als Graham im Augenblick verdiente –, zuzüglich verlockender Sondervergünstigungen und Zulagen. Nachdem er sich mit seiner Frau besprochen hatte, beschloss Graham, den Wechsel zu wagen. Dank seiner reichen Erfahrung als Ermittler bei Scotland Yard erhielt er nur wenige Tage nach dem Bewerbungsgespräch seine Ernennungsurkunde, und die kleine Familie brach auf, um ihr trautes Heim in Richtung Asien zu verlassen, bereit, sich in einer wildfremden Stadt niederzulassen, zu arbeiten und ihre Schulden zu tilgen.

Die Hills wussten so gut wie nichts über Hongkong, nur, dass es Großbritannien für einhundert Jahre überlassen worden war. Beim Nachlesen erfuhr Graham, dass diese »Kolonie« dem Vereinigten Königreich keineswegs ganz gehörte – die Hong Kong Island und die Halbinsel Kowloon waren auf Dauer britisch, wogegen die New Territories lediglich auf neunundneunzig Jahre gepachtet waren. Dieser Pachtvertrag lief 1997 aus. Doch für England wäre es nicht gangbar, das Gebiet danach zu teilen und Kowloon und Hong Kong Island weiterhin selbst zu verwalten, die New Territories jedoch an China zurückzugeben. Für dieses Problem mussten die beiden Regierungen noch eine Lösung finden. Graham kam auf den Gedanken, Hongkong sei nur ein geborgter Ort und er werde dasselbe tun wie viele seiner Landsleute auch: dorthin reisen und auf fremdem Grund und Boden seinen Lebensunterhalt zusammenkratzen.

Die Hills trafen im Juni 1974 in Hongkong ein. Um die Schulden schnellstmöglich abzubezahlen, nahm Stella Arbeit im Kowloon Hospital an. Dort machte sie mit ihrer Erfahrung großen Eindruck. Man war der Meinung, dass sie den einheimischen Krankenschwestern als Vorbild dienen könnte, und machte ihr ein gutes Angebot. Der ICAC unterstützte Graham bei der Bewältigung des Umzugs, insbesondere durch die Bereitstellung einer Regierungsunterkunft für die Hills. Nairn House in Kowloon Tong war hochrangigen Staatsbeamten vorbehalten, und die geräumigen Wohnungen waren gestaltet wie gehobene englische Apartments, damit europäische und amerikanische Neuankömmlinge sich wohlfühlten. Die Umgebung war prächtig, die Sicherheitsstandards überzeugend, und sämtliche benachbarten Gebäude beherbergten einflussreiche einheimische Geschäftsleute, leitende Angestellte anderer Unternehmen oder ausländische Überflieger.

Die Ausbildung ihres Sohnes war für die Hills von größter Bedeutung. Als sie die ersten Überlegungen anstellten hierherzukommen, wäre es beinahe an diesem Aspekt gescheitert. Ihnen machte es nichts aus, fünf oder zehn Jahre im Ausland zu leben, doch für ihren Sohn würde dies eine prägende Erfahrung sein. Was, wenn sie in Hongkong keine gute Schule fanden oder es Alfred nicht gelang, neue Freundschaften zu schließen? Graham schrieb an einen Freund in Hongkong und erkundigte sich nach Qualität und Niveau des Bildungswesens; der Freund schrieb euphorisch zurück und fügte einen Packen Schulbroschüren bei. Nach der Lektüre waren die Eheleute beruhigt; sie erfuhren, dass das Hongkonger Schulsystem nach britischem Vorbild gestaltet war und dass gleich mehrere Schulen speziell auf Kinder aus dem Westen ausgerichtet waren; Lehrbücher, Hausaufgaben, Unterricht, Elternbriefe – alles auf Englisch. Die Hills wählten für ihren Sohn eine Schule in der Nähe von Nairn House. Die Räumlichkeiten waren nicht übermäßig groß, doch Lehrkräfte und Personal sprachen allesamt fließend britisches Englisch und waren sichtlich mit Leidenschaft bei der Arbeit.

In den vergangenen drei Jahren hatten die Hills bescheiden gelebt. Die von der Hongkonger Regierung gewährten Vergünstigungen waren umfangreicher, als Graham zu träumen gewagt hatte. Dank Überstunden und mithilfe von Stellas Gehalt waren sie in der Lage, ihre Schulden binnen zwei Jahren zu tilgen. Sie hatten im letzten Jahr sogar einen beachtlichen Betrag ansparen können, der nun auf der Bank lag und ihnen regelmäßig Zinsen bescherte.

Graham wollte noch eine Weile in Hongkong arbeiten, ehe sie nach England zurückkehrten, teils wegen der guten Bezahlung, teils wegen der Wirtschaftslage in der Heimat. Er las täglich die Zeitung und konnte angesichts der Situation nur seufzend den Kopf schütteln. Die Arbeitslosigkeit war und blieb erschreckend, über eine Million Menschen waren ohne Beschäftigung, und es kam ständig zu Streiks. Das Land galt inzwischen als »der kranke Mann Europas« und war so heruntergewirtschaftet, dass es mit dem Niedergang des Osmanischen Reiches im neunzehnten Jahrhundert verglichen wurde. Graham fand das lächerlich, trotzdem war er verzagt.

Natürlich war er dankbar für die Chance, die diese winzige asiatische Stadt jenseits des Ozeans seiner Familie geboten hatte. Wären sie in London geblieben, hätten die Geldprobleme sie unterdessen sicherlich in die Scheidung getrieben. Andererseits ist ein großzügiges Gehalt oft Indiz für schwierige Arbeit.

Seit seinem ersten Tag im Ausschuss war Graham verblüfft über das Pensum und die Anzahl der Fälle, mit denen er es zu tun hatte. Tag für Tag gingen jede Menge anonyme Beschwerden ein, hauptsächlich über korrupte Regierungsbeamte. Dies waren nicht unbedingt schwerwiegende Fälle mit gewaltigen Geldsummen, doch Ausmaß und Häufigkeit der Vorkommnisse machten ihn sprachlos. Hausierer, die jeden Tag ein paar Dollar an Streifenpolizisten zahlen mussten; Patienten, die dem Reinigungspersonal und den Pförtnern in öffentlichen Krankenhäusern Trinkgelder zustecken mussten, um sicherzugehen, dass sie nicht übergangen oder schlecht behandelt wurden. Fast jede Regierungsbehörde hatte es mit ähnlich gearteten Gegebenheiten zu tun. Allmählich wurde Graham klar, wie dringend dieser Ausschuss gerade jetzt benötigt wurde – anderenfalls würde mit dem wachsenden Wohlstand des Hoheitsgebiets auch geringfügige Korruption zunehmend an Bedeutung gewinnen, langsam die Struktur der Gesellschaft zersetzen, und schließlich wäre es zu spät, um das Problem noch in den Griff zu kriegen.

Dass Graham kein Wort Chinesisch sprach, erschwerte ihm die Arbeit sehr, und die Gepflogenheiten und Verfahren vor Ort machten ihn anfangs ratlos. Doch er war aufgrund seiner Erfahrung eingestellt worden, um den relativ schlecht ausgebildeten Einheimischen zu zeigen, wie man eine erfolgreiche Ermittlung durchführte, Beweise sammelte und sich, wenn es darum ging, korrupte Personen vor Gericht zu bringen, ans Protokoll hielt. Vor Gründung des Ausschusses waren die erfahrensten Ermittler Hongkongs naturgemäß bei der Königlichen Polizei zu finden gewesen. Leider war der Polizeiapparat selbst ebenfalls zügellos korrupt, und es musste auch dort ermittelt werden – weshalb der Ausschuss gezwungen war, sich anderswo nach Personal umzusehen.

Die Korruption in den Reihen der Polizei hatte schwerwiegende Konsequenzen für Recht und Ordnung. Seit Hongkong den Handel liberalisiert hatte, hatten Banditen und Triaden zu Bestechung gegriffen, um die Polizei dazu zu bringen, ein Auge zuzudrücken. Razzien in illegalen Spielclubs, Laster- und Drogenhöhlen waren nicht dazu bestimmt, die Gegend von kriminellen Machenschaften zu befreien, sondern um vor Ort heimlich die Hand aufzuhalten. Damit es so aussah, als würden die Beamten ihre Arbeit tun, sorgte die Unterwelt dafür, dass Leute aus den eigenen Reihen freiwillig ins Gefängnis gingen; sie wurden mitsamt den erforderlichen Beweisen als »Geschenk« übergeben. Natürlich war das aus Drogenhandel, Glücksspiel und so weiter stammende angebotene Geld nur ein verschwindend kleines Stück vom Kuchen.

Wer bei der Polizei und ehrlich war, musste den Kopf einziehen. Innerhalb der Truppe kursierte das Sprichwort: »Bestechung ist wie ein Auto.« Man konnte einsteigen und mitkassieren, oder man konnte sich weigern; in dem Fall wurde von einem erwartet, »neben dem Auto herzulaufen« und nicht einzugreifen. Wer darauf beharrte, seinen Vorgesetzten jeden Vorfall zu melden, »stand vor dem Auto« und ging das Risiko ein, überfahren zu werden und zahlreiche Blessuren davonzutragen. Nur jemand, der nicht ahnte, womit er es zu tun hatte, würde versuchen, dieses Fahrzeug anzuhalten, und selbst wenn er dabei nicht vor die Hunde ging, wurde er fortan missachtet, aus der Hierarchie gekickt und konnte sämtliche Hoffnungen auf eine Karriere bei der Polizei vergessen.

Auch bei der Polizei hatte es zwar eine interne Antikorruptionsabteilung gegeben, doch die war mit den eigenen Beamten besetzt und hatte zu viele Verbindungen zu anderen Abteilungen, um zu funktionieren. Der neue Antikorruptionsausschuss suchte einen Weg aus dieser Sackgasse; er berichtete direkt an den Gouverneur von Hongkong und war somit in der Lage, unabhängig zu agieren.

Graham Hill hatte in seinem ersten Arbeitsjahr gegen mehrere Polizeibeamte ermittelt. Zu Beginn des zweiten Jahres deckte er weitere Fälle auf, in die auch höherrangige Beamte verwickelt waren – wenn es darum ging, Kriminelle zu schützen, waren die hohen Tiere ebenso schlimm wie ihre Untergebenen. Der Ausschuss musste sehr sorgfältig vorgehen, um Wahrheit von Verleumdung zu unterscheiden – viele Verdächtige waren gewillt, »korrupte Polizeibeamte« gegen eine verminderte Strafe zu denunzieren, daher musste jede Beschwerde sorgsam geprüft werden. Graham Hill war der Auffassung, dass Kriminelle überall auf der Welt gleich waren, und selbst wenn er ihre Sprache nicht kannte, besaß er immerhin ein gutes Gespür, ob jemand log oder ob die Einzelheiten der Aussagen sich widersprachen.

Im Augenblick lag seiner Mannschaft ein neuer Fall vor, der, wie ihm langsam dämmerte, von viel größerem Ausmaß war als alles, was er bis dahin erlebt hatte.

Vergangenes Frühjahr, im April 1976, hatte die Abteilung gegen Schmuggel des Ministeriums für Handel und Industrie in einem Gebäude unweit des Gemüsegroßmarkts Yau Ma Tei ein Drogenversteck gefunden. Mehrere Männer wurden verhaftet und angeklagt, und vier Monate später durchsuchte die Polizei dreiundzwanzig weitere Verstecke überall im Hoheitsgebiet, beschlagnahmte Heroin im Wert von mehr als zwanzigtausend Dollar und verhaftete weitere acht Verdächtige, darunter den mutmaßlichen Drahtzieher des Großmarktschmugglerrings. Alle Inhaftierten verlangten, während sie festgehalten wurden, jemanden vom Ausschuss zu sprechen, und behaupteten, im Polizeiapparat organisierte Korruption nachweisen zu können. Vor einem Monat waren sie für schuldig befunden worden und dienten nun dem Ausschuss offiziell als Hauptbelastungszeugen. Die Bande hatte die Polizei für das Wegschauen großzügig geschmiert und nicht damit gerechnet, nur ein Jahr später vom Ministerium für Handel und Industrie erwischt zu werden, das die Angelegenheit sehr viel ernster nahm. Und so entschieden sich die Verbrecher für den Deal mit der größten Sprengkraft, um der unfähigen Polizei eine Lektion zu erteilen.

Die Drogenhändler hatten über die Bestechungen genau Buch geführt, allerdings kodiert. Als sie fürs Wegschauen bezahlten, hatten sie nur eine vage Vorstellung vom jeweiligen

Rang und von der Abteilung des Empfängers. Diese Hinweise in konkrete Beweise zu verwandeln erforderte viel Lauferei. Die Ermittler vom Ausschuss mussten sichergehen, dass keine Interessenkonflikte bestanden, die ihr Beweismaterial entkräften konnten, was bedeutete, Graham musste akribisch prüfen, inwiefern genau sämtliche Beteiligten in diesem Fall miteinander in Verbindung standen, und die belastenden Dokumente sorgsam auswerten. Weil er die chinesischen Wörter nicht lesen konnte, mussten seine Kollegen für ihn übersetzen. Dadurch war er imstande, die einzelnen Symbole zu kombinieren und tiefer zu graben. Allmählich erkannte er bestimmte chinesische Schriftzeichen wieder – allerdings waren sie für sein Alltagsleben wenig hilfreich, weil es lediglich Codewörter waren. »本C« (»dieses C«) bedeutete zum Beispiel »Kriminalkommissariat Yau Ma Tei«; »老國« (»das alte Land«) stand für »Regionale Spezialeinsatztruppe Kowloon«; »E« hieß »Streifenwagen der mobilen Einsatztruppe« und so weiter. Um sich mit diesen Piktogrammen vertraut zu machen, die ebenso gut von einem Hexenbrett hätten stammen können, begann Graham, Unterlagen mit nach Hause zu nehmen, um sie in seiner Freizeit zu studieren. Natürlich lagerte dieses sensible Material normalerweise in seinem Tresor. Nicht einmal Stella durfte einen Blick darauf werfen.

Bald merkte er, dass die Dimensionen dieses Falls sehr viel größer waren, als er geahnt hatte. Es ging nicht nur um die Beamten an vorderster Front. Zeugenaussagen belegten, dass auch die Regionalabteilungen und sogar die Zentrale involviert waren, bis hinauf zu leitenden Rängen. Graham und seine Kollegen erkannten, dass dies nichts mehr mit ein paar Dollar »Trinkgeld« zu tun hatte. Wenn sie diese Grube erst einmal aushoben, würden mehrere Hundert Polizeibeamte im aktiven Dienst dran glauben müssen, und ein komplettes Korruptionsnetz würde in sich zusammenbrechen.

Es fühlte sich an, als hätte die Arbeit der letzten drei Jahre seit Bestehen des Ausschusses lediglich zur Vorbereitung auf den bevorstehenden Kampf gedient.

So gut der Ausschuss auch darin war, Sachen unter Verschluss zu halten, nichts auf dieser Welt bleibt jemals gänzlich geheim. Sobald der Drahtzieher vom Großmarkt vor Gericht gestellt wurde, kamen Gerüchte auf, der Ausschuss hätte die Polizei ins Visier genommen. Von da an herrschte auf beiden Seiten ein feindseliges Verhältnis – der Ausschuss hielt die Polizei für eine Schlangengrube, und die Truppe war der Meinung, der Ausschuss berausche sich an seiner neuen Macht.

Als Graham nach Hause kam und von seiner verstörten Frau erfuhr, was geschehen war, war er nicht nur durch und durch erschüttert, sondern auch unschlüssig, ob er die Polizei rufen sollte.

Das blutbefleckte Hemd und die abgeschnittenen Haare sagten ihm, dass es den Entführern ernst war. Als Polizeibeamter wusste er, dass es unklug war, die Anweisung der Täter, die Polizei nicht zu rufen, zu befolgen. Die Chancen, dass ein Entführungsopfer nach einer Lösegeldzahlung freigelassen wurde, standen fünfzig zu fünfzig. Die Polizei mit ins Boot zu holen war die beste Möglichkeit, eine Geisel zu retten. Er hatte in England einen Fall erlebt, bei dem die Entführer geplant hatten, die Geisel nach der Geldübergabe zu töten. Glücklicherweise hatte die Polizei sie beschattet, ihr Versteck gefunden und die Frau gerettet.

Aber was, wenn der Beamte, der seinen Anruf entgegennahm, herausfand, dass er dem ICAC angehörte, und den Fall vernachlässigte – oder, schlimmer noch, sich die Lage zunutze machte, um durch den Boykott einer Rettung Rache zu üben, und so den Tod seines Sohnes herbeiführte?

Während er noch zögernd neben dem Telefon stand und mit sich rang, brach Stella auf dem Sofa zusammen, die kleine Haarlocke schluchzend an sich gedrückt.

Die Sekunden und Minuten vergingen. Es war jetzt halb zwei. Graham betrachtete das schmutzige Uniformhemd und stellte sich vor, wie diese Schufte es seinem Sohn vom Leib gerissen hatten – wie Alfred jetzt mit nacktem Oberkörper verängstigt in irgendeinem dunklen Raum hockte. Diese Vorstellung brachte ihn zu einem Entschluss. Er griff zum Hörer. Auch wenn die Königliche Polizei von Hongkong dem Ausschuss, für den er arbeitete, feindlich gesinnt war, waren ihre Leute die Einzigen, an die er sich jetzt wenden konnte. Ihm blieb keine andere Wahl.

3 »Dass Sie diesmal sogar persönlich mit von der Partie sind, Häuptling«, sagte Mac vom Fahrersitz des kleinen Wagens, ohne sich umzudrehen.

»Bei einer Entführung zählt jede Minute. Weil das Leben der Geisel auf dem Spiel steht, setzt man natürlich unseren Big Bon ein.« Bevor Kwan Chun-dok antworten konnte, hatte Sergeant Tsui neben ihm das Wort ergriffen. Ein Inspector war in Hongkong als »Bon-pan« bekannt, nach einer alten Bezeichnung für Englisch sprechende chinesische Beamte in der Qing-Dynastie, und somit hieß ein Senior Inspector natürlich »Big Bon«, ein in den Regionalkommissariaten höchst begehrter Rang.

Kwan Chun-dok stimmte weder zu noch widersprach er, sondern lächelte nur unverbindlich und sah wieder aus dem Fenster. Auf seinem gegenwärtigen Posten im Regionalkommissariat Kowloon war er Anfang des Jahres zum Senior Inspector befördert worden – seine hohe Aufklärungsquote über die letzten Jahre hatte offensichtlich die Aufmerksamkeit seiner Vorgesetzten erregt. Dass Kwan mit nicht einmal dreißig Jahren einen derart hohen Rang bekleidete, hatte ihm bewundernde Blicke eingebracht und natürlich auch neidisches Gerede ausgelöst; er sei der Lakai der Briten, hieß es, und habe nach zwei Jahren England offensichtlich vergessen, dass er Chinese war. Manche machten sich auch über ihn lustig, behaupteten, er hätte bloß Glück und seinen raschen Aufstieg einem weißen Beamten zu verdanken, der ein Auge auf ihn geworfen hatte. Doch ob sie nun ehrfurchtsvoll oder neidisch waren, niemand bei der Truppe hegte den geringsten Zweifel an Kwans Fähigkeiten. Kwan wusste, wie's ging, und seit er 1972 von seiner Ausbildung zurückgekehrt war, hatte er bei jeder Ermittlung, an der er beteiligt war, Herausragendes geleistet.

Inspector Kwan fuhr in Begleitung von drei Untergebenen zu Nairn House. Der Fahrer Mac – Mak Kinsi – war mit fünfundzwanzig Jahren der Jüngste und erst seit einem Jahr auf seinem Posten bei der Kriminalpolizei. Trotz seiner Unerfahrenheit war er schlagfertig und geschickt und hatte einen Verdächtigen einmal zehn Blocks weit verfolgt, ehe er ihn stellte. Neben ihm saß der achtundzwanzigjährige Detective Police Constable Ronald Ngai; Old Tsui und Kwan saßen auf der Rückbank. Ungeachtet seines Spitznamens war Tsui gerade erst sechsunddreißig, sah jedoch aus wie ein Mann, der auf die fünfzig zuging.

Kwan hatte sich vor allem für diese drei Männer entschieden, weil sie Englisch sprachen. Die Polizeiberichte mussten auf Englisch abgefasst werden, und Sprachkenntnisse wurden für die Aufnahme in die Truppe vorausgesetzt, doch das Englisch vieler Beamter ließ noch arg zu wünschen übrig. In der Truppe kursierte ein Witz über einen Verkehrspolizisten, der einen Bericht über einen Unfall formulieren sollte und lediglich dies zustande brachte: »Ein Auto hin, ein Auto her, zwei Auto Kuss.« Kwan wollte kein Risiko eingehen. Der Anrufer war ein Brite, der die Landessprache nicht verstand, und wenn auch nur ein anwesender Ermittler nicht fließend Englisch sprach, würden sie zu viel Zeit mit Übersetzen vergeuden – was sie sich in einem Entführungsfall nicht leisten konnten.

»Hey, Ron, hast du die Fangschaltung überprüft? Ich will nicht, dass wieder was schiefgeht«, sagte Old Tsui.

»Ja«, antwortete Ngai knapp. Beim letzten Einsatz hatte er nicht gemerkt, dass bei einem Überwachungsgerät die Sicherung durchgebrannt war, was dazu geführt hatte, dass im entscheidenden Moment die Worte eines Verdächtigen nicht aufgezeichnet worden waren. Eine Woche Mehrarbeit war nötig gewesen, um ausreichend Beweismaterial für eine Verhaftung zu sammeln.

»Hauptsache, du hast es überprüft.« Old Tsui ließ nicht locker, fast als wollte er den Jüngeren ärgern. »Wenn etwas schiefgeht, steht ein Leben auf dem Spiel. Wir haben keine zweite Chance.«

»Ich habe es drei Mal überprüft.« Ron Ngai drehte sich um und sah Old Tsui grimmig an.

»Aha.« Old Tsui schürzte die Lippen und wich seinem Blick aus. Er sah aus dem Fenster und setzte hinzu: »Mensch, ist das nobel hier. Kein Wunder, dass jemand beim Anblick von dem Kind Dollarzeichen in den Augen hat.«

»Aber der Vater ist ein englischer Ermittler, den der ICAC ins Land geholt hat. So reich kann der doch gar nicht sein, oder?«, warf Mac ein.

»Wieso?«, höhnte Old Tsui. »Kennst du Morris, bei der Shaw? Ich habe gehört, der Bursche kommt aus einer angesehenen Familie – sein Vater und sein Bruder sind beide Kronkorkenträger, sie sitzen im Parlament oder auf einem hohen Beamtenposten, keine Ahnung. Der ist jedenfalls nach Hongkong gekommen, um praktische Erfahrung zu sammeln, und nach ein paar Jahren geht er hübsch wieder nach England zurück, in den diplomatischen Dienst oder zum Geheimdienst oder so. Ich wette, der Typ, dessen Kind entführt wurde, kommt aus ähnlichen Verhältnissen wie Morris.«

»Shaw« war die interne Bezeichnung für die Sondereinheit der britischen Polizei, weil die Initialen der englischen Bezeichnung Special Branch dieselben waren wie die des berühmten Filmstudios Shaw Brothers. Die Sondereinheit war zwar offiziell eine Polizeiabteilung, unterstand jedoch direkt dem militärischen Abschirmdienst MI5, und Außenstehende bekamen, erst eine ganze Weile nachdem deren Fälle gelöst waren, ein wenig Einblick. Morris war ein hochrangiger Beamter der Sondereinheit; Vater und Bruder gehörten der britischen Regierung an, und beide waren Träger des britischen Verdienstordens – eine Auszeichnung, die in Hongkong wegen ihrer Ähnlichkeit mit dem Flaschendeckel einer bestimmten Sodawassermarke den Spitznamen »Kronkorken« trug. In Wahrheit war die Familie Morris nicht besonders wohlhabend, doch in den Augen vieler Chinesen war ein wichtiger Posten bei der Regierung oder ein machtvolles Amt gleichbedeutend mit viel Geld.

»Aha. Der Typ arbeitet also für den Ausschuss – aber wenn was schiefgeht, ist er trotzdem auf uns angewiesen«, schnaubte Ngai. »Er überlegt den ganzen Tag, wie er uns Steine in den Weg legen kann, bis wir alle nur noch rumeiern. Aber kaum melden die Banditen sich bei ihm, hat er die Nerven, ausgerechnet uns um Hilfe zu bitten. Ausgerechnet!«

Kwan brach sein Schweigen. »Ron, es spielt keine Rolle, wer er ist, wir machen nur unsere Arbeit.«

Die anderen drei verstummten angesichts der Worte ihres Chefs. Mac konzentrierte sich aufs Fahren, Ron und Old Tsui sahen aus dem Fenster. Keinem fiel auf, dass Kwan tatsächlich schweigsamer war als sonst, so als ginge ihm etwas durch den Kopf.

Als sie noch einen Block von Nairn House entfernt waren, tippte Kwan Mac auf die Schulter. »Halten Sie an.«

»Was? Wir sind noch nicht da, Häuptling.« Noch während Mac widersprach, lenkten seine Hände den Wagen folgsam an den Straßenrand.

»Old Tsui und ich gehen zu Fuß weiter, ihr zwei könnt auf den Parkplatz fahren. Wir wissen nicht, ob die Entführer uns beobachten«, erklärte Kwan. »Ron, Sie und Mac sagen am Empfang, Sie möchten zu Liu Wah-ming von der Feuerwehr – er wohnt im dritten Stock –, Old Tsui und ich sagen, wir hätten eine Verabredung mit Senior Superintendent Campbell im achten Stock. Beide sind informiert, und falls man oben anruft, sind wir gedeckt.«

»Wir sollen am Empfang lügen, Häuptling?«

»Jeder könnte ein Komplize sein.« Kwan stieg aus. »Sobald alle Mann im Haus sind, treffen wir uns vor der Wohnung.«

Bimbam. Als alle da waren, drückte Kwan auf die Türklingel. Mac sah sich staunend um – er war noch nie in einer so noblen Wohnanlage gewesen. Er selbst lebte im Polizeiquartier North Point. Zehn Zimmer in jedem Stockwerk, überfüllt und laut. Hier dagegen lagen auf jeder Etage nur zwei Wohnungen, und es war sehr ruhig. Er konnte nicht aufhören zu staunen.

»Guten Tag, ich bin Inspector Kwan Chun-dok von der Kriminalpolizei Kowloon«, sagte Kwan, als die Wohnungstür aufging, und zeigte seine Dienstmarke. Sein britisch gefärbtes

Englisch erinnerte seine Untergebenen daran, dass er in England studiert hatte. Der Akzent alleine verhalf ihm zu einer Vertrautheit mit den weißen Beamten, die ihnen nie beschieden sein würde.

»Ah ja ... Ich bin Graham Hill. Kommen Sie herein.«

Stella hatte inzwischen aufgehört zu weinen und saß tief betrübt auf dem Sofa. Sie zeigte auf das Eintreffen der Polizei keinerlei Reaktion, als hätte ihre Seele den Körper verlassen. Kwan sah sich suchend um, bis er das Telefon fand, und warf Ngai einen Blick zu. Der Polizist trat mit seiner Werkzeugtasche zu dem Apparat und machte sich daran, Tonband und Fangschaltungsanlage zu installieren. Die anderen drei setzten sich Graham gegenüber auf das breitere Sofa.

»Mr Hill, haben Sie uns angerufen? Können Sie uns sagen, was vorgefallen ist?« Selbst das l in »Hill« hörte sich in Kwans Mund britisch an.

»Äh, ja.« Graham beugte sich vor. »Meine Frau wurde um Viertel vor eins von einem Anruf geweckt ...«

Graham schilderte den Ablauf der Ereignisse, wie er ihn von Stella erfahren hatte – die Drohungen, den Anruf bei der Schule, die Entdeckung von Uniformhemd und Haarsträhne. Als erfahrener Ermittler wusste er, wie man einen Vorfall akkurat beschrieb. Ohne eine einzige Rückfrage erfuhr Kwan die grundlegenden Details.

»Er hat also gesagt, er ruft um halb drei wieder an.« Kwan sah auf die Uhr – es war acht Minuten vor zwei. »Er könnte natürlich auch früher anrufen. Ron? Ist alles bereit?«

»Alles angeschlossen. Test läuft. Sieht gut aus.« Ngai stöpselte den Kopfhörer ein und hob den Daumen.

»Mac, packen Sie Hemd, Haare und Pappkarton zusammen. Vielleicht lassen sich Fingerabdrücke oder andere Hinweise finden. Rufen Sie die Spurensicherung an, sie sollen jemanden zum Abholen schicken, der wie ein Bote angezogen ist – nicht vergessen, es ist möglich, dass die Entführer uns beobachten.«

»Verstanden.«

»Mr Hill, ich möchte Ihnen gern ein paar Fragen zu Ihrer

Familie stellen, um zu sehen, ob uns das irgendwo hinführt«, sagte Kwan ernst. »Sind Ihnen in letzter Zeit verdächtige Personen begegnet? Oder ist etwas Ungewöhnliches vorgefallen?«

Graham schüttelte den Kopf. »Nein. Ich hatte sehr viel zu tun, habe oft Überstunden gemacht und bin spät nach Hause gekommen. Ich bin überhaupt niemandem begegnet, und ich glaube, Stella hat ebenfalls nichts Außergewöhnliches erwähnt.« Er wendete sich seiner Frau zu und schüttelte sie am Arm. »Stella? Herr Kwan möchte wissen, ob du jemand Fremden gesehen oder ein ungewöhnliches Verhalten beobachtet hast.«

Stella Hill sah verwundert auf. Sie ließ den Blick über die Polizisten schweifen, biss sich auf die Lippe und schüttelte den Kopf, als hätte sie Schmerzen. »Nein … nichts … aber das ist alles meine Schuld …«

»Ihre Schuld?«, fragte Kwan.

»Ich hatte die ganzen Jahre nichts als Arbeit im Kopf. Ich habe mich nie richtig um Alfred gekümmert. Seine Kinderfrau hat alles gemacht. Bestraft Gott mich jetzt, weil ich eine schlechte Mutter bin? Als ich heute Morgen von der Arbeit kam, habe ich kaum ein Wort mit ihm gesprochen. O Gott …«

»Dich trifft keine Schuld, Stella. Ich habe Alfred genauso vernachlässigt.« Graham nahm seine Frau in den Arm, und sie barg den Kopf an seiner Brust.

Kwan kam zum Thema zurück. »Mr Hill, können Sie uns sagen, ob außer der Kinderfrau noch jemand regelmäßig bei Ihnen ein und aus geht?«

»Wir haben eine Zugehfrau, sie kommt zweimal in der Woche.«

»Ich brauche Namen, Alter und Adressen von beiden Frauen. Können Sie mir das aufschreiben?«

»Inspector Kwan, meinen Sie, die haben etwas damit zu tun?«

»In einem Entführungsfall ist jeder verdächtig, der regelmäßig Kontakt mit dem Opfer hat, insbesondere Angestellte, die nicht zur Familie gehören.«

Graham schien sich eine Bemerkung zu verkneifen. Er war selbst Polizist und wusste, dass Kwan vollkommen recht hatte, doch er wollte es einfach nicht glauben.

»Ich kann mir nicht vorstellen, dass sie Alfred etwas antun würden. Aber für die Ermittlungen stelle ich Ihnen selbstverständlich die Angaben zur Verfügung.« Graham ging in sein Arbeitszimmer und kam mit einem kleinen Notizbuch aus der Schreibtischschublade zurück.

»Die Kinderfrau heißt Leung Lai-ping. Ihr englischer Name lautet Liz. Sie ist zweiundvierzig«, las er aus dem Heft vor.

»Leung Lai-ping ... Wie schreibt man das?«

»So.« Graham deutete auf die Notiz.

»Und das ist ihre Adresse und Telefonnummer?«

»Ja.«

Kwan, Old Tsui und Mac notierten sich die Angaben.

»Und die Zugehfrau?«

»Wang Tai-tai. Fünfzig Jahre alt.«

»Mac, rufen Sie bei beiden an, mal sehen, ob wir irgendwas herausfinden.« Mac ging zum Telefon und hob den Hörer ab.

»Liz wohnt allein und übernachtet oft hier«, sagte Graham. »Sie hat ihr eigenes Zimmer. Obwohl wir sie als Kinderfrau angestellt haben, hilft sie auch in der Küche und im Haushalt.«

»Wie oft in der Woche übernachtet sie hier?«

»Unterschiedlich, je nachdem, wie Stella Dienst hat.« Graham sah zu seiner Frau. »Wenn sie im Kowloon Hospital Nachtschicht hat, bleibt Liz bei Alfred, weil ich abends auch oft erst spät nach Hause komme. Wenn Stella und ich zu einer annehmbaren Zeit zurück sind, geht sie – sie sagt, sie will nicht stören. Dabei sehen wir sie gar nicht mehr als Außenstehende.«

»Und die Zugehfrau? Wang Tai-tai?«

»Ich weiß nicht viel über sie.« Graham schüttelte den Kopf. »Wir wollten Liz nicht überlasten, darum habe ich Tai-tai als Putzhilfe eingestellt. Sie versteht Englisch nur sehr schlecht, darum habe ich kaum mit ihr gesprochen. Liz zufolge wohnt sie mit mehreren ›Schwestern‹ zusammen – ich nehme nicht an, dass sie zu heiraten gedenkt.«

»Das klingt nach der Sun-tak-Schwesternschaft«, warf Old Tsui ein. Graham war dieser Ausdruck in den letzten drei Jahren bereits begegnet, er hatte aber gedacht, es wäre einfach eine Bezeichnung für ältere ledige Hausangestellte. Er wusste nicht, dass Sun-tak der Name einer Ortschaft in der Provinz Guangdong war, aus der diese Arbeiterinnen stammten, die ein Ehelosigkeitsgelübde abgelegt hatten.

»Die Anrufe sind erledigt, Häuptling«, sagte Mac und setzte sich wieder. »Bei Leung Lai-ping hat sich niemand gemeldet. Wang Tai-tai war zu Hause. Ich habe mich als jemand vom Nachbarschaftskomitee ausgegeben und sie zu ihrer Arbeit und ihren häuslichen Umständen befragt. Sie hat nichts gemerkt. Ich glaube nicht, dass sie etwas mit diesem Fall zu tun hat.«

»Dann ist Liz unsere Verdachtsperson«, sagte Old Tsui. »Mr Hills Sohn ist verschwunden. Man sollte meinen, dass die Kinderfrau es als Erste bemerkt. Aber nein, sie ist weder hierhergekommen, noch ist sie nach Hause gegangen. Vielleicht steckt sie mit den Entführern unter einer Decke. Wenn sie dabei war, mussten sie keine Tricks anwenden. Das Kind ist freiwillig mitgegangen, und niemand wurde aufmerksam.«

»Liz würde niemals …« Old Tsuis Worte hatten einen empfindlichen Nerv getroffen, aber Graham verkniff sich alles Weitere. Er musste zugeben, dass diese Möglichkeit bestand.

»Vielleicht ist Leung Lai-ping aber auch zusammen mit dem Kind entführt worden«, sagte Kwan nüchtern. »Oder schlimmer noch, sie haben sie bereits aus dem Weg geräumt. Die Entführer haben es auf ein weißes Kind abgesehen. Eine gelbhäutige, mittelalte Kinderfrau ist wertlos für sie.«

Graham Hill stöhnte. Er hatte die ganze Zeit um seinen Sohn gefürchtet und dabei kein einziges Mal an Liz gedacht – und was Kwan da sagte, klang sehr wahrscheinlich. Gott allein wusste, ob das Blut auf dem Hemd von Alfred oder seiner Kinderfrau stammte.

»Ist Ihnen in letzter Zeit an Leung Lai-ping etwas Ungewöhnliches aufgefallen?«, fragte Kwan.

»Nein …«, sagte Graham zögerlich.

»Ist Ihnen doch etwas eingefallen?«

»Nichts Wichtiges. Vor zwei Wochen bin ich von der Arbeit gekommen und habe geduscht. Als ich aus dem Bad kam, stand Liz in unserem Schlafzimmer. Sie sagte, sie sei auf der Suche nach einer Einkaufsliste. Dabei betritt sie unser Schlafzimmer nur selten – zumindest nicht, wenn ich zu Hause bin.« In Grahams Gesicht spiegelten sich widerstreitende Gefühle. »Ich habe mich gefragt, ob sie uns bestiehlt, aber ich habe das Geld in meinem Portemonnaie nachgezählt, und es war alles noch da. Später sagte sie dann, sie hätte die Liste auf dem Balkon gefunden, und mir wurde klar, dass ich mich umsonst gesorgt hatte.«

»Dann hegen Sie also Misstrauen?«, fragte Old Tsui.

»Nein, nein, das ist mir nur eingefallen, weil Inspector Kwan nachgefragt hat. Liz versteht sich sehr gut mit Alfred. Ich kann mir nicht vorstellen, dass sie jemals etwas tun würde, um ihm zu schaden.«

»In jedem Fall würden wir uns gern in ihrem Zimmer umsehen«, sagte Kwan. »Ist das möglich?«

»Bitte sehr.«

Graham führte Kwan in Liz' Zimmer. Old Tsui und Mac kamen mit und ließen Ngai am Telefon zurück. Das Zimmer der Kinderfrau war nicht sehr groß und enthielt außer Kleidung und Toilettensachen kaum persönliche Gegenstände – nichts, was für die Ermittlungen von Nutzen gewesen wäre.

Sie kehrten ins Wohnzimmer zurück und warteten schweigend auf den Anruf der Entführer. Kwan saß auf dem Sofa. Er stellte keine weiteren Fragen und wirkte tief in Gedanken. Mac und Old Tsui gingen im Wohnzimmer auf und ab, bemüht, die Stimmung nicht allzu drückend werden zu lassen; sie hielten sich vom Fenster fern für den Fall, dass die Entführer die Wohnung beobachteten.

Während sie warteten, trafen zwei Männer von der Spurensicherung ein, um das Hemd und die anderen Gegenstände abzuholen. Sie waren wie Lieferanten gekleidet, mit Arbeitshandschuhen, und schoben einen Rollwagen, auf dem ein riesengroßer Pappkarton lag. Es sah aus, als würden sie einen Kühlschrank liefern. Tatsächlich war der Karton leer. Mac steckte die Beweisstücke in den Karton, und sie rollten wieder davon. Ein Zuschauer würde vermutet haben, sie hätten sich in der Adresse geirrt und müssten den Kühlschrank wieder mitnehmen.

Macs Blick wanderte immer wieder zu der ICAC-Plakette im Regal – eine Auszeichnung, die Graham am Ende seines zweiten Jahres in Anerkennung der vielen Korruptionsfälle, die er aufgeklärt hatte, verliehen worden war. Mac stellte sich vor, wie unglaubwürdig das von außen betrachtet wirken musste; die Polizei in einem Raum und an der Seite jenes Mannes, der den Auftrag hatte, gegen sie zu ermitteln. Als ob Katzen und Hunde ihre Streitigkeiten beilegen könnten, um Seite an Seite gegen Schakale und Wölfe zu kämpfen, und ihre Fehde wiederaufnahmen, sobald Frieden eingekehrt war ...

Rrrring ... Schrilles Läuten durchbrach die Stille. Es war genau halb drei. Der Entführer war pünktlich.

»Ziehen Sie es so lange hin, wie Sie können. Es dauert seine Zeit, bis der Anruf zurückverfolgt werden kann.« Kwan und die anderen setzten ihre Kopfhörer auf und gaben Graham ein Zeichen, ans Telefon zu gehen. Ngai bestätigte Kwan mit gerecktem Daumen, dass alles funktionierte.

Graham hob ab. »Hallo«, meldete er sich verhalten.

»Sind Sie Alfred Hills Vater?«

»Ja.«

»Ihre Frau hat gemacht, was wir ihr gesagt haben. Nicht schlecht. Haben Sie mein Geschenk bekommen?«

»Wenn Sie Alfred auch nur ein Haar krümmen ...« Graham war nicht in der Lage, den durch den Spott des Mannes provozierten Wutausbruch zu bremsen.

»Was dann? Mr Hill, lassen Sie uns eins klarstellen. Ich gebe hier die Anweisungen.«

»Sie ...« Graham war verzweifelt. »Wie lauten Ihre Forderungen?«

»Dazu kommen wir gleich. Zuerst eine Frage: Haben Sie die Polizei gerufen?«

»Nein.«

»Ich hasse es, wenn Leute mich anlügen. Das Geschäft ist geplatzt.«

Klick. Er hatte aufgelegt. Wie betäubt umklammerte Graham den Hörer und lauschte auf das monotone Freizeichen. Es klang in seinen Ohren wie ein Wetzstein, an dem der Scharfrichter seine Klinge schärfte. Er sah Kwan mit leerem Blick an und ließ den Hörer auf die Gabel sinken.

Rrrring ... Ohne auf Kwans Zeichen zu warten, riss Graham den Hörer hoch.

»Bitte nicht – ich tue alles ...«, stammelte er.

»Ich gebe Ihnen noch eine Chance. Haben Sie die Polizei gerufen?« Es war derselbe Mann.

Graham war drauf und dran herauszuplatzen, »Ja, habe ich, es tut mir leid!«, doch er hob gerade noch rechtzeitig den Blick und sah, dass Kwan ein Blatt Papier hochhielt. »BLUFF!« stand hastig daraufgekritzelt.

»Nein! Ich würde das Leben meines Sohnes nicht aufs Spiel setzen!«, sagte Graham aufbrausend. Er hatte entsetzliche Angst, dass der Entführer seine Lüge durchschauen würde oder dass Kwans Vermutung falsch war, doch in diesem Moment konnte er nur hoffen, dass er die richtige Wahl getroffen hatte.

»Gut, gut.« Der Mann legte nicht auf, und Graham atmete zitternd aus. »Sie sind ein ehrlicher Mann. Reden wir übers Geschäft. Vor einer Minute sagten Sie, Sie würden alles tun. Ich will nur Geld. Geben Sie mir Kohle, und Sie kriegen Ihr Kind zurück.«

»Wie viel wollen Sie?«

»Nicht viel. Fünfhunderttausend Hongkong-Dollar. Ein Sonderangebot.«

»Ich ... ich habe nicht so viel Geld ...«, sagte Graham hilflos.

Klick.

»Hallo? Hallo!« Graham war bestürzt – er hatte nicht gedacht, dass Ehrlichkeit den anderen erzürnen würde.

Er legte auf. Inspector Kwan fragte Ngai: »Haben Sie's zurückverfolgen können?«

Ngai schüttelte den Kopf. »Nein, zu kurz.«

»Inspector Kwan, was machen wir jetzt?«, fragte Graham.

»Der Erpresser ...«

Bevor er zu Ende sprechen konnte, klingelte das Telefon ein drittes Mal.

»Der Erpresser stellt Sie auf die Probe – er will Sie mürbemachen. Er hat nicht vor, die Verhandlungen abzubrechen. Aber Sie müssen vorsichtig vorgehen«, sagte Kwan.

Graham nickte und nahm den Hörer ab. »Bitte nicht auflegen! Können wir einfach reden?«

»Sie sagten, Sie haben kein Geld. Was soll ich da noch sagen?«

»Aber ich habe wirklich nicht so viel Geld.«

»Ha, dumm für Sie ...« Dann schwieg er.

»Hallo? Hallo?« Graham dachte, der Mann hätte wieder aufgelegt, aber es kam kein Freizeichen.

»... Liz? Bist du da? Liz?«, ertönte es am anderen Ende der Leitung.

Graham schossen die Tränen in die Augen. Es war die Stimme seines Sohnes.

»Alfred! Bist du verletzt? Hab keine Angst, Daddy holt dich nach Hause.«

»Alfred!« Als Stella die Worte ihres Mannes hörte, stürzte sie sich auf das Telefon.

»Sie sehen, ich meine es ernst, Mr Hill.« Die Stimme des Entführers war wieder am Apparat. »Schlimm, dass Sie dauernd sagen, Sie hätten kein Geld. Ihr Unternehmen setzt an einem Tag Millionen um – was sind da schon fünfhunderttausend?«

»Wie soll ich denn an ein Millionen-Unternehmen kommen? Ich bin im besoldeten Staatsdienst!«

»Seit wann wohnen Staatsdiener in Kowloon Tong und schicken ihre Kinder auf noble Privatschulen?«

»Nairn House ist eine Regierungsunterkunft! Das Schulgeld meines Sohnes wird bezuschusst!«

Plötzliche Stille.

»Hallo? Hallo?«

»Ich rufe wieder an.«

»Hallo!«

Aber der Entführer hatte aufgelegt.

In diesem Augenblick wurde Graham klar, dass er das Falsche gesagt hatte. Wenn der Entführer ihn wirklich für einen reichen Mann hielt und er Alfred wegen des Geldes entführt hatte, könnte die Erkenntnis, dass Graham kein gigantisches Lösegeld aufbringen konnte, den Mann dazu treiben, die Geisel zu beseitigen. Warum hatte er nicht gesagt, er könnte sich Geld von Freunden leihen?

»Ins… Inspector Kwan, habe ich es vermasselt?«, stammelte Graham und sah in die Runde.

»Das lässt sich noch nicht sagen. Der Entführer hatte sich vielleicht nicht hinreichend informiert«, sagte Kwan ruhig. »Nach allem, was er bisher von sich gegeben hat, können wir vermuten, dass der Drahtzieher hinter dieser Sache eine Menge von psychologischer Manipulation versteht. Falls die Täter sich geirrt haben, werden sie über eine neue Lösegeldsumme nachdenken. Sie waren bis jetzt sehr kooperativ, und wahrscheinlich haben die Entführer das Gefühl, dass Sie auch weiter von Wert sind. Würden sie jetzt aufgeben, wären ihre Mühen umsonst gewesen.«

Graham war klar, dass Kwan mit »aufgeben« »Alfred töten« gemeint hatte, Stella jedoch nicht noch weiter beunruhigen wollte.

Zwei Minuten später klingelte erneut das Telefon. Diese zwei Minuten waren Graham wie zwei Stunden erschienen.

»Hallo?«

»Sie … sind wirklich ein Staatsdiener?«

»Ja.«

»Wo arbeiten Sie?«

»Beim unabhängigen Antikorruptionsausschuss.«

»Stimmt, das hat Ihr Sohn auch gesagt. Wenigstens lügen Sie nicht.« Die Stimme wurde ein bisschen milder. »So ein Pech. Ich habe einen Fehler gemacht.«

»Bitte lassen Sie Alfred laufen. Ich gebe Ihnen alles, was ich habe!«

»Wie viel ist das?«

»Ungefähr siebzigtausend Dollar ...«

»Siebzigtausend? Ihre Familie wohnt in Kowloon Tong, und alles, was Sie zusammengespart haben, sind lächerliche siebzigtausend?«

»Ich bin der Arbeit wegen nach Hongkong gekommen, weil ich Schulden abzahlen musste ...« Graham traute sich nicht, irgendetwas zu verschweigen. Die Verbrecher konnten nachprüfen, was er sagte, indem sie Alfred fragten, der über die finanziellen Verhältnisse der Familie Bescheid wusste.

Der Entführer fluchte auf Kantonesisch und sprach dann wieder englisch. »Hören Sie gut zu. Ich will hunderttausend, und zwar innerhalb einer Stunde. Nein, innerhalb von fünfundvierzig Minuten. Sonst ist Ihr Sohn tot.«

»Woher soll ich binnen fünfundvierzig Minuten dreißigtausend Dollar kriegen?«

»Was weiß ich? Wenn Sie kein Bargeld haben, gleichen Sie die Differenz mit Schmuck aus. Sie wohnen in einer noblen Regierungsunterkunft, ich nehme an, Sie haben einen bedeutenden Posten? Ihre Frau hat mit Sicherheit irgendwo ein paar Klunker rumliegen, für die Gelegenheiten, bei denen sie auf den Bling-Bling-Banketten der hohen Tiere an Ihrem Arm hängt. Wenn Sie das in fünfundvierzig Minuten nicht zusammenkriegen, machen Sie sich bereit, die Leiche Ihres Sohnes abzuholen.«

Wieder einmal war die Leitung tot.

»Ron, haben Sie's diesmal zurückverfolgt?« Kwan setzte den Kopfhörer ab.

»Tut mir leid, Sir. Nicht genug Zeit.«

»Er hat ständig wieder aufgelegt, angeblich, weil er auf Mr Hill wütend wurde, es könnte aber auch eine Vorsichtsmaßnahme gewesen sein.« Kwan runzelte die Stirn. »Vielleicht mutmaßt er, dass wir mithören, und hält jeden Anruf absichtlich kurz, um zu verhindern, dass wir ihn aufspüren. Wir müssen alle wachsam sein.«

Kwan wandte sich an Graham. »Mr Hill, haben Sie wirklich nur siebzigtausend auf der hohen Kante?«

»Ja.«

»Jetzt ist es fünf nach halb drei. In fünfundvierzig Minuten haben wir zwanzig nach drei. Die Zeit ist zu knapp, um Ihnen markierte Scheine zu besorgen. Ich denke, Sie folgen am besten den Anweisungen des Entführers und heben Ihre gesamten Ersparnisse von der Bank ab.«

»Und die restlichen dreißigtausend?«, warf Mac ein. »Mr Hill, können Sie einen Vorschuss auf Ihr Gehalt bekommen?«

»Nicht in fünfundvierzig Minuten. Außerdem wären das vier Monatsgehälter.«

Kwan strich sich übers Kinn. »Mr Hill, die Polizei kann das Geld nicht beschaffen, aber ich könnte es Ihnen privat leihen ...«

»Das ist gegen die Vorschriften, Häuptling!«, sagte Old Tsui empört. Kwans Untergebene waren erschüttert – nicht weil ihr Vorgesetzter bereit war, ihrem Todfeind, dem ICAC-Ermittler, zu helfen, sondern weil der für seine Knausrigkeit berüchtigte Kwan Chun-dok gewillt war, dreißigtausend Dollar zu verleihen, die er womöglich nie wiedersah.

»Sergeant Tsui hat recht«, sagte Graham und nickte, um seine Dankbarkeit zu zeigen. »Stella besitzt ein wenig Schmuck, Erbstücke von meinen Eltern. Wir wollten sie nicht für die Rückzahlung unserer Schulden hergeben, aber im Vergleich zu Alfreds Leben sind sie unbedeutend.«

»Ist der Schmuck dreißigtausend wert?«, fragte Kwan.

»Wir haben ihn in England schätzen lassen, auf fünfzehnhundert bis zweitausend Pfund, also höchstens zwanzigtausend Hongkong-Dollar, aber auch Schmuck schwankt im Preis, nicht wahr? Hoffentlich ist er inzwischen mehr wert.«

»Siehst du? Ich habe dir doch gesagt, dass alle Briten reich sind«, flüsterte Tsui Mac auf Kantonesisch zu.

»Stella, du hast doch nichts dagegen, oder?«

Sie schüttelte den Kopf. Seit sie zu spät dran gewesen war, um die Stimme ihres Sohnes am Telefon zu hören, wirkte sie noch tiefer in Verzweiflung versunken.

Kwan ging zu Stella hinüber und nahm ihre Hände in seine.

»Mrs Hill, wir bringen Ihren Sohn wohlbehalten zurück. Das garantiere ich.«

Stella sah ihn an und nickte traurig.

»Mr Hill, ist die Bank weit von hier?«

»Mit dem Auto fünf Minuten.«

»Dann beeilen Sie sich am besten. Mac, verstecken Sie sich auf Mr Hills Rücksitz und achten Sie auf außergewöhnliche Vorkommnisse. Passen Sie auf, dass niemand Sie sieht.«

»Ja, Inspector.« Mac verließ mit Graham die Wohnung.

Die vier im Wohnzimmer Verbliebenen verstummten. Kwan setzte sich wieder aufs Sofa und starrte ins Leere. Seine Untergebenen und die Dame des Hauses ahnten nicht, dass seine Grübelei nicht diesem Fall, sondern einer völlig anderen Angelegenheit galt.

Kwan Chun-dok dachte nämlich über die Korruption bei der Polizei nach, die durch den Drogenschmuggel-Fall am Großmarkt Yau Ma Tei aufgeflogen war.

4

Um drei Uhr kamen Graham Hill und Mac zurück. Mac zufolge war unterwegs nichts Außergewöhnliches vorgefallen. Er hatte durch das Autofenster in alle Richtungen gespäht und keinerlei Verfolger entdecken können. Die Hills hatten siebzigtausend Hongkong-Dollar auf einem Festgeldkonto, die in einem Monat fällig wurden. Graham hatte das Konto auflösen müssen, um den Betrag abzuheben, was den Verlust sämtlicher Zinsen bedeutete. Mit dem Geld in einem Umschlag war er wieder ins Auto gestiegen, das direkt vor der Bank parkte. Alles war glattgelaufen.

Er stapelte die Banknoten auf dem Wohnzimmertisch: sieben Bündel, bestehend aus jeweils zwanzig Fünfhundert-Dollar-Scheinen. Obwohl in Hongkong vor drei Monaten ein neuer Eintausend-Dollar-Schein in Umlauf gekommen war, erhielt man bei den meisten Banken noch immer die vertrauten, »Big Bull« genannten Fünfhundert-Dollar-Scheine. Siebzigtausend Hongkong-Dollar wären für den durchschnittlichen Büroangestellten sechs oder sieben Jahresgehälter, doch für Mac sahen die Papierstapel auf dem Tisch nach viel weniger aus, als er erwartet hatte.

»Mac, notieren Sie sich die Seriennummern.« Noch ehe Kwan etwas gesagt hatte, erteilte Old Tsui Anweisungen. »Uns bleibt nicht viel Zeit.«

Mac nickte, setzte sich an den Tisch, riss die Banderolen auf, die die Bündel zusammenhielten, und machte sich daran, die Seriennummern abzuschreiben. Sobald eine dieser Banknoten ins Bankensystem zurückfloss, konnte die Polizei dem Täter auf die Spur kommen, indem sie das Geld zurückverfolgte.

»Und der Schmuck?«, fragte Kwan.

»Den verwahre ich in meinem Arbeitszimmer«, sagte Graham und setzte sich in Bewegung.

»Nicht im Schlafzimmer?«

»Wir hatten bis letztes Jahr noch sehr hohe Schulden. Wir deponieren unsere Wertsachen im Tresor. Man stelle sich vor, wir hätten den Schmuck ungesichert verwahrt und ein Einbrecher hätte sich bedient – dann hätten wir das kleine bisschen auch noch verloren.« Graham seufzte. »Seltsam, wie das Leben spielt. Jetzt gebe ich die Sachen freiwillig weg.«

Kwan folgte Graham ins Arbeitszimmer. Auch Old Tsui kam mit, als ob er noch etwas mehr von dieser Welt sehen wollte. Das Arbeitszimmer war nicht groß, aber sehr ordentlich, mit Regalen voller Bücher über Recht, Gerichtsverfahren und Verbrechensaufklärung. An der Wand hingen mehrere Gemälde – nichts Besonderes, nur die Wasserfarbenbilder eines Kindes.

»Die sind von Alfred«, erklärte Graham. »Er malt sehr gerne. Außerschulische Aktivitäten interessieren ihn eigentlich nicht, bis aufs Malen. Drückt man ihm einen Pinsel und ein bisschen Papier in die Hand, setzt er sich hin und malt den ganzen Nachmittag. Stella hat ihn in einen Malkurs gesteckt, und er war sofort Feuer und Flamme. Er bestand darauf, dass ich seine Werke in meinem Arbeitszimmer aufhänge, er meinte, ein Arbeitszimmer sollte mit Gemälden dekoriert sein.«

Grahams Lächeln verblasste und wich purem Kummer. Kwan und Old Tsui war klar, dass die schöne Erinnerung zur Seelenqual geworden war.

Graham öffnete einen Schrank neben dem Bücherregal, und zum Vorschein kam ein graublauer Tresor, etwa siebzig Zentimeter breit und einen Meter hoch. Kwan konnte nicht erkennen, wie tief er war. Graham steckte einen Schlüssel ins Schloss und drehte die Scheibe ein paarmal. Die Tür sprang auf. Behutsam entnahm er dem Tresor eine lila Samtschatulle, schloss die Tür und zog den Schlüssel ab.

Als Graham die Schatulle öffnete, zuckten Kwan und Old Tsui zusammen. Auf dem Samtkissen lag ein Collier, an dem ein Dutzend funkelnde Diamanten hing; es wand sich um ein Paar dazugehörige Diamantohrringe; auf der Seite lagen drei Ringe, zwei davon waren genauso gestaltet wie die anderen Stücke. Der dritte war ein Rubinring.

»Die Sachen sind nur zwanzigtausend wert?« Old Tsui stieß einen Pfiff aus.

»Ich bin mir nicht sicher«, antwortete Graham. »Der Juwelier meinte damals fünfzehnhundert Pfund, aber vielleicht wollte er mich betrügen.« Er schloss die Schatulle und sagte seufzend: »Stella besitzt die Sachen schon seit vielen Jahren, hat sie aber nur drei- oder viermal getragen. Seit wir in Hongkong sind, gab es, glaube ich, im vergangenen November die einzige Gelegenheit, auf der Hochzeit eines Kollegen. Sie hat den Schmuck immer geliebt. Sie wird sich für Alfred davon trennen, aber sicher nicht gern.«

Die drei Männer gingen zurück ins Wohnzimmer, wo Mac inzwischen mit dem Abschreiben der Nummern fertig war. Fünf der sieben Bündel hatten fortlaufend nummerierte, neue Scheine enthalten, was ihm die Arbeit sehr erleichtert hatte.

»Häuptling? Ist es nicht seltsam, dass der Entführer nicht ausdrücklich alte Scheine und kleine Stückelungen verlangt hat?«, fragte Mac.

Old Tsui zuckte die Achseln. »Vielleicht will er es schnell hinter sich bringen und hat nicht an diese Feinheiten gedacht.«

»Oder er hat für dieses Problem schon einen Plan«, sagte Kwan und ging zu Ngai hinüber. »Gib mir das Ding.«

Ngai wusste, was sein Chef meinte, und entnahm seiner Gerätetasche ein schwarzes Kästchen. Es war aus Kunststoff, hatte die Größe eines Feuerzeugs und mehrere Schlitze an der Unterseite, durch die man ein Gewirr von Drähten sehen konnte. Auf der Vorderseite saßen vier Schrauben und in der Mitte ein kleiner Knopf.

»Mr Hill, das ist ein Funksender.« Kwan legte das Kästchen auf den Tisch. »Die Batterie hält achtundvierzig Stunden. Drücken Sie auf den Knopf, wenn Sie ihn in die Tasche mit dem Geld stecken, dann können wir das Signal verfolgen. Sobald der Entführer das Lösegeld an sich nimmt, heftet sich ein Kollege von uns an seine Fersen, und wenn wir wissen, wo sein Versteck ist, retten wir Ihren Sohn.«

»Aber was, wenn das Gerät entdeckt wird?«

»Es ist Ihre Entscheidung, wir werden Sie nicht zwingen, es zu benutzen. Aber seien Sie sich bitte klar darüber, dass der Entführer nicht unbedingt Wort hält und seine Geisel freilässt, wenn er das Geld hat. Versuchen Sie, es statt als Wagnis als Versicherungspolice zu betrachten. Wenn Sie der Königlichen Polizei von Hongkong vertrauen, erfüllen Sie meinen Wunsch und stecken Sie den Sender in die Tasche.«

»Ich verstehe.« Graham nickte.

»Der Entführer weist Sie im Verlauf der Übergabe vielleicht an, Geld und Schmuck in eine andere Tasche umzupacken. Sie müssen spontan entscheiden.« Kwan klopfte mehrmals auf den Sender.

Mac bündelte die Scheine wieder in die ursprünglichen sieben Packen. Graham zählte eilig nach und steckte das Geld in den Umschlag zurück. Die Schmuckschatulle war zu groß, um sie herumzutragen, deshalb suchte er einen kleinen Stoffbeutel für Collier, Ohrringe und Ringe, schnürte das Zugband zu und stopfte ihn mit in den Umschlag. Er griff nach dem Sender und wollte ihn schon zu Geld und Schmuck stecken, besann sich dann anders und schob ihn in die Hosentasche. Er wollte erst einmal abwarten, welche Anweisungen der Entführer ihm erteilen würde.

Während sie warteten, tätigte Kwan zwei Anrufe, einen beim Kriminalkommissariat von Hong Kong Island und einen bei dem von Kowloon. Sobald der Entführer Graham den Treffpunkt nannte, wollte Kwan die zuständigen Beamten verständigen, um die Überwachung in die Wege zu leiten.

Zehn Minuten später klingelte das Telefon. Es war zwanzig nach drei – wieder auf die Minute pünktlich.

Alle setzten ihre Kopfhörer auf, und Ngai schaltete erneut die Geräte zur Aufzeichnung und Anrufrückverfolgung ein. Kwan nickte Graham zu, der den Hörer abnahm.

»Hallo?«

»Haben Sie das Geld?« Wieder derselbe Mann.

»Ja. Siebzigtausend in bar und dreißigtausend in Schmuck.«

»Sehen Sie? Wo ein Wille, da ein Weg«, höhnte der Mann.

»Ich will Alfred sprechen«, sagte Graham, bemüht, das Gespräch hinauszuzögern, weil Ngai ihm zu verstehen gab, dass er mehr Zeit brauchte.

»Mit mir verhandelt man nicht«, sagte der Mann kalt. »Ich sage das nur ein Mal.«

»Aber ich will Alfred sprechen …«

»Fahren Sie innerhalb von zwanzig Minuten zum Café Lok Heung Yuen auf der Wellington Street in Central. Allein. Bringen Sie das Lösegeld mit. Bestellen Sie eine Tasse Tee mit Milch. Dort erhalten Sie neue Anweisungen.«

»Warten Sie, ich will Alf…«

Ehe er zu Ende gesprochen hatte, hatte der Mann aufgelegt.

»Keine Spur.« Ngai setzte den Kopfhörer ab. »Die Anrufe sind alle zu kurz, um was Brauchbares hinzukriegen.«

»Ron, Sie bleiben hier. Ich möchte, dass Sie die Aufzeichnungen aller bisherigen Anrufe kontrollieren – sehen Sie zu, ob Sie irgendwelche Hinweise finden können; Hintergrundgeräusche, solche Sachen«, sagte Kwan und nahm ebenfalls die Kopfhörer ab. »Mr Hill, bei einem Zeitlimit von zwanzig Minuten sollten Sie sofort aufbrechen. Wissen Sie, wo das Lok Heung Yuen ist?«

»An der Kreuzung D'Aguilar und Wellington Street, richtig?«

»Genau. Mac kann Sie nicht begleiten. Der Entführer hat ausdrücklich verlangt, dass Sie allein kommen, und falls er noch eine zweite Person in Ihrem Auto sähe, könnte das die Sicherheit Ihres Sohnes gefährden. Mac, Sergeant Tsui und ich warten ganz in der Nähe, und sobald Sie können, teilen Sie uns seine nächsten Anweisungen mit, damit wir die Kollegen mobilisieren können. Ich nehme über Funk Kontakt zum Kommissariat auf und sage denen, sie sollen im Lok Heung Yuen einen verdeckten Ermittler postieren.«

Graham nickte.

»Mac, holen Sie den Wagen. Old Tsui und ich stoßen an der Straßenecke zu Ihnen.«

Graham brach nicht sofort auf. Stattdessen ging er zu Stella, die noch immer zusammengesackt auf dem Sofa saß, kniete sich vor sie hin und nahm sie in die Arme.

»Hab keine Angst. Ich hole Alfred nach Hause«, flüsterte er ihr ins Ohr. Er klang zuversichtlich. Stella nickte mit Tränen in den Augen und klammerte sich fest an ihren Mann. Sie wusste, dass sie jetzt stark sein musste, damit Graham sich nicht um sie sorgte, wenn er alleine loszog.

Graham nahm den Umschlag an sich und ging zum Parkplatz hinunter. Er legte das Lösegeld auf den Beifahrersitz, ließ den Motor an und überlegte, welche Strecke er fahren sollte. Als er zum Haupttor von Nairn House hinausfuhr, sah er Kwan und Old Tsui an der Pförtnerloge vorbei zur Straße gehen.

Unterwegs blickte Graham immer wieder auf die Uhr. Die Fahrt bis nach Central dauerte circa zwölf Minuten, doch bei starkem Verkehr würden zwanzig Minuten vielleicht nicht reichen. Nervös beäugte er jede rote Ampel, an der er halten musste, trat jedes Mal bei Gelb aufs Gas und brauste drauflos wie ein Rennfahrer, der die Medaille vor Augen hat.

Zum Glück war es bis zur Stoßzeit noch eine Weile hin, und der Verkehr war flüssig. Das einzige Problem ergab sich im Cross-Harbour-Tunnel, wo der behäbige Mautkassierer ihn zehn Extrasekunden kostete und sich, obwohl Graham fauchte, er brauche kein Wechselgeld, viel Zeit nahm, um die Schranke zu öffnen.

Um 15.37 Uhr traf Graham in dem Café ein. Das Lok Heung Yuen wurde von Ortsansässigen nur Schlangengrube genannt – in der kantonesischen Umgangssprache nannte man jemanden, der sich vor der Arbeit drückte, »Schlangenkönig«, und jeden Nachmittag füllte sich das Lokal mit Krawattenträgern, die sich für eine unerlaubte Pause aus ihren Büros gestohlen hatten. Im Augenblick war Teestunde, und sämtliche Tische waren besetzt. Graham wusste nicht, was er tun sollte.

Die Schlangengrube war ein Lokal für ganz normale Leute – ausländische Bosse oder Führungskräfte würden sich hier nie blicken lassen, und Graham zog, als er eintrat, einige Aufmerksamkeit auf sich. Die Leute mussten glauben, er hätte sich im Lokal geirrt oder sei auf der Suche nach einem Angestellten, der sich sträflicherweise von seinem Arbeitsplatz entfernt hatte.

»Leider kein Platz frei. Ist schlimm, wenn ... *daap toi*?« Der Kellner sprach gebrochenes Englisch, beendete den Satz mit dem kantonesischen Ausdruck für »einen Tisch teilen« und zeigte mit Gesten, was er meinte.

Plötzlich entdeckte Graham zwei bekannte Gesichter – in einer Nische für vier saßen Kwan Chun-dok und Old Tsui. Möglichst unbefangen trat Graham an ihren Tisch und rutschte neben Kwan auf die Bank. Der Inspector war in eine Zeitung vertieft, und Old Tsui hatte die Arme vor der Brust verschränkt und schien tief zu schlafen. Beide legten das typische Schlangengrubenverhalten in Vollendung an den Tag, und niemand wäre auf die Idee gekommen, dass sie von der Polizei waren. Sosehr sich Graham auch beeilt hatte, Mac fuhr mit dem draufgängerischen Tempo eines Jungspunds und hatte die beiden Beamten tatsächlich ein paar Minuten vor ihm hierherbefördert.

Kwan gab keinen Laut von sich, er sah Graham nur an, als wollte er sagen: »Was will der Ausländer an unserem Tisch?« Graham sagte ebenfalls nichts, befolgte nur die Anweisungen, die er erhalten hatte, und bestellte beim Kellner den in Hongkong üblichen Tee mit Milch.

Das Lok Heung Yuen war für seinen Tee berühmt, doch Graham war nicht in der Stimmung, ihn zu genießen. Er trank einen Schluck, schaute sich dann um und wartete darauf, dass der Entführer sich zeigte.

Obwohl er nur Minuten vor Ablauf der Frist eingetroffen war, schien der große Zeiger seiner Uhr ewig zu brauchen, um an die Acht heranzukriechen. Als er fast dort angekommen war, kehrte der Kellner mit dem schlechten Englisch zurück. »Sie ... Mr Ha? Telefon.« Wieder musste er gestikulieren, um sich verständlich zu machen.

Das war seltsam. Den Lösegeldumschlag an sich gedrückt, ging Graham zu dem öffentlichen Fernsprecher. Der Hörer lag auf dem Tresen, und es war niemand in der Nähe.

Vorsichtig griff er nach dem Hörer. »Hallo?«

»Sie sind pünktlich. Gut.« Es war wieder derselbe widerliche Mann.

»Zeigen Sie sich. Sie können mein Geld haben, ich will nur meinen Sohn zurück.«

»Wenn Sie tun, was ich sage, werden Sie ihn bald wiedersehen«, entgegnete der Mann ungerührt. »Jetzt möchte ich, dass Sie einen Juwelier aufsuchen und dort die siebzigtausend Dollar in Gold eintauschen.«

»In Gold?«

»Ja, Gold. Der Tagesgoldpreis liegt bei etwa neunhundert Dollar pro Tael ... Ich gebe Ihnen einen Rabatt. Kaufen Sie mir fünfundsiebzig Tael Gold. Das Wechselgeld können Sie behalten.« In Hongkong galt noch immer die alte Maßeinheit für den Goldhandel; ein Tael entsprach zehn Qian, und ein Qian entsprach etwa 3,75 Gramm.

»Sie tauschen das Geld in fünfzehn Goldbarren à fünf Tael und fahren damit zum Kennedy-Town-Schwimmbad in West Point. Im dortigen Café bestellen Sie eine Tasse Kaffee und warten auf meine nächste Anweisung.«

»Ins Kennedy-Town-Schwimmbad?«

»Ich wiederhole mich ungern. Ich gebe Ihnen eine halbe Stunde. Seien Sie um Viertel nach vier dort.«

»Bringen Sie Alfred ...«

Klick. Er hatte aufgelegt.

Banknoten hatten Seriennummern, aber Gold ließ sich nicht zurückverfolgen. Notfalls konnten die Barren eingeschmolzen werden.

Graham kehrte an seinen Platz zurück, trank hastig etwas Tee und raunte: »Der Entführer will, dass ich das Geld in fünfundsiebzig Tael Gold umtausche und mich dann im Kennedy-Town-Schwimmbadcafé mit ihm treffe.«

Kwan antwortete nicht. Sein Blick blieb auf die Zeitung gerichtet. Er legte nur die rechte Hand auf den Tisch und klopfte zweimal sanft als Zustimmung. Graham verlangte die Rechnung und verließ eilig das Café, das Lösegeld noch immer fest an sich gedrückt.

Jetzt musste er ein Schmuckgeschäft finden. Der Stadtteil Central war das Herz von Hong Kong Island, und als er auf der

Queen's Road nur ein kurzes Stück nach Westen ging, befand er sich inmitten von Geschäften aller Art, darunter mehrere Juweliere. Er wählte aufs Geratewohl einen Laden aus und ging, vorbei an einem Schaufenster mit goldenen Armbändern und Ringen, hinein. Als der weiße Mann das Geschäft betrat, merkte das Personal auf. Die Einheimischen hatten, was Wohlstand und Ansehen betraf, die Ausländer inzwischen fast eingeholt, doch ältere Hongkonger konnten die Vorstellung nicht abschütteln, dass ein nicht chinesisches Gesicht automatisch Geld bedeutete.

»Guten Tag. Womit kann ich dienen, Sir?« Der bebrillte Verkäufer mit dem schütteren Haar sprach fließend Englisch, wenn auch mit starkem Akzent.

»Gold. Ich möchte Goldbarren kaufen«, sagte Graham.

»Zur Geldanlage, nehme ich an? Die Zeit ist günstig, um Gold zu kaufen. Wie viel?«, fragte der Verkäufer erfreut.

»Goldbarren zu fünf Tael. Fünfzehn Stück davon.«

»Sagten Sie fünfzehn Fünf-Tael-Barren, Sir?« Der Verkäufer meinte, sich verhört zu haben.

»Ja, insgesamt fünfundsiebzig Tael.« Graham zog das Geld aus dem Umschlag. »Haben Sie so viel da? Ich brauche es sofort. Wenn Sie es erst besorgen müssen, gehe ich wieder. Ich bin in Eile.«

»Aber ja! Natürlich!« Dem Verkäufer fielen fast die Augen aus dem Kopf. Nicht, dass er solche hohen Beträge nicht schon gesehen hätte, aber kein ausländischer Kunde war jemals so freigiebig gewesen. Das reichte, um in Wan Chai eine Dreizimmerwohnung zu kaufen.

Der Verkäufer hastete ins Hinterzimmer und kam nach einer Minute mit einem Tablett zurück, auf dem fünfzehn verzierte Schachteln lagen. Er öffnete eine nach der anderen, um dem Kunden zu zeigen, dass jede einen glänzenden, mit Gewicht und Seriennummer gestempelten Goldbarren enthielt, nebst einem Zertifikat, das die Herkunft beurkundete.

»Wir haben Waagen, falls Sie nachprüfen wollen …«

»Nein, und ich brauche keine Schachteln, geben Sie mir nur das Gold.«

»Der Tagespreis liegt bei achtundachtzig Dollar pro Qian Gold ... das wären dann insgesamt sechsundsechzigtausend Dollar.« Der Verkäufer deutete dezent auf einen Aufsteller an der Theke: »Feingold: $ 88 pro Qian. Feilschen unerwünscht.« Auf einem Abakus überprüfte er geschwind seine Berechnungen. »Zahlen Sie bar?«

Graham schob ihm die Banknotenbündel hin, als würde er ihn für seine überflüssigen Fragen zurechtweisen.

»Ich muss die Scheine prüfen, bitte haben Sie Nachsicht mit mir«, sagte der Verkäufer behutsam, bemüht, den Kunden nicht zu verärgern.

»Machen Sie schnell.« Graham sah auf die Uhr. Es waren zehn Minuten Fahrt von Central bis nach West Point.

Der Verkäufer prüfte das Geld. Weil es große Scheine mit oft fortlaufenden Nummern waren, brauchte er nicht lange, um sechsundsechzigtausend Dollar abzuzählen.

»Hier, Ihr Wechselgeld. Ich stelle Ihnen eine Quittung aus.«

»Ich brauche keine ...«

»Sie sollten die Quittung wirklich lieber aufheben, Sir, um etwaigen Unstimmigkeiten vorzubeugen.« Dem Verkäufer kam das gehetzte Verhalten dieses Ausländers höchst eigentümlich vor – vielleicht handelte es sich um veruntreute öffentliche Gelder, und er war im Begriff, sich damit aus dem Staub zu machen? Natürlich ging es ihn nichts an – die Banknoten waren echt, der Geschäftsvorgang war rechtmäßig, und selbst wenn die Polizei auftauchte, sollte er das Geld behalten dürfen.

Während der Verkäufer die Quittung ausstellte, stopfte Graham das Gold in seinen Umschlag. Ein Barren war nur wenig größer als ein durchschnittlicher Radiergummi, und die fünfzehn Plättchen ließen sich leicht in dem DIN-A4-Umschlag unterbringen. Allerdings waren sie schwer – ungefähr drei Kilogramm –, und das Papier drohte zu reißen. Als der Verkäufer das sah, reichte er Graham die Quittung und griff nach einer Plastiktüte.

»Ich danke Ihnen«, sagte Graham automatisch, ganz der höfliche Brite, der er nun mal war.

»Nein, ich danke Ihnen, Sir.« Der Verkäufer drückte ihm herzlich die Hand. »Wenn Sie zukünftig mal wieder etwas benötigen, beehren Sie unser bescheidenes Geschäft gerne wieder, Sir.«

Graham nickte, steckte Umschlag und Quittung in die Plastiktüte und ging hastig hinaus. Erst beim Verlassen des Ladens bemerkte er am Fenster Old Tsui, der tat, als würde er die Auslage betrachten. Sie würdigten einander keines Blicks. Graham vermutete, dass Inspector Kwan inzwischen mit Mac zum Schwimmbad vorausgefahren war, um zu sehen, ob es eine Spur von dem Entführer gab.

Graham rannte zu seinem Wagen und fuhr los.

Das Kennedy-Town-Schwimmbad an der Smithfield Road war erst vor zwei Jahren eröffnet worden. Neben einer Zuschauertribüne und Umkleideräumen gehörte zu der Anlage auch ein öffentlich zugängliches Café. Dort drängten sich jeden Tag die Frühstücksgäste, und nach dem morgendlichen Andrang kamen die Senioren, viele mit Vogelkäfigen – ein kleiner Vogelliebhaberverein. Es herrschte lebhafter Trubel.

Um fünf nach vier erreichte Graham das Schwimmbad. Er war noch nie dort gewesen, aber durch seine Arbeit an vielen Korruptionsfällen waren ihm die Adressen von öffentlichen Einrichtungen bestens bekannt. Als er in die Smithfield Road einbog, sah er auf Anhieb sein Ziel. Er stellte das Auto auf einem nahe gelegenen Parkplatz ab und sah gegenüber dem Eingang zum Schwimmbad Straßenhändler und einen Markt. Die Smithfield Road befand sich am westlichen Ende von West Point in der Nähe von zwei großen staatlichen Wohnsiedlungen – Kwun Lung Lau und Sai Wan – und auch privaten Wohnhäusern; alles in allem lebten hier mehr als hunderttausend Menschen. Neben vielen Straßenimbissen gab es hier Stände für Bekleidung und Obst, man konnte seine Uhr und seine Schuhe reparieren lassen, Schlüssel nachmachen oder Klingen schärfen lassen. Die hausierenden Messerschleifer trugen Wetzsteine und anderes Werkzeug mit sich herum und durchstreiften »Messer und Scheren!« rufend die Gegend, um die

Hausfrauen zu sich auf die Straße zu locken, damit sie sich von ihnen für einen Dollar oder weniger ihre Arbeitsgeräte schleifen ließen.

Es war nach Schulschluss, und an den Imbissbuden herrschte rege Geschäftigkeit. Schulkinder verlangten lauthals nach Fischklößchen, Kuttelsuppe oder kantonesischen gedämpften Küchlein, Erdnussriegeln und Zuckerwatte. Graham zwängte sich durch die Scharen heißhungriger junger Menschen zum Schwimmbadeingang und folgte dem Hinweisschild zum Café im Obergeschoss.

Hier war es nicht so überfüllt wie in der Schlangengrube – es gab mehrere freie Tische. Er sah Kwan allein dasitzen, doch aus Angst, beobachtet zu werden, setzte Graham sich mit dem Rücken zu ihm in die Nachbarnische. Obwohl sie in entgegengesetzte Richtungen schauten, konnten sie einander hören, wenn sie flüsterten.

»Was wünschen Sie?«, fragte ein Kellner auf Kantonesisch. Graham verstand kein Wort, vermutete aber, dass es sich nicht um eine Nachricht von dem Entführer handelte – der wohl kaum jemanden schicken würde, der kein Englisch sprach. Er zeigte in der glücklicherweise zweisprachigen Karte auf Kaffee.

Während er den Kaffee trank, sah Graham sich um. Er hatte keine Ahnung, ob noch weitere verdeckte Ermittler anwesend waren. Die zwei Männer an dem runden Tisch ganz vorne konnten Polizisten, konnten jedoch ebenso gut die Entführer sein. Der Mann um die zwanzig etwas weiter hinten kam ihm ebenfalls verdächtig vor; er starrte Graham unentwegt an, während er seinen Eistee trank. Graham folgte seinem Blick und erkannte, dass er nicht zwingend das Ziel sein musste – direkt vor ihm aß eine hinreißende junge Frau genüsslich ein Sandwich.

Während Graham sich umsah, erschien der Kellner wieder und zeigte auf den Tresen, wo ausgehängt der Telefonhörer lag. Machte der Kellner etwa gemeinsame Sache mit dem Entführer? Nein, der hatte wahrscheinlich einfach gesagt: »Bitte holen Sie den Europäer, der gerade Kaffee bestellt hat, ans Telefon.« Vermutlich hatte er das Lokal ausgesucht, weil nicht viele Fremde hierherkamen. Doch Graham wurde trotzdem etwas klar.

Er wurde beobachtet, sowohl hier als auch in der Schlangengrube. Sobald er eintraf, verließ der Beobachter das Lokal oder gab seinen Komplizen draußen auf eine andere Weise Bescheid. Auf dieses Zeichen hin rief der Entführer in dem Lokal an, um Graham seine nächsten Anweisungen zu übermitteln.

Auf dem Weg zum Tresen ließ Graham den Blick über jedes Gesicht im Raum schweifen, um zu sehen, ob er jemanden aus der Schlangengrube wiedererkannte. Aber da war niemand. Er konnte zwar nicht von sich behaupten, dass er nie ein Gesicht vergaß, aber er würde trotzdem merken, wenn er innerhalb einer halben Stunde zweimal derselben Person beggnete.

Also hatte der Entführer mehr als einen Helfer – einen Späher in Central und einen in West Point.

»Haben Sie das Gold?« Am Telefon war wieder derselbe Mann.

»Ja, ich gebe Ihnen das Gold und den Schmuck, bringen Sie mir nur meinen Sohn zurück.«

»Keine Sorge, Mr Hill, wenn ich das Lösegeld habe, schicke ich Ihnen Ihr Kind nach Hause. Aber ich bin nicht so dumm, die Übergabe persönlich vorzunehmen«, sagte der Mann kalt. »Bei dem Blumentopf am Caféeingang ist ein Pappkarton deponiert. Darauf steht Ihr Name geschrieben. Gehen Sie nachsehen.«

Er legte auf. Graham kehrte erst gar nicht an seinen Platz zurück, sondern gab dem Kellner etwas Geld und ging hinaus. Tatsächlich sah er an der beschriebenen Stelle einen Pappkarton stehen. Auf einer Seite stand in Großbuchstaben »HILL« geschrieben. Graham riss ihn auf und erblickte eine rote Badehose, einen seltsam geformten weißen Leinenbeutel und eine mit Schreibmaschine verfasste Mitteilung:

»Gehen Sie ins Schwimmbad, ziehen Sie die Badehose an. Packen Sie Gold und Schmuck in den Beutel und nehmen Sie ihn mit. Ich habe in der Mitte des großen Schwimmbeckens eine besondere Münze deponiert. Wenn Sie die gefunden haben, kennen Sie den nächsten Schritt.«

Das war alles sehr mysteriös, doch Graham hatte keine Wahl. Er vergewisserte sich, dass er keinerlei Gegenstände – oder Hinweise – in dem Karton übersehen hatte, dann ging er mitsamt Badehose und Beutel nach unten. Kwan folgte ihm, deshalb nahm er den zusammengefalteten Zettel wieder in die Hand und legte ihn für ihn aufs Geländer – Kwan anzusprechen wagte er nicht, denn er wusste nicht, ob sein Bewacher noch in der Nähe war.

Graham löste eine Eintrittskarte und ging in den Herrenumkleideraum. Es gab keine Schließfächer, nur einen Schalter, wo man einen Korb für die persönliche Habe ausgehändigt bekam. Die Körbe waren etwa so groß wie eine Schreibtischschublade und mit zwei Metallschildchen versehen – ein Schildchen erhielt man, wenn man seine Sachen abgab, und der Korb mit dem zweiten Schildchen wanderte zurück ins Regal. Der Garderobenmann hatte auf dem Schalter sechs oder sieben Körbe zum Gebrauch bereitstehen, die er ständig ersetzte. Er stellte sie in der korrekten Reihenfolge zurück ins Regal, um das Wiederfinden zu erleichtern.

Graham wusste nicht recht, wie das Ganze vonstattenging, aber er beobachtete die Leute am Schalter und begriff schnell. Mit ihm waren sieben oder acht weitere Männer in der Umkleide, die sich an- oder auszogen; er hatte keine Ahnung, welche von ihnen Polizisten oder Entführer waren. Er ließ sich einen Korb geben, ging in eine Ecke, kleidete sich aus und zog die leuchtend rote Badehose an. Er schaute sich um, vergewisserte sich, dass niemand zusah, öffnete den Umschlag und packte die Goldbarren Stück für Stück in den Leinenbeutel um.

Der Beutel war lang und schmal, eher wie ein Gürtel, mit einer Schnalle an jedem Ende und einem langen Reißverschluss in der Mitte. Er sah aus wie eine Spezialanfertigung für Schmuggler, nicht wie etwas, das man im Laden kaufen konnte.

Graham hörte Schritte hinter sich und hielt inne. Er wandte sich hastig um. Direkt neben ihm saß plötzlich Kwan Chun-dok. Er tat, als würde er sich umziehen – er hatte kein Badezeug dabei –, und nahm Graham in keiner Weise zur Kenntnis.

Graham machte weiter, packte erst die Goldbarren um, dann den Schmuck.

Als er gerade den Reißverschluss zuziehen wollte, fiel ihm plötzlich das schwarze Kästchen ein, und er stieß unwillkürlich einen dermaßen scharfen Schrei aus, dass Kwan genötigt war, sich zu ihm umzudrehen und ihn anzusehen.

Das also steckte hinter dem Badbesuch – Gold und Schmuck machte Wasser nichts aus, aber wenn er den Sender in den Leinenbeutel packte, würde der im Wasser wahrscheinlich kaputtgehen.

Sollte er riskieren, das Gerät trotzdem in den Beutel zu tun? Oder sollte er den Sender irgendwo am Beckenrand verstecken und nach einer Möglichkeit suchen, ihn nachträglich hineinzuschmuggeln? Aber was, wenn der Entführer ihn fand?

Ihm platzte fast der Kopf vor Fragen.

Er hatte den Sender aus der Tasche genommen und hielt ihn jetzt offen in der Hand, als Frage an Kwan. Kwan rekelte sich gemächlich und schüttelte den Kopf.

Es stimmte. Ein kaputter Sender war ein schreckliches Risiko – er konnte Alfred nicht mehr nutzen, sondern nur noch schaden, wenn er gefunden wurde.

Graham warf das Kästchen zu seiner Uhr und den Schlüsseln in den Korb, zog den Reißverschluss des Leinenbeutels zu und trat an den Schalter, um seine Sachen abzugeben. Im Austausch bekam er ein Metallschildchen an einem Band, das er am Handgelenk tragen konnte.

»Den Gürtel können Sie nicht mit hineinnehmen, Sir«, sagte der Garderobenmann. Er sprach zuerst kantonesisch, und als er merkte, dass Graham ihn nicht verstand, wiederholte er es auf Englisch.

»Nein, der muss mit.«

»Keine persönlichen Gegenstände. Bitte lassen Sie ihn hier, wir passen drauf auf.« Er machte ein finsteres Gesicht.

Graham verlor die Geduld. Aufgebracht zerrte er den Reißverschluss auf, um die glänzenden Goldbarren vorzuzeigen. »Wenn die wegkommen, übernehmen Sie dann die Verantwortung?«

Der Mann am Schalter riss die Augen auf, und die Kinnlade klappte ihm fast auf den Boden. Es gelang ihm gerade noch zu murmeln: »Bitte ... bitte, wie Sie wollen.« Graham vermutete, dass er noch nie so viel Gold auf einmal gesehen hatte – er selbst bis vor einer halben Stunde ja auch nicht.

Beim Verlassen des Umkleideraums warf Graham Kwan Chun-dok einen kurzen Blick zu. Mit knapper Geste gab der Polizist ihm zu verstehen, ins Wasser zu gehen. Graham verstand – je länger er zögerte, desto größer wurde für Alfred die Gefahr.

Graham schnallte den Gürtel um und ging am Übungsbecken vorbei zum Hauptbecken. Im Wasser befanden sich ungefähr zwanzig Personen. Er kletterte ins Becken und schwamm an den anderen vorbei bis in die Mitte, wo er wassertretend versuchte, den Beckenboden in Augenschein zu nehmen.

Da war nichts.

Verzweifelt suchte er weiter, tauchte sogar so tief, dass sein Gesicht fast den Boden berührte. Der blieb beharrlich leer.

Graham tauchte auf, atmete tief durch und stieß wieder hinab. Vielleicht war er nicht genau in der Mitte, oder die Münze war abgetrieben worden. Er suchte einen breiteren Bereich ab. Wieder nichts.

Wie war das möglich? Immer wieder stieß er mit anderen Schwimmern zusammen, sprudelte rasch eine Entschuldigung hervor und setzte seine Jagd fort.

»Eine besondere Münze – vielleicht durchsichtig?«, fragte er sich. Er strich mit der Hand über den Beckenboden, fühlte nichts, nur glatte Kacheln.

Könnte der Entführer die zwei Becken verwechselt haben? Bei dem Gedanken stieg Graham unverzüglich aus dem Wasser und steuerte das Übungsbecken an. Kwan stand in einer geliehenen Badehose am Beckenrand, doch Graham unternahm nicht den Versuch, mit ihm zu sprechen. Er hatte schon zehn

Minuten vertan und war dem Auffinden der verfluchten Münze nicht nähergekommen.

Im Übungsbecken war es dasselbe – absolut nichts, das einer Münze glich. Hier waren noch mehr Leute im Wasser. Seine unentwegte Taucherei brachte ein paar junge Mädchen offenbar auf den Gedanken, er habe unlautere Absichten, und sie wichen ihm eilig aus.

Gott, und wenn jemand anders sie genommen hat? Das war ein schrecklicher Gedanke. Ein Pappkarton bei einem Blumentopf war einigermaßen unauffällig, aber eine glitzernde Münze auf dem Boden eines Schwimmbeckens könnte einem neugierigen Badegast durchaus aufgefallen sein.

Er kehrte zum Hauptbecken zurück und fragte einige Schwimmer, doch niemand hatte eine Münze gefunden. Manche ignorierten ihn einfach und zogen weiter ihre Bahnen. Er versuchte es auch bei den Bademeistern, aber ohne Erfolg.

Graham wurde schwindelig. Der Gürtel hing ihm schwer um die Taille, und niemand kam, um sich das Lösegeld zu holen. Er dachte daran, Kwan um Hilfe zu bitten, doch als er sich umschaute, war der Inspector nirgendwo zu sehen.

Hatte Kwan einen Verdächtigen entdeckt? Beschattete er diese Person? War es dem Entführer womöglich misslungen, die Münze zu platzieren? Diverse Möglichkeiten gingen Graham durch den Kopf, aber er konnte nichts tun. Seine einzige Alternative war, weiterhin nach einer Münze zu suchen, die womöglich gar nicht existierte.

Er sah auf die Schwimmbaduhr. Es war inzwischen Viertel vor fünf – er hatte eine halbe Stunde lang gesucht. Inzwischen waren mehr Menschen im Wasser, vermutlich Schulkinder. Abermals tauchte er durch das Gewühl und hielt auf die Mitte zu, und diesmal sah er sie.

Eine silberglänzende Münze.

Es war ihm unerklärlich, wie er sie zuvor hatte übersehen können. Es war, als hätte jemand ihn verhext, um zu verhindern, dass er sie sah. Er hob das Geldstück auf und erkannte es als britisches Fünfundzwanzig-Pence-Stück, herausgegeben im Februar dieses Jahres von der Königlichen Münzanstalt zur Feier des silbernen Thronjubiläums der Queen. In die Münze war ein Loch gebohrt, durch das eine mit einem Metallschildchen versehene Schnur gefädelt war.

Wenn Sie die gefunden haben, kennen Sie den nächsten Schritt – und genauso war es.

Unverzüglich sprang Graham aus dem Wasser und rannte zurück in den Umkleideraum. Am Schalter stand eine lange Schlange. Er stürmte nach vorne und drängelte sich zwischen die Leute. Hektisch schleuderte er die Münze mit dem Schildchen auf den Schalter, was den Garderobenmann derart erschreckte, dass er einen Schritt zurückwich. Der Mann warf rasch einen Blick auf die Nummer und beeilte sich, den Drahtkorb zu holen. Er wunderte sich zwar offensichtlich über den Inhalt, sagte aber nichts.

Der Korb enthielt lediglich ein Paar Badelatschen und ein mehrfach gefaltetes Blatt Papier – Graham griff sich beides und faltete den Zettel auseinander.

»In dreißig Sekunden gehen Sie durch den Haupteingang auf die Straße und wenden sich nach Norden. Halten Sie den Beutel mit den Goldbarren in der linken Hand. Nicht vergessen, Sie haben nur dreißig Sekunden. Sie werden beobachtet.«

Graham sah sich panisch um. Die Leute starrten ihn an. Ihm war alles egal. Er fuhr in die Badelatschen und rannte triefend nass hinaus.

»Platz da!«, schrie er und sprintete durch die Drehtür ins Freie. Er lief zum Straßenrand, erinnerte sich, dass die Smithfield Road bergauf nach Süden führte und wandte sich bergab. Er löste den triefenden Leinenbeutel von der Taille und hielt ihn mit der linken Hand in die Höhe, unsicher, was das bewirken sollte.

Binnen Sekunden war es ihm klar.

Ein Motorrad raste heran. Der Fahrer, ganz in Schwarz mit einem schwarzen Helm, schnappte sich den Beutel und brauste davon. Graham brauchte einen Moment, um zu begreifen, was geschehen war, dann rannte er dem Motorrad hinterher und schrie: »Wo ist mein Sohn? Bringt mir meinen Sohn zurück!«

Die Menschen drehten sich nach ihm um. Was dann geschah, kam völlig unerwartet – auch für den Entführer.

Drei Sekunden nachdem der Fahrer sich den Beutel geschnappt hatte, fiel etwas Kleines, Dunkles vom Motorrad auf die Straße.

Graham wusste nicht gleich, was es war, doch dann fiel immer mehr herunter, und er begriff.

Glänzende Goldbarren purzelten auf die Straße, einer nach dem anderen, und jeder fünf Tael schwer.

Der erste, dunkle Gegenstand musste der Beutel mit dem Schmuck gewesen sein. Der Motorradfahrer sah, was passierte, und bremste ab, doch dann brauste plötzlich ein Wagen an Graham vorbei, und der schwarz gekleidete Motorradfahrer gab wieder Gas, von dem Auto verfolgt. Zurück blieb nur eine Spur aus Goldbarren wie eine gepunktete Linie, die dieses seltsame Ereignis markierte.

Graham fiel es wieder ein – er hatte den Reißverschluss aufgezogen, um dem Garderobenmann das Gold zu zeigen.

Wahrscheinlich hatte er ihn hinterher nicht wieder ganz zugezogen.

Durch seine vielen Tauchgänge waren die kleinen Barren immer wieder zusammengestoßen und hatten den Reißverschluss allmählich weiter geöffnet.

Keiner konnte ahnen, dass die Öffnung bei der Übergabe ausgerechnet nach unten zeigte, und erst recht konnte keiner ahnen, dass der Schwung, mit dem Graham der Beutel entrissen worden war, bewirkte, dass der Reißverschluss sich vollends öffnete.

5

In dem Wagen, der das Motorrad verfolgte, saßen Mitarbeiter des Kriminalkommissariats Hong Kong Island. Sie waren auf die Hill-Entführung angesetzt, hatten die Anordnung befolgt, sich vor Ort zum Zugriff bereit zu machen, und erwarteten nun weitere Instruktionen. Als ein nur mit einer Badehose bekleideter Mann triefnass auf die Straße stürmte und sich sehr merkwürdig verhielt, waren die Ermittlungsbeamten alarmiert. Sie wussten nicht, wie Graham Hill aussah, aber alles deutete darauf hin, dass dies der Vater der Geisel war. Kurz darauf raste ein Motorradfahrer heran, entriss dem Mann in Badehose einen Gegenstand, und den Kriminalbeamten war klar, dass sie gerade Zeugen der Geldübergabe wurden. Falls es ihnen gelang, den Fahrer zu schnappen, würden sie an wertvolle Informationen gelangen. Die Beamten ergriffen eigenständig die Initiative und nahmen unverzüglich die Verfolgung auf, ohne sich darum zu scheren, ob sie damit die Beteiligung der Polizei verrieten.

Doch sie erwischten ihn nicht.

Motorräder sind wendig – der Täter musste nur in die Belcher's Street abbiegen, sich zwischen den Autos hindurchschlängeln, und schon war er weg. Der Einsatzwagen lag nicht sehr weit zurück, und bald stießen die Beamten in der Sands Street auf das verlassene Fluchtfahrzeug, doch der Übeltäter hatte sich längst aus dem Staub gemacht; die schwarze Jacke, den Helm und den Leinenbeutel hatte er zurückgelassen. Die Beamten fragten Passanten, ob sie den Verdächtigen gesehen hätten, aber die Antworten waren nicht sehr aufschlussreich. Ein Polizist außer Dienst, der zufällig in der Nähe war, hatte einen Mann eilig in ein Taxi steigen sehen, sich aber das Kennzeichen nicht gemerkt, und abgesehen davon musste es sich nicht zwingend um den Verdächtigen handeln. Eine kurze Überprüfung ergab, dass das Motorrad als gestohlen gemeldet war.

Als Graham die Goldbarren purzeln und den Entführer davonkommen sah, konnte er nicht mehr klar denken. Anstatt loszulaufen, um sich sein Eigentum zurückzuholen, stand er nur stocksteif da und starrte dem Motorrad nach, als wäre es sein in der Ferne verschwindender Sohn.

»Schnell, sammeln Sie das Gold ein, ziehen Sie sich um und fahren Sie nach Hause. Der Entführer ruft vielleicht wieder an. Ich unterstütze die Beamten bei der Verfolgung«, sagte eine leise Stimme neben ihm.

Graham wandte sich um. Da stand Kwan Chun-dok, wieder vollständig angezogen. Nachdem er diese Anweisung erteilt hatte, eilte Kwan zu einem Wagen auf der gegenüberliegenden Straßenseite. Ratlos sammelte Graham sein Eigentum auf. Den Umstehenden wurde offensichtlich jetzt erst klar, was eben geschehen war, und ihr Erstaunen wuchs ins Grenzenlose.

Das Gold an sich gedrückt, beschwatzte Graham den verblüfften Mann am Kassenschalter, ihn wieder einzulassen, und holte bei dem ahnungslosen Garderobenmann seine Sachen ab. Das schwarze Kästchen war da, wo er es hingelegt hatte, bei seiner Uhr und den Schlüsseln. Mit einem wütenden Blick auf das nutzlose Ding knallte Graham Gold und Schmuck auf eine Bank und hämmerte hilflos gegen die Wand. Ohne darauf zu achten, dass er noch immer nass war, zog er sich an, steckte das Gold zurück in den Umschlag in der Plastiktüte und verließ, von den staunenden Blicken der Umstehenden begleitet, das Schwimmbad.

Er stieg benommen in sein Auto, startete lethargisch den Motor und fuhr nach Nairn House zurück. Nichts von alledem fühlte sich real an. Allein schon die Entführung seines Sohnes war etwas, womit er nie im Leben gerechnet hätte, doch die Missgeschicke in der letzten Stunde und die fehlgeschlagene Lösegeldübergabe verschafften ihm das Gefühl, in einem Albtraum gelandet zu sein. Auf der Heimfahrt dachte er unentwegt an Alfred – wie er als Baby ausgesehen hatte, an sein Lächeln, als er das erste Mal »Daddy« sagte, wie er an seinem ersten Schultag geweint hatte und sie Hand in Hand über die

Straße gegangen waren. Als sie sich heute Morgen Auf Wiedersehen sagten, hatte Graham nicht geahnt, dass es womöglich die letzten Worte waren, die sie je miteinander wechselten.

Hast du Schwierigkeiten bei den Hausaufgaben? Hast du in der Schule Freunde gefunden? Was lernt ihr im Malkurs? Möchtest du mit Mummy und Daddy auf den Rummel gehen? – er bedauerte unendlich, Alfred diese Fragen nicht gestellt zu haben. Er und Stella hatten die Verantwortung für die Erziehung ihres Sohnes der Kinderfrau übertragen, während sie sich in Arbeit vergruben, und statt seiner Eltern hatte Liz ihm Fragen wie diese gestellt. Alfred hatte sich vermutlich gewünscht, sie aus dem Munde seiner Eltern zu hören, und hatte sich nicht getraut, sich zu beschweren. Ehe sie England verließen, hatte ihre Antwort auf Alfreds Bitten immer nur gelautet: »Das können wir uns zurzeit nicht leisten. Mummy und Daddy müssen fleißig arbeiten, um unsere Schulden zu bezahlen. Warten wir ab, bis das erledigt ist.«

Doch die Schulden waren bereits seit einem Jahr getilgt. Warum hatten sie sich seither nicht intensiver um ihren Sohn gekümmert?

Graham war so aufgewühlt, dass er fast gegen eine Straßenlaterne gefahren wäre, um sich zu bestrafen.

Um zehn nach fünf stürmte er in die Wohnung. Stella sprang vom Sofa, als sie ihren Mann erblickte, aber als sie sah, dass er allein war, verwandelte sich die Hoffnung in ihren Augen in Verzweiflung.

»Alfred ...«

Graham schüttelte den Kopf. »Die Übergabe ist geplatzt.«

»Wieso? Was ist passiert?« Stella brach zusammen, krallte sich an seine Schultern. Ronald Ngai, der an ihrer Seite gesessen hatte, eilte ihr zu Hilfe.

»Der Entführer hatte das Lösegeld, aber es ist von seinem Motorrad gefallen ...« Graham konnte seiner Frau nicht in die Augen sehen.

»O Gott, was wird jetzt mit Alfred?« Stellas Beine gaben

nach, und sie taumelte zu Boden. Graham und Ngai halfen ihr rasch auf und betteten sie aufs Sofa.

Die drei konnten nur hilflos abwarten. Ngai hatte für den ICAC-Mann nicht viel übrig, doch in diesem Moment empfand er aufrichtiges Mitleid mit dem Ehepaar. Stella schluchzte, als sähe sie ihrem Kind beim Sterben zu, und Grahams Bericht ließ, was die Chancen des Jungen betraf, tatsächlich nur wenig Grund zur Hoffnung.

Eine Viertelstunde später klingelte es an der Tür. Kwan, Old Tsui und Mac betraten die Wohnung. Ihre gequälten Mienen verrieten sofort, dass die Operation feststeckte.

»Wir haben den Motorradfahrer nicht erwischt«, sagte Kwan. »Kollegen haben das Motorrad gefunden, und die Leute von der Spurensicherung haben an Beweisen gesichert, was sie finden konnten. Hoffentlich liefert uns das eine Spur.«

Und damit erlosch die letzte Hoffnung der Hills.

»Die Kollegen von Hong Kong Island waren vorschnell. Wären sie dem Täter unauffällig gefolgt, wäre unsere Lage womöglich besser. Aber Schuldzuweisungen bringen uns im Augenblick nicht weiter. Wir müssen die Dinge jetzt nehmen, wie sie sind.« Kwans Stimme blieb ruhig. »Vielleicht weiß der Entführer jetzt, dass Sie die Polizei gerufen haben, Mr Hill, aber vielleicht vermutet er es auch nur. Ich habe die Medien verständigt und ihnen den Vorfall vor dem Schwimmbad als Taschendiebstahl verkauft. Demnach haben zufällig anwesende Beamte in Zivil gesehen, wie ein Dieb auf einem Motorrad einem Fremden die Tasche entriss. Sie nahmen die Verfolgung auf, doch der Täter konnte entkommen, während das Opfer den Tatort auf eigene Faust verließ. Die Meldung kommt in den Achtzehn-Uhr-Nachrichten, im Fernsehen und im Radio. Außerdem wird das westlich aussehende Diebstahlopfer gebeten, sich bei der Polizei zu melden – das wird den Entführer hoffentlich überzeugen, dass das Zusammentreffen reiner Zufall war.«

Graham nickte. Sein Hirn hatte sich abgeschaltet.

»Wenn es klappt, wird der Entführer wieder anrufen. Wir müssen einfach abwarten.«

Kwan ging mit Graham Punkt für Punkt die Ereignisse des Nachmittags noch einmal durch. Graham antwortete, so gut er konnte, doch er fragte sich bei jedem Satz unwillkürlich, was um alles in der Welt er hätte anders machen können, um diese Katastrophe zu verhindern.

»Der Garderobenmann könnte imstande sein, den Entführer zu identifizieren«, sagte Mac. »Würde das nicht auffallen, wenn jemand nur ein Paar Badelatschen und ein Blatt Papier zur Aufbewahrung gibt?«

»Manche Leute haben zu viel Zeug für einen Korb, darum nehmen sie sich einen zweiten«, warf Old Tsui ein. »Wenn er es so gemacht hat, dürfte der Angestellte nichts bemerkt haben.«

Stunden schienen zu vergehen, während sie auf den Anruf warteten. Die Stimmung war gedrückt, Enttäuschung lag in der Luft. Als es Zeit für die Nachrichten war, schaltete Graham den Fernsehapparat ein, Ngai und Old Tsui machten das Radio an, und sie hörten angespannt zu.

Die Wohnzimmeruhr bewegte teilnahmslos ihre Zeiger, während Minuten und Sekunden vergingen. Das Telefon klingelte nicht wieder. Der Umschlag mit Gold und Schmuck lag auf dem Tisch. Graham wünschte, diese Schätze würden einfach verschwinden und sein Sohn wäre wieder da.

Klick.

Ein Geräusch an der Wohnungstür ließ alle hochschrecken. Die Tür schwang auf, und Stella stieß einen Schrei aus.

Eine Frau sagte: »Oh, haben wir heute Besuch?«

Die Beamten erkannten die Frau von den Fotos im Wohnzimmer. Es war Liz, Leung Lai-ping, die Kinderfrau. Doch der Grund für Stellas Schrei und Grahams fassungsloses Gesicht stand direkt hinter ihr.

»Alfred!« Taumelnd lief Stella zu ihrem Sohn und riss ihn an sich. Graham kam hinterher, sank auf die Knie und nahm beide, seine Ehefrau und seinen Sohn, in die Arme.

»Was ist hier los?«, fragte Liz mit verdutzter Miene.

»Ich bin Inspector Kwan Chun-dok«, sagte Kwan und zückte seinen Ausweis. »Wie haben Sie Alfred gefunden?«

»Was?«

»Alfred, geht es dir gut? Liz, haben die Entführer Ihnen etwas angetan?« Graham sah von seinem verstört wirkenden Sohn zu ihr auf.

»Entführer?«

»Sie und Alfred sind entführt worden!«, rief Graham.

»Ich verstehe nicht. Alfred und ich waren den ganzen Tag zusammen. Es ist nichts passiert.«

Alle starrten Liz an.

»Sie sind nicht entführt worden?«, schaltete Mac sich ein.

»Ich habe Alfred von der Schule abgeholt, war mit ihm Mittag essen und habe ihn dann zu seinem Malkurs gebracht.«

»Malkurs?«, wiederholte Graham.

»Ja, habe ich es Mrs Hill nicht vorige Woche gesagt? Der Malkurs hat einen Ausflug gemacht.«

»Wie bitte?«, japste Stella.

»Sie wirkten ziemlich müde, als ich Ihnen davon erzählte. Vielleicht erinnern Sie sich deshalb nicht daran? Sie haben die Einverständniserklärung unterschrieben – die Leiter des Kurses sind mit allen Kindern raus aufs Land gefahren, darum gab es einen Elternbrief.«

»Wann habe ich das unterschrieben? Ich erinnere mich nicht.«

»Vorige Woche. Ich habe Ihnen den Brief zusammen mit ein paar Schulunterlagen gegeben.«

»Aber – aber Sie hätten wissen müssen, dass ich es vielleicht wieder vergesse. Habe ich Ihnen nicht gesagt, Sie sollen mir an dem betreffenden Tag immer einen Zettel hinlegen, wenn es irgendwelche Stundenplanänderungen gibt?« In ihrer Verwirrung schimpfte Stella mit Liz, obwohl sie doch ihren Sohn wiederhatte und ihr alles andere egal war.

»Hab ich doch! Ich weiß, was Sie alles zu tun haben, also habe ich Ihnen heute Morgen einen Zettel hingelegt.«

Liz trat an das Regal mit Grahams Ehrenplakette, griff tastend um die Auszeichnung herum, ging schließlich in die Hocke und zog hinter einer Topfpflanze einen Zettel hervor.

»Er ist runtergefallen«, sagte sie und reichte Stella die Notiz. Alle beugten sich vor, und tatsächlich – da stand auf Englisch: »Nach der Schule Ausflug mit dem Malkurs, ich esse mit Alfred auswärts, sind abends zurück.«

»Liz, waren Sie wirklich den ganzen Tag bei Alfred?«, fragte Graham.

»Natürlich. Ich habe ihn um halb zwölf abgeholt, war mit ihm Wonton-Nudeln essen, danach sind wir zum Treffpunkt gegangen. Dort waren die anderen Kinder mit ihren Eltern. Wir sind mit dem Bus nach Sai Kung gefahren. Die Kinder haben gemalt, und ich habe mit den Eltern und anderen Kindermädchen geschwatzt. Es war schön, auf dem Land zu sein, frische Luft zu atmen.«

»Tatsächlich?«, fragte Stella. Sie hielt Alfred immer noch fest, der das alles nur stumm hinnahm.

»Sie können Alfred fragen oder den Kursleiter anrufen, wenn Sie mir nicht glauben«, sagte Liz. »Was ist denn bloß passiert?«

»Jemand hat behauptet, Alfred sei entführt worden, und hat von Mr Hill hunderttausend Dollar gefordert«, erklärte Kwan.

»O nein!« Liz blieb der Mund offen stehen. Sie wandte sich an Graham. »Haben Sie bezahlt, Mr Hill? Nein, ich erinnere mich, Mrs Hill hat ja mal gesagt, so viel haben Sie gar nicht auf der Bank ...«

Plötzlich verzog Mac das Gesicht. Er lief zum Esstisch, um einen Blick in den Umschlag zu werfen. Ihm war plötzlich der Gedanke gekommen, dass womöglich eine Art Austausch stattgefunden hatte, doch als er den Umschlag auf den Tisch leerte, waren die Goldbarren vollständig und der Schmuck ebenso. Er nahm einen Barren und klopfte damit auf den Tisch. Das Gold war offensichtlich echt.

»Himmel, so viel Gold!«, rief Liz. »Dann ist es also Ihr Ernst?«

»Dachten Sie, wir machen Witze?«, sagte Old Tsui höhnisch.

»Dann war es gar keine Entführung – es war lediglich Betrug«, murmelte Graham.

»Aber wie konnte er wissen, dass Mrs Hill den Ausflug ihres Sohnes vergessen würde?«, sagte Old Tsui.

»Miss Leung«, wandte Kwan sich an Liz, »wissen Sie, ob es in Alfreds Schule noch andere Kinder mit roten Haaren gibt?«

Angesichts der unerwarteten Frage sahen alle Anwesenden Kwan zweifelnd an.

»Hm … so drei oder vier, glaube ich«, erwiderte Liz.

»Old Tsui, rufen Sie in der Schule an und lassen Sie sich vom Rektorat die Namen geben.«

»Häuptling, meinen Sie …?«

»Der Entführer könnte das falsche Kind mitgenommen haben.«

Graham riss bestürzt die Augen auf. Er war heilfroh, dass er seinen Sohn wiederhatte, aber Kwans Worte weckten neue Befürchtungen in ihm. Falls es sich doch um eine Entführung handelte, war sein Kind nur dank einer Reihe von Zufällen verschont geblieben. Dann erlitt ein anderes Kind in diesem Moment die Qualen, die Alfred zugedacht gewesen waren.

»Wenn es sich nach Mr Hills zahlreichen Telefonaten mit dem Entführer tatsächlich um eine Verwechslung handelt, müssen wir jemanden finden, auf den diese Beschreibung passt: Das Kind muss rote Haare haben wie Alfred; der Vater muss am selben Ort arbeiten wie Mr Hill, allerdings ist es auch möglich, dass das Kind in seiner Angst eine falsche Antwort gegeben hat oder dass der Täter ICAC und irgendeinen Firmennamen wie ICA oder ICC durcheinandergebracht hat; drittens müsste es in dem betreffenden Haushalt eine Person namens Liz oder Elizabeth geben.«

Bei Kwans Worten dachte Graham an die Telefongespräche zurück. Als er das Kind nach Liz rufen hörte, hatte er automatisch angenommen, es sei Alfred. Dabei konnte er anhand so weniger Wörter nicht wirklich sicher sein, dass er tatsächlich die Stimme seines Sohnes gehört hatte.

»Mr Hill, ich fürchte, wir werden Sie alle vier bitten müssen, uns aufs Revier zu begleiten, um uns bei den Ermittlungen zu unterstützen«, sagte Kwan. »Wenn das alles wahr ist, sind Sie in diesem Fall die Schlüsselfiguren, und wir benötigen von jedem Einzelnen eine detaillierte Aussage. Wir müssen mehr über Ihre Lebensumstände erfahren und herausfinden, ob Sie mit verdächtigen Personen in Berührung gekommen sind.«

»Aber wenn sie das falsche Kind geschnappt haben, kommt vielleicht doch noch ein Anruf rein?«, wandte Mac ein.

»Der Tausch von Geld in Gold, der Einsatz des Schwimmbeckens, um den Sender unbrauchbar zu machen, die Schuluniform vor dem Haus – wir haben es mit einem Erpresser zu tun, der an alles gedacht hat. Er hat mit Sicherheit einen Komplizen, der dieses Haus beobachtet.« Kwan schüttelte den Kopf. »Die Kinderfrau und Alfred sind nach Hause gekommen, und den Tätern wird klar sein, dass etwas schiefgegangen ist. Die rufen nicht wieder an. Im Revier laufen die neusten Meldungen zusammen, das macht es einfacher, Leute von dort aus loszuschicken. Wir dürfen nicht vergessen, dass womöglich noch immer das Leben eines Kindes in Gefahr ist.«

»Stella, lass uns aufs Revier fahren«, sagte Graham. »Wenn ein anderer Junge an Alfreds Stelle leidet, müssen wir alles tun, um ihn zu retten.«

Seine Frau nickte. Beiden war heute bewusst geworden, dass Schulden nicht von Bedeutung sind – Geld kann man eines Tages zurückzahlen, aber eine zerbrochene Familie kann nie wieder geflickt werden, und ein verschwundenes Kind kann man nicht in die Arme nehmen.

»Muss ich auch mitkommen?«, fragte Liz.

»Natürlich. Nach allem, was wir wissen, könnte der Täter beim Malkurs aufgetaucht sein. Es ist möglich, dass Sie ihn gesehen haben.« Kwan musterte Liz und wandte sich dann wieder an Graham. »Mr Hill, Sie sollten dafür sorgen, dass Gold und Schmuck in sicherer Verwahrung sind. Wie wäre es, wenn Sie nach allem, was Sie heute durchgestanden haben, bis Montag warten, ehe Sie das Gold wieder zu Geld machen und zur Bank zurückbringen?«

Graham folgte seinem Rat. Er sammelte die Goldbarren ein und trug sie ins Arbeitszimmer. Kwan folgte ihm.

»Es hätte mir nichts ausgemacht, all das zu verlieren, um Alfred wieder zurückzubekommen«, sagte Graham und drehte an der Scheibe des Tresors.

»Wir haben ein Sprichwort in Hongkong – ›Wenn's drauf ankommt, ist Geld nur bunt bedrucktes Papier.‹ Wir Hongkonger mögen zwar materialistisch sein, aber in diesem Punkt wissen wir ziemlich genau, was wirklich wichtig ist.«

»Sie haben recht.« Graham stellte die letzte Ziffer der Kombination ein, steckte den Schlüssel ins Schloss und öffnete den Tresor. Er packte das Gold hinein und war schon im Begriff, den Schmuck in die lila Schatulle zurückzulegen, doch dann warf er den Stoffbeutel, so wie er war, in den Tresor. Wenn's drauf ankommt, ist Geld nur bunt bedrucktes Papier.

Graham verschloss den Tresor und ging mit Kwan zurück ins Wohnzimmer. Die Hills zogen sich um, während Kwan auf den Balkon trat – Mac vermutete, sein Chef wollte die Umgebung nach Hinweisen absuchen, jetzt, wo sie nicht mehr befürchten mussten, gesehen zu werden.

Die Familie Hill folgte Kwan gemeinsam mit Liz aus der Wohnung. Er hatte veranlasst, dass ein Wagen sie abholte. Graham und Stella wollten in diesem Moment nichts anderes, als Alfred im Arm zu halten, und angesichts der Vorfälle wäre es zu viel verlangt gewesen, Graham jetzt selbst fahren zu lassen.

Die beiden Fahrzeuge begaben sich nach Mongkok zur Polizeidirektion von Kowloon. Kwan wies seine Untergebenen an, die Hills und Liz zu befragen und dabei kein Detail auszulassen, einschließlich Freunden und Bekannten und jeglicher ungewöhnlicher Vorkommnisse rund um Nairn House.

»Wo wollen Sie hin, Häuptling?«, fragte Old Tsui, als er sah, dass Kwan seinen Mantel wieder angezogen hatte und zum Ausgang strebte.

»Ich muss ein paar Dinge erledigen. Sie übernehmen solange das Kommando.«

»Old Tsui, findest du nicht, dass unser Häuptling heute ein bisschen wunderlich ist?«, fragte Mac, als Kwan zur Tür raus war.

»Findest du? Vielleicht hat er nicht gut geschlafen.« Old Tsui zuckte die Achseln.

Kwan ging zum Parkplatz, zog Macs Autoschlüssel aus der Tasche – genau genommen gehörten sie dem Polizeirevier – und fuhr eilig los. Ihm blieb nur wenig Zeit. Er schaltete den Polizeifunk aus, trat aufs Gas und war schon bald am Ziel.

Nairn House an der Princess Margaret Road.

Anstatt auf das Gelände zu fahren, suchte Kwan sich einen Parkplatz in der Nähe.

»Ah, Sir, Sie sind's wieder«, sagte der Wachmann.

»Superintendent Campbell hat heute jede Menge Aufträge für mich – da kann man nichts machen«, sagte Kwan beiläufig und nutzte William Campbell im achten Stockwerk wieder mal als Ausrede.

Er nahm den Fahrstuhl bis zur achten Etage und ging zu Fuß zwei Stockwerke zurück.

»So etwas würde ich eigentlich lieber nicht tun.« Kwan schob das Fenster im Treppenhaus auf, schaute hinaus und schwang sich auf das Fensterbrett. Ein Blick nach rechts, und er konnte den wenige Meter entfernten Balkon der Hills sehen.

Kwan vergewisserte sich, dass wirklich niemand zu ihm hochblickte, streckte den Arm aus, griff nach einem Mauervorsprung und trat dann auf das flache Sims direkt unterhalb des Fensters. Mit der rechten Hand hielt er sich noch am Fensterrahmen fest, doch er stand jetzt ganz außerhalb des Hauses.

Ich hätte ein Seil mitnehmen sollen, dachte er. Doch er hatte keine Zeit zu verlieren. Kwan ließ den Fensterrahmen los, fasste mit der rechten Hand nach dem Mauervorsprung und mit der linken zum Balkongeländer. Sein Griff war kräftig, und obwohl die ganze Sache geradezu absurd gefährlich aussah, fühlte er sich sicher.

Die linke Hand am Geländer, holte er Schwung, warf sich mit dem Oberkörper über das Geländer und landete eine Sekunde später auf dem Balkon.

Nachdem er sich vergewissert hatte, dass niemand in der Wohnung war, drückte er die Klinke der Balkontür herunter und betrat das Wohnzimmer. Ehe er die Wohnung vorhin verließ, hatte er so getan, als würde er die Balkontür wieder schließen, den Riegel jedoch nicht vollständig vorgeschoben. Die Zeit war knapp, und Kwan zog seine Taschenlampe hervor, ging ins Arbeitszimmer und öffnete den Schrank, in dem der graublaue Tresor ruhte.

Nairn House war eine Regierungsunterkunft, daher wurde auch die Einrichtung vom Staat gestellt, weshalb Kwan mit diesem Tresormodell vertraut war. Er war in England gefertigt und besaß zwei Schlösser. Das eine ließ sich mittels einer Zahlenkombination öffnen, das zweite mit einem Schlüssel. Die Kombination konnte vom Besitzer jederzeit geändert werden – dazu musste man nur bei geöffneter Tür den Metallstab drücken und den neuen Code einstellen. Vorsichtige Zeitgenossen wechselten in regelmäßigen Abständen die Kombination.

»82 links, 35 rechts, 61 links …« Kwan streifte einen Handschuh über und drehte an der Scheibe. Graham hatte den Tresor zweimal in seinem Beisein geöffnet, und Kwan hatte sich die Kombination eingeprägt.

Mit einem Klicken ging das erste Schloss auf.

Was das zweite anbelangte, war er auf sein Glück angewiesen. Kwan zog ein kleines Metallstück und eine Zange aus der Tasche. Die flache Platte hatte auf beiden Seiten kleine Einkerbungen und sah aus wie der Bart eines Schlüssels.

Es handelte sich um die Kopie von Graham Hills Tresorschlüssel.

Während Graham den Boden des Schwimmbeckens hektisch nach einer Münze abgesucht hatte, hatte Kwan Chun-dok seinen Plan ausgeführt.

Er hatte gewartet, bis der Garderobenmann austreten musste, und war hinter den Schalter geschlüpft. Weil er Graham beim Umkleiden beobachtet hatte, wusste er, welches sein Korb war. Er suchte sich an Grahams Schlüsselbund den Tresorschlüssel heraus und entnahm seiner Jackentasche ein Behältnis von der Größe einer Streichholzschachtel, das sich aufklappen ließ wie ein Buch. Es enthielt zwei Stück grüne Knetmasse.

Kwan bestäubte die Masse mit Talkumpuder aus einem winzigen Fläschchen, pustete den überschüssigen Puder ab, legte den Schlüsselbart auf ein Stück Knete, schloss das Behältnis und drückte fest zu. Als er es wieder öffnete und den Schlüssel entfernte, hatte dieser einen perfekten Abdruck hinterlassen. Kwan rieb den Schlüssel sauber, befestigte ihn wieder am Ring und machte sich schleunigst davon.

Nachdem er die Hills ins Kommissariat begleitet hatte, begab er sich unter einem Vorwand in sein eigenes Büro. Dort entnahm er seiner Schublade ein Feuerzeug, einen Löffel und eine kleine Menge einer Metalllegierung mit niedrigem Schmelzpunkt. Zusammen mit der Knetmasse bildeten diese Gegenstände einen Bausatz zum Kopieren von Schlüsseln – Kwan war vor Jahren in einem Laden darauf gestoßen, der Spielzeug wie dieses verkaufte. Er platzierte das Stück Metall auf dem Löffel, schmolz es über der Feuerzeugflamme – die Legierung bestand vermutlich hauptsächlich aus Blei – und goss die Flüssigkeit dann behutsam in die Form.

Kurze Zeit später öffnete er das Kästchen, und zwischen den Deckeln nistete ein Gegenstand, der aussah wie ein silbergrauer Schlüsselbart.

Würde es funktionieren? Das würde sich erst zeigen, wenn er es ausprobierte – es war schließlich nur eine plumpe Kopie. Zudem waren Legierungen mit niedrigem Schmelzpunkt recht spröde, und es bestand die Gefahr, dass der Schlüssel im Schloss abbrach. Das wäre höchst ärgerlich.

Er musste es trotzdem riskieren.

Es war eine Weile her, seit er die Kopie angefertigt hatte, und das Metall war inzwischen hoffentlich ausgehärtet. Er fasste den Schlüsselbart mit der Zange, schob ihn ins Schloss, vergewisserte sich, dass er richtig steckte, drehte ihn dann ganz langsam um ...

Klick.

Das zweite Schloss ging auf.

Kwan ließ die Zange los und hielt den Atem an, als er mit der Taschenlampe in den Tresor leuchtete. Die Goldbarren glitzerten ihn an, doch die interessierten ihn nicht. Er hatte es auf etwas anderes abgesehen.

Er war auf der Suche nach Unterlagen – nach den Zeugenaussagen der Informanten im Zusammenhang mit dem Drogenfall auf dem Großmarkt von Yau Ma Tei. Nach jenen Berichten, welche die Zahlungen an korrupte Polizeibeamte dokumentierten.

Diese Unterlagen waren die schärfste Waffe des ICAC gegen die Polizei. Sollten sie irgendwem bei der Truppe in die Hände fallen, wäre die gesamte Ermittlung gefährdet. Viele Beamte waren wegen dieser Unterlagen äußerst nervös. Sie fürchteten, dass sie aufflogen.

Und derjenige, der in diesem Moment die belastenden Dokumente ungestört durchsah, war Inspector Kwan Chun-dok vom Regionalkommissariat Kowloon. Die Aussagen waren auf den ersten Blick unverständlich, doch Kwan war mit dem Unterweltjargon vertraut und mit etwas Fantasie in der Lage, sich halbwegs zusammenzureimen, welche Abteilungen und sogar welche Personen auf der Liste standen. Sein besonderes Augenmerk galt den involvierten Beamten aus dem Distrikt Kowloon.

»Hmm, der Kerl schuldet mir einen ziemlich großen Gefallen.«

Er steckte die Mappe ein, verschloss den Tresor, indem er die Schlüsselkopie behutsam mit der Zange drehte – um ja keine Metallsplitter zu hinterlassen –, und schloss dann die Schranktür. Sein Werk war vollbracht. Jetzt musste er nur noch ungesehen hinausgelangen.

Kwan verließ die Wohnung auf demselben Weg, wie er gekommen war, mit der gefährlichen Balkonkletterei. Er war so trittsicher, dass er keinen Moment in Panik geriet. Wenige Sekunden später war er wieder im Treppenhaus, verabschiedete sich unten von dem Wachmann und fuhr mit dem Auto zurück aufs Revier. Er war keine Stunde weg gewesen.

»Häuptling!« Mac kam auf ihn zu, sobald er das Büro betrat. »Ich habe in der Schule nachgefragt – kein vermisstes Kind.«

»Keins?« Kwan wirkte überrascht.

»Nicht eines. Es gibt dort fünf rothaarige Kinder, und die sind alle unversehrt zu Hause. Außerdem ist auch keine einzige Vermisstenmeldung eingegangen. Zur Sicherheit habe ich den Direktor gebeten, die Klassenlehrer alle Kinder ihrer Klasse einzeln anrufen zu lassen. Das einzige, das sich nicht gemeldet hat, war Alfred.«

»Weil er hier ist.«

»Ja. Das heißt, die ganze Schule ist gesund und munter.«

»Dann war unser Täter kein Entführer, bloß ein Betrüger.«

»Hm, es ist schwer vorstellbar, dass ein Schwindler so weit gehen würde. Er hätte Mr Hill fast um seine gesamten Ersparnisse geprellt.«

»Wie geht es den Hills?«

»Sie sind erleichtert, dass kein anderes Kind in Gefahr ist. Sie sind in die Kantine gegangen, einen Happen essen.«

»Sind sie in Begleitung?«

»Nein.«

»Was? Sie lassen den ICAC-Mann in der Polizeikantine sitzen und seelenruhig drauflosfuttern? Haben Sie keine Angst, dass unsere Kollegen ihn erkennen, die Beherrschung verlieren und ihn zusammenschlagen?«

»O nein!«, rief Mac erschrocken und raste durch den Flur zur Kantine. Kwan lächelte in sich hinein – er hatte sich einen Spaß erlaubt. Graham allein hätte vielleicht Ärger bekommen können, aber er hatte Frau und Sohn bei sich und würde höchstens ein paar böse Blicke auf sich ziehen.

Kwan ging selbst in die Kantine, um ein paar Worte mit Graham zu wechseln. Nachdem er sich von der Familie verabschiedet hatte, kehrte er in sein Büro zurück und schloss die Tür ab. Er zog die entwendeten ICAC-Unterlagen hervor und studierte sorgfältig Seite für Seite.

Nicht auszudenken, wie viele Gefallen ich für diesen Sprengstoff eintauschen könnte, dachte er.

6 Am Montagmittag verließ Kwan Chun-dok unter einem Vorwand allein das Revier. Er nahm einen Bus in den Süden von Hong Kong Island und stieg in Repulse Bay aus.

Es waren nicht viele Leute am Strand, aber Kwan war auch nicht zum Vergnügen hier. Er musste sich mit jemandem treffen. In der Stadt gab es zu viele Augen und Ohren, und trotz geschickter Ausflüchte würden sie beide in Schwierigkeiten geraten, falls man ihn und den anderen zusammen sähe.

Er spazierte an der Küstenstraße entlang und kam zu einem Auto. Er trat dicht heran, vergewisserte sich, dass er die richtige Person vor sich hatte, und begab sich auf die Beifahrerseite. Ohne zu klopfen, öffnete er die Wagentür und setzte sich ins Auto.

»Was soll dieses Treffen, Kwan? Und noch dazu an einem so gottverlassenen Ort?«

Wortlos zog Kwan einen Umschlag aus der Manteltasche und reichte ihn seinem Gesprächspartner. Der Mann öffnete ihn, erbleichte und blätterte den ganzen Stoß Aufzeichnungen durch – die verschlüsselte Liste mit den Namen sämtlicher korrupter Polizeibeamter.

»Wollen Sie sich nicht bei mir bedanken? Sie wären ums Haar in einen Riesenschlamassel geraten«, sagte Kwan lachend.

»Sie … Sie … Woher haben Sie das?«

»Woher wohl? Aus Ihrer Wohnung.«

Graham Hill starrte Kwan fassungslos an.

»Aus meiner Wohnung!«, schrie er. »Wann haben Sie …«

»Letzten Freitag, als Sie auf dem Revier waren, um Ihre Aussagen zu machen. Ich nehme an, Sie haben seitdem nicht wieder in den Tresor geschaut?«

Nach einer Pause sagte Graham: »Richtig. Stella und ich haben das ganze Wochenende mit Alfred verbracht. Sie hätte eigentlich Dienst gehabt, und ich sollte Überstunden machen, aber wir haben uns freigenommen. Gestern und vorgestern waren wir mit ihm im Kino und in einem Vergnügungspark. Und gerade als ich heute zurück ins Büro kam, riefen Sie an und bestanden darauf, dass wir uns in dieser abgelegenen Gegend treffen.«

»Immerhin haben Sie Ihre Papiere wieder, und Alfred ist wohlauf, also ist alles gut.«

»Ich habe keine Ahnung, was hier eigentlich gespielt wird. Mein Gott, Kwan! Warum um alles in der Welt sind Sie bei mir zu Hause eingebrochen, um an diese Unterlagen zu gelangen? Ist Ihnen nicht klar, wie heikel das ist? Wenn jemand was gemerkt hätte, würden wir beide in Schwierigkeiten stecken.«

»Sie haben wirklich keine Ahnung, oder?« Kwan lächelte grimmig. »Gestatten Sie mir eine Frage. Glauben Sie tatsächlich, Alfreds Entführung war die Tat eines Schwindlers?«

»Glauben Sie das nicht?«

»Natürlich nicht. Ein derart ausgebuffter Betrüger könnte eine Million Dollar herausschlagen, wenn er wollte, mit einhunderttausend würde er sich gar nicht abgeben. Selbst wenn er nur auf hundert Riesen aus gewesen wäre, wäre er niemals auf Sie zugekommen. Sie sind so gut wie mittellos.«

»Da komme ich nicht mit.«

»Dieser Fall, diese Entführung oder Schwindelei oder wie immer Sie es nennen wollen – das Ganze war fingiert. Ein Ablenkungsmanöver, direkt auf Sie zugeschnitten.«

»Ablenkungsmanöver? Und was war das eigentliche Ziel?«

Kwan klopfte auf die Papiere in Grahams Hand.

»Diese Unterlagen?«

»Richtig. Für die Täter sind sie das Wertvollste in Ihrem Zuhause, nicht Ihre jämmerlichen Ersparnisse oder die dämlichen Diamanten.«

»Sie meinen ... der Täter war Polizist?«, krächzte Graham.

»Ja. Und leider nicht nur einer, sondern eine ganze Schar.«

»Aber zu welchem Zweck sollten sie die Unterlagen stehlen? Das ist nur eine Kopie! Das Exemplar mit offizieller Beweiskraft liegt in meinem Büro. Die Kopie zu stehlen hätte keinerlei Auswirkungen!«

»Sie sind wirklich ein Dummkopf. Die wollen nicht an Beweise, die sind auf Informationen aus.«

»Informationen?«

»Sie sind jetzt seit drei Jahren beim ICAC und kennen die Prinzipien von Bestechung nicht? Kriminelle bezahlen den Polizisten, was sie verlangen, sie sagen aber auch: Je mehr Leute wir schmieren, desto sicherer ist es für die korrupten Beamten. Auch wenn Korruption bei der Polizei um sich greift, ist sie nicht zentralisiert – es gibt keine Einzelperson, die den Hut aufhat. Meistens sind es kleine Einheiten, die Augen und Ohren offen halten. Sie hören sich um, auf der Suche nach spendablen Kriminellen, und halten dann die Hand auf. Natürlich sind die Kriminellen, wenn es zu ihrem Vorteil ist, auch bereit, mehrere Personen zu schmieren, aber doppelt abkassieren lassen sie sich nicht. Im Gegensatz zu den Drogenhändlern wissen die Polizisten nicht, welche Kollegen Bestechungsgelder nehmen – die Verbrecher dagegen haben umfassende Aufzeichnungen.«

»Also wollen sie die Namensliste ...«

»Um herauszufinden, in wessen Gesellschaft sie sich befinden. Sobald korrupte Beamte befürchten müssen, verhaftet zu werden, werden sie einen Präventivschlag lancieren: andere Verdächtige aufspüren, sich mit ihnen verbünden und Pläne schmieden oder sie durch Drohungen zur Kooperation zwingen. Wenn die Liste dann auch noch den einen oder anderen Inspector und Superintendent umfasst, umso besser. Hochrangige Beamte wären sogar in der Lage, sich zusammenzuschließen und die Auflösung des ICAC zu erzwingen. Noch erschreckender, die Unterlagen nennen sämtliche Mittelsmänner, die daran beteiligt waren, die Bestechungen zu ermöglichen. Wenn die korrupten Beamten glauben, jemand aus ihren Reihen könnte die Seiten wechseln und zum Informanten werden wie diese Drogenhändler, muss man sich um diejenigen kümmern.«

»Sie meinen ... töten?«

»Möglicherweise. Es gibt viele Methoden – sie könnten sagen, der Kerl wäre bei einer routinemäßigen Verkehrskontrolle ausgerastet, sodass ihnen keine andere Wahl blieb, als zu schießen, oder er habe flüchten wollen und sei unglücklicherweise von einem Dach gestürzt. Ich frage mich immer wieder, ob hinter dem Tod gewisser Verdächtiger mehr steckt, als sich auf den ersten Blick erkennen lässt. Aber wenn ein Fall erst abgeschlossen ist, kann ich nicht mehr ermitteln.«

Graham atmete tief durch. »Und um das hier in die Hände zu bekommen, haben sie Alfreds Entführung vorgetäuscht? Die beiden Dinge stehen in keinem Zusammenhang!«

»Sie stehen in Zusammenhang«, erwiderte Kwan mit Bestimmtheit. »Aber ehe ich Ihnen erkläre, inwiefern, muss ich Sie etwas fragen – wie kam es, dass die Sie und Ihre Frau hinters Licht führen konnten?«

»Ich verstehe immer noch nicht! Wie ist es möglich, dass den Betrügern so viele Zufälle in die Hände spielten und sie mich glauben lassen konnten, Alfred sei tatsächlich entführt worden? Die haben nicht das falsche Kind erwischt, oder?«

»Das war nur Unsinn, den ich mir ausgedacht habe – das haben Sie doch nicht wirklich geglaubt?« Kwan lächelte. »Die haben nicht das *falsche* Kind erwischt, weil sie gar kein Kind erwischt haben. Sie sagten eben ›so viele Zufälle‹ – was meinen Sie damit?«

»Alles Mögliche.« Graham rieb sich nachdenklich das Kinn. »Selbst wenn der Täter wusste, dass Alfred mit Liz auf dem Land war, kann er nicht gewusst haben, dass Stella diesen Ausflug vergessen würde. Hätte Stella sich daran erinnert, wäre bereits der erste Anruf ins Leere gelaufen. Und wäre Liz' Zettel nicht auf den Boden gefallen, hätten Stella und ich ihn gesehen. Oder wenn Alfred einem von uns an dem Morgen erzählt hätte, dass er mit dem Malkurs einen Ausflug macht ... Das war alles reiner Zufall.«

»Von wegen Zufall.« Kwan kicherte. »Die drei Vorkommnisse, die Sie erwähnt haben, hängen alle mit ein und derselben

Person zusammen – Ihrer Kinderfrau Leung Lai-ping. Liz. Diese sogenannten Zufälle wurden alle von ihr inszeniert.«
»Liz?«, keuchte Graham. »Sie wurde gekauft?«
»Natürlich.«
»Liz würde niemals etwas tun, das Alfred schadet!«
»Das hat sie ja auch nicht. Ihre Zuneigung zu Alfred heißt aber nicht zwingend, dass sie auch Zuneigung zu seinen Eltern hegt.«
Graham starrte Kwan an.
»Ihre erste Annahme lautete, Alfred sei das Opfer. Und weil Sie wussten, dass Liz Alfred nichts antun würde, haben Sie die Kinderfrau als Verdächtige ausgeschlossen«, sagte Kwan. »Aber Sie lagen von Anfang an falsch. Die wahren Opfer waren Sie und Ihre Frau – auch wenn der erlittene Schaden lediglich in einem halben Tag Sorgen und dem Verlust von Eigentum bestand. Aus dem richtigen Grund – oder zum richtigen Preis – würden so einige Menschen in so etwas einwilligen. Vielleicht glaubte Liz auch, in Alfreds Sinne zu handeln. Wird ihm jetzt etwa nicht auf einmal viel mehr Zuwendung seiner Eltern zuteil?«
»Aber wie konnte sie diese vielen Zufälle herbeiführen? Liz hat Stella nicht *veranlasst*, den Ausflug zu vergessen.«
»Ihre Frau hat nichts vergessen. Sie wurde nie verständigt.«
»Aber sie hat die Einverständniserklärung unterschrieben ...«
»Unterschriften kann man fälschen.« Kwan winkte ab. »Wenn ich ständig Zugang zu jemandes Unterschrift hätte, könnte ich sie wohl leicht nachahmen. Liz hat die Schwachstelle bei Ihnen als Ehepaar erkannt – Sie waren beide so mit Ihrer Arbeit beschäftigt, dass es in einem Moment des Schreckens einfach für sie war, Ihrer Frau die Schuld glaubhaft in die Schuhe zu schieben.«
»Und der Zettel?«
»Der tauchte erst auf, als Liz nach Hause kam. Sie hielt ihn in der Hand verborgen und tat, als hätte sie ihn unter dem Regal gefunden. Ich habe das Zimmer gründlich gemustert, als ich eintrat. Da lag nichts auf dem Fußboden.«

»Und wenn Alfred den Ausflug uns gegenüber am Morgen erwähnt hätte?«

»Dann hätten sie den Plan geändert. Liz war dabei, sie hätte mitbekommen, wenn Alfred etwas erzählt hätte – und selbst wenn nicht; dann hätte Ihre Frau den ersten Anruf als Unfug abgetan, und die Täter hätten nichts dabei verloren. Das Wichtigste war, dass Liz sich nicht verriet. Ehrlich gesagt, Liz wusste vermutlich, dass Alfred nichts sagen würde, weil Sie sich entfremdet hatten – das hat Liz eindeutig gemerkt.«

Graham dachte an den Freitagmorgen zurück. Auch wenn Alfred den Ausflug nicht erwähnt hatte, gab es trotzdem einen deutlichen Hinweis – er ging gewöhnlich ungern zur Schule, doch an diesem Morgen war er ausgesprochen munter gewesen. Er hatte sich vermutlich darauf gefreut, aufs Land zu fahren.

»Moment mal.« Ihm fiel etwas ein. »Das heißt – das Schulhemd und die Haarsträhne und Alfreds Stimme am Telefon …«

»Es dürfte nicht schwer gewesen sein, ein Uniformhemd aufzutreiben – Liz hätte einfach ein zusätzliches kaufen können. Und die Haare stammten wohl wirklich von Alfred – sie brauchte sich nur ein paar Strähnen zu nehmen, als sie mit ihm beim Haareschneiden war. Was die Stimme betrifft – ein x-beliebiges Tonbandgerät hätte genügt. Er hat nichts weiter gesagt als ›Liz, bist du da?‹. Sie musste nur warten, bis sie mit ihm allein zu Hause war wie meistens, das Band laufen lassen und sich verstecken, bis er nach ihr rief.«

Graham war sprachlos. Als die Einzelheiten sich zu einem Bild zusammenfügten, erkannte er, dass Liz tatsächlich der einzige Mensch war, der all das hatte bewerkstelligen können.

»Nun gut. Das wäre geklärt. Jetzt kann ich Ihnen erzählen, was die vorgetäuschte Entführung mit den Unterlagen zu tun hat.« Kwan zog einen Gegenstand aus seiner Tasche und warf ihn Graham in den Schoß. »Das hier war einer der Gründe.«

Graham erkannte das Ding sofort als Kopie seines Tresorschlüssels.

»Wo … wo haben Sie den denn her?«

»Den habe ich, während Sie im Schwimmbecken planschten, mittels primitivster Methoden nachgemacht«, sagte Kwan lächelnd. »Sie sollten sich allerdings weniger Sorgen wegen dieser Kopie machen als wegen des Exemplars, das im Besitz der Täter ist.«

Graham sah zwischen dem Schlüssel und Kwan hin und her, außerstande zu begreifen, wovon er sprach.

»Ich sagte zwar, dass die Entführung – vielmehr der Schwindel – scheiterte, aber in Wirklichkeit haben die Banditen bekommen, was sie wollten. Sie haben sämtliche Umstände herbeigeführt, die notwendig waren, um die Unterlagen stehlen zu können.«

Graham sah Kwan auf eine Erklärung wartend an.

»Sie ins Café Lok Heung Yuen locken und dort auf Anweisungen warten lassen, der Kauf der Goldbarren, der Befehl, zu einer bestimmten Zeit an einem bestimmten Ort zu sein – all das war nur dazu bestimmt, Sie von dem abzulenken, worum es in Wirklichkeit ging. Im Schwimmbad wurden Sie dazu gebracht, nach einem bestimmten Gegenstand zu tauchen, augenscheinlich um Sie an der Manipulation des Lösegelds zu hindern – weil Sie so den Sender nicht einsetzen konnten –, in Wirklichkeit jedoch sollte die Aktion Sie von etwas weglocken, das Sie andernfalls nie aus den Augen gelassen hätten.«

»Meine Schlüssel.«

»Richtig. Hätte der Täter sich lediglich vergewissern wollen, dass Sie das Lösegeld nicht verwanzt hatten, wäre es nicht nötig gewesen, Sie eine halbe Stunde im Schwimmbad vergeuden zu lassen. Sehen Sie, bis dahin war jeder Schritt perfekt geplant und tadellos ausgeführt worden. Auch die Anrufe kamen zur rechten Zeit. Warum sollte ausgerechnet mit der Münze etwas schiefgehen? Wäre sie tatsächlich von Badegästen versehentlich vom Fleck bewegt worden, hätten Sie das Geldstück auch nach einer halben Stunde nicht gefunden. Als ich am Beckenrand sah, dass Sie nichts finden konnten, habe ich sofort gespürt, dass der Täter einen völlig anderen Plan verfolgt. Aufgrund meiner ersten Vermutung war mir jetzt klar, dass man es auf Ihre Schlüssel abgesehen hatte.«

»Moment mal!«, unterbrach Graham. »Ihre erste Vermutung? Sie wussten schon früher, dass die Entführung fingiert war?«

»Das wurde mir klar, als wir im Lok Heung Yuen saßen.«

»So bald schon? Was hat Sie darauf gebracht?«

»Wissen Sie noch, was der Kellner, der kaum Englisch sprach, zu Ihnen gesagt hat?«

»Er ... er sagte, Telefon für mich.«

»Er nannte Ihren Namen, aber nicht den richtigen.«

Graham erinnerte sich. »Na und? Viele Kollegen in anderen Abteilungen sehen nur auf die Transkription meines Namens und nennen mich Mr Ha.«

»Der Entführer hat irgendwann gesagt, er dachte, Sie wären stinkreich, was darauf hindeutet, dass er nicht viel über Sie wusste. Sämtliche Unterlagen in Alfreds Schule sind englisch abgefasst, also dürfte Ihr Nachname dort nur Hill lauten, nicht Ha. Warum also sollte der Entführer dem Kellner den Namen ›Ha‹ nennen, einen Namen, von dem er gar keine Kenntnis haben konnte? Natürlich könnte der Kellner sich verhört oder ihn selbst ins Kantonesische übertragen haben, aber wie groß ist die Wahrscheinlichkeit, dass er ausgerechnet auf dieselbe ungewöhnliche Transkription verfiel? Ich glaube, der Entführer hat den Kellner auf Kantonesisch gebeten, einen Ausländer ans Telefon zu rufen, und als der Kellner nach dem Namen fragte, hat er automatisch ›Mr Ha‹ gesagt. Das brachte mich auf die Idee, dass die ganze Sache fingiert war. Im Grunde hatte ich von Anfang an meine Zweifel. Entführungen erfolgen normalerweise nach akribischer Vorbereitung. Welcher Entführer begeht den grundlegenden Fehler, sich den Sohn eines mittellosen Staatsdieners zu schnappen? Aber schließlich ist alles möglich auf dieser Welt, daher musste ich die Ermittlungen ernst nehmen – immerhin hätte Alfreds Leben tatsächlich in Gefahr sein können.«

»Und dieser eine Satz brachte Sie auf den Gedanken, dass der Täter log?«

»Damit hat es angefangen. Der zweite entscheidende Hinweis kam mit dem Geldgürtel und der im Schwimmbad für Sie deponierten Anweisung. In dem Leinenbeutel war gerade ausreichend Platz für die Goldbarren, oder?«

»Ja, und?«

»Wissen Sie noch, wie viel der Entführer ursprünglich verlangt hatte? Eine halbe Million Dollar – dafür hätte man 113 Goldbarren à fünf Tael kaufen können. Die hätten mit Sicherheit nicht in den Beutel gepasst. Wichtiger noch, sie hätten über zwanzig Kilo gewogen. Wie hätten Sie mit so viel Gewicht am Körper nach einer Münze tauchen sollen? Bei einem so ausgefeilten Plan konnte das nicht in letzter Minute zusammengeschustert worden sein. Das heißt, die Täter wussten von Anfang an, dass Sie nur drei Kilo Gold bei sich haben würden. Folglich kannten sie Ihre finanzielle Situation ganz genau. Der Rest war Theater.«

Graham schlug sich an die Stirn. Hätte er es nur geschafft, die Nerven zu behalten, wäre er niemals in diese Falle getappt.

»Obwohl ich wusste, dass das Ganze ein Schwindel war, konnte ich Ihnen nichts davon sagen; hätten Sie sich irgendwie anmerken lassen, dass Sie im Bilde waren, hätte das die Täter abgeschreckt. Ich beschloss mitzuspielen, um ihre wahren Absichten zu ergründen«, fuhr Kwan fort. »Als Sie im Schwimmbad fast zwanzig Minuten nach der Münze gesucht hatten, kam mir plötzlich der Gedanke, dass die es auf Ihre Schlüssel abgesehen hatten. Um das zu beweisen, ging ich zurück in den Umkleideraum, zog mich an, holte mein Kopierset aus dem Auto, schlich mich durch den Personaleingang wieder hinein und wartete auf meine Gelegenheit.«

Kwan verwahrte im Kofferraum des Dienstwagens einen Werkzeugkasten mit allen möglichen kuriosen Utensilien, darunter Fingerabdruckpulver, Fotoemulsion und Luminol. Mac, der beim Wagen geblieben war, hatte neugierig zugesehen, als Kwan angelaufen kam, etwas ergriff und wieder zum Schwimmbad lief.

»Ich bin hineingeschlichen, als der Angestellte eine Toilettenpause machte – ein Glück für mich. Andernfalls hätte ich ihn ein bisschen mit der Dienstmarke erschrecken müssen. Ich fand Ihren Korb. Als ich mir den Tresorschlüssel ansah, haftete wie erwartet Metallstaub daran. Ich machte mit meinem eigenen Schlüsselset einen Abdruck und verschwand, bevor ich ertappt wurde.«

»Metallstaub?«

»Das heißt, während Sie fleißig Wasser traten, hatten die Banditen sich bereits Ihren Schlüssel beschafft und ihn kopiert.«

»Oh!«

»Vermutlich war mindestens einer der Leute im Umkleideraum ein Komplize, möglicherweise direkt vor Ihnen in der Warteschlange. So konnte er sich die Nummer des nächsten leeren Korbs am Schalter einprägen – den würden Sie nehmen, und damit kannte er Ihre Schildchennummer. Er hielt ein Schildchen ohne Nummer parat, und als Sie sich fertig umgezogen hatten, musste er nur noch Ihre Nummer mit einem wasserfesten Stift auf sein leeres Schildchen schreiben, eine Weile warten, dann an den Schalter treten und nach Ihrem Korb verlangen. Er nahm ihn in Empfang, übergab die Schlüssel einem weiteren Komplizen, der seinerseits loslief und bei einem Schlosser auf dem Markt vor der Tür eine Kopie anfertigen ließ. Danach legte er Ihre Schlüssel in den Korb zurück und ging wieder in den Beckenbereich. Die hatten nicht viel Zeit und machten sich nicht die Mühe, die Metallspäne vom Schlüssel zu wischen. Wahrscheinlich gingen sie davon aus, dass Sie viel zu aufgewühlt sein würden, um etwas zu merken.«

»Und die Münze im Becken – die haben sie erst deponiert, sobald feststand, dass ihr Vorhaben geglückt war?«

»Ja, vermutlich.«

»Und der Verlust der Beute gehörte auch zum Plan.«

»Nein, ich glaube, das war wirklich ein Missgeschick.« Kwan grinste. »Sie waren so weit gekommen, da konnten sie ruhig auch noch das Lösegeld einstreichen. Sieht so aus, als hätte wer über Sie gewacht und dafür gesorgt, dass Ihnen nicht Ihre gesamten Ersparnisse abhandenkamen.«

»Ja, der Motorradfahrer hat wirklich Pech gehabt.« Graham musste kichern. »Und er wäre fast geschnappt worden!«

»Nein, ich glaube nicht, dass er geschnappt worden wäre – die hatten festgelegt, wo die Übergabe stattfinden sollte, und sämtliche Details gründlich geplant. Ich vermute, der Polizist außer Dienst, der aussagte, der Täter sei in ein Taxi gestiegen, war in Wirklichkeit der Mann auf dem Motorrad.«

»Was?«

»Wie ich schon sagte, die Täter sind Polizisten. Welche Person würde man am wenigsten verdächtigen, was meinen Sie? Natürlich jemanden aus den eigenen Reihen. Der Motorradfahrer musste nur Helm und Jacke abwerfen und den herbeieilenden Beamten erzählen, er habe den Täter flüchten sehen. Natürlich würden sie ihm glauben. Dass Sie das Gold in einen Geldgürtel stecken mussten, hatte tatsächlich einen Grund. So konnte er ihn unter seiner Kleidung verstecken. Niemand würde einen Kollegen einer Leibesvisitation unterziehen.«

Graham lehnte sich zurück, beide Hände am Lenkrad. Er wäre beinahe um die Ersparnisse von mehr als einem Jahr betrogen worden. Damals hatte er sich durch eine vermeintlich sichere Investition hoch verschuldet; dieses Mal hätte er alles verlieren können, was er besaß, und hatte es wie durch ein Wunder behalten. Gott hatte offenbar Sinn für Humor, dachte er.

»Gut. Selbst wenn die Täter meinen Schlüssel kopiert haben, der Tresor hat ein zusätzliches Zahlenschloss. Mit dem Schlüssel allein lässt er sich nicht öffnen.«

»Ich habe ihn geöffnet.« Kwan deutete auf die Unterlagen auf Grahams Schoß.

»Sie ... ach, verdammt, Sie haben sich die Kombination gemerkt!« Graham lachte.

»Ja, ich habe zugeschaut und sie mir eingeprägt.« Kwans Miene wurde ernst. »Aber ich war nicht der Einzige, wissen Sie?«

Graham sah Kwan besorgt an. Er erinnerte sich an den Moment, als er im Arbeitszimmer den Schmuck aus dem Tresor genommen hatte.

Er dachte an den Mann, der dabei neben ihm gestanden hatte.

»Old Tsui muss definitiv zu den korrupten Kollegen gehören.« Kwan runzelte die Stirn. »Ich hatte schon lange den Verdacht, dass jemand von meinen Leuten mit drinsteckt, konnte aber nicht herausfinden, wer. Bei diesem Fall ist der Fuchs endlich aus dem Bau gekrochen.«

»Aber … ist es nicht ein bisschen gewagt, ihn nur deswegen zu verdächtigen?«

»Erinnern Sie sich, was passierte, als ich Ihnen anbot, Ihnen das Geld zu leihen? Old Tsui hat das sofort unterbunden. Eigentlich ist er beileibe kein Prinzipienreiter, aber er wusste, dass Sie den Tresor nicht öffnen müssten, um den Schmuck zu holen, wenn ich Ihnen das Geld geliehen hätte. Damit wäre ihm die Gelegenheit entgangen, die Kombination herauszufinden. Auch brachte er von Anfang an Liz als mögliche Komplizin ins Spiel, und als wir erfuhren, dass gar keine Entführung stattgefunden hatte, verwarfen wir automatisch den Gedanken an Liz als Gehilfin des Entführers. Keinem kam die zweite Möglichkeit in den Sinn: Liz, die Gangsterbraut.«

»Das ist …« Graham fehlten die Worte. Ihm war klar, wie unglücklich Kwan sein musste, weil jemand von seinen Leuten sich als Krimineller entpuppte.

»Machen Sie sich um mich keine Sorgen, ich kann selbst auf mich aufpassen.« Kwans Miene entspannte sich.

»Woher wussten die Täter von dem Schmuck?«

»Von Liz natürlich. Sie muss gesehen haben, dass Ihre Frau ihn trug. Die Angaben über Ihre häuslichen Verhältnisse kamen vermutlich alle von Liz. Als ich ihr erzählte, jemand hätte versucht, hunderttausend Dollar aus Ihnen herauszupressen, sagte sie sofort, so viel Geld hätten Sie nicht auf Ihrem Konto. Sie hat sich eine hübsche Menge Informationen angeeignet.«

Graham wurde übel. Er hätte nie gedacht, dass jemand, der ihnen so nahestand, dermaßen niederträchtig handeln und sie ausspähen würde.

»Was Liz angeht, so war ihr womöglich gar nicht bewusst,

dass sie etwas Unrechtes tat«, sagte Kwan.»›Sind doch bloß Informationen – wenn ich es ihnen nicht sage, tut es jemand anders‹, ›Ist doch bloß ein kleiner Gefallen‹, ›Ist doch bloß ein kleines Trinkgeld für einen kleinen Dienst‹. Liz' Part in der Geschichte sieht mir nicht nach einer großen Sache aus. Das ist heutzutage die allgemeine Haltung – aus diesem Grund musste der Gouverneur Ihren Ausschuss einrichten.«

»Woher wusste Liz, dass ich Unterlagen zu der Korruptionsaffäre mit nach Hause genommen habe?«

»Das wusste sie vermutlich nicht, aber nach allem, was sie erzählte, und nach dem, was die Täter selbst bereits wussten, lag der Gedanke wahrscheinlich nahe. Es ist kein Geheimnis, dass Sie für den ICAC arbeiten, und auch nicht, mit welchen Fällen die einzelnen Teams dort befasst sind. Bei Ihrer Veranlagung ist es wahrscheinlich, dass Sie Arbeit mit nach Hause nehmen, und als Liz den Tätern erzählt hat, ›Wenn mein Chef nach Hause kommt, schließt er sich in seinem Arbeitszimmer ein‹, konnten die davon ausgehen, dass Sie wichtige Unterlagen zu Hause haben.«

»Eines verstehe ich immer noch nicht. Wenn sie nur an den Schlüssel wollten, wozu dann dieser Aufwand? Liz geht bei uns zu Hause ein und aus, hätte sie ihn nicht einfach stehlen können?«

»Sie hat es versucht, doch es ist ihr misslungen.«

»Woher wissen Sie das?«

»Von Ihnen.«

»Ach so?«

»Sie sagten, Liz sei vor etwa zwei Wochen in Ihr Schlafzimmer geschlüpft, als Sie unter der Dusche waren. Sie muss auf Drängen der Täter gehandelt haben, um an den Schlüssel zu kommen. Ich weiß nicht, ob ihr Auftrag lautete, sich damit davonzumachen, oder ob sie Abdruckmasse bei sich hatte, um den Schlüssel zu kopieren, wie ich es tat, doch dann wäre immer noch die Zahlenkombination zu knacken gewesen. Apropos, ändern Sie die immer noch regelmäßig?«

»Ja, zweimal monatlich.«

»Gut, dann dürfte auch das den Banditen Kopfschmerzen bereitet haben. Sie mussten eine Methode ersinnen, um zwei Fliegen mit einer Klappe zu schlagen. Und wenn sie damit gleichzeitig noch an Ihre Ersparnisse gekommen wären, wären es sogar drei Fliegen geworden.«

»Kwan, wenn das stimmt, hätten Sie mir das auf der Stelle sagen müssen.« Graham griff nach den Unterlagen und fuchtelte damit vor Kwans Gesicht herum. »Wenn Sie mir gesagt hätten, dass jemand diese Papiere stehlen wollte, hätte ich sie woanders hingetan oder augenblicklich die Kombination geändert.«

»Wann habe ich gesagt, dass jemand die Unterlagen stehlen wollte?«

»Gerade eben!«

»Die Täter wollten nicht die Unterlagen stehlen, nur die darin enthaltenen Informationen. Und mehr noch, Sie sollen nicht mitkriegen, dass sie die Informationen haben.«

Graham legte den Kopf zur Seite und sah Kwan ratlos an.

»Wenn Sie gemerkt hätten, dass die Papiere fehlen, hätte das nur den ICAC alarmiert. Das wollten die Täter unbedingt vermeiden – da spielten sie lieber mit verdeckten Karten weiter. Wenn sie das Blatt wenden wollten, war es besser, Sie nicht wissen zu lassen, welche Trümpfe sie auf der Hand haben. War Liz dabei, als Sie am Wochenende mit Alfred unterwegs waren?«

»Hmm, nein ... sie sagte, wir sollten als Familie mal unter uns sein.«

»Aha. Dann hat sie gestern oder vorgestern von den Tätern die Schlüsselkopie und die Zahlenkombination bekommen und Ihren Tresor geöffnet. Vermutlich mit dem Auftrag, die Unterlagen zu fotografieren.«

»Aber als sie merkte, dass die Papiere fehlten ...«

»Sehen Sie sich genau an, was Sie da in der Hand halten.«

Graham holte die Papiere wieder aus dem Umschlag und blätterte sie durch.

»He, da fehlen acht Seiten.«

»Die fehlenden Seiten habe ich im Tresor gelassen«, sagte Kwan lächelnd. »Ich dachte mir, die Banditen wollen Informationen, also gebe ich ihnen welche. Ich spiele am liebsten mit offenen Karten. Allerdings sehen meine Gegenspieler nur das, was ich auf der Hand habe, und glauben, das sei alles, während ich in Wirklichkeit jede Menge Asse im Ärmel habe.«

»Sie ... haben die Täter absichtlich getäuscht?«

»Liz hat im Tresor nur acht Seiten gefunden. Die werden also annehmen, die Drogenhändler hätten doch nicht alles preisgegeben, nur einen kleinen Teil ihres Wissens, im Tausch gegen ein milderes Urteil. Das wird dazu führen, dass die Wachsamkeit in Bezug auf den Ausschuss künftig nachlassen wird. Und die korrupten Kollegen werden den Versuch aufgeben, noch mehr über Sie persönlich in Erfahrung zu bringen, eine zweite oder dritte Entführung vorzutäuschen, vielleicht sogar einen Mord oder dergleichen.«

Endlich leuchtete Graham ein, weshalb Kwan die Papiere an sich genommen hatte. Er wollte dem ICAC die Bühne bereiten, um so viele korrupte Polizisten wie möglich dingfest zu machen.

»Kwan? Waren Sie irgendwann zwischendurch der Meinung, die könnten Alfred tatsächlich entführt haben? Ich meine, weil ich ICAC-Ermittler bin und sie mir eine Lektion erteilen wollten, indem sie die Papiere an sich brachten und Alfred trotzdem entführten? Sie konnten doch unmöglich wissen, ob Alfred in Sicherheit war oder nicht.«

»Nein, sobald mir klar war, dass sie es auf Ihren Tresorschlüssel abgesehen hatten, entspannte ich mich. Ein kopierter Schlüssel hieß, dass man zu einem späteren Zeitpunkt die Informationen stehlen wollte. Die wollten Sie auf gar keinen Fall in Alarmbereitschaft versetzen. Das heißt, sie brauchten jemanden, der sich bei Ihnen auskennt. Wäre Alfred tatsächlich entführt worden, dann nur unter Liz' Aufsicht, und selbst wenn er unversehrt zurückgekommen wäre, hätten Sie Liz wohl trotzdem gefeuert. Warum die Lage unnötig kompliziert machen? Eine Entführung wäre schwierig und sinnlos gewesen.«

Wieder einmal bewunderte Graham Kwan für seinen Verstand. Er hatte gewusst, dass Kwan Chun-dok ein kluger Ermittler war, aber wie sehr hatte sich dieser Mann innerhalb nur weniger Jahre gesteigert! Sein kombinatorisches und strategisches Geschick war beispiellos, ebenso wie seine Fähigkeit, sich auf bestimmte Einzelheiten zu konzentrieren. Peinlich berührt dachte Graham an die Zeiten zurück, als er versucht hatte, vor Kwan den Mentor zu spielen und ihm ermittlerische Finessen beizubringen. Das war inzwischen sieben Jahre her. Kwan war damals dreiundzwanzig gewesen und während seiner Londoner Ausbildung Grahams Abteilung zugeteilt. Als Graham angerufen und um Hilfe gebeten hatte, hatten sie vereinbart, sich vor den anderen Beamten nicht anmerken zu lassen, dass sie einander bereits kannten.

»Da fällt mir ein, ich bin seit drei Jahren in Hongkong und habe Sie immer noch nicht zum Essen eingeladen«, sagte er jetzt lachend.

»Ach, Sie sind schließlich beim ICAC, und ich bin bei der Kriminalpolizei. Wenn man uns zusammen sähe, gäbe es nur Gerede. Solange die Truppe und der Ausschuss im Streit liegen, glaube ich nicht, dass es gute Chancen gibt, uns zu treffen.« Trotz ihrer langjährigen Bekanntschaft war Kwan bewusst, dass er eine gewisse Distanz zu Graham Hill wahren musste – das machte allen die Arbeit leichter. Als er am Freitag den Anruf erhielt, war ihm klar gewesen, dass Graham keinen Kontakt zu ihm aufgenommen hätte, wenn er nicht in ernsthaften Schwierigkeiten stecken würde. Kwan war von Anfang an davon ausgegangen, dass die Täter wahrscheinlich Insider bei der Kriminalpolizei hatten, und hätte Graham einfach die allgemeine Notrufnummer gewählt, wäre der Fall einem Ermittlerteam übergeben worden, welches Old Tsuis Beteiligung wahrscheinlich vertuscht hätte. Und selbst wenn Old Tsui aufgeflogen wäre, wären alle anderen Beteiligten innerhalb der Truppe unentdeckt geblieben. Um das Übel bei der Wurzel zu packen, musste Graham mit seinen Leuten ran.

»Kwan, die Frage ist ein bisschen direkt, aber warum haben Sie mir geholfen? Sollte die Polizei nicht auf der Seite der Polizei stehen?«, fragte Graham nachdenklich.

»Ich bin auch der Meinung, dass Polizisten einander gegen Feinde beistehen sollten, aber nur, wenn alle das gleiche Ziel verfolgen, nämlich die Gerechtigkeit zu wahren. Eine andere Person jedoch blindlings zu unterstützen, nur weil sie die gleiche Uniform trägt, ist dumm. Die Korruption bei der Polizei grassiert wie eine Epidemie, die wir nicht mehr alleine eindämmen können – dazu benötigen wir Hilfe von außen. Ich hatte immer etwas gegen die feige Vorstellung, ›neben dem Wagen herzulaufen‹ – ja, sich dem Wagen in den Weg zu stellen wäre Selbstmord. Ich ziehe es vor, den Wagen zu sabotieren.«

»Glauben Sie, wir – ich meine, der Ausschuss – werden unser Ziel erreichen?«

»Das weiß ich nicht. Wenn zu viele Beamte involviert sind, könnte der Gouverneur sich gezwungen sehen, den Tatsachen ins Auge zu blicken und eine Amnestie zu erlassen. Falls es aber tatsächlich so weit kommt, würde ich mir trotzdem wünschen, dass die schwarzen Schafe entlarvt, vor Gericht gestellt, im Auge des Gesetzes für schuldig befunden und verurteilt werden. Was diejenigen betrifft, die des persönlichen Vorteils wegen Fehlverhalten vertuscht haben, denen sollte eines klar sein: Wenn sie sich nicht bessern, erwartet sie gnadenlos der Niedergang.«

Kwan Chun-dok blickte auf das tiefblaue Meer hinaus, als könnte er dort die Zukunft der Truppe sehen. Er war beunruhigt und trug dennoch einen Funken Hoffnung in sich. Graham Hill ging es ebenso. Sie mochten theoretisch auf verschiedenen Seiten stehen, doch ihre Vorstellungen wiesen in dieselbe Richtung.

»Ich werde nicht fragen, ob Sie vorhaben, Liz zu entlassen – das ist Ihre Entscheidung«, sagte Kwan und stieg aus dem Auto. »Jedenfalls sollten Sie sich so schnell wie möglich einen neuen Tresor besorgen.«

»Soll ich Sie in die Stadt mitnehmen?«

»Nein, es ist besser, wenn niemand uns zusammen sieht. Ich nehme den Bus.«

»Kwan, Sie waren mir eine große Hilfe. Ich bin Ihnen aufrichtig dankbar – ich schulde Ihnen so viel. Wenn ich irgendetwas für Sie tun kann, ein Wort genügt. Alles, egal was.«

»Jetzt, wo Sie es sagen, Sie schulden mir tatsächlich ein Essen – auch wenn das in den nächsten ein, zwei Jahren heikel werden dürfte.« Kwan lächelte durchs Autofenster. »Ich musste damals ganz Kowloon abklappern, um Ihnen diese Schulprospekte zu besorgen. Meine Verlobte muss gedacht haben, ich hätte irgendwo ein uneheliches Kind, das bald zur Schule kommt ...«

VI GEBORGTE ZEIT

1967

1
Ich weiß nicht, wie es mit Hongkong so weit kommen konnte.
Vor vier Monaten ahnte ich noch nicht, dass unsere Stadt in einen solchen Zustand geraten könnte.
Direkt an der Grenze zwischen Wahnsinn und Vernunft.
Und die Grenze verschwimmt. Niemand weiß mehr, was vernünftig ist und was verrückt, was gut ist und was böse, was richtig ist und was falsch.
Vielleicht können wir nicht mehr verlangen, als in Sicherheit zu sein – die Fortexistenz an sich als einziger Sinn des Lebens.
Lächerlich.
Vielleicht denke ich zu viel darüber nach. Ich bin schließlich noch jung, nicht einmal zwanzig, und sollte mich nicht an derart tiefgründigen Theorien abarbeiten. Das ist zu hoch für mich.
Jedes Mal, wenn ich mit Großer Bruder über den Zustand der Welt sprechen will, lacht er nur und sagt: »Du hast nicht mal einen Job, was weißt du schon über solche Dinge?«
Da ist was dran.
Großer Bruder ist drei Jahre älter als ich. Wir sind zwar nicht blutsverwandt, aber wir kennen uns schon lange, und jetzt leben wir sogar in derselben Pension – umstandsverwandt, sozusagen. Wie Patrick Tse und Bowie Wu in *My Intimate Partner,* diesem Film von vor ein paar Jahren über die beiden armen Teufel, die sich ständig abstrampeln, um über die Runden zu kommen. So schlimm wie die sind wir natürlich nicht dran, die müssen betrügen und stehlen, um an was zu essen zu kommen. Wir haben wenigstens ein Dach über dem Kopf und bekämpfen unsere Heißhungeranfälle mit Tee und Reis. Aber wir schaffen es nicht, auch nur einen Cent auf die Seite zu legen.
Meine Eltern sind früh gestorben, und ich musste mir einen Job suchen, ehe ich mit der Schule fertig war. Ich mache jetzt

seit ein paar Jahren alle möglichen Sachen, aber seit diesen »Unruhen« im Mai ist es schwer geworden, noch irgendwas zu finden. Die Gewerkschaften rufen ständig zu Streiks und Protesten auf, und auf einmal sind selbst die einfachsten Fabrikjobs nicht mehr zu kriegen. Deshalb helfe ich meinem Vermieter momentan, auf seinen Laden aufzupassen, und erledige ab und zu ein bisschen was extra für ihn.

Mein Vermieter heißt Ho Hei. Er ist zwischen fünfzig und sechzig und hat zusammen mit seiner Frau einen Laden auf der Spring Garden Lane in Wan Chai – der Laden heißt Ho Hei Kee, nach ihm und dazu das für Läden übliche Anhängsel hintendran. Wie Mrs Ho heißt, weiß ich gar nicht mehr. Um ehrlich zu sein, an den vollen Namen von Mr Ho erinnere ich mich auch nur, weil er riesengroß auf dem Schild steht, das ich jeden Tag sehe. Ich nenne sie einfach Mr und Mrs Ho, manchmal auch »Vermieter-Vater« und »Vermieter-Mutter«. Ho Hei Kee befindet sich im Erdgeschoss von einem Haus mit vier Stockwerken. Die Hos wohnen im ersten Stock, und als ihre Kinder vor ein paar Jahren ausgezogen sind, haben sie aus dem restlichen Haus eine Pension für alleinstehende junge Leute wie uns gemacht. Im Winter ist es eiskalt und im Sommer brüllend heiß, überall Mücken und anderes Getier, und morgens gibt es immer Gedränge im Gemeinschaftsbad und in der Küche. Dafür ist die Miete so niedrig, dass ich mich nicht beschwere. Mir geht es besser als vielen anderen. Mr und Mrs Ho sind gute Menschen – sie haben noch nie jemanden rausgeworfen, weil er ihnen die Miete schuldig blieb, und an Feiertagen laden sie uns ein, mit ihnen zu essen. Man sieht es ihnen zwar nicht an, aber ich glaube, dass Mr Ho ganz schön was gespart hat und sich über Geld keine Sorgen machen muss. Ich glaube, den Laden haben sie aus reiner Gewohnheit, und es ist ihnen egal, ob er Gewinn abwirft oder nicht.

Mr Ho sagt oft, dass man als junger Mensch Ehrgeiz entwickeln muss und sich nicht mit Gelegenheitsjobs oder als Aushilfe in einem Laden zufriedengeben darf. Ich weiß das sehr gut, und Großer Bruder drängt mich auch immer, in meiner

Freizeit an mir zu arbeiten und die Nase ins Wörterbuch zu stecken, um mein Englisch zu verbessern, damit ich, wenn die Gelegenheit kommt, etwas aus mir machen kann. Manchmal, wenn die Matrosen von der US Navy in den Laden kommen, um Limonade oder Bier zu kaufen, spreche ich englisch mit ihnen, aber ich habe keine Ahnung, ob sie verstehen, was ich sage.

Außerdem sehe ich mir jeden Tag die Stellenanzeigen in der Zeitung an, weil ich hoffe, etwas Gutes zu finden. Es gäbe noch einen anderen Ausweg – ich könnte mich bei der Polizei bewerben. Es heißt zwar, »ein anständiger Mann wird kein Polizist«, aber eigentlich gefällt mir die Vorstellung – für das Gute kämpfen, in den Herzen der Bösen Angst säen, ein regelmäßiges Einkommen und, wenn man verheiratet ist, sogar ein eigenes Quartier. Manche Leute sagen, bei der Polizei wird man nur von den britischen Bossen herumkommandiert, aber wenn ich irgendwo in einem Büro in Central säße, wäre mein Boss bestimmt auch weiß. Dieses ganze Gerede über Rassen – in dieser Gesellschaft gibt es so viel heiße Luft. Die Sache ist, dass Großer Bruder immer dagegen war, dass ich zur Truppe gehe. Er sagt, ein Polizistenleben ist nichts wert, und die Regierung nutzt die chinesischen Beamten als Kanonenfutter zum Schutz der britischen Elite. Wenn die Kolonialregierung in Schwierigkeiten käme, wären die Chinesen nur der Kollateralschaden.

Ich hätte nie gedacht, wie recht Großer Bruder damit hatte.

Im Rückblick betrachtet hat die ganze Misere mit einem winzigen Zwischenfall begonnen. Im April kam es in einer Fabrik in San Po Kong in Kowloon zu einem Streit – die Geschäftsleitung hatte irgendwelche strengen neuen Regeln aufgestellt, Arbeit ohne Pausen, solche Dinge, und die Arbeiter weigerten sich. Es kam zu keiner Einigung, und der Boss erfand eine Entschuldigung, um die Gewerkschaftsleute zu feuern, die zu einer Demonstration aufgerufen hatten. Daraufhin blockierten ein paar andere organisierte Arbeiter die Produktion, bis die Polizei geholt werden musste. Aus der Demonstration wurde ein Aufstand, bei dem einige Arbeiter die Polizisten mit Steinen und Flaschen bewarfen, die ihrerseits mit Holzgeschossen antworteten. Die Behörden verhängten für Ost-Kowloon eine Ausgangssperre, und inspiriert von der Kulturrevolution auf dem Festland schlossen sich mehrere große Gewerkschaften dem Kampf an, um gegen die Kolonialherrschaft ein Zeichen zu setzen. Was als Arbeitskampf begonnen hatte, wurde zum politischen Konflikt.

Und jetzt ist die Situation außer Kontrolle.

Innerhalb eines Monats hat sich der Streit zu einem nationalen Zerwürfnis zwischen China und Großbritannien ausgewachsen. Linke Arbeiter haben neulich mit Unterstützung aus Peking das Komitee gegen Britische Verfolgung in Hongkong und Kowloon ins Leben gerufen. Menschenmengen belagerten den Wohnsitz des Gouverneurs und bezeichneten die Kolonialregierung als faschistische Unterdrücker. Die Regierung gab keinen Millimeter nach, und Polizeiverbände rückten aus, um die Unruhen niederzuschlagen. Die Demonstranten wurden mit Tränengas angegriffen, und »Unruhestifter« wurden unter Gewaltanwendung verhaftet. Immer mehr Arbeiter traten in Streik, Läden mussten schließen, Schulen wurden geschlossen, und viele Einwohner unterstützten die Unruhen, während die Regierung mit immer neuen Ausgangssperren reagierte – die meisten, die in Hong Kong Island seit dem Ende des Zweiten Weltkriegs vor zwanzig Jahren gezählt wurden.

Anfang Juli überquerte eine Gruppe Festlandchinesen die Grenze an der Chung Ying Street und betrat das Territorium von Hongkong, um den Arbeitern »beizustehen« und sich an den Protesten zu beteiligen. Die Grenzpolizei eröffnete das Feuer, und chinesische Milizionäre aus China schossen zurück. Als den Grenzschützern die Munition ausging, saßen sie in der Falle, und bis die Briten Truppen zu Hilfe schickten, waren bereits fünf Polizisten tot.

»Will sich das Festland Hongkong etwa vorzeitig zurückholen?«, fragte Mr Ho an dem Tag, als wir alle im Laden saßen und die Radionachrichten hörten. Weiß Gott, ob der Vorsitzende Mao tatsächlich plante, die Volksarmee zu schicken, um die Briten vor der Zeit zu vertreiben. 1967 sieht schließlich fast aus wie 1997, es steht nur eine Ziffer kopf.

In den Tagen nach dem Schusswechsel hieß es überall, die Briten bereiteten den Abzug vor und wollten Hongkong seinem Schicksal überlassen. Falls China tatsächlich gegen Großbritannien Krieg führen wollte, würden die Engländer Hongkong in Scharen verlassen, und die Polizei würde mit allen Mitteln dafür sorgen müssen, dass sie evakuiert werden konnten, egal, welche Verluste sie in ihren eigenen Reihen davontrug. Auch wenn Großer Bruder meinen Wunsch, zur Polizei zu gehen, nie wieder erwähnte, wusste ich genau, was er dachte: »Hab ich dir doch gleich gesagt.«

Das alles ist inzwischen zwei Monate her, und es ist seitdem zu keinen neuen Zusammenstößen gekommen, aber die Leute reden immer noch von der »Befreiung Hongkongs durch die Kommunisten«. Am 22. Juli rief die Kolonialregierung den Notstand aus. Der Besitz von Schusswaffen und Munition war verboten, und man verstieß schon gegen das Gesetz, wenn man sich in der Nähe eines illegalen Gegenstands aufhielt oder mit einem bewaffneten Begleiter unterwegs war. Aufwieglerische Flugblätter und antibritische Plakate wurden verboten und Zusammenkünfte von mehr als drei Personen zu illegalen Versammlungen erklärt. Die großen Tageszeitungen, die direkte Unterstützung aus Peking bekamen, konnten sie nicht stoppen, doch mehrere kleine, linksgerichtete Zeitungen wurden verboten. Sie sprachen vom »Geist des Gesetzes« und von »Pressefreiheit«, aber das war Blödsinn.

Trotzdem. Zum Klatschen braucht man zwei Hände, und es lässt sich nicht leugnen, dass die linken Arbeiter in ihrem »antibritischen Kampf« zu weit gegangen sind.

Die Linken hatten bei ihren Angriffen auf die Polizei bereits Dynamit und Säure verwendet, aber als die britischen Truppen Hubschrauber einsetzten, um eine Polizeirazzia im Hauptquartier des Kampfkomitees zu unterstützen, wurde es noch gefährlicher. Seit etwa einem Monat wimmelt es auf den Straßen von falschen und echten Bomben – die Einheimischen nennen sie »Ananas« –, dahinter steckt die Idee, die Polizei an den Rand der Belastbarkeit zu treiben. Die Dinger sehen alle harmlos aus, nur eine einfache Schachtel aus Blech oder Pappe; die Attrappen sind mit einer Mischung aus Metallsplittern und Erde gefüllt und die echten mit tödlichem Sprengstoff. Die Teile sind nicht nur vor Regierungsgebäuden aufgetaucht, sondern auch an Trambahnhaltestellen, in Bussen und in nichtlinken Schulen – die Brandungswelle der Unruhen macht vor nichts halt.

Man kann inzwischen mitten auf der Straße einfach in die Luft gesprengt werden. Am Anfang empfand ich noch Sympathie für die Arbeiter, aber inzwischen kann ich das nicht mehr gutheißen. Die Linken sagen, man müsse »Gewalt mit Gewalt begegnen« und ihr Vorgehen sei ein »notwendiges Übel«. Sie bestehen darauf, dass die Vertreibung der Briten ein kleines Opfer wert sei.

Ich verstehe wirklich nicht, worin der »Wert« liegt, den Menschen zu schaden, die man eigentlich verteidigen sollte.

Wir sind Menschen, keine Ameisen.

In dieser Atmosphäre der Panik können wir nur darum beten, verschont zu bleiben.

Besonders um Großer Bruder mache ich mir Sorgen, wegen seiner Arbeit. Er ist ein Vermittler, bringt Leute zusammen, die miteinander ins Geschäft kommen wollen, und kassiert dafür eine kleine Provision. Er hat kein festes Einkommen, und wenn er Pech hat, müssen wir uns irgendwie mit meinem Hungerlohn durchschlagen. Dafür lädt er mich, wenn ihm ein Abschluss gelungen ist, ins Teehaus ein – und zwar nicht nach unten in den Imbiss, sondern nach oben. Was für ein Luxus. Auf der Suche nach Kunden läuft er den ganzen Tag kreuz und quer durch Kowloon. Deshalb ist bei ihm die Gefahr, irgendwann in einen Straßenkampf oder eine Bombenexplosion zu geraten, viel größer als bei mir. Ich sage ihm immer, er soll vorsichtig sein, und dann antwortet er: »Wenn das Schicksal will, dass du um drei Uhr stirbst, kannst du machen, was du willst. Dann wirst du nicht mehr erleben, wie es fünf Uhr schlägt. Wenn ich

Angst um mein Leben hätte, könnte ich kein Geld verdienen, und wir würden beide verhungern. Ich sterbe sowieso. Wovor sollte ich Angst haben? Wer es in dieser Welt zu was bringen will, muss ab und zu ein Risiko eingehen!«

Auch wenn ich nicht wie Großer Bruder kreuz und quer durch Kowloon und Hong Kong Island renne, passe ich trotzdem auf, wenn ich auch nur den Laden verlasse, um für Mr Ho etwas auszuliefern oder eine Besorgung zu machen. Sobald ich draußen unterwegs bin, halte ich nach verdächtigen Leuten oder Gegenständen Ausschau. Wenn die Linken ihre Bomben deponieren, kleistern sie oft Antiregierungsslogans, die aussehen wie chinesische Neujahrsfestreime, an Wände und Mauern. Da steht dann auf der einen Seite »Grillt die weißhäutigen Schweine«, auf der anderen »Bratet die gelbhäutigen Hunde« und quer darüber »Kameraden: Abstand halten«, aber auf weißem Papier statt auf rotem. Mit den weißhäutigen Schweinen sind die Briten gemeint und mit den gelbhäutigen Hunden die chinesischen Polizisten, die »dem Tiger helfen, uns zu verschlingen«. Ich glaube, in ihren Augen gleichen alle Chinesen, die freiwillig für die Briten arbeiten, den Kollaborateuren während der japanischen Besatzung – alles Verräter, die die Freiheit des eigenen Volkes verraten haben.

Ich wurde schon mehr als ein Mal Zeuge, mit welch eiserner Hand die Polizei Zivilisten behandelt. Ihr Hass auf die Linken ist unübersehbar.

Wir leben in einer Zeit der Extreme. Die meisten Leute wissen, dass sie vorsichtig sein müssen, und halten sich aus allem raus. Wird man von der Polizei verhört, darf man auf gar keinen Fall anfangen zu streiten, egal was passiert. Die haben einen sonst auf dem Kieker, und man landet wahrscheinlich im Gefängnis. Die Polizisten hatten auch schon vor den Unruhen im Mai Privilegien. Ein Beispiel: Wenn Mr Hos Waren auch nur ein kleines Stückchen auf den Gehsteig ragten, konnte er von einem Polizisten dafür einen Strafzettel bekommen, es sei denn, Mr Ho gab dem Polizisten ein bisschen »Teegeld«. Dann konnte die Angelegenheit unter der Hand geregelt werden. Jetzt ist die Polizei völlig außer Kontrolle. Polizisten haben das Recht, »verdächtige Elemente« zu verhaften, die »einen Polizeibeamten bei der Ausübung seiner Pflichten behindern«, »sich der Befragung widersetzen«, »an Unruhen teilnehmen«, oder auch wegen »unerlaubter Versammlungen« – und dabei reicht die Aussage des Polizisten, um die Schuld festzustellen.

Ich hätte nie geglaubt, dass in einem Hongkong von heute Scheingerichte möglich werden könnten.

In unserer Straße, der Spring Garden Lane in Wan Chai, begegne ich oft zwei Streifenpolizisten – ihre Dienstmarken haben die Nummern 6663 und 4447, und ich nenne sie heimlich Cop 3 und Cop 7. Cop 3 ist der ältere. Letzten Monat habe ich beobachtet, wie jemand, der ein paar Antiregierungsflugblätter verteilte, das Pech hatte, von den beiden verhaftet zu werden. Cop 3 ließ ihm keine Zeit, sich zu erklären – er legte dem Mann die linke Hand auf die Schulter und prügelte mit seinem Knüppel so lange auf ihn ein, bis der arme Kerl am Kopf blutete. Ich habe es ganz genau gesehen. Der Mann hatte sich überhaupt nicht gewehrt. Aber keiner der Augenzeugen traute sich, gegen den Cop auszusagen – wer aufmuckt, wird als Kollaborateur abgestempelt und kommt selbst bald in Schwierigkeiten.

Cop 7 unternahm zwar nichts, um seinen Kollegen zu stoppen, aber ich weiß trotzdem, dass er anständiger ist als Cop 3. Die beiden kommen, wenn sie Streife gehen, oft bei Mr Ho vorbei, um sich Limonade zu kaufen. Cop 3 hat noch nie den Geldbeutel gezückt – Mr Ho sagt, er soll sich wegen so einer Kleinigkeit keine Mühe machen –, aber Cop 7 besteht darauf zu bezahlen. Als ich ihn einmal darauf hinwies, dass der Boss gesagt habe, er brauche nicht zu bezahlen, antwortete er: »Wenn ich nicht bezahle, verdient dein Boss weniger. Wenn du deshalb deinen Job verlierst und kriminell wirst, habe ich noch mehr Arbeit.«

Er klang wie Großer Bruder.

In unserer Nachbarschaft finden alle, dass Cop 7 ein guter Mensch ist, nur dass er manchmal ein bisschen zu sehr nach Vorschrift handelt und skrupellos alle Befehle befolgt. Wenn ich Cop 7 sehe, habe ich immer das Gefühl, Polizist wäre vielleicht doch kein schlechter Beruf. Dachte ich zumindest vor den Unruhen. So, wie die Dinge jetzt liegen, wäre es dumm, zur Truppe zu gehen. Die »gelben Hunde« haben sich zu Zielscheiben gemacht. Ich warte schon auf den Tag, wenn Cop 3 und Cop 7 mit einem Holzschild um den Hals durch die Straßen getrieben werden, auf dem ihre Verbrechen aufgelistet sind.

Ich habe gehört, die Bewerberzahlen bei der Polizei wären nach den jüngsten Gewaltausbrüchen zurückgegangen. Chinesische Beamte haben den Dienst quittiert, weil die Linken ihnen eingeredet haben, es sei falsch, an der Seite der »faschistischen« Briten zu stehen. Andere haben Angst, getötet zu werden oder in Zwischenfälle wie die Schießerei an der Chung Ying Street zu geraten. Mr Ho lebt schon lange in Wan Chai und kennt ein paar von den örtlichen Polizisten sehr gut. Sie haben ihm erzählt, der Urlaub sei über Monate gestrichen und sie stünden vierundzwanzig Stunden täglich in Alarmbereitschaft – und müssten neben ihren Hauptaufgaben auch noch Überstunden bei der Bereitschaft machen. Die Regierung hat jedem Beamten eine Gehaltserhöhung von drei Prozent bewilligt und den Überstundenzuschlag erhöht, und es gibt sogar freie Mahlzeiten. Mr Ho hat erzählt, der für die Lohnzahlung zuständige Sergeant hätte für die Extrazuteilungen oft dicke Bündel Geldscheine in der Brieftasche.

Die Regierung will die Beamten mit Geld binden. Und eigentlich machen die Linken nichts anderes.

Wenn die Arbeiter streiken, bekommen sie keinen Lohn, und wie sollen sie an einem »Kampf« teilnehmen, wenn sie sich nicht über Wasser halten können? Also werden sie von den Gewerkschaften unterstützt. Die Gewerkschaftsführer geben ihnen ein- bis zweihundert Hongkong-Dollar im Monat. Wo das Geld herkommt, weiß ich nicht. Manche Leute sagen, die chinesische Regierung würde etwas beisteuern »für die Revolution«. Ich weiß nur, dass es in diesem Konflikt nicht nur um Ideologien geht. Es geht auch um Geld. Vielleicht ist die Wirklichkeit einfach so.

Ich weiß aus zuverlässiger Quelle von Zahlungen an streikende Arbeiter – unsere Nachbarn in der Pension sind zufällig Linke. Mr Ho vermietet drei Zimmer – in einem wohnen Großer Bruder und ich, in einem wohnt ein Journalist namens Toh Sze-keung und im dritten Zimmer der Textilarbeiter Sum Chung. Ende Mai folgte Mr Sum dem Streikaufruf seiner Gewerkschaft und wurde bald darauf gefeuert. Ich habe ihn gefragt, wie er ohne Lohn seine Miete zahlen kann, und er erzählte mir, »Gewerkschaftsführer« würden ihm ein Gehalt zahlen, und wenn er spezielle Projekte übernehmen würde, wäre auch noch mehr drin. Er riet mir, sich ihnen anzuschließen und daran mitzuarbeiten, die britische Kolonialherrschaft zu stürzen – es wäre eine einzigartige Gelegenheit, und wenn die Revolution erfolgreich wäre, würden Kameraden mit »reinen Gedanken« wie wir die Führer von morgen werden. Ich habe nicht viel dazu gesagt, nur dass ich mit Großer Bruder sprechen müsse, ehe ich eine Entscheidung treffe. Wenn ich sofort Nein gesagt hätte, hätte er mich vielleicht als »antirevolutionäres Element« abgestempelt – und was das für Konsequenzen haben könnte, wollte ich mir gar nicht erst ausmalen.

Im Gegensatz zu der ideologischen Überzeugung von Mr Sum trieb Toh Sze-keung eher die Verzweiflung an. Er war Chefwirtschaftskorrespondent bei einer Zeitung, doch die Regierung hat die Zeitung für linkslastig erklärt und verboten. Damit war er arbeitslos. Er hatte keine andere Wahl, als sich dem Kampf anzuschließen. Einerseits, weil die Unterstützung durch die Gewerkschaft seine drängenden Geldprobleme lösen würde, und andererseits, weil er, sollte die Bewegung Erfolg haben und seine Zeitung wieder erscheinen, seinen Job zurückhätte. Das erzählte er mir mit gerunzelter Stirn, und ich vermute, er glaubte selbst nicht daran, dass die Regierung seine Zeitung je wieder erlauben würde.

Das ist das Paradox meines Lebens. Jeden Tag mache ich mir Sorgen, dass Großer Bruder in die Luft fliegt, dass sich die öffentliche Ordnung endgültig auflöst, dass die Regierung stürzt, dass die Gesellschaft gelähmt ist, dass in der Stadt Krieg ausbricht – und tue trotzdem jeden Tag, als wäre alles in Ordnung.

Ich kümmere mich um den Laden meines Vermieters, wünsche meinen Nachbarn einen guten Morgen, auch wenn sie die »andere Seite« repräsentieren, und verkaufe »faschistischen« Polizisten Limonade. Die Radiomoderatoren beschimpfen die Linken, weil sie unsere Stadt ins Unglück stürzen und den Frieden zerstören, während die Zeitungen mit China sympathisieren und die uniformierten britischen und Hongkonger Kräfte für die »gnadenlose Verfolgung« patriotischer Vereinigungen scharf kritisieren. Beide Seiten behaupten, für Gerechtigkeit einzustehen, und wir normalen Bürger müssen dabei zusehen, eingeklemmt zwischen Macht und Gewalt.

Bis zum 17. August dachte ich, ich würde dieses hilflose Leben weiterführen, bis die Auseinandersetzungen endlich vorbei waren oder die Briten verschwanden.

Ich hätte nicht erwartet, dass ein einziger, zufällig mitgehörter Satz mich aus meinem Alltagstrott herausreißen und direkt ins Chaos stürzen würde, mitten hinein ins Fadenkreuz der Gefahr.

2

»Die Ananas geht aber nicht bei Auslieferung in die Luft, oder?«

Ich hörte den Satz im Halbschlaf. Zuerst dachte ich, ich hätte vielleicht geträumt, aber als mein Hirn langsam klar wurde, wusste ich, dass es echt gewesen war.

Die Stimme war von der anderen Seite der Wand gekommen.

Am Morgen war der neue Kühlschrank für Mr Hos Laden geliefert worden. Wir waren damit beschäftigt gewesen, Limonade und Bier umzuräumen. Dann musste ich den alten Kühlschrank auf einen Karren laden und ihn fünf Blocks weiter zum Gebrauchtwarenhändler schieben. Als ich mit dem Geld zurückkam, sagte Mr Ho, er könne sich nachmittags selbst in den Laden stellen. Er meinte, ich sei den ganzen Vormittag durch die pralle Hitze gelaufen, sei sicher müde und könne mich gern ein bisschen hinlegen. Mr Ho ist nicht oft so fürsorglich, und ich nahm seinen Vorschlag gerne an. Nach dem Mittagessen ging ich auf mein Zimmer, um ein Nickerchen zu machen.

Bis ich von diesem Satz geweckt wurde.

Ich warf einen Blick auf den Wecker. Es war zehn Minuten nach zwei – ich hatte eine ganze Stunde geschlafen. Das konnte nur Sum Chung sein, der da gesprochen hatte – seine hohe Fistelstimme war leicht zu erkennen. Aber direkt neben uns wohnte eigentlich der arbeitslose Journalist. Was tat Sum Chung in Mr Tohs Zimmer?

»Mr Sum, nicht so laut! Was, wenn Sie jemand hört?« Das war die Stimme von Toh Sze-keung.

»Die Frau vom alten Ho ist vorhin aus dem Haus gegangen. Der Alte und die zwei Typen von nebenan sind bei der Arbeit. Uns hört keiner«, antwortete Sum.

»Und wennschon? Man darf uns ruhig hören. Wir sind die stolzen Söhne Chinas und werden getragen vom großen Geist der Revolution. Wir fürchten uns nicht davor, unser heißes Blut zu vergießen. Selbst wenn wir scheitern, eines Tages werden die imperialistischen Unterdrücker vor dem edlen Sozialismus unseres Mutterlandes das Haupt neigen.« All das trug der Sprecher mit lauter Stimme vor, und man konnte sich leicht seine Pose selbstgefälligen Eifers dazu vorstellen. Das musste Sum Chungs »Genosse« sein, ein junger Kerl namens Chang Tinsan. Mr Sum hatte ihn mir irgendwann mal vorgestellt. Er war auch einer der entlassenen Textilarbeiter.

»Ah Chang, sprich nicht so. Die Kolonialisten sind listig, und wir müssen sehr vorsichtig sein. Man darf dem Feind keine Angriffsfläche bieten.« Die Stimme hatte ich noch nie gehört.

»Meister Chow hat recht. Wir können es uns nicht leisten zu scheitern.« Ich kannte zwar keinen Meister Chow, aber die Art, wie Sum über ihn sprach, sagte mir, dass er der Anführer der Gruppe war.

»Egal. Ah Toh und Ah Sum starten also in North Point, und ich warte hier«, sagte Meister Chow. »Sobald alle versammelt sind, fangen wir an, genau nach Plan, und hinterher verziehen wir uns sofort über den Jordan Road Ferry Pier.«

»Aber wie genau lautet der Plan für die Aktion?« Wieder die Stimme von Sum Chung.

»Du und Ah Toh, ihr sorgt für Ablenkung, ich schlage zu.«

»Meister Chow, ›für Ablenkung sorgen‹ sagt sich ja leicht, aber wir wissen nicht, was das bedeutet.«

»Wenn es so weit ist, improvisiert ihr einfach. Ich weiß nicht, wie die Situation vor Ort sein wird. Ich brauche nur dreißig Sekunden – das dürfte nicht so schwierig sein.«

»So einfach soll das sein? Es ist sicher nicht so leicht, an Nummer eins ranzukommen …«

»Entspann dich, Ah Toh, ich habe alles mehrfach geprüft – das Ziel ist anfälliger, als wir dachten. Das weißhäutige Schwein rechnet nicht mit diesem Schachzug, und wenn die Ananas hochgeht, steht er mit offenem Maul da und glotzt, fassungslos angesichts der Intelligenz der Chinesen. Das wird eine Schockwelle durch das gesamte britische Empire schicken.«

In dem Moment wurde mir klar, dass ich etwas Furchtbares belauschte. Die vier Männer nebenan planten einen Bombenanschlag. Mir brach der eiskalte Schweiß aus, und ich fing trotz der Hitze an zu zittern. Ich wagte nicht, auch nur einen Muskel zu rühren, aus Angst, das uralte Bett würde knarren. Ich glaube, ich habe sogar flach geatmet. Wenn die mitbekamen, dass ich ihre Pläne belauschte, würden sie mich wahrscheinlich töten, um mich zum Schweigen zu bringen – im Namen des Volkes.

»Was die andere Seite betrifft, müssen wir uns ganz auf Ah Chang verlassen.« Sum Chungs Stimme wurde plötzlich leiser – wahrscheinlich hatte er sich von der Wand wegbewegt.

»Der Vorsitzende Mao sagt: ›Sei entschlossen, fürchte keine Opfer, überwinde zehntausend Gefahren und erringe den Sieg.‹ Diese Worte trage ich stets in meinem Herzen. Ich werde die Mission erfüllen und dem Feind einen empfindlichen Schlag versetzen. Ich werde den Gedanken Mao Tse-tungs hochhalten und den Kampf fortführen.«

»Ah Chang, beruhige dich. Der Große Vorsitzende wird dich nach dem Anschlag sicher nicht vergessen.«

»Belohnungen sind für mich wie Wolken, die über den Himmel ziehen. Und wenn die Faschisten versuchen, mir das Leben zu nehmen – ich werde kämpfen bis zum Ende.«

»Wohl gesprochen. Ah Chang ist uns allen ein leuchtendes Beispiel für wahren Patriotismus.«

»Aber …« Das war wieder die Stimme von Toh Sze-keung. »Ist das, was wir tun, wirklich richtig? Eine Bombe? Wir könnten unschuldige Zivilisten verletzen …«

»Du irrst, Ah Toh«, sagte Sum Chung. »Der Imperialismus hat uns geschunden und gedemütigt. Er hat uns keine andere Wahl gelassen, als zurückzuschlagen.«

»Ja, es ist unanständig, sich nicht zu revanchieren«, sagte Meister Chow. »Die weißhäutigen Schweine erschießen unsere Kameraden, bezichtigen unschuldige Bürger der Gewalt und machen vor nichts halt, um uns zu vernichten. Eine Ananas ist nicht einmal ein Zehntel so barbarisch wie die Taten dieser Faschisten. Unser Ziel ist nicht, Menschen zu verletzen, sondern die uniformierten Kräfte Hongkongs und der Briten mit intelligenter Guerillakriegsführung zu lähmen. Wenn wir es auf Zivilisten abgesehen hätten, würden wir dann neben jede Bombe ›Kameraden: Abstand halten!‹ schreiben?«

»›Eine Revolution ist kein Kindergeburtstag‹, ›Der Tod ist ein Alltagsphänomen‹ – Ah Toh, hast du denn all die großen Devisen unserer Führer schon wieder vergessen?« Das war wieder Chang Tin-san mit der lauten Stimme. »Wenn wir ein paar Zivilisten opfern müssen, um den Sturz des britischen Weltreichs zu erzwingen, sind diese Opfer über alle Maßen gerechtfertigt! Ihr Blut und ihre Tränen werden unserem Mutterland den Sieg bringen. Sie werden zu Märtyrern für ihre Genossen und für ihr Land!«

»Ja. Denk bitte nur an Choi Nam, von den weißhäutigen Schweinen ermordet, oder an Tsui Tin-por, auf einem Polizeirevier zu Tode geprügelt. Wenn wir uns nicht erheben, ist der nächste Leichnam vielleicht deiner oder meiner«, sagte Sum Chung.

»Aber …«

»Kein Aber. Ah Toh, du hast selbst mit angesehen, wie man deine Zeitung verboten hat. Die skrupellosen gelbhäutigen Hunde haben die Redaktion gestürmt, deine Kollegen verprügelt und euch zu Dissidenten abgestempelt. Hast du denn keinen Funken Wut im Leib? Willst du denen etwa keine Lektion erteilen?«

»Da ist was dran.«

So ging es immer weiter, die drei redeten auf Toh Sze-keung ein, bis die Wucht ihrer Worte seine Zweifel zerschmettert hatte.

»Also, vergesst nicht. Die erste Welle erfolgt übermorgen«, sagte Meister Chow. »Der Klang der ersten Detonation wird die Herzen der Kolonialisten erzittern lassen. Dann am Tag darauf die zweite Welle und die dritte dann wieder einen Tag später. Danach werden wir endlich in der Lage sein, die britische Kapitulation einzufordern. Die Portugiesen haben bereits aufgegeben. Ist das Ende von Britisch-Hongkong wirklich noch so fern?«

Im Dezember letzten Jahres war es in Macao zu Unruhen zwischen Polizei und Bevölkerung gekommen. Die portugiesische Regierung hatte das Kriegsrecht ausgerufen, und die Polizei erschoss viele chinesische Einwohner. Die Provinzregierung von Guangdong protestierte dagegen, und nach vielen Verhandlungsrunden musste Portugal sich entschuldigen und Reparationszahlungen leisten. Dies stärkte die Entschlossenheit der Linken. Wenn es den Macao-Chinesen gelang, sich den Portugiesen mit Erfolg zu widersetzen, mussten die Tage der Briten in Hongkong doch gezählt sein!

»Ah Sum und Ah Toh, wenn wir uns nachher trennen, will ich nicht, dass ihr versucht, mit mir in Kontakt zu treten. Wir sehen uns übermorgen zu Beginn der Operation«, sagte Meister Chow. »Falls nötig, wird dieser Raum als Kommandozentrale genutzt. Meine Wohnung steht unter Beobachtung durch die gelbhäutigen Hunde – sie ist nicht mehr sicher.«

»Du wohnst doch sowieso ganz in der Nähe, Meister Chow, wir können ganz leicht aufeinander aufpassen«, lachte Sum Chung. »Solange diese gelbhäutigen Hunde dir nicht hierher folgen.«

»Ha! Hältst du mich für dumm?« Chow kicherte. »Mach dir lieber Sorgen um dich selbst – pass du auf, dass sie dich vorher nicht ins Visier nehmen.«

»Irgendwann werden sie mit eingezogenen Schwänzen davonrennen, und dann mache ich Hundeeintopf aus ihnen«, knurrte Chang Tin-san.

»So. Weiß jeder, was er zu tun hat? Hier habt ihr etwas Geld – einen Bonus für eure Sonderaufgabe. Esst gut und trinkt ein bisschen Bier, um euch Mut zu machen. Ah Chang, wir zählen auf dich.«

»Kommst du nicht mit uns essen, Meister Chow?«

»Nein, ich will nicht, dass ihr in Schwierigkeiten geratet, wenn man uns zusammen sieht. Ich gehe jetzt. Und ihr wartet noch ein bisschen, bevor ihr das Haus verlasst.«

»In Ordnung. Wir sehen uns in zwei Tagen.« Das war wieder die Stimme von Sum Chung. Dann fiel die Tür ins Schloss. Ich schlüpfte leise aus dem Bett, drückte das Ohr an meine Zimmertür und lauschte, wie die drei sich von Meister Chow verabschiedeten. Die Wände zwischen unseren Zimmern und dem Gemeinschaftsbereich hatten Lüftungsschlitze und die Türen Milchglasscheiben. Ich musste tief in die Hocke gehen, um nicht gesehen zu werden. Die drei kehrten nicht wieder in das Zimmer von Mr Toh zurück, sondern blieben draußen stehen und beratschlagten, in welchem Teehaus es für wenig Geld das beste Essen gab. Es dauerte noch eine halbe Stunde, dann gingen sie endlich. Ich atmete erleichtert auf.

Vorsichtig öffnete ich die Tür und lugte hinaus. Nachdem ich mich vergewissert hatte, dass ich wirklich allein war, rannte ich als Erstes ins Bad. Ich hätte mich fast in eine Flasche erleichtert.

Zurück in meinem Zimmer dachte ich noch einmal gründlich über das Gespräch nach, das ich belauscht hatte. Falls Mr Toh oder Mr Sum jetzt wieder nach Hause kamen, würde ich so tun, als wäre ich auch eben erst gekommen, sie würden wahrscheinlich keinen Verdacht schöpfen. Aber was sollte ich mit dem tun, was ich gehört hatte?

Meister Chow hatte geklungen, als wäre er zwischen vierzig und fünfzig Jahre alt – vielleicht ein Gewerkschaftskader. Toh, Sum und Chang waren alle Mitte zwanzig, leidenschaftlich und heißblütig. Ihre Wut über die derzeitigen Zustände hatte kein Ventil, und der Zufall wollte es, dass die Linken verzweifelt Leute brauchten. Vielleicht war ihre Einstellung ja richtig, und ihr Anliegen war es einfach, die Ungerechtigkeit in der Gesellschaft zu bekämpfen; aber Bomben ins Spiel zu bringen, das war Wahnsinn. Die Worte von Meister Chow hallten in mir nach, aber in meinen Augen waren Sum Chung und die anderen nichts anderes als die »gelbhäutigen Hunde«, von denen sie gesprochen hatten – Kanonenfutter.

So funktioniert Macht. Die da oben nutzen Ideale, Überzeugungen und Geld, um die hier unten zu ködern und zu überreden, ihr Leben zu opfern. Die einen wollen einen hochtrabenden Grund für ihre Existenz und die anderen nur in Ruhe leben. Damit jemand sich freiwillig versklavt, muss man ihm schon einen enormen Anreiz bieten. Würde ich so etwas zu Mr Sum sagen, würde er mir vorwerfen, ich wäre vom Faschismus vergiftet, denn die noble Partei und das große Mutterland würden ihre patriotischen Genossen niemals ungerecht behandeln – aber die kleinen Leute wird man garantiert vergessen. Es ist eine ewige Wahrheit – wenn alle Kaninchen gefangen sind, landet der Jagdhund im Topf; wenn alle Vögel erlegt sind, wird der Bogen weggestellt. Falls die Briten bleiben, wird man eine Weile alle, die in Haft sitzen, als »unbeugsame Kämpfer« preisen, aber wird man sich auf lange Sicht um sie kümmern? Ich glaube nicht. Je mehr Komparsen vorhanden sind, desto unwichtiger erscheinen sie. Glauben die denn tatsächlich, eine einzige Bombe zu zünden bedeute schon, sie hätten Großes vollbracht? Es gibt hunderttausend Opfertiere wie sie, von den Kollateralschäden unschuldiger Zufallsopfer ganz zu schweigen.

In Wirklichkeit werden sich Macht und Geld immer auf einige wenige Hände konzentrieren.

Als ich Toh Sze-keung und Sum Chung dann abends begegnete, benahm Mr Sum sich genau wie immer – er sprach mich an und wollte mich dazu überreden, in seine Gewerkschaft einzutreten. Mr Toh dagegen wirkte, als wäre er auf der Hut. Mr und Mrs Ho schienen nichts zu bemerken, und ich hatte Großer Bruder nichts von der Sache erzählt, weil ich Angst hatte, er würde Toh oder Sum gegenüber eine Bemerkung fallen lassen. In dieser Nacht schlief ich schlecht – sobald mir die »Operation« wieder einfiel, überschwemmte die Sorge meinen Geist.

Am nächsten Tag tat ich, als wäre alles normal, und ging nach unten in den Laden, um zu arbeiten. Es war wenig los, und draußen war es noch ziemlich ruhig. Mr Ho saß hinter dem Tresen und las die Zeitung, während ich vorne am Eingang stand, mir Luft zufächelte und Radio hörte. Der Sprecher zog wieder einmal über »linke Rabauken« her, die die Ordnung der Gesellschaft störten – er nannte sie »unverschämte, gemeine Schurken«, schlug einen spöttischen Tonfall an und machte sich über sie und ihre Unfähigkeit lustig. Ich musste lachen, aber den Linken war der Beitrag sicher ein Dorn im Auge.

Gegen elf Uhr betrat ein Mann den Laden. Er kam mir irgendwie bekannt vor, und nach einem Moment wurde mir klar, dass er zu den Verschwörern gehörte, die ich am Vortag belauscht hatte – Chang Tin-san, der Freund von Mr Sum.

»Eine Flasche Cola.« Er legte vierzig Cent auf den Tresen.

Ich nahm das Geld, holte ihm die Flasche aus dem neuen Kühlschrank und setzte mich wieder hin. Mr Ho war inzwischen gegangen, und ich war allein im Laden. Ich nahm die Zeitung vom Tresen und tat, als würde ich lesen. Dabei beobachtete ich Mr Chang aus dem Augenwinkel und fragte mich, ob er auf Sum Chung wartete. Er blieb noch eine Weile, lehnte sich gegen die Eistruhe und trank, die linke Hand in der Hosentasche vergraben, seine Cola. Dabei behielt er die ganze Zeit die Straßenecke im Blick und versuchte, möglichst unauffällig auszusehen. *Bitte! Trink einfach aus und verschwinde!*, dachte ich, weil ich wusste, dass Cop 3 und Cop 7 auf ihrer Runde jeden Moment vorbeikommen würden, und nur Gott allein wusste, ob dieser Typ vielleicht irgendwas mit ihnen vorhatte.

Noch ehe ich den Gedanken zu Ende denken konnte, tauchten die beiden Polizisten auf. Sie gingen wie immer nebeneinander, kamen an der Bäckerei vorbei, an der Apotheke, an der Schneiderei, und dann waren sie da.

»Eine Coke und eine Super Cola bitte«, sagte Cop 7. Er legte wie immer dreißig Cent auf den Tresen, um seinen Teil zu bezahlen. Die einheimische Super Cola war zehn Cent billiger als Coca-Cola.

Ich nahm die beiden Getränke aus dem Kühlschrank und reichte sie über die Theke. Die beiden unterhielten sich beim Trinken und ahnten nicht, dass sie direkt neben einem Bombenattentäter standen, der das Gleiche trank wie sie. Ich schlotterte vor Angst.

»Es ist elf Uhr. Hier sind die Nachrichten«, erklang die melodiöse Stimme aus dem Radio. »In der Nähe des Magistrats Causeway Bay wurde eine Bombe entdeckt. Die Polizei hat das

Gelände abgeriegelt. Die Electric Road ist sowohl für den Verkehr als auch für Fußgänger gesperrt. Um Viertel nach zehn Uhr heute Vormittag hatten Angestellte am Eingang zu ihrem Amt ein verdächtiges Objekt entdeckt und umgehend die Polizei gerufen. Die Untersuchungen dauern an, und es ist noch unklar, ob es sich um eine Bombe oder eine Attrappe handelte.«

Mr Changs Mundwinkel kräuselten sich kaum merklich – ob er die Bombe dort platziert hatte?

Dann die nächste Meldung. »Der für Personal zuständige Vizeinspekteur der British Royal Air Force, Air Marshal Sir Peter Fletcher, traf heute Morgen zu einem fünftägigen Besuch in Hongkong ein. Air Marshal Fletcher hat heute Nachmittag eine Unterredung mit dem Gouverneur von Hongkong und wird morgen die Royal Air Base besuchen, um sich persönlich bei den hier stationierten britischen Soldaten zu bedanken und um einem Bankett beizuwohnen, das gemeinsam von den Britischen Überseekräften und der Polizei ausgerichtet wird. Air Marshal Fletcher sagt, er stimme mit dem für Fernost zuständigen Oberbefehlshaber General Michael Carver überein, der bei einem früheren Besuch äußerte, die Bewohner Hongkongs stünden, wenn es um die Verteidigung des Friedens in diesem Territorium gehe, an vorderster Front, noch vor der Polizei und den britischen Truppen. Britische Soldaten werden der Regierung nur beistehen, wenn es nötig ist …«

»Was für eine gequirlte Scheiße! Weißhäutiges Lügenschwein!«

Ich bekam Gänsehaut. Ich hob unsicher den Blick und sah Mr Chang an. Mit verächtlichem Gesicht schlürfte er seine Cola.

»He! Du! Was hast du gesagt?«, bellte Cop 3.

»Habe ich irgendwas Falsches gesagt?« Chang Tin-san drehte sich nicht einmal um.

»Du hast ›weißhäutiges Lügenschwein‹ gesagt, ich habe es genau gehört.«

»Oh. Sie sehen mir ziemlich dunkel aus – erzählen Sie mir nicht, Sie sind auch ein weißhäutiges Schwein.« Nicht nur, dass

Mr Chang keinen Rückzieher machte, nein, er ging frontal zum Angriff über. Das bedeutete Ärger.

»Flasche weg und an die Wand.«

»Gegen welches Gesetz habe ich verstoßen? Welches Recht haben Sie?«

»Ich glaube, Sie haben zu viel Freizeit, und ich habe den Verdacht, Sie verstecken eine unerlaubte Waffe oder linkes Propagandamaterial am Körper. Deshalb werde ich Sie durchsuchen.«

»Ach so. Jemand sagt ›weißhäutiges Schwein‹, und Sie machen sofort ein großes Ding daraus? So verhält sich nur ein gelbhäutiger Hund«, höhnte Mr Chang.

»Du bist Hackfleisch, du linke Bazille. Sag das noch einmal!«

»Gelb. Häutiger. Hund.«

Dann passierte alles auf einmal. Cop 3 zog den Knüppel und schlug Mr Chang ins Gesicht. Die Colaflasche flog ihm aus der Hand und zerschellte auf dem Boden, und er taumelte zur Seite. Cop 3 schlug, als Chang stürzte, noch einmal zu und traf ihn mitten auf die Brust.

»Aaah.« Als Mr Chang das Gleichgewicht verlor, zog er die Hand aus der Hosentasche, als wollte er Cop 3 am Kragen packen. Aber meine Aufmerksamkeit wurde von etwas anderem abgelenkt – ein kleines Stück Papier war ihm aus der Tasche gefallen und direkt vor meinen Füßen gelandet. Automatisch hob ich es auf und sah nach, was darauf geschrieben stand. Mir war klar, dass ich mich nicht einmischen durfte, deshalb reichte ich den Zettel eilig weiter.

Cop 7 nahm ihn entgegen – zum Glück. Cop 3 hätte mir wahrscheinlich unterstellt, dass ich ein Komplize von Mr Chang wäre, und mich gleich mit aufs Revier gezerrt.

Cop 7 musterte den Zettel und runzelte die Stirn. Er flüsterte Cop 3 etwas zu, der immer noch damit beschäftigt war, Mr Chang zu verprügeln, und hielt ihm das Stück Papier vor die Nase. Der Gesichtsausdruck von Cop 3 änderte sich schlagartig.

»Wo ist das Telefon?«, fragte er drängend. Ich zeigte auf den Wandapparat.

Cop 3 legte dem blutenden Chang Tin-san Handschellen an und befahl Cop 7, auf ihn aufzupassen. Dann wählte er eine Nummer. Er sagte nur ein paar Worte und legte wieder auf. Minuten später fuhr ein Mannschaftswagen mit mehreren Polizisten vor. Sie zerrten Mr Chang in das Fahrzeug, kletterten hinterher und fuhren davon.

Der Zwischenfall war nicht unbemerkt geblieben. Benachbarte Ladenbesitzer und Verkäufer hatten die Köpfe aus der Tür gesteckt, um zuzusehen. Ich glaube, aus Angst, nicht aus Neugier – sie wollten wissen, ob sie weglaufen sollten. Nachdem der Polizeibus verschwunden war, kehrte wieder Ruhe ein. Ich fegte die Scherben zusammen, wischte den Boden und kümmerte mich wieder um meine Arbeit.

Als Mr Ho zurückkam, erzählte ich kurz, was geschehen war. Ich sagte, die Polizei hätte einen Mann verhaftet, weil er das Falsche gesagt hatte. Mr Ho seufzte: »In Zeiten wie diesen sollte man darauf achten, was man sagt. Ärger bekommt nur, wer aufmuckt – solange man den Mund hält, hat man ein langes Leben.«

Ist das wirklich wahr? Den Mund halten, um lange zu leben?

Dürfen wir tatsächlich niemals die Stimme erheben, nur stumm leiden?

Ich wusste zu viel.

Ich hatte nur einen ganz kurzen Blick auf den Zettel geworfen, aber das, was darauf stand, hatte sich in mein Gedächtnis gebrannt. Ein gutes Gedächtnis ist nicht immer von Vorteil.

Auf dem Zettel hatten nur ein paar Zeilen gestanden:

18. Aug.
X. 10.00 Uhr Magistrat Causeway Bay (scharf)

19. Aug.
1. 10.30 Uhr Polizeibaracke Tsim Sha Tsui (Attrappe)
2. 13.40 Uhr Magistrat Central (Attrappe)
3. 16.00 Uhr Murray House (scharf)
4. 17.00 Uhr Bahnhof Sha Tin (scharf)

Die Nachmittagsnachrichten berichteten weiter über den Zwischenfall im Magistrat Causeway Bay. Die Briten schickten einen Bombenräumexperten, um die Bombe kontrolliert zu zünden, und bestätigten so, dass die Ananas scharf gewesen war und großen Schaden hätte anrichten können.

Genau, wie auf Mr Changs Zettel angekündigt.

Es passte alles zusammen – Datum, Zeit und Ort, und auch, dass sie »scharf« war. Die Bedeutung des X war mir nicht sofort klar, aber ich vermutete, es stand dafür, dass die Aufgabe gewissermaßen abgehakt war. Das hieß, morgen würden im Schlafquartier der Polizei in Tsim Sha Tsui, im Magistrat an der Arbuthnot Road in Central, am Bahnhof Sha Tin und am Murray House in Central, einem Regierungsgebäude, mehrere Bomben deponiert werden, manche echt und manche Attrappen.

Selbst wenn die Bombe in Causeway Bay nicht auf Mr Changs Konto ging, belastete der Zettel ihn schwer. In der momentanen Lage genügte das Wort »Magistrat Causeway Bay«, um ihn zum Verhör mitzunehmen. Selbst wenn Cop 3 und Cop 7 noch keine Berichte über den Zwischenfall in Causeway Bay erhalten hatten, weil sie zu dem Zeitpunkt auf Streife gewesen waren, hatten sie mit Sicherheit irgendwann Nachrichten gehört.

Cop 3 und Cop 7 waren wegen der Hinweise auf dem Zettel völlig aus dem Häuschen gewesen. Jetzt, wo die Ziele bekannt waren, musste die Polizei nur noch die Fangnetze ausbreiten und darauf warten, dass ihnen die Kaninchen in die Falle gingen.

Doch ich hatte das Gefühl, dass etwas nicht stimmte.

Die vier Orte ergaben durchaus Sinn – Ziele wie diese hatten die linken Gruppierungen mit ihren Anschlägen im Visier. In Polizeibaracken schliefen »gelbhäutige Hunde«, im Magistrat in Central wurden schamlos ungerechte Verhöre durchgeführt, und Murray House war der Arbeitsplatz von »weißhäutigen Schweinen«. Der Bahnhof von Sha Tin war zwar kein Regierungsgebäude, aber die Aktionen der Linken zielten auch darauf ab, möglichst viel Chaos zu verbreiten. Eine Bombe in einem belebten Bahnhof würde mit Sicherheit für Chaos sorgen und das Vertrauen der Menschen in die Kolonialregierung empfindlich schwächen.

Doch an mir nagte etwas. Ich hatte Meister Chow und Sum Chung am Vortag sagen hören: »Hinterher verziehen wir uns sofort über den Jordan Road Ferry Pier.«

Weshalb stand der Pier nicht auf der Liste?

3

Am Samstag, den 19. August, gegen zehn Uhr vormittags half ich Mr Ho gähnend und mit verquollenen Augen bei der Bestandsaufnahme im Lager. Ich hatte die ganze Nacht Albträume gehabt und war mehrmals hochgeschreckt.

Am Vorabend hatte ich nach der Arbeit meine beiden Nachbarn sehr genau beobachtet, weil ich wissen wollte, ob sie irgendwie auf die Verhaftung von Mr Chang reagierten. Sum Chung benahm sich wie immer, aber Toh Sze-keung wirkte angespannt. Samstagmorgen gegen neun Uhr, während ich im Laden beschäftigt war, sah ich, wie die beiden gemeinsam und mit leeren Händen das Haus verließen. Mr Sum rief mir im Vorbeigehen sogar einen Gruß zu.

Unkonzentriert beendete ich die Bestandsaufnahme und ging zurück, um für Mr Ho auf den Laden aufzupassen – er wollte mit einem Freund, den er länger nicht gesehen hatte, Tee trinken gehen und gegen Mittag zurück sein.

Ich starrte auf die Uhr und dachte an den Zettel.

Bis 10.30 Uhr waren es noch zehn Minuten. Ob die Polizei in Tsim Sha Tsui Stellung bezogen hatte? Würden Mr Sum und Mr Toh, wenn sie tatsächlich dort auftauchten, um eine Bombe zu deponieren, die Falle entdecken und rechtzeitig abhauen? Oder hatten ihre Anführer bereits von Mr Changs Verhaftung gehört und die Pläne geändert?

Frühmorgens hatte Großer Bruder mir erzählt, er würde nachmittags in die New Territories fahren, um einem Kunden ein Grundstück zu zeigen. Falls das Geschäft zum Abschluss kam, hieße das für ihn eine hohe Provision. Er wollte bei einem Freund übernachten, ich sollte nicht auf ihn warten. Ich bat ihn, nicht mit dem Zug zu fahren, und erzählte vage etwas von Ananas, die momentan ständig an Bahnhöfen und in öffentlichen Verkehrsmitteln auftauchen.

»Mein Kunde hat ein Auto. Mach dir keine Sorgen«, hatte er lächelnd erwidert.

Ich schaltete das Radio ein und hörte Nachrichten, aber es wurden keine Bomben erwähnt. Es gab wieder einen Bericht über den Besuch des Typen von der British Air Force und über die jüngsten Entwicklungen allgemein – ein britischer Journalist namens Anthony Grey war in Peking unter Hausarrest gestellt worden. Um kurz nach elf kam Cop 7 vorbei, die Uniform ordentlich gebügelt, und bat um eine Limonade.

Als ich ihm die Flasche reichte, traf ich eine Entscheidung.

»Sind Sie heute allein unterwegs, Officer?« Ich wusste nicht, ob es eine gute Idee war, zu diesem Zeitpunkt mit einem Polizisten zu sprechen, aber Cop 3 war offensichtlich anderweitig beschäftigt, und Cop 7 gehörte nicht zu denen, die grundlos Leute verhafteten.

»Ja. Wir sind knapp besetzt. Ich gehe alleine auf Streife.« Lakonisch wie immer.

»Ist ... ist in der Polizeibaracke in Tsim Sha Tsui alles bereit?«, fragte ich zögerlich.

Cop 7 stellte die Flasche weg und sah mich an. Ich war ziemlich nervös, aber sein Gesicht sagte mir, dass meine Worte ihn nicht besonders überraschten.

»Haben Sie es also gelesen«, sagte er. Er führte die Flasche wieder zum Mund und trank, als würden wir uns über Belangloses unterhalten. Ich hatte mich nicht in ihm getäuscht – er war wirklich viel netter als Cop 3. Der hätte mich inzwischen wahrscheinlich längst angebrüllt und mich einen linken Rabauken geschimpft.

»Ich habe gelesen, was auf dem Zettel stand, und ich kenne den Typen«, sagte ich mutig.

»Aha?«

»Er heißt Chang Tin-san. Er hat mal in einer Textilfabrik gearbeitet, aber dann ist er in Streik getreten und hat sich stattdessen diesen Organisationen angeschlossen.«

»Und Sie?« Sein Ton blieb unverändert. Das alarmierte mich.

»Nein, ich nicht. Ich habe mit denen nichts zu tun. Aber dieser Mr Chang ist mit einem meiner Mitbewohner befreundet, deshalb sehe ich ihn ab und zu.«

»Verstehe. Und haben Sie mir was zu sagen?«

»Na ja ...« Ich fing an zu stammeln. Ich wusste nicht, was ich sagen konnte, ohne mich in Schwierigkeiten zu bringen. »Also vorgestern habe ich zufällig mitbekommen, dass Chang Tin-san und seine Freunde einen Anschlag planen.«

»Vorgestern? Wieso haben Sie nicht sofort die Polizei gerufen?«

Verdammt. Jetzt würde er mir die Schuld für die ganze Sache in die Schuhe schieben.

»Ich ... ich war mir nicht sicher, was ich da gehört hatte. Ich war gerade von einem Nickerchen aufgewacht und habe nur ein paar Fetzen von dem Gespräch mitbekommen. Hätte ich den Zettel nicht gelesen und von der Bombe in Causeway Bay erfahren, wüsste ich immer noch nicht, was das alles zu bedeuten hatte.«

»Also. Was genau haben Sie gehört?«

Ich gab in groben Zügen das belauschte Gespräch wieder. Natürlich vermied ich dabei die Begriffe »weißhäutige Schweine« und »gelbhäutige Hunde«.

»Sie behaupten, dieser Meister Chow, der Journalist Toh Sze-keung und der Arbeiter Sum Chung sind in den Fall verwickelt? Gut. Das gebe ich an unsere Ermittlungsgruppe weiter.« Cop 7 schrieb sich die Namen auf. »Ich bin dem Reporter schon ein paarmal begegnet, aber ich glaube nicht, dass ich Chow oder Sum schon mal ...«

»Officer? Sie verstehen nicht.« Ich schüttelte den Kopf. »An der Sache ist was komisch.«

»Komisch?«

»Sie haben den Jordan Road Ferry Pier erwähnt – aber das stand nicht auf dem Zettel.«

»Was stand denn darauf?«

»Magistrat Causeway Bay, Polizeibaracke Tsim Sha Tsui, Magistrat Central, Murray House und der Bahnhof Sha Tin.«

»Gutes Gedächtnis.« In seiner Stimme schwang eine Spur

von Hohn. Dachte er, ich würde mit Mr Chang zusammenarbeiten und wollte ihn reinlegen?

»Ich erledige Lieferungen für Mr Ho, da muss ich mir vier oder fünf Adressen merken, deshalb bin ich so gut«, erklärte ich.

»Aha. Sie finden es also seltsam, dass sich unter den Orten auf der Liste keine Anlegestelle befindet?«

»Ja.«

»Wenn die Täter sich wirklich an die Liste halten, werden sie irgendwann ein Boot nehmen müssen. Logisch, dass da eine Anlegestelle ins Spiel kommt«, sagte er leichthin. »Toh Szekeung und Sum Chung wohnen hier, und Sum hat gesagt, dass Meister Chow in der Nähe lebt. Um die Ananasattrappen in Tsim Sha Tsui zu deponieren, müssen sie mit der Fähre über die Bucht fahren. Mehr noch. Sollten sie sich tatsächlich strikt an ihren Plan halten, müssten sie sogar noch zwei Mal zwischen Hong Kong Island und Kowloon hin- und herfahren. Nach der Bombe in Tsim Sha Tsui müssten sie rüber nach Central zum Magistrat und zum Murray House und dann bis ganz rüber in die New Territories, um zum Bahnhof Sha Tin zu gelangen.«

»Das ist nicht möglich.«

»Wieso nicht?«

»Auf der Liste standen auch Zeiten vermerkt, wissen Sie noch?«

»Ja? Na und?«

»Murray House war mit 16 Uhr vermerkt, und beim Bahnhof stand 17 Uhr. Wie sollte man innerhalb einer Stunde von Central bis rauf nach Sha Tin gelangen? Schon allein die Fähre braucht dreißig Minuten.«

»Vielleicht stehen die Uhrzeiten für den Zeitpunkt der geplanten Explosion und nicht für den der Platzierung«, entgegnete Cop 7. »Eine Bombe kann um 16 Uhr detonieren und schon drei Stunden vorher deponiert worden sein. Der vorherige Standort ist das Magistratsgebäude in Central, und das liegt nur zehn Minuten von Murray House entfernt.«

»Nein. Es muss den Zeitpunkt der Deponierung bedeuten.«
»Warum sind Sie da so sicher?«
»Weil die Bombe in Causeway Bay gestern nicht um 10 Uhr explodierte.«
Cop 7 senkte den Kopf und schwieg einen Augenblick, als würde er über meine Worte nachdenken. Außerdem wurden zwei Bomben als Attrappen bezeichnet – für die konnte es gar keine Detonationszeit geben.
»Also.« Cop 7 hob den Kopf. »Glauben Sie, Toh Sze-keung, Sum Chung und dieser Mr Chow haben die Aufgaben unter sich aufgeteilt?«
»Das würde auch nicht funktionieren. Sie waren zu viert, und es wäre logisch, wenn jeder für eine Bombe verantwortlich wäre, aber ich habe gehört, wie Sum Chung und Meister Chow darüber sprachen, dass sie alle zusammenarbeiten würden; sie sagten: ›Sobald alle versammelt sind, fangen wir an.‹«
»Vielleicht sind sie noch mehr.«
»Das wäre möglich, aber ich verstehe trotzdem etwas immer noch nicht.«
»Und zwar?«
»Heute ist Samstag. Die Behörden sind nur vormittags geöffnet.« Ich zeigte auf den Wandkalender. »Warum sollten sie die Bomben nachmittags zünden? Um möglichst große Wirkung zu erzielen, müssten sie an einem Wochentag oder Samstagvormittag zuschlagen.«
Cop 7 sah mich überrascht an. Die Polizei war so überarbeitet, wahrscheinlich hatte er völlig vergessen, welcher Wochentag gerade war.
»Und was glauben Sie?« Er sah mich nicht mehr so spöttisch an, als würde ihm langsam klar, dass an meinen Gedanken was dran war.
»Ich glaube, die Liste ist eine Fälschung.«
»Eine Fälschung?«
»Chang Tin-san war der Köder – er hatte die Aufgabe, die Polizei in die Irre zu führen«, sagte ich. »Er weiß, dass Sie beide jeden Tag zur gleichen Zeit hier vorbeikommen. Er hat Sie pro-

voziert, sich auf einen Streit eingelassen und Ihnen die Falschinformation zugespielt.«
»Wozu?«
»Um die echten Ziele zu verschleiern natürlich. Jetzt konzentrieren sich Polizei und Bombenräumexperten auf die Ziele auf der Liste. Dadurch haben alle noch mehr zu tun als sonst. Darunter leidet die Sicherheit an anderen Orten. Außerdem werden die Bomben an den echten Zielen im Gegensatz zu sonst nicht mit klaren Warnungen versehen. Die Täter wollen eine möglichst große Wirkung erzielen, um ›die Herzen der Kolonialisten erzittern zu lassen‹. ›Wir zählen auf dich‹, sagte Meister Chow zu Chang Tin-san. Das klang, als sollte er ein Opfer bringen. Und Sum Chung sagte, Mr Chang würde sich um ›die andere Seite‹ kümmern. Ich glaube, das bedeutet, sie sind bereit, einen Kameraden zu opfern, um sich durch Irreführung den Sieg zu sichern.«

Cop 7 sah mich entgeistert an. Dann ging er zum Telefon und griff zum Hörer.

»Warten Sie!«, rief ich.

»Was ist denn?« Er drehte sich zu mir um.

»Rufen Sie jetzt Ihre Vorgesetzten an?«

»Natürlich! Da fragen Sie noch?«

»Aber das sind doch alles nur Mutmaßungen.«

Seine Hand schwebte zögernd über der Wählscheibe.

»Wenn Sie das jetzt melden und daraufhin alle Leute abgezogen werden und in Murray House und am Bahnhof Sha Tin doch noch Bomben hochgehen, stecken Sie in Schwierigkeiten.«

Cop 7 runzelte die Augenbrauen und legte den Hörer wieder auf. Vermutlich war er meiner Meinung.

»Was schlagen Sie vor?«

»Äh ... vielleicht finden wir Beweise?« Ich zeigte zur Decke. »Die haben gesagt, Toh Sze-keungs Zimmer wäre ihre Kommandozentrale; vielleicht gibt es dort irgendwelche Hinweise. Sie könnten raufgehen und das Zimmer durchsuchen, und wenn jemand reinkommt, sagen wir einfach, Sie sind mein Gast.«

»Ich bin kein Detective. Die Suche nach Beweisen ist nicht meine Aufgabe ...«

»Aber Sie sind Polizist! Wollen Sie etwa, dass ich da raufgehe und das Zimmer durchsuche?« Wie engstirnig er war, dachte ich.

Cop 7 dachte eine Weile nach. Dann sagte er: »Wie kommen wir nach oben?«

»Sie sind in Uniform – egal, was wir da oben machen, es sähe auf alle Fälle aus, als wären Sie offiziell hier, und das würde sie warnen«, sagte ich. »Außerdem muss ich auf den Laden aufpassen. Mr Ho kommt erst mittags zurück.«

Cop 7 sah auf die Uhr. »Ich habe um halb eins Dienstschluss. Ich ziehe mich um und komme wieder. Wir treffen uns um ein Uhr an der Ecke, und Sie bringen mich nach oben. Okay?«

»Gut. Setzen Sie einen Hut mit Krempe oder so was auf. Nicht, dass Mr Toh oder Mr Sum Sie erkennen, falls die uns zufällig über den Weg laufen.«

»Ich lasse mir was einfallen.« Er nickte.

»Und ziehen Sie andere Schuhe an.«

»Wie bitte?«

»Die schwarzen Lederschuhe sehen zu sehr nach Polizei aus. Selbst wenn Sie andere Klamotten anziehen, die Schuhe würden Sie sofort verraten.«

»Na gut. Ich werde darauf achten.« Er lächelte. Wer hätte gedacht, dass ich ihm Anweisungen geben würde wie ein Vorgesetzter!

Kurz nachdem Cop 7 gegangen war, kam Mr Ho zurück. Ich sagte ihm, ich hätte nachmittags was Persönliches zu erledigen, und er gab mir den Rest des Tages frei, ohne nachzufragen. Um ein Uhr stand ich vor der Apotheke an der Ecke, doch Cop 7 war nirgends zu sehen, nur ein junger Mann, der direkt auf mich zusteuerte, als wollte er mich ansprechen.

»Ah!« Ich starrte ihm ungläubig ins Gesicht. Ich hatte ein paar Sekunden gebraucht, um ihn zu erkennen. Cop 7 trug ein weißes, kurzärmliges Hemd mit einem Stift in der Brusttasche, eine Krawatte und eine schwarze Aktentasche. Man hätte ihn für den Angestellten einer ausländischen Firma handeln können, der gerade von der Arbeit kam. Er hatte eine Brille auf der Nase, und seine Haare waren mit Pomade zu einem Seitenscheitel frisiert. Er sah aus wie ein anderer Mensch.

»Gehen wir.« Er war offensichtlich sehr zufrieden mit meiner Reaktion. Als wir an Mr Ho vorbeigingen, sagte der sogar: »Oh, ist das ein Freund von dir?« Auf dem Gesicht von Cop 7 erschien ein kleines, freches Grinsen.

Vorsichtig öffnete ich die Tür zu unserem Wohnbereich und streckte den Kopf hindurch, um sicherzugehen, dass Cop 7 Mr Toh und Mr Sum nicht direkt in die Arme lief, aber der Gemeinschaftsraum war leer. Ich hatte die beiden morgens aus dem Haus gehen sehen, und sie konnten auch nur durch den Laden zurück, aber es war trotzdem möglich, dass ich sie übersehen hatte. Auf Zehenspitzen schlich ich vorwärts und lauschte an beiden Türen, überprüfte Küche und Bad und ließ Cop 7 erst rein, als ich wusste, dass wir allein waren.

Die Schlafräume hatten keine Schlüssel, was unser Vorhaben erleichterte. Die Wertgegenstände verwahrten wir normalerweise in unseren Schubladen, aber im Grunde besaß sowieso keiner von uns etwas Wertvolles. Nur ein sehr dummer Dieb hätte es bei uns versucht.

Vorsichtig öffnete ich Toh Sze-keungs Zimmertür. Innen sah alles aus wie immer.

»Ich hätte nicht gedacht, dass Sie einer illegalen Durchsuchung zustimmen würden«, zog ich Cop 7 auf, während wir in sämtliche Ecken schauten.

»Bei Gefahr im Verzug ist die Polizei ermächtigt, die Wohnung eines verdächtigen Individuums zu durchsuchen. Ich mag meinen Zuständigkeitsbereich überschreiten, aber ich verstoße nicht gegen die Vorschriften.« Er antwortete ruhig und ernsthaft. Er hatte offensichtlich nicht gemerkt, dass ich einen Scherz gemacht hatte.

Mr Tohs Zimmer war spärlich möbliert. Es gab ein Bett, einen Tisch, zwei Holzstühle und eine Kommode. Das Bett stand an der rechten Wand. Dahinter lag das Zimmer, das ich mir mit Großer Bruder teilte. Am Kopfende befand sich die Kommode, und der Tisch mit den beiden Stühlen stand an der linken Wand. An ein paar Wandhaken hingen mehrere Hemden – Typen wie wir begnügten sich mit so was, weil wir uns nicht leisten konnten, irgendwo zu wohnen, wo es nobel genug für Schränke war.

Auf dem Tisch lagen ziemlich viele Bücher und einige Notizhefte. Die hatte er wahrscheinlich benutzt, als er noch Journalist war. Außerdem standen eine Lampe, ein Stiftehalter, eine Thermosflasche, eine Tasse und ein paar Aufbewahrungsboxen aus Metall auf dem Tisch. Auf der Kommode standen ein Radio und ein Wecker. Ich zog an der obersten Schublade, doch die war verschlossen.

»Ich will sehen, ob ich sie aufkriege«, sagte Cop 7.

»Ich glaube nicht, dass da was Interessantes drin ist«, sagte ich und trat ein paar Schritte zurück.

»Warum nicht? Sie ist abgeschlossen.«

»Vielleicht würde Toh Sze-keung wichtige Dinge in eine Schublade sperren, aber Meister Chow wahrscheinlich nicht. Er ist der Kopf der Bande.« Ich kniete mich hin und schaute unter das Bett. »Wenn ich recht habe und Chang Tin-san sich aus taktischen Gründen freiwillig festnehmen ließ, gehen sie aus einer anderen Richtung vor. Leute, die so denken, sperren keine Beweise in Schubladen ein. Da schaut die Polizei doch als Erstes nach. Ich wette, da liegen ein paar aufwieglerische Flugblätter oder so was in der Art, aber mit Sicherheit keine Hinweise auf die Anschläge. Die Polizei würde die Flugblätter finden, und das würde auch reichen, um einen Verdächtigen zu verhaften, und niemand würde weiter nachforschen.«

Cop 7 machte sich nicht länger an der Schublade zu schaffen und nickte mir zu. »Das klingt logisch. Ich sehe mal nach, ob sich in den Büchern und Notizheften auf dem Tisch etwas findet.«

Ich sah auch unter der Matratze nach, ohne etwas Verdächtiges zu finden. Cop 7 blätterte jedes einzelne Buch durch, und als ich ihn fragte, ob er was gefunden hätte, schüttelte er nur den Kopf. Wir zogen sämtliche unverschlossene Schubladen auf, doch abgesehen von zerschlissener Unterwäsche und anderen unwichtigen Dingen fanden wir nichts.

»Ist Ihnen beim Lauschen noch irgendetwas anderes aufgefallen?«, wollte Cop 7 wissen.

Ich versuchte, mir, so gut es ging, die Einzelheiten ins Gedächtnis zu rufen. Was hatte Meister Chow gesagt? Irgendwas davon, dass Ah Toh und Ah Sum in North Point starteten und er hier warten würde …

»Richtig! Ein Stadtplan!«, rief ich.

»Ein Stadtplan?«

»Meister Chow sagte, er würde ›hier‹ warten. Ich dachte zuerst, er meint dieses Zimmer, aber das kann gar nicht sein. Die Vermieter kennen ihn nicht, und es wäre seltsam, wenn sie ihn einfach hereinlassen würden. Ich glaube, dass Meister Chow auf einen Stadtplan gezeigt hat, als er ›hier‹ sagte.«

Cop 7 nickte. »Aber wo ist er? Ich habe alles durchgesehen. Ich habe keinen Stadtplan gefunden.«

Ich rief mir das Gespräch ins Gedächtnis. Gab es vielleicht noch einen Hinweis?

»Nein, mir fällt auch nichts … Ah!«

Ich hatte mich vom Bett wegbewegt, und plötzlich fiel mir etwas ein. Im Zimmer gab es zwei Stühle, und wenn vier Leute im Raum waren, saßen zwei davon wahrscheinlich auf dem Bett. Als Meister Chow von »Ablenkung« und von »zuschlagen« gesprochen hatte, war seine Stimme plötzlich leiser geworden. Falls er in dem Moment, als seine Stimme leiser wurde, den Plan in der Hand gehalten und zusammengefaltet hatte, um ihn wegzulegen, hatte er sich also vom Bett wegbewegt.

Am weitesten entfernt vom Bett stand der Tisch.

Ich ging zum Tisch und bückte mich, aber an der Unterseite war nichts. Auch zwischen Tisch und Wand konnte ich nichts finden. Ich dachte schon, ich hätte mich getäuscht, und wollte meine Aufmerksamkeit gerade auf etwas anderes lenken, als mir der breite Lampenfuß auffiel. Ich hob die Lampe hoch und versuchte, die Abdeckplatte aufzustemmen. Sie löste sich und fiel klirrend auf den Tisch. In dem Hohlraum klemmte ein zusammengefalteter Stadtplan.

»Ausgezeichnete Arbeit!« Cop 7 machte große Augen.

Wir falteten den Plan auseinander und breiteten ihn auf dem Tisch aus. Es war ein Stadtplan von ganz Hongkong mit jeder Menge Bleistiftmarkierungen. An manchen Stellen standen Nummern. Der Magistrat Causeway Bay war mit einem X markiert, daneben stand: »18.8., 10.00 Uhr«. Die anderen Positionen waren von 1 bis 4 durchnummeriert, aber ohne Datum und Uhrzeit. Jubilee Street und Des Voeux Road neben dem United Pier in Central waren eingekringelt, und darüber stand: »Nummer eins T. – 19.8., 11.00 Uhr«. Ein weiterer Kringel markierte den Jordan Road Ferry Pier in Yau Ma Tei. Mir fiel ein, dass die Verschwörer auch North Point erwähnt hatten, doch der Teil der Karte war sauber, nur an der Ching Wah Street gab es ein paar Bleistiftpunkte. Zwischen den Anlegestellen United Pier und Jordan Road Pier war eine gerade Linie gezogen, die ebenfalls mit einem X markiert war.

»Das sollte reichen, um Toh und die anderen zu verhaften«, murmelte Cop 7.

»Wenn Sie jetzt Bericht erstatten, wird das die Täter nicht aufhalten.« Ich tippte auf den Kringel in Central. »Hier steht: 19. August, elf Uhr. Das war vor zwei Stunden. Sie haben ihre Operation bereits begonnen. Toh Sze-keung sprach von einer ›Nummer eins‹ als Ziel. Könnte damit der Kringel auf der Des Voeux Road gemeint sein? Hier steht was von ›Nummer eins‹.«

»Nein«, sagte Cop 7. »Das ist das Teehaus Nummer eins an der Kreuzung Jubilee Street und Des Voeux Road. Das gibt es seit fast fünfzig Jahren. Waren Sie da noch nie?«

Ich schüttelte den Kopf. Ehrlich gesagt, war ich eigentlich noch nirgends. Großer Bruder und ich können es uns nur ein paarmal im Jahr leisten, ins Teehaus zu gehen. Wir haben schon mal im Double Happiness und im Dragon Gate gegessen, die sind hier in der Nähe. Von den Teehäusern in Central kenne ich gar keins, nur das Ko Sing und das Fragnant Lotus.

»Das Teehaus Nummer eins muss ihr Treffpunkt sein.« Cop 7

studierte den Stadtplan. »Wenn Chow sich dort um elf Uhr mit Toh und Sum getroffen hat, wären sie am United Pier ins Boot gestiegen, um rüber zur Jordan Road zu fahren. Ist das wahre Ziel die Fähre oder der Anleger? Vielleicht sind es auch *beide*, der United Pier und der Jordan Road Pier. Falls es ihnen gelänge, beide Anleger zu zerstören, gäbe es auch keine Autofähre mehr zwischen Kowloon und Hong Kong Island – die Strecke gehört zu den meistbefahrenen der ganzen Stadt. Die Instandsetzung würde ewig dauern. Oder sie haben vor, die Fahrzeuge in dem Verkehrschaos anzugreifen. Ein Stau wäre ein leichtes Ziel.«

Planten die Verschwörer etwa den totalen Krieg?

Ich verdrängte diese Schlussfolgerung und sagte zu Cop 7: »Sie haben Ihren Beweis, und ich glaube, ich habe Ihnen geholfen, so gut ich konnte. Ganz egal, was das wahre Ziel ist, ich hoffe, es gelingt Ihnen, die Täter so schnell wie möglich zu stoppen.«

Cop 7 sah mich ausdruckslos an, als würde er gerade eine Berechnung anstellen. Er faltete den Stadtplan wieder zusammen, klemmte ihn in den Hohlraum des Lampenfußes und schloss die Bodenplatte.

»Hallo?«

»Sie haben recht. Selbst wenn ich jetzt Bericht erstatte, wir hätten nicht mehr genug Zeit«, sagte er. »Wir kennen nicht einmal das Ziel – und wir wissen nicht, ob es bei Murray House und am Bahnhof Shan Tin nicht doch echte Bomben gibt. Wenn ich jetzt hiervon berichte und die Einheiten werden an die falschen Positionen geschickt, ist die Tragödie womöglich noch viel größer. Besser, wir schnappen uns Toh Sze-keung und Sum Chung, wenn sie nach Hause kommen. Bis dahin müssen wir eben auf eigene Faust ermitteln, das echte Ziel ausfindig machen und das Entschärfungskommando alarmieren.«

Ich hatte nicht erwartet, dass Cop 7 gegen die Vorschriften verstoßen würde. War das der schlechte Einfluss von Cop 3? Oder schlug er über die Stränge, weil Cop 3 nicht dabei war? Ich hoffte nur, dass ich ihm diese leichtfertigen Ideen nicht eingepflanzt hatte.

Moment mal – hatte er »wir« gesagt?

»Sie haben gesagt ... aber ich bin doch nur ein ganz normaler Bürger ...«, stammelte ich.

»Aber Sie haben den nötigen Grips. Dass wir den Stadtplan gefunden haben, ist Ihnen zu verdanken.« Cop 7 klopfte mir auf die Schulter. »Ich schaffe das nicht allein. Ich bin gut darin, Vorschriften zu befolgen und Befehle auszuführen. Sie sind anders. Ihre Gedanken sind zwar manchmal unausgegoren, aber Sie bemerken Hinweise, die mir entgehen. Außerdem sind Sie ein wichtiger Zeuge, weil Sie Toh und die anderen bei den Attentatsplänen belauscht haben. Sie sind der Einzige, der die Schwachstellen in ihrem Plan entdecken und sie aufhalten kann.«

Ich war kurz davor, mich zu weigern, aber ich hatte sowieso schon das Gefühl, auf einem Tiger zu reiten. Absteigen ging jetzt nicht mehr.

»Gut. Ich komme mit«, sagte ich.

Cop 7 grinste zufrieden. Anstatt sofort das Zimmer zu verlassen, nahm er noch einmal ein bestimmtes Buch vom Tisch und zog ein Foto heraus.

»Ist das Toh Sze-keung?« Er gab mir das Bild. Es zeigte Mr Toh, eindeutig. Ich nickte.

»Mit einem Foto ist es leichter, Informationen zu bekommen.« Er schob sich das Bild in die Brusttasche.

Mir lag die Frage auf der Zunge, ob das nicht Diebstahl war, aber dann hätte er nur wieder mit Gefahr im Verzug angefangen. So wie es aussieht, steht die Polizei über uns, dem gewöhnlichen Fußvolk. Polizisten können tun und lassen, was ihnen gefällt.

4

Im Anschluss durchsuchten wir auch das Zimmer von Sum Chung, aber wir fanden nichts. Das war wohl zu erwarten gewesen. Gegen zwanzig vor zwei verließen Cop 7 und ich das Haus. Er lief los, über die Spring Garden Lane in Richtung Gloucester Road, und weil ich nicht nachfragen wollte, ging ich ihm einfach hinterher. Wie sich herausstellte, brachte er mich aufs Polizeirevier von Wan Chai.

»Was ... was tun wir hier?« Es gibt zwar dieses Sprichwort, das besagt, vor der Hölle muss man erst Angst haben, wenn man tot ist, aber das Polizeirevier wollte ich trotzdem nicht ohne triftigen Grund betreten.

»Ich will nach Central fahren«, sagte Cop 7. »Warten Sie draußen, wenn Sie nicht mit reinkommen wollen.«

Zum Schutz vor Überfällen durch Randalierer war das Revier mehrfach geschützt – Metallbarrikaden, Stacheldraht, und vor dem Eingang sogar Sandsäcke. Man hatte das Gefühl, den Sturm kommen zu spüren. Ich wartete vor einem Eissalon an der Ecke und dachte darüber nach, wie der Anblick dieser Festung wohl auf die Leute aus der Nachbarschaft wirkte.

Zwei Minuten später hielt vor mir ein weißer VW Käfer. Cop 7, immer noch wie ein Buchhalter gekleidet, winkte mir vom Fahrersitz aus zu.

»Ihr eigenes Auto!« Ich stieg ein. So was konnte man sich doch selbst mit dem regelmäßigen Einkommen eines Polizisten kaum leisten, oder? Na ja, mit ein paar »Nebeneinkünften« aus Bordells und Spielhöllen wäre selbst ein Jaguar kein Problem – aber dazu schien mir Cop 7 nicht der Typ zu sein.

»Den habe ich gebraucht gekauft, aus zweiter Hand ... nein, aus dritter Hand. Ich musste zwei Jahre darauf sparen und zahle immer noch jeden Monat die Raten ab.« Cop 7 lächelte bitter. »Ab und zu bleibt er liegen, und es gibt Tage, wo ich ihn wirklich treten muss, damit der Motor anspringt.«

Ich kenne mich nicht gut mit Autos aus und kann einen Neuen nicht von einem Gebrauchten unterscheiden. In meinen Augen ist jedes Privatfahrzeug ein Luxusspielzeug. Die Fahrt mit der Straßenbahn kostet nur zehn Cent, und man kommt damit von Wan Chai ganz bis rüber nach Shau Kei Wan. Für so eine weite Strecke wären wahrscheinlich allein die Benzinkosten astronomisch.

In Central herrschte dichter Verkehr. Rund um die Bank of China und den Cricket Court war Stau, und wir erreichten die Jubilee Street erst um kurz vor halb drei. Ich vermutete, dass die Polizei die Straßen rund um den Magistrat und Murray House abgeriegelt und damit dieses Durcheinander verursacht hatte. Jetzt versuchte jeder, sich einen anderen Weg zu bahnen. Das Gesicht von Cop 7 blieb die ganze Zeit gelassen, aber er trommelte mit den Fingern ununterbrochen aufs Lenkrad. Daran merkte ich, dass er nervös war – schließlich konnten die Täter das Teehaus jeden Moment verlassen und an irgendeinem geheimen Ort ihre Bombe deponieren.

Endlich parkte Cop 7 den Wagen, und wir eilten quer über die Straße zum Teehaus Nummer eins. Ein großes grünes Schild erstreckte sich in der Höhe des zweiten und dritten Stocks über die Fassade: der Schriftzug des Lokals, gekrönt von einem riesigen gereckten Daumen. Das Schild war gigantisch, aber das Schild der Elektrohandlung Chung Yuen daneben war noch größer.

Im Erdgeschoss gab es lediglich Kuchen und Gebäck zum Mitnehmen, also gingen wir nach oben.

»Tisch für wie viele?«, fragte ein mittelalter Kellner mit Teekanne in der Hand.

»Wir suchen jemanden«, antwortete Cop 7. Der Kellner verlor augenblicklich das Interesse und wandte sich den nächsten Gästen zu.

Obwohl es schon nach halb drei war, herrschte in dem Teehaus reger Betrieb – so gut wie jeder Tisch war mit lärmenden Kunden besetzt. Dim-Sum-Mädchen trugen auf gepolsterten Schultern große Metalltabletts vorbei, auf denen sich dampfende Bambuskörbe zu kleinen Türmen häuften. Sie gingen zwischen den Tischen hindurch und priesen ihre Ware an, und die Gäste winkten sie zu sich.

»Vielleicht sind Toh und die anderen noch hier«, rief Cop 7 mir ins Ohr. Er hatte Mühe, sich über den Lärm hinweg verständlich zu machen. »Wenn sie tatsächlich eine große Operation geplant haben und sie Gefahr laufen, verhaftet zu werden, gönnt Chow ihnen vielleicht noch eine Henkersmahlzeit. Sie nehmen sich diese Etage vor, und ich gehe eine höher. Falls Sie die Verdächtigen entdecken, kommen Sie sofort und holen mich. Ich glaube nicht, dass Toh mich in dieser Aufmachung erkennt. Wenn man Sie bemerkt, sagen Sie einfach, Sie sind mit einem Freund verabredet.«

Ich nickte. Dann quetschte ich mich durch die engen Gänge zwischen den Tischen, um nach Toh Sze-keung und Sum Chung Ausschau zu halten. Ich suchte die ganze erste Etage ab, konnte aber keinen von beiden entdecken. Danach musterte ich jeden Tisch auf der Suche nach einem Gast, der alleine war. Vielleicht waren die beiden noch nicht hier und Meister Chow wartete auf sie. Ich ging von Tisch zu Tisch und schnappte in der Hoffnung, eine bekannte Stimme zu hören, aufmerksam Gesprächsfetzen auf.

Die meisten Gäste waren zu zweit oder in Gruppen. Es gab nur vier einzelne Männer. Ich dachte gerade darüber nach, wie ich sie dazu kriegen könnte, etwas zu sagen, damit ich ihre Stimmen hören konnte, als einer von ihnen nach Tee rief. Er sprach Kantonesisch mit starkem Teochew-Akzent. Das schloss ihn aus.

Ich erfand Ausreden, um die anderen drei anzusprechen – »verwechselte« den einen mit einem Bekannten, fragte den Zweiten nach einem angeblich verlorenen Gegenstand. Der Dritte trug eine Armbanduhr, und ich fragte ihn einfach nach der Uhrzeit. Alle drei klangen nicht wie der Mann, den ich belauscht hatte. Ich ging in den zweiten Stock, um nachzusehen, ob Cop 7 mehr Glück gehabt hatte.

Kopfschüttelnd kam er mir auf der Treppe entgegen.

»Haben Sie Ihre Bekannten gefunden?«, fragte der Kellner von eben in unfreundlichem Ton. Er hielt uns wohl für ein paar Habenichtse, die sich dieses Lokal nicht leisten konnten und hier herumlungerten, um so zu tun, als ob.

»Polizei.« Cop 7 ließ seine Dienstmarke aufblitzen.

»Ach, Sir! Hätten Sie das doch gleich gesagt. Ich wollte Sie keinesfalls beleidigen. Ein Tisch für zwei? Warten Sie, wir haben noch ein Nebenzimmer …« Die überhebliche Art hatte sich augenblicklich ins Gegenteil verkehrt. Er fing an, vor uns zu buckeln.

»Haben Sie diesen Mann gesehen?« Cop 7 zog das Foto von Toh Sze-keung aus der Tasche.

»Äh … nein. Aber ich kann meine Kollegen fragen …«

»Nicht nötig, das tun wir selbst. Stehen Sie uns einfach nicht im Weg.«

»Natürlich! Ja, natürlich.«

Wie ein niedriger Palastsklave, der versehentlich dem Kaiser über den Weg gelaufen war, huschte der Kellner ehrerbietig davon. Polizist zu sein öffnete einem offensichtlich überall Türen. Sogar einem stinknormalen Streifenpolizisten kamen die Leute nur ungern in die Quere. Möglich, dass diese Ungerechtigkeit ebenfalls Öl ins Feuer goss und auch ein Grund dafür war, dass die Linken auf gelbhäutige Hunde schimpften und gegen die Regierung protestierten. Ich weiß es wirklich nicht.

»Polizei. Haben Sie nach elf Uhr heute Vormittag diesen Mann gesehen?« Cop 7 hielt Dienstmarke und Foto in einer Hand und zeigte beides nacheinander jedem Kellner und jedem Dim-Sum-Mädchen im ganzen ersten Stock. Die Antworten lauteten »Nein«, »Ist mir nicht aufgefallen« und »Weiß ich nicht«. Wir wiederholten die Prozedur im zweiten Stock, ebenfalls ohne Erfolg.

»Officer, die Leute gehen hier den ganzen Tag ein und aus, wie soll ich mich da an ein einzelnes Gesicht erinnern? Wäre er ein Stammgast, würden wir ihn erkennen, aber an diesen Mann kann ich mich nicht erinnern«, sagte ein älteres Dim-Sum-Mädchen – na ja, eigentlich eher eine Dim-Sum-Tante.

»Haben wir die Karte möglicherweise falsch gelesen?«, fragte ich, als wir zurück nach unten gingen.

Cop 7 wollte gerade etwas erwidern, als der kriecherische Kellner zu uns kam und fragte: »Haben Sie ihn gefunden, Officers?«

Er hielt mich tatsächlich für einen Polizisten.

»Nein«, sagte Cop 7.

»Haben Sie schon bei Schwester Lovely unten in der Bäckerei gefragt? Sie steht direkt am Eingang. Vielleicht hat sie den Mann gesehen«, flötete er.

Cop 7 dachte kurz nach. »Können Sie uns zu ihr bringen?«

»Selbstverständlich! Bitte hier entlang!«

Wir folgten ihm ins Erdgeschoss. Hinter der Theke stand eine ältere, modern gekleidete Frau und unterhielt sich lachend mit einem Gast. »Hallo, Ah Lung, was machst du denn hier unten? Wenn der Boss dich erwischt, schmeißt er dich endgültig raus«, sagte sie zu dem Kellner.

»Schwester Lovely, diese beiden Herren sind von der Polizei. Sie möchten dich etwas fragen.« Ah Lung lächelte angestrengt.

»Ach, wirklich?« Schwester Lovely sah erschrocken aus – wie eine Schülerin, die Ärger vom Lehrer bekommt, aber nicht weiß, weshalb.

»Haben Sie diesen Mann gesehen?« Cop 7 legte das Foto auf die Theke. »Kann sein, dass er heute nach elf Uhr hier gewesen ist.«

Schwester Lovely atmete auf und betrachtete eingehend das Foto. »Diesen jungen Mann … ah, ja! Der war heute Vormittag hier. Ist gegen halb zwölf mit einem zweiten Typen aufgetaucht, beide ungefähr gleich alt. Sie haben sich eine ganze Weile am Eingang rumgedrückt. Sie waren neu hier, deshalb sind sie mir aufgefallen.«

»Wie meinen Sie das, herumgedrückt?«, fragte ich.

»Sie wirkten, als würden sie sich nicht auskennen, haben den Kopf zur Tür reingestreckt und sich auf dem Weg nach oben alles gründlich angesehen. Gegen zwanzig vor eins sind sie wieder gegangen. Sie waren in Begleitung eines älteren Mannes, vielleicht vierzig oder fünfzig, ein bisschen dick. Er hat beim Gehen noch eine ganze Tüte Laopo-Kuchen gekauft. Ich habe mich gefragt, ob sie nach dem Essen immer noch Hunger hatten.«

»Hatten die beiden jungen Männer etwas bei sich, als sie kamen?« Die Frage stammte wieder von mir.

»Hm ... ich glaube, ja. Einer hatte eine schwarze Tasche dabei. Aber sicher bin ich mir nicht«, sagte Schwester Lovely mit gerunzelter Stirn.

»Und als sie gingen, hatten sie die Tasche da immer noch dabei?«, fragte Cop 7. Vermutlich, weil er das Teehaus als Ziel ausschließen wollte. Auch wenn bis jetzt noch nichts passiert war, eine Bombe an diesem Ort würde viele Opfer bedeuten.

»Ich glaube schon ... Ja, jetzt erinnere ich mich. Der zweite junge Mann hatte beide Male eine schwarze Tasche dabei, als er kam und als er ging. Als ich dem Älteren die Laopo-Kuchen verkaufte, fragte ich mich, ob er sie jetzt auch noch in die Tasche quetschen würde. Sie sah nämlich ziemlich voll aus, und ich hatte Angst, die Kuchen würden zerdrückt, ehe sie damit nach Hause kamen.«

Ein kalter Schauder durchfuhr mein Herz, und ich glaube, Cop 7 ging es genauso. Heute Morgen hatte ich Sum Chung und Toh Sze-keung mit leeren Händen das Haus verlassen sehen, und um elf Uhr waren sie mit einer schweren Tasche hier aufgetaucht, die sie im Laufe der zwei Stunden dazwischen irgendwo abgeholt hatten.

»Haben Sie gesehen, in welche Richtung sie weggegangen sind?«, fragte Cop 7.

»Keine Ahnung. Gott weiß, wo die hingefahren sind.«

»Gefahren?«, fragte ich.

»Sie sind auf der anderen Straßenseite in ein schwarzes Auto gestiegen – da, wo jetzt das weiße Auto steht.« Ich sah zum Fenster hinaus – sie zeigte auf den Käfer von Cop 7.

»Können Sie sich an das Fabrikat erinnern? Haben Sie das Nummernschild gesehen?«, fragte Cop 7 drängend.

»Nicht mal der König der Affen könnte ein Nummernschild auf der anderen Straßenseite entziffern! Und was das Fabrikat betrifft, ich kenne mich mit Autos nicht aus. Ich kann nur sagen, dass es weder klein noch groß war, vier Räder hatte ...«

Diese Beschreibung war nutzlos, aber wenigstens wussten wir jetzt, dass die Bande mit dem Auto unterwegs war, und das hieß, dass sie wahrscheinlich mit der Autofähre vom United Pier rüber zum Jordan Road Pier fuhren.

Cop 7 bedankte sich bei Schwester Lovely und wandte sich an mich. »Wir holen sie sowieso nicht mehr ein. Aber wir können runter zum Pier fahren und uns dort mal umsehen ... Haben Sie schon zu Mittag gegessen?«

Die Frage traf mich. Hatte ich etwa wie ein hungriges Waisenkind in die Auslage gestarrt? Verlegen schüttelte ich den Kopf.

Ah Lung stand immer noch in der Nähe, und Cop 7 bat ihn, ein paar Körbe Dim Sum für uns einzupacken. Er bestellte Teigtaschen mit Schwein und mit Krabben und ein bisschen Klebreis mit Hühnchen und ein paar Char Siu Baos.

»Jawohl, Officer!« Ah Lung verschwand nach oben und tauchte nicht mal eine Minute später mit fünf oder sechs Boxen wieder auf.

»So viel! Wie sollen wir zwei das alles essen?«, lachte Cop 7.

»Sie arbeiten so hart, da ist es besser, ein bisschen mehr zu essen«, antwortete Ah Lung lächelnd.

Cop 7 öffnete eine der Boxen – und ich erhaschte einen Blick auf mindestens zehn kleine, dicht an dicht gepackte Teigtaschen. »Drei davon sind mehr als genug. Wie viel?«

»Das ist eine kleine Aufmerksamkeit des Hauses, machen Sie sich wegen der Bezahlung keine Gedanken.«

»Wie viel? Zwingen Sie mich nicht, noch einmal zu fragen.« Cop 7 machte ein ernstes Gesicht. Ah Lung war mit Sicherheit noch nie im Leben einem so sturen Polizisten begegnet.

»Äh ... äh ... vier Dollar zwanzig.«

Cop 7 gab ihm das Geld und verließ mit den drei Boxen das Teehaus. Ich eilte hinter ihm her.

»Ich habe nicht genug Geld dabei«, sagte ich, als wir ins Auto stiegen.

»Ich habe Sie gezwungen, mich zu begleiten, da kann ich Ihnen zumindest das Mittagessen spendieren.« Er setzte die Brille ab und lockerte die Krawatte. »Als Polizist passiert es öfter, dass man hungrig bleibt – wenn man hinter einem Verdächtigen her ist, ist oft nicht mal Zeit für einen Schluck Wasser. Aber es gibt keinen Grund, weshalb ein Zivilist das hinnehmen sollte. Ich hatte auch noch nichts zu Mittag – und wenn es nur um mich ginge, würde ich die Mahlzeit auslassen. Es ist gut, dass Sie jetzt hier sind und mich ans Essen erinnern.«

Fast hätte ich mich bei ihm bedankt – ich gab für eine Mahlzeit normalerweise nicht mal einen Dollar aus, und das hier war ein Festessen für mich –, aber dann dachte ich, er hatte mich schließlich in seinen Fall mit hineingezogen, also war das Mittagessen lediglich mein Lohn. Abgesehen davon war ich nur ein Zivilist, und wenn wir die Bombenattentäter tatsächlich fingen, würde Cop 7 die Lorbeeren ernten. So betrachtet, waren vier Dollar richtig günstig.

»Ich fahre zum Pier, und Sie können inzwischen essen.« Cop 7 musste dreimal den Zündschlüssel drehen, bis der Motor endlich ansprang.

Von der Des Voeux Road zum Pier war es nur etwa ein Block, und ich hatte erst zwei Krabbenteigtaschen vertilgt, als wir ankamen. Die Dinger waren wirklich köstlich – das Teehaus hieß nicht umsonst Nummer eins.

Vor dem Anleger wartete eine lange Autoschlange – vielleicht weil Samstag war, wo viele Leute nur einen halben Tag arbeiteten und jetzt zurück nach Kowloon wollten. Es würde sicher dreißig bis vierzig Minuten dauern, auf die Fähre zu kommen. Anstatt sich in die Schlange einzureihen, parkte Cop 7 am Straßenrand.

»Essen Sie fertig. Ich gehe rüber zum Abfertigungsgebäude und frage nach, ob jemand vom Personal etwas Verdächtiges bemerkt hat, Personen oder Gegenstände. Falls dort wirklich Bomben liegen, ist es gefährlich. Warten Sie hier auf mich.«

Während Cop 7 zu dem Gebäude hinüberging, schob ich mir weiter köstliche Häppchen in den Mund und sah mich in seinem Auto um. Der Innenraum war spartanisch, ohne jegliche Verzierungen. An der Windschutzscheibe klebte ein Stück Papier mit dem Abzeichen der Hong Kong Police Force – wahrscheinlich damit er ungehindert in den Hof des Reviers fahren konnte. Ich untersuchte das Armaturenbrett und sah auch darunter, bis ich die Knöpfe fürs Radio fand. Ich schaltete es ein und verstellte den Sender, bis ich bei einem englischen Popsong landete.

Ich war mit der ersten Box Dim Sum so gut wie fertig, als Cop 7 zurückkam. »Ich konnte nichts entdecken. Das Personal sagt, bis jetzt sei heute Nachmittag nichts Ungewöhnliches vorgefallen.«

Ich reichte ihm eine Box und stellte das Radio leiser. »Also sind sie mit der Fähre nach Kowloon gefahren?« Es war inzwischen halb vier. Die Attentäter hatten das Teehaus vor zweieinhalb Stunden verlassen. Was, wenn sie ihre Aufgabe inzwischen erledigt und sich »verzogen« hatten, wie Meister Chow sich ausgedrückt hatte?

Cop 7 nahm ein Char Siu Bao aus der Box und vertilgte es mit wenigen Bissen. Mit vollem Mund nuschelte er: »Höchstwahrscheinlich. Ich habe den Leuten Tohs Foto gezeigt, aber es konnte sich niemand an ihn erinnern. Wir können uns nur weiter an ihre Fersen heften und Informationen sammeln.«

»Also, ich habe nachgedacht, und …« Ich öffnete die dritte Box und nahm mir noch eine Teigtasche. »Ich glaube nicht, dass die Docks das Ziel sind.«

»Wie kommen Sie darauf?«

»Erinnern Sie sich noch an das X auf dem Stadtplan?«

»Meinen Sie das am Magistrat Causeway Bay?«

»Ja, das war das eine, und das andere befand sich auf der Verbindungslinie zwischen den Anlegern United und Jordan Road«, sagte ich mampfend. »Ich glaube, X steht für die echten Bomben.«

»Meinen Sie Murray House und Sha Tin?«

»Nein. Vergessen Sie die Liste. Die war ein Ablenkungsmanöver. Die eigentliche Operation geht aus dem Stadtplan hervor. Die Polizei hat gestern in Causeway Bay eine echte Bombe gefunden, und dort war ein X auf dem Stadtplan. Also könnte das zweite X auf dem Wasser für die zweite echte Bombe stehen.«
»Also ist die Fähre das Ziel?«
»Na ja, also ich habe jetzt nicht damit gemeint, dass sie eine Bombe ins Wasser werfen.«
»Aber welchen Sinn hat es, eine Fähre in die Luft zu sprengen?«
Ich zuckte die Achseln. Das war mir selbst nicht klar.
»Okay, wir behalten das im Kopf. Jetzt stellen wir uns erst mal an.« Er startete den Motor.

Während der halben Stunde Wartezeit grübelte ich über die mögliche Bedeutung jeder einzelnen Markierung auf dem Stadtplan nach. Die anderen Stellen ohne Zeitangabe dienten wahrscheinlich tatsächlich nur dazu, die Polizei anderweitig zu beschäftigen.

»Der United Pier ist vermutlich nicht das echte Ziel. Dazu liegt es zu nah an den falschen Zielen Murray House und Magistrat Central, und die dort stationierten Polizeikräfte könnten zu einfach umgeleitet werden«, sagte ich. Cop 7 nickte.

Trotzdem ließ sich daraus nicht ableiten, was die Terroristen als Nächstes planten. Ich konnte nur vermuten, dass die »Operation«, von der sie gesprochen hatten, auf einem Boot durchgeführt würde. Vielleicht wollte Meister Chow Mr Toh und Mr Sum benutzen, um die Mannschaft abzulenken. Doch dem Personal am Anleger war nichts Ungewöhnliches aufgefallen, und so blieb uns nichts übrig, als die Mannschaft zu befragen.

Um vier Uhr, nachdem zwei Fähren ohne uns abgelegt hatten, fuhren wir endlich an Bord. Die zweistöckige Autofähre trug den Namen *Man Ting*, und ich schätzte, dass auf jedem Deck etwa zwanzig bis dreißig Fahrzeuge Platz hatten. Ich war zwar schon mit Personenfähren gefahren, aber auf einer Autofähre war ich noch nie gewesen. Manche Fahrer blieben hinterm Steuer sitzen, schliefen, unterhielten sich mit ihren Beifahrern, lasen Zeitung oder hörten Radio, aber die meisten stiegen aus, standen auf dem Deck und genossen die Brise.

Cop 7 und ich wandten uns an die Mannschaft.

»Polizei.« Er zeigte seine Marke. »Ich möchte wissen, ob einer von Ihnen diesen jungen Mann gesehen hat. Irgendwann heute, und zwar später als zwanzig vor eins.«

Ein paar Besatzungsmitglieder scharten sich um uns und musterten das Foto von Toh Sze-keung, doch sie schüttelten alle den Kopf.

»Haben Sie heute etwas Ungewöhnliches bemerkt?«, wollte Cop 7 als Nächstes wissen.

»Nein, Officer. Heute war es genauso wie immer, viele Fahrzeuge, viele Menschen, daran ist nichts ungewöhnlich«, sagte ein Mann mit Bart.

»Bei uns nicht, aber eben, beim Schichtwechsel, habe ich gehört, auf der *Man Bong* hätte es einen Zwischenfall gegeben«, sagte ein anderer in mittlerem Alter.

»Welche Art Zwischenfall?«

»Sie haben erzählt, vor etwa anderthalb Stunden hätten sich auf der Fähre von Central nach Yau Ma Tei zwei junge Männer plötzlich lautstark gestritten. Die Mannschaft befürchtete, es könnte zu einem Tumult an Bord kommen, aber nachdem die beiden sich eine Weile angeschrien hatten, waren sie plötzlich wieder die besten Freunde. Die Jugend von heute!«

»Ist es möglich, zur Mannschaft der *Man Bong* Kontakt aufzunehmen?«

»Natürlich. Aber wir haben Central eben erst verlassen, und das heißt, die *Man Bong* hat Yau Ma Tei eben erst verlassen. Die Fähre wird etwa eine halbe Stunde nach Ihnen am Jordan Road Pier festmachen.«

Wir sollten um halb fünf ankommen und die *Man Bong* dementsprechend um fünf Uhr.

»Könnte die *Man Bong* das Ziel sein?«, fragte ich, sobald wir wieder im Auto saßen.

»Womit wir wieder bei der Autofährentheorie wären«, sagte Cop 7.

»Eine Fähre zu versenken hätte keine allzu große Wirkung, aber was, wenn sie es auf einen bestimmten Passagier abgesehen haben?« Ich runzelte nachdenklich die Stirn. »Das würde auch den Aufruhr erklären. Mr Toh und Mr Sum taten, als würden sie sich streiten, um die Mannschaft abzulenken, während Meister Chow die Bombe auf der Fähre versteckte. Mit der Bemerkung, es sei nicht leicht, an das Ziel ranzukommen, meinte Mr Toh vielleicht, dass auf der Fähre zu viele Zeugen wären – und Meister Chow hatte geantwortet, das Ziel sei anfälliger, als man denken sollte, weil dort niemand eine Bombe vermuten würde. In einer so geschäftigen Stadt wie dieser jemanden umzubringen ist nicht schwer – das Problem besteht darin, anschließend davonzukommen. Eine Fähre, die eine halbe Stunde auf dem Wasser unterwegs ist, ist völlig isoliert – Küstenwache und Löschboote können nicht gleich vor Ort sein, und die Rettungsausrüstung an Bord einer Fähre ist nicht immer in bestem Zustand. Und das Wichtigste: Die Täter sind längst über alle Berge.«

»Verdammt!« Cop 7 sprang aus dem Auto. Ich blieb ihm dicht auf den Fersen. Er rannte auf den bärtigen Mann zu und keuchte: »Ich brauche augenblicklich Funkkontakt zur *Man Bong*.«

»Dazu bin ich nicht berechtigt, Officer. Sie müssen mit dem Kapitän sprechen. Wenn Sie Fragen zu Ihrem Verdächtigen haben, können Sie auch warten, bis wir angelegt haben. Man kann schließlich kein Foto durch die Luft schicken ...«

»Nein, ich muss der *Man Bong* eine Nachricht zukommen lassen.« Cop 7 packte den Mann am Arm. »Die müssen nach verdächtigen Objekten suchen – ich glaube, an Bord ist eine Bombe.«

Die Leute von der Besatzung, die in Hörweite waren, machten erschrockene Gesichter. Sie tauschten Blicke, dann sagte der Bärtige: »Stimmt das, Officer?«

»Ich weiß es nicht sicher, aber es ist möglich. Sie müssen die Mannschaft der *Man Bong* bitten, sofort eine Durchsuchung zu starten, ohne die Passagiere zu beunruhigen.«

»Verstanden. Warten Sie hier.« Der Mann nickte und verschwand im Steuerhaus. Kurze Zeit später erschien er mit dem Kapitän. Cop 7 schilderte die Situation, und der Kapitän lief los, um zur *Man Bong* Kontakt aufzunehmen. Cop 7 und ich setzten uns zu den Seeleuten und warteten auf seine Rückkehr. Wir hatten eine herrliche Aussicht auf die Bucht, und es wehte eine kühle, erfrischende Brise, doch wir waren nicht in der Lage, es zu genießen.

»Da ist die *Man Bong*«, sagte jemand aus der Mannschaft und deutete auf die entgegenkommende Fähre. Ich sah das Schiff und konnte mich der Vorstellung nicht erwehren, dass die *Man Bong* jeden Moment in tausend Stücke zerfetzt würde, vor unseren Augen sank und Passagiere und Besatzung in einen Albtraum riss, den nur wenige überleben würden.

Doch die *Man Bong* glitt ruhig an uns vorüber.

Etwa eine Viertelstunde später, als wir schon fast den Anleger an der Jordan Road erreicht hatten, kam der Bärtige zurück und sagte: »Officer, die Mannschaft der *Man Bong* meldet, sie hätten nichts gefunden.«

»Gar nichts?«

»Sie haben gründlich gesucht, konnten aber keinerlei verdächtige Objekte finden. Sind Ihre Informationen korrekt, Officer? Der Kapitän sagte, er könne die Fähre nach Ankunft in Central stilllegen lassen, doch falls es sich um falschen Alarm handelt, bekommt er enormen Ärger – die Verantwortung will er nicht übernehmen.«

Cop 7 verzog das Gesicht, als fiele es ihm schwer, eine Entscheidung zu treffen.

»Nein, nicht außer Betrieb nehmen – sie sollen ganz normal weitermachen«, fiel ich ihnen ins Wort und bemühte mich um einen autoritären Klang meiner Stimme. »Die *Man Bong* müsste gegen 16.30 Uhr am Central Pier anlegen und danach so gegen 17 Uhr am Jordan Road Pier. Stimmt das? Wir warten dort, gehen an Bord und sehen selbst nach. Sagen Sie der Mannschaft, sie sollen wachsam bleiben – vielleicht soll die Bombe auf der nächsten Tour in die Luft gehen.«

»Ja, Officer.« Der Bärtige eilte zurück auf die Brücke.

»Wir warten im Auto – sagen Sie uns, wenn es was Neues gibt«, sagte ich zu den anderen, und die Männer nickten.

Sobald wir allein waren, sah Cop 7 mich gequält an. »Wieso sagen Sie, die *Man Bong* soll die Fahrt fortsetzen? Was, wenn die Mannschaft etwas übersehen hat und es in der Bucht zu einer Katastrophe kommt?«

»Wir wissen doch gar nicht, ob wirklich eine Bombe an Bord ist!«, blaffte ich. Ich gewöhnte mich daran, mit ihm zu arbeiten, und fühlte mich ihm sogar schon ebenbürtig. »Außerdem ist mir etwas Seltsames aufgefallen. Ich glaube inzwischen, dass wir uns vielleicht getäuscht haben.«

»Inwiefern seltsam?«

»Der Matrose vorhin erzählte, der plötzliche Streit auf der *Man Bong* hätte sich vor etwa anderthalb Stunden auf dem Weg von Central nach Yau Ma Tei ereignet, oder?«

»Richtig.«

»Dann war das die 14.30-Uhr-Fähre. Die Fahrt von Central nach Yau Ma Tei dauert eine knappe halbe Stunde, sagen wir also etwa eine Stunde hin und zurück inklusive Ent- und Beladung. Während wir in der Schlange standen, habe ich vier Autofähren auf dieser Route gezählt, Abfahrt alle fünfzehn Minuten. Schwester Lovely sagte, Toh Sze-keung und die anderen hätten das Teehaus Nummer eins gegen 12.40 Uhr verlassen. Falls sie ebenfalls warten mussten, sagen wir eine halbe Stunde, wären sie auf der 13.15-Uhr-Fähre gewesen – trotzdem waren sie auf der 14.30-Uhr-Fähre. Finden Sie das nicht verdächtig?«

»Vielleicht hatten sie speziell die *Man Bong* im Auge«, entgegnete Cop 7.

»Dann hätten sie auch die Abfahrt um 13.30 Uhr nehmen können.«

»Oder sie waren tatsächlich auf der 13.15-Uhr- oder 13.30-Uhr-Fähre, sind an der Jordan Road ausgestiegen, gleich wieder an Bord gegangen und waren rechtzeitig wieder in Central, um dort die 14.30-Uhr-Fahrt der *Man Bong* zu erreichen.«

»Geht nicht. Sie hätten sich jedes Mal wieder neu einreihen müssen – sie konnten nicht sofort wieder an Bord gehen. Einfach an Bord geblieben sind sie auch nicht, sonst hätte die Mannschaft etwas erwähnt, als Sie wissen wollten, ob etwas Ungewöhnliches vorgefallen sei. Außerdem ist das wahrscheinlich gar nicht erlaubt, so voll, wie die Fähren immer sind.«

Cop 7 machte ein nachdenkliches Gesicht.

»Jetzt, wo ich darüber nachdenke, fällt mir an unserer ersten Theorie noch etwas auf«, fuhr ich fort. »Vielleicht haben sie eine bestimmte Person im Visier, aber sie können nicht wissen, welche Fähre die Zielperson tatsächlich besteigen wird. Ich habe eine neue Theorie.«

»Ja?«

»Eine Autobombe.«

Cop 7 machte große Augen.

»Denken Sie nach – es passt alles zusammen.« Ich deutete auf die Autos um uns herum. »Die Zielperson der Täter ist Brite. Sie warten in der Nähe des Anlegers, und sobald der Wagen des Opfers in Sicht kommt, folgen sie ihm und borden dieselbe Fähre. Toh und Sum inszenieren einen Streit, um die Zielperson abzulenken, bis Meister Chow die Bombe im betreffenden Fahrzeug deponiert hat.«

»Wieso ein Brite?«

»Meister Chow sagte: ›Das weißhäutige Schwein rechnet nicht mit diesem Schachzug.‹«

Wir stiegen aus dem Wagen, machten uns auf die Suche nach dem Bärtigen und baten ihn, noch einmal Kontakt zur *Man Bong* aufzunehmen.

»Wir legen gleich an, Officer, ich habe zu tun.«

»Nur eine Frage – bitte«, flehte Cop 7. »Fragen Sie, ob sich auf der Fahrt von Central nach Yau Ma Tei Ausländer an Bord befanden – das ist das letzte Mal, dass ich Sie belästige.«

Der Bärtige war offensichtlich überrascht, dass ein Polizeibeamter ihn derart flehentlich um etwas bat, und ging zögernd davon.

Eine Minute später war er zurück.

»Nein, sagen sie, kein einziger.« Er sah uns misstrauisch an.

»Kein einziger?«
»Auf der Fähre waren nur Chinesen«, seufzte der Seemann.
»Officer, warten Sie doch einfach, bis wir angelegt haben. Die *Man Bong* trifft um 17 Uhr ein, dann können Sie die Leute befragen, solange Sie wollen.«
Wir konnten nichts weiter tun, als zu nicken und aus dem Weg zu gehen, während die Mannschaft das Anlegemanöver vorbereitete. Um 16.30 Uhr fuhren wir am Jordan Road Pier von der *Man Ting*. Cop 7 präsentierte den Dockarbeitern seine Dienstmarke und sagte, wir müssten auf der *Man Bong* Erkundigungen einholen, die um 17 Uhr anlegen sollte.
»Im Augenblick benutzen eigentlich kaum noch Briten die Fähre, oder?«, sagte Cop 7 nachdenklich, während wir warteten.
»Aber die Briten müssen doch auch zwischen Hong Kong Island und Kowloon hin- und herfahren.«
»Den hochrangigen Beamten stehen Regierungsboote zur Verfügung. Bei dieser Sicherheitslage gehen die meisten Briten wahrscheinlich so wenig wie möglich aus dem Haus – es sind sogar schon einige nach England zurückgekehrt, weil es ihnen hier zu unsicher geworden ist. Ich kenne mehrere englische Polizisten, die ihre Familien gebeten haben, zu Hause zu bleiben, zumindest aber in der eigenen Nachbarschaft.«
Das ergab zwar Sinn, aber ich hatte trotzdem das Gefühl, dass meine Hypothese stimmte.
Wir hätten die halbe Stunde ebenso gut auf einem Nagelbrett zubringen können. Cop 7 schaltete das Radio ein, um zu hören, ob es in Murray House eine Explosion gegeben hatte. Eine Bombe dort hätte sämtliche bisherige Theorien wie Dominosteine umgeworfen.
Dann, um 17 Uhr, als die *Man Bong* sich eben dem Pier näherte, kam die Meldung.
»Air Marshal Sir Peter Fletcher hat den britischen Soldaten auf dem hiesigen Stützpunkt der Royal Air Force einen Besuch abgestattet. Dabei lobte er den wertvollen Einsatz der Truppe in der Unterstützung der Regierung von Hongkong im Umgang

mit den jüngsten Unruhen. Heute Abend wird Air Marshal Fletcher an einem Festbankett auf dem Stützpunkt teilnehmen, zu welchem auch Lieutenant General John Worsley, Polizeipräsident Commissioner Edward Eats und der Kolonialminister Michael Gass erwartet werden.«

»Keine Explosion in Murray House – das wäre die erste Meldung gewesen«, sagte Cop 7.

»Ah!«, rief ich.

»Was denn?«

»Aber ... da stimmt schon wieder was nicht ...«

»Wovon sprechen Sie?«

»Wir haben das Stichwort überhört.« Ich kratzte mich am Kopf. »Aber dann passt es immer noch nicht. Nicht möglich.«

»Welches Stichwort?«

»Ich dachte, die Attentäter hätten ein ›Ziel Nummer eins‹ und ein ›Ziel Nummer zwei‹. Dabei bezieht sich ›Nummer eins‹ auf den Namen des Ziels – der Wagen des Polizeipräsidenten. Sein Nummernschild trägt nur eine Eins. Aber was für einen Sinn hat das? Der höchste Polizeibeamte von Hongkong wird wohl kaum eine öffentliche Autofähre benutzen. Außerdem wird er immer von einer Eskorte begleitet ...«

Noch ehe ich den Satz beendet hatte, sprang Cop 7 aus dem Auto, und ich musste ihm hinterherrennen. Er packte einen Dockarbeiter am Arm und rief: »Schnell! Ist der Wagen von Nummer eins heute hier gewesen? Der Polizeipräsident – war er hier?«

Der arme Mann fing an zu stammeln. »Ja ... ja. Der Wagen ist mehrmals im Monat auf der Fähre – das ist ganz normal.«

Cop 7 ließ den Mann los und rannte zurück ins Auto. Ich stieg ebenfalls ein. »Was ist denn los? In dem Wagen kann unmöglich eine Bombe sein.«

»Doch!«, rief Cop 7 mit angespanntem Gesicht. Er ließ den Motor an und sagte: »Für die Fahrt zu einem offiziellen Anlass nimmt der Polizeipräsident grundsätzlich Wagen Nummer eins. Wenn das Festbankett in Kowloon stattfindet, wird der Wagen vorausgeschickt, und der Polizeipräsident lässt sich mit einem anderen Fahrzeug zum Queen's Pier bringen. Dort besteigt er ein Boot der Hafenpolizei und wird dann zu Wagen Nummer eins am Anleger in Kowloon gebracht. Die Alternative wäre, mit voller Eskorte die öffentliche Fähre zu benutzen, und das würde Chaos bedeuten! Seine Leibwächter begleiten ihn, nicht das Fahrzeug. Es ist möglich, dass Wagen Nummer eins auf der Fähre unbewacht war!«

Ich starrte Cop 7 entsetzt an.

»Mit hoher Wahrscheinlichkeit haben die Attentäter in diesem Wagen eine Bombe versteckt.« Cop 7 stieg aufs Gas. »Sie planen einen Anschlag auf den Polizeipräsidenten.«

5 »Der Fahrer des Polizeipräsidenten stammt aus Shandong – deshalb hat die Mannschaft der *Man Bong* angegeben, keine Ausländer gesehen zu haben«, sagte Cop 7. Ich krallte mich an den Türgriff, während wir die Jordan Road entlangrasten. »Toh und die anderen müssen schon früher gewusst haben, dass der Polizeipräsident heute an einem Festbankett teilnimmt. Daraufhin haben sie ihren Plan ausgeheckt. Es war, wie Sie gesagt haben: Sie haben am United Pier auf Wagen Nummer eins gewartet, um die Bombe zu deponieren. Meister Chow kaufte im Teehaus die Snacks, weil sie nicht wussten, wie lange sie warten müssen.«

»Aber ... aber, jetzt, wo wir das Ziel kennen, wieso informieren wir nicht einfach die Leibwächter des Polizeipräsidenten?«, stammelte ich. Der Wagen schlingerte so heftig, dass ich mir fast die Zunge abbiss.

»Keine Zeit! Ich habe den Einsatzplan gelesen – das Bankett beginnt um 17.30 Uhr. Bei diesen Anlässen sind alle immer sehr pünktlich – der Polizeipräsident und der Kolonialminister können unmöglich den britischen Befehlshaber warten lassen. Das bedeutet, Wagen Nummer eins steht mit Sicherheit bereits am Kowloon City Pier bereit, und der Commissioner kommt mit dem Boot. Es geht schneller, wenn wir selbst hinfahren, anstatt zu versuchen, ihn über offizielle Kanäle zu informieren.«

»Woher kennen die Attentäter die Route?«

»Die Auftritte von Regierungsmitgliedern sind öffentlich bekannt, und die Strecke lässt sich aus Wegezeiten und den betreffenden Örtlichkeiten ableiten. Womöglich gibt es aber auch ein internes Leck.«

»Kommen ... kommen wir noch rechtzeitig?«, japste ich.

»Müssten wir. Ich schaffe das in acht Minuten.«

Der Kowloon City Pier lag ja wohl mehr als acht Minuten vom Jordan Road Pier entfernt! Aber ich traute mich nicht, noch einmal den Mund aufzumachen, weil ich Cop 7 nicht ablenken wollte. Autobombe hin oder her, im Moment schwebten wir selbst in höchster Lebensgefahr.

Wir schafften es in weniger als fünf Minuten vom Jordan Road Pier in West-Kowloon nach Hung Hom im Osten. Ich betete die ganze Zeit zu Buddha um Schutz. Zu unserem Glück besaß Cop 7 artistische Fahrkünste. Wir kamen in einem Stück dort an, auch wenn es ein paar Beinahezusammenstöße mit Fußgängern gab.

Aber als wir in die Dock Street einbogen, verließ uns das Glück.

Vor uns war eine kleine Menschenmenge versammelt, etwa zwanzig bis dreißig Personen. Nicht allzu viele, aber genug, um die Straße zu blockieren. Einige hielten Plakate in die Höhe und riefen Parolen. Cop 7 war gezwungen zu bremsen, und als wir näher kamen, konnte ich lesen, was auf den Schildern stand: »Schluss mit der illegalen Schikane von Einwohnern!«, »Untersucht die feigen Morde!«, »Patriotismus ist kein Verbrechen, Aufstand ist legal!«, »Wir werden siegen, die Kolonialherren werden untergehen« und so weiter.

»Verdammt! Eine illegale Versammlung.« Cop 7 hielt den Wagen an. Erst letzten Monat war der Polizei ein Überraschungsschlag gegen die Gewerkschaft der Hafenarbeiter in Kowloon gelungen, und die Schule der Arbeiterkinder in Hung Hom war geschlossen worden. Dies führte zu gewalttätigen Auseinandersetzungen an den Docks, von denen die Nachrichtensprecher sagten, »gewalttätige Subjekte« aus dem Kreis der Gewerkschaften seien erschossen worden. Das hier sah aus wie eine von den Linken organisierte Solidaritätskundgebung.

Cop 7 drehte sich um und wollte wenden, doch hinter uns standen bereits mehrere Fahrzeuge, und uns fehlte der Platz.

»Hupen Sie! Die sollen sich bewegen!« Ich griff zur Hupe.

»Nicht!« Aber Cop 7 konnte meine Hand nicht mehr rechtzeitig abfangen, und ein lautes, durchdringendes Hupen ertönte.

Ein paar Sekunden später wusste ich, warum er versucht hatte, mich aufzuhalten.

Von dem Geräusch aufgeschreckt, drehten die Menschen vor uns sich um. Zuerst starrten sie uns nur böse an, doch dann ging ein Raunen durch die Menge, und in ihre Augen schlich sich pure Mordlust. Wie ein Rudel Wölfe, das seine Beute einkreist, kamen sie Schritt für Schritt auf uns zu.

Ach, ja. Das hatte ich vergessen. Auf der Windschutzscheibe prangte das Polizeiabzeichen.

Dann ging alles sehr schnell. Ein paar Männer rannten auf uns zu und droschen mit Schlagstöcken auf die Motorhaube ein. Ein Scheinwerfer ging knirschend zu Bruch.

»Zerfetzt die gelbhäutigen Hunde! Rache für unsere Genossen!«

»Festhalten!« Hektisch legte Cop 7 den Rückwärtsgang ein und stieg aufs Gas. Wir krachten mit dem Heck in das rote Auto hinter uns. Ich wurde in dem winzigen Käfer so heftig durchgerüttelt, dass mir fast die Teigtaschen wieder hochkamen.

»Lasst sie nicht entkommen!«, brüllten die Demonstranten.

Da der Käfer den roten Wagen nicht beiseiterammen konnte, schaltete Cop 7 abrupt in den ersten Gang und gab wieder Gas. Erschrocken blieben die Männer stehen, dann wichen sie ein Stück zurück. Sofort legte Cop 7 wieder den Rückwärtsgang ein.

Nur einer gab nicht auf – er rannte neben uns her und ließ seine Metallstange gegen mein Fenster krachen. Ich bedeckte schützend das Gesicht und sah mit Entsetzen, dass er zu einem zweiten Schlag ausholte. Cop 7 lenkte in seine Richtung und drängte ihn ab.

Der Fahrer des roten Autos hatte inzwischen offensichtlich begriffen, was los war, und fing ebenfalls an zu wenden. Dann hatten wir es geschafft. Rückwärts entfernten wir uns, so schnell es ging, von der Demonstration, und als ich schon dachte, wir wären außer Gefahr, geschah etwas Schreckliches.

Ein Mann mit einer Glasflasche stürmte hinter uns her.

Aus dem Flaschenhals leckten Flammen.

»Mein Gott! Molotowcocktail!«

Im selben Moment traf die Flasche unser Auto, und die Windschutzscheibe verwandelte sich in eine Feuerwand. Die Flammen drangen durch das zerbrochene Fenster, doch in meiner Panik spürte ich die Hitze nicht.

»Keine Angst!«, schrie Cop 7. Er fuhr weiter rückwärts und war tatsächlich schnell genug, um unsere Verfolger abzuhängen. Der Sog zog die Flammen zwar von uns weg, doch obwohl wir fast zwei Blocks weit rückwärtsfuhren, ging das Feuer nicht aus, und ich bekam Angst, wir würden bei lebendigem Leibe verbrennen. Cop 7 hatte erzählt, dass sein Auto schon ein paarmal liegen geblieben war. Wenn uns das jetzt passierte, ginge mein mickriges Leben in Rauch auf.

»Raus!« Plötzlich blieben wir stehen, und ohne nachzudenken, riss ich die Tür auf, sprang aus dem brennenden Käfer und nahm die Beine in die Hand.

»Hier rüber! Hier entlang!«, brüllte Cop 7.

Ich hatte in meiner Panik nicht gemerkt, dass er am Straßenrand stand. Neben ihm ein verdatterter Mann mit Helm und Motorrad.

»Polizei! Ich beschlagnahme Ihr Fahrzeug!«, sagte Cop 7.

Noch ehe der Mann reagieren konnte, saß Cop 7 bereits auf der Maschine und winkte mich hektisch zu sich. In Todesangst sprang ich auf, und Cop 7 ließ den Motor an. Der fassungslose Besitzer starrte uns nach. Hoffentlich ließen die Demonstranten ihn in Ruhe – er war schließlich kein »gelbhäutiger Hund« – aber das war ich auch nicht und hätte trotzdem fast eine Metallstange ins Gesicht bekommen.

»Holen wir Hilfe?«, schrie ich gegen den Fahrtwind, die Arme fest um Cop 7 geschlungen. Ich hatte panische Angst, in der nächsten Kurve vom Sitz geschleudert zu werden.

»Zu den Docks! Wagen eins aufhalten! Da ist jede Menge Polizei!«, schrie er zurück.

Ich war noch nie mit einer Autofähre gefahren. Ich hatte noch nie auf einem Motorrad gesessen. Ich war noch nie mit einer Brandbombe beworfen worden, und ich hatte noch nie jemandem gewaltsam sein Fahrzeug weggenommen. Und jetzt war ich innerhalb eines halben Tages um all diese Erfahrungen reicher. Ich fragte mich, was dieser Tag noch an Überraschungen bereithielt.

In Windeseile hatten wir den Kowloon City Pier erreicht. Nirgendwo waren Polizeifahrzeuge oder Wasserschutzboote zu sehen. Ich warf einen Blick auf die große Hafenuhr.

Cop 7 sah sich um, sprang vom Motorrad und rannte auf einen uniformierten Beamten zu.

»Ist der Polizeipräsident hier in seinen Wagen gestiegen?«, fragte er keuchend und zeigte seine Marke.

»Ja. Die Kolonne hat sich vor etwa fünf Minuten in Bewegung gesetzt.«

»Verdammt!« Cop 7 sah sich um und sagte: »Informieren Sie sofort Ihre Vorgesetzten. Der Polizeipräsident ist in Gefahr. Sein Wagen wurde manipuliert. Ich fahre hinterher.«

Dem Mann blieb vor Schreck der Mund offen stehen. Er sah aus, als würde er nicht glauben, was er eben gehört hatte. Doch Cop 7 verschwendete keine Zeit. Er stieg wieder auf, und wir rasten davon. Wir konnten uns nicht darauf verlassen, dass der Mann Alarm auslöste, und selbst wenn, war die Bombe womöglich inzwischen schon hochgegangen.

»Der Luftwaffenstützpunkt liegt an der Kwun Tong Road«, rief Cop 7. »Der Konvoi fährt sicher nicht allzu schnell. Vielleicht holen wir sie noch ein!«

Wir gaben Gas, aber es herrschte dichter Verkehr – wahrscheinlich weil wir inzwischen in der Nähe vom Flughafen Kai Tak waren. Jeder, der nach Hongkong rein- oder rauswollte, musste diese Straße nehmen.

»Wir schaffen es nicht!«, stöhnte ich verzweifelt.

»Wir nehmen eine Abkürzung!«

Cop 7 lenkte die Maschine mitten in einen Straßenmarkt hinein.

»Aus dem Weg! Polizei!«, brüllte er.

Als die Menschen das Motorrad auf sich zurasen sahen, brachten sie sich, zur Seite springend, in Sicherheit. Wir fuhren durch eine schmale, von Fisch- und Gemüsehändlern gesäumte Gasse. Überall standen Bambuskörbe und Holztheken, auf denen sich Lebensmittel stapelten, im Weg. Man schrie uns die schlimmsten Flüche hinterher: »Fahrt zur Hölle!«, »Seid ihr verrückt geworden?«, »Mein Brokkoli!«. Wir rissen ziemlich viele Stände um, aber Cop 7 ging nicht vom Gas. Wären wir hier vom Motorrad geflogen, hätten die wütenden Händler uns mit Sicherheit gelyncht – ein noch übleres Schicksal, als uns bei den linken Demonstranten gedroht hatte.

»Pass auf!«, schrie ich. Direkt vor uns stand ein Straßenverkäufer mit zwei voll beladenen Körben starr vor Schreck mitten im Weg, als wüsste er nicht, ob er nach rechts oder links springen sollte. Selbst wenn es Cop 7 gelänge, einen Bogen um ihn zu machen, einen der Körbe würden wir auf alle Fälle erwischen.

Die Bremsen kreischten. Unmittelbar vor dem Zusammenstoß mit dem fliegenden Händler riss Cop 7 das Motorrad schlingernd nach links, hinauf auf ein Holzbrett, das an einem der Stände lehnte. Wir hoben tatsächlich ab! Als wir wieder aufkamen, wäre ich fast vom Sitz geflogen. Eine Sekunde später befanden wir uns zurück auf der Hauptstraße. Der Fischgeruch hing mir in der Nase, und an meinen Beinen klebten Kohlblätter.

»Da vorne!« Direkt vor uns befand sich eine Fahrzeugkolonne. Auf dem Dach des letzten Wagens blinkten Polizeilichter. Cop 7 bog nach rechts ab, raste auf einer Parallelstraße weiter und kam vor der Kolonne wieder heraus.

Mitten auf der Straße stoppte er die Maschine und wartete mit hoch erhobener Polizeimarke auf die herannahenden Fahrzeuge. Ich stieg ab und ging ein Stück zur Seite. Ich hoffte, dass sie anhielten, aber falls nicht, hatte ich keine Lust, unter die Räder zu geraten.

Zum Glück hielt der Verkehrspolizist an der Spitze der Kolonne an und gab den anderen das Zeichen, stehen zu bleiben. »Was zum Teufel treiben Sie …«, bellte er uns an, verstummte dann aber, vielleicht weil er endlich die Polizeimarke gesehen hatte.

»In Wagen Nummer eins befindet sich eine Bombe!«, schrie Cop 7.

Die drei oder vier Polizisten, die auf uns zugerannt kamen, erstarrten. Sie machten auf dem Absatz kehrt und rannten zu dem Wagen mit der Eins auf dem Nummernschild. Sie schirmten einen Ausländer ab, der eilig aus dem Wagen stieg, und geleiteten ihn zu einem anderen Fahrzeug, das, von einer Motorradeskorte begleitet, sofort davonraste. Gleichzeitig trat ein Weißer auf Cop 7 und mich zu, ein Mann wie ein Schrank, mit buschigen Augenbrauen. Neben ihm stand ein Chinese – vielleicht sein Assistent.

»Wer sind Sie?«, fragte er Cop 7. Vermute ich zumindest – er sprach englisch.

»PC 4447, stationiert in Wan Chai, Sir!«, antwortete Cop 7 auf Kantonesisch und salutierte. »Ich habe Informationen, die den Verdacht nahelegen, dass kriminelle Elemente im Wagen des Polizeipräsidenten eine Bombe deponiert haben. Die Angelegenheit war zu dringlich, um den Dienstweg einzuhalten, und ich hatte keine andere Möglichkeit, den Polizeipräsidenten zu warnen, als auf diesem Wege, Sir!«

Der Chinese übersetzte, und der weiße Beamte sagte etwas zu seinen Leuten. Einen Augenblick später kam ein Mann in Uniform angelaufen und sagte etwas auf Englisch. Der Gesichtsausdruck des Briten veränderte sich.

»Nicht identifizierter Gegenstand in der Nähe des Tanks«, flüsterte Cop 7 mir zu.

»Sprechen Sie Englisch?«, flüstere ich zurück.

»Ein bisschen. Aber meine Aussprache ist schrecklich – ich würde den Superintendent nicht damit beleidigen wollen.«

Dann war dieser Weiße also Superintendent. Großer Bruder hatte recht – Englisch lernen war wichtig.

Der Superintendent wandte sich wieder an Cop 7, und sein Assistent übersetzte. »Gut gemacht! Das Bombenräumkommando vom Militär ist auf dem Weg. Kommen Sie mit rüber und erzählen Sie mir, was geschehen ist.«

»Sir! Die Bombe geht jeden Augenblick hoch!« Cop 7 nahm

weiter Haltung an. »Die Attentäter sind sehr gut organisiert – der Anschlag wurde minutiös geplant. Die Bombe soll mit Sicherheit exakt in dem Moment in die Luft gehen, wo der Wagen den Stützpunkt erreicht.«

»Alle Mann weg von Wagen Nummer eins! Wiederhole! Entfernen Sie sich sofort von Wagen Nummer eins!«, bellte der Assistent auf ein Zeichen des Superintendent hin. Einige Beamte riegelten sofort die Straße vor und hinter dem Konvoi ab, um andere Fahrzeuge und Fußgänger fernzuhalten.

»Kann ich mir die Bombe ansehen?«, fragte Cop 7. Der Assistent übersetzte, und der Brite musterte Cop 7 eindringlich.

»Wozu das Risiko?«

»Wagen Nummer eins repräsentiert die Hong Kong Police Force. Wenn er zerstört wird, wäre das für die Moral der Truppe ein harter Schlag. Auch die bloße Zerstörung dieses symbolträchtigen Fahrzeugs den linken Aufruhr stärken und der Bevölkerung signalisieren, dass wir nicht in der Lage sind, die Ordnung aufrechtzuerhalten. Hier geht es nicht nur um den materiellen Fahrzeugwert, es geht um den Wert der ganzen Truppe. Ich habe eine Zeit lang im Bombenkommando gearbeitet und bin mit den Grundlagen vertraut. Falls sie einfach gebaut ist, kann ich sie vielleicht entschärfen und den Wagen retten.«

Der Superintendent nickte. »Brauchen Sie Hilfe?«

Cop 7 sah sich um. Sein Blick fiel auf mich.

War das ein Witz?

»Das ist zu gefährlich. Ich kann nicht verlangen, dass jemand mir hilft – aber falls es einen Freiwilligen gibt …«, sagte Cop 7.

Sollte ich jetzt etwa die Hand heben? Ich war kein Polizist, und eine Schachtel Dim Sum war alles, was für mich bei der Sache rausgesprungen war.

»Ich mache es, Sir. Ich habe ein paar Bücher zum Thema Bombenbau gelesen.«

Während ich noch zögerte, hatte sich neben mir ein Polizist zu Wort gemeldet. Ich drehte mich um – es war derselbe, der eben den Fund des nicht identifizierten Objekts gemeldet hatte.

»In Ordnung. Tun Sie, was Sie können, aber forcieren Sie nichts. Ihre Sicherheit hat Vorrang«, sagte der Assistent.

Cop 7 griff nach dem Werkzeug, das jemand ihm hinhielt, und rannte mit dem Freiwilligen zu Wagen Nummer eins hinüber. Wir anderen blieben in sicherem Abstand stehen. Der Assistent wollte wissen, wer ich war, und ich erklärte es kurz. Das gab er an den Weißen weiter, der zwar ziemlich viel nickte, aber nichts weiter dazu sagte.

Cop 7 lag auf der Straße. Er war halb unter dem Auto verschwunden, und der Beamte neben ihm leuchtete mit einer Taschenlampe. Ich wagte kaum hinzuschauen und starrte stattdessen wie gebannt auf die Armbanduhr des Assistenten und sah zu, wie der Minutenzeiger vorwärtskroch.

Das Schreckensszenario von der explodierenden Fähre tauchte wieder vor meinem inneren Auge auf. Die Zeit verlangsamte sich, ging kaum noch voran. Jede Sekunde konnte ein mächtiger Knall ertönen und mir meinen neuen Freund entreißen, dem ich eben erst begegnet war.

Der Minutenzeiger sprang auf die Fünf ...

Plötzlich ertönte ohrenbetäubender Lärm.

Ein Flugzeug flog über uns hinweg, und für einen Augenblick war jede Verständigung unmöglich. Alle hoben die Augen zu dem gigantischen Metallvogel.

Als ich den Blick wieder senkte, bot sich mir ein unerwarteter Anblick.

Cop 7 und der andere Polizist standen neben dem Wagen des Polizeipräsidenten. Sie grinsten von einem Ohr zum anderen. Cop 7 reckte den rechten Daumen.

Sie hatten es geschafft.

6 Um 18.20 Uhr traf das Bombenräumkommando ein. Wahrscheinlich brauchten sie so lange, weil sie zur Bereitschaft nach Murray House und Sha Tin geschickt worden waren. Sie sahen sich die Vorrichtung an und bestätigten, dass Cop 7 sie entschärft hatte – die Bombe konnte ohne kontrollierte Sprengung gefahrlos abtransportiert werden. Die Sprengkraft war nicht besonders groß gewesen, doch neben dem Benzintank angebracht, hätte die Bombe den Wagen trotzdem in einen Feuerball verwandelt.

Cop 7 und ich wurden in einem Streifenwagen zum Kowloon City Pier gefahren. Von dort brachte man uns mit einem Boot der Hafenpolizei zurück nach Hong Kong Island. Zwischendurch wurden wir immer wieder von hochrangigen Beamten – ich glaube zumindest, dass sie hochrangig waren – befragt, und wir mussten die Ereignisse wieder und wieder bis ins kleinste Detail schildern. Angefangen bei der belauschten Unterhaltung über die Verhaftung von Chang Tin-san, den Fund des Stadtplans im Zimmer von Mr Toh und die Geschehnisse im Teehaus Nummer eins bis dazu, wie uns während der Überfahrt auf der Fähre schließlich die Wahrheit dämmerte.

Die Männer machten Gesichter, als würden sie jeden Moment einen Tobsuchtsanfall bekommen, aber Cop 7 flüsterte mir zu, dass sie in Wirklichkeit überglücklich waren. Es würde zwar Ärger geben, aber darum würde man sich kümmern, wenn die Attentäter erst gefasst waren.

»Es handelt sich um einen schwerwiegenden Zwischenfall mit großen Sicherheitslücken. Der Polizeipräsident wäre ums Haar ermordet worden. Sie werden dafür Verantwortung übernehmen müssen. Toh und seinen Kumpanen stehen jedenfalls harte Zeiten bevor«, sagte Cop 7.

Gegen halb acht erreichten wir das Polizeirevier in Wan Chai, und ich betrat das imposante Gebäude, das ich noch vor ein paar Stunden so vehement gemieden hatte. Die Umgebung war so abschreckend wie zuvor, und die Barrikaden und Sandsäcke wirkten am Abend noch bedrohlicher. Die Straße sah aus wie im Krieg.

Man brachte uns zur Einsatzzentrale, wo wir einem Beamten in Zivil die ganze Geschichte noch einmal erzählen mussten. Außerdem waren mehrere Weiße in geschniegelten Anzügen anwesend – Cop 7 sagte, sie wären von irgendeiner Sondereinheit.

»Können Sie diese Männer identifizieren?« Ein Detective legte mir drei Fotografien vor. »Sind das Toh Sze-keung, Sum Chung und Chow Chun-hing?«

»Das hier ist definitiv Mr Toh, und das ist Mr Sum. Meister Chow kenne ich nicht – ich habe seine Stimme gehört, aber ich weiß nicht, wie er aussieht.«

»Chow Chun-hing wohnt in der Ship Street. Seine Autowerkstatt fiel vor ein paar Jahren der Wirtschaftskrise zum Opfer. Es gibt Hinweise von Informanten, dass er enge Verbindungen zur linken Szene hat – wir haben ihn schon eine Weile im Auge.«

Die Ship Street lag nur zwei oder drei Minuten zu Fuß von der Spring Garden Lane entfernt. Und er war Automechaniker – für ihn wäre es ein Kinderspiel gewesen, den Sprengsatz zu deponieren.

»Geh jetzt besser nicht nach Hause. Toh und Sum werden jeden Moment verhaftet«, warnte mich Cop 7.

»Sind eure Leute bewaffnet?«, fragte ich. »Meine Vermieter sind gute Menschen. Sie sind unschuldig.«

»Ich weiß. Ich werde den Männern Bescheid geben – sie werden kein Risiko eingehen.«

Zum Glück war Großer Bruder immer noch geschäftlich unterwegs.

»Ich sollte besser Mr Ho anrufen und ihm sagen, dass ich bei einem Freund übernachte.«

»He!«, sagte ein Beamter in Zivil unfreundlich zu mir. »Versuchst du, die Bande zu warnen?«

»Wenn er zu den Bösen gehören würde, hätte er wohl kaum sein Leben aufs Spiel gesetzt, um den Anschlag zu vereiteln«, sagte Cop 7. Der Mann runzelte die Stirn, doch er ließ mich in Ruhe.

Ich sagte Mr Ho, dass Großer Bruder und ich über Nacht wegbleiben würden. Er knurrte zustimmend, und das war dann auch alles. Schon bald würde ein Trupp Polizisten sein Haus stürmen und ihn und seine Frau zu Tode erschrecken, aber da konnte man nichts tun.

Sie setzten mich in eine Ecke und befahlen mir zu warten. Ich sollte mir die Stimme von Meister Chow anhören, um zu bestätigen, dass er der Attentäter war, den ich belauscht hatte. Dann kam wieder ein Mann in Zivil – der unfreundliche Beamte von vorhin – und wollte wissen, ob ich Hunger hätte. Er ging nach unten in die Kantine und kam mit einem Teller köstlicher Schweinerippchen mit Reis zurück. Ich hatte einen harten Tag hinter mir und ganz schön was erlebt, aber Mittag- und Abendessen waren wirklich üppig gewesen – wenigstens etwas! Immer wenn Großer Bruder irgendwie zu Geld gekommen war, lud er mich zum Essen ein. Schade, dass ich mich jetzt nicht revanchieren konnte. Aber so wie ich ihn einschätzte, hielte er es ohnehin für ein schlechtes Omen, Polizeiverpflegung zu essen. Wahrscheinlich würde er gar nichts runterbringen.

Um kurz nach zehn Uhr sah Cop 7 bei mir vorbei. Er trug wieder Uniform und hatte sogar einen Helm auf. Außerdem schienen an seinem Gürtel mehr Waffen zu hängen als sonst. Offensichtlich war die Mannschaft bereit zum Einsatz. Cop 3 begleitete ihn, er sah so gemein aus wie immer. Ich zuckte bei seinem Anblick zusammen, aber er lächelte überraschenderweise und sagte: »Guter Junge – du hast dich wacker geschlagen!«

Nachdem der Trupp gegangen war, streckte ich mich auf einer Bank aus und döste ein, bis mich um kurz nach Mitternacht Tumult aufweckte.

»Ihr Schweine! Wolltet ganz oben zuschlagen, ja? Wie könnt ihr es wagen, unseren Polizeipräsidenten ins Visier zu nehmen!«

»Patriotismus ist kein Verbrechen! Aufstand ist legal!«

Die Parolen wurden von einer schrillen Männerstimme skandiert – das war eindeutig Sum Chung. Verborgen hinter ein paar Aktenstapeln vor mir auf dem Tisch blieb ich auf der Bank liegen. Vorsichtig lugte ich durch die Ritzen zwischen den Stapeln. Der Zivilbeamte, der neben mir saß und in den Papieren wühlte, versuchte nicht, mich abzuhalten. Wahrscheinlich wusste er, was ich wollte.

Als ich Sum Chung sah, entfuhr mir ein Keuchen.

Sein Gesicht war übersät mit Prellungen und das rechte Auge zugeschwollen. Er blutete zwar nicht am Kopf, doch seine Kleidung war blutverschmiert – sein Anblick war beängstigend. Ich hätte den Mann, der mich Tag für Tag zur Gewerkschaft locken wollte, fast nicht erkannt. Toh Sze-keung kam direkt hinter ihm. Er war nicht so schwer verletzt, war aber eindeutig auch geschlagen worden. Er hielt den Kopf gesenkt und schwieg. Das linke Bein zog er nach, und ich fragte mich, ob die Polizisten es ihm gebrochen hatten. Zuletzt betrat ein dicker Mann in mittleren Jahren das Zimmer. Er war ebenso schlimm verprügelt worden wie Sum Chung und sah kaum noch wie ein Mensch aus. Ich hätte in ihm nie den Chow Chun-hing von dem Foto erkannt. Alle drei trugen Handschellen, und jeder wurde von zwei oder drei Polizisten begleitet. Daneben standen noch ein paar weitere Beamte in Kampfausrüstung, darunter auch Cop 7.

»Los! Schneller!« Ein Polizist versetzte dem dicken Mann einen Tritt.

»Gelbhäutiger Hund!«, antwortete er und empfing dafür ein paar Knüppelhiebe.

Ich hatte seine Stimme gehört und war mir sicher, dass er es war. Ich wandte mich an den Beamten neben mir. »Das ist seine Stimme. Das ist Meister Chow.«

Der Beamte nickte, huschte davon und flüsterte einem Mann mit hellblauem Hemd etwas zu, der wohl sein Vorgesetzter war. Die drei Attentäter wurden in verschiedenen Zellen eingeschlossen. Wahrscheinlich würde ihr Verhör noch eine Weile fortgesetzt. Ich wollte mir nicht vorstellen, welche Qualen sie noch vor sich hatten.

Cop 7 trat zu mir. »Mr und Mrs Ho sind ziemlich erschüttert, aber der Trupp hat darauf geachtet, in deinem Zimmer nichts kaputt zu machen.« Er lächelte. »Wir haben den Stadtplan als Beweismittel mitgenommen. Damit wäre der Fall erledigt. Du hast heute ganz schön was mitgemacht.«

Das hätte ich ja gerne höflich abgestritten, aber ich war heute wirklich durch die Mangel gedreht worden.

»Stillgestanden!«, ertönte es von der Tür.

Der Weiße von vorhin betrat den Raum, an seiner Seite wieder sein Assistent. Alle standen stramm und salutierten. Der Superintendent wirkte entschieden entspannter als bei unserer ersten Begegnung.

»Hervorragende Arbeit«, übersetzte der Assistent. Dann wandte er sich an mich: »Haben Sie schon mal darüber nachgedacht, zur Polizei zu gehen? Superintendent Got ist beeindruckt von Ihrer heutigen Leistung. Wir brauchen kluge junge Männer wie Sie. Bei uns muss jeder Bewerber zwei Referenzen vorweisen – sollten Sie jedoch keinen Chef oder so etwas haben, wird Superintendent Got eine Ausnahme machen und sich persönlich für Sie einsetzen.« Aha, so hieß er also, dachte ich – aber wahrscheinlich fing sein englischer Name einfach mit einem »G« an.

»Äh, ich werde darüber nachdenken. Danke!« Ich nickte.

»Hinterlassen Sie Ihre Personalien bei unserem Sergeant hier. Falls Sie sich bewerben wollen, sprechen Sie einfach mit ihm.« Der Assistent deutete auf einen Mann Anfang vierzig, der direkt hinter ihm stand.

Superintendent Got lobte Cop 7 noch einmal dafür, dass er diesen Anschlag vereitelt hatte. Cop 7 antwortete voller Respekt, sagte, er habe lediglich seine Pflicht getan und so weiter. Mit anderen Worten, er raspelte jede Menge Süßholz.

Während sie sich unterhielten, trat ein Mann in Zivil auf sie zu. »Bitte entschuldigen Sie die Störung, Sir. Ich muss mit PC 4447 sprechen.«

»Worum geht es?«, fragte Cop 7.

»Toh Sze-keung ist bereit, ein volles Geständnis abzulegen, aber er will nur mit 4447 sprechen.«

»Mit mir?« Cop 7 machte ein erschrockenes Gesicht.

»Gehen Sie ihm nicht auf den Leim«, sagte der Mann, der in diesem Raum offensichtlich das Sagen hatte, der mit dem hellblauen Hemd, warnend zu ihm. »Der hat mit Sicherheit irgendein Ass im Ärmel. Diese Mistkerle leugnen grundsätzlich, und wir haben unsere eigenen Methoden, um die Wahrheit aus ihnen rauszukriegen. Sie sind Streifenpolizist – besser, Sie halten sich da raus.«

»Ich … ich verstehe, Sir«, stammelte Cop 7.

Fast hätte ich ihm gesagt, dass er einen Fehler machte, aber ich schluckte es hinunter.

Der Beamte verließ wieder den Raum, und von nebenan war leises Stöhnen und Schluchzen zu hören. Währenddessen beglückwünschten sich alle um mich herum zum Abschluss dieses brisanten Falls. Der krasse Gegensatz zwischen ihrer Feierlaune und dem Leiden direkt nebenan machte die Szene sehr unwirklich.

Wir leben wirklich in einer paradoxen Welt.

Ich verbrachte die Nacht auf dem Revier. Jemand bot an, mich nach Hause zu bringen, aber Mr Ho würde sicher misstrauisch werden, wenn ich nach Mitternacht nach Hause kam. Schließlich war Sperrstunde. Cop 7 besorgte mir ein Feldbett, und ich verbrachte eine recht bequeme Nacht in einer Ecke. Hier gab es weniger Mücken als bei mir.

Um sieben Uhr morgens ging ich zu Fuß zurück nach Hause. Dort spielte ich den Erschrockenen, als Mr Ho mir von den Verhaftungen erzählte. Lebhaft beschrieb er die ganze Geschichte, mit haarsträubenden Details. Wenn ich ihm erzählt hätte, was ich am Vortag erlebt hatte, hätte er das Ganze mit Sicherheit kräftig ausgeschmückt und der ganzen Nachbarschaft eine fantastische Heldensage aufgetischt, die es mit jeder Radioserie aufnehmen konnte.

Großer Bruder kam kurz nach Hause und verschwand

eilig wieder. Er wirkte, als stünde er knapp vor einem Superabschluss – er war aufgekratzt und bester Stimmung, obwohl er an einem Sonntag arbeiten musste.

Ich sperrte wie üblich für Mr Ho den Laden auf und kümmerte mich darum, während er losging, um mit seinen Freunden Tee zu trinken. In den Radionachrichten war von den Ereignissen des Vortags nichts zu hören – offensichtlich hielt die Polizei den Vorfall unter Verschluss. Ich konnte ihnen keinen Vorwurf machen – ein so ernster Zwischenfall musste gründlich durchleuchtet werden, ehe man damit an die Öffentlichkeit ging. Eine Meldung wie »Polizeipräsident entgeht knapp einer Autobombe« würde nur für Chaos sorgen.

Cop 7 kam nicht vorbei – ein Kollege ging an seiner Stelle auf Streife. Wahrscheinlich hatte er den Tag freibekommen.

Abends machte ich mich daran, den Laden zuzusperren, und räumte die Dosen mit Bonbons und Keksen hinein. Mr Ho blieb hinter dem Tresen, fächelte sich Luft zu und summte völlig unmelodisch eine Arie aus einer chinesischen Oper vor sich hin.

Dann kam es: »Sondermeldung. In North Point sind bei einer Explosion auf der Ching Wah Street zwei Kinder ums Leben gekommen. Es handelt sich um ein Geschwisterpaar von vier und acht Jahren mit Namen Wong. Die selbst gebaute Bombe explodierte direkt neben ihrem Wohnhaus. Die Polizei hat versichert, alles in ihrer Macht Stehende für die Aufklärung dieses unmenschlichen Verbrechens zu tun. Auf der Ching Wah Street befinden sich keinerlei Regierungsgebäude, und ein Regierungssprecher sagte, es sei unverständlich, weshalb die Linken ausgerechnet in einem Wohngebiet einen Sprengsatz zündeten. Er verurteilte das Geschehen als von Kommunisten verübten sinnlosen Akt der Gewalt ...«

»Schrecklich«, sagte Mr Ho. »Die Linken gehen zu weit. Stell dir mal vor, China holt sich Hongkong vorzeitig zurück – dann werden diese Rabauken Minister. Und ganz normale Leute wie wir stecken in Schwierigkeiten.«

Ich schüttelte nur den Kopf und seufzte. So war das also.

Am nächsten Morgen gab es ein Wiedersehen mit Cop 7. Er wirkte unverändert, kam ruhig um die Ecke geschlendert und stand plötzlich vor mir.

»Eine Super Cola, bitte.« Er legte seine dreißig Cent auf den Tresen.

Ich reichte ihm die Flasche und setzte mich wieder hin. Mr Ho war wieder einmal Tee trinken, und ich war allein im Geschäft.

»Und? Kommst du zur Truppe?«, fragte Cop 7 nach einer langen Pause.

»Ich denke darüber nach.«

»Mit Superintendent Got als Mentor machst du sicher schnell Karriere.«

»Wenn das bedeutet, dass ich meinen Vorgesetzten bedingungslos gehorchen muss, will ich nicht zur Polizei.«

Cop 7 sah mich eigenartig an. »In der Truppe herrscht strikte Disziplin. Rechte und Pflichten von Vorgesetzten und Untergebenen sind eindeutig geregelt.«

Ich fiel ihm ins Wort. »Hast du die Nachrichten gehört? Die Geschwister, die in North Point in die Luft geflogen sind?«

»Hm? Ja, ich weiß, arme Dinger. Wir haben den Mörder noch nicht gefunden.«

»Ich weiß, wer das war.«

»Hä?« Cop 7 starrte mich an. »Wer?«

»Der Mann, der diese beiden Kinder ermordet hat« – ich sah ihm direkt in die Augen –, »das bist du.«

»Ich? Was redest du da?«

»Du hast zwar die Bombe nicht gelegt, aber deine Ignoranz und deine Halsstarrigkeit sind schuld an ihrem Tod«, sagte ich. »Toh Sze-keung wollte mit dir reden, aber es genügten ein paar Worte von diesem Detective, und du hast dich nicht mal mehr zu furzen getraut. Mr Toh wollte dir von North Point erzählen.«

»Was … wie meinst du das?«

»Ich habe dir erzählt, dass ich belauscht habe, wie Meister Chow zu Mr Toh und Mr Sum sagte, sie sollten sich von North Point aus in Bewegung setzen und sich dann mit ihm treffen.

Sie gingen mit leeren Händen von hier weg, aber als sie dann in Teehaus Nummer eins gesehen wurden, hatten sie Sprengstoff bei sich, und den müssen sie sich in North Point besorgt haben. Ich erinnere mich noch an diese ganzen Bleistiftmarkierungen rund um die Ching Wah Street auf dem Stadtplan. Gut möglich, dass Meister Chow die dorthin gemalt hat, während er Mr Toh und den anderen die Strategie erklärte. Man muss sehr vorsichtig sein, wenn man beim Bombenbauer einen Sprengsatz abholt. Ich meine nicht, weil man vielleicht in die Luft fliegt, sondern wegen der Gefahr, erwischt zu werden. Wenn der Attentäter, so wie Meister Chow, bereits unter polizeilicher Beobachtung stand, mussten sie ihm nur folgen und sich von ihm zu dem Bombenbauer führen lassen. Und schon hätten die Linken wieder einen wertvollen, talentierten Handlanger verloren.«

Ich machte eine Pause und sah Cop 7 an. Er war sprachlos.

»Deshalb glaube ich nicht, dass sie das Risiko einer persönlichen Übergabe eingegangen sind. Das Einfachste wäre, einen Treffpunkt zu vereinbaren, an dem der Bombenbauer die Ware im Vorfeld deponiert, um sie dann von irgendwelchen Fußsoldaten abholen zu lassen. Weißt du nicht mehr? Ich habe dir erzählt, Meister Chow hätte von einer zweiten und dritten Angriffswelle in den kommenden Tagen gesprochen. Toh Szekeung wollte dringend mit dir reden, weil es nach ihrer Verhaftung niemanden mehr gab, der den Bombenbauer daran hindern konnte, die zweite Lieferung wie vereinbart zu hinterlegen. Weil niemand die Ware abholte, endete sie schließlich als Spielzeug in den Händen kleiner Kinder.«

»Was? Das wollte Toh Sze-keung mir erzählen? Warum denn mir? Das hätte er doch jedem anderen auch sagen können!«, rief Cop 7, und sein Gesicht passte so gar nicht mehr zu seiner Uniform.

»Der Verhörraum ist berüchtigt für Schläge und Folter. Denkst du wirklich, die Kerle hätten ihm geglaubt? Mr Toh kannte dich als aufrechten Menschen. Du hast einen guten Ruf in der Nachbarschaft, deshalb hat er nach dir gefragt. Doch ein paar wenige Worte deines Vorgesetzten genügten, und du hast ihn im Stich gelassen. Du wusstest, dass Mr Toh anders ist als Mr Sum. Er ist kein Fanatiker, er hatte einfach nur Pech. Aber du hast deinen Instinkt ignoriert, um deinen Hintern zu retten, und hast blind einen Befehl befolgt, der dir falsch vorkam.«

»Ich ... ich ...« Cop 7 rang um Fassung.

»Du hast der ›Moral der Truppe‹ zuliebe bereitwillig dein Leben riskiert, um die Bombe in Wagen Nummer eins zu entschärfen. Aber gestern haben zwei unschuldige Kinder ihr Leben verloren. Bist du dazu da, Wahrzeichen der Truppe zu schützen oder die Sicherheit normaler Menschen? Gilt deine Loyalität der Kolonialregierung oder uns Menschen von Hongkong?« Mit ruhiger Stimme fügte ich die Frage hinzu: »Warum wolltest du zur Polizei?«

Cop 7 antwortete nicht. Er stellte die Flasche weg, obwohl er erst ein paar Schlucke getrunken hatte, drehte sich um und ging langsam davon.

Ich sah ihm nach und fragte mich, ob ich zu weit gegangen war. Wer war ich, in diesem Ton mit ihm zu sprechen? Ich beschloss, ihm am nächsten Tag als Entschuldigung eine Flasche Cola zu spendieren.

Doch am nächsten Tag kam Cop 7 nicht vorbei, und auch nicht an den darauffolgenden Tagen.

Mr Ho kannte ein paar Leute bei der Polizei, und ich fragte ihn, ob er wüsste, weshalb Cop 7 nun schon seit ein paar Tagen nicht mehr aufgetaucht war.

»4447? Wer? Ich kann mir doch die Nummern nicht merken«, sagte Mr Ho.

Ich versuchte, mich an den Namen zu erinnern, den ich auf seiner Polizeimarke gelesen hatte. »Irgendwas mit Kwan Chundok oder Kwan Chun-jik ...«

»Ah Dok!«, sagte Mr Ho. »Ich habe gehört, er wäre befördert worden. Er wurde nach Central versetzt. Oder war das Tsim Sha Tsui?«

Dann war er also befördert worden. Na ja. Hatte ich mir wenigstens die Kosten für eine Flasche Cola gespart.

Ich hatte bei der Kritik an Cop 7 ganz schön vom Leder gezogen, aber im Grunde war ich nicht besser als er. Ich hatte Mr Toh und die anderen schließlich nicht im Interesse der Gerechtigkeit verraten, sondern nur aus Angst um mich selbst und um Großer Bruder.

Die Dinge geschehen nie aus einem einfachen Grund. Es war schon schwer genug, mit Linken unter einem Dach zu wohnen und dadurch ständig der Gefahr ausgesetzt zu sein, mit ihnen über einen Kamm geschoren zu werden. Als ich sie belauschte, machte ich mir vor allem Sorgen darüber, was passieren würde, wenn man mich und Großer Bruder für Mitglieder ihrer Bande hielt.

Selbstverteidigung bedeutet manchmal, als Erster zuzuschlagen. Ich wollte Meister Chow und seine Handlanger unschädlich machen.

Am Anfang wollte ich Cop 7 nur helfen, Beweise zu finden. Ich hatte nicht vor, mich in die Sache reinziehen zu lassen. Wie heißt es so schön? Mit Vitamin B geht alles? Wenn Cop 7 aussagte, dass ich die Bande verraten hatte, konnte Mr Sum ruhig versuchen, mich hinzuhängen, solange er wollte – Großer Bruder und ich wären gerettet. Ich machte mir auch keine Sorgen, dass die Linken rausfinden würden, dass ich sie verraten hatte. Die Polizei würde meinen Namen nicht preisgeben. Die hätten gern noch viel mehr Leute wie mich.

Aber ich war zu leicht zu beeinflussen – ein paar Worte von Cop 7 hatten genügt, und schon war ich brav zu ihm ins Auto gestiegen und mit ihm kreuz und quer durch Kowloon und Hong Kong Island gedüst. Ich war ein Schwachkopf gewesen, der sich von der Polizei hatte benutzen lassen.

Zwei Tage später kehrte Großer Bruder bester Laune zurück – er hatte etwas mit mir zu besprechen.

»Ich habe das Geschäft in der Tasche, an dem ich so lange gearbeitet habe. Die Provision beträgt dreitausend Dollar«, krähte er.

»Mein Gott! So viel!« Mir war nicht klar gewesen, dass seine Geschäfte sich in solchen Größenordnungen bewegten.

»Nein. Das Geld ist nicht so wichtig, viel wichtiger ist der gute Draht zu dem Geschäftsmann. Er will expandieren und eine neue Firma gründen – und er sucht Leute. Der Abschluss war gleichzeitig mein Bewerbungsgespräch – ich bin dabei! Zwar nur als ganz normaler Angestellter, aber wer weiß, vielleicht werde ich irgendwann zum Vorgesetzten oder zum Manager befördert.«

»Ich gratuliere, Großer Bruder!« Fast hätte ich gesagt, ich hätte auch ein »Bewerbungsgespräch« hinter mir, aber er hatte die Polizei schon immer gehasst.

»Für dich ist da auch was drin.«

»Für mich?«

»Ich habe denen erzählt, ich hätte einen kleinen Bruder, einen fähigen Kerl, für den ich die Hand ins Feuer legen würde. Wenn du einverstanden bist, könnten wir in Zukunft im selben Büro arbeiten.«

An seiner Seite arbeiten? Wunderbar! Das klang viel besser als der Blödsinn mit einem Job bei der Polizei.

»Abgemacht! Wie heißt die Firma?«

»Hast du schon mal was von der Fung-Hoi-Fabrik für Kunststoffwaren gehört? Der Boss heißt Mr Yue. Er will in den Immobilien- und Grundstücksmarkt einsteigen. Natürlich wären wir nur Mitarbeiter auf Probe, aber die Aussicht, übernommen zu werden, ist nicht schlecht. Young Tong, dein Nachname ist Wong und meiner ist Yuen, und trotzdem bist du für mich immer mein kleiner Bruder gewesen. Ich habe mein Glück mit dir geteilt, und wir sind gemeinsam durch schwere Zeiten gegangen. Und jetzt blicken wir Seite an Seite in die Zukunft. Dieser Job ist erst der Anfang. Wir werden Großes bewirken, Kleiner Bruder.«

NACHWORT

Ich hatte nicht geplant, für diesen Roman eine Einführung oder ein Nachwort zu schreiben. Ich bin der Auffassung, ein Text entwickelt, sobald ein Werk von seinem Autor zur Welt gebracht wurde, ein Eigenleben, und die Leserinnen und Leser dürfen herausziehen und darin lesen, was immer sie wollen. Jeder Leser begibt sich mit der Lektüre auf seine eigene, einzigartige Reise. Anstatt den Schriftsteller lang und breit erklären zu lassen, was es in seinem Werk zu finden gibt und was nicht, sollte man dem Leser eigene Erfahrungen zugestehen. Trotzdem fügte ich bei Ablieferung des Manuskripts für den Verleger eine Zusammenfassung sowie Erläuterungen meiner kreativen Entscheidungen bei, kritzelte mal eben ein paar Tausend Wörter für ihn hin. Später gab mein Lektor mir den dringenden Rat, daraus ein Nachwort zu machen. »Solche Dinge interessieren den Leser.«

Aber fangen wir von vorne an.

Im Herbst 2011 wurde mir zu meiner Freude der Soji Shimada Mystery Award verliehen, und ich fing sofort an, mir Gedanken über das Thema meines nächsten Romans zu machen. Mir fiel nichts ein. Dann veranstalteten die Mystery Writers of Taiwan unter der Überschrift »Armchair Detectives« einen Kurzgeschichtenwettbewerb für ihre Mitglieder. Es ging darum, Kurzgeschichten über Ermittler zu verfassen, die ihre Schlussfolgerungen ausschließlich aus vorliegenden Beweisen ziehen, ohne die Möglichkeit, den Tatort mit eigenen Augen zu sehen. Ich beschloss, diese Idee auf die Spitze zu treiben und eine Situation zu schaffen, in der ein »Schreibtischermittler« ausschließlich geschlossene Ja-Nein-Fragen beantworten konnte. So entstand »Die Wahrheit zwischen Schwarz und Weiß«. Leider gelang es mir nicht, die Textlänge unter Kontrolle zu halten, und ich überschritt die für den Wettbewerb vorgeschriebene Wortanzahl. Ich beschloss, die Kurzgeschichte als Basis für ein umfangreicheres Werk zu verwenden, und reichte stattdessen eine andere Arbeit ein – eine Detektivgeschichte mit Elementen aus der Science-Fiction.

Im Anschluss überlegte ich, wie sich die Geschichte von Kwan Chun-dok und Sonny Lok ausbauen ließe. Der erste Versuch war überaus schlicht: Ich wollte zwei weitere Geschichten mit einem Umfang von etwa dreißigtausend chinesischen Zeichen schreiben (»Schwarz und Weiß« hatte einen Umfang von dreiunddreißigtausend chinesischen Zeichen) und alle drei gemeinsam veröffentlichen. Für die umgekehrte Chronologie hatte ich mich gleich zu Beginn entschieden, auch wenn ich das Buch ursprünglich als klassischen, von seinem Plot vorangetriebenen Detektivroman konzipiert hatte.

Doch beim Skizzieren der Handlung und beim Entwurf der zu lösenden Rätsel meldeten sich zunehmend Zweifel.

Ich wurde in den Siebzigerjahren geboren und wuchs in den Achtzigern auf. Damals waren Polizisten in den Augen der Kinder mit amerikanischen Superhelden vergleichbar: stark, selbstlos, gerecht, mutig, ehrlich, dem Dienst am Volk verpflichtet. Noch als wir heranwuchsen und allmählich verstanden, welch komplexer Ort unsere Welt ist, blieb unser Bild der Polizei von Hongkong überwiegend positiv. Doch dieses Bild wurde spätestens im Jahr 2012 ständig aufs Neue durch Vorfälle und negative Berichte über den Polizeiapparat erschüttert. Ich fürchtete, mein Detektivroman könnte sich ungewollt zu einer Propagandaschrift entwickeln.

Wenn der Autor an seiner Geschichte zweifelt, wie sollen seine Leserinnen und Leser ihr dann vertrauen?

So unterzog ich den Entwurf dieses Romans einem radikalen Richtungswechsel. Anstelle der althergebrachten Schilderung von Kriminalfällen wollte ich die Geschichte einer Persönlichkeit, einer Stadt und einer Ära erzählen.

Das Buch entwickelte sich enorm und in einem Ausmaß, das ich nie erwartet hätte.

Wer mit Detektivromanen (vor allem japanischen) vertraut ist, kennt womöglich den Unterschied zwischen dem klassischen und dem gesellschaftskritischen Genre. Während erstere Werke auf Rätseln und einem Plot aufbauen und die Betonung auf logischen Schlussfolgerungen aufgrund von Indizien liegt, beschäftigen sich letztere eher mit dem Zustand einer Gesellschaft und konzentrieren sich auf Charaktere und Situationen. Was bei mir als klassischer Kriminalroman begonnen hatte, schlug einen Haken und entwickelte sich zu einem Gesellschaftsroman. Obwohl diese beiden Spielarten nicht zwingend im Widerspruch stehen, ist eine Mischung aus beiden nicht einfach – zu groß ist die Gefahr, dass die Tonfarbe der einen die andere übertüncht. Um dieses Problem zu lösen (bzw. zu vermeiden), entschied ich mich, was die Struktur angeht, für sechs in sich geschlossene Erzählungen, jede randvoll mit Rätseln und Hinweisen, die alle zusammen ein umfassendes Gesellschaftsporträt zeichnen. Ich wollte einen Roman schaffen, in dem sich jeder Teil liest wie ein klassischer Detektivroman, der aber, wenn man das Gesamtbild betrachtet, einen realistischen Gesellschaftsroman ergibt.

Jede Erzählung ist zu einem für Hongkong entscheidenden Zeitpunkt angesiedelt. Mal spielen die historischen Ereignisse in der Geschichte eine entscheidende Rolle, dann wieder werden sie nur am Rande erwähnt. Die erste Erzählung bildet eine Ausnahme, da die Handlung, in der Zeit, da ich diese Geschichte schrieb, in der Zukunft spielt. Ich bin kein Nostradamus und kann nicht in die Zukunft blicken. Doch das schwindende Vertrauen der Öffentlichkeit in die Polizei, das sich in den Jahren 2012 und 2013 abzeichnete, lässt den Schluss zu, dass dieser Trend sich nicht so schnell umkehren wird.

Ich habe nicht vor, en détail die Hintergründe jeder Erzählung zu beleuchten, die Bedeutung jedes einzelnen Charakters, die Symbolik jeder Einzelheit und auch nicht den weiteren intellektuellen Kontext des Romans – das sollte jeder Leser, jede Leserin am besten für sich selbst entdecken. Nur auf zwei Dinge möchte ich näher eingehen. Wer Hongkong nicht kennt, dem fällt vielleicht nicht auf, dass wir im Laufe der Geschichten immer wieder dieselben Schauplätze besuchen. Die Sportstätte zum Beispiel, wo sich Sonny Lok und Kwan Chun-dok in der zweiten Erzählung treffen, liegt in unmittelbarer Nähe von Nairn House aus der fünften Erzählung – beide befinden sich an der Argyle Street. Die Wohnsiedlung Kwun Lung Lau aus der dritten Geschichte, wo nach der Sichtung eines Verdächtigen viel Zeit mit Polizeiarbeit verschwendet wird, liegt in unmittelbarer Nähe des Kennedy-Town-Schwimmbads aus »Geborgter Ort«. Die große Landgewinnungsbaustelle in West-Kowloon, wo der Angriff auf Candy Ton im zweiten Kapitel stattfindet, war früher der Jordan Road Ferry Pier, wo Cop 7 und der Erzähler der letzten Geschichte auf die *Man Bong*-Fähre warten. Der Graham Street Market aus »Langer Tag«, das Restaurant, in dem Kwan Chun-dok und Benedict Lau in »Die Waage der Themis« zu Mittag essen, und die »Schlangengrube« Lok Heung Yuen in »Geborgter Ort« befinden sich alle rund um die Wellington Street in Central (das Lok Heung Yuen gibt es inzwischen nicht mehr und wurde von einem Betrieb ähnlichen Namens an gleicher Stelle abgelöst). Ich wäre begeistert, wenn sich durch die Lektüre meines Romans der eine oder die andere zu einem Besuch dieser Schauplätze inspiriert fühlte.

Die zweite Sache, auf die ich aufmerksam machen möchte, ist die Tatsache, dass Hongkong sich momentan in einem ähnlich eigenartigen Zustand befindet wie 1967.

Wir haben einen vollen Kreis beschrieben und sind zum Anfang zurückgekehrt.

Ich weiß nicht, ob Hongkong nach 2013 in der Lage sein wird, sich zu erholen, so, wie es nach 1967 der Fall war, ob die Stadt es schafft, sich Schritt für Schritt zurück auf den rechten Pfad zu begeben.

Ich weiß auch nicht, ob wir irgendwann in der Lage sein werden, das Bild der starken, selbstlosen, gerechten, mutigen, ehrlichen Polizei als Diener des Volkes wiederaufsteigen zu lassen – eine Truppe, auf die die kleinen Kinder von Hongkong wieder stolz sein dürfen.

Chan Ho-kei
30. April 2014

Chan Ho-kei wurde 1975 in Hongkong geboren, wo er bis heute lebt. Er hat als Programmierer, Computerspiele-Entwickler und Manga-Lektor gearbeitet. Für seine Short Storys wurde er mit dem Mystery Writers of Taiwan Award ausgezeichnet, für seinen ersten Roman gewann er den wichtigsten chinesischen Krimi-Preis. *Das Auge von Hongkong* gilt als sein Meisterwerk.

Sabine Längsfeld, geboren 1966, übersetzt aus dem Englischen und hat u. a. Werke von Simon Beckett, Amitav Ghosh, Paul Fischer, Anna McPartlin und Malala Yousafzai ins Deutsche übertragen. Sie lebt in Eichhofen bei Regensburg.

Deutsche Erstausgabe
1. Auflage 2018
© by Atrium Verlag AG, Zürich, 2018
Alle Rechte vorbehalten
Die Originalausgabe erschien 2014 unter dem Titel
13.67 bei Crown Publishing Company, Taiwan
© 2014 by Chan Ho-Kei

Aus dem Englischen von Sabine Längsfeld
Lektorat: Claudia Jürgens, Berlin
Umschlaggestaltung: Hauptmann & Kompanie Werbeagentur, Zürich, unter
Verwendung eines Fotos von © Eric Wong / EyeEm / Getty Images
Vor- und Nachsatzgestaltung: Peter Palm, Berlin
Satz: Greiner & Reichel, Köln
Druck und Bindung: GGP Media GmbH, Pößneck
Printed in Germany
ISBN 978-3-85535-028-5

www.atrium-verlag.com

HONGKONG

- KWAI FONG
- Kam Shan Country Park
- TSING YI
- LAI CHI KOK
- Shun Ning Rd.
- Lai Chi Kok Rd.
- SHEK KIP MEI
- Tat Chee Ave
- Kowloon
- Nam Cheong Park
- MONGKOK
- Universität
- Jordan Rd.
- Kowloon Park
- TSIM SHA TSUI
- VICTORIA HARBOUR
- West Point
- SAI WAN
- SHEUNG WAN
- Victoria Rd.
- Pok Fu Lam Rd.
- MID-LEVEL
- Caine Rd.
- CENTRAL
- Victoria Peak
- Garden Rd.
- WAN CHAI
- Hennessy Rd.
- POK FU LAM
- Peak Rd.
- THE PEAK
- Aberdeen Country Park

0 — 1 — 2 km